复旦大学第三届文学评点国际学术研讨会论文集

教育部人文社会科学重点研究基地
复旦大学中国古代文学研究中心 丛刊

黄霖　周兴陆　主编

凤凰出版社

图书在版编目（CIP）数据

复旦大学第三届文学评点国际学术研讨会论文集 / 黄霖，周兴陆主编. -- 南京 : 凤凰出版社，2015.12
ISBN 978-7-5506-2312-5

Ⅰ. ①复… Ⅱ. ①黄… ②周… Ⅲ. ①中国文学－古典文学研究－国际学术会议－文集 Ⅳ. ①I206.2-53

中国版本图书馆CIP数据核字(2015)第289458号

书　　名	复旦大学第三届文学评点国际学术研讨会论文集
主　　编	黄　霖　周兴陆
责任编辑	樊　昕
出版发行	凤凰出版传媒股份有限公司 凤凰出版社(原江苏古籍出版社) 发行部电话025-83223462
出版社地址	南京市中央路165号，邮编：210009
出版社网址	http://www.fhcbs.com
经　　销	凤凰出版传媒股份有限公司
照　　排	南京凯建图文制作有限公司
印　　刷	江苏凤凰通达印刷有限公司 南京市六合区冶山镇，邮编：211523
开　　本	960×1304毫米　1/32
印　　张	11.875
字　　数	365千字
版　　次	2015年12月第1版　2015年12月第1次印刷
标准书号	ISBN 978-7-5506-2312-5
定　　价	68.00元

(本书凡印装错误可向承印厂调换，电话：025-57572508)

目　录

一种“不隔”的文学批评
——代序言[①]

复旦大学　黄　霖

我们举办文学评点的学术讨论会已经第三次了。这次会议与过去相比，明显有“三多”：专门研究评点（而不是游击式、临时性的研究）的人多了，年轻的研究者多了，受关注的评点家与评点著作多了，这是一个可喜的进步。这说明了文学评点这一我国传统的文学批评样式受到了人们的重视，也说明了文学评点确实应该受到我们的重视。

我说这次年轻的研究者多了，不是说老的研究者退出了。这次远道而来的王靖宇先生，应该是致力于研究文学评点的老前辈了。我们第一次、第二次会议都是与他领导的斯坦福大学的文化研究中心合作举办的，现在他尽管荣休了，还是不辞辛劳来支持这次会议。他将西方的新批评与读者反应批评和我国的评点作了比较与分析，值得我们思考。高丽大学的崔溶澈教授也是我们的老朋友了，他谈的韩国古代的评点也很有借鉴意义。还有比较年长的是台湾来的林雅玲教授，是第一次参加我们的会议。她与她的学生黄美玉所写的论文，对《西游记》、《水浒传》两部小说评点的理论价值，作了细致充分的阐释，别具风神。我们大陆的一些学者的论文也精彩纷呈，有对评点家及评本的有关基础性问题的考证，有对某评本或某时代、某文体的评点的理论问题作梳理和阐释，也有对“评点”这一批评样式的问题的思考，都很有价值。从中可见，我们评点的研究，这几条路还是值得坚持走下去的，这就是：一、有关评点家与评本的文献研究；二、有关评家或评本提出的具体理论、范畴研究；三、某一时代、某一文体的评点作纵向或横向的梳理；四、评点与出版、科举等社会文化之间关系及传播问题；五、与西方文论的比较研究。此外，我今天特别要强调的是，对于“评点”这种批评样式本身

① 本文是会议闭幕式上的讲话，代作本论文集的序言。

作理论上的研究与阐发。这一点，兴陆同我讲过几次。今天，王靖宇先生讲的，实际上就是从比较中探讨了评点的理论问题。目前，我们在这方面的研究的确比较薄弱，而这个问题确是十分重要的，这对于纠正历来对于评点的轻率、错误的看法十分必要。我们一定要在理论上对“评点”这一中国特色的文学批评样式的特点与价值讲清楚，讲得人家信服。

对于文学评点，一开始就有两种对立的看法。一方面，由于这种批评直接、简单、明了、轻松而受到青年学子与普通读书识字的阅读者的普遍欢迎，但同时也遭到了一些正统的、“精英”类的文人学士的轻视，甚至是谩骂。像徐光启、钱谦益、顾炎武这些有影响、有地位的大学者就认为评点“浸蚀人心不浅浅者”，甚至上纲到“非圣无法“的地步。这主要是他们认为这一套与传统的宗经、读经、解经的路子是不一样的，更何况有的批评对象本身是小说之类的不经之谈。到后来，特别对我们这几代人影响大的是胡适、鲁迅等人，他们认为评点用的是八股的一套，所以在上世纪评点基本上是不受人重视的，甚至是被人唾弃的，像王靖宇先生那样的学者可以说是独具慧眼的。实际上，评点到现在并没有完全退出历史舞台，有一些作家如王蒙、刘心武等，研究家如陈美林、卜健等，都还在对古代的小说作评点。所以评点还活在我们这个世界上。

对于文学的评点，我的看法与前人的恰恰相反，古代的评点不是坏在“离经叛道”，而恰恰就坏在没有彻底摆脱用经、史及伦理道德一套来评点，不要说像《诗经》那样本身是属于“经”的作品要摆脱经史的观点十分困难，就是对于小说类的评点，大量的用一套当时的道德标准来评人如何如何，而对作品的文艺性置若罔闻，是很糟糕的，像金圣叹那样着重在用文学的观点来评点的还是相当少的，需要我们去发掘。至于评点受八股的影响，不全是坏事，甚至可以说在总体上看是好事，国为在评点史上，这恰恰是引导了中国文学批评走向追求文学的形式美的大门。八股作为一种考试形式，代圣人立言当然要抛弃，但八股是建筑在中国文字特点上的一种形式美的总结。坏的不在于八股的本身，坏就坏在将这一种、仅仅是一种美的形式僵化，逼着文人大家都去走这华山一条路。金圣叹等总结的种种“文法”，是明显地带有八股味，但正在这里他们很好地总结了一些小说表现的艺术特点与表现技巧，对中国古代文学理论与创作的发展是大有贡献的。实际上，好的评点，就是当时的“新批评”，就是将文学当作文学来读。如今，要将评点的研究引向研究的康庄大道，一定要从这两道金箍中解放出来，否则就没有生路。

上面是针对一些轻视、否定的观点谈我的一些看法。下面从正面来说说我对文学评点这种形式的看法。王靖宇先生将评点与“读者反应批评”联系起来考虑，也是很有启发意义的。我曾经将包括评点在内的中国古代的文学批评的特点概括成“即目散评”四个字。所谓即目，即写于阅读直觉的当下；所谓散评，即显得并不完整与不条贯。这实际上与中国文论的思维特点着重在直觉体悟密切相关，可以说是直觉体悟思维的必然结果与外在表现。在中国古代，曾经有过一些经年累月写成的较有条理、略成体统的文论之作，如《文心雕龙》、《诗薮》、《原诗》等等，但这样的作品实在不多，大量的是在直觉思维的主导下，将即目或即时体悟所得，信手挥洒而成，因而多为散体的点评。像诗格、诗话（包括词话、曲话、文话等），乃至以诗论诗及词、文、曲、稗等都是，评点即是其中的一种。它们大都是由评论者即目所悟，直抒己见，随手作评，点到为止，往往给人以一种零散而杂乱的错觉，但实际上，多数著作是形散而神完，外杂而内整，有一个核心的见解或理论包容在里面，或重格调，或标性灵，或倡神韵，一丝不乱。一部《第五才子书水浒传》，金圣叹就小说中的人物、叙事、写景，乃至一句一字的点评，看似信手拈来，随意点到，却都围绕着他的“性格论”、“因缘说”、“动心说”、“结构论”、“文法论”等，井井有条。这就是中国古代文论的一个明显的表现特点。

这种形式，现在还常常被一些人否定。说得不客气一点，这些人中相当一部分人实际上是根本不懂文学批评的本质特点。文学批评就要从文学的角度上来作批评。评点的长处，就在于凭着切身的感受、真实的体味，用自己的心贴近著作者的心去作出来的批评，而不是悬空的理论，或者是搬用别人的所谓理论来硬套。现在西方的有些理论，越来越离开文本，弄得那么玄乎，甚至为了理论而理论。而戴着某种理论的眼镜，将文本作为没有生命的标本放在手术台上，去作冷漠的解剖，这样的批评往往就会给人以一种“隔”的感觉。可惜的是，我们现在的文学批评大都是这样的批评。而评点批评就与此相反，能呈现出一种“不隔”的特点。这种“不隔”的特点，往往能在读者与评者、再与作者的两个层次上达到心灵融合的境地：第一个层次是评者与作者的心灵融合，第二个层次是读者与批者、作者的心灵融合。评点家在评点每一部作品时，决不能走马看花、浮光掠影地将文本一翻而过，而是必须细读文本，身入其境，通过对每一个字、词、句的细细咀嚼，与作者心心相印，真正达到"知人论世"的地步，才能一言中的。而当读者在阅读时，由于正文与评点是紧密地结合在一起的，所以往往能通过评点而深入地了解作者的匠心，引发更广阔的想象空间，或者通过正文而体味到评者的眼光，从而更细致、更全面地理解作品的旨意与妙处。评点就是沟通读者与作者之间的一座桥梁，就是一种鲜活的而不是僵硬的、冷漠的文学批评，是我们的祖宗留给我们的一份宝贵的遗产。我们应该珍视它的价值，研究它的特点，总结它的经验。

我们希望下一次有机会再开这样的会议时，能收到更精彩的、涉及到评点的方方面面的论文，将我们的文学评点的研究提到更高的一个层次。

谢谢大家。

中国小说评点与读者反应批评初探
——以金圣叹《水浒传》评为例

[美]斯坦福大学　王靖宇

大家一般认为,中国小说评点是从南宋时刘辰翁(1232—1297)的《世说新语》评注开始的,到了明代后期的李贽(1527—1602)开始风行,到了明清之际的金圣叹(1608—1661)开始大盛。之后,受到金圣叹的启发和影响,又有诸如毛宗岗(1605?—1700?)和父亲毛纶的《三国志演义》、张竹坡(1670—1698)的《金瓶梅》以及脂砚斋等人的《红楼梦》等大部头评点本问世。在中国小说评点发展史上,金圣叹毫无疑问发挥了一个关键性的承前启后作用。在谈中国小说评点时,以他的《水浒传》评点作为例子,应该说是一个恰当的选择。

上世纪60年代初,我还在美国读研究院的时候,开始注意到金圣叹和他的评点。那时,在美国新批评(New Criticism)仍十分盛行,由新批评学派二位大师 Cleanth Brooks 和 Robert Penn Warren 合作编写的两本如何欣赏诗和小说的书,*Understanding Poetry*(1938)和 *Understanding Fiction*(1943)——尤其是前者——是任何主修或选修英美文学的学生必读的教科书。我当时的一位老师 Allen Tate 先生就是一位新批评学派的健将和诗人。所以,当我接触到金批《水浒传》和金批《西厢记》时,很快就注意到,他那种把文学当文学看待的文学观,以及他对作品的写作技巧的重视和精细分析,和新批评学派所强调的颇有相似之处。因此,在后来写《金圣叹》(1972)一书时,就对二者作了一个简单的比较。

到了上世纪的70年代,我开始接触到西方所谓的读者反应批评(Reader-Response Criticism),又觉得金圣叹的方法和读者反应批评也有许多相近之处,但一直没有机会把这种想法写出来。现在能乘复旦大学第三届文学评点国际学术研讨会的机会，把我在这方面的一点初步看法提出来，十分高兴，还希望大家不吝指教才是。

事实上，在我还没有接触到读者反应批评之前，由于教学上的需要，我自己已经摸索出一套和读者反应批评颇为相近的阅读叙事文的方法。我在美国的第一份正式教书工作是在 Ann Arbor 的密西根大学，从 1966 到 1969，除了两门现代汉语课程之外，主要负责讲授中国古典诗词，我在研究院时所受新批评的训练正好派上用场，因为我们知道，新批评的阅读方法，最适用于对诗歌的分析。大致说来，中国诗的篇幅都不太长，很容易就掌握一首诗的整体结构，也就很容易看出个别字句在整体结构中所发挥的作用。再加上刘若愚先生的名著《中国诗学》(*The Art of Chinese Poetry*, 1962)已经出版，而刘先生在书中正是利用新批评的方法来分析中国古典诗词，有很多精彩独到的见解可以借鉴。

但在 1969 年秋季，我受聘转往斯坦福大学任教，负责讲授中国传统小说——后来又加上戏曲——方面的课程，都是属于叙事文方面的文类，用起新批评的阅读和分析方法来，开始感到不太方便。这主要是因为中国传统小说——尤其是后来的章回小说——的篇幅都很长，要想让母语不是中文的学生将一部作品完全看完后，再来作整体讨论，并不容易。所以只好边看边讨论，边讨论又边随着故事后来的发展对已作出的结论加以修改——就这样，又决定又修改地反复读下去，直到将故事看完为止，于是觉得这实在也不失为一种饶有趣味的阅读方法。所以后来在一篇讨论中国叙事文特性的论文里，就根据自己在教学上的体验，又采用了 W.B.Gallie 在他的经典名著 *Philosophy and Historical Understanding* 所使用的连贯性或可循性(followability)的概念，对叙事文下过这样一个简单定义：

> 叙事文可说是具有连贯性(followability)和先后顺序的事件记录。(因此)叙事文的结构中有两个因素是必不可少的。首先，被叙述的事件必须具有先后顺序，如果不是这样，那就成了单纯的描述而不是叙事。其次，仅仅是一系列事件本身，还不能保证必然构成叙事文。一系列事件之间，必须具有连贯性才能构成叙事文。也就是说，这些事件必须以某种方式结合起来，使得读者想要读下去，想要知道以后会发生什么：某个人物或某种状况将如何变化，冲突是否将解决，怎样解决，等

等。换句话说，叙事文中一连串的事件必须能够导致某种结果，而事件的连贯性正是由读者对此结果的期望和渴求所构成。

我在文中对阅读叙事文的过程也有过说明："我们读一篇故事时，会不断回想先前出现过的种种事件，并从新读到的事件出发，重新评估它们的意义。实际上，我们不仅会回到业已发生过的情节之中，我们甚至会根据情节的线索和某些暗示去猜测故事将怎样转折，怎样收尾。"[①]当时我还没有接触到读者反应批评，后来才发现，我的这些看法——下面我们就会看到——原来和读者反应批评家们的看法很接近，一方面感到惊喜，另一方面也就对他们所鼓吹的阅读方法感到亲切，甚至还利用他们的方法，对《左传》和《史记》里的一些篇章作过赏析。

读者反应批评背后的主导哲学思想是现象学(Phenomenology)。现象学认为，知识的对象(object of knowledge)永远离不开认知者(knower)；被知觉的对象(the perceived object)永远离不开知觉者(perceiver)的知觉(perception)。将这种思想应用到文学批评上时，就意味着，在讨论文学作品时，焦点必须放在读者对文学作品的反应[②]。因此，虽然读者反应批评就像任何学派一样，也有许多分支，大家的看法并不完全一致，但却有一个重要的共同特色，那就是都十分关注在欣赏文学作品时的阅读过程，以及读者在阅读时的种种心理反应。一般的阅读过程——也就是读者在阅读时会遇到的情况——可以大致归纳为这样一个程序：期待(expectations)，期待的满足(satisfactions)，期待的破坏(violations)，期待的延迟实现(deferments)以及期待的重新调整(restructurings)等等[③]。在上述这些情况中，当然以

① 以上两段引文见拙著《中国早期叙事文研究》，上海：上海古籍出版社，2006，第2次印刷，页81—82。英文原稿见台北 *Tamkang Review* VI：2及VII：1，1975—1976年，第229—246页。

② 参阅 Steven Mailloux, *Interpretive Conventions: The Reader in the Study of American Fiction* (Ithaca and London: Cornell University Press, 1982)，页43及M.H. Abrams, "Phenomenology and Criticism," 载其 *A Glossary of Literary Terms* (Wadsworth, 2005, 8th edition)，第229—232页。

③ 参阅 M. H. Abrams, "Reader-Response Criticism"，载其前注所引书中，第265—269页。

第一个——期待——最为重要，因为只有期待，我们才想要读下去，也才可能有后来一系列情况的发生。德国读者反应批评学派的大批评家 Wolfgang Iser 对这一过程曾有过这样的说明："我们前看，我们回顾，我们决定，我们有所期待；而当我们的期待没有实现时，我们吃惊，我们提出问题，我们沉思，我们接受，我们排除。这就是充满活力的再创作过程。"①这就和上文所引我早年对阅读叙事文的过程的说法相当接近，只是说得更加全面、更加深刻。

Iser 用"再创作"(recreation)一词颇值得玩味：当我们阅读一篇故事时，如能置身于叙事流(narrative flow)中，并积极参与故事的编织，那我们就好像变成了第二个作者。我们不但会提出问题并尝试答案，我们甚至会对自己说，如果自己在写这个故事，又会如何让它发展呢？而这也正是阅读叙事文的一大享受。

Iser 上面的一段话虽然是在谈小说时说的，但也适用于其他文类，因为根据他和其他一些读者反应批评家们的看法，任何一种文学作品都是由字构成一句，由句构成一段，由段构成一篇，而读者在由字到篇的阅读过程中所遇到的情况，往往和上文 Iser 所说的情况并没有太大差别②。

读者反应批评的兴起，在很大程度上，可以说是针对新批评式的形式主义的反弹。后者过分注意作品本身，认为作品的含义就在作品之内，完全不需考虑作者和读者。前者则认为作品的含义要靠读者去实现(realize)，没有读者也就没有含义可谈。但事情有时会被矫枉过正，一些激进的读者反应批评家竟将读者反应的心态作为作品中的含义，将二者等同起来。他们最后的结论是：作品有多少读者就有多少含义。如此一来，文学批评就正变成你云我云的"无政府"状态了。

在众多读者反应批评家中，我比较赞同上引的 Iser 的看法。Iser 认为，一部作品中含义的源头当然来自作者和作品本身；但作者在作品里并没有把意思全说出来，常常留有所谓的"空隙"(gaps)或含糊不清的地方(places

① *The Implied Reader: Patterns of Communication from Bunyan to Beckett* (Baltimore: Johns Hopkins University Press, 1974)，第 288 页。

② 如 Stanley E. Fish 在其 *Self-Consuming Artifacts: The Experience of Seventeenth-Century Literature* (Berkeley: University of California Press, 1972)一书中之理论与实践。

of indeterminacy)。因此，读者在阅读作品时，就必须执行富有创造性的(creative)填补空隙的任务。这也是另一种他在上面引文里所说的“充满活力的再创造过程”，因为读者在这样阅读时，就好像又变成了第二个作者。

因此，Iser 虽然也强调读者的重要，但并没有像其他一些纯主观主义(subjectivism)的读者反应批评家那样，完全撇开作者和作品，看起来似乎保守，但因为作者在作品里所留下的空隙往往相当众多，甚至数不胜数，所以为读者留下来的想象空间仍然十分广阔[①]。

现在来看中国小说评点。谭帆教授在他的大著《中国小说评点研究》里曾经指出，中国小说评点最完整的形态是由“序”、“读法”、“眉批”、“夹批”以及“总批”等构成，而这种综合性的评点形态。正是由金批《水浒》奠定，“以后经毛氏父子、张竹坡等的进一步发展而成小说评点史上最为完整的形态类型”[②]。

因为我们今天主要是谈中国小说评点与西方读者反应批评之间的相近之处，所以就让我们集中看一看“眉批”和“夹批”两种评点的情况。可以看得出来，这两类评点几乎全是评点者在阅读文本过程时，随手写下的一些感触、看法或赞赏。当然也可以看出来，有不少评点是后来重读文本时所增补的，或者是先掌握全部文本后再写的。但无论如何，这种紧紧伴随文本所写下的阅读感受，正是后来读者反应批评学派所鼓吹的阅读方法，二者可谓不谋而合。现在就让我们从金批《水浒传》里选大家比较熟悉的“景阳冈武松打虎”(第 22 回)中的一段，来作进一步的说明。“景阳冈武松打虎”当然是《水浒传》里一段十分精彩的叙事，情节紧张刺激，文字生动活泼而又条理分明，正好为金圣叹提供了一个可以充分发挥他才华的机会[③]。

话说武松与初次相遇的宋江话别后，便继续上路，前往阳谷县去探望哥哥武大郎。路上看到一个小酒店，挑着一面招旗，上面写着“三碗不过冈”。武松正走得肚中饥渴，于是便走了进去。第一次看故事看到“三碗不过冈”

---

① 有关 Iser 在这方面的看法，详见注 4 中的 *The Implied Reader* 及其 *The Act of Reading: A Theory of Aesthetic Response* (Baltimore: Johns Hopkins University Press, 1978)。

② 谭帆:《中国小说评点研究》，上海:华东师范大学出版社，2001，第 207 页。

③ 以下所引金圣叹之评语均见陈曦钟、侯忠义、鲁玉川辑校《水浒传会评本》，北京:北京大学出版社，1981，上册，第 419—426 页。

的招牌，自然会感到好奇，到底是什么意思呢？金圣叹显然也有同感，所以在这里的评语是“奇文”。读者对此一招牌的好奇，一直要到武松进了店，连喝三碗之后，店主再不上酒，遭武松质问时才有了答案，可以说是作者为了引诱读者继续阅读下去而制造的一个小小的悬念。不过武松在小店内大快朵颐的这一段，和后面打虎相比，要轻松许多，金圣叹的评语也就相对的显得幽默而富有个性化。武松在店里坐定之后，先要酒再要吃的，金圣叹就写道：“先唤酒，次及肉，其重其轻可知。吾闻肉食者鄙，若好酒，未有非名士者也。”后来店主拒绝再上酒，并在解释何谓“三碗不过冈”之后说道：“若是过往客人到此，只吃三碗，更不再问。”金圣叹在这里写道：“碌碌者何足挂齿。”根据朋友们的记载，“圣叹性疏宕……又好饮酒，日辄为酒人邀去，稍暇，又不耐烦”①。可见在饮酒方面，金圣叹也非等闲之辈，在上引评语中，暗中自比名士，而对只能喝三碗酒的人显得不屑，称他们为“碌碌者”。

店家这样的好酒，武松如何肯只喝三碗？好说歹说，威逼利诱，终于迫使店主将店藏的酒全部端了出来，前后共喝了十八碗，才踌躇满志地拿起随身所带的哨棒，重新上路。这已经是哨棒第七次在叙事中出现，金圣叹在此批道：“一路又将哨棒特特处处出色描写，彼固欲令后之读者，于陡然遇虎处，浑身倚仗此物以为无恐也，却偏有出自料外之事，使人惊杀。”哨棒在前面叙事中并未引起我们注意，而金圣叹显然已看完本段全部叙事，所以在此加以说明却又不点出后来发生了什么事，这就引起了我们的好奇，想快快看下去，一探究竟。这当然是作者在叙事中又一次借着哨棒的频繁出现而设置的悬念，但他自己并没有任何的暗示，要不是金圣叹的提醒，必然会被我们忽略。在这里，作为读者的金圣叹似乎已经变成了作者的助理，就像上面Iser所说，在帮助作者填补空白，一同参与创作了。

武松刚走出店门，就被店家叫住，告诉他前面景阳冈上近来出现一只吊睛白额大虫，行人们只能在晌午时分结伴过冈，以免受害。现在时间已晚，不如就在自家店里住下，明天再与其他客人同行。店家本是一番好意，却被武松误认为是为了谋财害命，完全置之不理，仍然继续大着步继续赶路。行不多远，来到冈子下面，见到一棵刮去了皮的大树，上面写着两行字，大意和店家所说一样。但武松仍然一笑置之，以为这也是店家的诡诈，无非是要客

① 引自陈登原：《金圣叹传》，上海：商务印书馆，1935，第12—13页。

人仍在他的酒店住宿。还说:“我还怕甚么鸟!”话虽如此,但下意识里武松可能开始有些疑虑,本来是提着哨棒的,这时却改为“横拖着哨棒”,作出要迎战的样子。金圣叹只忙着数哨棒出现的次数以及拿着哨棒的姿式,并没有把拿着哨棒的姿式和人物内心的情况联系起来,失去了填补空隙的大好机会,因为作者并没有说明拿着哨棒姿式的内涵,可以说是细中有粗,不无遗憾。

那时天色已晚,眼看“这轮红日厌厌地相傍下山”。气氛开始有些紧张,金圣叹在这里写道:“骇人之景。”武松又走了不到半里多路,看见一个败落的山神庙,山神庙门上贴着一张有关大虫伤害行人的正式官方榜文,才知道果然有虎,就想转身再回酒店。金圣叹在这里写道:“有此一折,反越显出武松神威。不然,便是卒然不及回避,侥幸得免虎口者矣。”这当然是一个十分敏锐而重要的观察,正因为武松先显得怯懦,后来又决定继续前进,这就表示他要主动去向老虎挑战,而不是偶然遇上,被逼动手,显不出武松的威风。也就是说,武松此时在得知冈上的确有虎后的犹豫不前,使他后来的表现显得更加勇敢和真实。这一点至关重要:武松是个勇士,但却不是超人,否则我们就会对后来人虎相搏的结果失去兴趣,甚至不想再看下去,因为一个超人怎可能死在老虎口里呢?

类似的说法,在后来的评点中又出现过三次。而这大概也是所谓的在帮助作者填补空隙,因为作者自己并没有说明他对武松的迟疑有什么看法,不同的读者可以作出不同的解读,只要不违背原作的精神就好。

武松看到官方榜文后,第一个反应就是返回酒店,但随即又想:“我回去时,须吃他耻笑,不是好汉,难以转去。”这当然是一种不合常规的反应,所以金圣叹在这里写道:“以性命与名誉对算,不亦异乎?”但我们如果想想武松在书中平时所展现的要强好胜的个性,他这样的想法还是可以理解的。不管怎样,随着武松的决定,我们对故事的期待也就大大提高,我们开始为他担忧:他真的会遇上老虎吗?遇上了又会怎样?武松会受到伤害吗?故事的气氛因此也就变得更加紧张。此时我们也能看到,金圣叹作为读者,已经完全进入叙事流中,连心脏都好像在随着故事的脉搏跳动。

武松一步步走上冈子,“回头看这日色时,渐渐地坠下去了”。故事气氛越发紧张,金圣叹看到这里不禁写道:“骇人之景。我当此时,便没虎来,也要大哭。”武松走得“酒力发作,焦热起来。一只手提着哨棒,一只手把胸膛前坦开，踉踉跄跄，直奔过乱树林来”，金圣叹：“骇人之景，可知虎林。”武松“见一块光挞挞大青石”，金圣叹：“奔过乱林，便应跳出虎来矣，却偏又生出一块青石，几乎要睡。使读者急杀了，然后放出虎来，才子可恨如此。”武松便“把那哨棒倚至一边，放翻身体，却待要睡”，金圣叹：“惊死读者。”“只见发起一阵狂风。”

“那一阵风过了，只听得乱树背后扑地一声响，跳出一只吊睛白额大虫来”，金圣叹：“出得有声势。”“武松见了，叫声‘阿呀！’从青石上翻将下来，便拿那条哨棒在手里，闪在青石边。”金圣叹：“有此一折，反越显出武松神威。不然，便是三家村中说子路，不近人情极矣。”接下来便是一场人与虎的生死相搏，惊心动魄，紧张刺激。对许多读者来说，这无疑是“景阳冈武松打虎”故事的高潮，所以金圣叹就在这里预先提醒我们：“以下人是神人，虎是神虎，读者须逐段定睛细看。”同时忍不住把自己在看完这段之后的一些总体感受和看法提前告诉了我们：

> 我尝思：画虎有处看，真虎无处看；真虎死有处看，真虎活无处看；活虎正走，或犹偶得一看，活虎正搏人，是断断必无处得看者也。乃今耐庵忽然以笔墨游戏，画出全副活虎搏人图来，今而后，要看虎者，其尽到《水浒传》中，景阳冈上，定睛饱看，又不吃惊，真乃此恩不小也。传闻赵松雪好画马，晚更入妙。每欲构思，便于密室解衣踞地，先学为马，然后命笔。一日管夫人来，见赵宛然马也。今耐庵为此文，想亦复解衣踞地，作一扑、一掀、一剪势耶？东坡《画雁》诗云：“野雁见人时，未起意先改，君从何处看，得此无人态？”我真不知耐庵何处有此一副虎食人方法在胸中也！圣叹于三千年中，独以才子许此一人，岂虚誉哉！

当一个十分紧张的故事即将进入最高潮，而我们也急于要知道老虎出现后武松将如何应对时，金圣叹却突然把我们拦住，要我们先看他自己在看完下面一段后的一些感言，未免令人扫兴。不过，如果我们把金圣叹作为第二个作者，把他的评点和文本合为一体来看，他在这里的评点其实也可以说是为我们制造了一层新的悬念和期待，因为他并没有泄露人虎相搏的最后结果，而只是在强调作者如何将人虎相搏写得活灵活现。既然如此，我们也就想要看看是否果真如金圣叹所言。

武松从青石上翻滚下来后，“那大虫又饥又渴，把两爪在地下略按一按，和身往上一扑，从半空里撺将下来。武松被那一惊，酒都做冷汗出了”。金圣叹：“神妙之笔，灯下读之，火光如豆，变成绿色。”武松“只一闪，闪在大虫背后”。就这样，虎和人一来一往，纠缠起来，一直到武松找到机会，“双手抡起哨棒，尽平生气力只一棒，从半空劈将下来。”金圣叹：“此一劈，谁不以为了却大虫矣，却又变出怪事来。”“只听得一声响，簌簌地将那树连枝带叶，劈脸打将下来。定睛看时，一棒劈不着大虫”。金圣叹：“尽平生气力矣，却偏劈不着大虫，吓杀人句。”“原来打急了，正打在枯树上，把那条哨棒折做两截，只拿得一半在手里”。金圣叹：“半日勤写哨棒，只道仗他打虎，到此忽然开除，令人瞠目噤口，不复敢读下去。”这便是上面提到读者反应批评所谓的“期待的破坏”。金圣叹接着写道：“哨棒折了，方显出徒手打虎异样神威来，只是读者心胆堕矣。”

正如金圣叹所说，哨棒没有了，武松只得徒手搏虎，但凭着他的机智与无比的勇气和气力，在经过一番生死搏斗之后，终于赢得了最后胜利。本来还想拖着死去的大虫下冈子去，但“就血泊里双手来提时，那里提得动？原来使尽了气力，手脚都苏软了”。这是十分传神而又富有真实感的一段描述，可以看出当时人虎搏斗时紧张激烈的程度，连武松这样勇猛有力的好汉都彻底筋疲力尽了。但金圣叹因为在通篇评点里所要强调的是武松在打虎时所展现的“神威”，所以在这里只写道：“有此一折，便越显出方才神威。”武松提不起老虎，才又回到青石边，坐下来稍事休息后，把刚才从青石上滚下时遗失了的毡笠儿找回来，“转过乱树林边，一步步挨下冈子来”。

如果正如读者反应批评家们所说，文学作品所要传达的基本上是一种感受和经验，而不仅仅只是一些抽象的概念，那么根据中国小说评点的方法——也是西方读者反应批评所强调的方法——来阅读，每阅读一篇文学作品，就是一个事件的发生(event)，就是一次活生生的经验。金圣叹对“景阳冈武松打虎”一段所作的细致而深入的评点，就是很好的例证。

试论评点符号早期的发展历程

大连大学　姜云鹏

关于“评点”，已经不再是什么新鲜话题，学术界已经取得了累累硕果。不过纵观当今的评点研究，学者的研究视角似乎更多地集中于“评”，而对于“点”似乎缺乏更为细致的阐述。即便是有所涉及，也是泛泛而谈，几笔带过。造成这种局面的原因，笔者认为其大要有二：一，主观上认为“点”带有太多的抽象性、随意性以及不确定性，因而毫无头绪可寻，更无价值可言。二，文献资料的缺失。由于长期以来人们对“评点”的轻视，因此在翻刻典籍时，经常将一些“评点本”中的“点”省去，《四库全书》便是一个最明显的例子。民间书坊为了节省成本，也有此方面的考虑。而对于一些完整保留了评点符号的宋元书籍，又非寻常人所能目睹。因而造成了“评点”研究中“点”的缺失。就笔者之愚见，“评点”中的“点”在发展过程中的确没有得到连贯、有序、系统的发展，因而最终也不会形成一个有着明确意义的符号体系。但在“评点”发轫之宋元时期，诸多评点形式还是有着相对固定的含义，并且也大体可以理出一个发展脉络。此外，《中华再造善本》、《续修四库全书》等一系列影印版的古籍丛书的出现，也为此问题的解决提供了便利条件。现结合有关材料，试做梳理。

我们在探讨评点起源时，一般都会提到朱熹曾在其读书过程中，经常用诸色之笔批抹文中之内容：

> 某少时为学十六岁，便好理学，十七岁便有如今学者见识，后得谢显道《论语》，甚喜，乃熟读。先将朱笔抹出语意好处，又熟读得趣，觉得朱抹处太烦，再用墨抹出；又熟读得趣，别用青笔抹出，又熟得其要领，乃用黄笔抹出。至此自见，所得处甚约，只是一两句上，却日夜就此一

两句上用意玩味，胸中自是洒落。①

读书须是以自家之心，体验圣人之心。少间体验得熟，自家之心便是圣人之心。某自二十时，看道理便要看那里面。尝看《上蔡语录》，其初将红笔抹出，后又用青笔抹出，又要黄笔抹出，三四番后又用黑笔抹出，是要寻那精底。看道理须是渐渐向里，寻到那精英处方是。②

朱熹用诸色之笔将其心得与体会处在书中抹出，此算不算得上是"评点"呢？笔者认为严格说来，这已经是"评点"了，或者更确切地说此乃评点最初之萌芽形式，因为其已经蕴含了评点的要素。"抹"是评点的形式，而此"抹"又非随意而为之，其蕴含了某些含义，或"语意好"，或"得趣"，或"得其要领"。明清时期许多人在读书过程中也施以圈点，便是此法之进一步发展。

后来吕祖谦的《古文关键》延继了朱熹读书时加以抹笔之法，从而成为第一部真正意义上的评点之作。上海图书馆藏"冠山堂藏板"，清徐树屏刊刻的《古文关键》。此本乃为《丛书集成初编》所收录《古文关键》之原本。《丛书集成初编》本原是根据"金华丛书"本而排印，"金华丛书"本则是同治十年(1871)根据昆山徐树屏本(即此本)而刊刻的。因而此本与《丛书集成初编》本相比，缺少了文前同治十年胡凤丹的"重刻古文关键序"一文。书后有署"昆山徐树屏敬思氏谨跋"言："右东莱吕子《古文关键》二卷，久乏雕本。余家自先公司寇藏有宋椠，其所评阅，抉摘心髓，开示后学，与世迥别。顾其间枣木失真，误谬颇多。张君汉瞻寝食于古，向为先公所亟赏。因请细加勘定，吕子之书，既可为学文之准，则得张君而刮发幽翳，可以灼然无疑矣。余之无似，亦曾奉庭训于先公，遍考宋元以来善本，较其同异，庶几佐张君之商榷，以无负先公遗此简篇焉尔。"徐树屏乃清初藏书大家徐乾学之子，从此跋可知，此书原为徐乾学所藏之宋版，由于年久失修而产生错讹。徐树屏乃请张云章"细加勘定"，同时己亦辅之，共成此书。张云章(1648—1726)，字汉瞻，号倬庵，又号朴村，江南嘉定(今属上海)人，国子监生。清初著名学者，嘉定六君子之一，书首有其序言一篇。所以选择徐树屏的原刻本，是因为其

① 朱熹：《御纂朱子全书》卷五十五，《影印文渊阁四库全书》第721册，第534页。

② 朱熹：《性理大全书》卷五十三，《影印文渊阁四库全书》第711册，第185页。

完整地保留了书中原有的批点形式。对此徐树屏于文首“凡例”亦有交代：

> 古人读书，凡纲目要领，多用丹黄等笔抹出，非独文字为然。后人乱施圈点，作者之精神不出矣。东莱先生此编，家藏两宋刻，刻有先后，评语悉同，皆以抹笔为主，而疏密则殊。一本稍前者，每篇抹不过数处，皆纲目关键。其稍后一本，所抹较多，并及于句法之佳者。今将二本参酌互用，第恐抹多而汩其面目，大概从前本为多，其接头处用抹，则从后本。明唐荆川《文编》于接头处用抹，尚是古法也。
>
> ……
>
> 界画处乃行文段落间架，前本颇明整，后本多琐碎不足依。然各有误处，今皆正之。
>
> 前本不施圈点，偶点其一二用字着力处，圈则竟无之。后本稍用圈点，或一二字，或一二段之下，间有着圈者，点则连行连句有之，要不过什之二三耳。

据此可知，徐家所藏两种宋版《古文关键》中的评点形式都是以“抹”“|”为主，这与上朱熹读书时常以某笔抹出云云尚是一致。同时增加了“界画处”，即截“—”，并且此时文中已经初具“圈点”，不过只是偶尔着笔，特别是“圈”，稍早之本无之。细观此书会发现，书中抹笔分“长抹”与“短抹”两种。“长抹”多施于“纲目关键处”，如韩愈《获麟解》首句“麟之为灵昭昭也”，《原道》首句“博爱之谓仁，行而宜之之谓义，由是而之焉之谓道，足乎己无待于外之谓德”，句旁都加“长抹”，从而标示出此等句子都乃文章中的“纲目”或“关键”。而“短抹”则多用于句端几个字旁，并且“短抹”经常与“截”经常结合使用。“截”用于文中段落之句末，以示文章之结构与层次。“截”和“短抹”共同出现，表示一段之终结，新一段的开启。如韩愈《讳辨》“今考之于经，质之于律，稽之以国家之典，贺举进士，为可、为不可邪！凡事父母得如曾参、周公……”，文中“邪”字下加截“—”，“凡事”二字旁加“短抹”，表明此文至“为可、为不可邪”句为一段之终结，而其下“凡事父母”云云，则为新的另一段。而“点”则用于文中反复出现的“字眼”，如《获麟解》中的“知”、“祥”，《原道》中的十七个“为之”字。

需要特别指出的是，朱熹与吕祖谦之“抹”有着很大的不同。朱熹作为一个理学家，其更加注重文章中所阐发的义理，因而其所"抹"之处，多是对此处之文义颇有会心之处，需要仔细揣摩文章之内涵以及其所表达的意义。而《古文关键》是吕祖谦为科举士子们所编纂的一部初学为文的教科书，除了要求对文章大意进行把握外，还要分清文章的结构框架和脉络层次，阐释其"纲目关键"以及"警策句法"等。因而吕祖谦在《古文关键》中所施以的各种批抹标示，才是有意而为之的，是一种真正意义上的的"评点"。而朱熹其实对此却是颇多訾议的，认为此乃是破坏了前人读书之"法度"，乃"科举时文"之弊。其曾言：

近日真个读书人少，也缘科举时文之弊也。才把书来读，便先立个意思，要讨新奇，都不理会他本意着实。才讨得新奇，便准拟作时文使，下梢弄得熟，只是这个将来使。虽是朝廷什么大典礼，也胡乱信手捻合出来使，不知一撞百碎。前辈也是读书。某曾见大东莱（吕祖谦）之兄（吕居仁），他于六经三传皆通，亲手点注，并用小圈点。注所不足者并将疏，楷书用朱点。无点画草。某只见他《礼记》如此，他经皆如此。诸吕从来富贵，虽有官，多是不赴铨，亦得安乐读书。他家这法度却是到伯恭（吕祖谦）打破了。自后既弄时文，少有肯如此读书者。（贺孙）①

因说伯恭所批文，曰文章流转，变化无穷，岂可限以如此。某因说，陆教授谓伯恭有个文字腔子，才作文字时，便将来入个腔子做，文字气脉不长。先生曰，他便是眼高，见得破。②

"圈点"原本是宋人注校经文之一种方式。尽管吕本中、吕祖谦皆为此法，但在朱熹的眼中，二人所作却有着天壤之别。吕本中乃是用"圈点"为《礼记》等经作注疏，阐明其微言大义；而吕祖谦却打破此"法度"，"立意思"，"讨新奇"，以"拟作时文使"，陷入了"文字腔子"，因而"文字气脉不长"。此处朱熹对吕祖谦"圈点"时文的批评，实际上反映出朱熹对"评点"的态度。

稍后吕祖谦的学生楼昉编纂了《崇古文诀》一书，今据《中华再造善本》影印国家图书馆所藏的元刻《迂斋先生标注崇古文诀》来看，其书所采用的

① 朱熹：《朱子语类》卷十，《影印文渊阁四库全书》第 700 册，第 159 页。
② 朱熹：《朱了语类》卷一百二十九，《影印文渊阁四库全书》第 702 册，第804 页。

评点形式与《古文关键》相似，亦以“抹”为主，同时出现了连行、连句着“点”，偶有“圈”的出现。其中“圈”分字外大圈以及字旁小圈两种。字外大圈多用于以下两种情况：一是所圈之字乃文中之字眼，或一篇之关键词。如卷二十八载李淇水的《法原》、《势原》二文中的“法”、“势”字被外套大圈；韩愈《原毁》首句“古之君子，其责己也重以周，其代人也轻以约”，其中“己”、“重”、“人”、“轻”、“约”被外套大圈。柳宗元《先圣文宣王庙碑》“虽唐虞之仁不能柔，秦汉之勇不能威”，“仁”、“柔”、“勇”、“威”四字外套大圈。苏轼《倡勇敢》“是故致勇有术。致勇莫先乎倡，倡莫先乎私……”，第一个“倡”以及“私”字套大圈。另外一种便是文中所出现重要人的名号，特别是帝王之号，以及器物之名有时也外套大圈。韩愈《原道》“尧以是传之舜，舜以是传之禹，禹以是传之汤，汤以是传之文武周公，文武周公传之孔子，孔子传之孟轲，孟轲之死，不得其传”。此段中的“尧”、“舜”、“禹”、“汤”、“孔子”、“孟轲”套大圈。苏洵《上韩枢密书》：“呜呼！不有圣人，何以善其后。太祖、太宗，躬擐甲胄，跋涉险阻，以斩刈四方之蓬蒿……”“太祖”、“太宗”二词套大圈；又“且夫天子者，天下之父母也；将相者，天下之师也”，“父母”、“师”两词套大圈。又如韩愈《原道》中“为之君，为之师，驱其虫蛇禽兽而处之中土。寒然后为之衣，饥然后为之食。木处而颠，土处而病也，然后为之宫室。为之工，以赡其器用；为之贾，以通其有无；为之医药，以济其夭死；为之葬埋祭祀，以长其恩爱；为之礼，以次其先后；为之乐，以宣其湮郁；为之政，以率其怠劝；为之刑，以锄其强梗。相欺也，为之符玺斗斛权衡以信之……”此段话中，“寒”、“衣”、“饥”、““食”、“宫室”、“工”、“器用”、“欺”、“信”字均外套大圈。字旁小圈出现的情况不多，可能用于句中的关键词，如卷三贾谊《请立梁王疏》“夫秦日夜苦心劳力，以除六国之祸。今陛下力制天下，颐指如意，高拱以成六国之祸……”，其中“苦心劳力以除”、“高拱以成”旁加连续小圈。“点”则多用于文中的精彩之句，如屈原《卜居》“黄钟毁弃，瓦缶雷鸣。谗人高张，贤士无名”，《少司命》中的“悲莫悲兮生别离，乐莫乐兮新相知”，字旁加“点”。“抹”亦分为“长抹”与“短抹”，其与《古文关键》相一致，不再繁举。

宋代真德秀的《文章正宗》是南宋时期出现的一部重要的古文选本。由于比较常见的各种明代刊刻的《文章正宗》多不加批点标示，因而此书是否真正为一“评点”本，学界在一段时期内对其含糊其词。日本学者高津孝先生在《宋元评点考》一文中首次披露，其通过阿部隆一先生的《增订中国访书志》中的著录发现:“台湾‘中央图书馆’所藏的宋末元初建安刊《西山先生真文忠公文章正宗》,系由首目与卷十五、十九、二十、二十一上、二十一下、二十二上、二十二下、二十四构成的残本。其中卷二十二上下还是以元末明初刻本配补的。宋末元初刊部分,有句读点、声点,也有圈点、抹。”①今笔者在友人的帮助下,从台湾‘中央图书馆’获见此书②。书首确有“用丹铅法”一项:

点　句读小点“.”　语绝为句,句心为读

菁华旁点“、”　谓其言之藻丽者,字之新奇者

字眼圈点“○”　谓以一二字为纲领,如刘更生《封事》中之“和”字是也

抹　　　“┃”　主意、要语

撇　　　“|”　转换

截　　　“—”节段。如贾生“可为流涕者|”之类。

以上四者皆用丹,正误则用铅。

纵观此残卷正文,其所使用的批点符号有“句读小点”、“菁华旁点”、“抹”、“撇”四种,未见“字眼圈点”与“截”之使用。其中“句读小点”即表示句读之停顿,相当于今天之标点符号,文中随处可见。而“菁华旁点”则表示“言之藻丽”与“字之新奇”,韩愈《贞曜先生墓志》“刿目钵心,刃迎缕解,钩章棘句,掏擢胃肾,神施鬼设,间见层出”,韩愈《南海神庙碑》“盲风怪雨,海之百灵秘怪,慌惚毕出,蜿蜿虵虵,来享饮食。阖庙旋舻,祥飙送飒”,“乾坤坤倪,轩豁呈露”等句,字字加旁点,即是标明“字之新奇”;柳宗元《钴鉧潭西小丘记》“其嵚然相累而下者,若牛马之饮于溪;其冲然角列而上者,若熊罴之

① (日)高津孝:《科举与时艺——宋代文学与士人社会》,上海:上海古籍出版社,2005年,第78页。

② 此书前有汪泰基的题识云:宋堑本书,珍与宋拓碑等。季沧苇、钱遵王、黄尧圃所藏,可谓空前绝后,然不全者十之八九。且元明时刷印居多。兹真西山《文章正宗》,虽仅有八册,妙在宋堑之初印者。斯时纸帘纹阔可证也。其装订褾面尚是前明,真希所见也。不必钞补齐全,亦不碍其为宝也。乙丑夏日梧桐乡人汪泰基得于申江寓次,其值英洋四十饼。

登于山”,“枕席而卧,则清冷之状与目谋;潜潜之声与耳谋;悠然而虚者与神谋;渊然而静者与心谋”,柳宗元《至小丘西小石潭记》“皆若空游无所依。日光下澈,影布石上。怡然不动,俶而远逝,往来翕忽,似与游者相乐”等也加旁点,当是指“言之藻丽”。当然“言之藻丽”与“字之新奇”并非严格可分,二者本是一体。而“撇”上言是表示“转折”,其实并非单指“转折”,其往往用于上下两句中后一句之开头,或表转折,也指承接递进等。如柳宗元《愚溪诗序》“嘉木异石错置,皆山水之奇者,以余故咸以愚辱焉。夫水智者,乐也……”,“夫”字加撇;韩愈《柳子厚墓志铭》:“呜呼!士穷乃见节义。今夫平居里巷,相慕悦……”,“呜呼”、“今”字加撇;韩愈《圬者王承福传》“问之其邻,或曰,噫!刑戮也;或曰,身既死而其子孙不能有也;或曰,死而归之官也……”,三个“或”字旁加撇。因此其与上《古文关键》中所谓的“接头处用抹”,即“短抹”乃同一用法。

与上述诸本相比,出现时间稍晚,影响却极大的另一部在南宋出现的古文批点本就是谢枋得的《文章轨范》。今《中华再造善本》影印国家图书馆藏此书的元刻本。文中使用的批点形式仍然为“抹”、“截”、“圈”、“点”四种。其与《古文关键》、《文章正宗》等相比,最大的特点是“圈”和“点”的使用更加地繁密,超越了“抹”,从而成为了全书中最主要的批点方式。《文章轨范》中的“圈”的使用,与《崇古文诀》相同,也可以分为“字外大圈”与“字旁小圈”两种,其中尤以“字旁小圈”的使用尤为频繁,甚至在一些总结性、概括性的句子旁,不再加以“长抹”,而是缀以连续的字旁小圈。如韩愈《应科目时与人书》“愈今者实类于是”,《送石洪处士序》“于是东都之士咸知大夫与先生果能相与以有成也”,句旁字字均加小圈。而“字旁大圈”则多施于句中的“字眼”以及关键词,如韩愈《原毁》“古之君子,其责己也重以周;其待人也轻以约”。其中的“古”、“己”、“重”、“周”、“人”、“轻”、“约”六字,字外套圈。苏洵《春秋论》“赏罚者,天下之公也;是非者,一人之私也。位之所在,则圣人以其权为天下之公,而天下以惩以劝。道之所在,则圣人以其权为一人之私……”其中“赏罚”、“是非”、“公”、“私”四词,字外套圈。相反文中“抹”的使用相对较少,且以句首的“短抹”为主。韩愈《送石洪处士序》“酒三行且起,有执爵而言者曰:‘大夫真能以义取人,先生真能以道自任,决去就,为先生别。’又酌而祝曰:‘凡去就出处何常,惟义之归,遂以为先生寿。’又酌而祝曰:‘使大夫恒无变其初,无富贵其家而饥其师,无甘受佞人而外敬正士,无味于谄言，惟先生是听。”此段话中的两个“又酌而祝曰”，旁加抹笔。而“点”的使用则极其常见，文中精彩的句子以及纲目关键处，都可以于字旁加“点”。总而言之，在《文章轨范》中，“圈”与“点”已经取代了“抹”，成为最主要的批点形式。后来明清时期出现的评点本，多是于文中加以各种类型的“圈”与“点”，便是此风的延续与进一步发展。

综上所述，宋元时期的批点形式总体上有抹“｜”、撇（短抹）“|”、圈“○”、点“、”、截“—”五种形式。其中“抹”大致施于文中之主题以及纲目、关键处，乃一篇之中心主意和要领。而“撇”多用于句首之一二字，表示上下文之转、承、递、合等关联，乃一篇之筋脉联络处。“截”则表示一段落之终结，显示出文章的层次结构。而“圈”和“点”的情况则比较复杂，并且二者经常可以交互替用，所以后世便形成了所谓的“圈点”之说。早期宋元时期的“圈点”所表达的意义主要有以下两种：一是表示文中之关键词，即一篇文章之“文眼”。徐树屏家藏两种《古文关键》，前一种用了“点”，后一种则用了“圈”。《崇古文诀》中则用字外套圈，而《文章正宗》中有所谓的“字眼圈点”都是谓此。二是表示文中之奇词佳句。或是议论精辟、说理透彻，或是描写清新、陈述条畅者，慢慢地亦开始施以“圈点”。《文章正宗》中所谓的“精华旁点”，而在《崇古文诀》、《文章轨范》中，此类的例子也不胜枚举。

关于评点形式的发展历程，《四库提要》中也有所阐发：

> 宋人读书于切要处，率以笔抹。故《朱子语类·论读书法》云：“先以某色笔抹出，再以某色笔抹出。”吕祖谦《古文关键》、楼昉《迂斋评注古文》亦皆用抹，其明例也。谢枋得《文章轨范》、方回《瀛奎律髓》、罗绮《放翁诗选》始稍稍具圈点，是盛于南宋末矣。

此段话大致说来不错，尽管亦有不确之处。从上对几种古文选本批点情况的描述可知，“圈”与“点”实际上在宋本《古文关键》中就已经出现，后来《崇古文诀》以及《文章正宗》中都有“圈点”的使用，因而并非是直到《文章轨范》才“始稍稍具圈点”。但其为我们勾勒出宋代以来古文批点的一个大体的发展脉络，即从“抹”开始，而向“圈点”发展。在《古文关键》中，“抹”毫无疑问是最主要的批点方式。《崇古文诀》也基本上继承了此种方式，但同时“圈点”也相对增多。《文章正宗》“菁华旁点”、“字眼圈点”与“抹”难分伯仲，二者大体上已经是平分秋色。而到了《文章轨范》，虽也可以见到“抹”之使用，但此时“圈点”之使用更加地繁密，从而也超越了“抹”，成为最主要的评点方式。批点方式从“抹”向“圈点”的转变，从一个侧面反映出古人读书从最初只注重文章的内容，逐渐地开始关注文章的形式之美，因而才会对文中的清词丽句也要加以关注。

从《诗经》评点看评点与注解之区别

安徽大学　张洪海

《诗经》评点借助评点这一中国自宋代以来特有的文学批评方式，于明清两代取得较大成绩，绽放出异彩，因此我们需要对评点的形式有一个清晰完整的认识。朱自清在《诗文评的发展》一文中说："评点大概创始于南宋时代，为的是给应考的士子揣摩；这种选本一向认为陋书，这种评点也一向认为陋见。可是这种书渐渐扩大了范围，也扩大了影响，有的无疑的能够代表甚至领导一时的风气，前者如宋末方回的《瀛奎律髓》，后者如明末钟惺、谭元春的《古、唐诗归》。文学批评史似乎也应该给予这种批评相当的地位，才是客观的态度。"①的确，评点，尤其是涉及科考的评点，自然有其腐气所在，但却不能一味抹杀其存在的价值。不仅如此，我们还应充分发掘其有益的元素，为文学批评的领域淘出有价值的"金子"。除此之外，我们也应认识到，评点是古人研读文章的一种重要方式，并且是文本传播的一种重要方式。它的性质与其他的文学批评著作一样，它是对于具体文学作品进行的评论或批评以及由此而引发的文学理论阐述。

但时人常常混淆评点与注解的区别，甚至专家学者也会有这种误区。混淆的原因与《诗经》传统注解著作数量庞大较易出现在人们的视野而评点著作数量较少难以见到有一定关系，也与时人不了解评点的性质有关。针对这种现象，本文试对评点与注解这两种文献形式略作梳理并加以区别。

一

评点最早是在南宋出现的，起初是用来评选诗文。正如杨明先生在

① 朱自清：《朱自清古典文学论文集》，上海：上海古籍出版社，2009 年，第 548 页。

《〈文选〉评点研究序》一文中所云“这种样式，可说是一种具体的、实际的批评，具有很强的实践性，体现了我国古代文学批评的特点和优点。”①但是，这种具有民族特色的批评方式运用在儒家经典上，却是到了很晚以后的明代后期。评点的出现虽然与注解（经学传统上一般称“注疏”）密切相关，但又有根本的区别。《诗经》的评点却是在儒家经典的评点出现时而出现的，它的出现一开始就有着深深的经学烙印，与一般文学性诗文有所区别。

《诗经》评点无论从内容还是形式上都有自己独特的因素。但由于语言自身的不确定性，现今“评点”一词多被泛化地理解为“评论”或者错误地理解为“笺注”。正如朱自清所云：“文学批评里的许多术语沿用日久，像滚雪球似的，意义越来越多。沿用的人有时取这个意义，有时取那个意义，或依照一般习惯，或依照行文方便，极其错综复杂。要明白这种词语的确切意义，必须加以精密的分析才成。”②以下将分别从评点与注解两种文献形式的联系与区别诸方面界定评点的实际内涵。

“评点”一词，本来有两个含义，一为评论圈点，一为评论比量。前者为原初义，是指在文本上圈点评批。后者为原始义和衍生义的聚合义，是广义，此广义甚至扩大到了文事之外的人事。可以清代朱焘的一句话作为证据，他在《北窗呓语》中说道：“《水浒》一书，有天罡地煞之目，后人仿之以评点人物。”如果取广义，那么一切针对于作品的意见都算，那么就过于宽泛，和评论等义，也就失去了这个词特有的意旨。大凡研究，应取其精确义和深层类，因此，这里我们取前者作为研究对象。

考察“评点”的原初义，大致为古人读书时，随手在字里行间写上一点体会、感受，对精美的句子加圈点，称为评点。明瞿佑《归田诗话·还珠吟》云：“乡先生杨复初见而题其后云：义正词工，使张籍见之，亦当心服。又为序其编首，而百篇皆加评点。”清黎庶昌《〈续古文辞类纂〉叙》云：“宋、元、明以来，品藻诗文，或加丹黄判别高下，于是有评点之学。”

因此，评点的文本存在形式和一般的文学批评形式有所不同：一般的文学批评著作可以单行，但文学评点相对于文学作品的纸本即物化形态却只

① 杨明：《〈文选〉评点研究》序，赵俊玲：《〈文选〉评点研究》，上海：上海古籍出版社，2013年，第1页。

② 朱自清：《诗文评的发展》，《朱自清古典文学论文集》，第548页。

能如影随形。这一点跟文本的注解是一致的，即无论是评点还是注解，都要依附在作品文本上。评点者在文学作品原文上或点（、·）或圈（○△◎●），以此配合对于文学作品原文的评论文字。评论文字一般手写在书页的天头、行间以及每篇的篇前、篇后，形成眉批、旁批、章评、篇前评、篇后评等（小说评点中往往称回前评、回后评、总评等）。还有一种夹在文学作品正文之中的，这种评点往往是在手抄作品原文的时候同时进行的。关于这种性质，可以参考谭帆对于评点的界定：

> 一、评点是中国古代文学批评的一种重要形式，与“话”、“品”等一起共同构成古代文学批评的形式体系。这种批评形式有其独特性，其中最为重要的是批评文字与所评作品融为一体，故只有与作品连为一体的批评才称之为评点，其形式包括序跋、读法、眉批、旁批、夹批、总批和圈点。
>
> 二、正因为评点与所评作品融为一体，故带有评点的文学作品成了一种独特的文本形式，这种文本一般称之为“评本”。“评本”是文学作品在其传播过程中一种特殊的文本形态，而非“文学形态”，这种文本形态对中国文学批评史的研究和中国文学传播史的研究有重要价值。
>
> 三、评点在总体上属于文学批评范畴，是一种对文学作品的评价、判断和分析。但在古代文学批评史上，评点在俗文学领域如戏曲和通俗小说则越出了文学批评的疆界，介入了对作品本身的修订和润色，这是一个特例，但也是一个不应忽视的现象。①

这一界定，包括了对“评点”的形式、“评点”的文本以及“评点”所属范畴的概括说明。具有极强的指导意义。《诗经》的评点，除了不具备“介入了对作品本身的修订和润色”这一功能外，其他特点完全具备。但鉴于《诗经》经学的文化现象、《诗经》文本的特殊性以及时人对《诗经》评点含义的各种误解，有必要从评点与注解进行对比分析，以突出其文本特点。

---

① 谭帆：《中国小说评点研究》，上海：华东师范大学出版社，2001年，第6页。

二

《诗经》评点，要和汗牛充栋的《诗经》注解区别开来。

注解有很多种类，如《十三经注疏》中存在的传、注、笺、疏、正义、集解、注疏，都属于注解系列。另外还有音义、章句、补注、集传、集释、序、解故、说义、解、集注、义疏、讲疏、索隐、直接、述、疏证、通释、举要、正读、译注、新注、纂义、今诂、解诂、通笺等等名目，有的有区别，有的区别不大，有的虽然名称不同其实就是同一种。这些注解都可以归为注解一类，但又并非和当前注释的含义完全一致，因为现代学术著作规范中的注释一项还包括了引文出处的标注，这在注解的各项功能中是没有的。这林林总总的注解方式，在两千多年的《诗经》研究上表现得最为全面。

汉朝的注解一般称传、注、笺、章句、故（诂）、训等，《汉书・艺文志》著录的著作名称中还出现过解、说、微等。这些类目其实大致相同，比如《毛诗故训传》的书名就包含了"故"、"训"、"传"三者。但三者其实还是略有区别的。

"故"亦作"诂"，陆德明《经典释文・诗・周南・关雎诂训传第一》音义曰："诂训，旧本多作故，今或作诂。"《尔雅・释诂》邢昺疏曰："诂，古也。古今异言，通之使人知也。"《说文解字》云："诂，训故言也。"《毛诗正义・周南・关雎诂训传第一》孔颖达疏曰："诂者，古也，古今异言，通之使人知也。"以上均意谓用通行的话解释古代语言文字或方言字义。《汉书・艺文志》著录鲁、齐、韩今文三家《诗》类著作，每一类都有"故"若干卷。比如《鲁故》二十五卷，《齐后氏故》二十卷，《齐孙氏故》二十七卷，《韩故》三十六卷。

"训"，是解释的意思。《尔雅・序篇》："释训，言形貌也。"《毛诗正义・周南・关雎诂训传第一》孔颖达疏曰："训者，道也，道物之貌，以告人也。"所谓"言形貌"、"道物之貌"都指对言语词汇所指称的事物进行描绘和说明，泛指一切解释。如东汉高诱注解《淮南子》，每篇标题下都标一"训"字，如《览冥训》、《本经训》等。汉代还有谢曼卿《毛诗训》，今佚。此种《诗》类著作名可据刘毓庆《历代诗经著述考（先秦——元代）》[①]一出考知。

"传"，《经典释文》谓"传述"，《毛诗正义・周南・关雎诂训传第一》孔颖

① 刘毓庆：《历代诗经著述考（先秦——元代）》，北京：中华书局，2002年，第53页。

达疏曰："传者，传通其义也。"即转述解释以阐明经义的意思，主要目的在于传述义理，有如孔子的"述而不作"。相传《春秋左氏传》以《春秋》为纲，就是传述解释《春秋》的。而《春秋公羊传》和《春秋穀梁传》也是转述解释《春秋》的，只不过和《左传》不同的是，它们的侧重点在于阐释《春秋》的"微言大义"。"传"又有不同的名目，有"内传"、"外传"、"补传"、"集传"。《汉书·艺文志》著录的《诗》类著作，除《毛诗故训传》以"传"命名外，《汉书·艺文志》著录的《韩诗内传》、《韩诗外传》等也是以"传"命名的。除此之外，汉代以"传"命名的《诗》类著作，据刘毓庆《历代诗经著述考（先秦——元代）》所录，还有原题端木赐述《诗传孔氏传》、《楚元王交诗传》、《鲁诗传》、《齐诗辕氏内传》、《齐诗辕氏外传》、《齐后氏传》、《齐孙氏传》、郑众《毛诗传》、贾逵《毛诗传》、《马融毛诗传》、《荀爽诗传》等。

综上所述，"传"是阐明经义的，"故"、"诂"是解释古语词的。"训"是解释物之形貌的。但故或诂与训有时连用，称故训或诂训，亦或训诂。除这三种最古的注解以外，较早出现而影响力较大的还有"说"、"笺"、"章句"、"注"、"集解"、"义疏"、"疏"、"正义"等。

"说"，也是汉代出现较早的注解名称。"说"，"犹解也"（郑玄注《礼记·檀弓下》）。《墨子·经上》："说，所以明也。"由此看来，"说"就是说明解释的意思。"说"和"故"词义相近，但估计有所区别，因此《汉书·艺文志》著录《诗》类著作中有《鲁说》二十八卷，同时又有《鲁故》二十五卷；有《韩说》四十一卷，又有《韩故》三十六卷。以"说"命名的汉代《诗》类著作，除《鲁说》、《韩说》外，刘毓庆《历代诗经著述考》还录有伏黯《齐诗解说》、《吕叔玉诗说》等。

"笺"在古籍的注解中是非常重要的一种，是东汉郑玄最早使用的，而且在郑玄《毛诗笺》之后，后代《诗经》类著作就几乎没有以"笺"命名的了。所以给《诗经》作笺，既是郑玄的开创，又是郑玄的专有。但"笺"这种注解名称和方式，却极其广泛地用在了后世《诗经》以外其他古籍的注解著作中了。古人注解古籍，对前人说法加以引申阐发，大都称作"笺"，可见影响之大。郑玄注解《诗经》，是在《毛诗故训传》的基础上阐说的，对于毛传简略隐晦的地方加以阐明补充，同时提出与传不同的见解，所谓"郑以毛学审备，遵畅厥旨，所以表明毛意，记识其事，故称为笺。"（孔颖达《毛诗正义》）郑玄在注解《诗经》的时候，把自己的解说标明"笺"，表示不与毛传相杂，便于读者识别，成为一种独创的体例。而郑玄对于其他儒家经典的注解由于不具备这种体例，遂名为“注”，而不称“笺”。

“章句”之名，是离章辨句的省称。作为一种注释，章句不像传注类注释那样以解释词义为主，而着重于逐句逐章串讲、分析大意。汉儒用章句讲经，大都支离烦琐，故被斥为“章句小儒”，这种研究方法被称为“章句之学”。一般人“羞为章句”，故自汉以后，章句日渐亡佚。刘毓庆《历代诗经著述考》著录《诗》类以章句命名的《诗》类著作有韦贤《鲁诗韦君章句》、许晏《鲁诗许氏章句》、伏理《齐诗伏氏章句》、《伏黯改定齐诗章句》、伏恭《删定齐诗章句》、《薛夫子韩诗章句》、薛汉《薛氏韩诗章句》、杜抚《删定韩诗章句》、张匡《韩诗章句》等。

“注”，狭义上是注解体例的一种，广义上也可包含所有的注解体例。已知最早以“注”命名的《诗经》类注解著作应该是由魏入晋的王肃开始的，其书称作《毛诗注》二十卷，已佚。唐孔颖达《毛诗正义》谓：“注者，著也，言为之解说，使其著名也。”可见其含义和作用比较广泛。

“集解”，是魏晋时出现的注解体例。张舜徽先生谓：“当两汉博士之学盛行的时候，学贵专门，不相通假。所为传、注，不出一家之言，到魏晋时，便出现了‘集解’的体例。”“后世集解、集注、集释、集说这一类的体裁，日出不已，都是沿着这种体例向前发展的。”①刘毓庆《历代诗经著述考（先秦——元代》所著录的《诗经》类著作在三国晋南北朝期间以“集解”或“集注”命名的有顾欢《毛诗集解叙义》、齐伏曼容《毛诗集解》、崔灵恩《毛诗集注》等。

“义疏”，其名源于六朝佛家解释佛典，后来泛指补充和解释旧注的疏证。“有如皇侃《论语义疏自序》所说：‘引取众说，以广异闻。’那么，它和集解体例大致相同，不过更为详尽罢了。”②义疏体之所以出现在六朝，皮锡瑞曾有概述：“汉学重在明经，唐学重在疏注；当汉学已往，唐学未来，绝续之交，诸儒倡为义疏之学，有功于后世甚大。”③刘毓庆《历代诗经著述考（先秦——元代》所著录的《诗经》类著作仅三国晋南北朝期间共同以《毛诗义疏》命名的就有十三家之多。义疏还有许多别称，如疏义、义记、义章、义宗、传义、章疏、讲疏等。

---

① 张舜徽：《中国文献学》，上海：上海古籍出版社，2005年，第142页。

② 张舜徽：《中国文献学》，第143页。

③ 皮锡瑞撰，周予同注：《经学历史》，北京：中华书局，2004年，第130页。

"疏",跟"义疏"有所区别。"疏"是"正义"的别称。"正义"的名称起自唐贞观年间。唐太宗诏孔颖达与诸儒,择定五经义疏,敷畅传疏,谓之"正义",后来通谓之"疏"。孔颖达等调和毛郑两家之说,作为《诗经》的注。又用刘焯《毛诗义疏》、刘炫《毛诗述义》为底本,再加疏解,撰成《毛诗正义》。南宋以前,《五经正义》五种单行,至绍熙开始将十三经之汉注与唐疏合刊,"注疏"之称才流行开来。

综上所述,"注疏"是注和疏的并称。"注"是对文本字句的注解,包括传、笺、解、章句等;"疏"是对注的注解,包括义疏、疏义、正义等。后来注疏的名头极响,成为各种注解体式的代称。当然,时人也有把笺注当作所有注解体式的概括名称的,在这一层面上,注疏和笺注的含义是一致的。

三

传统《诗经》注解与《诗经》评点有本质上的不同,《诗经》注解的本质是经学的,《诗经》评点的本质是文学的。其次,二者的表现形式不同,《诗经》注解是繁琐的,《诗经》评点是简明的。再次,二者的语言特征和语言系统不同,《诗经》注解的语言表达方式上以说明为主,《诗经》评点的主要语言表达方式是议论、描写、说明相糅杂。再就是从内容和功能上看,区别更大,可分别观之。

以《诗经》的历代注疏而论,其内容关乎经籍中文字正假、语词意义、音读正讹、语法修辞,以及名物、典制、史实等,一般不出以下几种功能:

第一,扫除文字障碍,用通行的语言解释古字、古义,并对难字注音。此类著作常以"某某音义"或"某某注"题名。

第二,揭示篇章要旨,串讲句意。此类著作常以"某某章句"、"某某解"题名。

第三,考证文本词语的出处(语典)和故事来源(事典)。此类著作常以"某某注"、"某某笺"题名。

第四,补充史料,考证史事。

第五,阐发文本深层的思想意义,阐述注者本人的见解。

第六,对前人对同一文本所作的多种注解进行系统总结与梳理,间附按语表明己意,或不发表己意。

由此可见,传统注疏的内容很少涉及《诗经》文本的文学批评范畴,而大致属于语言文字、音韵、历史、伦理、民俗、政治范畴的内容都有所涉及。

再看《诗经》的评点,则不外乎这样几种功能:

第一,揭示诗歌体式、命意、题材、诗境方面的开创性及其影响后世诗歌的表现。

第二,与其他在体式、命意、题材、诗境方面相近的诗或诗句进行比较,以显示其优长,用于对比的诗歌范围不限于《诗经》。

第三,用另一种形象化的语言来形容比拟所评点诗句的意境或风格,使读者的感性理解更加准确。

第四,揭示诗背后的本事。(此点与注疏内容有相同处)

第五,把诗义进行引申,借以阐述批点者个人的思想见解和感受。(包括政治、伦理、社会、人生等,这一点跟注疏内容也有交叉)

第六,示以文章规矩,即对所评点诗或诗句所涉及的诗法进行分析和总结,包括字法、句法、结构、修辞及具体其他诗歌创作手法。(注疏也偶有涉及诗艺的著作,但比例极小,一般是像朱熹《诗集传》那样只标明"赋也"、"比也"、"兴也"等,基本不作具体评述)

第七,为读者点明诗篇精彩之处,当然有时也会点明败笔之处。

第八,偶尔也涉及训诂内容,但不占主流。

由此可见,《诗经》评点的内容多属于文学批评范畴,而很少涉及文学之外的内容。《诗经》评点的内容特点是,以批评的随意性取代笺注的严肃性,以句法的点拨和分析取代本意的探讨,以艺术的鉴赏取代语词的训释,不太留意于史实的钩沉和本事的索隐,总体上以文学的鉴赏、艺术的分析为要务。

综上所述,《诗经》评点与注疏有本质上的区别。首先,《诗经》评点侧重评析与鉴赏,从思维方式上看偏感悟性评论;《诗经》注疏侧重训诂与串讲,从思维方式上看偏理性说明。其次,从语言表达上看,评点语言形象,多情感倾向的评价,注疏语言抽象,多不厌其烦的说明。评点语言偏文学性,可读性较强;注疏语言偏学术性,可读性较弱。当然,注疏语言并非一味枯燥无味,比如郦道元《水经注》,注文文字清美,富于文学价值。再如方玉润《诗经原始》的许多注文也形象具体,朗朗可诵。但这是不多的现象。今人谈及评点,有误以笺注为评点者。为示以区别,黄永武先生对此有详细的说明：

> 圈点批评与笺注是有所不同的：圈点批评是较为主观的，而笺注则较为客观；圈点批评可与作者为敌，指出诗中的缺点，而笺则不得矜伐非毁，宜守"尊题"的原则；圈点批评可以全出个人的爱憎，而笺注则在考订翔实，须有证据。又评诗者可以就全集中选评若干首，全首中选评若干句若干字，作为批评对象，而笺注则务求详备完整。①

黄氏此论，移用于区别《诗经》的评点与笺注，也是恰当的。

另外，《诗经》评点与注解有完全不一样的习惯性用语和术语。

涉及到训诂的注解的术语一般有如下几种：

第一种是用于注音的，有"音某"、"某某反"、"某某切"、"读为"、"读曰"、"读若"、"读如"、"如字"等等。如：《诗经·卫风·氓》"淇则有岸，隰则有泮"，郑笺："泮，读为畔。"

第二种是用于释义的，有"某，某也"、"某某曰某"、"某某为某"、"某某谓之某"、"某，言某也"、"某某之言某"、"某某之为言某"、"某，谓某某"、"某，犹某某"等等。如《诗经·周南·芣苢》"采采芣苢，薄言掇之"，毛传："掇，拾也。"再如《诗经·魏风·硕鼠》"逝将去女，适彼乐郊"，郑笺："郭外曰郊。"再如《诗经·召南·殷其靁》"殷其靁，在南山之下"，郑笺："下，谓山脚。"

第三种是用于表示词的某种性质或状态的，有"某某，某某貌"，相当于现代汉语中"……的样子"。如《诗经·卫风·氓》"桑之未落，其叶沃若"，朱熹《诗集传》："沃若，润泽貌。"

第四种是用于串讲句意的，有"言"、"谓"等，相当于现代汉语中"说的是……"。如《诗经·邶风·谷风》"凡民有丧，匍匐救之"，郑笺："匍匐，言尽力也。"再如《诗经·郑风·野有蔓草》"野有蔓草，零露溥兮"，郑笺："蔓草而有露，谓仲春之时，草始生，霜为露也。"

第五种是用于指明虚词的，有"某，词也"、"某，辞也"。如《诗经·周南·汉广》"汉有游女，不可求思"，毛传："思，词也。"再如《诗经·周南·芣苢》"采采芣苢，薄言采之"，毛传："薄，辞也。"

① 黄永武：《中国诗学——考据篇》，台北：巨流图书公司，1977年，第75—76页。

以上这些传统注疏里的术语，在《诗经》评点中是极少存在的。《诗经》的评点术语自有其特有的面貌，一般有这么几种：章法、字法、句法、起、分、合、聚、散、妙于，等等，不一而足。而评点最重要的特点是有很多形象化的评论语言，如邓翔《诗经绎参》对于《泉水》一诗第一节的眉批：

> (邓眉)如山川出云，娴绕摇扬而起。言水尚知归，地难缩短也。“亦”字见深情。《柏舟》章“亦泛其流”，正兴也；此章“亦流于淇”，兼反正两兴。唐诗“人心胜潮水，相送过浔阳”，又从此诗翻出一步。

既然《诗经》现在已经公认为性质为文学的诗歌总集，那么也有必要把《诗经》的评点跟集部的笺注做个比较，作为《诗经》评点跟经学注疏区别的一个补充。朱自清说：“原来对于集部的工作，大致有两个方向。一是笺注，是求真；里面也偶有批评，却只算作笺注的一部分。《楚辞章句》里论《离骚》，似乎属于这一类，又如《文选》里左思《魏都赋》张载注，论到如何描写鸟将飞之势，如何描写台榭的高，比较各赋里相似的句子，指出同异，显明优劣，那更清楚的属于这一类。”①

四

注解的功用，主要在于使得古代文本的语言、名物、制度、本事、故实、思想、意念更清晰地表现出来，其价值自不必多言，但其对于诗歌所描写的形象、意境、诗法、风格、结构等艺术层面的问题却呈缺失状态，这不能不说是种遗憾，而这种遗憾，恰有评点来为它弥补了。其实，《诗经》的传统注解除了很少涉及文学评述这一缺憾，还存在其他的弊端。如冯元仲于《孙鑛批评诗经·诗经叙文》中指出：“余窃怪古今博士家言，徒向注脚中研讨，而于经章法、句法、字法，割裂颠倒，移眸在鼻，无处识其本来面目，则宋人以训故解诗而诗晦，今人以时文说诗而诗亡也。”

细究传统经学注解的弊端，主要有三个方面，一是繁琐考证，二是穿凿附会，三是语言酸腐可厌。

---

① 朱自清：《诗文评的发展》，《朱自清古典文学论文集》，第548页。

早在东汉时期，作为史学家的班固就已经深切认识到了经生解经的虚妄，并对此现象提出了严厉的批评，他说："后世经传既已乖离，博学者又不思多闻阙疑之义，而务碎义逃难，便辞巧说，破坏形体；说五字之文，至于二三万言。"①桓谭和王充对经生解经有所批评和诘责，如《汉书·艺文志》颜师古注曰："桓谭《新论》云秦近君能说《尧典》，篇目两字之说至十余万言，但说'曰若稽古'三万言。"②

这种现象的产生，究其原因，盖经生在"经"这一"帽子"的预设重压下，在读诗之时，丝毫不敢怀疑所谓的经典篇篇具有微言大义，缺乏自由之思想、独立之精神；且又不明了诗心曲直、匠心所在，读而不知其意，于是妄加臆测，附会圣王贤妃，以致于酸腐可厌。王充讲道"儒者说五经，多失其实。前儒不见本末，空生虚说；后儒信前师之言，随趣述故，滑习辞语"。这种现象，到了后来，在政府的提倡和科举的催化之下，越发荒谬可悲了。

陈继揆在其《诗经》评点著作《读风臆补》的目录后之识语中对于《诗经》的经学注解提出了批评，他说："故诗可意会而不可以言传。何则？传之于言，笺疏愈烦，性情愈晦；会之于意，性情既通，笺疏可废。"而评点正是读诗时"会之以意"的批评方法，故而评点与笺疏各不相侔。

对于经学注疏酸腐可厌、冗长无趣的语言表达习惯，钱钟书先生则在《管锥编》中进行过令人解颐却发人深思的讽刺：

> 闻寓楼庭院中六七岁小儿聚戏歌云："一二一，一二一，香蕉苹果大鸭梨，我吃苹果你吃梨"；又歌云："汽车汽车我不怕，电话打到姥姥家。姥姥没有牙，请她啃水疙瘩！哈哈！哈哈！"即若前举儿歌，苟列《三百篇》中，经生且谓：盖有香蕉一枚、苹果二枚、梨一枚也；"不怕"者，不辞辛苦之意，盖本欲乘车至外婆家，然有电话可通，则省一番跋涉也。③

另外，繁琐的训释也会遮蔽诗歌固有的抒情或叙事的文学本质，其训释本身也是非常迂阔可笑的。郑振铎先生称这种繁琐的训释为"重重迭迭的

---

① 班固：《汉书》，北京：中华书局，1962年，第1723页。
② 班固：《汉书》，第1724页。
③ 钱钟书：《管锥编》(第一册)，北京：中华书局，1979年，第64页。

注疏的瓦砾”①。

而对于评点，杨明先生在《〈文选〉评点研究序》中云：

过去一些学者，往往轻忽评点，究其缘故，主要是两点：一是以为评点层次低，只不过便于初学，难登大雅之堂；二是因明清评点每多讲文脉、章法、受八股影响，八股文既被否定、排斥，则评点也受其累。其实层次之高低，主要取决于评者的眼光、见解，而不在于形式。评点虽显得零碎，也难于发表理论色彩强烈的高言谠论，但从具有真知灼见、艺术感悟的片段之中，正可以归纳、概括出评点者的观点、倾向，而且有血有肉，更为准确。至于讲究意脉、章法，正是我国古人为文的一大优点。不信笔所之，以锤炼求自然，以约束求放达，古代有那么多脍炙人口、流传千古的诗文，与这样的好传统大有关系。②

过去学者确实往往轻忽评点，比如蒋天枢先生就在《〈诗义会通〉出版说明》中认为吴闿生《诗义会通》中注文及按语中偶附的评语，“可认为是‘八比文’施用评点的一种陋习”③。轻视归轻视，蒋先生同时也认为这些评语“对读者理解文理不无小助”④。而随着近年来学界对评点的关注，这种轻视态度已大为改观。

当然，评点的缺点也是显而易见的，一是支离破碎，不易完整阐述观点；二是点到即止，有时不能深入。当然点到即止有时也未尝不是优点。因此对于评点的总结和研究，既要沙里淘金，不厌其烦，还要由表及里，在其点明精彩的地方深入探讨。

---

① 郑振铎：读《毛诗序》，《古史辨》卷三，上海：上海古籍出版社，1982年，第146页。

② 杨明：《〈〈文选〉评点研究〉序》，赵俊玲：《文选》评点研究，第1页。

③ 吴闿生：《诗义会通》，上海：中西书局，2012年，第2页。

④ 吴闿生：《诗义会通》，第2页。

冯绍祖校刊《楚辞章句》考论

复旦大学　罗剑波

冯绍祖校刊《楚辞章句》(以下简称冯本),在《楚辞》评点史乃至《楚辞》学史上地位都颇为重要。在评点方面,该本确立的评点形态及对于评家的遴选、确定,对后世《楚辞》评点影响深远,直至民国六年俞樾辑评《百大家评点王注楚辞》,仍可见该本的影子在其中。在《楚辞》学史方面,明代前中期由于朱子学的兴盛,这时期的《楚辞》学也基本上笼罩在朱熹《楚辞集注》之下,冯本的问世对于进一步打破这种垄断,推进《楚辞》学多元化走向有重要的贡献和意义。正因如此,台湾艺文印书馆于 1974 年即将该本影印出版。大陆除姜亮夫、崔富章等先生之相关著录外,专门研究较少,似未引起学界的足够重视。笔者已撰《早期〈楚辞〉评点校刊者冯绍祖考论》[①]与《论冯绍祖校刊本〈楚辞章句〉对〈楚辞补注〉的择取与接受》[②]两文,分别对冯绍祖家世、交游、论《骚》思想,以及冯本对于洪兴祖《楚辞补注》的接受等问题作了考察。本文拟在此基础上,就冯绍祖对于前世《楚辞》注本的认识、刊刻此本的思考,以及该本所收评点等重要问题作全面谈讨。

一、冯本产生的背景与冯绍祖对前世《楚辞》注本的认识

冯绍祖,浙江海宁人,生卒年不详,亦少有作品传世,其所校刊王逸《楚辞章句》,是我们得以探知其人的主要资料。绍祖有《校楚辞章句后序》,末

---

① 罗剑波:《早期〈楚辞〉评点刊刻者冯绍祖考论》,载《武汉大学学报》(人文科学版),2014 年第 4 期。

② 罗剑波:《论冯绍祖校刊本〈楚辞章句〉对〈楚辞补注〉的择取与接受》,载《古籍研究》2007 年卷下;后又收入中国屈原学会编《中国楚辞学》第 14 辑,北京:学苑出版社,2011 年。

题"万历丙戌月轨青陆朔盐官冯绍祖绳武父书于观妙斋","丙戌"为明万历十四年(1586),"月轨青陆","青陆"指三月,颜延之《三月三日曲水诗序》:"日躔胃维,月轨青陆。"吕向注:"青陆,东道也。言立春、春分月从东道也,言月行于此也。"①《逸周书·周月》:"春三月中气:惊蛰,春分,清明。"②由此知序成于万历十四年(1586)三月初一。绍祖又请黄汝亨作序,末署"万历柔兆阉茂之岁夏且朔"③,"柔兆"为"丙","阉茂"为"戌"。综合来看,该书或成于是年春夏之际,书成之时,又请黄氏为序,以广声势。

在冯本出现之前的明前中叶,社会上广泛流传的是朱熹《楚辞集注》。这除朱注自身之优点外,更多则是在于官方的大力提倡与推崇。明初为了加强思想文化控制,朝廷大力提倡孔孟之道及程朱理学,并将其作为科举考试的阐释标准,朱子学与日俱兴,成为权威,朱熹《楚辞集注》亦成为《楚辞》学界的标杆和准则。如时人何乔新《楚辞集注序》云:

> 《三百篇》后,惟屈子之辞最为近古。……汉王逸尝为之《章句》,宋洪兴祖又为之《补注》,而晁无咎又取古今词赋之近《骚》者以续之。然王、洪之注,随文生义,未有能白作者之心。而晁氏之书,辨说纷拏,亦无所发于义理。朱子以豪杰之才、圣贤之学,当宋中叶,厄于权奸,迄不得施,不啻屈子之在楚也。而当时士大夫希世媒进者,从而沮之排之,目为伪学,视子兰、上官之徒,殆有甚焉。然朱子方且与二三门弟子讲道武夷,容与乎溪云山月之间。所以自处者,盖非屈子之所能及。……嗟夫,大儒者著述之旨,岂末学所能窥哉?然尝闻之,孔子之删《诗》,朱子之定《骚》,其意一也。④

这代表了当时的主流观念,即通过否定前世《楚辞》诸家注,以推尊朱子注,并将其"定《骚》"提升至与孔子"删《诗》"等同的高度。同时由于王逸《楚辞章句》、洪兴祖《楚辞补注》原本刊刻即少,人们得览不易,而朱注自问世后

① 《六臣注文选》,《影印文渊阁四库全书》本。
② 《逸周书·周月》,《影印文渊阁四库全书》本。
③ 黄汝亨:《楚辞序》,冯绍祖校刊《楚辞章句》,明万历十四年(1586)刻本。
④ 何乔新:《楚辞集注序》,见吴原明刊《楚辞集注》,明成化十一年(1475)刻本。

多有刊行，流布甚广，因而主导此时期之《楚辞》学也就成为势之必然。明代著名学者、曾任太子太傅兼户部尚书武英殿大学士的王鏊，曾描述当时王逸《楚辞章句》之境遇："自考亭之注行世，不复知有是书矣。余间于《文选》窥见一二，思睹其全，未得也。何幸一旦而读之。人或曰：'六经之学至朱子而大明，汉、唐注疏，为之尽废，复何以是编为哉？'"①自从朱注行世，就不再知有王注，而王鏊自己也只能从昭明《文选》中窥见一二，而无法找到《章句》全书，即使得见，亦被旁人奚落②。"六经之学至朱子而大明，汉、唐注疏，为之尽废"，延及《楚辞》之前世注疏，遂为世人所不齿，身份、名望显赫的王鏊尚且如此，王逸注之境遇自然可以想见。

也正是为了打破朱注一统天下的境况，王逸《楚辞章句》的刊刻开始出现③。如上引王鏊所论，即见于他在明正德十三年(1518)为黄省曾、高第刻《楚辞章句》所作序中，在这篇序中，他还对逸注、朱注作了客观比较和评价：

> 余尝即二书而参阅之，逸之注，训诂为详；朱子始疏以《诗》之六义，援据博，义理精，诚有非逸之所及者。然予之懵也，若《天问》、《招魂》，谲怪奇涩，读之多未晓析。及得是编，恍然若有开于余心。则逸也岂可谓无一日之长哉！章决句断，事事可晓，亦逸之所自许也。予因思之：朱子之注《楚辞》，岂尽朱子说哉，无亦因逸之注，参订而折衷之？逸之注，亦岂尽逸之说哉，无亦因诸家之说，会粹而成之？盖自淮南王安、班固、贾逵之属，转相传授，其来远矣。然则注疏之学，可尽废哉？若乃随世所尚，猥以不诵绝之，此自拘儒曲学之所为，非所望于博雅君子也。其《七谏》、《九怀》、《九叹》、《九思》，虽辞有高下，以其古也，存而不废。虽然，古之废于今，不独是编也，有能追而存之者乎？高君好尚如是，则其为政可知也已！④

---

① 王鏊：《重刊王逸注楚辞序》，见黄省曾校，高第刊《楚辞章句》，明正德十三年(1518)刻本。

② 可详参罗剑波：《明代〈楚辞〉评点所取底本考》，载《复旦学报》(社会科学版)，2011年第6期。

③ 这背后还有随着心学兴起，人们逐渐反思、质疑朱学的学术背景，可详参罗剑波：《明代〈楚辞〉评点所取底本考》一文。

④ 王鏊：《重刊王逸注楚辞序》，《楚辞章句》明正德十三年(1518)刻本。

由此我们可细绎出其中主要论点稍作阐释：经仔细对读，王鏊认为，王、朱二家俱有优势，皆不乏可取之处；之所以如此，是因其并非都是自己发明，而是遵循了古代注疏“转相传授”的传统与原则，“会粹”众说而成，如“随世所尚，猥以不诵绝之”，也即“拘儒曲学之所为”，而“非所望于博雅君子也”。基于此，对古本应当充分尊重，而绝非使之“废于今”，因而朱熹对《章句》之删改，这在王鏊看来有很大问题。既然古代注疏传统、古本面貌应当予以尊重，正确的做法就应让读者对此有全面地了解，由此王鏊对高第刊刻此本大加赞赏。王鏊对于《楚辞章句》的肯定及其“崇古”之主张，对于打破朱注的笼罩、推进《楚辞》学的多元走向有着重要而积极的意义。

黄省曾、高第刊本之后，又有隆庆五年(1571)豫章朱多煃夫容馆仿宋刻本问世，该本精善，又约请时贤王世贞作序，王逸《楚辞章句》遂有了更为广泛的传播和影响。冯本就是在这种背景下，于万历十四年(1586)刊刻问世的，冯绍祖在“观妙斋重校《楚辞章句》议例”中，详细阐述了他对于前世诸家注的认识，兹摘录相关者如下：

第一印古

《楚辞》先辈称王逸本最古，盖去楚未远，古文不甚流滥脱轶耳。后人人各以意擿易，若晦翁所次《九辩》诸章，固自玢豳，要非古人之旧矣。今一意存古，故断以王氏本为正。

第二铨故

《楚辞》解当汉孝武时，已令淮南王安通其义矣。惜乎言湮世远，今不复存。东汉王逸汇其故为《章句》，盖其详哉！至宋洪兴祖、朱晦翁，俱有补注，总之不离王氏者居多，兹颛主王氏《章句》。洪、朱两家，间有裨益处，为标其概于端，俾读者得以详考，亦毋混王氏之旧焉。

第三遴篇

《楚辞》编于刘子政者十六卷，《章句》于王叔师者十七卷。至唐宋而下，互有编次。而《楚辞后语》，则朱子仍晁无咎氏之故云。今主《章句》，则仍《章句》，即莫赡《后语》不论矣。

第五译响

屈、宋楚材，故音多楚，而间韵语，亦必寻声。《章句》弗详考，欲一通其响难。兹取洪、朱二氏者谓为紬绎焉，务宣其音响而已。至与他本相证，若一作某某云者，节之并从大文，为治古文者要删焉。①

王、洪、朱三家注，绍祖以王注为底本，其意在“存古”，并从“印古”、“铨故”、“遴篇”三方面作了详细阐述。在他看来，“王逸本最古”，“去楚未远”，因而讹滥较少，其诂训、篇次在三家注中亦最为可靠，应予以重视和遵循。《集注》因朱熹之改易，已“非古人之旧”，故而为绍祖摒弃，但值得注意的是，绍祖在客观指出朱注缺点的同时，其实并没有对其完全否定。《楚辞章句》未及音训，对于其中之楚声、韵语的解读，绍祖就多从洪、朱二家注中择出。同时，洪、朱注中于篇章脉络、题解等训释仍有可取之处，绍祖亦加以吸收、利用。因此，绍祖对待三家注的态度是客观的，并非简单地肯定或否定哪一家，而是融合三家之长，来重新打造一种精善之本。这一点与王鏊客观评价王注、朱注之长处，可谓一脉相承，且论述更全面，持论更公允。

对于洪、朱二家注，冯绍祖以为，“间有裨益处，为标其概于端，俾读者得以详考”。对于二家注的择取标准，是对读者之阅读应“有裨益处”。何谓“裨益”？绍祖未作具体说明。笔者曾就其对于洪注的接受，撰写《论冯绍祖校刊本〈楚辞章句〉对〈楚辞补注〉的择取与接受》一文，归纳了他的处理标准，即对于同一对象的注解，《楚辞补注》与《楚辞章句》意见基本一致的地方，即使《补注》更详细、更准确，绍祖也不引录。其所引录者则主要包括语词、语句及篇章大旨的训释，文章行文脉络的揭示，《楚辞》在后世文学创作中所产生影响的说明，以及对于前世评屈者论点的批评与纠正等。值得注意的是，在这其中，多为《章句》未涉及者，如已涉及，则定是《补注》与之相异，甚至是对《章句》的纠正②。同者不取，异者才录，由此可见绍祖之识见，因相异者才正是《补注》的价值与亮点所在，将其引录，“俾读者得以详考”，则又可见绍祖之用心以及对读者的尊重。

绍祖对于朱注的择取，同样也是遵循上述准则，即同者不收，且取其“有裨益处”。这主要包括以下几个方面：其一，对于相关语句、篇章所隐含屈子

① 冯绍祖校刊《楚辞章句》卷前附录，明万历十四年(1586)观妙斋刻本。

② 具体内容可参罗剑波：《论冯绍祖校刊本〈楚辞章句〉对〈楚辞补注〉的择取与接受》，载《古籍研究》2007年卷下；后又收入中国屈原学会编《中国楚辞学》第14辑，北京：学苑出版社，2011年。

意旨的揭示。《离骚》“何昔日之芳草兮，今直为此萧艾也”句眉上，引朱熹曰：“世乱俗薄，士无常守，乃小人害之，而以为莫如好修之害者，何哉？盖由君子好修，而小人嫉之，使不容于当世。故中才以下，莫不变化而从俗，则是其所以致此者，反无有如好修之为害也。东汉之亡，议者以为党锢诸贤之罪，盖反其词以深悲之，正屈原之意也。”①“陟之皇之赫戏兮，忽临睨夫旧乡”句眉上，引曰：“屈原托为此行，而终无所诣，周流上下，而卒返于楚焉，亦仁之至而义之尽也。”

其二，关于《楚辞》作品篇章主旨的阐说。如《九歌·东皇太一》眉上引曰：“此篇言其竭诚尽礼以事神，而愿神之欣说安宁，已寄人臣尽忠竭力、爱君无已之意，所谓全篇之比也。”《九歌·山鬼》“既含睇兮又宜笑，子慕予兮善窈窕”眉上，引曰：“以上诸篇，皆为人慕神之辞。此篇鬼阴而贱，不可比君，故以人况君，以鬼喻己，而为鬼媚人之辞也。”②《九章·惜诵》“所作忠而言之兮，指苍天以为正”句眉上，引曰：“此篇全用赋体，无他寄托，其言明切，最为易晓。而其言作忠造怨，遭谗畏罪之意，曲尽彼此之情状，为君臣者不可以不察。”

其三，对于屈子行文脉络的关注，这主要集中在《离骚》篇。如“乘骐骥以驰骋兮，来吾导夫先路”句眉端，引朱熹曰：“自‘汩余’至此同一韵，意亦相承。”③“伏清白以死直兮，固前圣之所厚”句眉端，引曰：“自‘怨灵修’以下至此一意，为下章回车复路起。”④“虽体解吾犹未变兮，非余心之可惩”句眉端，引曰：“自‘悔相道’至‘可惩’，又承上文‘伏清白以死直’之意，而下为女媭詈予起也。”⑤

---

① 冯绍祖校刊：《楚辞章句》，明万历十四年(1586)观妙斋刻本。以下所引该本，不再一一注明。

② 朱熹《楚辞集注》原文作：“以上诸篇，皆为人慕神之词，以见臣爱君之意。此篇鬼阴而贱，不可比君，故以人况君，鬼喻己，而为鬼媚人之语也。”见朱熹撰、蒋立甫校点：《楚辞集注》，上海古籍出版社、安徽教育出版社，2001年，第44页。

③ 朱熹《楚辞集注》原文作：“自‘汩余’至此，三章同一韵，意亦相承。”(第8页)因朱子已交代自“汩余”始至此，清楚明了，绍祖就将“三章”删去，以求简洁。

④ 朱熹《楚辞集注》原文作：“自‘怨灵修’以下至此，五章一意，为下章回车复路起。”(第13页)处理与上例同。

⑤ 朱熹《楚辞集注》原文作：“自‘悔相道’至此五章，又承上文‘清白以死直’之意，而下为女媭詈予起也。”(第15页)

其四，论及屈子之用语特色者。如《九章·涉江》文首眉上，引曰："此篇多以'余'、'吾'并称，详其文意，'余'平而'吾'倨也。"《九章·抽思》"善不由外来兮，名不可以虚作"眉端，引曰："'善不由外来'四语，明白亲切，虽前圣格言不过如此，不可但以词赋观之。"①

最后，绍祖所引《集注》，亦有纠正《补注》或《章句》者。如《九歌·河伯》篇题眉上，引曰："河伯旧说以为冯夷，其言荒诞，不可稽考，大率谓黄河之神耳。"②"旧说"指洪兴祖《补注》所论③。于此可见绍祖对于洪、朱二注的取舍、判断，关于"河伯"之释解，他认为朱注更可信，遂摒弃洪注，而不是二者兼取供读者判断。《天问》卷末引朱子云："此篇所问，虽或怪妄，然其理之可推、事之可鉴者尚多有之。而旧注之说，图以多识异闻为功，不复能知其所以问之本意，与今日所以对之明法。"此处"旧注"则指《章句》，《章句》云："屈原放逐……见楚有先王之庙及公卿祠堂，图画天地山川神灵，琦玮谲佹，及古贤圣怪物行事。"④朱熹所指"多识异闻"者，应即指此。综合来看，绍祖对于洪、朱两家的择取，所遵循的标准大致相仿无差。

综上所述，冯绍祖校刊此本之时，朱熹《楚辞集注》仍有极大影响，而洪兴祖《楚辞补注》自问世后刊刻甚少⑤，得览不易。绍祖遵循"去古未远"之理念，以《楚辞章句》为本依，又广泛吸收洪、朱二注之精华，从而汇就一本。对于三家注的这种定位和认识，在当时并非轻易即可形成，绍祖背后必定做了较多的比较等研究工作。绍祖于"议例"第四则中称"兹悉发家乘"，虽然这是就所引评家而言，其家中即藏有三家注亦属可能。另须指出的是，对于洪、朱二家之择取，绍祖并非随意，每处均经过其仔细辨识，背后付出之心血，当为后人珍视。总三家注之长而于一本之中，贡献给读者，这在《楚辞》传播史上前所未闻，堪称独创。何以能做到这一点，则在于绍祖巧妙地借鉴

① 朱熹《楚辞集注》原文作："此四语者，明白亲切，不烦解说，虽前圣格言，不过如此，不可但以词赋读之也。"（第 84 页）

② 朱熹《楚辞集注》原文作："旧说以为冯夷，其言荒诞，不可稽考，今阙之。大率谓黄河之神耳。"（第 44 页）

③ 详见洪兴祖撰、白化文等点校：《楚辞补注》，中华书局，2002 年，第 78 页。

④ 洪兴祖撰、白化文等点校：《楚辞补注》，第 85 页。

⑤ 据崔富章先生著录，自该本问世至明前，也仅见三种。见崔富章《楚辞书录解题》，高等教育出版社，2010 年，第 48—51 页。

了当时已近于流行的评点方法，评点本中的评点形式、评点形态是他得以成功的不二法宝。

二、冯绍祖的评点观念与冯本之评点

冯本另一值得我们关注的地方，是在于它在《楚辞》评点史上的重要地位。由于问世较早，据现有资料看在此之前尚未有严格意义上的《楚辞》评点本出现，因而该本地位颇为特殊。如前所述，绍祖以《章句》为底本，并将择取出的洪、朱二家注与之融为一体，就是借用了评点的形式。绍祖称："洪、朱两家，间有裨益处，为标其概于端，俾读者得以详考，亦毋混王氏之旧焉。""标其概于端"，即指将二家注作择选、删改等处理后，使其以眉评等面目出现。冯本"观妙斋重校《楚辞章句》议例"还有"核评"一则，透露出他对评点的认识，兹引录如下：

> 第四核评
>
> 《楚辞》评先辈鲜成集，即抽绪论，亦咸散漫。兹悉发家乘，若张氏《楚范》、陈氏《楚辞》、洪氏《随笔》、杨氏《丹铅》、王氏《卮言》等集，一一搜载。而先王父小海公间有手泽，随列之。要以佐《章句》及洪、朱二氏所不逮。

基于对前世《楚辞》评家较少汇辑的事实，绍祖以家中藏书为依托，对这一工作进行尝试。其中所举六家，"张氏"为张之象，"陈氏"为陈深，"洪氏"为洪迈，"杨氏"为杨慎，"王氏"为王世贞，"先王父小海公"，为冯觐，乃绍祖之祖父。核书中所引评家较多，绍祖在此仅举六家，或意在特加标显，以括其余。六家之中，陈深①、冯觐都曾批点《楚辞》，"小海公兼有手泽"即指此而言，其余四家之论评则由其著作中择取而成。这就透露出一个重要信息，"核评"之"评"，其实并非专指后世意义上之评点，绍祖对于陈深、冯觐之批(评)点与诸家评论是等同视之的，他并未专门从学理上对评点予以认定或阐释，因

① 可详参罗剑波:《陈深及其〈楚辞〉评点的价值》，载《吉林大学社会科学学报》，2013年第1期。

为在他看来两者实无二致。钱锺书先生在《管锥编》评论陆云《与兄平原书》云:“什九论文事,着眼不大,着语无多,辞气殊肖后世之评点或批改,所谓‘作场或工房中批评’(workshop criticism)也。……苟将云书中所论者,过录于(陆)机文各篇之眉或尾,称赏处示以朱围子,删削处示以墨勒帛,则俨然诗文评点之最古者矣。”①张伯伟先生据此考察了自《左传》、《论语》、毛诗序、魏晋以下专门论文之作,至唐代诗格、选集、宋人诗话与评点之间的渊源联系,以为“评点之‘评’就是在这样的基础上发展起来的”②。按钱锺书先生的说法,张伯伟先生所举例子,若以相应评点形式呈现出来,与后世评点应几无差别。而就冯本来看,绍祖即是这样处理的,他从前世诸家著作中选取相关评语,以相应评点形式置于该书之中。由此可见,绍祖更多是借用了眉批、旁批、总评等评点形式,来赋以其品评的内容,这与文人随阅随批之批点是有很大差异的。如果再结合前论对于洪、朱二家注同样的处理方式,则更可以理解绍祖的这种认识。在冯本问世之前,万历四年(1576)凌稚隆辑评《史记评林》、万历十一年(1583)凌稚隆辑评《汉书评林》二书,即以评点形式载录所选相关注、评,且评点形态较为完备,包括评家姓氏、眉批、旁批、篇首总评、篇末总评等多种样式。据现有材料,在冯本之前未见有严格意义上的《楚辞》评点本出现,冯本一问世即以较成熟的评点形态出现,这应当是受到了《史记评林》、《汉书评林》等书的影响,绍祖直接吸收了其中的评点形态。冯本与《史记评林》、《汉书评林》等书相同的处理方式,应当反映了明前中期评点刻本的基本情况,即评语与评点形式的结合,多是辑刊者有意为之,而并非原本文人品评之时即手批于书上。文人手批或对多人批点集中收辑后所刊刻的集评本,才应当是严格意义上的评点。但在明前中期,文人评点尚有待于进一步生发与积累,于是刊刻者就较多地来择取前世诸家的相关内容。

冯绍祖所选评家,依出现先后,共有扬雄、曹丕、沈约、庾信、刘勰、刘知幾、皮日休、苏辙、葛立方、洪兴祖、朱熹、祝尧、高似孙、汪彦章、陈传良、李涂、叶盛、何孟春、姜南、张时彻、唐枢、茅坤、王世贞、刘凤(以上见“楚辞章句

① 钱锺书:《管锥编》,第四册,中华书局,1986年,第1215页。

② 张伯伟:《评点溯源》,章培恒、王靖宇主编:《中国文学评点研究论集》,上海古籍出版社,2002年,第13—14页。

总评”)、钟嵘、冯觐、陈深、王应麟、张凤翼、刘次庄、沈括、洪迈、楼昉、杨慎、吕向、张之象(以上为眉评增益)、刘安、贾岛、宋祁、苏轼、严羽、张锐、吕延济、姚宽(以上为卷末总评增益)44 人。就所处朝代看,44 家中,多在明以前,明人仅有 14 位。所录评语由各家著作抽取而成,有些绍祖作了改动和调整。如《九辩》“登山临水兮,送将归”句眉上,引洪迈曰:

“憭栗兮,若在远行。登山临水兮,送将归。”潘安仁《秋兴赋》引其语,盖畅演厥旨,而下语之工拙,较然不侔也。

洪氏此语见《容斋续笔》卷三“秋兴赋”条,原文作:

宋玉《九辩》词云:“憭栗兮,若在远行。登山临水兮,送将归。”潘安仁《秋兴赋》引其语,继之曰:“送归怀慕徒之恋,远行有羁旅之愤。临川感流以叹逝,登山怀远而悼近。彼四戚之疚心,遭一涂而难忍。”盖畅演厥旨,而下语之工拙,较然不侔矣。①

两例相较,冯绍祖删去《秋兴赋》具体内容,或因其着眼于揭示《九辩》对潘岳所产生的影响,再加上眉端空间的限制,至于“畅演厥旨”之具体内容,则不必烦录。

又如,冯本《招魂》卷末总评引洪迈曰:

《毛诗》所用语助之字,以为句绝者,若之、乎、焉、也、者、云、矣、尔、兮、哉,至今作文者皆然。他如只、且、忌、止、思、而、何、斯、旃、其之类,后所罕用。《楚词·大招》一篇,全用“只”字,至于“些”字,独《招魂》用之耳。

洪氏此语见《容斋五笔》卷四“毛诗语助”条,原文作:

毛诗所用语助之字,以为句绝者,若之、乎、焉、也、者、云、矣、尔、

① 洪迈:《容斋随笔》,齐鲁书社,2007 年,第 192 页。

兮、哉,至今作文者皆然。他如只、且、忌、止、思、而、何、斯、旃、其之类,后所罕用。只字如“母也天只”,“不谅人只”。且字如“椒聊且”,“远条且”,“狂童之狂也且”,“既亟只且”。忌字如“叔善射忌”,“又良御忌”。止字如“齐子归止”,“曷又怀止”,“女心伤止”。思字如“不可求思”,“尔羊来思”,“今我来思”。而字如“俟我于著乎而”,“充耳以素乎而”。何字如“如此良人何”,“如此粲者何”。斯字如“恩斯”,“勤斯”,“鬻子之闵斯”,“彼何人斯”。旃字如“舍旃舍旃”。其字音“基”,如“夜如何其”,“子曰何其”,皆是也。“忌”惟见于郑诗。“而”惟见于齐诗。《楚词·大招》一篇全用“只”字。《太玄经》:“其人有辑,抗可与过其。”至于“些”字,独《招魂》用之耳。①

绍祖于此亦删去洪迈所举具体例证,仅取其中言及《楚辞》者,此例于冯本位置在卷末,并不受空间的限制,不录或亦欲避免琐细。由此来看,绍祖对于诸家评语,亦是经过认真思索和考虑的,当详则详,该略则略,其所征引,无论繁富,抑或简略,皆有其如此之然的理由和考虑。

也有未经过删改与加工者。如“《楚辞章句》总评”所引刘勰《文心雕龙》《辨骚》全篇,《诠赋》、《比兴》、《时序》、《物色》诸篇,则是直接摘取了大段内容。如此之类,还有沈约《宋书·谢灵运传论》、祝尧《古赋辨体》、叶盛《水东日记》、王世贞《楚辞序》、洪兴祖《离骚·后序·补注》等。或许是不满于绍祖的这种做法,后世评点本刊刻者在因袭相关材料时,有的作了删改。如冯本引叶盛语,自“昔周道中微,《小雅》尽废”始,至“如此,则原之本意,又将复亡矣”一大段,意在指出屈原“笃君臣之义,愤悱出于思泊(《水东日记》作“至诚”),不以污世而二其心”、《离骚》亦为承《诗》之作,同时亦对后世班固、扬雄等人之质疑进行辩驳。绍祖全引此文,意在让读者了解屈子心志、《楚辞》成就以及前世这一争论过程。后来蒋之翘仅摘录其中一句,“《离骚》源流于六义,兴远而情逾亲,意切而辞不迫”②,极为简炼,评《骚》主旨也更为突出。此外,如上列冯本中刘勰等诸家评语,蒋之翘也均作了删节和改动,抽出其中精炼之语,消除或在他看来冯本引文繁冗的弊病。但如上例来看,绍祖是

① 洪迈:《容斋随笔》,第 674 页。
② 蒋之翘评校:《楚辞集注》,明天启六年(1626)刻本。

旨在让读者更深切、周详地理解屈子、屈赋，因而两种引录着眼点不同，均有合理之处，似又不能简单以优劣论之。

冯本所引诸家评语，就其大要而言，有以下几个方面值得注意：

（一）强调屈赋对于《诗经》传统的继承，并完全符合儒家诗教规范。《诗》、《骚》关系，始终是《楚辞》批评史上一个永恒不变的话题。围绕它，千百年来人们一直争论不已，众说纷纭。对这一问题绍祖倾向于摘引强调《诗》、《骚》一脉相承的材料：

祝尧曰：《骚》者，《诗》之变也。《诗》无楚风，楚乃有《骚》，何耶？愚按，屈原为《骚》时，江汉皆楚地。盖自文王之化行乎南国，《汉广》、《江有汜》诸诗，已列于二南、十五国风之先。其民被先王之泽也深。风雅既变，而楚狂“凤兮”之歌、沧浪、孺子“清兮浊兮”之歌，莫不发乎情，止乎礼义，而犹有《诗》人之六义，故动吾夫子之听。但其歌稍变于《诗》之本体，又以“兮”为读，楚声萌蘖久矣。原最后出，本《诗》之义以为《骚》。但世号《楚辞》，初不正名曰赋，然赋之义实居多焉。（《楚辞章句》总评）

姜南曰：文章自六经、《语》、《孟》之外，惟庄周、屈原、左氏、司马迁最著。后之学者，言理者宗周，言性情者宗原，言事者宗左氏、司马迁。周之言，出于《易》，原出于《诗》，左氏、司马迁，出于《尚书》、《春秋》。（《楚辞章句》总评）

王世贞曰：三闾家言，忠爱悱恻，怨而不怒，悠然《诗》之风乎？（《楚辞章句》总评）

冯觐曰：历叙至此方说出被谗，何婉而切也，然于荃略无怨言，又见其怨诽而不乱矣。（《离骚》“荃不揆余之中情兮，反信谗以齌怒”眉评）

葛立方曰：此与孔子“和而不同”之言何异？（《渔父》“举世皆浊我独清，众人皆醉我独醒”句眉评）

（二）揭示《楚辞》的艺术特色及感染力，关注《楚辞》所达到的高度，强调非后人可及。关于这一点，冯本所录评语中亦有不少材料论及：

杨雄曰：或问：“屈原、相如之赋孰愈？”曰：“原也过以浮，如也过以虚。过浮者蹈云天，过虚者华无根。然原上援稽古，下引鸟兽，其著意

于虚,长卿亮不可及。”(《楚辞章句》总评)

魏文帝曰:优游按衍,屈原尚之;穷侈极妙,相如之长也。然原据托譬喻,其意周旋,绰有余度,长卿、子云不能及。(《楚辞章句》总评)

刘凤曰:词赋之有屈子,犹观游之有蓬阆,纵适之有溟海也。(《楚辞章句》总评)

宋祁曰:《离骚》为词赋之祖,后人为之,如至方不能加矩,至圆不能过规矣。(《离骚》卷末总评)

冯觐曰:《离骚经》断如复断,乱如复乱,而绵邈曲折,读者莫得寻其声,而绎其绪,又未尝断,未尝乱也。至其才情艳发,则龙矫鸿逸;志意悱恻,则啼狸啸鬼,浓至惨黯,并臻其妙。盖由独创,自异规仿耳。(《离骚》卷末总评)

冯觐曰:《九歌》情神惨惋,词复骚艳。喜读之,可以佐歌;悲读之,可以当哭。清商丽曲,备尽矣。(《九歌》卷末总评)

(三) 指出《楚辞》对于后世创作所产生的深刻影响。《楚辞》作为中国文学传统的一个重要源头,对后世文人创作所产生的影响是广泛而深远的,绍祖对此亦较为留意,多有征引:

刘知幾曰:作者自叙,其流出于中古。《离骚经》首章上陈氏族,下列祖考,先述厥生,次显名字,自叙发迹,实基于此。降及司马相如,始以自叙为传,至马迁、杨雄、班固自叙之篇,实烦于代。(《离骚》“帝高阳之苗裔兮,朕皇考曰伯庸”句眉评)

沈括曰“吉日兮辰良”,盖相错成文,则语势矫健。如杜子美诗云:“红豆啄余鹦鹉粒,碧梧栖老凤凰枝。”韩退之云:“春与猿吟兮,秋鹤与飞。”皆用此体也。(《九歌·东皇太一》“吉日兮辰良”句眉评)

洪迈曰:唐人诗文,或于一句中自成对偶,谓之当句对,盖起于《楚辞》“蕙蒸”、“兰借”、“桂酒”、“椒浆”、“桂櫂兰枻”、“斫冰积雪”。自齐梁以来,亦如此。王勃《宴滕王阁序》一篇皆然。(《九歌·东皇太一》“蕙肴蒸兮兰籍,奠桂酒兮椒浆”句眉评)

刘次庄曰:《楚词》曰:“新沐者必弹冠,新浴者必振衣。”又曰:“与女沐(注)兮咸池,晞汝发兮阳之阿。”皆沽濯之谓也。李白亦有此作,其词

曰:“沐芳莫弹冠,浴兰莫振衣。处世忌太洁,至人贵藏晖。”与屈原意同。(《九歌·云中君》“浴兰汤兮沐芳”句眉评)

王世贞曰:“入不言兮出不辞,乘回风兮载云旗。”虽尔恍忽,何言之壮也;“悲莫悲兮生别离,乐莫乐兮新相知”,是千古情语之祖。(《九歌·少司命》“悲莫悲兮生别离,乐莫乐兮新相知”句眉评)①

王世贞曰:今人以赋作有韵之文,为《阿房》、《赤壁》累,固耳。然长卿《子虚》已极曼衍,《卜居》、《渔父》实开其端。(《卜居》卷末总评)

(四) 训释屈子意旨、屈赋语句及篇章大意。如:

王应麟曰:“闺中既以邃远兮,哲王又不悟。”以楚王之暗,而犹曰“哲王”,盖屈子以禹汤望其君,不忍谓不明也。太史公曰:“王之不明,岂足福哉!”非屈子意。(《离骚》“汤禹俨而只敬兮,周论道而莫差”句眉评)

楼昉曰:此篇反复曲折,言己始以志行之洁、才能之高,见珍爱于怀王。己亦爱慕怀王,纳忠效善,而终困于谗,不能使之开悟。君虽未忍遽忘,卒为所蔽,而己拳拳终不忘君也。(《九歌·山鬼》“若有人兮山之阿,被薜荔兮带女罗”句眉评)

楼昉曰:末章盖言神能驱除邪恶,拥护良善,宜为下民之所取正,则与前篇意合。(《九歌·少司命》章首眉评)

吕延济曰:每篇之目,皆楚之神名。所以列于篇后者,亦犹毛诗题章之趣。(《九歌》卷末总评)

姚宽曰:《九歌章句》名曰九,而载十一篇,何也?曰:九以数名之,如《七启》、《七发》,非以其章名。(《九歌》卷末总评)

王应麟曰:屈原楚人而曰“哀南夷之莫吾知”,是以楚俗为夷也。淫邪之类,谗害君子,变于夷矣。(《九章·涉江》“哀南夷之莫吾知兮,旦余济乎江湘”句眉评)

冯觐曰:记云:狐死正丘,首仁也。屈子之词,前极愤懑,至乱而每以非其罪而自安,其亦仁人之用心也。(《九章·哀郢》“鸟飞反故乡兮,

① 其中沈括、刘次庄二人语,由洪兴祖《楚辞补注》转引而来。

狐死必首丘”句眉评）

（五）纠正在绍祖看来《楚辞章句》的错误释解：

张凤翼曰：以上望舒、飞廉、鸾凤、雷师，但言神灵为之拥护耳，初无善恶之分也。旧注牵合，且以飘风、云霓为小人，然则《卷阿》之言“飘风自南”，《孟子》之言“若大旱之望云霓”，亦皆象小人耶？（冯本《离骚》“飘风屯其相离兮，帅云霓而来御”句眉评）

张凤翼曰：此言“兰”、“椒”，指贤人之改节者。旧注以为指子兰、子椒，然则下文“揭车”、“江离”又谁指哉？（冯本《离骚》“椒专佞以慢慆兮，榝又欲充夫佩帏”句眉评）

杨慎曰：旧注：“朅，去也。”又按，《吕氏春秋》：“胶鬲见武王于鲔水，曰：西伯朅去，无欺我也。武王曰：不子欺，将伐殷也。胶鬲曰：朅至？武王曰：将以甲子日至。”注：“朅，何也。”然则朅之为言，盍也。若以解《楚辞》，则谓车既驾矣，盍而归乎以不得见，而心伤悲也。意尤婉至。（冯本《九辩》“车既驾兮朅而归，不得见兮心伤悲”句眉评）

以上是冯本所载评点的基本情况。其中训解语句、篇章意旨及纠谬与绍祖对于洪、朱二注的择选，颇相一致。绍祖有“校楚辞章句后序”，从中又可见其两种基本倾向：一是《诗》、《骚》相较，绍祖称：“读“伤灵修”、“从彭咸”语，见谓庶几《谷风》、《白华》之什，而哀怨过之。”再者是认为屈子以情统文，非后世模拟者可比：“盖不佞居恒谓屈子生于怨者也，故鞶帨不胜其呻吟。宋、景诸人，生于屈子者也，故呻吟不胜其鞶帨。要以情文为统纪，岂可过乎！”绍祖之祖父冯觐在批点中，强调屈赋对于儒家诗教传统的继承、屈子情志、屈赋对于后世影响，以及屈赋之艺术特色及感染力。如称《离骚》“婉而切”、“怨诽而不乱”；称屈子“至其才情艳发，则龙矫鸿逸；志意悱恻，则啼猩啸鬼，浓至惨黯，并臻其妙”；评价《国殇》“此篇叙殇鬼交兵挫北之迹甚奇，而辞亦凄楚，固知唐人《吊古战场》文，为有所本”；认为《九章》“古今之能怨者，莫若屈子。至于《九章》而凄入肝脾，哀感顽艳，又哀怨之深者乎”。而与绍祖交善，并为该本作序之黄汝亨，亦认为屈子之情文，远过后世“雕刻”、“模拟”者：“文生于情……而屈子以其独醒独清之意，沉凷之内，殷忧君上，愤懑混浊。六合之大，万类之广，耳目之所览睹，上极苍苍，下极林林，催心裂肠，无之非是。辟之深秋永夜，凄风苦雨，郁结于气，宣畅于声，皆化工殴，岂文人雕刻之末技，词家模拟之艳辞哉！"①持论亦与绍祖颇相近似与一致。因此，绍祖对屈子、屈赋之认识，以及对前世评家之择取，其实并非空穴来风，而是受到其祖父冯觐的深刻影响；黄汝亨、冯绍祖间有无直接影响限于资料不易考证，但由其相近的审美取向，亦可推知二人间的相互认可与默契②。

冯本所录评点，实有品评而无圈点，所引诸家，皆以某某曰的形式注明，如"刘知幾曰"、"张之象曰"之类。就篇章分布来看，评语主要集中于屈、宋作品，且从全书整体来看，评语数量大致呈逐渐递减的趋势，尤其是至东方朔《七谏》以下几篇拟骚作品，仅有张之象一处眉评。关于该本评点，还有一点值得注意。"兹悉发家乘，若张氏《楚范》、陈氏《楚辞》、洪氏《随笔》、杨氏《丹铅》、王氏《卮言》等集，一一搜载。而先王父小海公间有手泽，随列之。要以佐《章句》及洪、朱二氏所不逮"。"佐《章句》及洪、朱二氏所不逮"，一"佐"字清晰表明了绍祖关于三家注与评点地位高低的判断，《章句》及洪、朱二氏，是该本的主体部分，诸家评点则是使该本更为完备的补充。如果具体来看，亦可说明这一点。《楚辞章句》作为底本自不必言，《楚辞补注》、《楚辞集注》的相关内容，分别以卷首总评、眉批、旁批及卷末总评的形式存在，数量较多，与绍祖所引评点相较，比例亦较大，尤其是眉批和旁批，旁批则全部都是。虽然洪、朱二注借助于评点形式，且亦以"洪兴祖曰"、"朱熹曰"的面目与诸家评语并列，但依绍祖本意，是将其视为注而非评的，这样冯本之评点形式所承载的也就是"注"、"评"并存的内容，冯本评点中这种"注评合一"的现象，是其作为评点本较为特殊的地方。

三、冯本价值及其对后世评点本的影响

冯觐喜爱《楚辞》并加以批点，这种家学渊源对绍祖有重要影响。绍祖自言"诜诜慕《骚》"，对屈子、屈赋当精熟且有深切体认，这从前引其所作"校

① 黄汝亨：《楚辞序》，冯绍祖校刊《楚辞章句》，明万历十四年(1586)年刻本。

② 对于冯绍祖论《骚》及与黄汝亨交游，可详参罗剑波：《早期〈楚辞〉评点刊刻者冯绍祖考论》，载《武汉大学学报》(人文科学版)，2014年第4期。

楚辞章句后序”中亦可见出。故其校刊此本,就格外用心,除了却“慕《骚》”之情愫外,亦有欲使屈子、屈赋能流传千古之心志。绍祖称:“是编也,不佞非以益《骚》,而聊以毕其所慕,緊起穷愁而揄伊郁也。若曰或印之而或抑之,则不佞乌敢开罪灵均,而为叔师引咎哉! 嗟乎! 子云《反骚》,至其论《玄》也,则谓千载之下有子云。谓千载之下有子云者而知《玄》,毋乃谓千载之下,有屈子者而知《骚》乎哉!”[①]基于这种情愫,该本择选周切、校刻精审,也即在情理之中了。由此该本之价值,主要体现在以下三个方面:其一,给予王逸、洪兴祖、朱熹三家注以客观评价,并将三者融于一本之中,这在《楚辞》传播史上堪称独创,对于促进三家注尤其是《楚辞章句》、《楚辞补注》的传播,以及《楚辞》阐释多元化走向都有重要意义和积极作用;其二,绍祖有浓厚的读者本位意识,其所做努力旨在为读者提供一种校刻精审、注评贴切的《楚辞》读本,这正是其得以成功的原因所在;其三,绍祖对于前世诸评家的择选、汇辑,透露出他已经具有了《楚辞》学史或曰《楚辞》批评史的意识,同时其所辑录作为重要材料基础,对于推进相关研究有着重要价值和意义。也正因此,他得到了好友黄汝亨的称赞:“绳武博物能裁,搜自刘、王,讫于近代,齿间合文,要于神情,斯不亦符节骚人,而升之风雅之堂哉。”[②]

其中有的评家,因其相关著作后来亡佚,幸赖于绍祖的征引,我们才可借以对之有所了解。如张之象《楚范》,今已亡佚,《千顷堂书目》、《四库全书总目》有著录,其中《四库全书总目》云:“《楚范》六卷,明张之象撰。之象有《太史史例》已著录。是编割裂《楚词》之文,分标格目,以为拟作之法。分十二编,曰辨体,曰解题,曰发端,曰造句,曰丽词,曰叶韵,曰用韵,曰更韵,曰连文,曰叠字,曰助语,曰余音。屈宋所作,上接风人之遗,而下开百代之词赋。性情所造,音律自生,所谓文成而法立者也。之象乃摘其某章某句,多立门类,限为定法,如词曲家之有工尺,以是拟骚,宁止相去九牛毛乎。”[③]今核绍祖所引,《楚范》多论及《楚辞》诸篇用韵特色。兹举数例:

---

① 冯绍祖:《校楚辞章句后序》,冯绍祖校刊《楚辞章句》,明万历十四年(1586)刻本。

② 黄汝亨:《楚辞序》,冯绍祖校刊《楚辞章句》,明万历十四年(1586)刻本。

③ 纪昀等:《四库全书总目》,中华书局,1997年,第2772页。

长篇长句如《离骚经》,一篇中转换反覆,凡更七十余韵。其间有八句为一韵者五段,十句为一韵者一段,十二句为一韵者二段,余则四句为一韵也。(《离骚》卷末总评)

短句如《九歌》诸篇,或二三句为一韵,或四五句为一韵,或六七八句为一韵。惟《国殇》更韵最多。《东皇太一》自首至尾不更他韵,全篇十五句为一韵,皆阳韵也。(《九歌》卷末总评)

长篇长句如《九章·惜往日》篇:自"惜往日之曾信兮"至"身幽隐而備之"二十二句为一韵;自"临沅湘之云渊兮"至"因缟素而哭之"二十四句为一韵;自"前世之嫉贤兮"至"惜廱君之不识"二十句为一韵;一篇止更三四韵而已。

中句如《九章·涉江》之"乱"及《橘颂》全篇,率皆四句为一韵,其余损益间亦有之。(《九章》卷末总评)

冯本自问世之后,曾连年刊印,甚为畅销,以至于射利之徒蜂起,版片屡易他手,对此崔富章先生称:"绍祖刊《楚辞》,以王逸《章句》为主干,又辑各家评说于一本,连年版行,堪称畅销书。射利之徒蜂起,版片一再易手,招牌换了又换,直至清代,仍在印行。"[①]更有甚者,为促销路,则随意变换其名目。如金陵益轩唐氏刊"新刻釐正离骚楚辞评林"、金陵王少塘刊"新刻评注离骚楚辞百家评林"、复古斋印"楚辞句解评林"等,皆属此类。如前所言,冯本之所以如此畅销,归根结底还是在于绍祖兼取众长于一书的特有优势,其对后世的影响也是在于此。

由于传播广泛、且历时较长,该本对后世产生了较大影响,其中尤须注意的就是它对后世《楚辞》评点本的影响。这种影响具体体现在评点形态、所选评家及评点内容等方面。如前所述,由于受《史记评林》、《汉书评林》的影响,冯本在评点形态上一问世就较为完备,包括"卷首总评"、"眉批"、"旁批"、"卷末总评"等多种形式,后世评点本刊刻者有所依傍,根据喜好及刻本具体情况,多有借鉴[②]。而在所选评家及具体的评点内容方面,这种影响则

① 崔富章:《楚辞书目五种续编》,上海古籍出版社,1993年,第24—25页。

② 可详参罗剑波:《明代〈楚辞〉评点形态及其研究价值》,《文学评论》,2015年第1期。

更为明显。如随后的凌毓枏校刊《楚辞》[①]，在所录评家与品评内容上就与冯本大量雷同。如以《离骚》为例，凌本共有眉批42条，其中有33条即来自冯本。在这些评语中，有的全同冯本，有的则通过变换位置、删节等方式作了改动。例如，由于只有眉批一种形式，对于冯本"卷首总评"及《离骚》卷末总评中的相关内容，该本则调至王逸《离骚》小序眉端。如苏辙语"吾读《楚辞》，以为除书"、李涂语"《楚辞》气悲"、刘凤语"词赋之有屈子，犹观游之有蓬阆，纵适之有溟海也"、宋祁语"《离骚》为词赋之祖，后人为之，如至方不能加矩，至圆不能过规矣"等。

另外，在凌本中，有的因为与冯本所载完全相同，乃至于一错俱错，从而成为该本因袭冯本的有力证据。如《离骚》"众女嫉余之蛾眉兮，谣诼谓余以善淫"句眉上，冯本引洪兴祖曰："《反离骚》云：'知众嫭之嫉妒兮，何必扬累之蛾眉。'此亦班孟坚、颜推之以为'露才扬己'之意。夫冶容诲淫，目挑心与，孟子所谓'不由其道'者。而以污原，何哉？"文中"颜推之"显系"颜之推"之误，而凌本所录与冯本全同。

凌本之后，受冯本影响的评点本较多，如万历间问世的就有《二十九子品汇释评·屈子》[②]、万历间刊《楚辞集注》[③]、《古文奇赏·屈子》[④]、闵齐伋校刊套印本《楚辞》[⑤]等。再以天启间问世的蒋之翘校刊《楚辞集注》(《七十二家评楚辞》)为例稍作说明。蒋本是明代较为重要的评点本，后世如沈云翔《楚辞集注评林》(崇祯十年，1637)、听雨斋"八十四家评点朱文公楚辞集注"(清初)等，皆由此本而来。该本所载评语，不少都是转录自冯本。如卷首"《楚辞》总评"所列46家中，就有20家来自冯本，而冯本"《楚辞章句》总评"中所载自扬雄至刘凤24家，其中仅有苏辙、葛立方、张时彻、唐枢4人，蒋本未转录。正文中所录评语，大量也都是显系由冯本而来。类似蒋本的这种情况，一直延续至民国六年俞樾辑评《百大家评点王注楚辞》中。

为了更直观地了解冯本对于后世评点本的影响，笔者特举一个较典型

① 凌毓枏校刊：《楚辞》，明万历二十八年(1600)朱墨套印本。
② 《二十九子品汇释评·屈子》，明万历四十四年(1616)刻本
③ 《楚辞集注》，明万历间刻本，复旦大学图书馆、北京师范大学图书馆皆有藏。
④ 陈仁锡选评：《古文奇赏·屈子》，明万历四十六年(1618)刻本。
⑤ 闵齐伋校刊：《楚辞》，明万历四十八年(1620)年刻本。

的例子。洪兴祖《楚辞补注·离骚》"启《九辩》与《九歌》兮"句下有一段话，文曰："《离骚》、《天问》多用《山海经》，而刘勰《辨骚》以'康回倾地'、'夷羿弊日'为'谲怪之谈'、'异乎经典'。如高宗梦得说，姜嫄履帝敏之类，皆见于《诗》、《书》，岂诬也哉。"①这段话于冯本则见于《天问》"康回凭怒，地何故以东南倾"句眉端。自绍祖将其位置由《离骚》调至《天问》后，后世凌毓枏校刊《楚辞》、万历间刻《楚辞集注》、《诸子汇函·玉虚子》皆承袭之，一直到崇祯十一年(1638)刊来钦之《楚辞述注》录此语，位置亦同于冯本。

总之，冯绍祖以王逸《楚辞章句》为底本，又择取洪兴祖《楚辞补注》、朱熹《楚辞集注》之"裨益"处，再广泛搜集前世评家品评之辞，精心校刻，遂成为《楚辞》评点史乃至《楚辞》学史上至为重要的著作之一种。关于它的地位和价值，尚有待学界同仁作更深入地挖掘和梳理。

本文刊于《文史哲》2015 年第 5 期，题为《冯绍祖校刊〈楚辞章句〉及其评点价值》。

① 洪兴祖：《楚辞补注》，中华书局，1983 年，第 21 页。

明万历年间刻《文选纂注》系列评本述评

郑州大学　赵俊玲

自元末明初刘履的《选诗补注》产生后，至万历初年，这一漫长的历史时期内，据叶德辉《书林清话》记载，有多种《文选》版本刻印流传。但当唐诗、唐宋文及戏曲等的评点都已成一定规模之时，《文选》却一直未能引起评点界的更多注意。打破这种沉寂局面的是万历十年(1582)福建建阳书商余碧泉所刻《文选纂注》评本①。

张凤翼《文选纂注》初刻于万历八年，问世后不久，即盛行于天下，翻刻、重订之本层出不穷，余碧泉万历十年重刻本（以下简称余本）是其中较早的一种。与原刻的最大不同即是眉栏汇列多家评语，是为最早的《文选》评点本。后来，余碧泉于万历二十四年又有《文选纂注评苑》之刻（以下简称《评苑》），万历二十八年题为郑维岳增补、李光缙评释的《鼎雕增补单篇评释昭明文选》（以下简称《鼎雕》）出现，万历二十九年标名恽绍龙辑评的《文选纂注评林》（以下简称《评林》）刊行。后三种实都由余本衍生，皆以《文选纂注》为底本，眉端所镌评语多与余本重复。这四种出现于万历年间的评本实有着颇深的渊源关系，可称为《文选纂注》系列评本。

自李善、五臣注出，《文选》即主要以注释本的形式流传。李善注与五臣注的侧重点不同，李善注因繁富引典更受学者青睐，五臣注则因通俗简易更受一般士子欢迎。书商选择刻印哪种注释本，与所针对的读者群关系密切，评点者对底本的选择亦然。《文选纂注》系列评本所依的底本《文选纂注》，主要内容是删节重组六臣注而来，但取五臣注为多；注释方式与五臣注基本相同，但更通俗浅易；凡用李善注处，一律省略彼所标明之引典释字出处。亦偶取他贤之注。另外，张凤翼又有少量自注，而且，他还对一些选篇进行

---

① 笔者所见藏于上海图书馆。

了文学性的评论，一般置于篇尾。张凤翼撰《文选纂注》，虽主要取资前人，但也颇为用心，又因刻印精良，行世不久便大兴，得到时人如梅鼎祚的极力称扬："删繁会简，提要钩玄，兼以剞劂都工，豕鱼悉正。一加拭目，便知苦心。实足羽翼斯文，岂徒橐钥后进。"①梅氏言及《文选纂注》的"橐钥后进"，正道出此书嘉惠初学的主要目的。以之为底本，事实上也就预设了读者群——一般士子及初学者。

余本由书商操作，选取适合于初学者的《文选纂注》为底本，其他三本由它衍生而出，皆带有浓烈的商业气息，是属"书商型评本"。它们是《文选》评点史上产生较早的一批著作，且出现时间相对集中，对当时及以后的《文选》评点都起到重要的启示与推动作用。而且，这四种评本除《文选纂注评林》外，今天都较为稀见，而如《鼎雕增补单篇评释昭明文选》更是旷世仅存，应予重视。

一、余碧泉万历十年刻《文选纂注》评本

余本正文行格同于万历八年初刻之《文选纂注》，每半叶十一行，行二十二字，小字双行，行亦二十二字，白口，版心刻"文选卷之几"。只是远较初刻粗糙，取消了原刊所有文体分类名称，如首页"两都赋序"上即不像原刻那样标小字"赋"字；一些文字也简化了，如"蕭"作"萧"、"顯"作"显"、"繼"作"继"等，大概或是书商出于成本的考虑，或是刻工偷懒所致，已见此本比《文选纂注》原刻更趋功利。所镌评点则更显商业目的。

（一）评语冒用名人的商业操作模式

与原刻不同，余本眉栏镌每行四字之评。评语数量颇多，特别是赋部分，几挤满眉端，每条皆标评者姓名。据统计，全书共出现这样十三位评点者：刘辰翁、王守仁、李梦阳、何孟春、何景明、杨慎、唐顺之、王慎中、王维祯、李攀龙、王世贞、吴国伦、汪道昆。这些评语刻印粗糙，错讹百出。所标评者姓名有误"李梦阳"为"何梦阳"、"唐顺之"为"杨顺之"、"何孟春"为"何孟夏"者等等，"王维祯"与"王维桢"更是杂见错出。评语内容的错讹也很明显，句

① 梅鼎祚：《答张伯起书》，《鹿裘石室集·书牍》，《续修四库全书》影印山西大学图书馆藏明天启三年玄白堂刻本，上海：上海古籍出版社，2002年，第514页。

子不通、错字、掉字都为数不少，即如全书第一条评语："汪道昆曰：诸引文证，皆举先以明后，二个作者必有所祖述，他皆"，句子本身就不完整，且第三句不知所云。实际这是李善注的第一条注例，却被赫然标为"汪道昆曰"，且误"以示"为"二个"，后又缺了"类此"二字。此例不能不引起我们对余本所标评语出处可靠性的怀疑。

余本所列十三人，王守仁、李梦阳、何景明、李攀龙、王世贞、唐顺之、王慎中、杨慎八人，在万历十年前后，声名显赫，不必多论。其他五人，我们稍作说明。与诸人不同，刘辰翁并非明人，但他在明代评点界却有很高声望。杨慎言刘辰翁《世说新语》诸书之评点："士林服其赏鉴之精博。"①时人集刘辰翁评点著作九种刊行，陈继儒为序赞曰："须溪笔端有临济择法眼，有阴长生返魂丹，又有麻姑搔背爪，艺林得此，重辟混沌乾坤。"②钱谦益则说："近代俗学盛行，刘辰翁、李卓吾之书，家传户诵。"③杨、陈、钱三位无论在当时的文学界，还是学术界，都堪称巨擘，从他们的评论，可以见出刘辰翁评点在彼时的巨大影响。而当代对评点学素有研究的学者，如吴承学称："如果说，在明代文学批评界中，刘辰翁的评点是一门'显学'的话，恐怕并非夸张。"④孙琴安更是称刘辰翁为"中国第一位杰出的评点大师"⑤。看来，刘辰翁在明代评点界，地位确实举足轻重。吴国伦和汪道昆是复古派后期的代表人物，在今天看来，他们的声名弗如上列几位远甚，但在余本刻印的万历十年前后，情况是否和今天一样呢？《明史·吴国伦传》称吴国伦归里后，"声名籍甚，求名之士，不东走太仓，则西走兴国"⑥。声名与当时还在世的王世贞相侔。关于汪道昆，钱谦益《列朝诗集小传》有言："（汪、王）厥后名位相当，声名相轧，海内之山人词客，望走噉名者，不东之娄东，则西之淛中，又或以

① 杨慎：《升庵诗话》，丁福保辑《历代诗话续编》，北京：中华书局，1983 年，第 887 页。

② 陈继儒：《刘须溪评点九种书序》，《晚香堂集》，《四库禁毁书丛刊》影印北京大学图书馆藏明崇祯刻本，北京：北京出版社，1998 年，第 552 页。

③ 钱谦益：《文选瀹注序》，闵齐华《文选瀹注》卷首，《四库全书存目丛书》影印广西师范大学图书馆藏明末乌程闵氏刻本，济南：齐鲁书社，1997 年，第 2—3 页。

④ 吴承学：《中国古代文体形态研究》，广州：中山大学出版社，2002 年，第 232 页。

⑤ 孙琴安：《中国评点文学史》，上海：上海社会科学院出版社，1999 年，第 55 页。

⑥ 张廷玉等：《明史》，北京：中华书局，1974 年，第 7379 页。

其官称之,曰两司马。"①孙鑛亦把王世贞和汪道昆并列:"弇州、太函语,今庸夫竖子皆能道之。"②事实上,随着复古派其他人物的去世,万历十年前后,王世贞、吴国伦、汪道昆已鼎足而立,成为新的领袖。这样今天看来,声名逊于众人的是王维祯和何孟春。但是,著名的评点家孙鑛很推崇王维祯,孙氏有言:"昨偶再检今诸公集,惟空同、槐野真不可及。若沧溟、凤洲、南溟,以全部论自难可并,若一二篇,或犹可勉而至耳。""曩日妄谓我朝大家五人:空同、槐野、沧溟、凤洲、南溟……近日熟观之,则似乎空同才第一,凤洲第二。若单论文,则槐野第一,空同第二"③。把王维祯置于当时文坛数一数二的位置。王氏在彼时评点界也颇有声望,王世贞对其所评杜诗还有议论④。今天人们对王维祯的认识可能和万历时人并不一样。相比之下,唯何孟春似乎不能与众人同列。但他是弘治六年进士,李东阳的弟子,"茶陵派"的重要人物,学问广博,著述宏富,为官清正,在当时亦有一定声名和影响力。且余本仅列标志其名的评语两条,数量远不能与除王守仁外的其他十一人相比,亦见出纂辑者对他稍不同于他人的态度。

大体而言,余本出现的评点者,在当时声名都甚为显赫。看到这些评点者的名字,不能不使我们对余本的评点质量寄予厚望,然而事实是不是这样呢?

如前述,分别被标为上述十三人的评语实际可能并不出自他们。有实证可查的是一些本是六臣注释的内容而被贯以十三人之名,上举被标为"汪道昆曰"的全书第一条评语,即是明证。另外,《两都赋》眉端还有这样两条评语:"刘辰翁曰:时汉都洛阳,故东称主,西称宾。""唐顺之曰:天子无父兄,能善事三老亦为孝友矣。"实际分别是吕延济注和李周翰注。余本这样的例子很多,如江淹之《杂体诗三十首》,分别模拟自《古离别》至休上人的作品,五臣注多指出江淹的具体模拟对象,如于《李都尉陵》称"此拟《携手上河

① 钱谦益:《列朝诗集小传·丁集上·汪侍郎道昆》,周骏富辑《明代传记丛刊》,台北:明文书局,1991年,第481页。

② 孙鑛:《与余君房论文书》,《月峰先生居业次编》,《四库禁毁书丛刊》影印明万历四十年吕胤筠刻本,第194页。

③ 孙鑛:《与余君房论文书》,《月峰先生居业次编》,第195页、196页。

④ 见王世贞:《艺苑卮言》,丁福保辑《历代诗话续编》,北京:中华书局,1983年,第1065—1067页。

梁》",于《班婕妤》称"此拟《新裂齐纨素》",于《魏文帝曹丕》称"此拟《芙蓉池作》",于《陈思王曹植》称"此拟《赠丁仪》等诗",而这些语句也出现在余本眉端,却被分别标为"唐顺之曰"、"王世贞曰"、"汪道昆曰"、"李梦阳曰"。《文选纂注》依六臣注而删繁就简,上举诸例并未见于张凤翼所辑注释,故又被余本列于眉端,却归之于当时影响较大的人物。

六臣外,余本还利用了他贤之论,而标以十三人之名,最明显的例子就是出现于《离骚》眉端的一段评语:"陈尧舜之耿介,称禹汤之祗敬,典诰之体也……固知《楚词》者,体变于三代,而风雅于战国,乃雅颂之博徒,而词赋之英杰也。"这是我们非常熟悉的刘勰《文心雕龙·辨骚》中的一段话,但在余本中竟被赫然标为"王世贞曰",真是欺人之甚!

上举诸例提示着我们对余本评语来源的可靠性发生怀疑,然而这些还都只是个案,虽可作为推断余本评语作伪的有力证据,但却无法就此得出它们全部是冒名的结论。我们力图从其他一些方面作进一步的证明。

余本出现了一些常识性错误。吴质《答魏太子笺》"昔侍左右,厕坐众贤……并骋材力,效节明主"一段,是针对曹丕《与吴质书》"昔日游处,行则连舆……谓百年已分,可长共相保"一段而发。余本于前者有这样的评论:"唐顺之曰:此不满植之所称应、徐诸子,而自以保身敕行为戒,其谦抑中颇有规谏意。"此篇明确题名"答魏太子笺",标为"唐顺之曰"的评语却称是针对"植"作而发,至少评点者或未仔细阅读文章题目,或看了题目,却历史知识贫乏,认为魏太子是曹植,或记忆失误,认为上文所引后一段文字出自曹植。但不管是哪一种情况,勿论唐顺之,甚至不会是一个普通读书人所可能犯的错误。当然,还有另一种解释是,这或许是刻工所致。我们并不排除这种可能,但出现于《文赋》眉端的一条评语却将这种可能性大大减小。《文赋》末段论文之功用,余本有眉批云:"何景明曰:曹植有云'文章经国之大业,不朽之盛事',士衡盖本其意也。"相比于曹丕《与吴质书》,这两句话在文学史上的知名度更高,出自曹丕的名篇《典论·论文》。真不可想象"何景明"会犯这样的低级错误!

余本还有较多道德说教式的评语,"忠孝之文"、"有关世教"、"得规讽之旨"之类的语句随处可见。其中尤以"得……之体"句式出现,认为文章须符合封建教化标准的评语最多,我们稍举数例如下:

潘岳《藉田赋》首段眉批："唐顺之曰：得独尊天子之体。"

何晏《景福殿赋》"睹农人之耘耔……岂惟盘乐而崇侈靡"数句眉批："汪道昆曰：以前侈乐无穷，此则深为戒惧，此赋甚得箴规之体。"

何晏《景福殿赋》末段眉批："吴国伦曰：末以凤、环、龟、龙、醴泉、灵芝之瑞终之，方得作颂帝王家之体。"

谢庄《月赋》"臣东鄙幽介，长自丘樊，昧道懵学，孤奉明恩"数句眉批："唐顺之曰：将赋而先谦，得臣子进言之体。"

潘岳《寡妇赋》"感三良之殉秦兮，甘捐生而自引。鞠稚子于怀抱兮，羌低徊而不忍"数句眉批："刘辰翁曰：夫死称未亡人，故欲捐身自引，而又以稚子为夫之后，不忍弃之而即下，从此尤得节义大体。"

王褒《洞箫赋》"赖蒙圣化，从容中道，乐不淫兮"数句眉批："杨慎曰：箫声中节，归之圣化，深得尊君之体。"

陆机《皇太子宴玄圃宣猷堂有令赋诗》一诗眉批："何景明曰：将颂晋德，必本之夏、殷、周，以大其统，后称太子，而终之以自序，得雅颂之体。"

曹丕《与吴质书》文首眉批："唐顺之曰：此书叙事多生死离别之怆，而末勖以少壮努力，尤得箴规之体。"

张载《剑阁铭》文尾眉批："王世贞曰：此铭不侈称邓艾入蜀之功，而曰'险亦难恃'，又曰'凭阻作昏，鲜不败绩'，又曰'覆车之轨，无或重迹'，谆诲恳至，其得告戒之体。"

这些评语看不到作品的文学艺术价值，只论其封建教化意义。更值得注意的是，它们虽被标明分属不同的评点者，甚至这些评点者还并不都处于同一历史时期，但口径却颇为一致，似出一人之口，最起码也是在同一指导思想下纂辑在一起的。而如《洞箫赋》一段非常精彩的话："故听其巨音，则周流汜滥，并包吐含，若慈父之畜子也。……其仁声，则若飘风纷披，容与而施惠。"余本批云："王维祯曰：慈父、孝子、壮士、君子、武声、仁声，洞箫虽一器而有关世教如此。"所关注的并不是这段文字独特的修辞手法、巧妙的想象等艺术特质，而是或非作者原意的箫声之教化意义。不仅无助发掘作品的审美内涵，而且使人顿感索然无味。事实上，如余本这样如此强调作品教化意义的做法，也是万历年间产生于坊间的小说评点著作的重要特征。这些小说评点著作的操作模式，如谭帆先生所言："于是在小说评点（主要是明代小说评点）史上，书坊参与小说评点的最常规方式乃是集合其周围的下层文人从事评点，并大多冒用名人姓氏加以刊刻。"①余本是书商操作的产物，评语如上举例子，有种种作伪的表现，笔者实际怀疑，它的操作方式和谭帆先生所言同时期小说评点是一样的。

而且，有关明人刻书，一直有"刻一书而书亡者，明人固不得辞其咎"②、"明人喜作伪本"③的说法，道出了彼时刻书不追求质量，随意窜改造假的恶习。评点更是如此，苏时学曾讥议当时评点界的伪托之风：

> 明人刻古人书，往往伪撰古人评语，如《管子》、《庄子》、《鹖冠子》、《楚辞集注》等皆有唐宋诸公评。意若古书必借此而增重者，渐而至于经传亦伪为之，今市本所传有《苏批孟子》，以为出于老泉，尤可哂也。④

这种大环境下，刻书业最盛，但刻印质量也一直最差的建阳书坊，造假作伪更是"独领天下风骚"，余本正出建阳书坊。

但是，相对于建阳书坊，同样是当时刻书重地的苏常地区，情况却好得多。胡应麟说"吴会、金陵擅名文献，刻本至多"，"余所见当今刻本，苏常为上，金陵次之"，"其精吴为最"⑤。明后期，苏常地区的刻书质量远远高于建阳，居全国之首。"明朝末期的出版风气很坏，诸如冒充名家、改头换面、删削腰斩、用料粗糙等，在苏州出版的图书中，相对的要少得多"⑥。《文选纂注评林》即由晋陵（常州古称）人恽绍龙辑刻，它同余本最大的区别即在于，其评语虽承余本而来，却将余本所标评者名氏全部删去。这样的方式，似乎与该书"评林"的名称不符，倒是余本更合"评林"之意。因为"评林"即是集

① 谭帆：《古代小说评点简论》，太原：山西人民出版社，2005 年，第 98 页。

② 叶德辉：《书林清话》，北京：中华书局，1957 年，第 180 页。

③ 永瑢等：《四库全书总目》，北京：中华书局，1965 年，第 23 页。

④ 苏时学：《爻山笔话》，《四库未收书辑刊》影印清同治三年五羊城味经堂刻本，北京：北京出版社，2000 年，第 459 页。

⑤ 胡应麟：《少室山房笔丛 · 经籍会通四》，上海：上海书店出版社，2001 年，第 43 页。

⑥ 缪咏禾：《明代出版史稿》，南京：江苏人民出版社，2000 年，第 78 页。

评，万历初年凌稚隆辑《史记评林》，徐中行《刻史记评林序》曰："凌以栋之为评林何谓哉？……推本乎世业，凌氏以史学显著，自季墨有概矣，加以伯子稚哲所录，殊致而未同归，以栋按其义以成先志，集之若林而附于司马之后。"[①]题名"评林"的评点著作如《新刻注释草堂诗余评林》、《老子评林》、《唐诗选脉会通评林》等等，都是集合诸家评点而成，且集中出现于明万历、崇祯年间，《文选纂注评林》之题名即是这种风气下的产物。它的评语承余本而来，但不标评者姓名，不具"评林"的基本形式，却题书名为"评林"，较为合理的解释是，辑刻者对余本所标评语出处持怀疑态度，甚或有可靠证据明了余本乃作伪造假，出于谨慎和对质量的追求，就略去了评点者姓名。而且，《评林》还多改正余本评语、正文之误，即如全书第一条评语即是"诸引文证皆举先以明后，以示作者必有所祖述也"，已改正余本误字，补充完整了句子。它远比余本精良，刊行后，马上被广泛传播，成为最受欢迎的《文选纂注》评本，在其系列评本中流存至今也最多。今天全国各地稍具规模的图书馆几乎皆有藏本，有的甚至多达数本或十余本，可见当时的流行程度。它对余本所标评点者名氏的删节，也成为余本作伪的一个有力旁证。

关于余本，至此我们得出的基本看法是，余碧泉很可能采取了集合下层文人从事评点，而冒用名人姓名加以刊刻的商业操作模式。而且，余本形成了"集评"的方式，据孙琴安所言，万历年间正是汇评本和集评本层见迭出的时期[②]，它最为流行和吸引人注意。至此，余本的刊行目的也就非常明确了，那就是商业利润，评点是商业营利的手段。对评语进行具体分析，也可以得出相同的结论。

（二）以疏通文意为主体内容，透露出浓烈的商业气息

余本评语基本可以分为这样两类，即浅显甚至鄙陋的疏通串讲文意与简约的赏评，前者约占全部评语的60%，后者30%左右。还有一些评语则将串讲文意和分析艺术特征结合起来，或称"讲析"更为合适。

余本疏通文意，从概括串讲章旨节意、句意，及对部分语句进行补充说明两方面进行。

余本概括章旨节意，通常用"此……"、"以下……"或"以上……"的句

① 徐中行：《刻史记评林序》，转引自谭帆《古代评点小说简论》，第17页。

② 参孙琴安：《中国评点文学史》，第107页。

式，我们仅以王融《永明十一年册秀才文五首》为例分析。该篇余本共有六条评语，其中五条分别简括每一首内容：

> “朕秉箓御天”一首眉批：“李梦阳曰：此欲闾井殷富，且期振齐民之惰窳者，而归之业。”
>
> “惟王建国”一首眉批：“王慎中曰：此因官不称职者众，欲汰冗员。”
>
> “昔者贤牧分陕”一首眉批：“唐顺之曰：此因天下守令不职，欲搜逸才。”
>
> “朕闻上智利民”一首眉批：“王慎中曰：此欲立权宜之制，使民务本而兴文学。”
>
> “自晋氏不纲”一首眉批：“李攀龙曰：此欲遣辨士奉咫尺之书，招集未定诸郡。”

五句话对此篇内容进行了客观简明的概括，就其目的来说，非常明确地是为士子读懂选篇服务；就其性质来说，更接近注释而非批评；就其质量来说，还算基本忠实地概括了原文，浅显通俗。再如《九辨五首》其一之眉批“何景明曰：此段首述秋气，中说人情，末叙物景，而结则念己将老，淹留草泽，无所成也。”是非常典型的串讲大意之语，亦还称得上简要。然而，客观地对章旨节意进行简单概括，特别是对于文学性较强的作品而言，往往易流于鄙陋，如陆士衡《挽歌诗三首·卜择考休贞》一诗仅有的三条眉批即是如此：“王世贞曰：此序初葬之时。”“杨慎曰：此欲止中闱之哭而歌送葬之诗。”“王慎中曰：序亲友送葬之礼。”余本概括串讲大意的文字绝大部分都类似此种，质量很是一般，基本见不出评点者的水平。

串讲节意章旨外，余本不少评语指向对句子的疏解，以“言……”的句式出现。这其实也是五臣注最常见的内容。我们于赋、诗、文各举一例，比较两者：

> 张衡《思玄赋》“恐渐冉而无成兮，留则蔽而不彰”二句眉批：“何景明曰：渐冉无成二句言进退触藩，仙境与仕路俱难也。”张铣注：“恐学仙道渐冉不成，留于此又被谗邪所蔽而不彰明。”
>
> 谢灵运《登江中孤屿》“始信安期术，得尽养生年”二句眉批：“唐顺

之曰：言我见此山之异，始信神仙，尽养生之道。”吕向注：“言我见此山灵异，始信神仙之道，得尽养生也。”

嵇康《养生论》“熏之使黄而无使坚，芬之使香而无使延哉”二句眉批：“唐顺之曰：言能熏之使黄，芬之使香，则亦能令人延长也。”吕延济注：“言能熏之使黄，使坚使香，则亦能使人延长，明矣。”

与五臣注疏通文意一样，余本对句意的解释亦是紧扣句子进行，一些只是稍微变化五臣注，又有一些则努力比五臣注更通俗易懂，但表意反不如五臣清晰明白。总体看来，余本疏通句意，似乎试图在五臣注的基础上，向更浅显通俗的方向发展，但所取得的成绩显低于五臣。其中一些句子与五臣相差无几，更加印证了我们前面关于此本评语乃冒用名人的判断。

疏通串讲句意、章旨节意外，余本花费较大笔墨所做的另一项工作是对《文选》正文进行一些补充说明。大概有这样几个方面，一是补充说明选篇所用语典、事典，以使读者明白作者何以用了这样的典故，这仍然属于注释的一种方式。我们举例来看，陈琳《檄吴将校部曲文》“昔夫差承阖闾之远迹……身罄越军”数句叙吴王夫差当初很强大，据有吴地，但最终败于越王，余本于此数句批云：“王维祯曰：夫差，吴王也，俱尝奄有吴地而败亡，故以比权。”说明这里何以用夫差为典。李萧远《运命论》“昔者，圣人受命河洛曰：‘以文命者，七九而衰；以武兴者，六八而谋。’”这里“七九”和“六八”着实不易理解，余本眉批作了解释：“吴国伦曰：自成王至厉凡七世，幽、厉而大坏，应七而衰也；自厉王至二霸凡九世，二霸而凌迟，此应九而衰也；自二霸至景王凡六世，景而文霸，应六而谋也；自景王至七国凡八世，七国而辨诈，应八而谋也。”这与李善的释典不同，李善重在引用前人以明选篇语有所源，余本目的则在使读者顺利理解选篇。且就此二例看，余本显然力求说明上的通俗浅显。二是对创作背景的补充说明。中国文论向有知人论世的传统，了解创作背景对理解作品很重要。嵇康《杂诗》写自己清夜访友之乐，有“流咏太素，俯赞玄虚”之句，余本批云：“刘辰翁曰：叔夜盖耽太素玄虚之举，以养生为务，故其诗如是。”是对诗人思想状况的说明，以明何出此言；而张协《七命》“丹冥投烽，青徼释警”二句眉批：“杨慎曰：以晋都视蜀在南，时蜀已破，故云‘丹冥投烽’；吴在东而已平，故云‘青徼释警’。”则是对当时现实情况的说明，以明作者下笔之意。余本说明创作背景，对读者理解作品无疑有帮助。但不可否认的是，需要做如上述说明的读者，其文学史和历史知识的修养确实还只是处于初学的水平。三是对作品题材选取的说明。如曹植《七启》“芳菇精粺，霜蓄露葵”一段，以饫美之饮食启发玄微子，余本有评：“何景明曰：此肴馔之妙，皆大荒之庭所无，故以启之。”对饮食之美的描写本是“七”体的传统内容之一，又与大赋有密切的关系，而此条评语则将这种题材的应用仅仅归为是因“大荒之庭所无”，不仅浅显，实未胜不言。

余本从不同方面对《文选》正文进行的补充说明，总体看来，过于浅俗，甚或流于鄙陋，对于理解原文的参考价值不高。但其所针对的读者对象层次较低，则无疑问。其实，五臣注中也多有此类内容，即如前文所举余本于《西都赋》中冒用五臣的注释：“时汉都洛阳，故东称主，西称宾。”即是一例。内容的类同，正由它们目的的一致性决定，抑或余本受到了五臣注的启发。

至此可知，占余本评语最大比例的疏通串讲文意之语，其中关于句意的疏解及对正文的补充说明亦是五臣注中最常见的内容，但余本却或改编五臣，或在对通俗浅显的追求中流于鄙陋，总体水平远远低于后者。在五臣注之后出现，可以说没有太大的价值。

以《文选纂注》为底本，评语冒用名人之名，且内容流于浅显鄙陋，这些共同显示出，余本的读者对象是读书人中基数最大的初学者，其刊行目的就是最大限度地获取商业利润，评点只是营利的手段。

（三）鉴赏评析类评语对后来文人型评本的启发意义

余本疏通串讲文意外，还有少部分评语是对选篇进行文学性的赏析，一般用语简短，随感而发。有赞作品善绘场面，如班固《西都赋》“平原赤，勇士厉，猿狖失木，豺狼慑窜”数句眉批：“唐顺之曰：诸兽逃匿之状如见。”有称作品善状景物，如左思《吴都赋》“毕天下之至异，……集洞庭而淹留”数句眉批：“王世贞曰：叙归休之景从容委蛇，若崩崖裂石之后，而复澄弘一碧也。”有赏作品善于达情，如沈约《冬节后至丞相第诣世子车中》文首眉批：“王慎中曰：生死之感描写极尽，览之足为流涕。”有对作品词采的欣赏，如评王融《永明九年策秀才文》“昔周宣惰千亩之礼”一首云：“李梦阳曰：此策问田制兴废之术，字字句句组绘如锦。”有对作品作摘句赏析，陆机《叹逝赋》“川阅水以成川，水滔滔而日度。世阅人而为世，人冉冉而行暮。人何世而弗新，世何人之能故”六句眉批：“何景明曰：‘川阅水’、‘世阅人’可谓雄视今古，而‘人何世’二句尤觉波澜荡漾。”有对作品的用字发表意见，如扬雄《长杨赋》

“脑沙幕，髓余吾”二句眉批：“何景明曰：‘脑’、‘髓’二字甚古而奇。”还有对作品用典的讨论，如评潘岳《悼亡诗三首·皎皎窗中月》“上惭东门吴，下愧蒙庄子”二句：“李梦阳曰：用蒙庄亦觉复。”亦在同类作品中展开比较，如评嵇康《琴赋》云：“李攀龙曰：此赋格与《洞箫》、《笙》、《笛》诸体迥别。”

这些评语记录着评点者阅读过程中产生的审美感受，涉及面较广，对帮助读者认识选篇的审美价值有一定意义。而且其中一些内容，如在同类题材作品中展开细致比较，为以后的《文选》评点者所继承，至清初的洪若皋，更发展为一种细读式的比较批评方法，大量应用于《梁昭明文选越裁》，对于细致详尽地解读文本很有帮助，体现出评点相对于其他文学批评样式的优势。当然，在余本中，这种比较还处于较原始的阶段，且不是有意识的做法，但毕竟对后来者有启发。

余本对选篇的评赏涉及面广，零散而显琐碎，但也还有一些方面着力较多，比如重视篇章结构分析，其中，关于作品的起承照应与内容的次序安排谈论最多。如颜延之《赭白马赋》，余本共有十四条评语，其中八条疏通串讲文意，一条摘句评论，一条称赏作者善于述情，一条关于文章的教化意义，其余三条是关于篇章的起承照应：

> 首段眉批：“何景明曰：先叙历代兴王之君，并得神马以效驱驰，应前‘腾光吐图，畴德瑞圣之符’句。”
>
> “飞辂轩以戒道，……穷神行之轨躅”一节眉批：“王世贞曰：‘飞辂轩’至‘穷神行之轨躅’皆应前‘崇卫威神，扶护警跸’。”
>
> “妍变之态既毕……穷神行之轨躅”数句眉批：“唐顺之曰：‘妍变之态’至‘神行之轨躅’则承上‘畜怒未泄’一句抽出复言之。”

南宋的几部诗文评点著作，有着较纯粹的服务于科举考试的目的，分析作品篇章结构是主要内容。因为基本的篇章结构技巧，对士子而言，是写作文章的起码要求；对评点者而言，也最易取之授人。明代八股文写作及评选繁盛，起承转合、点伏照应等术语深入人心，成为士子作文章的法宝，进而影响他们的思维及阅读习惯，即形成了通俗所谓“时文手眼”。余本颇多这类内容，与评点者日常受到的八股文写作训练应有一定关系。另外，应有迎合读者的意图。余本而后，所有《文选》评点著作都或多或少涉及篇章结构的分析，清初俞玚的《文选》评本更是以之为主体。这是八股文对于《文选》评点产生影响的一个鲜明表现，同时，也与评点随文而行的方式密切相关。相较于其他批评样式，评点确实是最利于一一具体指明作品是怎样谋篇布局的。这样的分析对于理解作品并非毫无意义，特别是对于重视逻辑结构的选文，还是较能探索其审美价值的。

余本对作品内部结构层次的安排也给予了较多注意，如评张衡《东京赋》“及至农祥晨正……罔有不韪”数段云：“汪道昆曰：春而耕籍、举射，日月会尾而恤民事，仲冬而大阅，卒岁而大傩，一一有次第。”《南都赋》文首眉批云：“刘辰翁曰：先总地势，而后及宝利珍怪、丘山、川渎、陂泽，文有次第。”《江赋》文首眉批云：“王维祯曰：首滥觞，次致始，次起涨，又次之总括兼包，并吞汲引，俱有次第。”这样的评语一般出现在大赋中，因为大赋追求一种“牢笼天地，包括宇宙”的气概，涉及题材较多，篇辐较长。相对于其他文体，庞杂的题材怎样安排得井井有序就成为一个突出问题，余本能于此多有发明，也算是一种眼光。

上述而外，在选文部分，余本还有一些评语是针对篇章特定内容而发。如颜延之《陶征士诔》写到陶渊明的谥号，余本有一段这样的议论：“王维祯曰：古之议谥俱亡贵贱，若黔娄之谥康，展禽之谥惠，渊明之谥靖节，郊之谥贞曜，皆表实德、垂炯鉴。近世以来则请乞成风，即缙非哀，朝官不能及，失古意矣。”虽是与篇章内容相关的史事，但实际已属借题发挥，是评点随意性的体现。余本这类内容，在明末的文人型评本中，基本不见。但到了清初，学术风气发生较大转变，重实学，重史学，《文选》本又多与史事密切相关的应用文，由文章内容生发的史论多了起来，洪若皋的《梁昭明文选越裁》、方廷珪的《昭明文选集成》等都表现得相当突出。后两者虽说不上与余本此类内容有必然的联系，但毕竟这类内容在最早的《文选》评本中已露端倪。

余本主观鉴赏评析类评语多随感而发，简短浅显，往往流于琐碎，总体水平不高。但是，它们却基本涵括了其后《文选》评点著作最常见的评语类型。相较于该本大部分疏通串讲文意的文字，更能体现评点作为一种文学批评样式的特色，也启示着后来的文人型评本向艺术赏析的方向发展，有一定意义。

总之，余本是笔者所见现存最早的《文选》评点著作，由书商操作产生，是书商型评本的典型，渗透着浓烈的商业气息。浅陋的文意疏通尽显其商业目的，冒用名人名氏是其商业促销的伎俩，内容的错讹百出更见其急功近利。评点在余本基本只是一种商业营利的手段。但是，同时，余本随感而发的鉴赏评析又对后世的文人型评本有一定启发意义。

虽然余本大部分内容乏善可陈，但它在《文选》评点史上的意义却不可小觑。从叶德辉的《书林清话》可以见出，明代有多种《文选》版本刊刻流传，但在万历十年余本出现以前，当唐诗、唐宋文及戏曲等的评点都已成一定规模之时，《文选》却一直未能引起评点界的注意。余本打破了零的记录，这正是它最大的价值所在。

二、《文选纂注评苑》

万历二十四年余碧泉又有《文选纂注评苑》①之刻。与万历十年刻本不同，《评苑》全书分为二十六卷，卷一至十四为《前集》，收赋、诗，卷十五至二十六为《后集》，收选文。余碧泉分《文选》为前后集，应是受到同族余良史刊刻于万历二十一年的《精摘梁昭明太子文选崇正编》分上下集的影响。虽颇能标新立异，却无甚实际意义，仅为引人注意的一种商业操作手段而已。此本卷首有沈一贯、张原序，卷末有“克勤斋余碧泉新刊”牌记，所谓“新刊”，当是相对于万历十年《文选纂注》评本而言。每卷卷下有这样的标志：“王世懋删定　张凤翼纂注　陆弘祚辑订。”按：陆弘祚，浙江乌程人，布衣。博学好古，尝辑评注释《骆宾王集》、《国语》、《战国策》等。“陆弘祚辑订”说明《评苑》眉栏所镌评语是陆弘祚汇辑的。然与万历十年余氏刻本相对照，《评苑》评语全出前者，所标评者名氏也全然一致。但万历十年刻本并未提陆弘祚只字，甚为可怪，最可能的原因或许还在于，这仍是书坊的一种操作手段，换汤不换药，作出一本新书的样子而已。这里不再多述。

三、《鼎雕增补单篇评释昭明文选》

《鼎雕增补单篇评释昭明文选》共分八卷，卷首有李光缙序。据笔者所知，该本今仅无锡市图书馆藏有一部，弥足珍贵，惜序文已残缺，仅留最后一

① 笔者所见藏于北京大学图书馆。

页，序后题署可窥其刻印时间："万历庚子秋八月清源李光缙宗谦甫书于义方馆"，应即刊行于万历二十八年或稍后。

《鼎雕》虽仍以《文选纂注》为底本，但进行了一些调整。重新釐定为八卷，篇目略有增补，《上林赋》后增入司马相如《大人赋》，《三都赋序》后增入王羲之《兰亭记序》。目录中，《答苏武书》后有张敞《与朱邑书》，但在正文中并未出现，刻印之不审可见一斑。这些或许就是书名所谓"增补"的具体所指。每卷下又题名"衷一李光缙评释"，似乎表明该书眉端及部分篇目末尾所镌评语是出自李光缙之手。然而，事实并非如此。《鼎雕》采录了余本大部分评语，同时又新增了很多。新增评语体例并不统一，大部分标出名氏，小部分未标。标出名氏者，其中仅有两条署为"李光缙曰"，或出李光缙之手。可见，李氏应只是这些评语的汇辑者。按：李光缙，字衷一，福建晋江人，万历十三年举人。

《鼎雕》新增评语刻印亦不精，评点者名氏多有错讹，如误"董份"为"董芬"或"董汾"，"邹德溥"为"邹德薄"、"凌约言"为"凌约"等等。同一评点者称谓也不一致，如真德秀，有时称名，有时称真西山；刘基，有时称名，有时称郁离子；李涂，有时称名，有时称李性学。本节论述《鼎雕》，以其新增评语为重点。

（一）《鼎雕》新增评语来源

据笔者详细统计，《鼎雕》共出现了九十九位评点者，比余本新增八十六人，可谓壮观，是明清《文选》评点著作中汇辑评家最多的一种。这些评点者，如董份、林希元，评语较多，达三十余条，其次如楼昉、葛羲，有十余条，但只有一条评语的评点者最多，有二、三条评语的亦为数不少。其实，也不独《鼎雕》如此。如前所述，明末是"评林"、"集评"著作产生的高峰时期，很多评本所出现的评点者甚至多达百家以上，如明万历刊本《历子品粹》，扉页题"新锲百大家评注历子品粹，百大家批评"等字样，明天启刊本《诸子汇涵》，所辑更多达一百九十一家，另如徐克辑有《评注百家唐诗汇选》，直以"百家"题名，小说评点中的《新刊校正演义全像三国志传评林》，所收评也达几十家①。《鼎雕》是当时风气影响下的产物。

那么，不可避免的问题是，既然《鼎雕》仍以余本评语为主体，而余本十

① 此参孙琴安：《中国评点文学史》，第 110—111 页。

三家评语乃冒用名人名氏,《鼎雕》新增八十六位评点者的评语是否就真实可靠呢?如果评语真的是来自所标诸人,那么又出自他们的什么著作呢?

与余本冒用名人的情况不一样,《鼎雕》虽然不加辨析地采录了余本部分评语,但其新增评语却多是有案可查的。如所录刘勰评来自《文心雕龙》、苏轼评来自《东坡全集》、惠洪评来自《冷斋夜话》、姚宽评来自《西溪丛话》、洪迈评来自《容斋随笔》、李淦评来自《文章精义》、罗大经评来自《鹤林玉露》、楼昉评来自《崇古文诀》、祝尧评来自《古赋辨体》、刘基评来自《诚意伯文集》等等。这些著作有诗话,有笔记,有作品集中的论文书,甚至还有一部典型的评点著作——《崇古文诀》。当然,《鼎雕》新增评语有一部分今天并不易查明出处,但据上面所列数种来推断,应非伪造。另外,明末古香斋有《汉文归》[①]之刻,标为钟惺汇评,该书与《文选》重复的篇目,眉端所列之评也往往见于《鼎雕》,亦从另一个侧面证明了《鼎雕》新增评语的可信度。《鼎雕》并非如余本那样冒用名人。

新增的八十六位评点者,这里我们不一一列其姓名,但除楼昉外,像董份、翁正春、李维祯、焦竑、王锡爵、茅坤、何孟春等等,也都有评点著作流传至今,在当时的评点界亦有一定的声望和地位,有的还是评点名家。我们不排除有不少评语即直接来自他们的评点著作(当然,不一定是《文选》评点著作)的可能。

另外,这些评点者绝大部分都是明人,明人中又以与辑评者李光缙大致处于同一历史阶段的人所占比例最大,他们一般都有进士头衔,在社会上有一定的地位和声望。多录此类人之评,显示出此本的商业目的。谭帆先生说:"以'评点',尤其是名家评点来壮大通俗小说的声势也是明清小说传播中一个重要的商业手段,这一手段本是书坊的商业传播伎量。"[②]《鼎雕》同样如此。又因李光缙是福建人,福建籍的评点者相对其他省份就更多一些,这与辑评者本人的文化素养及所可接触的书籍也有一些关系。

(二)《鼎雕》新增评语所显示的商业营利目的

《鼎雕》以选文部分新增评语最多。这可能与余本赋、诗部分评语本来数量较多,文部分则相对较少有关。但更可注意的是,这样一些篇目新增评

① 《四库禁毁书丛刊补编》43册影印收入。

② 谭帆:《古代小说评点简论》,第8页。

语已成为主体：诸葛亮《出师表》、曹植《求自试表》、李密《陈情事表》、李斯《上书秦始皇》、江淹《诣建平王上书》、李陵《与苏武书》、司马相如《喻巴蜀檄》、司马相如《难蜀父老》、东方朔《答客难》、杨雄《解嘲》、班固《答宾戏》、陆机《豪士赋序》、颜延之《三月三日曲水诗序》、王融《三月三日曲水诗序》、王褒《圣主得贤臣颂》、袁宏《三国名臣序赞》、司马相如《封禅文》、扬雄《剧秦美新》。而司马迁《报任少卿书》、杨恽《报孙会宗书》、朱浮《为幽州牧与彭宠书》、刘歆《移书让太常博士》、孔稚圭《北山移文》、宋玉《对楚王问》、贾谊《过秦论》、班彪《王命论》、李康《运命论》、刘孝标《广绝交论》、蔡邕《郭有道碑文》等篇则全部都是新增评语。

我们不厌其烦地列出这些篇目的名称，只是想说明，新增评语的主要对象是《文选》的应用文。这一方面表明，在科举考试及人们实际需求的推动下，越来越多批评者关注应用文。而更重要的则是，《鼎雕》的汇辑者实际最为重视应用文，把新增评语的主体放在了这一部分，其所重视正透露出《鼎雕》重实用的特点，商业目的明显。

下面具体分析这些新增评语。《鼎雕》运用了眉批和总评两种评点形态，眉批篇篇皆有，总评见于少数篇目。

眉批和总评都有一些评语未标名氏。总评中这类评语为数不多，全书不过九条，一般前标“纪事”二字，内容是交待选篇创作背景及缘由。如《文选》开首一篇《两都赋序》后即有“纪事”之语：“固字孟坚，北地人。九岁能属文，长遂博贯载籍。明帝时，除兰台令史，时修洛阳，西土父老怨帝不都长安，固作《两都赋》以讽。”这几句非常眼熟的话来自五臣注。实际《鼎雕》中，出现于总评位置的所有标为“纪事”的评语都与六臣注有关，或来自李善，或来自五臣，或翦截组合二者。值得注意的是，这些“纪事”类文字实属中国传统文论所谓“知人论世”的内容，代表着一种较为着实的批评方向。此类内容，《鼎雕》引入数量较少，但其做法对后世《文选》评点实有一定启发作用。

同时，总评这类“纪事”内容也提示着我们，出现于眉端的未标名氏的评语与六臣注的关系。它们大多数是指向对选篇典故、人物或语句的说明，经笔者与六臣注对照，实是过录，而非创造。我们仅举较为简短的二例为证，如丘迟《侍宴乐游苑送张徐州应诏诗》文首眉批：“按希范时为中郎，武帝弟宏为徐州内史，应诏送宏。”是吕向注内容。杨雄《剧秦美新》“奇伟倜傥谲诡，天祭地事”二句眉批：“言众瑞所以咸臻者，由能祭天事地。”是李善注内容。

用六臣注外，《鼎雕》剩余一小部分未标名氏的评语，内容较有规律，皆是通过引用其他一些文学作品中与选篇具有某些相似性的语句，与选篇进行对比，来阐发它们的妙处。我们仅举一例为证：

> 枚乘《七发》：“犓牛之腴，菜以笋蒲。肥狗之和，冒以山肤。楚苗之食，安胡之饭，抟之不解，一啜而散。于是使伊尹煎熬，易牙调和。熊蹯之臑，勺药之酱。薄耆之炙，鲜鲤之鲙。秋黄之苏，白露之茹。兰英之酒，酌以涤口。山梁之餐，豢豹之胎。小饭大歠，如汤沃雪。”
>
> 《鼎雕》眉批：“按郁离子《九难》云：‘众乐张，华筵启，肆金尊，澄芳醴，炮羔击牛，烹麐炰鹿，腾玉珧，臛比目，脍曜滍之鲂，炙拂云之鹄，羹月窟之兔肺，胹雾谷之豹胎，和以麟髓之酥，芼以赪桂之荑。’此数句与此段均是搜罗珍错以为奇观，妆成一篇好文字。”

枚乘《七发》和刘基《九难》这两段文字均描写菜肴之美，皆搜尽天下奇珍，极尽夸张之能事，思路相近。我国文学史上出现的以“九”命名之篇目，或还不能称为一“体”，但与作为一种体裁的“七”体有着很深的源渊关系，它们取材、思路的相似性就是它们源渊关系的一种表现。此条评语用后者去印证、发明前者，引发读者思考，不失为一种有效的读书方法。这种对比阅读法，或对后来《文选》评点著作中出现的以后世作品证选的做法有启发，如凌森美所刻《选赋》、孙鑛《孙月峰先生评文选》皆有一些引用唐诗来证明《文选》对唐人创作影响的评语，到钱陆灿的《文选》评本更发展为一种系统做法，以后世作品证选的评语达八十余条，至李详《杜诗证选》、《韩诗证选》则正式开“选学”“唐诗证选”一途。《鼎雕》较早用这一方法阅读理解《文选》，有一定价值。

标出名氏的评语是《鼎雕》新增评语的主体，由于人数过多，我们仅举其中较有代表性的董份、罗大经、真德秀等三人之评为例，进行分析。

董份是万历年间的评点名家，评点过《史记》、《汉书》、《后汉书》等。《鼎雕》新增评语以董份为最多，有三十九条，自《七发》开始，集中于选文部分，赋、诗中未见其评。董份就作品本身的优劣高低展开议论，小至用字，如评李康《运命论》“夫以仲尼之才也，而器不周于鲁卫……以仲尼之行也，而招毁于叔孙”一段云：“‘才’、‘辨’、‘谦’、‘仁’、‘智’、‘行’六字，下得停当。”六句话，每句话所言正用此几字概括最当；再至用句，评李陵《答苏武书》“闻子之归……陵复何望哉”数句云：“句法雄壮，如骏马奔腾，诡衔窃辔，不可羁绁。”此数句，每句字数或四或五或六，参差错落，造成一种如潮气势；又有称赞作品修辞手法，班固《答宾戏》“宾又不闻和氏之璧，韫于荆石，隋侯之珠，藏于蚌蛤乎”四句评云：“两喻最占地步，词亦壮伟，读之洒洒动人。”这两个恰切的比喻，对于冰释宾关于著作垂后的疑问非常有力；再到段落的赏评，如评《七发》“既登景夷之台”一段云：“括尽台隍之胜，极目赏心，当与杜牧之《阿房赋》齐名异代。”对于作者善于状景称赞有加；亦有对通篇作品作出总体评析，如评班彪《王命论》云：“此论大意不过三段，首段说帝王有命，更无人破得；中段说二母之知命，真可以愧奸雄之心；末段叙高祖成帝业处，更无余说。此等文字于世道不为无补，非苟作者。”颇为简洁明了；又有在对具体篇目的评论中，生发出对某个作者总体创作特征的认识，如评司马相如《难蜀父老》有云：“相如之文中间有赋体。”实道出了司马相如创作的一个特点。可见，董份的评语都是紧紧围绕文本展开，有感即抒。从这种方式看，《鼎雕》董份评语的来源很可能是其评点著作。

《鼎雕》所录罗大经评语有九条，皆来自其笔记《鹤林玉露》，评语较长，都是就选篇中涉及的人物、历史事件，甚或礼仪典章发表议论。如曹植《求自试表》言及忠臣对国家的作用，以耿弇不以贼遗君父、霍去病匈奴未灭不置私第为例，《鼎雕》引罗大经语云：“自古夷狄盗贼之祸所以蔓延滋长，日深一日，且终或至于亡国者，皆将帅之臣玩寇以自安，养寇以自固，誉寇以自重也。求其如耿弇之不以贼遗君父，去病之匈奴未灭，不顾家者，几何人哉？故杜少陵诗，其于王室播迁之祸每每深责将帅，如云：‘将帅蒙恩泽，兵戈有岁年。至今劳圣主，何以报皇天。’又云：‘登坛名绝假，报主尔何迟？’又云：‘天地日流血，朝廷谁请缨？’又云：‘独使至尊忧社稷，诸公何以答升平？’皆是意也。”罗大经的评语可以说与《求自试表》关系不大。其他八条亦然。《鼎雕》中董份和罗大经之评是全然不同的类型。

《鼎雕》收录真德秀评语不多，但较有自己的特点。真德秀是南宋著名的理学家，有《文章正宗》，是较早的评点著作，他在序言中称：“今所辑以明义理、切世用为主，其体本乎古，其指近乎经者，然后取焉。否则辞虽工，亦不录其目。”[①]体现着理学家的观念和标准。《鼎雕》中所录真德秀评亦时时表达着他重道轻文的观点。如评刘歆《移书让太常博士》云：“按此书则汉于六经残缺之余，收拾补完，其功盖不少也。”是从此文羽翼六经的作用角度去判断它的价值。而评邹阳《上书吴王》所云：“按此篇用事太多，而文亦浸侈于偶俪。然其论谗毁之祸至痛切，可为世戒。”虽及该篇艺术特点，但对其价值的最终判断，还是以文章对世道人心的作用为标准，处处提示着评点者理学家的身份。《鼎雕》所选真德秀评语又是与董份、罗大经都不同的类型。

毋庸再多举例，从上述三家之评我们就可大概看出，《鼎雕》集如此诸多评家评语于一本，但并无一定的去取标准，似只为汇辑而汇辑，汇辑本身就是目的。从这个意义上说，《鼎雕》正和余本一样，借当时最为风行的“集评”方式，冒用或引用名人之评，目的只在吸引和招徕更多读者，获取最大的商业利润。

这样一种无目的、甚至显得杂乱的汇辑，除了在保存当时诸多人关于选篇的言论方面，有一定的文献意义外，就评点本身来说，《鼎雕》评语良莠杂存，采录评家如此之多，带着东拼西凑的痕迹。虽如董份那样的鉴赏评析性评语占了新增评语的一定比例，但很多与选篇关系不大的议论掺杂其中，对该书的价值产生了负面影响。总之，与余本一样，《鼎雕》作为书商型评本，评点还主要是商家营利的手段。

四、《文选纂注评林》

在论证余本评语真伪时，我们已对《文选纂注评林》[②]的基本情况作了介绍，了解了它与余本最大的差别，知道了它的刻印质量优于余本，是万历年间《文选纂注》系列评本中流传最广、影响最大的评本。

《评林》由恽绍龙汇评重订。恽氏为晋陵人，万历间国子监生，故世称此本为“晋陵本”，是明代《文选》版刻史上较为著名的《文选》刻本。恽绍龙对余本眉端评语所作的主要工作，就是削去所标评者名氏，改正错字、误字，顺

① 真德秀：《文章正宗纲目》，《文章正宗》，《影印文渊阁四库全书》本，台北：商务印书馆影印本，第5页。

② 笔者所见藏于复旦大学图书馆。

畅语句，并进行了有目的的选择与翦截加工，使之归于干净整齐。

《评林》用余本评语，一些评语只取其部分，且所取非常有规律，我们举例说明：

潘岳《藉田赋》“有邑老田父”一段余本眉批：“何景明曰：以上藉田意已尽，乃假田父等发此议论。波澜逶迤，且多格言，此绝处逢生之妙。”《评林》取前两句。

扬雄《长杨赋》“昔有强秦”至“今朝廷纯仁”数段，余本有评云：“唐顺之曰：从强秦之乱叙至汉成，其词典赡可听。”《评林》取前一句。

郭璞《江赋》首段余本眉批：“吴国伦曰：自源而流而洪涛而余波，此江势之渐远渐异，字面亦最有着落。”《评林》舍最后一句。

祢衡《鹦鹉赋》“尔乃归穷委命”一句余本眉批：“王世贞曰‘归穷委命’至末并正平自寓之意。其才甚高，词甚丽，而识量则甚卑狭，卒不得其终，宜乎哉？”《评林》取第一句。

诸葛亮《出师表》余本文首眉批：“唐顺之曰：此篇先叙先帝创业之艰，次序贤才足以兴治，次自叙受付托之重，末以讨贼之效自许，必期有成。其文激烈慷慨，千载而下犹令人见公忠诚肝胆与日星争光。”《评林》舍最后两句。

应璩《与满公琰书》余本文首眉批：“唐顺之曰：此书前段述公琰过从饮宴之乐，后段戒以乐不可极。其词铺张艳冶，烂然如绣。”《评林》舍最后两句。

通过这六条评语，可以清楚看到，《评林》所保留的皆是余本疏通串讲文意的文字，所舍弃的则全是对于篇章艺术特征进行探讨的语句，倾向性非常明确，那就是《评林》比余本更重疏通串讲文意，而非文学性的鉴赏评析。虽然余本已把主要精力放在了疏通串讲文意上，但《评林》还是作了进一步强调。《评林》对余本评语进行选择时，舍弃了余本大量简短赏析性的评语，可进一步证明此点。即如宋玉《登徒子好色赋》一篇，余本共有六条评语，两条疏通串讲文意，四条简短的赏析，《评林》所保留的只是前者。

《评林》也删去了余本一些疏通文意之语。即如前述，余本疏通文意，大致可分为对句意、章旨节义进行概括串讲及对部分语句进行补充说明两种情况。后者总体质量不高，多流于浅陋，《评林》所删，大都属此类。这样，实际上，《评林》一方面表现出比余本更强的针对性，那就是帮助初学者读懂《文选》，商业目的显得更为纯粹和直露。另一方面，评语总体质量又有所提高，这或许也是它在当时大量流传的一个重要原因。

明万历年间刻《文选纂注》系列评本，刊行的最大目的是获取商业利润。评点基本只是商业营利的手段，总体价值不高。但在《文选》评点史上，它们却有较大的现实价值与意义，我们至少可以归纳出这样三点：其一，它们构成了明代《文选》评点著作的一个类型——书商型评本；其二，它们有效启发和刺激了文人对《文选》评点的关注；其三，虽然后来少有《文选》评点著作以疏通串讲文意为主体内容，但或多或少还都有所涉及，这应是受到书商型评本的影响，一些评本，如邹思明《文选尤》、洪若皋《梁昭明文选越裁》、于光华《文选集评》等还直接借用或过录了书商型评本的此类文字。

复旦图书馆藏“奚禄诒批点《杜诗详注》”考辨

湖南师范大学　曾绍皇

奚禄诒是清初文学家、书法家，尤以楚辞研究著称于世，撰有《楚辞详解》，批校过朱冀的《楚辞辩》，系清初楚辞研究的重要学者之一。实际上，奚禄诒亦为清初重要的杜诗专家，其主要贡献在于对杜诗的评点。但是，因其评点未付之梨枣，流传不广，虽屡见于书目著录或他人过录转抄，但学界对此仍知之甚少①。笔者近年因辑录杜诗未刊评点资料汇编，查阅了不少稀见杜诗批评文献。复旦图书馆珍藏善本，题“奚禄诒批点《杜诗详注》”一书就是了解奚禄诒杜诗研究的重要史料文献，其中保存了大量杜诗批评资料，颇具杜诗学和文学批评史价值。奚禄诒善于从地域文学的视角来观照杜诗的批评原则、以“得力”与否作为诗歌用字优劣的批评标准以及顺应时代文学思潮的批评特质，在清代杜诗批评史上别具一格，具有较为典型的意义。

一、奚禄诒及其杜诗评点考述

奚禄诒，字苏岭，号克生（一说字克生），湖北黄冈人。顺治己亥（1659）进士。关于奚禄诒的生平事迹，清俞昌烈主修《黄冈县志》（道光二十八年）载称：“奚禄诒，字克生，顺治己亥进士。博览群籍，为文力摹西汉。累官常州府同知。课士有知人鉴。归时，家无长物。尝修《黄州府志》，文笔简洁，

---

① 近人邓邦述《群碧楼善本书录》卷六著录有黄叔璥过录奚禄诒批点《杜诗通》钞本，今人叶嘉莹《杜甫秋兴八首集说》中据此辑存奚禄诒评语多则。复旦图书馆藏奚禄诒批点《杜诗详注》之评语与黄叔璥收录奚禄诒评语有较大差异。

著有《知津堂集》。”[1]于此可知，奚禄诒博学多识，“为文力摹西汉”，官常州府同知，为官清廉。除撰著有《知津堂集》外，还和同邑高登云“同修郡志”。奚禄诒在楚地小有名气，与清初杜濬、王一翥、陈维崧等均有交往，尤其是与清初诗人杜濬为亲戚关系，二人交往尤为密切。杜濬（1611—1687），字于皇，号茶村，湖北黄冈人。以文才、奇节著称东南，诗文自辟畦町，睥睨一世，“当今诗古文推于皇第一”。奚禄诒“与杜于皇为中表，诗歌酬唱，谊若弟昆，诗境亦复相近”[2]。杜濬曾为奚禄诒论著撰写过序言，廖元度《楚诗纪》称奚禄诒的“前后诗稿，杜茶村序行之”[3]。

在杜濬为奚禄诒所撰写《奚苏岭诗序》中，杜濬简略回顾了奚禄诒的家世情况，并详细交代了杜濬与奚禄诒志同道合的诗学趋向：

吾邑出郭里许，过濂溪书院，得异境焉。望之蔚然，阴森杳蔼。即之华表，屹立有松枥数百株，皆偃盖合抱，中峙大丘，左右列翁仲石马丰碑，穹窿高二丈余，深刻谕祭文一道，是为嘉靖中以丁未进士守延平州殉倭难赠光禄卿奚公默斋之藏，今吾友苏岭则公之曾孙也。冢旁有草堂三楹，苏岭自幼时侍其尊大人读书其中。其地又与外王父陈公之庐相接近。余与苏岭皆陈公外孙，每值岁时节序、外王父母暨诸舅氏生辰，往修拜贺之礼，两人尝先后至。相见握手欢抃，燕集既罢，必重过苏岭书屋，酌茗论文，徘徊于忠臣之墓下良久而后去。方是时，先慈暨诸姨母共四人，表兄弟不下十许人，而余与苏岭独于其中岸然自异，厚相期许，慷慨相谓：“吾与若既同所自出，又同志同学，异时通显建树，将无所不同。”乃中更世变，余流落金陵，苏岭修业里社，一别不知年。及此相见，笑啼狎至，莫辩为悲为喜。以俗情论之，余两人于是乎为不同矣。不知必于是而益见其所以同，非世俗所知也。诗曰：“同心之言，其臭如兰。”何尝曰“同迹”哉？姑崖略明之。夫苏岭少而沈敏，余少而轻率，然而好学同也；三十年来，苏岭以才大不能藏，余以器小不能行，然而兼善、独善其学，各有所本同也；今读苏岭之诗，多清新跌宕之音，余诗多

① 俞昌烈主修：《黄冈县志》卷之八《人物志·文苑》，清道光二十八年刻本。
② 丁宿章：《湖北诗征传略》，清光绪七年孝感丁氏泾北草堂刻本。
③ 廖元度：《楚诗纪》卷三“国朝”，清乾隆十八年际恒堂刻本。

志微噍杀之响，然而贵真不贵赝同也。夫诗至于真难矣，然吾里自一二狂士以空疏游戏为真，而诗道遂亡。真岂如是之谓耶？夫真者，必归于正。故曰“正风正雅”，又曰“变而不失其正”。诗至今日不能不变，道在不失其正而已。苏岭独知之，属余言其端，余惟序真诗不可以作饰语，而真莫真于畴昔之日，外王父家之所讲摩，及忠臣墓下之所期许，盖未尝一日忘诸怀，而于是焉发之，以为是真诗之所由来，而且以见苏岭与余所以同之故，其指深渺矣哉。[1]

诗序简介了奚禄诒的家世情况：奚禄诒为明嘉靖中殉难于抗倭战争中的赠光禄卿奚默斋之曾孙，而且与杜濬同为“陈公外孙”，两人经常在岁时节序宴集相见，酌茗论文，交往频仍。序中既剖析了杜濬与奚禄诒二人因人生阅历差异导致诗歌风格的差异，更强调两人在诗学追求上“贵真不贵赝”、“变而不失其正”的共同诗学取向，并认为“必于是而益见其所以同”。这种相同也导致了二人诗歌意境的相近。杨钟羲《雪桥诗话续集》卷二中就指出“奚苏岭同知与杜于皇为中表。……诗境与茶村相近”[2]。除了为其诗稿撰写序言，杜濬与奚禄诒亦多有书信来往、诗词唱和。在杜濬《变雅堂遗集》中就有杜濬写给奚禄诒的书信《与奚苏岭表弟》一通，书信内容主要探讨奚禄诒为明代著名谏臣杨继盛所撰写《椒山集序》的修改问题。在信中，杜濬对奚禄诒贬抑明世宗嘉靖帝有所不满，希望奚禄诒“少加点易元稿”，并称“（奚禄诒）苏岭学问中人，故仆敢以此告之。若彼滔滔，何足语此，率臆妄言，必如此方是真正弟兄朋友”，将奚禄诒视为真正的知己。而据书信末所附杜濬“自记”可知，奚禄诒在接到复札后，“立改元作”，完全接受了杜濬的意见，可见二人关系非同寻常。而在杜濬《访奚苏岭表弟于澄江官舍》一诗中，杜濬更是开篇直言“与君同自出，童稚便交深”，坦言与奚禄诒“童稚交深”，感情深厚。奚禄诒对杜濬之作，亦有品评。如杜濬《变雅堂文集》中就有奚禄诒对杜濬相关文章的评论。杜濬之子早亡，杜氏曾作《为亡儿募义文》一篇，文末附有奚禄诒评论一则：

---

① 杜濬：《变雅堂文集》，《四库禁毁书丛刊》集部第072册，北京出版社影印本，第373—374页。

② 杨钟羲：《雪桥诗话续集》卷二，民国求恕斋丛书本。

昔赵括不善读父书，乃败也，而不早死；表侄世农善读父书，又死也，而不及成。于皇感生死成败之不齐，作《亡儿慕义文》。奚子苏岭曰：“悲也，而非慕也。读是文而不悲者，其为父必不近情之父，故天下不好义之人，由于心之不悲耳。以悲感悲，即谓之慕也。亦可嗟乎。使赵奢至今在也，亦未有不悲者。”同学表弟奚禄诒书后。

此茶村骈偶之文也，岂犹夫今之为骈偶者乎？苏岭又评。

从上述杜濬与奚禄诒的诗文评点和书信往来可知，奚禄诒不仅和杜濬为同乡发小，且为姻亲，关系密切；而且两人常互相切磋，砥砺文艺，评论时文。结合奚禄诒撰著《楚辞详解》、批校过朱冀的《楚辞辩》的事实，其手批杜诗，亦属情理之中的事情。

奚禄诒评点杜诗，相关书目文献有著录。近人邓邦述《群碧楼善本书录》卷六著录有黄叔璥过录奚禄诒批点《杜诗通》钞本一种：

《杜诗通》四十卷，七册，明胡震亨编，钞本。黄玉圃录奚禄诒批点。有“北平黄氏叔璥玉圃”三印，又“玉牒崇恩香南精舍珍藏”、“曾在崇禹舲处”三印。

从邓邦述《群碧楼善本书录》记载可知，《杜诗通》上奚禄诒批点系黄叔璥过录，非奚禄诒原批，该批本未知现藏何处。叶嘉莹在《杜甫秋兴八首集说》中曾辑存黄叔璥手录奚禄诒原批《杜诗通》的评语多则，可见其杜诗批点颇有价值，至今仍被杜诗研究者所重视。

除邓邦述《群碧楼善本书录》著录的黄叔璥过录本外，笔者在复旦图书馆古籍部亦发现奚禄诒批点《杜诗详注》一种，该书二十四卷，共两函十四册。批点底本为清康熙刻本。黄色封皮，扉页大字题“杜少陵集详注”，右上小字题“史官仇兆鳌诵刁”，眉栏上朱刻题“进呈本新镌”。在卷之一处有朱笔题“奚苏岭评”，从笔迹看，此处笔迹与批点中笔迹完全一致，虽不能据此确认此本系奚禄诒亲笔批点，但此题署与此本批点为一人所题则是毫无疑问的。

该本批注有朱墨二色，从批点字迹来看，两种颜色当为一人批点无疑。批语对胡孝辕、遁叟等人的批点有所驳斥或辨证。批点形式有眉批、旁批，以眉批为主。其圈评有圈有点,并且在某些句子旁还划有短竖,从其所标示的字句和批点的内容看,短竖主要是针对杜诗中的不妥之处进行评点。另外,为了评判诗歌艺术的高下,在某些诗歌的诗题前,亦有用一至三个不等的"○"或"·"表示批评者对该诗艺术高下的判断。

从钤印看,该批本在不同位置钤有"丁福保印"、"丁福保校读印"、"丁福保读书记"、"震旦大学图书馆丁氏文库"和"复旦大学图书馆藏"等多枚印鉴。从钤印可管窥出该批本曾被近代藏书家丁福保(1874—1954)收藏。丁氏藏书后来有2万余册捐赠给震旦大学,该校据此设立"丁氏文库"以志纪念,奚禄诒批点《杜诗详注》当为"丁氏文库"中的一种。震旦大学后合并到复旦大学,奚禄诒批本亦最后归之复旦图书馆。从批本渊源有自的流传情况,可以旁证奚禄诒批本的真实性。

二、复旦图书馆藏奚禄诒批点《杜诗详注》系他人过录本

复旦图书馆藏奚禄诒批点《杜诗详注》一书,《复旦大学图书馆善本书目》记载称:"《杜诗详注》存二十五卷,卷首一卷,清仇兆鳌详注,清康熙刻本,清奚苏岭朱墨批点,十四册。"明确指出该本系清奚禄诒批点的事实。这一著录,当据《杜诗详注》卷之一处朱笔题署"奚苏岭评"而定的。对于这个著录,周采泉在《杜集书录》中以"编者按"的形式予以了质疑:

> 群碧楼所旧藏者,题明为过录之本,则原批不一定在《杜诗通》,至复旦图书馆所藏者,虽未注明为过批本,以奚氏之科第考之,远在仇兆鳌之前,当不及见《详注》,疑亦为过批本。其原批为何本,今已不可考矣。但黄叔琳为清代大学者①,且手录其批语,其内容当必有过人者,容当于增订时,补辑其批语以饷读者也。

周采泉在按语中一方面质疑了复旦图书馆藏奚禄诒批点《杜诗详注》非原批本,另一方面也对奚禄诒批点内容的价值予以高度肯定。周采泉的质

① 按:邓邦述《群碧楼善本书录》著录为黄叔璥过录奚禄诒批点《杜诗通》钞本,周采泉《杜集书录》误为黄叔琳过录,黄叔琳为黄叔璥之兄长。

疑颇有道理，虽然奚禄诒的生卒年现已不能确考，但梁机为奚禄诒《楚辞详解》一书所撰序言中称："顺治己亥，恩科进士黄冈苏岭奚先生，讳禄诒，三闾之乡人也。"由此可知，奚禄诒为顺治十六年己亥(1659)科进士，而仇兆鳌为康熙二十四年乙丑(1685)进士，二者相距 26 年。另外，奚禄诒与杜濬为表兄弟，但比杜濬要小。因杜濬在诗文中称奚禄诒为"奚苏岭表弟"(如其《访奚苏岭表弟于澄江官舍》一诗)，而奚禄诒也自称为"同学表弟"(如评杜濬《为亡儿募义文》一文后称"同学表弟奚禄诒书后")，因此，奚禄诒比杜濬要小是肯定的，而杜濬生于 1611 至 1687 年之间，故奚禄诒生活于 17 世纪下半叶是毫无疑问的。此外，从《杜诗详注》的成书来看，奚禄诒批点《杜诗详注》的可能性也不大。仇兆鳌(1638—1717)于康熙二十八年(1689)开始注解杜诗，历经四年脱稿，于康熙三十二年(1693)奏呈康熙帝御览，直到康熙四十二年(1703)《杜诗详注》的初刻本才得以问世，因此，奚禄诒要亲自批点《杜诗详注》最早也必须在康熙四十二年(1703)，此时距离奚禄诒中进士的顺治十六年己亥(1659)已经过去 45 年了。而据宋元强《清朝的状元》一书统计称，清朝考中进士的最小年龄是 24 岁，最大年龄是 59 岁，平均年龄已达 35 岁，如果按照平均年龄计算，奚禄诒在《杜诗详注》初刻本刊刻完毕之时，已是 80 岁高龄了。何况仇兆鳌刊刻之后，奚禄诒也不一定能够即刻拿到所刻之书，因为从该批本眉栏上朱刻题"进呈本新镌"的记载，很明显地说明该底本并非《杜诗详注》的初刻本，而是"进呈本新镌"，故其批点《杜诗详注》的时间还应在《杜诗详注》初刻本之后，而奚禄诒亲自批点《杜诗详注》的可能性也变得更小。所以，复旦图书馆所藏之本当是他人过录之本，只不过具体过录之人已无从考究了。

既然复旦图书馆藏本为过录本的可能性很大，那么，此本是不是后人伪托奚禄诒批点的评本呢？关于此本所录内容与奚禄诒评点内容是否一致的问题，笔者曾将复旦图书馆藏奚禄诒批本内容与叶嘉莹《杜甫秋兴八首集说》中所辑录黄叔璥手录奚禄诒批点《杜诗通》中关于《秋兴八首》的内容进行比勘，二者内容大体相同，可以肯定该本批语内容系奚禄诒批点内容，即使不是奚禄诒亲自批点，也是他人过录了他的评点。现将对比结果列表如下：

奚禄诒批点内容对照表(以《秋兴八首》为例)

		叶嘉莹《杜甫秋兴八首集说》所辑录黄叔璥手录奚禄诒批《杜诗通》	复旦图书馆藏奚禄诒批点《杜诗详注》二十五卷
	总　评	前四首言肃、代两朝,后四首则追天宝。	(墨眉)前四首言玄、肃二朝,后四首追天宝事,不过以秋兴起。
第一首	玉露凋伤枫树林,巫山巫峡气萧森。	以秋起兴,气象颇健。	玉露凋伤枫树林(墨旁)八月。
	江间波浪兼天涌,塞上风云接地阴。	三、四写秋气中,含尽乱象。	(墨眉)三四写秋气,含尽乱象。
	丛菊两开他日泪,孤舟一系故园心。	一系,犹独系也。	
	寒衣处处催刀尺,白帝城高急暮砧。	七句,"九月授衣";八句,思归。	(墨旁)因而思归。(墨眉)将九月授衣。(红眉)此章风韵,自足压卷。
第二首	夔府孤城落日斜,每依北斗望京华。	首句,承上末句;次句,眼目,已点出长安了。又暮暮朝朝,千思万想。	(墨旁)【第一句】承前暮砧来。(红旁)【第二句】此句已出长安。
	听猿实下三声泪,奉使虚随八月槎。	贯星槎是八月,却非奉使,张骞槎,又非八月(参看蔡笺)。	(墨旁)少不妥。(墨眉)"八月槎"是名,贯星槎与奉使不合,若张骞奉使之槎又非八月。

续表

	画省香炉违伏枕，山楼粉堞隐悲笳。	《汉官仪》：尚书省以胡粉涂壁紫青界之，画古列士，尚书郎更直于建礼门内，台给青缣白绫被，或锦被帷帐茵褥通中枕，女侍史二人，选端正者，执香炉烧熏，护衣服（参看九家注）。又"画省"句，应京华；"山楼"句，应夔府。	（墨旁）【第一句】应京华。（墨旁）【第二句】应夔府。
	请看石上藤萝月，已映洲前芦荻花。	"藤萝月"二句，比也，逗下首末句。	（红旁）【第一句】比也。（墨旁）【第二句】由日落序至月出。（墨眉）暮暮朝朝，千思万想。（墨眉）月映二句比体，逗下章结句矣。
第三首	千家山郭静朝晖，一日江楼坐翠微。	首句，从上夜说至朝。次句，无时不愁。	（墨旁）由夜又至朝矣。无时不愁。
	信宿渔人还泛泛，清秋燕子故飞飞。	三、四，可知公意之不久于夔也。又信宿着渔人上，从上"日日"来。	（墨眉）"还泛泛"、"故飞飞"言已不久留夔州。
	匡衡抗疏功名薄，刘向传经心事违。		（墨旁）此少年得以胜我。
	同学少年多不贱，五陵衣马自轻肥。	五陵：长陵、安陵、阳陵、茂陵、平陵五处。又同学少年岂非"洲前芦荻"耶？又他自轻肥而已。	（墨眉）"同学少年"正是洲前芦荻也。（红旁）已逗下首。

续表

第四首	闻道长安似弈棋，百年世事不胜悲。		（墨旁）【第一句】承上末句。（墨眉）【第二句】此首已切指长安。
	王侯第宅皆新主，文武衣冠异昔时。		
	直北关山金鼓振，征西车马羽书迟。	广德元年，吐蕃入寇，征天下兵皆不至，故曰迟。又"直北"二句，安史未定，吐蕃又入京。	（墨旁）【第一句】安史。（墨旁）【第二句】吐蕃。（墨旁）王侯文武可愧。
	鱼龙寂寞秋江冷，故国平居有所思。	鱼龙寂寞，比君之蒙尘。又末八句为八章之枢轴。	（墨眉）"故国平居"一句是承上起下，乃八首中间挑担之力，以下俱言故国矣。"鱼龙寂莫（寞）"比君之蒙尘。（墨眉）如神仙游观，穷兵皆致乱之道。
第五首	蓬莱宫阙对南山，承露金茎霄汉间。	高宗以隋蓬莱宫为西内，新建蓬莱宫为东内，颇侈丽。	（墨眉）此言故国之好神仙，故用蓬莱、金茎、瑶池、紫气诸仙事。五六言玄宗之臣唤仗对君之时，不闻责琐谏垣，一言以诤之，此追往也。七八又推到近日青琐入班之人，亦能言否，此句亦缩到八首。
	西望瑶池降王母，东来紫气满函关。		
	云移雉尾开宫扇，日绕龙鳞识圣颜。	二句，往事。	（红旁）往来也。

续表

	一卧沧江惊岁晚，几回青琐照朝班。	末二句，言已流落，不在青琐，然不能无望于在朝之人。	（墨旁）言我已流离，不在青琐，然犹望于在朝者。（墨旁）独言青琐指谏官也。
第六首	瞿唐峡口曲江头，万里风烟接素秋。	故国之游观也。	（墨旁）【第一句】由蜀至秦。（墨旁）【第二句】万里皆乱。（墨眉）此故国之好游观。五六是折腰体，从盛抚衰，昔之珠帘绣柱，锦缆牙樯，今则“围黄鹄”、“起白鸥”矣。故紧承以“回首”二句。末句有龙翔凤舞之势，大力量，大含蓄。
	花萼夹城通御气，芙蓉小苑入边愁。	“花萼”句，承曲江；“芙蓉”句，此句转下，下正入边愁也。	（红旁）【第一句】承曲江。（墨旁）昔日。（墨旁）【第二句】今日。
	朱帘绣柱围黄鹤，锦缆牙樯起白鸥。	故国之游观也。又从盛满说出衰残，下联可接。	（墨旁）此正入边愁也。
	回首可怜歌舞地，秦中自古帝王州。	末句有龙回凤绕之势。	（红旁）今不然矣，言在外。
第七首	昆明池水汉时功，武帝旌旗在眼中。	故国之穷兵也。又比而赋也，武帝比玄宗。	（墨眉）此故国之穷兵也。中四句诗池中原有的，但今非盛时，惟“虚月夜”、“动秋风”而已。菰米蓬房空沉空坠，则人民逃散矣。末二句叹已之流落，不得归长安也。

续表

	织女机丝虚月夜，石鲸鳞甲动秋风。	中四句，是池中原有的，但今非盛时，惟虚夜月动秋风而已。	
	波漂菰米沈云黑，露冷莲房坠粉红。	菰米、莲房，空沉空落，则人民逃亡矣。	
	关塞极天唯鸟道，江湖满地一渔翁。	末二句，叹己之流落，不得归长安也。又末二句，极天、满地，终然汗漫无何矣。	(墨眉)妙处全在一结，前六句皆想像昆池景色，此二句许大悲感意未安，能收住本题，真挽得万斤之力量。(墨旁)极天、满地，终能汗漫无何矣。
第八首	昆吾御宿自逶迤，紫阁峰阴入渼陂。	此己在故国时也。又首句，仍从故国起。	(墨眉)此己之在故国时也。述与岑参游渼陂。三四言昆吾御宿二死中婴武啄残香稻，岂非禽兽食人之食乎？紫阁上凤凰栖老碧梧，岂非贤人隐退乎？五六乃己与岑游时之乐事。末句有五层，白头而且望且吟且苦且低垂，本楚词必郁郁兮。咏叹乎增伤叠用，以写其忧思之极。
	香稻啄馀鹦鹉粒，碧梧栖老凤凰枝。	三、四，言昆吾御宿中，鹦鹉啄馀香稻，岂非禽兽食人之食乎？紫阁峰上，凤凰栖老碧梧，岂非贤人隐退乎？又紫阁峰，秦地。	(墨旁)【第一句】承首句。(墨旁)二句比体，又是倒装。(墨旁)【第二句】承次句。

续表

	佳人拾翠春相问，仙侣同舟晚更移。	五句，乃与岑游渼陂之事。	
	彩笔昔游干气象，白头吟望苦低垂。	末句有五层，可结完八首。又以第七句缴完上六句。又七句乃追献赋事。	（墨旁）一句可结八首。

从上表所列可知，复旦图书馆藏过录奚禄诒批点《杜诗详注》的内容与黄叔璥收录奚禄诒批点《杜诗通》的内容基本一致。只是在复旦图书馆藏本中置于一处的批点内容，黄叔璥收录时（或者是叶嘉莹先生辑录时）将其中涉及到具体诗句的内容分别置于具体诗句之下，如第七首、第八首的批点内容，在复旦图书馆藏本中均只作一处（或两处）批点，但在叶嘉莹辑录的《杜甫秋兴八首集说》中已经将其分置于每句之下。由此可以判断，复旦图书馆藏过录本奚禄诒批点《杜诗详注》的内容当系奚禄诒评点内容无疑。

但是，因复旦图书馆藏本和黄叔璥过录本均系过录本，所以在某些具体评点中存在文字讹异的情况。概而言之，主要有：

首先，批点内容存在此有彼无的情况。两种过录本中，虽然批点内容大体相同，但也有少量批点此本有而另一本没有。如第一首中，复旦过录本中有“此章风韵，自足压卷”一句，而黄叔璥过录本则没有；同样，黄叔璥过录本中有“以秋起兴，气象颇健”一句，而复旦过录本则仅有“不过以秋兴起”，无“气象颇健”之句。另如第二首，针对“画省香炉违伏枕”一句的解释，黄叔璥过录本引用《汉官仪》中的内容加以阐释：“《汉官仪》：尚书省以胡粉涂壁紫青界之，画古列士，尚书郎更直于建礼门内，台给青缣白绫被，或锦被帷帐茵褥通中枕，女侍史二人，选端正者，执香炉烧熏，护衣服。”而在复旦过录本中则无此条批语。他如第四首中，复旦过录本中有“‘故国平居’一句是承上起下，乃八首中间挑担之力，以下俱言故国矣”之批语；第五首“蓬莱宫阙对南山，承露金茎霄汉间”一句处有“此言故国之好神仙，故用蓬莱、金茎、瑶池、紫气诸仙事。五六言玄宗之臣唤仗对君之时，不闻责琐谏垣，一言以诤之，此追往也。七八又推到近日青琐入班之人，亦能言否，此句亦缩到八首”之批语；第七首中有“妙处全在一结，前六句皆想像昆池景色，此二句许大悲感意未安，能收住本题，真挽得万斤之力量”之批语，而在黄叔璥本中则均无上述批语内容。可见，二者之间还是存在过录内容的差异。总体而言，复旦过录本中奚禄诒的批点内容远多于黄叔璥过录本中的内容，这也是复旦藏本的重要文献价值所在。

其次，在过录过程中因文字讹异而导致意思相左。比如对《秋兴八首》的总评中就有不同。黄叔璥过录本称“前四首言肃、代两朝，后四首则追天宝”，而复旦过录本中则谓“前四首言玄、肃二朝，后四首追天宝事，不过以秋兴起”，到底暗指哪两个朝代，两过录本中给出了不同的意见。另如第五首“云移雉尾开宫扇，日绕龙鳞识圣颜”一句，黄叔璥过录本称“二句，往事”，而复旦过录本则谓“往来也”，二者所说牛头不对马嘴，内容完全并非一回事。当然，也有文字虽异，但表达的意思却完全相同的情况。如第五首中的末二句批语，黄叔璥过录本谓“末二句，言已流落，不在青琐，然不能无望于在朝之人”，而在复旦过录本中则称“言我已流离，不在青琐，然犹望于在朝者”，前者用双重否定来表达肯定，后者则直抒胸臆，未曾婉转表述，但二者的意思都是表示作者犹寄希望于在朝之人。

综上所述，可得出如下结论：1. 复旦图书馆藏奚禄诒批点《杜诗详注》应系他人过录本，非奚禄诒亲笔批点；2. 复旦图书馆藏过录本虽非奚禄诒亲自批点，但其评点乃是奚禄诒批点的内容；3. 复旦图书馆过录本与黄叔璥过录本相比，内容大体相同，但复旦藏过录本的批点内容比黄叔璥过录本的内容更加丰富；4. 复旦图书馆藏过录本和黄叔璥过录本内容存在文字上的讹异情况。所有这些，对于深入了解奚禄诒的杜诗批评实况，深化清初杜诗学研究，颇具重要的辑佚、校勘价值。

三、奚禄诒杜诗评点的批评特征及价值

奚禄诒批点杜诗拥有自己的批评特色和原则。作为楚地人，他在批评杜诗时喜欢将杜诗与诞生于此地的楚辞相联系，加上自己曾经详解楚辞的经历，故在批点杜诗时有意与之挂钩。另外，在诗歌用字方面，多强调诗歌用字需“得力”的原则，与清初其他杜诗评点者相比，具有别具一格的批评风格。

(一)充分发挥评点者的地域文学特征,善用熟悉的楚辞内容来观照杜诗

奚禄诒批点杜诗经常采用楚辞或屈原的相关内容来阐释杜诗,其原因在于:一是自己为湖北黄冈人,属于楚人,对屈原的经历和楚辞所展示的楚地风貌有着深厚的切身体验,尤其是楚辞中所涉及的民俗、词汇等,自己都颇为熟稔。二是奚禄诒自己详解过屈原的楚辞,撰有《楚辞详解》五卷,对楚辞内容非常熟悉,所以对杜诗中吸纳楚辞艺术特色之处,能够很快加以辨识。那么,具体到奚禄诒批点杜诗的情况,主要是强调杜诗与楚辞之间三个层面的联系。

1. 强调杜诗主旨与楚辞主旨的相似。屈原作为战国时期的著名诗人,开创了诗歌史上浪漫主义的诗歌流派,其生平经历与楚地渊源深厚,其创作的楚辞也带上了浓郁的楚地色彩;同样,作为唐代现实主义诗人的代表,杜甫也与湖湘之地关系密切,尤其是杜甫晚年流寓湖南、客死潇湘,湖湘之地至今还保留有诸多关于杜甫的遗文古迹。由于屈原与杜甫和楚地的密切关系,加上二人政治仕途的不得意,因此,在诗歌主旨层面具有很多相通之处。奚禄诒在杜诗评点中发现杜诗诸多篇章在主旨上与楚辞某些篇章不谋而合,如对于《桃竹杖引赠章留后》一诗,奚禄诒批称:"《冬狩》是天子之礼,故公讽其僭,《山寺》、《桃杖》不是讽。凡作诗者,随地头,看诗者亦然。何必篇篇要比?他诗有讥章之意,此篇为讥则曲说也。看后章所忧盗贼多,重见衣冠走,则此篇亦不过因蜀乱欲下吴楚,如屈子《远游》之旨,而立言则用屈子、湘君、湘夫人之意,故后段用楚调提,是自叹无偶。此所谓怨歌楚调也。"在这里,奚禄诒认为《桃竹杖引》一诗与屈原《远游》一诗的主旨一致,强调杜甫"因蜀乱欲下吴楚"而远游的实际心态,颇有道理。在具体批点此诗中,奚禄诒更是将此诗所述诗句与《楚辞》中内容相互印证,如批"老夫复欲东南征,乘涛鼓枻白帝城"处称"此即《楚辞·湘君篇》曰'令沅湘兮无波,使江水兮安流'之旨";批"重为告曰"为"即'乱曰'";批"尔之生也甚正直,慎勿见水踊跃学变化为龙"处称"此即《湘君篇》之'石濑兮浅浅,飞龙兮翩翩,交不忠兮怨长,期不信兮告余以不闲'";批"风尘澒洞兮豺虎咬人,忽失双杖兮吾将曷从"为"即'目渺渺兮愁予'"等等,都是将杜诗的具体诗句与楚辞中的具体内容一一对应,强调二者在主旨层面的大体相近。其他如认为《徐步》一诗"中四句字字是徐步。〇此楚辞渔父之旨";《丈人山》一诗"屈子游仙之旨";《写怀二首》之"夜深坐南轩,明月照我膝"一首"语虽近庄生,却是屈子之志";《忆昔二首》之"忆昔开元全盛日,小邑犹藏万家室"一首"追昔抚今即屈原'敷衽陈词'之意";《 绝句四首》"诗楚调之旨"等等,都是强调二者主旨层面的相近,阐述了杜诗与《楚辞》主旨的内在关联性。

2. 着意于杜诗与楚辞艺术技巧层面的相似。奚禄诒在批点杜诗过程中注重剖析杜诗对楚辞比兴手法的吸纳,看到杜甫师法楚辞在技巧层面的蛛丝马迹。比如《江畔独步寻花七绝句》一诗,奚禄诒即联系屈原七歌"赋中兼有比兴"的艺术手法,认为:"屈原七歌赋中兼有比兴,公之七言绝句竟与楚辞相颉颃,拟之不尽,又是王风之遗,太白能坐只字否?百回读之,一回有一层之妙。余常儗之,终日阁[搁]笔。"看到了杜诗在艺术手法层面的继承性。另如《独立》一诗"空外一鸷鸟,河间双白鸥"一句,奚禄诒批称:"屈原《九歌》亦有比而又比者,然每句另一意,故佳。"既看到了杜诗与楚辞均善于用"比"的基本特质,同时又从客观实际出发,指出《楚辞》"每句另一意"的佳妙。有时则是从诗风与楚调的相近,来剖析杜诗的艺术风格。如《楠树为风雨所拔叹》一诗,奚禄诒即强调其与楚调的相近,批称该诗"悲歌楚调",亦自有理。有时则强调杜诗模仿楚辞之体,如杜甫《封西岳赋》一文的"决河汉之淋漓"处,奚禄诒即认为其乃"仿楚词之体",亦是着意于二者艺术手法和表现风格而言。

3. 在具体字句的运用上,也善于发现杜诗与《楚辞》之间的相似。往往以《楚辞》内容来阐释杜诗字句。比如《临邑舍弟书至苦雨黄河泛溢堤防之患簿领所忧……用宽其意》一诗"难假鼋鼍力"一句,奚禄诒批称:"《楚辞》:航鼋以为梁。";《月》一诗的"入河蟾不没,捣药兔长生"一句,奚禄诒批曰"屈原《天问》'顾兔在腹'"等,就是以《楚辞》中的内容来阐释杜诗字句,而不做任何说明,从其引录《楚辞》的内容可以看到奚禄诒在杜诗批点过程中以《楚辞》为标杆论杜的潜在意识。

(二)以"得力"为诗歌用字之妙境

在中国文学批评传统中,以力量来形容文学作品的思想内容和语言表达也是文学批评所采用的方式之一。比如我们用"笔力"来形容文章在笔法表现上的磅礴气势和无穷力量;用"力度"来描述文学作品功力的深度;用"力透纸背"来形容书画笔力遒劲或诗文作品深刻有力等,无不是用文学作品表现的力度来阐释其艺术价值和理论深度。奚禄诒在批点杜诗过程中,就反复强调诗歌用字须"得力"的内在要求,"得力"成为其批点杜诗用字的批评原则和理论标准。

在《寄杜位》一诗的批点中,奚禄诒以总论炼字的批评形式阐述了自己对于诗歌炼字"要炼一得力字"的基本观点:

> 凡诗不论五言七言,句中必要炼一得力字。或虚字,或实字,只在得力。如此首,精神全在十二虚字,感叹之至。

奚禄诒从《寄杜位》一诗中所运用的十二个虚字出发,提出凡诗要炼得力字的观点,既是对《寄杜位》一诗的剖析,也可视为其关于诗歌用字理论的基本批评原则。至于其具体批评杜诗用字"须得力"的情况则更为繁夥。如奚禄诒认为《晓望》一诗"三四'寒'、'宿'二字有力,五六'隐'、'闻'二字有力";《夜宴左氏庄》一诗"起句有景,三句'暗'字、四句'带'字,皆有力";《夜二首》之"城郭悲笳暮,村墟过翼稀"一首"主意在三四,前后皆人民萧瑟。'鹊休飞'与'过翼稀'不同,二是唤'赋敛夜深',末句言诗,下弦之月,'鹊休飞','休'字是用力字,谓甲兵久,亦当歇也";《孟氏》一首之"承颜胝手足,坐客强盘飧"一句"'强'字有力,言客知主人之贫,不欲费其盘餐,主必强留,觉主客俱得"等等,都是从杜诗中的具体用字层面强调诗歌用字须得力、须有力的创作原则。

既然用字须得力,那么怎样的用字才称得上是"得力"?在奚禄诒看来,所谓得力指的是整首诗歌中的担力之字。如《上兜率寺》一诗"江山有巴蜀,栋宇自齐梁"一句,奚禄诒引用叶梦得之言称:"叶梦得云:诗人以一字为工。如'江山'二句只在'有'与'自'二字之间。吞吐山川之气,俯仰古今之怀,见于言外。即叶评乃余前所说炼一担力之字是也。"在奚禄诒看来,诗句中的"有"与"自"字,就是该诗中的担力之字。除了用字须担力,推而广之,在运句方面也同样如此。一句之中,须有担力之字;一诗之中,须有担力之句。奚禄诒也善于发现杜诗中的担力之句。比如《秋兴八首》之"闻道长安似弈棋,百年世事不胜悲"一首中,"'故国平居'一句是承上起下,乃八首中间挑担之力,以下俱言故国矣";"昆明池水汉时功,武帝旌旗在眼中"一首"妙处全在一结,前六句皆想像昆池景色,此二句许大悲感意未安,能收住本题,真挽得万斤之力量",无不强调诗句对于整首诗歌的担当作用。另如批《野人送朱樱》一诗末句“金盘玉箸无消息，此日尝新任转蓬”称“八句掉转有力”；认为《严公仲夏枉驾草堂，兼携酒馔得寒字》一诗中的“非关使者征求急，自识将军礼数宽”一句“以‘礼数宽’三字转出下四句，机捷力大”；批评《秋兴八首》“瞿唐峡口曲江头，万里风烟接素秋”一首“末句有龙翔凤舞之势，大力量，大含畜[蓄]”等等。不管是用字还是运句，上述例子都是诗歌的“得力”之处，而诗歌字句运用的最高境界就是“力健神足”。奚禄诒在批点《壮游》一诗中称其“力健神足，无一懈处”，既可看作对《壮游》一诗的极高评价，也可视为奚禄诒对用字运句最高境界的总体概括。

根据字句“得力”与否的标准，还可以判断某诗的艺术高下，甚至可据此推断该诗是否为某人所作。如奚禄诒批《李监宅二首》之“华馆春风起，高城烟雾开”一首“似晚唐，不似公笔力”；认为《奉送蜀州柏二别驾将中丞命赴江陵起居……行军司马佐》一诗“真至老辣，他人无此力量”；肯定《岳麓山道林二寺行》一诗“定是村俗之笔无疑。杜公老年粗枝大叶，文字绝非此种，笔力不可假也”等等，就是根据笔力是否“得力”这一标准进行甄别的。而在《喜闻官军已临贼寇二十韵》中，奚禄诒更是根据这个原则判定《洗兵马》之伪：“此诗写喜意，但觉枯瘦些。看此作笔力，便形出《洗兵马》之伪。”其结论虽可商榷，但其据此标准作出的结论则是十分明显的。

（三）顺应时代文学思潮，非议竟陵派的评杜之论

竟陵派为矫正公安派的俚俗粗浅之弊，在诗学取向上形成幽深孤峭、刻意求新，语言艰涩奇拗的创作风格，尤其是“竟陵派的影响有相当大一部分是借其评点方面的作为建立起来的”[①]，由于其独特的批评眼光和文学评点影响的广泛，故在中国文学史上屡遭非议。明末清初社会政治格局急剧变动之时，“士人中或推崇博雅宏正之音，或呼吁诗歌当以‘忧时托志’为本的文学思想渐趋上风，于是钟、谭及其《诗归》遂备受指斥”[②]。被誉为“明诗殿军”的陈子龙批评钟、谭等人“举古人所谓温厚之旨，高亮之格，虚响沉实之工，珠联璧合之体，感时托讽之心，援古证今之法，皆弃不道”，甚至认为“彼

① 陈广宏：《竟陵派研究》，上海：复旦大学出版社，2006 年，第 362 页。

② 王运熙、顾易生主编：《中国文学批评通史》（明代卷），上海：上海古籍出版社，1996 年，第 533 页。

所谓之诗，意既无本，辞又鲜据，可不学而然也”①。而钱谦益在《列朝诗集小传》中认为文运关乎国运，直斥钟、谭是乱世之“诗妖”②。王夫之更是指出竟陵派之诗“媟者如青楼哑谜，黠者如市井局话，蹇者如闽夷鸟语，恶者如酒肆拇声，涩陋秽恶，稍有须眉人见欲哕。而竟陵唱之，文人无行者相与学之，诬上行私，以成亡国之音，而国遂亡矣”③，以竟陵之诗为亡国之音；朱彝尊在《明诗综》中亦称潘陆“论诗慷慨，谓钟、谭兴而国亡，是亦法家定案”。诸如此类观点，足见当时对竟陵派批评之激烈。入清以后，正统文学纷纷剑指竟陵，借批驳竟陵诗风来指责晚明文风。在杜诗评点中，奚禄诒也同样将批驳的矛头指向钟惺、谭元春为代表的竟陵派，极力否认竟陵派对杜诗的评价和赏析。

非议钟、谭的表现之一，就是毫不客气地指责钟谭“不知诗”。如在批点《遭田父泥饮美严中丞》一诗中称：

> 穷途中遇一田父之饮，亦必留情，与残杯冷汁者异矣。的真《豳风》之作。钟伯敬谓：写淳朴气象，正是美中丞，不止说尹一句，此真穿凿，不过是田夫朴率可书，即说尹亦是村人扯来头之意。公诗原只赞田父。钟、谭本不知诗，人为《诗归》误耳。

此处既指出钟、谭“不知诗”，又谈到人们被竟陵派选评《诗归》所误的历史事实。同样的指责在批点《绝句漫兴九首》之“手种桃李非无主，野老墙低还似家。恰似春风相欺得，夜来吹折数枝花”一首时亦指出“钟、谭谓绝句为变体别调，全不知诗之言”，非议之情，不言而喻。

除直接否定外，还有一些批点是针对竟陵派的具体选评提出异议。如批《冬深》一诗谓：“‘随类影’、‘各依痕’立意要炼，都失炼法，惟钟、谭小巧好之。”指出钟谭不善炼字的弊端；而在批点《信行远修水筒》一首之“行诸直如笔，用意崎岖外”一句称“未有扯拽，不知钟、谭何赏此”，亦认为钟、谭之赏析不当；另如批《崔评事弟许相迎不到应虑老夫见泥雨……必愆佳期走笔戏

① 陈子龙：《安雅堂稿》卷十八《答胡学博》，沈阳：辽宁教育出版社，2003 年。

② 钱谦益：《列朝诗集小传》丁集中《钟提学惺》，上海：上海古籍出版社，1983 年。

③ 王夫之：《 古诗评选》，见《船山全书》第 14 册，长沙：岳麓书社，1996 年，第 617 页。

简》称该诗“止可为戏，不可为佳，惟钟、谭取此”，其鄙视之情，也跃然纸上。在批《奉先刘少府新画山水障歌》一诗之“堂上不合生枫树，怪底江山起烟雾”一句时，奚禄诒称“起得振拔。钟伯敬谓‘唐突’，方采山谓‘惊愕’，俱未当。通章画中一物不遗，却有飘然之致”，亦提出与钟、谭完全相反的观点。

总之，在杜甫研究已走向世界的今天①，奚禄诒手批《杜诗详注》的形式和内容体现出鲜明的民族性。奚禄诒批点杜诗既善于以自己熟悉的《楚辞》来衡量杜诗优劣，也擅长以“得力”与否来评价诗歌用字，甚至还打上了当时文学思潮的深刻烙印，如对竟陵派评点杜诗的指摘，反映出明末清初杜诗评点转型时期的基本倾向，对于正确理解杜诗未刊评点的发展脉络，以及杜诗未刊评点在杜诗学和文学批评史上的作用，具有重要的价值和典型的意义。

本文系教育部青年基金项目“清代杜诗未刊评点的文献整理与实证研究”(13YJC751073)、湖南省哲学社会科学青年项目“明清杜诗评点文献辑考与理论研究”(13YBB146)、湖南省教育厅优秀青年项目“湖南杜诗学文献辑考与研究”(15B146)、湖南师大青年学术骨干培养项目“杜诗评点的文献遗存与批评理论研究”(12XGG04)的阶段性成果。

① 郝稷:《英语世界中的杜甫及其诗歌的接受与传播——兼论杜诗学的世界性》,《中国文学研究》2011 年第 1 期,第 119—123 页。

山东省图书馆藏韩愈诗文未刊评点四种

齐鲁师范学院　杨　峰

山东省图书馆藏有韩愈诗文集未刊评点四种：安璿手批《韩文》四十卷、张谦宜手批《昌黎先生诗集注》十一卷、丁寿昌手批《昌黎先生全集》四十卷及紫藤花馆藏佚名手批《昌黎诗集编年笺注》十二卷，这些评点多出于名家之手，且对韩愈诗文的思想内涵及艺术成就多所阐发，对研究韩愈的文学成就和文学特点具有重要价值。

一、安璿评点《韩文》四十卷

安璿(1629—1703)①，字孟公，号洁园，无锡人，明末清初著名的诗人、画家，《光绪无锡金匮县志》卷二十二《文苑传》有简短小传：

> 安璿字孟公，广居子。好读书，工诗，所至皆有留题，多识前朝遗事。晚更研心理学，所著书十余种，亦善画。②

安璿出生于书香世宦之家，祖及父皆有风概。其祖安希范为万历四十四年进士，曾上疏为赵用贤、高攀龙辨冤，请求"乞陛下立斥应宿、才，为小人媚灶之戒；复攀龙、弘济官，以奖忠良；并严谕阁臣王锡爵，无挟私植党，仇视正人"③。自己因此受牵累被黜。其父安广居"高攀龙女婿也。由举人中崇祯

---

① 江庆柏：《清代人物生卒年表》，人民文学出版社，2005年，第205页。

② 裴大中等：《光绪无锡金匮县志》卷二十二《文苑传·安璿传》，《江苏府县志集成》，第362页。

③ 《明史》卷二百三十一《列传》百十九《安希范传》。

十六年会试乙榜，应得县令，自免归。方攀龙赴止水死，家祸且不测，广居力护持之。甲申春，都城陷，恸哭乞死，及秋而卒"①。

安璿手批韩文所用底本为明嘉靖十六年游居敬刻本《韩柳文》。此本李汉序后及书中多处钤有"安璿/之印""苍/涵氏"阴文印章，卷一首页右下角自上而下有阳文"山东省/图书馆/珍藏印"、阴文"安/璿"印章两方。卷三十五及卷十末各有安璿跋语一则：

余家藏书甚富，先大令甲申殉节，图籍散佚，即韩、柳、李、杜之诗文亦不复留。后为诸生，颇厌弃时艺，好读古，追思旧藏，不胜怅惘。遂以书厨易李杜于宗人上有，乞韩文于从兄元卺，买柳集于延陵市上。颇极惨淡经营之苦，亦极涵泳丹黄之乐。如得四良友，朝夕与之，上下千古，不忍倾刻离。所憾年渐老，相暱无几时，而家又先亡去读书子。百岁后愿纳棺中，以当三良之殉。设临没，料无可付此托者，当学荆溪吴孝廉问卿取黄大痴富春山图于卧榻之侧，付诸祖龙一炬矣！康熙廿年岁次辛酉清和梁溪之胶山孟公安璿识于洁园，时年五十有三。

卷十末跋语：

再阅一过，遂集其佳句，得古今体各廿首，仿佛渊明意，题曰《饮酒诗》。是后，其中惊人之语亦不可多得矣。然已废眠食之工七日，耳为声飕飕，目为色炫炫，思之甚觉无谓也。苍涵又记，康熙廿一年壬戌寒食安璿阅于晋陵学舍。

安璿先是在经历兵燹之后苦心搜寻韩、柳、李、杜四大家诗文，后来又废寝忘食地对进行韩诗集句，以至于"耳为声飕飕"、"目为色炫炫"，其痴迷程度与吴氏问卿相似。最后竟也效仿吴氏焚毁《富春山居图》之事，打算焚毁所苦心得到的韩文，可谓是因爱成痴。不过，安璿成长于遗民气息极浓的家庭，他的这种心态隐隐约约地反映出明清易代之际明代遗民们的精神苦闷。

① 裴大中等：《光绪无锡金匮县志》卷二十一《儒林传·安希范传》，《江苏府县志集成》，第341页。

安璿批点韩愈诗歌十余首，评语比较集中地指出韩愈不少诗篇清新俊逸，不输于六朝名家。他评《南山诗》“横云时平凝，点点露数岫。天空浮修眉，浓绿画新就”四句说：“谢朓惊人句。”再如《秋怀诗十一首》组诗，他评“白露下百草”一首说：“学堂无柳况味，摹拟尽神。”评“秋气日恻恻”一诗中前二句“秋气日恻恻，秋空日凌凌”两句说：“鲍谢佳句。”评“卷卷落地叶”一诗说：“宛然一幅馆谷图，诗中有画，岂止摩诘耶?”又如他评《赴江陵途中》一诗说：“先生诗病在冗长，安得有如许自然可押之韵？乃恃其博学之过也。至其诗品古韵铿锵，虽出入于六朝名家颇无不可。”

在批点韩文时，安璿肯定了韩愈在兴复儒学过程中的重要贡献。他评《谢自然诗》时说：“亲炙飞升，尚不肯信，况佛骨哉？观其末章有‘慨然念黄虞’之意，先生真有功于名教，与晦翁并一谥曰‘文’，为两朝眉目，宜哉!”评《重答张籍》时又说：“文公岌岌自负，为孟子之后一人，而顾亹亹于《剧秦美新》投，若之子云，胡为哉?”北宋以后，韩愈在文学史和思想史上的地位逐渐得以确立。安璿晚年研心理学，他认为韩愈不应“若之子云”，这看似对韩愈有所不满，实事上正包含了韩愈远远高于子云之意。

另外，安璿认为韩愈善于立言，其诗文在表情达意、描摹景物时得立言之体。他评《醉赠张秘书》一诗说：“直抒胸臆，自能入情。”他评《送穷文》说：“上宰相鸣之执政而不得，进学解托之门徒而不畅，此又质之鬼神矣。善写悲愤，可以怨者也。”他评《进士侯喜》一文说：“荐人而极言其人已受知，不过代其称感，在我不费特荐之力，在彼适乐知人之明，此最善荐人者。”评《试大理评事》一文说：“高妄人耳，安有处士以官人重，且可以伪官人见欺于婊妪耶？可发一笑，退老隐诮深矣。”评《燕喜亭记》一文说：“想像风景，令人神往。”评《画记》一文说：“此处文章有神。竟赠赵君，又交有道矣。”

二、张谦宜评点《昌黎先生诗集注》

张谦宜(1649—1731)①，号稚松，清代莱州府人，康熙丙戌进士、山左著

① 据张谦宜《絸斋论文》卷前其本人所作序，“辛丑六月”时他为“七十三岁”；据此书卷后其子之跋，“甲寅五月”时，张谦宜已去世四年，则他应当生于1649年，卒于1731年。张谦宜序及其子跋语见《絸斋论文》卷首，《续修四库全书》第1714册，第423、467页。

名诗人，《四库全书总目》卷一百八十一说："谦号稚松，胶州人，康熙丙戌进士……然其诗出入于香山、剑南之间。"乾隆《莱州府志》也说："少年落拓，以诗名。中年折节，读程朱书，有心得，旋举于乡。暮年成进士，不仕，闭户读书，终身不辍。所著有《四书广注》、《质言》、《疏义》三种，《尚书说略》、《古文丛话》诸书，年八十三卒。"①张谦宜著作颇丰，今可见者有《䌹斋诗选》、《四书广注》、《䌹斋论文》、《䌹斋诗谈》等，《䌹斋论文》、《䌹斋诗谈》曾以"家学堂遗书"之名刊行，程盛行在《家学堂遗书二种序》中赞誉说"独出手眼，有不可磨灭之识者"②。

张氏评点以康熙秀野草堂刊本《昌黎先生诗集注》为底本，此书第一册封面左下角有"别裁伪体亲风雅"朱文藏章，未知何人所钤。每卷首页有阴文"谦"、阳文"宜"印章两方。卷十一末有张谦宜本人及"仲文"跋语各一，张氏跋语说：

> 康熙癸巳闰五月十八日读毕，时小暑后三日，寓居水泉精舍，稚松年六十五矣。

此本批点完成于其六十五岁时，共评论韩诗近六十首。据张谦宜本人之序，《䌹斋论诗》则成于他六十二岁之前，其中"韩昌黎"部分共有六条，除"韩之古诗不及韦苏州远甚"一条外，其他皆可见于批点中，故指点本所评韩诗数量大大超过《䌹斋论诗》所收。

"仲文"本人难以具考，其跋语叙及收藏此书的经过：

> 邻人于破箱中检得旧书数种，将售与买字纸者，余闻而购之。此诗集尚完整，展而读之，视有"谦""宜"印章，始知为张稚松前辈旧物，乃叹此书辗转归余手。余虽不善读，而尚可保存之，此书之几于覆瓿，亦幸矣！民国二十二年秋仲文志。

张谦宜不恋恋于仕宦，声名并不大显于后世，其手迹能免于覆瓿，辗转得以

① 严有禧：《乾隆莱州府志》卷十一，《山东府县志集成》第64册，第238页。

② 张谦宜：《䌹斋诗谈》卷首，《续修四库全书》第1699册，第627页。

保存,实属不易。

张谦宜评点所及内容较全面,其中主要对韩诗的押韵、诗作的旧注及释义以及韩诗的艺术成就进行了点评,有不少解释具有灼见。

其一,在韩诗用韵方面时有驳正前人之处。

韩愈的诗歌好押险韵、怪韵,后世学者在研究中多争议韩诗这一押韵特点的优劣。张谦宜的着眼点则主要不在于此,他对十余首韩诗的用韵情况进行了细致的分析,认为韩诗有"强押"、"横押"、"误押"之处。

如《此日足可惜一首赠张籍》一诗的押韵情况,前人认识虽有差异,但基本持赞赏之意,尤其是欧阳修竟视之为"工于用韵"的典范。据顾嗣立《昌黎先生诗集注》卷二此诗后补注说:

> 嗣立按:《欧阳文忠诗话》云:"退之工于用韵,得宽韵则波澜横溢,泛入傍韵,乍还乍离,出入回合,殆不可拘以常格,如《此日足可惜》之类是也。得窄韵则不复旁出,因难见巧,如《病中赠张十八》之类是也。譬如善御马者,通衢广陌,纵横驰逐,惟意所之,至于水曲蚁封,疾徐中节,而不少蹉跌,乃天下之至工也。"又洪兴祖云曰:"此诗杂用韵,又迭用韵。"俞玚云:"此诗用韵非杂也。古庚、阳二韵原自相通。观《鹿鸣》、《采芑》之诗自见,却非俗说通用、转用之例也。其入东韵者,《桑中》之诗亦然。"按少陵《饮中八仙歌》尝叠用韵,此诗中间叙次亦仿佛《彭衙》、《北征》光景。

除上述诸家观点外,洪迈在《容斋随笔》中也发挥说:"韩退之《此日足可惜一首赠张籍》,凡百四十句,杂用东、冬江阳、庚、青六韵。及其亡也,籍作诗祭之,凡百六十六句,用阳、庚二韵,其语铿锵震厉,全仿韩体,所谓乃出二侍女合弹琵琶筝者是也。"①

与此上述诸家相异,张谦宜认为此诗用韵不足为法,他评析说:"江古通东、冬,不通阳,盖古人读江如工也;庚亦不通青,并是强用。""欧、洪、俞三家之论都不是,自沈约立法,唐人置律,《三百篇》与《骚》韵久不入诗。若许人任意,唐时他大家又不敢如是,此不可为训。"

---

① 洪迈:《容斋随笔四笔》卷三,影印文渊阁四库全书本。

查顾炎武《唐韵正》:江字为上平声,音“工”;阳字为下平声,江、阳不同韵。庚字为下平声,古行切;青字虽属下平声,但与清、耕为同韵,庚与青不相同。由此来看,此诗的押韵确有不可为训之处。

此外,他评《苦寒》“却得亲炰燖”一句的用韵说:“燖是侵部字,古不与覃、咸、盐通,此篇横押者多,惟《韵略》俱通。”评《南山诗》说:“覆,扶又切,本指伏兵,非副、福二音之义,此亦趁韵强用。”评《岐山下一首》说:“柴氏《古韵通》庚、杨二部数字相通,如明、横、觥、鸣之类,全通或是武断。”评《孟生诗》说:“侵古独用,无通覃、盐、咸例,南字是强押。”他评《招扬之罘》说:“入声渴字属七曷部,不通屋、沃二部,未详所据,《韵略》亦无此叶。”评《读东方朔杂事》说:“歌、麻古相通不待言,独强叶一去声字欠妥。韵书麻部无赦字。”评《孟东野夫子(并序)》说:“柴虎臣《古韵》有全通、半通,又有一两字通,余不相通,如两族人,有合谱,有不合谱,有一二人与往来者。且以天字言之,古叶真,作梯因反,未可道‘寒’、‘删’、‘先’三部之字俱作如此声,此论自是凡泛。称古韵者,以此为断,是非见矣。”

韩愈曾明确表示出对诗歌的“妥帖力排奡”这一特点的欣赏。然而,由张氏的批点可知,韩诗在韵律上有些是韩愈有意“强押”、“横押”而为,有些则存在韩氏“乡音误押之处”之处。因而,张氏的批点显然有助于更全面地认识韩诗的幽僻险怪、奇肆峭拗这一风格的形成原因。

其二,对韩愈多首诗歌的含义作出了较为独到的解释。

诗歌阐释离不开读者的主动参与,解释过程中因此也常常伴随着见仁见智的现象,汉董仲舒有“诗无达诂”之论,清王夫之有“随所以而皆可也”之说。同时,韩诗的幽僻险怪不仅表现在押韵上,还表现在诗境、意象的塑造方面,这显然也增加了解释的难度,易于导致韩诗释义中的多歧性。张谦宜在评点中不苟同于旧注,对不少诗歌作出了自己的理解。

如《醉后》一首,据《集注》所引旧注,宋代的夏竦、魏道辅等多比附为“谓宪宗在储宫也”,后洪兴祖、樊汝霖、蒋抱玄等人皆持此说。张谦宜认为此说不通,他说:“夏说不通,设使指东方,星又将谁属?且按其文义,非感慨时事之作也。”再如《答张彻》中“遂通斯建瓴”一句,旧注把“瓴”解作“盛水瓶”,张谦宜认为此解不妥,他说:“按高屋之上建瓴水,言其势顺,然则瓴当是今之滴水檐瓦,解作瓶便不切。”另如《赠侯喜》一诗,他评道:“诗云出都门,却引入宫门作注,何也?此谓塞白。”《感春四首》其四中有“且可勤买抛青春”一句，对于此句中的“春”字，苏轼等人多解作酒名，张谦宜认为此解也不妥当，他说：“似只云过得此春，若谓酒名‘抛’字，与‘勤买’不叶已。”《酬司门卢四兄云夫院长望秋作》，张评曰：“渠是唐人，不得援周诗为解，即如其说，平声之监训领，训临之监察不仝，于文义似未畅。”对于《石鼓歌》一诗中“羲之俗书趁姿媚”之说，旧注将“羲之俗书”附会为王羲之书法不讲偏旁，张氏对此也加以纠正说：“右军字比籀史书为俗耳，后人乃据以为真俗，误矣。”又如《寄崔二十六立之》中“我有双饮醆”以下数句，旧注纷繁，张氏评道：“自黄金以下二十二句皆言酒盏雕镂之巧，见相赠诚敬意，注都不明快。”《神龟招李二十八冯十七》说：“连床而睡，衣有滚落者，互相摭捡，非无被但覆征衣而眠也。”他评《和侯协律咏笋》“温得时方张”一句说：“张一解侈大也，王一解兴盛也，皆去声，用二字状笋之肥壮也。”再如《荐士》中有“扰扰风中纛”一句，对于此句中的“纛”字，顾嗣立在《昌黎先生诗集注》说：“音道。翩立补注《汉高帝纪》黄屋左纛，李斐曰纛毛羽幢也。又按《战国策》寡人心摇摇如悬旌，而无所终薄。《文选》张景阳诗，羁旅无定心，翩翩如悬旌，公诗意取此。”张谦宜认为此字用韵亦不恰当，他说：“纛音道者，马头上缨也。旗属自音毒，不在此韵，明是误用。”

其三，评析韩诗具有高超的艺术造诣。

张谦宜还对韩愈诗歌的艺术造诣给予了很多肯定，特别是对韩诗在体写人情、描摹物态方面的造诣极为欣赏。他评《县斋有怀》一诗的“人情忌殊异，世路多权诈”一句说：“非老于困顿者不知此言之悲。”评“风雨灵台夜，名声荷朋友。援引乏姻娅，虽陪彤庭臣”四句说：“友或相推，亲必见好，真有此事。”并总评此诗说：“杜家风味。”再如《寒食日出游》一诗，他评道：“先师尝向我口诵此诗，叹其押韵工稳。怀之四十年乃读全章，其老气无敌，非止押韵可法也。”评此诗“轻浪参差鱼动镜”一句说：“竟画不出。”又如，他评《梁国惠康公主挽歌二首》说：“无俗气犯其笔锋，此最是难处。”评《杏花》“二年流窜出岭外，所见草木多异同”二句在说：““有至理，在江西已觉梅甚香。”

此外，张谦宜在评点中并不是一味赞美韩愈，而是还指出了韩愈的诗文有“矫情”之处。他评《拘幽操》“有知无知兮，为死为生”二语说：“二语世共称之，以为真得圣人之心，其实矫情大过，反不由衷，遂为后世老奸所托。”他评《履霜操》又说：“孟子称大舜怨慕，知慕而不怨非人情，但怨而不慕无天性。事君如亲，故文王操嫌其匿情太甚，反令人疑。”

三、丁寿昌批校《昌黎先生全集》

丁寿昌(1826—1880),字颐伯,号菊泉,江苏山阳人。其底本为明崇祯葛氏永怀堂刻本,全书共《昌黎先生全集》四十卷、《外集》十卷、《遗文》一卷。目录首页有阴文"颐伯/校字"、阳文"颐庵斋/藏书记"等印章。书中有朱墨两种字迹的批校,朱色批校为丁氏过录前人校注,间存自己所见,墨色批校者身份不详。《全集》卷四十末有丁寿昌跋语,跋后有"寿/昌"阴文、"颐/伯"两方印章。跋语对韩愈文集的版本演流及优劣情况略有评述,他说:

> 韩文旧刻有南宋廖氏世彩堂,最为善本,明徐氏东雅堂本即从此翻刻者也。本朝何义门、陈文道两先生校勘皆用徐氏本,今不多见。余少读韩文,最恶坊市选本,安吴包慎伯先生尝云:"八家之文凡三百年,选家所遗者,大抵皆出入秦汉,而为古文真脉所寄也。"予最服膺斯言,而以未见善本为憾,家藏仅明宁国府学、永怀堂二本,皆无注。借得魏仲举五百家注本,以校家藏本,知葛本仇刻尚精,因略为点定,以备属读。李汉序公文云:"收拾遗文,无所失坠,并目录为四十一卷,与今本悉合。又有外集四卷、遗文一卷,皆后人掇拾。"《黄氏日钞》云:"外集文缓而衍,不类昌黎,揆之于理,又多可疑。"则先儒亦以为不足信矣。此本旧有妄人旧评,以朱笔别之。道光二十有八年岁在涒滩寎月望日山阳丁寿昌记。

南宋廖莹中世彩堂本《昌黎先生集》大约抄撮王伯大本等旧本而成,其间文字错缪、旧注选择失当之处不少,清人陈景云及今人刘真伦先生均有论述。丁氏所持世彩堂"最为善本"之说并不十分恰当,但综观其所作评语却有不少精彩之处。

首先,丁寿昌指出韩愈诗、文具有"风骨苍劲"、"雄深雅健"等特点。他评《秋怀诗》十一首说:"风骨苍劲,直追子昂。"评《寒食日出游》说:"句若铸成,此公所谓妥帖排奡者也。"他评《柳子厚墓志铭》:"叙事中夹入议论,乃墓志之变,例仿于屈贾列传也。公尝评子厚文雄深雅健似司马子长,吾于此文亦然。"评《毛颖传》:"柳子厚以为读之若捕龙蛇,搏虎豹,急与之角而力不敢暇。信乎,韩之子怪于文也!"

除了对韩愈诗文的艺术成就和特点进行评赏外,丁氏也指出了韩愈诗文的某些不足,他评《联句》说:"联句至一百五十余韵,才力极健,然未免有填凑曼衍之处。"他评《足可惜赠张籍》时也论及韩诗的用韵问题,他说:"此诗通用阳庚二韵可也,通用东江二韵则公之方音,不为典要矣。"认为此诗中通用东、江的原因乃出于韩愈本人方音,这与张兼宜的说法大致一致。张、丁二人指出韩愈诗歌"妥帖排奡"风格的形成确实存在无心插柳之处,足以引起学者们的重视。

此外,评语还保存了一些丁氏的校点成果。如《乳母墓铭》中有"愈生未再周月"一句,丁氏以韩愈《祭嫂文》参校,认为此句中"月"字应为衍文,他说:"公《祭嫂文》云:'我生不辰,三岁而孤。'此言'未再周'者,盖虽入三岁,而未及两周,文中月字似衍。"南宋蜀本正无"月"字。再如《殿中少监马君》:"历叙三世交游,其言绝痛,此墓志之变体。注以为后有阙文,非也。"又如《曲江祭龙文》:"汉时公牍末皆云如律令,公承用之。"

书中墨色批校主要体现为对韩愈诗文风格的评析,时有独见,值得重视,如以下几条评语讲道:"前半篇瑰玮游泳,后半篇婉恋凄切,是时韩公已为博士,虽一命之卑,亦足以禄其妻子,亦何必乃尔!"(《与于襄阳书》评语)"真不减古名臣奏议。"(《论今年权停举选状》评语)"不但碑文冠当世,而表亦壮。"(《进撰平淮西碑文表》评语)"韩公以天子迎佛骨,特以祈寿护国为心,故其议论亦只福田上立说,无一字论佛宗旨。〇然百姓一转,快甚,透甚。"(《论佛骨表》评语)此外,墨批对《贞曜先生墓志铭》中"愈走位哭"一句有校点一条:"'走位'当是'为位'之误。"

四、紫藤花馆藏佚名批校《昌黎编年笺注诗集》

此书底本为清卢见曾雅雨堂刻本《昌黎先生诗集》,卷前方世举序下有"绍/庭"、"紫藤/华馆"两方印章。批点者未详何人,今称之为紫藤花馆藏本。此本卷前《果州南充县》一文批语中有"南充,今属四川顺庆府"字样,详其语气,批点者应是清人。书中共批点诗歌一百五十余首,批语主要掘发韩愈诗歌的艺术特点及得失,其值得关注之处大体有三点:

其一,指出韩愈诗歌有奇峭、险厉、俚俗等特点。

他评《此日足可惜》首四句说:"起意高远奇警。"评《山石》说:"笔意踈秀,音节古峭。"评《苦寒》:"奇怪与《陆浑山火》同,此是昌黎独造。"评《征蜀联句》:"形容破贼气势,语多瑰奇。多用险怪字,似辞赋。"评《夜歌》说:"是刻苦语凌空,无衬贴,却有浓味。""通首皆比体。"评《新竹》说:"琢句工峭。"评《雨中寄孟刑部几道联句》说:"通首跌宕有姿态,峭处尚不及他作。"评此诗中"美君知道,腴逸步谢天械"说:"两句佳,下稍艰涩。"评《元和圣德诗》"视大江不见洲渚"数语说:"此段微嫌克厉,然精神却全在此前无所袭,昌黎独造。"评《听颖师弹琴》说:"起笔直欲凌跨李杜。"评《龟山操》说:"语太险奇,类铙歌,稍乏雅味。"

其二,指出韩愈诗歌有"质直"、"俚俗"的特点。

他评《利剑》说:"语调俱奇险,亦近风谣。"评《汴州乱》说:"质直得情,是歌谣意。"评《嗟哉董生行》说"门外惟有吏,日来征租更索钱"二句说:"近俚近俗,却是乐府本色。""覆待":"亦以俚俗胜。"评《赠侯喜》说:"浅事浅叙,但嫌语太繁耳。愈朴愈古,愈瘦愈腴,是从汉魏乐府中来。"评《元和圣德诗》说:"若规模雅颂,其实效李丞相。只就质处锤炼,炼到文处。质峭处似秦碑,华润处似文选。"

其三,指出韩诗在艺术上时有不能"浑然"之处。

中唐以后,不少诗人学者将韩愈的诗歌与杜甫相提并论。此评点在高度评价韩诗的同时,也将杜、韩二人加以比较,认为韩虽优异,但与杜相比则时有不够浑然之处。他评《南山诗》说:"此诗雕镂虽工,然有痕迹,且费排置。若《北征》则出之浑然,力量固胜。"评《赴江陵途中》说:"此近《北征》,笔力驰骋,亦不相上下,但气脉犹觉生硬,杜则浑然。"评《雉朝飞》说:"'横出'字太厉。""后四句太直致,曾不如无一,皆太着力,看古词何等浑然。"评《元和圣德诗》"视瞻梁梠"等语句说:"全是从《楚辞》化来,追琢可谓整工,惜未浑然,若《南海碑》则胜此矣。"

韩愈是中国古代文学史上的巨人,他本人广撷博取,并尽心熔裁,形成了多方面的风格。翁方纲曾誉之为"沉博",李重华则评之为"奥衍"。安璿等人的评点既有与前人相近之处,也时时抉发出某些的新特点,对于发现韩愈诗文所具有的丰富内涵具有积极意义。

清人手批柳宗元诗四种

江苏大学　杨贵环

清代柳宗元诗的批点本比明代明显增多，除了柳集专集的评点之外，还有不少选本评点，如黄周星选评的《唐诗快》、吴昌祺评明唐汝询的《删订唐诗解》等。其中还有一些是手批本，如汪森所评的《韩柳诗选》等；还有以同一选本为底本的不同人评点的手批本，如以汪立名所辑的《唐四家诗》为底本，就有王庆麟、黄二梧与张鸣珂等人的手批本。他们的批点注重对柳诗的风格、诗法等的评点，尤其是，在手批本中的序跋、题识中还包含着批点者、刊刻者的诸多批评观，它们为我们今天解读、研究柳诗提供了很好的参照，本文拟介绍以下四种清人手批柳诗的评本，试图探讨他们批点的特点及其文献价值。

一、汪森评《韩柳诗选》不分卷，复旦大学图书馆藏

复旦大学图书馆藏汪森评《韩柳诗选》不分卷，稿本一函四册（柳宗元诗一册），每半页十行，行二十一字，左右双边，黑口，单黑鱼尾，版心镌“裘杼楼”。卷端下钤有朱文长方印“吴兴刘氏嘉业堂藏书记”、“平阳藏书”，白文方印“敬翼堂印”、朱文方印“曾经东山柳蓉邨过眼印”、“吴兴刘氏嘉业堂藏印”。书末有署“辛酉（1681）夏六月上浣识”之汪森的朱笔题识。有朱笔圈、点，朱笔题下批、眉批和诗末总批。题识曰：

> 柳先生诗，其冲淡处似陶，而苍秀则兼乎谢，至其忧思郁结纡徐凄惋之致，往往深得于楚骚之遗，亦诗歌之雄杰也。余尝谓韩、柳皆以文章称大家，人特知其无韵之文耳，然韩长于序说，而其议论之闳肆亦时见之于诗。柳工于记，而其诗之绝胜者亦在山水登临之际。古人之论

文未有不先乎诗者也，知此然后可与并观韩、柳之诗。辛酉(1681)夏六月上浣识。

钤有朱文方印“臣森图书”，白文方印“平阳叔子晋贤”。汪森，字晋贤，浙江桐乡人。原安徽休宁籍，官广西桂林府通判，调太平，迁河南郑州事。会丁母忧，未赴官。服阕，补刑部山西司员外郎，擢户部江西司郎中。年六十一，以告归。森少工韵语，与嘉兴周篔、沈进相切劘。既，复与黄宗羲、朱鹤龄、朱彝尊、潘耒诸大师商榷，艺业益进。乃营碧巢书屋以当吟窝，筑华及堂以宴宾客，建裘杼楼以藏典籍。海内名士，舟车接于远道，诗名籍甚。归田后，复借朱彝尊家藏书，荟萃订补，为《粤西诗载》二十四卷，附词一卷，《文载》七十五卷，《丛语》三十卷。所为诗五言古，得力于陶；七言古有高岑风格，近律则浸淫于大历诸家。少与兄文桂、弟文柏相唱和，黄宗羲甚赏之，称“汪氏三子”。晚岁家居，以著述自娱。辑《虫天志》、《名家词话》等书。卒，年七十四。所著有《小方壶存稿》十五卷，《桐扣词》三卷①。可见，此种应为汪森朱笔批点，后又经吴兴刘氏嘉业堂收藏。因汪氏五言古诗就得力于陶，因此，他对冲淡处似陶的柳诗钟爱有加，也就不难理解了。

通过题识和批语来看，批本的主要特点为：其一，对柳诗风格的概括。汪氏认为柳诗冲淡似陶渊明诗，苍秀则兼乎谢灵运诗，忧思郁结纡徐凄惋之致，又深得于楚骚之遗。其二，对韩、柳诗文体特点的肯定。汪氏认为韩愈长于序说，而其议论之闳肆亦时见之于诗；而柳工于记，而其诗之绝胜者亦在山水登临之际。知古人论文先论乎诗，可以并观韩、柳诗，他肯定了两人诗文各自的长处，尤其是柳诗。其三，注重诗法的评点。汪氏认为柳诗格律紧，善于用韵，工于属对，颇讲究诗法。用韵奇险，不让昌黎，而昌黎以险峻之气驭之，而柳诗之险者帖然不觉。批语例举如下：《同刘二十八院长述旧言怀感时书事奉寄澧州张员外使君五十二韵之作因其韵增至八十通赠二君子》诗：汪朱眉批：“局度宽，格律紧，韵脚险，属对精，于此见柳诗力量。前半是述旧，后半是感时，总因柳州与张同为御史，故起处揭出此意，而下乃叙其遭遇也。”“金炉仄流月，紫殿启晨赮”句汪朱眉批：“此段总叙交情，兼及刘亦

① 王钟翰点校：《清史列传·文苑传》卷七十一，北京：中华书局，1987年，第5781页。

在内，以刘亦同为御史也。”“三载皇恩畅，千年圣历遐。朝宗延架海，师役罢梁溠”句，汪朱眉批：“此段历叙张之迁转，自贬郴州县令以及为澧州刺史，中间事情一一写出，笔力最健。”“禹贡输苞匦，周官赋秉秅”句，汪朱眉批：“此处叙移刺澧州事特详，正为与永州相较生情，乃一篇用意处也，其详风物之变自佳。”“慕友惭连璧，言姻喜附葭”句，汪朱眉批：“‘慕友’二句，乃承上起下之法，是从张而转入自叙也。”“同病忧能老，新声厉似姱”句，汪朱眉批：“‘同病’指刘，‘新声’谓所寄诗也，此处见与刘同作诗意。”“引泉开故窦，护药插新笆”句，汪朱眉批：“子厚时在永州，故点染生情都与前段对照。”“香饭舂菰米，珍蔬折五茄”句，汪朱眉批：“此下见颇有挂冠之愿，而以怀友之思结之。”“共思捐佩处，千骑拥青緌”句，汪朱眉批：“结出思张之意，捐佩谓澧州也，共思兼刘院长在内。”汪朱尾批：“用韵极奇险，而无字不典，无意不稳，亦麻韵中字几尽矣，而笔力宽绰有余，此可悟长诗用险韵之法。”再如《弘农公以硕德伟材屈于诬枉左官三岁复为大僚天监昭明人心感悦宗元窜伏湘浦拜贺末由谨献诗五十韵以毕微志》，汪题下朱批：“舂容而能警练，其笔力不减少陵，然须见其脱化处。”“处心齐宠辱，遇物任行藏”句，汪朱眉批：“使事属对之工，无一懈笔，此程不识之行军也，虽其比拟不无过当之处，然用意则精切矣。”“宪府初腾价，神州转耀铓”句，汪朱眉批：“起四句虚冒，下乃述其门第人品，‘宪府’以下又详叙其所历之官，而推出左官之故也。”“刻木终难对，焚芝未改芳”句，汪朱眉批：“五言婉切极为得周全之体。”“丽泽周群品，重明照万方”句，汪朱眉批：“‘丽泽’以下乃述其逢赦召还之事。”“降神终入辅，种德会明扬”句，汪朱眉批：“独弃以下乃自叙意，即题中所云‘窜伏湘浦拜贺末由’者也，带夫子墙一笔作转，笔法极紧。”再如《酬韶州裴曹长使君寄道州吕八大使因以见示二十韵一首》，汪题下朱批：“观小序意，专以用韵见奇，然裴之所用者平，而公之所用者险，非大手笔不能如此雅驯。”“凡为韶州所用者置不取，其声律言数如之”句，汪朱批：“用韵奇险，不让昌黎，然昌黎之用险韵也，以险峻之气驭之，而河东则一归之典雅，使险者帖然不觉，皆能事也。”“金马尝齐入，铜鱼亦共颁。疑山看积翠，湞水想澄湾”句，汪朱眉批：“‘齐入’只须兼言裴吕，‘疑山’、‘湞水’则分言之，下四句亦然。”

二、汪立名辑、王庆麟批《唐四家诗》四种八卷，上海图书馆藏

上海图书馆藏汪立名辑、王庆麟批《唐四家诗》四种八卷，天都汪氏清康熙三十四年(1695)刻本，二册。每半页十行，行十九字，左右双边，单黑鱼尾，黑口，版心刻“柳河东诗集”，柳集前有“柳河东传”。书函上题：唐四家诗清华亭王庆麟手批本，朱文方印“景郑心赏”，内封：天都汪西亭订，唐四家诗、王右丞集、孟襄阳集、韦苏州集、柳河东集。次封墨笔题：己巳(1809)嘉平澹渊居士手校。钤有白文方印“畤”、“祥”。卷首朱笔：甲戌(1814)中冬雪窗重校；黄笔：乙亥(1815)八月吾殳于斋温；墨笔：蟋蟀告俭尚美晏娭风雨如晦慨在宾友所修。第二册卷首墨笔：巳巳嘉平淡渊居士手校。钤有白文方印“畤”、“祥”。书下端墨笔：五里茶亭十里店，三分月色一分风。甲戌中冬雪窗手校。淡渊。朱笔：乙亥三月吾殳于坐阅；黄笔：八月大吉羊室温。书前有长洲尤侗所撰的序，有署“康熙乙亥(1719)长至后十日天都汪立名西亭书”的汪立名序。钤有白文方印：“华亭王庆麟印”、“淡渊真赏”；朱文方印“潘景郑家珍藏”、“读书养性”、“淡渊手校”；朱文长方印：“潘承弼藏书印”、“王淡渊审定”；白文椭形印章“小洞庭”。

《苏韦州诗集》卷末有题识：五月二十日雨中，自泾州还宣城肩与中阅此，是日甚凉，颇有陂塘五月秋之意。第一册王右丞传后有王庆麟墨笔题识：嘉庆丙子(1816)五月十三日黎明随家大人往泾川，申时过琴溪，于轿中读此集。淡渊自记。朱笔：赵琴士绍祖招遊水西，梅雨不止，不能出也。十五日饮琴士古墨斋，畅观法书名画，流连竟日亦客中一胜事。十八日泾令尹清撰堂为予设饮，欲呵殿，陪予游水西山，予辞，不敢从。卷端朱笔：“王渔洋云：王维佛语，孟浩然菩萨语，刘昚虚、韦应物祖师语，柳宗元声闻辟支语。”钤有白文长方印“庆麟”、“潘景郑家珍藏”，朱文方印“读书养性”、“景郑”、“华亭王庆麟字畤祥号淡渊私印”。《柳河东诗集》前之柳河东传末有墨笔题识：“按：《昌黎集》有《答柳州食蝦蟇》诗，今《柳州集》无此诗，他亦无寄韩者。”桐城方扶南云：“柳诗无体不工，无篇不妙。惜乎其少，大抵逸者多矣。”朱笔眉批：“柳于诗，盖其天性，未必由攻苦而得，然实胜韩。”《柳河东集》卷端署：辛未(1811)仲冬厉壒射围校，钤有朱文长方印“王淡渊审定”，白文椭形印“小洞庭”，朱文长方印：“淡渊洛诵”、“华亭王庆麟字畤祥号淡渊私印”。

潘承弼(1907—2004),藏书家、目录学家。字良甫,号景郑,一号寄沤,江苏吴县(今苏州)人。早年受业于章炳麟和吴梅门下,著有《著砚楼书跋》。王庆麟,字畤祥,号希仲,一号淡渊,江苏华亭(今上海松江)人。清嘉庆年间举人,任宣城教官,工于古文,著有《洞庭集》。其藏书印有:"华亭王庆麟字畤祥一字淡渊印章"(白文方印)、"淡渊手校"(朱文方印)、"王淡渊曾观"(朱文方印)等。评本中多条批语的落款处署有"淡渊"。此批点本应由王庆麟大致于嘉庆己巳(1809)年至丙子(1816)年间,用朱笔和墨笔所批校,批本曾由潘景郑收藏。《唐四家诗》包括:《王右丞诗集》二卷、《孟襄阳诗集》二卷、《苏韦州诗集》二卷、《柳河东诗集》二卷,诗集前分别有传。《柳河东诗集》卷上为:雅诗歌曲、五言古诗;卷下为:七言古诗、五言律诗、五言排律、七言律诗、五言绝句、六言绝句和七言绝句。有些柳诗的诗题上方有白文方印"受之"。

尤侗序曰:

> 唐以诗取士,故诗人莫盛于唐,然吾尝阅《新唐书》,诗人之列传者甚少,《文艺传》中,李、杜之外,惟王维、孟浩然得与焉。柳宗元与八司马合传,附王伾叔文之后,已不幸矣。而韦应物竟无传,岂以左司之清真绝俗,顾不得与郑虔、卢纶辈相比肩乎?甚矣!宋祁之无识也。乃吾即其诗以考其人,士不遇者莫穷于襄阳,柳州贬窜,坎壈尤极,右丞稍达,而迫于伪命,一病三年不亦伤乎?左司位秩虽卑,犹忝二千石,观其郡斋与诸文士宴集赋诗,有画戟清香之乐,其于吾苏,故有香火情,至今祠之,且占梦焉。之四子者,韦为胜矣,若其诗备于严沧浪之论,有孟浩然体、王右丞体、韦苏州体、柳子厚体,不知四体虽殊,其原一也,诗宗老杜,而杜诗云:"中允声名久。"又云:"吾怜孟浩然。"至宋《许彦周诗话》云:"孟浩然、王摩诘诗,自李杜而下,当为第一。"东坡亦云:"柳柳州诗在陶彭泽下,韦苏州上。"(《唐四家诗》甘泉黄二梧黄眉批:许彦周固非写论即东坡,谓柳州在苏州上恐亦未免于偏)则四子颉颃略可见矣。吾所不解者,以唐人选唐诗,而《箧中集》、《搜玉集》、《中兴间气集》不载四家一字,《河岳英灵集》、《国秀集》只收王、孟,《极玄集》只收王,《御览集》、《又玄集》只收韦,《才调集》兼收王、孟、韦,而又不及柳,何耶?近日新城王阮亭先生,所选《唐贤三昧集》并皆佳妙,然亦有王、孟而无韦、柳(王庆麟手旁批:王渔洋《三昧》之选不及韦、柳,因已见五言诗选,故

不复出耳),柳岂古人之诗各有异乎?抑后人之见,偶不同于古人乎?然而世之称唐诗者,或曰王孟,或曰王韦,或曰韦柳,若有不祈合而合者?是则四家之诗,断以将无同三语,其亦可也?予既心焉好之,每欲汇为一编,以资玩咏。乃新安汪子西亭先获我心,遂合刻四家全集,校勘精良,烂然成帙。予睹而欣赏,赠以序言,复语之曰:子亦知四家诗之原乎!盖皆原于陶也。陈后山云:"右丞苏州皆学于陶,正得其自在。"黄山谷云:"白乐天、柳子厚皆效渊明作诗,而子厚为近。"予则以为王得陶之达焉,孟得陶之放焉,韦得陶之静焉,柳得陶之洁焉。陶为太羹,而四子其五味也。陶为太音,而四子其五声也,四子不可缺一,独可无陶乎?子既刻四家诗,盍再刻陶诗为之冠,其亦先河后海之意欤?"

汪立名序曰:

诗本性情,亦因风气而变,三百之降而为汉魏,汉魏之趋而为六朝,势也。至唐以诗取士,宜乎风气日上矣(《唐四家诗》甘泉黄二梧黄眉批:殷璠曰:维诗词秀调雅,意新理惬,在泉为珠,着笔成绘,一字一句皆出常境。东坡曰:右丞苏州澄淡精致,格在其中。又曰:观摩诘诗,诗中有画),而诗且三变,岂非积习所致欤。有明一代,非无作者,类皆兢兢守唐人矩矱,不敢稍轶尺寸,大抵似画家之有粉本,殊乏生气。议者独归咎于历下诸君,何哉?我朝人文辈起,鼓吹休明,含英咀华之士,思出前人范围,而一洗土偶陈因之习。苟非雕肝镂肾,别制新裁,恐无以厌服人心,又虑师心独学,不足以及远,相与瓣香宋元诸大家,如水赴壑,齐声附会,亦势使然也。虽然,良弓之子,必学为箕;良冶之子,必学为裘,江河百折,而必朝宗于海。盖取法乎上,仅得其中。善学宋元诗者,当仍于唐诗求之。此王、孟、韦、柳四家诗所由刻也。或曰:唐以四家名者,莫如王、杨、卢、骆为最著,乃置初唐四子不刻,而独刻此四家者,何也?大凡欲矫风气之偏者,非骤能夺人情所常好,而要先予以所可喜(王庆麟手朱眉批:不通),太羹玄酒非不极美,而俗下以为无味,四家风格,固远过乎宋元诸家,而意新理惬之致,犹与宋元诸家不大相悬隔(王庆麟手朱眉批:不通)。梅都官尝言:诗句议论虽通,语涉浅熟而可笑者,亦其病也。世人好新之过,得无类是,宋诗无踰苏陆,放翁极心折王辋川。自云十七八时，读摩诘诗最熟，而于孟浩然诗则辨别于一句一字之精，反覆赞叹不已。至若韦苏州、柳柳州，尤时时见于题记，以志向往之诚。由此推之，则四家诗固宋元人之鼻祖也（王庆麟手朱眉批：不通）。溯流穷源，弊极反本，舍四家诗，将谁属哉？况乎王、孟见许于少陵，韦、柳盛称于眉山，千古同途，出门合辙，耳濡目染，由渐而几李、杜堂奥不难矣。仅王、杨、卢、骆以专家名云尔哉。因刻四家诗，约略余意如此，若谓籍此可以移风易俗，余小子则何敢焉。康熙乙亥长至后十日天都汪立名西亭书。

汪立名，清代著名藏书家、刻书家、学者，祖籍安徽歙县瞻淇人。生于康熙十八年（1679），卒年不详。历仕康雍乾三朝，官至刑部郎中。著述丰富，编校《白香山诗集》。交游甚广，与当时著名文人朱彝尊、宋荦、厉鹗等有所往来①。所刻《唐四家诗》，《中国古籍善本书目》集部总集类有载，《四库全书总目》卷一百九十四集部四十七曰："《唐四家诗》八卷（内府藏本）国朝汪立名编。立名有《钟鼎字源》，已著录。是编合刻唐王维、孟浩然、韦应物、柳宗元四家之诗。前有自序，称四家诗为宋、元人鼻祖，学宋、元诗者当仍于唐诗求之。故以此矫其弊云。"尤侗，字展成，江苏常州人。少博闻强记，弱冠补诸生，才名籍甚。康熙十八年（1679）举博学鸿儒，授翰林院检讨，分修《明史》，撰列传多至三百余篇。侗所作诗文，流传禁中，世祖章皇帝以"才子"目之。后入翰林，圣祖仁皇帝称为"老名士"，天下羡其荣遇，比于唐李白云。四十三年，卒，年八十七。其诗词古文，才既富赡，复多新警之思，体物言情，精切流丽。每一篇出，传诵遍人口。著述甚丰，全集五十卷，余集七十卷，《鹤楼堂集》十卷②。在其《艮斋倦稿》中有许多与汪氏父子交往的记载。由此可见，汪立名编《唐四家诗》是因为他颇为推崇此四家，认为四家诗为宋、元人鼻祖，学宋、元诗者当于唐诗中求之，尤侗在序中也为多种唐人选唐诗的集中不重视此四家而感到颇为遗憾和不解。

此种批点本的特点：其一，批本注重诗法与诗之寓意的批点。如《同刘二十八院长述旧言怀感时书事奉寄澧州张员外使君五十二韵之作因其韵增

① 张鸽：《清代汪立名生平诸事考》，《绥化学院学报》2010年第2期。

② 王钟翰点校：《清史列传·文苑传》卷七十一，第5782页。

至八十通赠二君子》:"香饭舂菰米,珍蔬折五茄"句,王朱眉批:"菰、五借对。"《韦使君黄溪祈雨见召从行至祠下口号》:王朱眉:"此诗天然自工,政使极意雕饰,竟莫加也。"《杨白花》王庆麟墨眉:"长秋太后宫不露正旨,而以二字逗出用意,用笔在微显之间。"《同刘二十八哭吕衡州兼寄江陵李元二侍御》:"遥想荆州人物论,几回中夜惜元龙"句,王朱眉批:"杜《哭王彭州论》'之官方玉折,寄葬亦萍漂',同此意也。"《柳州城西北隅种甘树》:王朱眉:"末句正见北归无复望矣,并咽以谐传之。"其二,有将柳诗与韩愈等人比较的批语。如《平淮夷雅》二篇(并序),王朱眉批:"柳《雅》不如韩《碑》。王荆石云:'无一字不经洗练。'朱子曰:'柳学人处便绝似,《平淮西雅》之类甚似诗,诗学陶者便似陶。'"再如:《初秋夜坐赠吴武陵》,王朱旁批:"东坡曰:柳柳州诗在陶渊明下、韦苏州上。退之豪放奇险则过之,而温丽靖深不及也。所贵乎枯澹者谓其外枯而中膏,似澹而实美,渊明、子厚之流是也。若中边皆枯亦何足道。佛云:人食蜜中边皆甜,人食五味知其甘苦者,皆是能分别其中边者百无一二也。王墨眉批:'西清云:子厚雄深简淡,回拔流俗至味自高,直揖陶、谢,然似入武库,但觉森严。'《诗辩》云:'子厚深得骚体。'"其三,有录何焯等人批语而未标明的现象。如:《贞符》,王朱旁批:"以德为符,其论伟矣。然亦本末不该,柳子持论往往皆据一面,如封建则直舍本而齐末,所以不逮韩子。"此实为何焯批语。《韦道安》王朱眉批:"变群盗为勇士,辞师昏为义士,后顾义引刃又为忠贞之士,非柳州表扬之道,安几于湮没。"而沈德潜《唐诗别裁》卷四文末批亦为:"变群盗为勇士,辞师婚为义士,后顾义引刃,又为忠贞之士矣。非柳州表扬之,道安几于湮没。"此外,还有校注的现象,如《渔翁》:王墨眉批:"欸乃湖中节歌声,与靄乃暖乃袄,靄一也。欸,哀,上声,乃如字读。淡渊。"王庆麟颇推崇柳诗,如《江雪》诗,王墨诗末批:"诗禁体物语,学诗者类能言之,然如郑谷雪诗非不去体物语,而体格如此之卑。子厚此诗信有格也,殆天所赋不可及也。"他认为柳氏作诗的天赋是他人所不可及。

三、汪立名编、黄二梧批点《唐四家诗》四种八卷,复旦大学图书馆藏

复旦大学图书馆藏汪立名编《唐四家诗》清康熙间写刻本,道光间甘泉黄二梧朱、蓝、黄三色批点, 函六册,每半页十行,行十九字,单黑鱼尾,黑

口。有三色笔的题下批、眉批、旁批、文末夹批和校;有圈点,所有诗、序,皆用黄笔断句,朱笔大多标示强调。前有长洲尤侗的序,汪立名的序,钤有白文长方印"文登于氏小谟觞馆藏本",朱文方印"小亭经眼",朱文长方印"真赏"。此种当原为文登于氏于昌进处收藏。于昌进,清藏书家,字仲樽,号秋溟,山东文登人,贡生出身,官署淮阳兵备道,早年曾得到著名藏书家黄丕烈的旧藏数十种,与著名藏书家杨以增等,交往颇密,家有藏书楼为"小谟觞馆",收藏图书甚多,藏书印有"文登于氏小谟觞馆藏本"、"谟觞馆"等。弟于昌遂,字汉卿,禀贡生,候补知州,读书博学,在清代诗坛上有一席之地,亦喜藏书。同族于熙学,字无学,藏书亦丰。

四家诗集卷首皆有黄笔所署"甘泉黄二梧手校"。遗憾的是,未见到有关甘泉黄二梧的记载,但批本中的题识中对批校情况有较为详细的记录:《王右丞诗集》卷上书末题:(朱笔)"壬辰(1832)五月二十三日红笔校毕,二梧记。(蓝笔)二十四日蓝笔又校一过,二梧记。(黄笔)辛卯(1831)五月二十日校,二梧。卷下书末题:(黄笔)道光壬辰五月二十一日黄笔校录一过,二梧记。(朱笔)是日又从汪息卢《三昧集》本录评点,月之二十九日卒事,二梧再记。(蓝笔)同日又用蓝笔校录一过,二梧再记。"《孟襄阳诗集》卷上题:(黄笔)道光壬辰六月初五日黄笔圈评一过,二梧记。(朱笔)同日又用红笔较录一过,二梧再记。(绿笔)次日又用绿较录一过,二梧再记。卷下题:(黄笔)襄阳七言体非所擅长。道光壬辰六月初六日黄笔校录一过,二梧记。(朱笔)次日又用红笔较录一过,二梧再记。(绿笔)次日又用绿笔较录一过,二梧再记。《苏韦州诗集》韦苏州传后题:(黄笔)苏州诗按传分年便有次第,此本不免前后凌杂,暇日当为捡校料理之。苏州各体皆入格,以五古为最,七古次之,二梧记。卷上书末跋:道光壬辰五月二十八日黄笔较录一过,二梧记。卷下书末跋:(黄笔)道光壬辰(1832)六月初二日黄笔圈评一过,二梧记。(朱笔)又于月之三日红笔较录一过,二梧再记。《柳河东诗集》"柳河东传"后题:"王诗如达摩面壁,孟诗如迦叶开筝,韦诗如菩萨低眉,柳诗如金刚努目,乃所愿学则在苏州。壬辰六月六日二梧偶评。卷上书末题:(绿笔)道光壬辰六月初七日绿笔较录一过,二梧记。卷下题:(黄笔)道光壬辰六月初七日黄笔校录一过,二梧记。"由此可知,此种批本应为甘泉黄二梧自道光辛卯(1831)至壬辰(1832)年间,用朱、蓝、黄三色笔圈评校注,偶见绿笔评校。其中也有抄录汪息卢《三昧集》的批语。其中对王右丞诗集的批语最多。

批点本的特点：其一，注重柳诗清雅冲和之气等风格与作法的批点。如：《初秋夜坐赠吴武陵》黄二梧绿笔题下批："绿圈照渔洋五古选摘，王选五古录韦、柳，而不及王、孟。姜宸英序云：于唐仅得五人曰陈子昂、张九龄、韦应物、柳宗元，取其力足以存古诗于唐诗中之则，以其类合之明其变而不失于古云。壬辰六月初七日二梧附记。"绿笔眉批："柳诗一清到骨，而安雅冲和之气不可得矣。是唐人手笔，不似子昂、太白、曲江、苏州犹有古味也。"绿笔题下："永州流人见《唐诗解》。"其中，"积雾杳难极，沧波浩无穷"句，绿笔旁批："是秋夜，然却是比，故妙。""相思岂云远"句，绿笔旁批："折笔起下。""若人抱奇音"句，绿笔旁批："比。""清商激《西颢》"句，绿笔旁批："承奇音来，却与'秋'字映合。""自得本无作"句，黄笔眉批："五字深得琴旨。"《赠江华长老》绿笔题下："禅门规式道高腊长呼为須菩提，亦曰长老。"《零陵赠李卿元侍御简吴武陵》绿笔题下："《汉书》零陵郡县，零陵，湘水所出。"《商山临路有孤松往来斫以为明好事者怜之编竹成楥遂其生植感而赋诗》黄笔诗末批："盖自喻也。"《南涧中题》绿笔题下："本集永州诸记自朝阳岩东南水行至袁家渴，西南行不百步，得石渠，石渠既穷为石涧。"《游南亭夜还叙志七十韵》"外曲徇尘辙，私心寄英髦"句，眉批："长古喜用窄韵，与昌黎同，生辣处亦间相似。"《田家三首》其二（篱落隔烟火）"里胥夜经过，鸡黍事筵席"句，绿笔旁："以文言道俗情，委曲毕达。"《掩役夫张进骸》"一朝纩息定"句，黄笔眉："五字可以唤醒世人。"其二，批点本还录有不少诗话中的评语，使之更具有文献价值。如《献平淮夷雅表》：其眉批："东坡云：所贵于枯淡者，谓枯而中膏，似淡而实美，渊明、子厚之流是也，若中边皆枯亦何足道。韩子苍驹云：余观古今诗人，惟韦庄、苏州得陶清闲，尚不得得其枯淡，柳州独得之，但恨少遒耳。柳州诗不多，体亦修众家，惟效陶诗是其性所好，独不可及也。朱子曰：作诗须从陶、柳门中来，乃徒不知是无以发萧散恬淡之趣，不免于局促尘埃无由到古文佳处。蔡约之绦《西清诗话》曰：子厚之贬，其忧悲憔悴之叹发于诗者，特为酸楚，杂以愤，死未为达理。山谷云：乐天、子厚皆效渊明作诗，而子厚为近。陈善曰：以予观之，子厚语近而气不近，乐天学近而语不近，子厚气凄怆，乐天语散缓也。（《扪虱新语》）李宾之东阳曰：陶诗质厚近古，韦应物稍失之平易，柳子厚则过于精刻。"此外，有的诗作只有朱笔圈点。如：《江雪》全诗皆用朱笔圈点，六言绝句《汨罗遇风》"莫将波浪枉明时"句、《段九秀才处见亡友吕衡州书迹》诗之"袖中忽见三行字，拭泪相看是故人"

句旁皆有朱笔圈点。

四、汪立名辑、张鸣珂批校《唐四家诗》四种八卷，上海图书馆藏

上海图书馆藏汪立名辑、张鸣珂批校《唐四家诗》，天都汪氏康熙三十四年(1695)刻本，四册。每半页十行，行十九字，左右双边，单黑鱼尾，黑口版心刻“柳河东诗集”，分上、下两卷。卷封有朱文方印“唐宗莹印”，卷端署“王右丞诗集”，钤有朱文方印“东湖邃人”。有朱笔圈点，有朱笔题下批、眉批、旁批和文末批。内封有张元济墨笔题识，曰：

吾郡张公束先生少善词翰，驰骋文场，咸丰膺拔萃科贡成均，旋以县令官江右，循声卓著。迨光绪末年罢官还里，刊有寒松阁诗文词集，年届八秩杖履优游，故乡人士有高山景行之望焉。此四唐人集均先生手校本，据《全唐诗》揭其异同，复取《唐诗纪事》、《乐府诗集》、《唐人万首绝句》暨他书为之参订，并考其游宦所及之区，及酬唱诸人仕履之迹，全书用朱墨点勘，密行细字到底不懈，卷末各志年月，盖初至章贡入官之时犹未忘书生结习也，李越缦称其诗溯王、韦，沿波钱、李，承小长芦之绪论，与秋锦相伯仲，观是校笔益可证矣。朱君菊人得自禾中，出以示余展读一过，谨书数言以志景慕。岁在阏逢涒滩律中中吕之月海盐张元济。

钤有白文方印“张元济印”，朱文长方印“重游泮水”。书前有尤侗和汪立名序，诗集前有传。张鸣珂(1829—1908)，原名国检，字公束，号玉珊，晚号寒松老人、窳翁，浙江嘉兴人。清咸丰十一年(1861)拔贡，官德兴县知县，义宁州知州。辞官后，晚年侨寓嘉兴石佛寺镇。工词，以婉丽著称。性嗜书，藏书逾万卷。著有《寒松阁谈艺琐录》、《寒松阁诗集》和《寒松阁词》等(《浙江通志》)。还编有《寒松阁行箧书目》稿本，著录图书二百五十余种，所藏多为手抄本、初印本、原刻本、清刻本等。藏书家潘景郑曾收得其手稿本二十余册。《王右丞诗集》卷下书末有张鸣珂题识：“光绪五年(1979)五月二十一日拔于西江志局，公束记。”《韦苏州诗集》卷下书末有题识：“六月十三

日雨后新凉，公之東校毕。"《孟襄阳诗集》卷下书末有题识："六月二十五日，残暑复炽，西风如吼，子因松豁过谭，对客校毕，并记。"《柳河东诗集》卷后题："六月二十七日校毕，时蝉声在树，秋阳燥烈，挥汗记此。"题识后皆钤有朱文方印"公東"。可见，此评本应为张鸣珂于光绪五年(1979)拔于西江志局前后的批校本。

批点本的主要特点：其一，除了少量的批语外，有圈点。根据张元济的题识可知，朱笔圈一般作句读，蓝笔圈连用处标示强调，如《初秋夜坐赠吴武陵》"稍稍雨侵竹，翻翻鹊惊丛。美人隔湘浦，一夕生秋风。积雾杳难极，沧波浩无穷"、"自得本无作，天成谅非功。希声閟大朴，聋俗何由聪!"再如《晨诣超师院读禅经》"汲井漱寒齿，清心拂尘服"、"真源了无取，妄迹世所逐。遗言冀可冥，缮性何由熟"、《赠江华长老》"踟趺便终夕。风窗疏竹响，露井寒松滴。偶地即安居，满庭芳草积"等句旁皆有圈。《巽上人以竹间自采新茶见赠酬之以诗》"芳丛翳湘竹，零露凝清华"句、《界围岩水帘》"界围汇湘曲。青壁环澄流。悬泉粲成帘，罗注无时休"句旁亦有圈。《与崔策登西山》"露白秋江晓"、"重迭九疑高，微茫洞庭小"、"遥风递寒筱"、"非令亲爱疏，谁使心神悄？偶兹遁山水，得以观鱼鸟"句旁亦有蓝笔圈。其二，校注情况。批本是依据《全唐诗》揭其异同，复取《唐诗纪事》、《乐府诗集》、《唐人万首绝句》等书参订，并考察游宦以及酬唱诸人仕履之迹而点勘，因此，它们为我们当今解读柳诗有着重要的参考价值。如《平淮夷雅二篇》：张朱眉："元和十二年，以宰相裴度为中书侍郎同平章事充淮西宣慰处置使吴元济。"张朱眉："'其'《全唐诗》作'具'，注云：一作'其'。'干'一作'扞'。溵，水名，唐溵水属陈州。"《界围岩水帘》：张朱题下："元和十年春月自永州召还经岩下。"《再至界围岩水帘遂宿岩下》：张朱题下："是年出刺柳州，五月复经此。"张朱眉："末句一作'恍忽迷洞府'。"《法华寺石门精室三十韵》：张朱题下："集有记云寺居永州地最高。"《哭连州凌员外司马》：张朱眉："德宗崩，迩臣议秘五日下遗诏，准独抗危辞，言其不可，乃以旦日发丧。"《酬韶州裴曹长使君寄道州吕八大使因以见示二十韵一首》：张朱眉："道州昔使绝域，遂无猾夏之虞。《汉书·匈奴传》：稽侯狦，号呼韩邪单于。"《六言》：张朱题下："此诗《全唐诗》在《奉酬杨侍郎丈因送八叔拾遗戏赠诏追南来诸宾》之后。"《重赠二首》：张朱眉："《汉书》：刘歆以左丘明《公》、《穀》详略难父向，向不能非。"张朱眉："子厚尝为刘写《西京赋》。"《酬曹侍御过象县见寄》：张朱眉："《述异记·七里州》中有鲁班刻木兰为舟,至今在洲中,诗家云木兰舟出此。意,一作忆。"等。

综而观之,以上四种批点本皆充分肯定了柳诗,他们的价值主要体现在:第一,批点本对柳宗元诗的意蕴、风格及其在唐诗乃至整个诗歌发展史上的地位给予了充分地肯定,它们对柳诗的传播与流传有着重要的推动作用。如汪森批的《韩柳诗选》对柳诗冲淡似陶,苍秀则兼乎谢,又深得楚骚之遗的诗之风格进行了肯定,并认为柳诗是诗歌之雄杰;同时还对韩、柳诗文的特点进行比较批评:韩长于序说,而其议论之闳肆时见于诗;柳工于记,而其诗之绝胜者在山水登临之际;并对柳诗讲究格律、善于用韵、精工属对等诗之作法,以及诗之内容、主旨进行了评点。而以汪立名所辑《唐四家诗》为底本的王庆麟、黄二梧与张鸣珂等手批本的出现,从某种程度上也体现出清代柳诗评点的兴盛,而尤侗在序中惋惜《新唐书》诗人立传太少,唐人选唐诗的多种选集中皆未重视包括柳诗在内的四家诗,他认为四家诗体虽殊,其原皆宗老杜,并认为四家诗皆原于陶,而柳诗独得陶之洁;汪立名的序中也认为:善学宋元诗者,当仍于唐诗求之,四家诗乃为宋、元人之鼻祖。他们对柳诗的评价与肯定,对柳诗在后世的传播影响深远。第二,批点本的批语注重对柳诗的风格、诗法与主旨等的批点,序跋和题识中包含的诸多批评,以及所录多种诗话中的批语等,皆为我们当今解读、研究柳诗提供很好的参照。如《柳河东诗集》"柳河东传"后黄二梧题识:"王诗如达摩面壁,孟诗如迦叶开箏,韦诗如菩萨低眉,柳诗如金刚努目,乃所愿学则在苏州。"再如对于尤侗序中所云:"近日新城王阮亭先生,所选《唐贤三昧集》并皆佳妙,然亦有王、孟而无韦、柳。"王庆麟手旁批曰"王渔洋《三昧》之选不及韦、柳,因已见五言诗选,故不复出耳"等批语,见解颇为精到,又体现出不同评点者思想的碰撞与识见。加之,选本本身对柳诗的流传就具有不可忽视的推波助澜的作用。因此,这些手批本在柳宗元诗的评点史上的价值应该引起我们足够的重视。

本文系国家社科基金一般项目《柳宗元诗文评点的整理与研究》(15BZW062)、江苏省社科基金后期资助项目(14HQ017)的阶段性成果。

何焯批校本《李义山诗集》文献考辨

山东财经大学　宋红霞

李商隐诗的笺注之难，正如元好问《论诗绝句》所云："诗家总爱西昆好，独恨无人作郑笺。"宋代蔡绦《西清诗话》载刘克曾注李义山诗，明代唐觐《延州笔记》里提到张文亮注过李商隐诗，但这些注本或选本都没有流传下来。明清之际李商隐诗开始成为笺注、评校的热点，而且成就斐然，钱龙惕、朱鹤龄、程梦星、姚培谦、冯浩等人的笺注本最为流行，钱陆灿、冯班、何焯、朱彝尊、王士禛、钱良择、纪昀等人的评点本最为世人所重。

何焯批校本《李义山诗集》在当时即产生了较大的影响，被广泛借阅传录，而其中的批语也被笺注、辑评本收录，如程梦星的《李商隐诗集笺注》、冯浩的《玉溪生诗集笺注》、纪昀的《玉溪生诗说》、钱良择的《唐音审体》、陆昆曾的《义山诗解》、沈厚塽的《李义山诗集辑评》。广泛的辗转抄录、辑录也导致何焯评李商隐诗集的存世情况更为复杂，尤其是过录本。产生这种情况的主要原因是何焯原批校本的批校时间、底本不同，从而批校语详略、浅深有别，甚至观点前后有所不同，正如蒋维钧刊刻《义门读书记·凡例》所云："有义门一人之说而前后各殊者，识随年进，故所采从后为多。间有前后并载，且有自为驳正者，读者分别观之，可以验其所得之浅深。"①何焯批书往往随校逐年下批，若访得宋元旧椠或故家旧抄善本，即校批一过，故一本往往积几十年、数十遍，其间批本被借出传抄，自然先后所抄录者有所不同。何焯习惯于不同底本上进行校批，他批点过的李商隐诗集不止一种。就笔者所查阅的现存本来看，何焯曾以朱鹤龄的《李义山诗集笺注》、胡震亨的《唐音戊签·李商隐诗》为底本批校。在批阅过

① 蒋维钧：《义门读书记·凡例》，何焯撰，崔高维点校：《义门读书记》卷首，上海：上海古籍出版社，1987年，第1页。

程中被人传录从而保存下来的过录本更是有同有异，差异最大的是以朱鹤龄笺注本为底本传录者，批语真伪混杂，这主要是由于辗转传录不免舛讹，同时又有不少过录本兼采诸家评语（如朱彝尊、纪昀等），所以过录本的情况更为复杂。而且，在所有何焯评点本中，李商隐诗集评点本现存数量、种类极多，这充分说明了何焯的李商隐诗歌批校为世人所重的情形。根据批校语的存在状态，现存的《李义山诗集》何评本包括手批本、刻本（整理本）、过录本，以下将以此为类对主要何焯批校本《李义山诗集》的文献状况一一考辨。

一 手批本

刘学锴、余恕诚《李商隐诗歌集解》引录的何焯评语主要以《义门读书记》、沈厚塽的《李义山诗集辑评》为文献依据，同时又以冯浩的《玉溪生诗集笺注》所引诸家评语为标准来判断沈厚塽辑评内容是否出自何焯，乃至否定了何焯的某些重要观点，例如何焯晚年提出的《锦瑟》“自伤说”主题①。而何焯手批本的发现，将使相关文献问题得到彻底解决。

（一）上海图书馆藏何焯手批本《唐音戊签·李商隐诗》

《唐音戊签》二百一卷、《闰余》六十四，明胡震亨辑，白口、单鱼尾，左右双边，半页十行，行二十字，清康熙二十四年（1685）胡氏南益堂刻本，何焯批校，上海图书馆藏②。《中国古籍善本书目》著录。

① 按：关于何焯的《锦瑟》“自伤说”批语，沈厚塽《李义山诗集辑评》卷上《锦瑟》既有“悼亡说”，又有“自伤说”批语，《义门读书记》与冯浩《玉溪生诗集笺注》均无“自伤说”批语，刘学锴、余恕诚《李商隐诗歌集解》认为沈氏辑评中的“自伤说”“与何氏《读书记》说不同，疑非何氏评”（见刘学锴、余恕诚：《李商隐诗歌集解》，北京：中华书局，2004 年，第 1587 页。）。刘学锴《李商隐诗歌接受史》对何焯的《锦瑟》主题两种观点“悼亡说”与“自伤说”持怀疑态度，认为“自伤说”“是否何氏批确实不能不打上问号”（见刘学锴：《李商隐诗歌接受史》，合肥：安徽大学出版社，2004 年，第 259 页。）。关于何焯的《锦瑟》主题说观点，详见拙文（宋红霞：《从“悼亡”说到“自伤”说——论何焯对《锦瑟》主题的阐释及其流变》，《齐鲁学刊》2014 年第 6 期）。

② 宋红霞：《何焯手批本〈唐音戊签〉的文献价值与诗学价值》，《枣庄学院学报》2012 年第 1 期。

《唐音戊签》总共二百六十五卷，收录晚唐诗人一百七十三家。郑振铎《劫中得书记》著录此书云："明吴琯辑刊《唐诗纪》仅成'初''盛'二纪而未及'中''晚'。胡震亨之《唐音统签》则网络全代，弘富无比。……《戊签》则足以补《唐诗纪》之未备，皆为研讨唐诗者所不能不置于案头者。"①可见《唐音戊签》是研究晚唐诗不可忽视的珍贵资料，其文献价值自不待言。

此上图藏何焯批校本《唐音戊签》中有何焯钤印二十余枚："何焯之印"白方、"俗中士"朱方、"文殊师利弟子"朱长方、"吴下狂生"朱方、"一世伟人"白方、"梦弼"朱方、"何人最狂予"朱长方、"无勇"朱方、"光宇"朱方、"太学何生"朱长方、"丁丑进士"朱方、"汉人"朱方、"语古"白文双兽长方印、"青阳斋"朱长方、"毅斋"朱长方、"晦斋"朱方、"云溪"朱长方②、"不薄今人爱古人"白长方、"竹所"朱文圆印、"游八方之外"白方、"一池荷叶小桥横"朱方、"飞云阁"朱方。此集堪称何焯批校晚唐诗的晚年定本、全本，是笔者所经眼义门批本中卷帙最庞大、校批最精细、保存最完整的手批本，可谓现存何评本中最珍贵的稿本。吴骞云："何义门学士评点《唐音戊签》，攻韵语者得之，不翅枕中鸿宝，恨其流传甚少。"③"余所藏有何屺瞻学士评阅《唐音戊签》全部，极精，诚学诗者之津筏也。"④

《唐音戊签》中的《李商隐诗》共十卷，自"统签"卷五六三至五七二，是现存何焯批校李商隐诗最可靠的第一手资料。由于目前学术界所依据的《义门读书记·李义山诗集》并非辑自何焯晚年评定之全本，其评语远不及《唐音戊签·李商隐诗》以及沈厚塽辑本《李义山诗集》⑤详尽，但是沈辑本是刻本，未明所据底本，且错字颇多，因此上图藏何焯手批本《唐音戊签·李商隐诗》十卷无疑是最可征信的善本，可作为鉴定其他义山诗何评本真伪与价值的文献依据。

---

① 郑振铎：《劫中得书记》，上海：上海古籍出版社，2006 年，第 90 页。

② 按：此印为铜印，义门得自元人。何焯评苏轼《游罗浮山二首示儿子过》之一"云溪夜逢哑虎伏"云："吾尝得元人'云溪'二字铜印。今正可取此诗之义，用之为多言之戒也。"见苏轼撰，施元之注，宋荦、邵长蘅等补注：《施注苏诗》卷三十五，清康熙三十八年宋荦写刻本，陈景云过录何焯批校，国家图书馆藏。

③ 吴寿旸：《拜经楼藏书题跋记》，上海：上海古籍出版社，2007 年，第 177 页。

④ 吴寿旸：《拜经楼藏书题跋记》，第 178 页。

⑤ 沈厚塽：《李义山诗集辑评》，同治九年广州倅署刊本。

《戊签》中的《李商隐诗》以评为主，评语纪年如下：己巳(1689)、庚午(1690)、辛未(1691)、癸酉(1693)、甲戌(1694)、乙亥(1695)、丁丑(1697)、己卯(1699)、壬午(1702)、丁亥(1707)，可见何焯批阅义山诗多达十余遍，前后持续二十年，从29岁到47岁，义门所下功夫可知矣。李商隐《四皓庙》批云："丁丑十月初十日承匡塾中灯下诵义山诗，是日有自京师来传北征大帅恩礼之盛者，偱讽三叹。"(卷五六九)《寓怀》评云："义山长律隶事过多，往往不能自展笔力，远不逮杜、白之整暇有余力也。己巳十月。""义山有极似庾子山处，不可以白公之清流绳之。十一月廿二灯下。"(卷五六九)两条批语可知己巳年(1689)何焯两读此诗，所得有别，可见其于李商隐长律前后不同的认识。对义山诸诗体亦有总评，评古诗云："义山佳境终不在古诗，不可过于附会。"(卷五六三)义山诗佳者当属近体，何焯评义山五言律诗云："义山五言，非博涉齐梁不知其佳。义山诗皆从庾子山、阴子坚来，故能逼似少陵。庚午。"(卷五六七)由现存评点本来看，何焯曾评批《汉魏六朝百三家集》(浙江省图书馆藏)、《文选》、《杜工部集》等，又岂止"博涉齐梁"哉？故此何焯此评令人信服。何焯评义山七言律诗云："义山七言近体出于老杜，句法兼学刘梦得。"(卷五六九)何焯亦曾细批精校《刘宾客集》(上海图书馆藏姚世钰过录本)，此评亦所论有据。这些观点与《义门读书记·李义山诗集》卷首总评之语①是一致的。何焯校勘此集多直接改字，然未云所据版本。首卷"五言古诗"行何焯批云："毛丈斧季云：'义山古诗中有一句是元注，自北宋本即讹以入。'乃识之俟考。"(卷五六三)至于毛扆所云元注讹入正文者究竟是哪首古诗，亦未见何焯考证。

诸本对比而言，上图藏《唐音戊签·李义山诗》批语比《义门读书记·李义山诗集》更为详尽，以《锦瑟》为例，可见其评语深浅、详略之别：

---

① 何焯总评如："义山五言出于庾开府，七言出于杜工部。不深究本源，未易领其佳处也。〇七言句法兼学梦得。"见何焯撰，崔高维点校：《义门读书记》卷五十七，第1243页。

《义门读书记》卷五十八	《唐音戊签》(《统签》卷五百六十九)
此悼亡之诗也。首特借素女鼓五十弦之瑟而悲、泰帝禁不可止以发端,言悲思之情有不可得而止者。次连则悲其遽化为异物。腹连又悲其不能复起之九原也。曰"思华年"、曰"追忆",指趣晓然,何事纷纷附会乎! 钱饮光亦以为悼亡之诗,与吾意合。"庄生"句取义于鼓盆也,但云生平不喜义山诗、意为词掩,却所未喻。 亡友程湘衡谓:此义山自题其诗以开集首者,次联言作诗之旨趣,中联又自明其匠巧也。余初亦颇喜其说之新,然义山诗三卷出于后人掇拾,非自定,则程说固无据也[①]。	愚按:此悼亡之诗也。首连特借素女鼓五十弦之瑟而悲、泰帝禁不可止以发端,言悲思之情有不可得而止者。次连则悲其遽化为异物。腹连又悲其不能复起之九原也。曰"思华年"曰"追忆",指趣晓然,何事纷纷附会乎。亡友湘衡亦主予说。 钱饮光亦以为悼亡之诗,与吾意合,云"庄生"句取义于鼓盆也,但云生平不喜义山诗,意为词掩,却所未喻。 此篇乃自伤之词,骚人所谓美人迟暮也。"庄生"句言付之梦寐;"望帝"句言待之来世;"沧海"、"蓝田"言埋韫而不得自见;"月明"、"日暖"则清时而独为不遇之人,尤可悲也。己卯九月涿水崔左和寓斋西厢灯下书。 "珠泪"、"玉烟"以自喻其文彩。 《义山集》三卷犹是宋本相传旧次,始之以《锦瑟》,终之以《井泥》,合二诗观之,则吾谓"自伤"者,更无可疑矣。壬午十二月又书。

长期以来学术界对何焯评义山诗最信服的资料是《义门读书记》,多出此集的评语往往疑为他人所评,如沈厚塽辑评本中《锦瑟》一诗的"自伤说",刘学锴、余恕诚的《李商隐诗歌集解》云:"与何氏《读书记》说不同,疑非何氏评。"[②]然由《唐音戊签》手批本中可见,"自伤说"批语乃何焯己卯年(1699)所下,壬午年(1702)复下批语证明《锦瑟》"吾谓自伤者更无可疑矣"[③]。可

① 何焯撰,崔高维点校:《义门读书记》卷五十八,第1243页。

② 刘学锴、余恕诚:《李商隐诗歌集解》,第1587页。

③ 胡震亨:《唐音戊签》卷五百七十,康熙二十六年胡氏南益堂刊本,何焯批校,上海图书馆藏。

知“自伤说”确乎出自何焯。

由《义门读书记》所录批语纪年，可推测其所据底本为何焯早年（30岁）所批；《戊签》本与浙图藏《李义山诗集》、沈厚塽辑评本《李义山诗集》中的批语大部分相同，所不同者为后二者是以朱鹤龄笺注本为底本，其中引录胡震亨《戊签》中的诗题、文本、注语、小传等处甚多，显然何焯批朱本《李义山诗集笺注》时参考了胡震亨的《唐音戊签》，而且对朱鹤龄的注语亦有驳正。何焯批《戊签》中的《李商隐诗》时，也引录了不少朱鹤龄的笺注资料，如《隋师东》批语云：“朱鹤龄以为太和中讨李同捷事，无功，故借隋为喻。”这是何焯对两种本进行互相参校、引录而产生的区别，其他评诗语几乎一致。

上图藏何焯手批本《唐音戊签・李商隐诗》是比较全面、详尽的文本，何焯研究义山诗的心血可谓尽存此本。以《戊签》本参照，可以鉴定其他现存的《李商隐诗集》何评本的真伪，因此，《唐音戊签》本《李商隐诗》批本的文献价值不容低估，应引起学术界的重视。

（二）浙江省图书馆藏《李义山诗集》①

《李义山诗集》，三卷，清朱鹤龄笺注，清顺治十六年刻本，半页十行，行二十一字，白口，单鱼尾，左右双边。共8册。浙江图书馆藏。《中国古籍善本书目》、《浙江图书馆善本书目》著录。

钤印如下：“何焯之印”朱方、“陈世治章”白方、“师洛”朱方、“临川李氏”白方、“澍”白方、“天官大夫”白方、“武”、“陵”白文联珠方印、“永观堂印”朱方。由印章可知此书曾经陈世治、江西临川李宗瀚、王国维等人收藏。其中陈世治是何焯弟子，字师洛，名列《义门弟子姓氏录》②。但是，此“何焯之印”的真伪，以及是否为何焯手批都存在很大疑惑。

“何焯之印”朱方钤于卷末题跋之后，笔者将其与山东省图书馆藏何焯手批本《白氏长庆集》、上海图书馆藏何焯手批本《唐音戊签》中的“何焯之印”朱文方印进行比对，二者迥然不同，未见其他何焯手批本或藏书中有此

① 按：此本是否为何焯“手批本”，或者是何焯弟子陈世治过录本，尚无确证，鉴于此本的文献价值，故暂置此本于“手批本”类。

② 何焯：《义门先生集》，《续修四库全书》第1420册，上海：上海古籍出版社，1995年，第273页。

章。何焯的印章多达几十枚，皆极精美，陈先行先生《明清稿抄校本鉴定》中收录 24 枚①，亦未有与此印相同者。从批语的书体来看，虽极似何焯书体，然笔力终逊一筹。从批语的内容来看，集中《读任彦升碑》(卷上)有批语如下："中书堂里坐将军也，奈何他不得。庚子。"而上图藏本《唐音戊签·李商隐诗》中此条批语纪年为"庚午"(1690)②。庚子年是康熙五十九年(1720)，距何焯去世较近(康熙六十一年六月九日)。上图藏本《唐音戊签·李商隐诗》中批语纪年中多有"庚午"者，未见有"庚子"者，此处当是庚午，"庚子"显系抄录之误。《浙江图书馆善本书目》著录为"佚名录清何焯批校"③。

此本是否为何焯手批本，尚需专家鉴定。尽管如此，此浙图藏本仍不失为善本，其文献价值不容忽视。首先，就评点的底本而言，从目前笔者所调查的现存何评本来看，何焯所评义山诗集之底本主要是《唐音戊签》和朱鹤龄笺注本，前者已有手批本，而后者则未见有手批本。其次，就批语内容来看，此本不仅与上图藏《唐音戊签》本绝大多数批语相同，而且又有引录《戊签》中胡震亨批语(如卷上《玉山》、《题僧壁》、《北禽》)或进行对校(如卷上《北禽》、卷下《晋昌晚归马上赠》)之处；此本与沈厚塽辑评本均以朱鹤龄注本为底本，均有引录《戊签》之语，且绝大部分批语相同。最后，此浙图本当属何焯晚年批校本，所有以朱注本为底本的过录本中，此本批语最完善、详尽，而其他过录本或残缺、或混入他人评语，真伪莫辨。陈先行《明清稿抄校本鉴定》言："如果原始批校本已失传，甚至那些原始批校的学术成果并不曾发表，那么过录批校本的价值几乎等同于原本。"④因此尽管此本是何焯手批本的可能性不大，然在诸过录本或刻本中最为可靠，文献价值亦最大。

卷末何焯题跋如下：

---

① 陈先行、石菲：《明清稿抄校本鉴定》，上海：上海古籍出版社，2009 年，第 137—141 页。

② 胡震亨：《唐音戊签》卷五百六十五，康熙二十六年胡氏南益堂刊本，何焯批校，上海图书馆藏。

③ 浙江图书馆古籍部编：《浙江图书馆古籍善本书目》，杭州：浙江教育出版社，2002 年，第 473 页。

④ 陈先行、石菲：《明清稿抄校本鉴定》，第 86 页。

> 予在都门，谒徐健庵相国书室中，见案头有述古堂校宋本《李义山集》，倾心敬服，因遂借归，即仿录批于朱鹤龄先生注本以识之。何焯。

此跋不见于别本，可知何焯曾借得徐乾学所藏钱曾述古堂校宋本《李义山集》校勘此集。除宋本之外，何焯又据《文苑英华》、《文粹》、《唐音戊签》、"二冯"冯舒、冯班校本校勘文字，《目录》末又据《岁时杂咏》、《海录碎事》补录遗诗、残句。

何焯还引录了胡震亨、冯舒、冯班、钱龙惕、吴乔、钱澄之、程湘衡等人的评语，如卷末引冯班批语："小冯云：诗者，两间之文，文必着词，词之法，此君为第一，不然里巷鄙语，绝不可为诗赋也。义门记。"此外有引录李光地评语者，如卷下《赠送前刘五经映三十四韵》有引录"先生云"者，《义门读书记》中凡"先生"云者，即指李光地评语。

《义门读书记·李义山诗集》所据批本也是以朱鹤龄注本为底本的，然对比浙图本而言，首先，《义门读书记》中收录的批语远不及浙图本丰富。如卷上《一片》、《五松驿》、《霸岸》、《七夕》、《肠》、《晓起》、《月夕》、《杏花》、《灯》、《曲江》、《戏题枢言草阁三十二韵》等，卷中自《嘲樱桃》至《赠勾芒神》18首诗、《宫中曲》、《景阳宫井双桐》等，《义门读书记》均无批语，对比可见《读书记》所缺者甚多；《秋日晚思》有庚午春、庚午九月批语，而《读书记》只录九月批语；《撰彭阳公志文毕有感》有己巳（1689）、庚午（1690）、癸酉（1693）批语，《读书记》将三批语融为一段，如下可见其详：

浙图藏《李义山诗集》	《义门读书记》
末二句欲收到碑文，却与彭阳公无关。己巳。 梁陈诗体，亦多有之。庚午。 恩门非寻常可报，唯作此文使托以不朽而已，落句意微旨远，非细读无由知也。癸酉。	恩门非寻常可报，唯此文使托以不朽而已，落句意微旨远，非细读无由知。欲收到碑文，却与彭阳公无关，然梁陈诗体，亦多有之。

由上可见，似《义门读书记》所据底本比之浙图本有所整理。此外又有解诗表达不同者，如《和韩录事送宫人入道》一诗，《读书记》有"落句用韩凭事"；浙图本则云"落句借当家事收足和字"。两批语比较，前者仅指出用事，后者

不仅指出用事，且指出切同姓典，还说明此句收“和”字，照应诗题。其次，校勘或详略有不同。《七月二十九日崇让宅燕作》“月(风)过回塘万竹悲”句：《义门读书记》有“‘月’字，《西溪丛话》作‘风’，二十九日安得有月耶?”浙图本改“月”作“风”，批云“二十九日安得有月耶?”详略亦有别。《赠从兄阆之》一诗，《读书记》云：“落句一‘归’字，收尽归者，归于荻花村、里石薛庭中及幽径寒塘内也。”浙图本云：“落句未详所指。○私书幽梦，都约忘记，如是真隐，所携者僧，则俗人不复往还，与月相依，而人事都绝矣。”《寄蜀客》一诗《读书记》“以无情诮金徽，殊妙。若说文君无情，便同嚼蜡矣。”浙图本则仅批“必有托而云”。再如《览古》一诗，《义门读书记》云“未详”，而浙图本所批甚详，且录有乙亥冬十二月笺“《庄子·徐无鬼》篇……”语。浙图本中批语与《唐音戊签》本多同，故二本均可补正《义门读书记》。

至于《唐音戊签》本与浙图本相比，二者亦各有异同，浙图本有不少诗批语详于《戊签》本，如《马嵬二首》之二：

> 纵横宽展，亦复讽叹有味。
>
> 对仗变化生动；
>
> 起连才如江海，老杜云“前辈飞腾入，余波绮丽为”，义山足窥此秘，五六倒叙奇特，看温飞卿作只是《长恨歌》节要，不见些子手眼，落句专责明皇，识见最高，此推本言之也。

而《戊签》仅批云：“末句乃不能保其妻子之意，专责明皇，极有识见。”对比可知浙图本批语比之《戊签》更深入，此外《重过圣女祠》、《碧城三首》、《夜雨寄北》等亦详于《戊签》本。《戊签》本中亦有批语不见于浙图本，如《七夕偶题》，亦有浙图本批语不及《戊签》本详尽者，如《哭刘司户二首》(离居星岁易)，此种情形不排除抄录传写之误。因此，浙图本与上图《戊签》本在辑录何焯的义山诗评方面，各有其不可取代的价值。

二　刻　本

(一)《义门读书记·李义山诗集》

乾隆十六年(1751)，何焯后人整理其评点本为《义门读书记》三种六卷，乾隆三十四年(1769)蒋维钧整理增刻为十八种五十八卷,其中卷五十七至五十八为《李义山诗集》,这是何焯评点李义山诗集的首次整理刊行,此本一出,扩大了何氏学在乾隆年间的传播与影响。乾隆十六年原本、光绪苕溪吴氏藏版《义门读书记》卷五十七首行"李商隐诗集"下有"朱鹤龄笺注本"①,可知《义门读书记·李义山诗集》所据批校本的底本是朱鹤龄笺注本,从诗集的诗目次序及注语当是朱注本无疑。

关于《义门读书记·李义山诗集》辑录所据评本的情况,蒋维钧于《义门读书记·凡例》中云"兹刻采必真本"②,但并没有明确是否为何焯原手批本。冯浩曾将自己所辑录过的何焯评本与《读书记》对照,认为《读书记》所据颇"淆乱"。冯浩的《玉溪生诗集笺注》刊行于乾隆二十八年(1763),比《义门读书记》五十八卷本还早六年。乾隆辛卯(1771)春日,冯浩取《义门读书记》与自己所采评本细加对勘,结果详如下:

> 余既采何义门评本,辛卯春日,取吴下所刊《义门读书记》中两卷,细为校勘,同异颇多,且有他人评语而误收者,有意义外戾断不出自义门者。盖屡经传录,渐滋淆乱。而义门于斯小集,固不比经史诸大集之审慎精当。世之服膺前哲者,宜更抉择焉。③

冯浩没有说明自己采纳的"何义门评本"是否为手批真迹,他以自己的何评本为依据,推测《读书记》所据为"屡经传录"者,并由此对何评义山诗颇不以为然,如卷二《杜工部蜀中离席》引何评后云:"何评论诗自妙,然亦皮相。"④笔者以现存最可征信的义山诗何焯手批本为文献依据,考查冯注所引录的何焯评语,认为冯浩所据亦非佳本。何焯从康熙己巳(1689)开始评义山诗,既在《唐音戊签》底本上作评校,又在朱鹤龄笺注本上作评校,一直持续到丁

① 何焯:《义门读书记》卷五十七,光绪庚辰重修苕溪吴氏藏版刊本。

② 冯浩:蒋维钧:《义门读书记·凡例》,〔清〕何焯撰,崔高维点校:《义门读书记》卷首,第2页。

③ 冯浩:《玉溪生诗笺注发凡》,〔清〕冯浩撰,蒋凡标点:《玉溪生诗集笺注》,上海:上海古籍出版社,1979年,第821—822页。

④ 冯浩撰,蒋凡标点:《玉溪生诗集笺注》卷二,第363页。

亥(1707)年,二十余年中,"识随年进"[①],有得辄批,其批点本为弟子或他人借阅传录,故何焯批义山诗文本甚多,各有异同,而后出的批本中有不少批语更正早年所下的批语,冯浩所据者当是早年批本,最显著的例证是卷二《锦瑟》诗未引录何焯己卯(1699)、壬午年(1702)所批的"自伤说"[②]。冯浩以为他所得到的评点本是何焯惟一的批本,断定《读书记》中的义山诗评不足据,不如其经史之评更为精审。对此,笔者认为,冯浩《玉溪生诗集笺注》与蒋维钧《义门读书记》辑录所据何评本不同,但两者均非能够充分体现何焯"精审精当"批评精神的晚年评定本。

对比诸本,《义门读书记》最为重要的文献是诸本所无的卷首总评:

> 晚唐中,牧之、义山俱学子美。然牧之豪健跌宕,不免过于放,学者不得其门而入,未有不入于江西派者;不如义山顿挫曲折,有声有色,有情有味,所得为多。
>
> 冯定远先生谓:"熟观义山诗,自见江西之病。"余谓:"熟观义山诗,兼悟西昆之失。"西昆只是雕饰字句,无论义山之高情远识,即文从字顺犹有间也。
>
> 义山五言出于庾开府,七言出于杜工部。不深究本源,未易领其佳处也。
>
> 七言句法兼学梦得。

上述总评当是出自何焯,与具体诗篇的批评观点是一致的,如以"高情远识"论为例,何焯评《南朝》云:"此等诗须细味其高情远识,起连便是南朝国势必为北并,况又加之陈叔宝乎?二十八字中,叙四代兴亡,全不费力,又其余事也。"[③]评《马嵬》之二云:"落句专责明皇,识见最高,此推本言之也。"[④]关于"高情远识"论,胡震亨《唐音癸签》卷八引录明代杨慎的评语云:"世人但称

---

① 蒋维钧:《义门读书记·凡例》,〔清〕何焯撰,崔高维点校:《义门读书记》卷首,第1页。

② 冯浩撰,蒋凡标点:《玉溪生诗集笺注》卷二,第495页。

③ 何焯撰,崔高维点校:《义门读书记》卷五十七,第1246页。

④ 何焯撰,崔高维点校:《义门读书记》卷五十七,第1255页。

义山巧丽,俗学只见其皮肤耳,高情远意,皆不识也。"[①]但是,郭绍虞《宋诗话辑佚》认为出自宋代的范温[②]。不论何焯是否受前人影响,其"高情远识"论与"高情远意"说是一致性的。上述总评可见出何焯手眼,他概括了李商隐诗歌创作的源流、特点,认为义山诗最显著的特色是"顿挫曲折,有声有色,有情有味"、"高情远识",同时又以义山诗为参照,得见杜牧、西昆、江西派之失,因此这段总评的文献价值不容忽视。其次,《锦瑟》诗引录的程湘衡"自序"主题说为别本所无,保存《锦瑟》主题阐释史上重要的一种观点。程湘衡原名廪年,己巳(1689)年曾与何焯共同批点《唐诗鼓吹》,其中卷七有《锦瑟》。复旦大学图书馆藏有《唐诗鼓吹》十卷本,卷一至卷四为何焯弟子陈景云过录其批校,卷五至卷十补配以程湘衡手批本。此本保存了程湘衡《锦瑟》自序说的原始文献,正与何焯所引录者相同。程湘衡的"自序"说曾引起钱锺书先生的高度关注,之后周振甫亦力证此说。由于程湘衡及其批本不为人知,学术界了解《锦瑟》主题自序说的文献来源均是《义门读书记》。

就《义门读书记》中的义山诗批语而言,对比何焯手批本《唐音戊签·李商隐诗》、浙江图书馆藏《李义山诗集》,以及沈厚塽辑评本《李义山诗集》,四种本亦各有同异,详略有别,对比可见:《义门读书记》所据底本批语多作于庚午年(1690),并非何焯所评最详之本。另外,《义门读书记》中亦有批语不见于上图《唐音戊签》本、浙图藏《李义山诗集笺注》本,以及沈厚塽辑评本者,不知是否为何焯引录他人批语而《义门读书记》整理者未作说明者。仅仅见于《读书记》本的评语如《无愁果有愁曲北齐歌》批云:"此真鬼诗,大似长吉手笔。"《射鱼曲》批云:"自《射鱼曲》至《景阳宫井双桐》皆仿长吉,杂《长吉集》中几不能辨。"《赠送前刘五经映三十四韵》批云:"洋洋大篇,仍自一气呵成,莫能寻其段落之迹。"《韩碑》一诗评语云"字字古茂,句句典雅,颂美之体,讽刺之遗也。"(卷五十八)又有部分批语《读书记》比诸本更详尽,如《井络》、《南朝》。由此可见,诸本评语汇集,方得见何焯评义山诗之全貌。

---

① 胡震亨:《唐音癸签》卷八,上海:上海古籍出版社,1981 年,第 75 页。

② 范温:《潜溪诗眼》,郭绍虞:《宋诗话辑佚》卷上,北京:中华书局,1980 年,第 329 页。

鉴于《义门读书记》的传播范围较广，故研究李义山诗所参考的何焯评语资料亦多源自此书，今人作义山诗集解亦以《读书记》为第一手材料。笔者查阅资料的过程中，未见有批语与《读书记》全同的手批本或过录本，因此，《读书记》所辑《李义山诗集》虽非何焯晚年定本，但依然具有独立的文献价值。

（二）沈厚塽辑本《李义山诗集辑评》

沈厚塽以朱鹤龄笺注本为底本，辑录何焯、朱彝尊、纪昀三家评语，刊行《李义山诗集辑评》。笔者所经眼者有两种，一种为朱、墨、蓝三色套印本，一种为墨色单色印本。详如下：

《李义山诗集》三卷，清朱鹤龄笺注，清沈厚塽辑评。半页十行，行二十一字，小字双行字同，白口，左右双边，单鱼尾，天头镌评语。清同治九年(1870)广州倅署刻三色套印本。每卷首行书名下小字注："何焯义门砂笔，朱彝尊竹垞墨笔，纪昀晓岚蓝笔。"笔者所经眼者为南京大学图书馆藏本。

笔者又于南京图书馆查得此书的单色印本，亦为同治九年广州倅署刻本，以三家姓氏相区别，或于三家评语前题云"何曰"、"朱曰"、"纪曰"，或在评语后注以"何评"、"朱评"、"纪评"，或仅注以姓氏。广州倅署的这两种刊本评语内容及布局全同，当是同一底板。可能先以三色套印，由于套印本成本高、印数有限，故于批语前后空白位置复补刻"何曰"、"何评"、"何"等字样单色印行。抑或先有单色印本刊行，后以三色套印本梓行。

沈厚塽辑三家评所依据评点本的版本、来源等，均未作任何说明。关于其中何焯评语的来源及可靠性，笔者将此本与前述上图《唐音戊签》本、浙图《李义山诗集》、《义门读书记》进行比对，具体结论如下：

其一，沈厚塽辑评所据底本是何焯批朱鹤龄笺注本，又据《唐音戊签》进行校勘、笺注，批语更接近浙图藏本。

其二，绝大多数批语与上图《戊签》本、浙图本相同，亦有不少朱笔批语为诸本所无，笔者不敢断定是否出自何焯，此类批语举例如下：

> 感年华之易迈，借锦瑟以发端，"思华年"三字，一篇之骨，三、四赋"思"也，五六赋"华年"也，末仍结归"思"字。○诸家皆以为悼亡之作。(卷上《锦瑟》)

以"岩扉碧藓滋",知沦谪已久。"梦雨"言事之虚幻;"不满旗",言全无凭据,日见荒凉困顿,一无聊赖也。"杜兰香",以比当时之得意者,来去无以相欲相炫,以搅我心,更无可以相语耳。"玉郎"曾"通仙籍",紫之得仙所由,忆一周之,诚知是也①。则自不论②谪,即沦谪亦不至得归之迟,为彼所揶揄矣。(卷上《重过圣女祠》)

《锦瑟》一诗,沈厚塽辑评本中何焯批语除《戊签》本、浙图本俱存的"悼亡说"、"自伤说"之论外,又有上述"思华年"之论,此论虽重在结构章法,然亦突出其"思华年"主旨,似与"悼亡说"相矛盾,笔者所查阅诸本中未见此批,不敢断定此评确属何焯所下。《重过圣女祠》之注解甚详,亦未见别本。又如《筹笔驿》有批语云:

起二句本意已尽下,而无可措手矣。三四忽作开笔。五六收转,而两意相承,字字顿挫。七八振开作结,与少陵《丞相祠堂》作不可妄置优劣也。起二句即目前听(疑作"所")见,觉武侯英灵奕奕如在。通首用意沉郁顿挫,绝似少陵。(卷上《筹笔驿》)

何焯一生学问几乎尽载评点本,其评语亦自成风格,文字简练,语词精核,上述如"措手"、"开笔"、"振开"、"奕奕如在"等语词不似何焯声口。笔者查阅纪昀《玉溪生诗说》发现:上述批语为纪昀引录"蒙泉"批语③,沈厚塽辑评时将纪昀批本中所引录的蒙泉评语误作何焯所批。

其三,沈氏刻本错字甚多,以上《重过圣女祠》之例已见一斑。又如《锦瑟》"此悼亡之诗也"一段评语中,竟有三处错字:

古(当作"亡")友湘衡亦王(当作"主")予说。钱饮光亦以为悼亡之诗,与吾意合,云"庄生"句取义于鼓盆也,但云生平不喜义山诗,意为词

① 按:"紫之"疑作"紫芝",此句不通,疑有脱文。

② 按:"论"字疑作"沦"。

③ 纪昀:《玉溪生诗说》卷上,朱记荣辑:《槐庐丛书》三编,光绪丁亥朱氏行素草堂刊本。按:朱记荣据纪昀手批本整理刊刻,然纪昀手批本《玉溪生诗说》不知是否存世,《中国古籍善本书目》未著录。

庵(当作“掩”),却所未喻。①

上述可见,沈氏辑评本虽然批语较详尽,但其错字、误录他人批语等缺憾一定程度上影响了此刻本的参考价值,引用还需慎重。

三　过录本

何焯批校《李商隐诗集》过录本现存极富,见于著录或馆存的既有十几种,再次印证了何焯评本为世人所重的情形。现仅以笔者所调查的几种列举如下。

(一)上图藏毛琛过录本《玉溪生诗集笺注》

《玉溪生诗集笺注》三卷,清冯浩笺注,清乾隆三十二年德聚堂刻本,半页十一行,行二十五字,白口单鱼尾,左右双边。共4册。清毛琛录何焯批校。上海图书馆藏。《中国古籍善本书目》著录。

钤印有:“毛琛之印”朱方、“毛琛之印”白方、“毛寿君”朱白文方印、“毛氏寿君”白方、“俟盦”朱方。毛琛(1733—1809),字宝之,号寿君,晚号俟盦,江苏常熟人②,著作有《扬州诗草》、《俟盦剩稿》、《毛简香诗稿》。

毛琛以朱墨二色过录何焯批校,朱笔题识二则如下:

> 庚寅三月朔日临何学士义门先生阅本。(卷一首页)
> 庚寅寒食临义门先生评本。宝之。(卷末)

扉页墨笔题曰:

> 甲寅秋重九后从义门先生《读书记》补阅。

① 按:此刻字之误处据《义门读书记》(光绪庚辰重修苕溪吴氏藏版刊本)、《唐音戊签》(上海图书馆藏何焯手批本)、《李义山诗集》(浙江图书馆藏何焯批校本)参校得之。

② 按:毛琛当为毛晋的玄孙。冯利华《〈真诰〉版本考述》一文云:“毛晋的孙子毛琛。”(冯利华:《〈真诰〉版本考述》,《古籍整理研究学刊》2006年第4期)然毛晋之子毛扆所编《汲古阁珍藏秘本书目》卷末有毛琛题识云:“此卷,琛从曾叔祖手写与潘稼堂先生底本。”盖毛扆为毛琛曾叔祖,毛晋当为毛琛的高祖父,故毛琛并非毛晋的孙子。

毛琛庚寅年(1770)先过录一何评本批语于冯注本上,甲寅年(1794)又据《义门读书记》补入何评本所无者,可见毛琛朱笔过录所依据的何评本与《义门读书记》所据底本不同,比《读书记》批语要丰富。

毛琛过录本批语纪年者有:己巳(1689)、庚午(1690)、癸酉(1693)、甲戌(1694)、乙亥(1695),无《唐音戊签》本或浙江图书馆藏本中此后年份所作批语。从校注来看,毛琛过录本有据宋本校者,然无《唐音戊签》中据朱鹤龄注本所作校勘或注评,又无浙图本之据《戊签》所作的校注。从朱笔批语来看,比上图《戊签》本与浙图藏本略,如《锦瑟》无"自伤说",《重过圣女祠》、《碧城三首》、《夜雨寄北》等诗批语亦略;《可叹》仅录《戊签》中己巳(1689)、癸酉(1693)批语,但未标注纪年,未录丁丑(1697)之批,然《可叹》批语亦《戊签》所无,如"诗固工妙,但一首中五人名,未免獭祭之病"(此批《读书记》有)。《无题》四首("来是空言")批云:"此等只是艳诗,杨孟载说迂谬穿凿,风雅之贼也。"(此批《读书记》有)《乐游原》引录钱湘灵批语,诸本无;《无题》("昨夜星辰昨夜风")有"牧翁注破题云:星有好风,嘒彼小星,三五在东。自比处卑位不得遂其所好也。"援引钱谦益之语,比之《唐音戊签》本详。

上述对比可见,毛琛过录所祖何焯批阅本比之《义门读书记》要详,然比之《唐音戊签》本、浙图藏本又较略,所据何焯原批本均不同,亦可资参考。而且,毛琛的曾叔祖毛扆与何焯交往密切,毛琛得到何焯某一手批本《李义山诗集》的可能性亦较大。

(二)台湾"国家图书馆"藏《唐音戊签》过录改造本

《李商隐诗集》,清康熙间海盐胡氏刊《唐音戊签》本,存八卷,三册。佚名过录何焯、卢文弨批校。台湾"国家图书馆"藏。《"国立中央图书馆"善本书目》乙编卷四著录,《"国家图书馆"善本书志初稿》著录颇详。此书原为"泽存书库"藏书,钤印仅有"国立中央图书馆收藏"朱文长方印。

此集曾为后人改造,原版即康熙年间胡氏刊《唐音戊签》本,版心处的"唐音统签"、"卷次"等俱被剜去,并加衬纸,每页俱改刻为"李商隐诗集十卷何义门卢抱经手校本"等字;原版的首卷首行"戊签二"及"唐音统签卷五百六十三"俱被剜去;《戊签》卷二卷端原题"戊签二李商隐之二",此本仅存"李商隐之二",并移顶格,余下诸卷皆同。此书不知为何人所过录、改装。《唐音戊签·李商隐诗》部分即"《统签》卷五百六十三至卷五百七十二",共十卷，此改造本仅存八卷，缺后二卷。《"国立中央图书馆"善本书目》著录为"清康熙间海盐胡氏刊《唐音戊签》本；过录清何焯、卢文弨校语"[1]，甚确。《"国家图书馆"善本书志初稿》著录亦同此[2]。

所录批语皆以朱、墨二色小楷细书，极精美，墨笔过录何焯批语。卢文弨校语不多，以朱笔书写，偶有墨笔，校语多加"文弨案"，既有针对李商隐诗所校，又有针对何焯批语所校。如首卷首行有何焯批语"天下大悦"后有："文弨案：此四字当如天子圣哲一例。"卷八《送崔珏往西川》何焯评云："对仗诚佳，但第四则成都无时不火灾矣，此亦是一病也。"卢文弨于此加按语云："此评不知何人语，疑非义门先生手，若如此看诗，直□□□曾效。"何焯这一评语《义门读书记》无，然沈厚塽辑评本《李义山诗集》存，"火云"之意，何焯所评较多，前后批语有别，当为卢氏判断失误。《唐音戊签》何焯手批本曾为鲍廷博、吴骞收藏，而卢文弨与二人均交好，有文字往来，可见《抱经堂文集》卷三《吴槎客子夏易传义疏序》、卷五《鲍氏知不足斋丛书序》、卷二十一《与鲍以文书》[3]，但是《抱经堂文集》中不见有卢文弨对何焯评点本《李商隐诗集》的相关资料。

笔者将此本与上海图书馆藏何焯手批本《唐音戊签》李商隐诗集前八卷对照，批语近乎全同。不同之处在校勘，卷八末录有跋语一则："丙戌秋日毛氏影抄宋本校过。焯。"可见何焯曾以毛抄本校勘《李义山诗集》，这是此本独特之处。此跋语亦可见于何批本《唐音戊签》之姚鹄、项斯、储嗣宗、司马札等人诗卷后。再如卷五《咏怀寄秘阁旧僚二十六韵》"图形翻类狗，入梦肯非罴"句，此改造本所录评语云：

> 罗隐诗："时来天地皆同力，运去英雄不自由。"□翁《赠相士》云："运去英雄成画虎，时来老耄应非熊。"从义山"图形翻类狗，入梦肯非熊"此联点化出之，遂成名句。

---

① "国立中央图书馆"特藏组编：《"国立中央图书馆"善本书目》（乙编）卷四，台北："中华"丛书委员会，1958年，第3页。

② "国家图书馆"特藏组编：《"国家图书馆"善本书志初稿（集部）》（一），台北："国家图书馆"出版中心，1999年，第160页。

③ 卢文弨：《抱经堂文集》，北京：中华书局，1990年，第26、67、292页。

上图藏《唐音戊签》手批本原批如下：

> 罗隐诗："时来天地皆无力，运去英雄不自由。"牧翁《赠相士》云："运去英雄成画虎，时来老耋应非熊。"从义山"图形类狗"一联点化出之，自成名句。

"□翁"即"牧翁"，指钱谦益，何焯批校本多有引录钱牧翁之语，由于乾隆年间钱氏书被禁毁，故此期间刊刻或过录钱氏评语时均以"□"表示。上述不同之处可能过录者所为。笔者认为：此本过录所据祖本为何焯批《唐音戊签》本，过录者将何焯批语与卢文弨校语过录于《唐音戊签》底本之上，遂将底本改造为别集本形式，如其版心所镌"李商隐诗集十卷何义门卢抱经手校本"。

虽然此本曾经改造、卷帙不全，而且其中的何焯批语并非仅存于此，尚有原始批本可寻，但此本毕竟还保存了据毛钞宋本的校勘，以及卢文弨的按语，同时又作为一种自总集本中独立出的改造本，故仍具有一定的文献价值与版本意义。

（三）上图藏佚名过录本《李义山诗集》

《李义山诗集》三卷，清朱鹤龄笺注，金陵叶永茹刻清顺十六年剜改印本，4 册，佚名过录陈峿、何焯、纪昀等批，上海图书馆藏。

钤印有："愚斋图书馆藏"朱文大方印、"汪窦之印"白方、"钧夫"朱方。"愚斋图书馆"即宣统二年盛宣怀于上海住所内所建图书馆。

卷上首页书云"墨笔华亭陈岝岚峿评　绿笔何屺瞻焯义门先生批"，卷中首页又云"纪昀晓岚紫笔"。然书中蓝笔、朱笔批语甚多，未明所自。此本过录批语颇为总杂，笔者对比何焯其他评本，发现有不少淡墨色批语亦出自何焯，如《哭刘蕡》（卷上）；又有不少绿笔批语并非何焯所下，如《锦瑟》、《重过圣女祠》二诗中的部分批语，现将其与上图藏《唐音戊签》手批本对比如下：

篇目	上图藏佚名过录本何焯批语	上图藏《唐音戊签》何焯手批本批语
锦瑟	此义山自伤迟暮，借锦瑟起兴，“无端”是惊讶之词，孔融所谓“五十之年忽焉已至也”。五十以前如庄生之梦，了不可追；五十以后如望帝之心，托之来世。珠玉，席上之珍，无如沉而在下，韬光匿采，只自韫匮而已。“此情可待”，谓始愿不薄，自今追忆，不觉惘然，能不痛念而自伤哉！“当时”，言非一日也。细寻脉缕，原自可解，纷纷妄谈，何啻梦中呓语？	此篇乃自伤之词，骚人所谓美人迟暮也。“庄生”句言付之梦寐；“望帝”句言待之来世；“沧海”、“蓝田”言埋韫而不得自见；“月明”、“日暖”则清时而独为不遇之人，尤可悲也。己卯九月涿水崔左和寓斋西厢灯下书。 “珠泪”、“玉烟”以自喻其文彩。
重过圣女祠	义山圣女祠凡三见，此以圣女自况，义山沉沦使府，犹圣女之沦谪也。三四形容神之去来，祠之寥落，妙有余韵；五六沦谪也，但我自反不得其故玉郎典司仙籍，为我一问归迟之故，何时复召我耶？“会此”、“忆向”犹言回此而忆向日亦鲁问及之否也。	此自喻也，名不挂朝籍，同于圣女沦谪不字，萼绿华、杜兰香则梦得所谓“沉舟侧畔千帆过，病树前头万木春”也。

上述《锦瑟》、《重过圣女祠》两首诗的批语与何焯手批本中虽意思一致，然释义有详略之别。首先，《锦瑟》“此义山自伤迟暮”之评语并非出自何焯，刘学锴、余恕诚《李商隐诗歌集解》作“徐夔”批语①，文献依据为王欣夫先生的《唐集书录十四种·李义山诗集笺注》，欣夫先生《蛾术轩箧存善本书录》著录此徐夔评校本《李义山诗集笺注》甚详细，此书今已不知下落。据王先生所云，此书为徐夔评点并过录何焯评校②。徐夔，字龙友，何焯弟子，名列

① 刘学锴、余恕诚：《李商隐诗歌集解》，第1588页。

② 王欣夫：《蛾术轩箧存善本书录》，上海：上海古籍出版社，2002年，第239页。

《义门弟子姓氏录》[1]。欣夫先生录徐夔跋语云："余阅义山诗始于端午后三日，凡两阅月而断手。中间虫飞鹊起，不寝者匝月。义山性灵面目，颇自谓得之。因忆己亥、庚子岁，留滞京邸，与义门师论玉溪生诗，有为人所(案：似有脱文)。从赍砚斋借阅定本，又得数十条，录于隙处。当今考据精核，证疏详明，不得不让于师也。批阅之下，曷胜泫然。白露后一日夔谨识。"[2]己亥、庚子分别为康熙五十八(1719)、五十九年(1720)，距何焯下世(1722)仅二、三年。何焯"自伤说"纪年为己卯(1699)、壬午(1702)。徐夔所借阅何焯批本当为其晚年定本。欣夫先生在《蛾术轩箧存善本书录》中引录了徐夔对《锦瑟》的批评"此义山自伤迟暮"云云，可知上图佚名过录本中的这条绿笔批语出自何焯弟子徐夔。上表对比可见，徐夔之评显然是受到了何焯"自伤说"的影响。徐夔批本后有惠栋题识云："大较本之何丈，其笺《锦瑟》一诗，远胜石林、长孺，然'望帝春心'一句，竟成谶语。"[3]研读过徐夔评本的惠栋亦认为徐夔"本之何丈"[4]，上表中《重过圣女祠》的批语可能也是徐夔所批。

总体而言，上图此过录本所据祖本可能是何焯早年批本，为人借出传录。对比而言，其批语不及上图手批本《戊签》本及浙图手批本《李义山诗集》文献价值大，同时，此过录本所录批语诸家混杂，一定程度上降低了其参考价值。

四　结　语

何焯是清初考据学开风气的学者，发掘整理他的李商隐诗歌批校文献对于推动李商隐研究的深入具有一定的意义。鉴于现存的何焯批校李商隐诗集的版本情况极为复杂，经过全面深入的调查研究，得出如下结论：其一，朱鹤龄以《李义山诗集笺注》三卷本、《唐音戊签》本《李商隐诗》十卷为底本进行过先后长达二十余年的批校；其二，现存的何评义山诗集文献中，最可征信的首先是上海图书馆藏何焯手批本《唐音戊签·李商隐诗》，其次是浙

① 何焯：《义门先生集》，《续修四库全书》第 1420 册，上海：上海古籍出版社，1995 年，第 274 页。

② 王欣夫：《蛾术轩箧存善本书录》，第 239 页。

③④ 王欣夫：《蛾术轩箧存善本书录》，第 240 页。

江省图书馆藏本《李义山诗集》；其三，学术界熟知的《义门读书记·李义山诗集》，其卷首"总评"则独具学术价值，可补诸本所未备；其四，何焯曾以徐乾学所藏钱曾述古堂校宋本、毛钞影宋本《李义山集》进行校勘，又将《唐音戊签·李商隐诗》与朱鹤龄笺注本《李义山诗集》进行过对勘。总之，综合诸评本之优长，以最可靠的文献来源，对义山诗何焯评点资料进行全面的整理，对于纠正长期以来某些错误的认识，深入而全面地总结何焯的李商隐诗歌研究成就等均具有一定的意义。

苏轼诗文美学风格的评点阐释

山东大学　樊庆彦

从发生学的角度来讲，文学批评是随着文学的产生而产生的。由于文学批评自身所具有的阐释功能，以及评者对文学与文学批评的性质、功能的不同理解，因而也就使得文学批评衍生出不同的诠释方法。而评点在唐宋以降尤其是明清时期广泛流行，成为切合中华民族审美心理、符合国人阅读习惯的文学批评方式。在苏轼诗文评点中，诸种诠释方法也是运用得风生水起，各自呈现出不同的批评功能与价值。本文以其美学风格批评方法为例作以分析。

一

美的本质是对象化了的人的本质。“美学关注的始终是作为主体的人的自身状态，其核心内容是体现人的本质的自由自觉的活动（但它并不消融为从生理、心理、社会诸方面综合研究人的人类学，也决不属于脱离物质劳动基础的形形色色的‘人本学’）。与此有关的一切自然、社会（包括艺术）现象都属于美学研究的对象和范围。美学的中心，正应当从这里寻找。艺术魅力之最深刻的根源，也应当从这里寻找”①。人在对象中直观自己社会的、创造性的实践本质，便是审美。而艺术创作则是用声音、色彩、线条、语词文字等物态化手段自觉地塑造供人审美的对象。不论艺术品可能包含多么丰富的内容，但它作为艺术品打动人之处，都在于对人的这种实践本质的

---

① 尤西林：《关于美学的对象》，载《学术月刊》1982 年第 10 期。本文此节亦参考了其专著《文学批评的类型》（陕西人民教育出版社，1992 年）中“美学批评”部分的相关内容。谨致谢忱。

触及。而美学批评即从审美关系角度对文学作品进行艺术诠释的一种批评方法。

美学批评关注的是作品“怎样写”，即具体的创作手法问题，至于作者为什么会这样写，以及这样写的更深广的意义是什么，评者并不对这些做过远过多的探究。事实上，作为目的的东西在根本上不可能由构成它的手段说明。只有不滞于局部的、表层的、琐屑的技巧分析，而是沿波探源，追溯给那些平凡的细节带来生命力的源泉，才是从根本上把握住了作品。美学批评的哲理性使它总是站在高处俯瞰人生，虽然它同一切文艺批评一样，必须深入分析作品最细微的末节，但它决不就事论事、就作品谈作品，而是以小见大，反复向哲学高度升华。因此，美学批评即使在处理纯粹写作的问题时也可以明显地与技艺性质的写作分析区别开来。文学作品最动人的东西、那种深层中的内核是在写作分析之外的。一篇作品、一段文字似乎是信手写来，只有平淡的事情、平常的人物，而无“巧妙的构思”或“独运的匠心”，甚至谈不上有致的章法，但却让人实实在在地受到一股诗情的感染。它的激情是内在的，使人心灵发颤，使人沉浸其间，思绪无际而不知其所以然。通常的写作分析很难从中发掘出新颖惊人的“角度”。美学批评的要旨在于，批评者必须越过文字，越过手法技巧，透过外表形式，直趋作品给人所带来的那种激情力量，揭示出这种激情的根源——人的本质的命运。因而，美学批评就能够从根本上把握住艺术对象的本质。

美学批评着眼于对艺术对象本质的把握，但现实美是变化万端、丰富多彩的，所谓“佳人不同体，美人不同面”（《淮南子》卷十七《说林训》），人们的审美感受自然也是“仁者乐山，智者乐水”（《论语·雍也》）。因而，作为现实美的反映，艺术意象、艺术风格也必然是多样化的。风格不同于创作技法，也不同于一般的创作特征，对于一个作家来说，风格既是其创作成熟的标志，又是其独特创作个性的体现；对于具体作品而言，风格是其艺术特色的质的规定性，由于出自不同作家之手，他们的风格又呈现着差异性；就文学史来看，由于民族、地域、社会地位、经历禀赋等因素，不同作家的创作也会表现出相近甚或相同的风格特征。同样，就同一作家的不同时期来看，由于所受外界影响因素的变化，其创作风格也会呈现出阶段性特点。

事实上，中国古代的文学艺术批评，从一开始就以风格作为主要的批评对象之一，这既与传统的人品道德评骘之风有关，也与文的“气”、“体”的发现存在着密切联系①。批评者以超实用的审美观念，观照人物的风神个性之美，多直观感悟，少理性分析，从整体上予以把握个体的表现性，因而他们更为关注的是文学的个性精神，艺术的审美特质，总是用最简约玄远的语言对作品风格加以概括。钟嵘《诗品》、刘勰《文心雕龙》、皎然《诗式》、司空图《二十四诗品》等文学理论著作中，都有大量关于风格的论述，如《文心雕龙》就归纳了"八体"(即八种风格)："一曰典雅，二曰远逸，三曰精约，四曰显附，五曰繁缛，六曰壮丽，七曰新奇，八曰轻靡。"准确凝练，形象生动，其中凝聚着批评者独特的感受和想象。同样，对于同一部作品，"作者用一致之思，读者各以其情而自得"(王夫之《姜斋诗话》卷一)。不同的欣赏者或批评者由于情趣不同，所关注的侧重点不同，引起的想象、联想和共鸣可以不同，在思想上获得的感受和启示也就不同。所以，美学风格批评一般是对作家全部创作特征的总体概括和把握，与其他批评形式相比，它是紧扣审美经验的批评，是一种精神本质上的"形而上"的批评。

叶嘉莹先生在其《王国维及其文学批评》、《迦陵论词丛稿》等著作中反复强调诗歌批评宜"重神不重貌"、"诗歌当以感发生命为主要之质素"，"如果不从理性做客观的评判，而只就感发性的特质而言，诗歌中这种感发之生命，原来也可以具有一种超越于外表的是非善恶之局限以外而纯属于精神本质上的伦理价值存在"。她在讲解陶渊明《饮酒诗》中"栖栖失群鸟"一首之结尾"托身已得所，千载不相违"两句时，又特举出晚唐"花间派"韦庄《思帝乡》中的"陌上谁家年少，足风流。妾拟将身嫁与，一生休!"与之对照："当然，如果从陶渊明与韦庄之为人及其作品中之现实情意来看，二者可能本来极其相远。陶渊明是借鸟为象喻来叙写他在人生之途中一项重大的抉择，他所写的是他与所属的官僚社会的彻底脱离而决心回到田园去躬耕的决志；而韦庄所写的则很可能只是一个热情地少女在选择终身伴侣时的一首情诗。但不管他们所写的现实情事相差何等遥远，若就诗歌之感发生命的本质而言，则他们的严肃认真的选择，和他们的献身无悔的矢志，却在基本上原是有着相通之处的。他们都同样表现出了一种千古仍足以使人激励感发的择善固执的精神，而这种使人极力感发的作用就正是中国古典文学为

① 参见吴承学:《中国古典风格学的形成及特色》，见氏著《中国古代文体学研究》，人民出版社，2011年，第148—161页。

我们流传下来的一份最宝贵的精神遗产。”①应该说，叶嘉莹先生这种紧扣审美感受经验的批评正是抓住了美学批评的本质，才实现了这种跨越时代和地域的情感的交流共鸣。

作为一种传统而又独具特色的文学批评方式，评点与一般的独立文学批评有所不同，它是一种具体细微的批评形态，以读者为主体，紧密结合文本，批评者的视角随时转换，结构、语言等技法时时引起评点者的注意，对其中的细枝末节加以阐发，给予评介，所以它最容易忽略风格这样“形而上”的问题。但是，评点有着批评形态的另一优势，即它有序跋、总评，可以对作品的风格做出概括性的评论；同时，评点者在进入具体的阅读、鉴赏过程后，对作品的风格往往有着更细致入微的感受，更贴近作品的文类特征，一针见血地点出作者的匠心和作品的奥妙。因而，他们在对作品做出各个层面批评的同时，也能够“入乎其内，出乎其外”地展开风格评论，并且发人所未发，见人所未见，提出有价值的批评见解，揭示出作品的“美和缺失”，画龙点睛地引导读者去领悟，去欣赏，去再创造。由此可见，这些美学风格评论及理论也与评点批评形态有着密切联系，是评点中独有的理论批评遗产，同样也是苏轼诗文评点者所经常运用并熟练掌握的一种重要艺术阐释方法。

二

对于宋诗来说，“宋人生于唐诗登峰造极、绚丽璀璨之后，诗风既千娇百媚，缤纷罗列于前，诗律亦经严格规范，趋于定型，豪杰之生乎其间，欲突破此种情势，确有实际困难。宋人于是反思转向，自觉地运用心力去经营诗歌的形式美，将诗歌美学的内涵，诸如词句的排列、意象的组合、修辞的运用、技巧的精化等等，做淋漓尽致的发挥和研究”②。综而观之，宋人对于诗歌特色或美学风貌的自觉省察“大致表现在六个方面：一、出位之思，注重整合融会；二、翻转变异，强调推陈出新；三、转益多师，题材拓展广博；四、深造有

① 叶嘉莹：《迦陵论词丛稿》，上海古籍出版社，1980年，第365—366页。

② 张高评：《宋诗特色之自觉与形成》，见《国际宋代文化研讨会论文集》，四川大学出版社，1991年，第314页。

得，内容体现深远；五、精益求精，努力技法洗炼；六、别裁创获，期于自成一家。此六者相激相荡，交互影响，于是形成宋诗的特色”①。最终，宋诗“有所法而后成，有所变而后大”，其美学意蕴也就脱颖而出，卓然鼎立于世了。

苏轼善于学习前人，既学有专主，又转益多师，“博极群籍，左抽右取，纵横恣肆，隶事精切，如不着力；尤熟于史汉、六朝唐史，《庄》、《列》、《楞严》、《黄庭》诸经，及李、杜、韩、白诗；故如万斛泉源，随地喷涌，未有羌无故实者”（张道《苏亭诗话》卷第一《考摘类》）。受此影响，其诗便具有了平淡、豪放、沉郁等多种风格特色。如苏轼做诗习惯于任意挥洒，放笔纵意，“觉来落笔不经意”（苏轼《仆曩于长安陈汉卿家见吴道子画佛》），“兴来一挥百纸尽”（苏轼《石苍舒醉墨堂》），一气呵成，一挥而就，尤其是他到了黄州之后，倾心学陶，推崇韦应物和柳宗元之诗，追慕他们平淡、自然、淡泊的诗境。而宋末受禅宗的“无言之境”影响，诗论家认为诗可以超越语言传达的障碍直接指向语言以外的物态意蕴：“语言文字在诗中的运用活跃到一定程度，使我们不觉语言文字的存在，而一种无言之境从语言中涌出。”②刘辰翁从对语句的赏评深入到对风格的把握更倾向于语言的消解，因而他在苏诗评点中常常赞赏这种自然之境、无言之境。如《书王定国所藏烟江叠嶂图……》“行人稍度乔木外”句说“渐近自然”。《夜泛西湖五绝》（其五）“好语天然”。《明日重九亦以病不赴述古会再用前韵》“不用雕琢”。《刘乙新作射堂》“诗意感慨自然，诗贵如此”。查慎行也颇为激赏此种诗风，如其评《东坡八首》（其四）：“如老农说家常，王储《田家》诗逊其精细。”评《饮湖上初晴后雨二首》（其二）“水光潋滟晴方好，山色空蒙雨亦奇”二句云：“多少西湖诗被二语扫尽，何处着一毫脂粉颜色？”评《和章七出守湖州二首》（其一）“造虽知休心共栽”句云：“淡语似乐天，亦似牧之。”这与他本人作诗洗练工整、造语平淡不无关系。

汪师韩则认为苏轼“无所不学，亦无所不工”③，其诗歌兼具众诗家之风格。如其评《荆州十首》：“俯仰陈迹，怀古者所同。悲壮慷慨，则唐贤得意笔

① 张高评：《宋诗特色之自觉与形成》，见《国际宋代文化研讨会论文集》，第 303 页。

② 叶维廉：《中国诗学》，三联书店，1992 年，第 108 页。

③ 汪师韩：《苏诗选评笺释叙》，《苏诗选评笺释》卷首，清光绪十二年钱塘汪氏长沙刻本。

也。”评《荔枝叹》：“‘君不见’一段，百端交集，一篇之奇横在此。诗本为荔枝发叹，忽说到茶，又说到牡丹，其胸中郁勃，有不可以已而言，斯至言至文也。”乃是称苏诗具有杜甫诗歌沉郁顿挫的风格。又如其评《书丹元子所示李太白真》：“笔歌墨舞，实有手弄白日、顶摩青穹之气概，足为白写照矣。赵葵《行营集录》云，神宗一日与近臣论人才，因曰：‘轼方古人孰比？’近臣曰：‘颇似李白。’上曰：‘不然。白有轼之才，无轼之学。’神宗之知轼者深，虽李定华百方媒孽，而终得保全也。”评《行琼儋间肩舆坐睡梦中得句云千山动鳞甲万谷酣笙钟觉而遇清风急雨戏作此数句》：“行荒远僻陋之地，作骑龙弄凤之思，一气浩歌而出，天风浪浪，海山苍苍，足当司空图‘豪放’二字。”乃是说苏诗具有李白诗歌豪迈不羁的风格。再如其评《雨后行菜圃》：“质而实绮，癯而实腴，得陶公《田园》组诗之神髓。”评《安州老人食蜜歌（赠僧仲殊）》：“游戏三昧，掣电机锋，合之以成绝世奇作。昔轼尝引佛言‘譬如食蜜，中边皆甜’之语以论陶、柳诗，谓‘人食五味，知其甘苦，皆是能分别其“中边”者，百无一二也’。如此篇，其亦诗之‘中边皆甜’者乎？”乃是认为苏诗又具有陶诗清新雅淡之风。由此也可见苏轼接受前代文学影响之广泛。

但苏诗的可贵之处在于学习古人时能够保持独立的创作个性。刘熙载曰：“东坡长于趣。”[①]有关苏轼的风趣，宋人即有此论，王辟之《渑水燕谈录》即谓其“清谈善谑”，“敏捷善谑”。因而其诗也颇含“谐风”，众评家对此亦屡屡指出，如刘辰翁评《次韵舒教授寄李公择》便认为其“言多善谑”。评《欧阳季默以油烟墨二丸见饷各长寸许戏作小诗》“善谑”。评《戏书吴江三贤画像三首》“三诗皆戏语”。萧奇中亦认为此三首“戏意全逗”。何绍基则认为《安州老人食蜜歌》“恰似饮茶甘苦杂，不如食蜜中边甜”两句将佛祖作为“调侃”对象，而《叶教授和溽字韵诗复次韵为戏记龙井之游》之诗亦语含“戏谑”。又如《和邵同年戏赠贾收秀才三首》（其二），苏轼写贾秀才“骚人孤愤苦思家”，而欲再娶，作者此时善谑之心洞开：“玉川何日朝金阙，白昼关门守夜叉。”于此翁同书评曰：“此用佛经‘夜叉女’以为戏也。”苏轼虽然倾向佛老，却又敢于借其打诨，并且运用得轻松自如，这也使得其诗呈现出了俏皮可爱的特点。

苏轼在诗歌创作上，力主自得，坚持本色，不随人后。纪昀对此颇为称

① 刘熙载：《艺概·诗概》，上海古籍出版社，1978年，第67页。

赏，其评《饮酒二十首》曰："敛才就陶，而时时自露本色。……"评《行琼儋间肩舆坐睡……》曰："源出太白，而运以己法，不袭其貌，故能各有千秋。"评《泛颍》曰："源出次山，而运以本色机轴，遂成奇调。"评《僧清顺新作垂云亭》"力摹昌黎，而气机流走处仍是本色耳"；《石鼓歌》"精悍之气殆驾昌黎而上之"。能够在传承中创新，这也是苏诗能够长存文学史的一个重要原因。故而清代评论家叶燮说："苏轼之诗，其境界皆开辟古今之所未有，天地万物，嬉笑怒骂，无不鼓舞于笔端，而适其意之所欲出，此韩愈后之一大变也，而盛极矣！"①

同时，苏轼一生曲折的际遇，多变的环境，丰富的生活，也必然要对他诗歌的内容和形式造成影响乃至起到制约的作用。评点者也注意联系苏轼的身世遭际、生平思想与政治态度，结合当时特定的历史背景来看待其写作心态与诗歌美学风格。

公元1069年（北宋熙宁二年）王安石新法实施以前为第一阶段，这时苏轼刚出仕不久，一面对仕宦人生感到迷惘与怀疑，一面又刻意探索人生的真谛，企图寻找一种永恒的人生价值。兼之北宋诗歌革新运动提倡学杜，他在这一时期的诗作更多地受到了杜诗沉郁顿挫的风格影响，因此诗风虽初见豪放，却在意境恣肆的背后回旋着低沉的咏叹。如《辛丑十一月十九日既与子由别于郑州西门之外马上赋诗一篇寄之》，潘奕隽评曰："沉郁顿挫，得杜之神。"汪师韩评曰："轼与其弟辙友爱特至，时辙以父洵被命修礼书，旁无侍子，因奏乞留养亲，轼赴凤翔签判之任，既别而作此诗。起句突兀，有意味。前叙既别之深情，后忆昔年之旧约，亦知人生要有别，转进一层，曲折遒宕。轼是时年甫二十六，而诗格老成如是。"而其结语"君知此意不可忘，慎勿苦爱高官职"，陈仁锡眉批曰："公志如此，犹栖仕宦，非其志也。"何绍基眉批曰："时坡公甫出仕，已作此语，而一生为官职所羁，何耶？"《王维吴道子画》纪昀评曰："奇气纵横，而句句浑成深稳。"何焯评曰："句句写出雄放清厚精神。"《楼观（秦始皇立老子庙于观南，晋惠始修此观）》起句"门前古碣卧斜阳，阅世如流事可伤"，萧奇中评曰："荒荒黯黯。"《东湖》一首，汪师韩评曰："前幅写东湖之胜而曰'湖所贪'，曰'目眈眈'，匪直摹景而已。入后自写闲游，而实有怀抱古今之意。'扶风古三辅，政事岂汝谙'二句，意最深厚。得

① 叶燮：《原诗》，人民文学出版社，1979年，第9页。

窥乎诗人之旨，沉屈下僚，勾检簿书，无由得尽其才，不得已而为湖上之游。讵与凿山开道者比？考是时，轼为凤翔判官，陈希亮为府帅，以属礼待之，或谒入不得见。轼壮年气盛不相下，其《客位假寐》作有云：‘同僚不解事，愠色见髯须。虽无性命忧，且复忍须臾。’此诗末复云：‘予今正疏懒，官长幸见函。’无聊不平时一发露于辞气，故必知其人、论其世，而后可与言诗。”

从新法实行到1079年被贬黄州止为第二阶段，这时的苏轼因反对新法，“不避陛下雷霆之威，安石狼虎之怒，上书对策，直陈得失”（邵博《邵氏闻见后录》卷二十三），在政治上受到打击排挤，先后外任杭、密、徐、湖等地，甚至被羁狱中，使他不仅能够正视现实，慨叹“宏才乏近用，巧舞困短袖”（《次韵答章传道见赠》），以嘲谑的心情揭示官场的龌龊，而且更严肃地审视人生，企图建立一种合理化的生活法则，故出现了谐、理二趣共存的特色。诗风转为恣肆豪放并显现出思想的敏锐和深刻，具有浓厚的幽默的政治抒情意味，促进了艺术的进一步成熟。如《送曾子固倅越得燕字》起句“醉翁门下士，杂沓难为贤”，何绍基批曰：“言贤者之多也，语淡意激。”《送安惇秀才失解西归》“狂谋谬算百不遂，惟有霜鬓来如期”，杭世骏批曰：“此诗宜书座右，为狂谋谬算者痛下针砭，只是敷衍沈攸之两言，而清劲之气，今人言下猛省。”《和柳子玉过陈绝粮二首》“淡语传神”，“愤懑而出和平，故但觉沉着，而不露怒张”（纪昀评语）。《出颍口初见淮山是日至寿州》“宛是拗体律诗，有古趣兼有逸趣”（汪师韩评语）。《泗州僧伽塔》“极力作摆脱语，纯是涉理路，而仍清空如话”（纪昀评语）。《吉祥寺赏牡丹》“豪嬉有致”（何绍基评语）。又如《次韵子由柳湖感物》，翁同书评曰：“为‘柳’解嘲，为‘松’寄慨，总是不平之鸣。”又曰：“子由原作，先说柳，后说松，末以‘物生禀受，久已异世俗，何始分愚贤’结之。故先生诗有讥评，不少借语。”何绍基亦认为“是足为柳解嘲矣”。而《雨中游天竺灵感观音院》一首，乃是写“杭俗祈晴雨西，祷大士下天竺，岂宋时即有，此风即坡翁笃信佛氏河下，语亦会嘲讽”（何焯评语）。“以讥废业而事虚无也”（钱廷锦评语）。“刺当事之不恤民也，妙于不尽其词”，“似谚似谣，盎然古趣”（纪昀评语）。

1079年以后为第三阶段，诗人在宦海中经过大起大落之后，尽管对仕宦人生彻底绝望，但仍继续上下求索，他在专注于自然美和生活美的同时，更重视心灵的恬适自得和精神的超凡脱俗，这个时期的诗作，有如智慧老人妙解人生的独语，于清淡的诗味中抒发着高远的情思，这便是历来被人们称颂的清雄的诗风。如《雨中过舒教授》诗曰："疏疏帘外竹，浏浏竹间雨。窗扉静无尘，几砚寒生雾。美人乐幽独，有得缘无慕。坐依蒲褐禅，起听风瓯语。客来淡无有，洒扫凉冠屦。浓茗洗积昏，妙香净浮虑。归来北堂暗，一一微萤度。此生忧患中，一饷安闲处。飞鸢悔前笑，黄犬悲晚悟。自非陶靖节，谁识此闲趣。"对此，查慎行评曰："诗境淡静，耐人玩味。"纪昀评曰："淡远，有王、韦之意。"钱廷锦评曰："似柳州。"何焯评曰："愈炼愈淡愈曲愈静。"汪师韩评曰："一种闲情逸趣，锻炼出以淡雅。任拈一语，无不静气迎人。"又如刘辰翁评《过淮》曰："超然物外，自喻其适。"《答仲屯田次韵》汪师韩评曰："寥亮清音，超心炼冶。"《台头寺步月得人字》汪师韩评曰："清辉娱人，穆然意远。"《月夜与客饮酒杏花下》汪师韩又评曰："清幽超远，乃姜尧章所谓自然高妙者。"而《次韵僧潜见赠》中"猿吟鹤唳本无意，不知下有行人行"之句，纪昀评曰："诗家高境，二句写尽，意境超妙之至。"苏轼的《和陶诗》更是"极平浅而有深味，神似陶公"（《和归园田居六首》潘奕隽评语）。"有自然之乐，形神俱似陶公"（《和游斜川正月五日与儿子过出游作》潘奕隽评语）。

由此观之，苏轼的诗歌创作经历了三个发展阶段，这三个阶段可谓是其发展锁链中很有顺序的互相联系的环节，而通过评点者对其诗歌的美学风格批评，也让我们看出贯穿在这些作品中的作者的个性演变。

三

苏轼散文汪洋如海，代表着北宋古文运动的最高成就。宋初古文运动在反对五代浮靡积习时"余风未殄，新弊复作"，"求深者或至于迂，务奇者怪僻而不可读"，[①]苏轼在欧阳修革除古文新弊的基础上，更以扎实的功力和奔放的才情发展了他平易舒缓的文风，为散文创作开创了新天地。苏辙曾记述苏轼的读书过程是："初好贾谊、陆贽书，论古今治乱，不为空言。既而读《庄子》，喟然叹息曰：'吾昔有见于中，口未能言。今见《庄子》，得吾心矣！'……后读释氏书，深悟实相，参之孔、老，博辩无碍，浩然不见其涯也。"[②]李廌说："东坡教人读《战国策》学说利害；读贾谊、晁错、赵充国章疏

① 苏轼《谢欧阳内翰书》，《苏文忠公全集·东坡续集》卷十一，明成化本。

② 苏辙：《亡兄子瞻端明墓志铭》，《栾城集·后集》卷二十二。

学记事；读《庄子》学说理性；又须熟读《论语》、《孟子》、《檀弓》。”（王正德《余师录》卷四引）于兹可见，苏轼兼收儒释道三教思想，铸就了他穷而不怨、刚而不馁的独立人格，从而作文处世，运用得圆融无碍，形成了自己独到的文风。诚如苏轼自己所言：“如万斛泉源，不择地而出，在平地滔滔汩汩，虽一日千里无难。及其与山石曲折，随物赋形，而不可知也。所可知者，常行于所当行，常止于不可不止。”[①]这在作者生前就已为人所认同，如惠洪曾曰：“其文涣然如水之质，漫衍浩荡，则其波亦自然成文。”[②]而最早评点苏文的吕祖谦在其《古文关键》中也指出了“看苏文法”在于“波澜”，“亦得关键法”。可见文思开阔，笔力奔放，形态变化多姿，行文收纵自如，是其散文的一般特色。明人亦在评点中就此生发开来。茅坤于《与谢民师推官书》中“大略如行云流水，初无定质，但常行于所当行，常止于不可不止，文理自然，姿态横生”处批曰：“此却是长公文章本色。”王圣俞亦批此篇：“东坡论文，的的如此。”郑之惠则认为是“坡翁自评其文”。又如唐荆川评《司马温公神道碑》曰：“文势如波涌而川动，诚然万斛原泉也；长江一泻万里而波澜曲折，自有妍姿。”林次崖评《喜雨亭记》曰：“通彻流动，如珠走盘而不离乎盘，他人虽有此意思，未必有此笔力。”都高度评价了苏文的这一特色。

文学作品由于审美主体的品性及个体审美感受的差异性而呈现出不同的风格，而特定的社会思潮、时代风尚与地理环境等因素也影响了创作与文风。苏轼才华横溢，兼善众体，苏文体式多样，各具千秋，但儒释道思想对其人生影响不同，儒释道思想在各体散文中发挥出不同的作用，所呈现出的风格亦自不同。明杨士奇曾这样评论苏氏散文的风格：“高山巨川，巉巘万状，浩漫千顷，可望而不可竞者，苏之大也；名园曲槛，绕翠环碧，十步一停，百步一止，而不欲去者，苏之细也；疏雨微云啜清茗，白雪浓淡总相宜者，苏之闲雅也；风涛烟树晓夕百变，剡峦夷曲转入转佳，令人惊顾错愕而莫可控揣者，苏之奇怪也。”（杨士奇《三苏文范》卷首引）评点家们对于苏文的风格亦有不同批评论述，也就因此而产生了不同的美学诠释，进而总结出富有见地的风格理论。

苏轼早期多为议论文，喜翻奇出新，不循常理，在论述过程中又能博采

① 苏轼：《文说》，《经进东坡文集事略》卷五七《迩英进读杂说》。

② 释惠洪：《跋东坡悦池录》，《石门文字禅》卷二七，《四部丛刊》景明径山寺本。

史事，借古鉴今，雄辩滔滔，谈锋犀利，“一气写成，烟云万里，渺茫无际”（《策别十五・蓄材用》王廷相评语），颇有战国纵横之风。又能“浸淫之以自家本色”（《魏武帝论》茅坤评语）“行文如行云，如江流，曲尽文家游妍之妙”（《策略五》茅坤评语），极尽变化之能事。而且“通篇过渡处，圆活流转，真是角宣征应，不期然而然，非神解不能到此”（《伊尹论》徐中行评语），因而“音调清亮，笔势雄杰，有穿云裂石之声，有冲霄贯日之气”（《策略四》钱文登评语），“文特纡徐曲折可诵”（《礼论》茅坤评语）。但苏轼与战国纵横家不同之处在于“子瞻一生持论重一‘气’字”（《潮州韩文公庙碑》钟惺评语）。故而苏文“能全持其雄博高逸之气，纡回峭拔之情，以出入于仁义道德、礼乐刑政之中，取不穷而用不敝，体屡迁而物多资”，所以能够“常存于天地之间”①。如在《留侯论》中，评者发表了较为一致的看法，钱文登评曰：“一意反复到底，中间生枝生叶，愈出愈奇。”王慎中评曰：“此文若断若续，变幻不羁，曲尽文家操纵之妙。”茅坤评曰：“此文只是一意反覆，滚滚议论，然子瞻胸中见解亦本黄老来也。”杨慎评曰：“东坡文如长江大河，一泻千里，至其浑浩流转、曲折变化之妙，则无复可以名状，而尤长于陈述叙事。留侯一论，其立论超卓如此。”让人感受到了苏氏议论文雄辩无碍、气势沛然却又变幻多端的美学意味。所以，叶水心赞之曰：“苏文架虚行危，纵横倏忽，数百千言，读者皆知其所欲出，推者莫知其所自来，古今议论之杰也。”（罗大经《东坡文》，《鹤林玉露》卷九）

苏轼的叙事纪游散文中有不少广为传诵的名作，同样具有很高的艺术价值。宋人邵博认为：“东坡早得文章之法于《庄子》，故于诗文多用其语。”（邵博《邵氏闻见后录》卷十四）评点者亦多有同感：“子瞻本色，与《凌虚台记》并本之庄生”（《超然台记》茅坤评语），“得之庄子副墨洛诵之说”（《喜雨亭记》茅坤评语），“真是文章夺胎换骨，皆从庄子变化来”（《墨宝堂记》邵二泉评语）。故而他们多看重文章表现出的苏轼那种洒脱飘逸、超然旷达的性情。如在《超然台记》的评点中，钱文登曰“说超然之意甚透”，黄宗一曰“四望辽阔，胸次豁然，所谓达人大观者”，高启曰：“结句见超然之意”。又如茅坤评《放鹤亭记》：“疏旷爽然，特少沉深之思。”评《宝绘堂记》：“有一种达人

① 钟惺：《东坡文选序》，《隐秀轩集》卷十八《隐秀轩文昃集序一一》，明天启二年沈春泽刻本。

风旨。”王凤洲评《喜雨亭记》曰：“看东坡此篇文字，胸次洒落，真是半点尘埃不到。”这与作者胸襟开阔，对人生体察较深有着极大的关系，而这种豁达胸襟造就了东坡“善嘲谑”（孙宗鉴《东皋杂录》卷三）、“好戏谑”（晁补之《晁氏客语》卷六）、“多雅谑”（曾敏行《独醒杂志》卷二）的性格，故而此类苏文“中多诙谐之言”（《文与可画筼筜谷偃竹记》茅坤评语），“中多以文为戏”（《石氏画苑记》茅坤评语）“好为滑稽”（《喜雨亭记》茅坤评语）。体现出作者游于物外无往不乐的襟怀，但却又“题本小，而文旨特放而远之”（《李氏山房藏书记》茅坤评语），这也使得此类散文呈现出一种高拔超俗却又妙趣横生的意境。

苏轼堪称“近世士大夫学佛榜样”（《答毕仲举书》郑之惠评语），佛教典籍对其创作有很大启示：“坡老平生喜谈般若，得此中三昧，故信口拈成，无非妙胜。”[①]因而写了不少小品文，“其文所以妙者，不在引用佛典，而其辩锋圆熟直捷，层叠变化，不可谓不从《楞严》、《维摩》诸经中出，他人一学之便丑矣”（《大悲阁记》钟惺评语）。苏轼在政治失意后，更从佛学中寻求慰借，把禅的意趣神理带入到自家文章中去：“台阁山林本无异，故应文字不离禅。”[②]其小品文“总自《楞严》来”（《法云寺钟铭》冯梦祯评语）。“言言是佛。”（《大悲阁记》钱文登评语）“东坡所作禅家文字多矣，然皆一时率笔成趣”（《十八大阿罗汉颂》陈继儒评语）。从日常生活和普通自然小景中悟出新意妙理，使得此类散文中富含禅机禅理甚至禅趣，从而提高了文章的品味。而且，苏轼广于交友，笃于友谊，“简易疏达，表里洞然”[③]，所写书札大都随笔挥洒，不假雕饰，使人洞见肺腑，也显出作者坦率、开朗、风趣的个性。这也对晚明小品文颇有影响。在晚明主情文艺思潮的熏染下，评点者一般比较关注苏文的“真”、“趣”之处。如李卓吾评点《坡仙集》中，《石恪画维摩颂》、《鱼枕冠颂》、《苏程庵铭》等题下均批曰“趣甚”。李贽批评非常简洁，直抒所感，随心而言，顺口而发，但却是真情流露。又如《怪石供》评点中，冯梦祯云“供石既趣，供石而作文复趣，而文更趣”；王圣俞云“议论胜，自是宋文，而旨趣则清雅”；陶石篑云“戏笑说法，怪石亦应点头”，等等，俱是从苏文之

① 陆树声：《题东坡禅喜》，《东坡禅喜集》卷首，凌氏明天启元年刻本。

② 苏轼：《次韵参寥寄秦少游》，《苏文忠公全集·东坡续集》卷二。

③ 苏轼：《密州通判厅题名记》，《苏文忠公全集·东坡续集》卷十二。

“趣”处着眼而论。

但是“由于宋代的儒释道三种思想都从外部事功向注重内心修养转变，因而更容易在思想的层面上有机地融合起来”①。苏轼学识渊博，思想通达，在三教合一的思想氛围中如鱼得水，表现在苏文中便是儒释道思想并非分别发生作用，而更为常见的是一种综合作用。钟惺就对于李贽、三袁等以“趣”来概括苏文特点的简单化倾向持以批评态度：“今之选东坡文者多矣。不察其本末，漫然以趣之一字尽之。故读其序记论策奏议，则免卒业而恐卧。及其小牍小文，则捐寝徇之。以李温陵心眼，未免此累，况其下此乎？夫文之于趣，无之而无之者也。譬之人，趣其所以生也，趣死则死，人之能知觉运动以生者，趣所以为也。能知觉运动以生，而为圣贤为豪杰者，非尽趣足以生而已。今取其止于足以生者，以尽东坡之文，可乎哉？”在他看来，“趣”只可看作苏文的一个特点而已，而真正的苏文之妙在于表现了“真学问、真文章”，其表现形态是“义理足乎中，而气达乎外，胆与识栩栩然、谡谡然、蓬蓬然”（钟惺《东坡文选序》）。故而，他评《大悲阁记》时就认为该文“道理烂熟，拈着即是，不知其为佛为儒也”。高启评《虔州崇庆禅院新经藏记》亦曰：“以佛合儒，以儒参佛，理非强合，机由悟入。”又如《东坡禅喜集》卷二冯梦祯评《水陆法象赞》下八位“以难为易，以忧为乐。乐兼万人，祸倍众恶”云：“便是儒者恒语。”卷四评《梦斋铭序》云：“故自说梦，笔法遂似漆园。”而这正是苏轼思想融合三教才形成的自身独特的艺术风貌。

四

一般来说，每个作家都有其独特的艺术风格，“子美不能为太白之飘逸，太白不能为子美之沉郁”（严羽《沧浪诗话·诗评》）但是“东坡先生之英才绝识，卓冠一世。平生斟酌经传，贯穿子史，下至小说杂记，佛经道书，古诗方言，莫不毕究。故虽天地之造化，古今之兴替，风俗之消长，与夫山川草木禽兽，鳞介昆虫之属，亦皆洞其机而贯其妙。积而为胸中之文，不啻长江大河，汪洋闳肆，变化万状”（王十朋《百家注东坡先生诗序》）。主要是因为苏轼能够以宽广的胸襟去拥抱大千世界，以深邃的眼光去审视艺术对象，师法古人

① 袁行霈主编：《中国文学史》（第三卷），高等教育出版社，1999年，第8页。

却又独出机杼，所以凡物皆有可观，到处都能发现美的存在，形成了其作品的多重艺术意境和艺术风格，从而在题材内容和表现手法两方面开辟了新的天地。“事实上，艺术的创新和发展，也只有通过多种多样的艺术意境和艺术风格才能实现”①。而评点者在对苏轼诗文的美学风格批评中，也较为准确地揭橥和挖掘出作品所蕴涵的美学意义与艺术价值，既有整体美学风格的把握，亦能反映出苏轼不同人生阶段的艺术追求，为读者开启了积极的导向作用。

但是，我们也应该看到，评点者对于苏轼诗文美学风格的批评阐释，多是简约玄远的直观感悟，而鲜有深邃宏通的理性阐发，其中所评既有一语中的的讲解，也有穿凿附会的臆说，更有重复雷同的赘舌。究其原因，一方面缘于中国古代一以贯之的美学批评传统，如前所述，批评者往往用凝练传神的语言，将其对于艺术的审美经验的独特感受，生动形象地表现出来，是一种精神本质上的“形而上”的批评。钟嵘《诗品》、刘勰《文心雕龙》、皎然《诗式》、司空图《二十四诗品》等皆是如此，评点者们亦受此影响。另一方面更与评点的基本特性有关。评点者品鉴文本时，随阅随批，就事论事，注重主观印象，过分强调通过作品内部意象结构的阐释来寻绎文中之意或诗外之味，却相对忽略结合作者的时代环境、生平思想等外部因素去知人论世，故时有将苏轼诗文内涵平面化、肤浅化的倾向，难以揭示出作家作品美学风格的个性演变及其成因。这也是评点的客观缺陷所致，我们不能因此而否认其所具有的价值。

当然，本文所举出的苏轼诗文评点的美学风格批评方法，乃是为了便于分析而单独列出来的。事实上，在苏轼诗文评点中，包括比较批评、形象批评、本事批评、社会文化批评等等其他诸种批评阐释方法往往是交织在一起使用而难于区分开来的。这不仅反映出苏轼诗文所包含的丰富内蕴，也体现了评点这种批评形式在阐释方法上所具有的兼容性和灵活性。

本文系国家社科基金后期资助项目《苏诗评点资料汇编》(14FZW030)、山东省社科规划研究一般项目《苏轼诗文评点研究》(14CWXJ20)的阶段性成果。

① 叶朗:《中国美学史大纲》，上海人民出版社，1995 年，第 26 页。

刘辰翁评点著作合刻本考述

南开大学　张　静

刘辰翁(1232—1297)，字会孟，号须溪(一作湏溪)，江西庐陵(今江西吉安)人，生前曾批点、参评过大量的著作。其评点的对象涉及诗、词、文、小说各体，内容包括经、史、子、集各个方面。因其能"以全副精神，从事评点"①，故被誉为"中国第一位杰出的评点大师"②。刘辰翁的评点著作在后世影响很大，流播甚广，现可知见的除了20余种单行本③外，被书贾刻坊结集刊印的合刻本亦有10余种，现考述如下：

1.《鬳斋三子口义》十四卷

现存的刘辰翁评点《鬳斋三子口义》(宋林希逸撰)，至少有元、明两个刊本。明李廷相《濮阳蒲汀李先生家藏目录》④、清姚际恒《好古堂书目》⑤著录："《须溪点校三子口义》，六本。"《适园藏书志》⑥著录是书："元刊本。每半页十一行，行十八字。黑口单边。"台湾《"国家图书馆"善本书志初稿》⑦著录："老子口义二卷、列子口义二卷、庄子口义十卷。元刊本。四册。宋林希逸撰，刘辰翁批点。四周单边，间有左右双边。每半页十一行，行十八字。

---

① 罗根泽:《中国文学批评史》(三)，北京:中华书局1961年，第263页。

② 孙琴安:《中国评点文学史》，上海:上海社会科学院出版社，1999年，第55页。

③ 张静:《刘辰翁评点研究》，南京大学2004年博士学位论文。

④ 李廷相撰，冯惠民、李万健编:《明代书目题跋丛刊》，北京:书目文献出版社，1994年。

⑤ 《稿抄本明清藏书目三种》，北京:北京图书馆出版社，2003年。

⑥ 张钧衡撰，民国五年南林张氏刻本。

⑦ 台北:台湾"国家图书馆"，1999年。

注文小字双行，字数同。版心黑口。”

台湾《“国家图书馆”善本书志初稿》还著录《刘须溪先生批注三子》：“老子二卷、列子二卷、庄子不分卷。明末叶刊本。六册。四周单边。每半页九行，行二十字，注解文低一格。版心花口。”是本录有韩敬序文①，可见《刘须溪先生批注三子》本当即为明天启四年的杨人驹《合刻宋刘须溪点校书九种》本②，这也是后世流传最广的本子，现各大图书馆均有收藏。叶德辉《郎园读书志》卷三著录“此三子之均不题林希逸名，非作者本心，乃刻者私意也”③。《鬳斋三子口义》与《刘须溪先生批注三子》都收录有林希逸的口义，两书“内容全同，惟韩敬以刘辰翁批注为刻书主体，故书名、编著者与前书不同”④。

2.《陶韦合集》

现存收有刘辰翁评点的陶渊明、韦应物二家诗集的合刊本有二：一是明万历年间何湛之的《陶韦合刻》本，包括《陶靖节集》二卷、《韦应物集》十卷。《须溪先生校本韦苏州集》中收录有何湛之的《陶韦合刻跋》：

> ……晋处士植节于板荡之秋，游心于名利之外，其诗冲夷清旷、不染尘俗，无为而为。故皆实际，信三百篇之后一人也。唐刺史作，不亏情理，少涉浓郁，未必与处士雁行。乃效陶诸作，可盛逮肖。其模仿之工，不尽似者，则时尚所移也。虽然旷代希声，寥寥寡和，若刺史者，亦处士之后一人也。倘禘尼丘而并袷二祖，则陶几入室，韦渐升堂，意味风流，千秋并赏。予因合刻之，聊以存古人三百十一篇之遗意云。疏园

① 明大启四年的《合刻宋刘须溪点校书九种》本中，多有韩敬作的序文，可知韩敬是专门为此套书作序的。

② 参见本文《合刻宋刘须溪点校书九种》一节。

③ 叶德辉：《郎园读书志》卷三，台北：明文书局，1990 年，第 502、503 页。

④ 台湾“国家图书馆”特藏组：《“国家图书馆”善本书志初稿・子部》，台北：台湾“国家图书馆”，1998 年，第 298 页。

居士何湛之书。①

日本学者桥川时雄在《陶集版本源流考》卷六的著录中也很重视此跋：

《陶渊明集》凡三卷，明成化年间刘须溪刊，与《韦苏州集》合编。何湛之《陶韦合刻本序》(见《刘须溪校本韦苏州集》跋语)，其中云："晋处士植节于板荡之秋……疏园居士何湛之书。"按此本恐是陶韦合刻本之祖，编次及刊行年月并未详。②

而郭绍虞先生在《陶集考辨》一文中对此序所作的几点更正，颇可据信：

刘须溪名辰翁，字会孟，乃南宋末人，非明成化间人。桥川氏所谓成化刊本，乃成化癸卯有尹晳所刊须溪校本，非刘刊也。此本乃朝鲜刊本，见澁江全善、森立之《经籍访古志》卷六。至合刻本则始于何湛之。何氏《序》云："倘禘尼山，并祫二祖，则陶几入室，韦渐升堂，意味风流，千秋并赏。因合刻之，聊以存古人三百十一篇之遗意云。"是则合刊本乃何氏所刊，亦非刘刊也。何氏字公露，号矩所，江宁人，万历己丑进士，历任南刑部主事郎中。官刑部时，筑疏园，极花木亭馆之盛。其《序》署"疏园居士何湛之"者此也。同治《上江两县志》卷二十二乡贤有传。称其诗法陶、韦，草书拟羲、献，是则此合刊本乃万历本，亦不得谓为成化本矣。③

此外，桥川氏云"《陶渊明集》凡三卷"，与《中国古籍善本书目·集部》④中著录的"《陶靖节集》二卷"也不符。桥川先生自己亦言"编次及刊行年月并未详"，当是未亲见此集之故。据《中国古籍善本书目·集部》著录，此二

① 转录自韦应物著，陶敏、王友胜校注：《韦应物集校注》"附录三·序跋"，上海：上海古籍出版社，1998 年，第 633、634 页。

② [日]桥川时雄：《陶集版本源流考》，北平：北平文字同盟社，1931 年，第 30—31 页。

③ 郭绍虞：《照隅室古典文学论集》上集，上海：上海古籍出版社，1983 年，第 302 页。

④ 上海：上海古籍出版社，1998 年。

集虽为合刊,然国内今已无一家图书馆藏有全璧。

另一种版本即为国家图书馆所藏的明凌濛初编并刻印的《陶韦合集》二十卷,是汤汉等笺注的《陶靖节集》八卷总论一卷与刘辰翁等评点的《韦苏州集》十卷拾遗一卷的合刊。每半页八行,行十八字,白口,四周单边。凌濛初的跋文曰:

> 从来以继陶者,莫如左司,而两集无合刻者,合之自何观察公露始。余游白门时,以其刻见示,为之爽然。而诸家之评其诗者,陶则宋人独详,韦于近世亦复不少。其丹铅杂见,不能定于一,斟酌其间,则余窃有取焉尔。①

如此跋中所言,此《陶韦合集》与何氏当年合刻之《陶韦合集》的区别就在于所选评家的不同。《四库全书总目》②"集部四十六·总集类存目三"、《中国古籍善本书目·集部》、《美国哈佛大学哈佛燕京图书馆中文善本书志》③均著录此本。郭绍虞先生《陶集考辨》一文中亦言及此本:

> 此为朱墨套印本,世称闵刻本,即此本也。《四库存目提要》谓:"合刻者何露,其评则蒙初所定",非是。何湛之刻本为别一本。称何公露为何露,亦误。④

所言即是。需要注意的是,刘辰翁批点著作总集本中存在这种情况,即有些书商将刘辰翁批点的别集与他人评注的其他别集合为总集刻印的,这就需要我们细加辨别。

---

① 录自《陶韦合集》二十卷,凌濛初刻套印本,国家图书馆藏。

② 永瑢、纪昀等:《四库全书总目》,北京:中华书局,1965年。

③ 沈津:《美国哈佛大学哈佛燕京图书馆中文善本书志》,上海:上海辞书出版社,1999年。

④ 《照隅室古典文学论集》(上集),第302页。

3.《王孟诗评》九卷

包括《王摩诘诗集》七卷、《孟浩然诗集》二卷 。《中国丛书综录》[①]、《中国版刻综录》[②]、《现存宋人著述总录》[③]均著录有碧琳琅馆刻朱墨印本。是书原刻于清光绪五年(1879),重印于清光绪二十八年(1902)。其前方氏的跋文交代了将二集合刊的原委:

> 《王右丞诗》七卷,《孟襄阳诗》上下二卷,皆宋须溪刘氏评本。王诗有明苏州顾华玉评,孟诗有明北地李献吉评,明乌程凌稚成合刻时所附入也。……会孟以文名于宋末,当文体冗滥之余,欲矫以清新幽隽。其所评点,如《杜工部诗》、《世说新语》、《班马异同》诸书,往往标举纤巧,惟于二家诗尚得体要,殆性情相近欤?空同、东桥在正嘉十子中最为杰出,所评深明诗法,有裨来学。凌刻王集用刘校七卷本,不用顾氏十卷本;孟集虽参用李本而次第仍遵刘本,可称完善。且板本清朗,圈点亦精,别本字句互异者闲载于旁,有资校勘刻之以便诵读,非谓二集流传之本以此为最佳也。光绪六年孟春,巴陵方功惠谨跋。[④]

可见,清方氏刻印此《王孟诗评》,是以明凌濛初本为祖本的,莫友芝《持静斋藏书纪要》[⑤]卷上著录有:"《王右丞诗》七卷《孟襄阳诗》二卷,唐王维、孟浩然撰,宋刘会孟评点,明刊本。"凌濛初当年亦非将王孟二人诗集单行刻印,至今我们能见到的凌濛初刊的此二集均为《刘辰翁批点三唐人诗集》或《盛唐四名家集》本[⑥]。笔者在国家图书馆、南京图书馆见到清碧琳琅馆《王孟诗评》:每半页八行,行十九字,白口,四周单边。与凌濛初本行格全同。是集除扉页外,卷内无任何"王孟诗评"之标志,故可分可合。

---

① 上海:上海古籍出版社,1986年。

② 杨绳信:《中国版刻综录》,西安:陕西人民出版社,1987年。

③ 四川大学古籍整理研究所:《现存宋人著述总录》,成都:巴蜀书社,1990年。

④ 录自《王摩诘诗集七卷孟浩然诗集二卷》,清光绪二十八年,南京图书馆藏。

⑤ 莫友芝:《持静斋藏书纪要》,清同治年间丰顺丁氏刻本。

⑥ 参见本文《盛唐四名家集》一节。

4.《韦孟全集》

现知的韦、孟二家的合集有两种，一种包括唐韦应物撰《韦苏州集》五卷、孟浩然撰《孟襄阳集》二卷。《中国古籍善本书目·集部》、《现存宋人著述总录》著录："宋刘辰翁批点，明袁宏道评，明刻本。"笔者在浙江省图书馆见到此书。每半页九行，行十九字，白口，四周单边。

另一种即为明代之前的此二家诗集的须溪先生校本。《善本书所见录》①卷四"宋刊本《须溪先生校点韦苏州集》十卷拾遗一卷"条下著录："每卷后有德祐初秋须溪题记，合论苏州及孟浩然诗格②，共七行。后又有'孟浩然诗陆续梓行'二行，每行四字。"将二家诗格"合论"，且"陆续梓行"，当是刘批本二家诗集合刊的明证。《宋元书刻牌记图录》③中亦云："此'孟浩然诗陆续刊行'八字巧妙借助刘须溪题记对韩孟④二人的评价，为将刊新书广告，甚有意思。"且明凌濛初亦曾见过"襄阳诗集刘须溪先生批校本乃其全者"⑤，并在套印《孟浩然诗集》二卷时据此本而收录了刘辰翁的"合论苏州及孟浩然诗格"，可见二家诗集的须溪校本中均收有刘氏的合论，体例当大致相同，这也就补充说明了二集于宋末元初就曾合刊。

5.《刘辰翁批点三唐人诗集》十四卷

《明代版刻综录》⑥卷四著录："《刘辰翁批点三唐人诗集》十四卷，明凌

---

① 罗振常遗著、周子美编订：《善本书所见录》，北京：商务印书馆，1958年。

② 刘氏此段合论的内容为："韦应物居官自愧，闵闵有恤人之心，其诗如深山采药，饮泉坐石，日晏忘归；孟浩然如访梅问柳，偏入幽寺。二人趣意相似，然入处不同。韦诗润者如石，孟诗如雪，虽淡无彩色，不免有轻盈之意。德祐初，初秋看二集，谨用校点，并记之。"（笔者录自《四部丛刊》影印明嘉靖太华书院刊《韦江州集》）

③ 林申清：《宋元书刻牌记图录》，北京：北京图书馆出版社，1999年。

④ 当为"韦孟"之误。

⑤ 凌濛初《孟浩然诗集跋》，见《孟浩然诗集》二卷，明凌濛初刻套印本，南京图书馆藏。

⑥ 杜信孚纂辑，周光培、蒋孝达参校：《明代版刻综录》，扬州：江苏广陵古籍刻印社，1983年。

濛初辑,明万历吴兴凌濛初朱墨套印。”笔者在北京大学图书馆见到数种:一是王维撰,刘辰翁、顾璘评王维诗集七卷;一是孟浩然撰,刘辰翁、李梦阳评孟浩然诗集二卷。两种共六册。每半页八行,行十九字。另一种为何人之别集尚待考。

6.《盛唐四名家集》二十四卷

包括《王摩诘诗集》七卷(唐王维撰,宋刘辰翁、明顾璘评)、《孟浩然诗集》二卷(唐孟浩然撰,宋刘辰翁、明李梦阳评)、《李长吉歌诗》四卷外诗集一卷(唐李贺撰、宋刘辰翁评)、《孟东野诗集》十卷(唐孟郊撰,宋国材、刘辰翁评)。《中国古籍善本书目·集部》、《美国哈佛大学哈佛燕京图书馆中文善本书志》、《中国拍卖古籍文献目录》[①]著录此书。明凌濛初刻闵氏朱墨套印本[②],每半页八行,行十九字,白口,左右双边。笔者在国家图书馆见到全帙,此外上海图书馆、南京图书馆、浙江图书馆、台湾等地藏有数种。

《中国古籍善本书目·集部》中只著录有《盛唐四名家集》而无《刘辰翁批点三唐人诗集》,且标明北京大学图书馆藏有《盛唐四名家集》,而《北京大学图书馆藏古籍善本书目》[③]和“北京大学数字图书馆古文献资源库”中均仅著录有《刘辰翁批点三唐人诗集》,没有《盛唐四名家集》。此两总集的行款、刻印者相同,且每种的卷数及收录的评家也全同,是否即为同一版本而因后世藏书家中有的只见到其中三种,故将“盛唐四名家”误为“三唐人”哉?但是笔者在北京大学图书馆只亲见到现存的《刘辰翁批点三唐人诗集》中的两种(即《王摩诘诗集》与《孟浩然诗集》),另一种为何人之别集?它究竟是否也属于《盛唐四名家集》中的一家?尚未可知。徐永斌《凌濛初及其作品考源》[④]“凌濛初的刻书”一节中仅列有《刘辰翁批点三唐人诗集》十四卷而未言《盛唐四名家集》,但在下文的论述中却仅谈及“凌濛初曾与闵氏合作刻印《盛唐四名家集》”而未再提及《刘辰翁批点三唐人诗集》。故《刘辰翁批点

---

① 姜昆:《中国拍卖古籍文献目录》,上海:上海书店出版社,2001 年。

② 此乃明代两个刻书大族凌氏与闵氏合作之结晶。

③ 北京:北京大学出版社,1999 年。

④ 浙江大学 2003 年博士学位论文。

三唐人诗集》与《盛唐四名家集》的关系，此处只能存疑而不敢妄下定论。

7.《李杜全集》

将宋严羽评点的《李太白诗集》与宋刘辰翁评点的《杜子美诗集》合为一书刊印，现有三个版本传世。一为笔者在南京图书馆见到的明万历三十年长州许自昌校刻本：每半页九行，行二十字，小字双行同，白口，四周单边；一为《中国古籍善本书目·集部》著录的明崇祯二年闻启祥刻本；还有一个版本为《沧浪须溪评点李杜诗》，《日本见藏中国丛书目初编》著录："明闻启祥辑，明万历间刊本，藏于日本尊经阁文库。"①笔者见到是书之复印件：每半页九行，行二十字，白口，四周单边。此本所录闻启祥《沧浪须溪评点李杜诗序》云：

> ……严沧浪、刘须溪，皆宋人也。沧浪谓论诗如论禅，又云"诗有别趣，非关理也"；须溪谓学诗者各自为宗，又云"长吉政在理外"。两人愈若水乳，而两人之情抱又自有异。严似唐人，刘似晋人；其于诗家，则严似太白，刘似少陵。盖皆不为世拘，不为理缚者也。刘评杜诗久传于世，无可与匹。兹于樵川旧家忽得严所评李诗，从未精刻者，合之如延平龙剑，光焰射斗何止万丈。不惟使李杜并生，亦觉严刘同世矣。……盖世之论诗者多矣，惟沧浪为金刚择法眼，须溪为老吏案狱手，其于评点李杜，更有分路扬镳、晤言一室之妙，试观其一铨一驳，皆开人心眼。似即可见严、刘之宗趣，而说诗者亦可以无忌于理矣。余兹因合刻，适有触于胸中所欲言，故不复论李杜诗，亦不复举论李杜之诗者，论之而但论唐宋之合者如此。己巳仲春方圆庵主闻启祥书。

---

① 李锐清：《日本见藏中国丛书目初编》，杭州：杭州大学出版社，1999年，第462页。该条著录疑有误。因为该版本收录有闻启祥《沧浪须溪评点李杜诗序》，而该序写于"己巳仲春"（明崇祯二年，1629），至少迟于"万历年间"（1573—1620）近十年。该书当为明崇祯二年以后的本子，绝非"明万历间刊本"。

8.《苏黄词钞》二卷

黄嘉惠、黄辉、陈霆、刘辰翁、杨慎、王世贞评点，中华图书馆石印本，共二册。是集中附有刘辰翁批点的苏轼词10首、黄庭坚词7首。笔者在复旦大学图书馆见到此书：每半页十二行，行二十二字，白口，四周双边。这是现存唯一一本收录有刘辰翁评点的词总集，且为孤本，然而笔者对该书的真伪尚表怀疑①。

9.《古今诗统》

杨慎《升庵诗话》卷七"洛春谣"条下记载此书：

> 刘须溪所选《古今诗统》，亡其辛集一册，诸藏家皆然。予于滇南偶得其全集，然其所选，多不惬人意，可传者止十之一耳。辛集中皆宋人诗，无足采取，独司马才仲《洛春谣》、曹元宠《夜归曲》，尚有长吉、义山之遗意，今录于此。②

"亡其辛集"，则该书至少应有八卷，但《千顷堂书目》③卷三十一、《补辽金元艺文志》④"集部·总集类"、《补元史艺文志》⑤卷四均著录："刘会孟《古今诗统》六卷。"料想此书当为一部大规模的历代诗选，后来散佚为六卷。《万姓统谱》⑥"尹谦孙"条下有"须溪亦取其诗列为诗宗"，想必刘辰翁曾有一部类似《唐诗品汇》之类的品评众多诗人的著作，是否即为《古今诗统》，已不可考。

---

① 张静：《刘辰翁有意评点过词吗？》，《江西社会科学》2004年第12期。

② 丁福保：《历代诗话续编》，北京：中华书局，1983年，第769—770页。

③ 黄虞稷撰，瞿凤起、潘景郑整理：《千顷堂书目》，上海：上海古籍出版社，2001年。

④ 倪璨、卢文弨：《补辽金元艺文志》，北京：商务印书馆，1958年。

⑤ 黄虞稷、倪灿、钱大昕等：《辽金元艺文志》，北京：商务印书馆，1958年。

⑥ 凌迪知：《万姓统谱》，上海：上海古籍出版社，1994年影印文渊阁四库全书本。

10.《兴观集》

已佚。周采泉《杜集书录》卷九著录,然有不确之处,据笔者考辨[1]:《兴观集》原为刘将孙所编,取材并不仅限于杜诗,是须溪评点的部分节录,并不包括须溪评点唐宋诸家诗别集中的全部评语。惜今已不传。

11.《合刻宋刘须溪点校书九种》一百一卷,附一种八卷

该丛书包括:《老子道德经》二卷、《庄子南华真经》三卷、《列子冲虚真经》二卷、《班马异同评》三十五卷、《世说新语》三卷、《王摩诘诗集》六卷、《杜子美诗集》二十卷、《李长吉歌诗》四卷外卷一卷、《苏东坡诗集》二十五卷,另附《刘须溪先生记钞》八卷。

《北京图书馆古籍善本书目》[2]著录:"《合刻宋刘须溪点校书九种》一百一卷,附一种八卷。存九种七十四卷。明天启刻本,二十六册,九行二十字,白口,四周单边。"闻启祥《刻刘须溪评九种书序》中详述了此集刊刻的由来:

> ……刘会孟者,看书之俊者也,亦独好看俊书,故曰"吾读书未有若老庄用意之苦也",故曰"观杜诗各随所得也",故曰"长吉正在理外"。吾观其评列子而每亦有御风之句,吾观其评王维而每亦有诗中之画,东坡之开辟实与子美同功,谁能忘其粗率而信之?若夫班马之异同与世说之三绝并陈何如?若此九种者,亦何异九疑?亦何异九日?他席之逢也,谓刘氏之评书而不能生人之疑,不能使人之不随名赏而尽也。吾岂信之?吾甥杨人驹不看书而亦俊者也,不能使书不俊而多病,不肯不看书力少而借观于刘氏之清泉奇石,因而登其丽谯着其深屐,诚有之矣。念其板刓,若将复莽也,为之精刻而合其九,图畅也;命工曰,字画要若春窠嫩竹,点圈要若缀露寒星,图灿也。……九种之外有记钞,是

① 张静:《〈兴观集〉小识》,《文学遗产》2005年第3期。

② 北京图书馆编:《北京图书馆古籍善本书目》,北京:书目文献出版社,1987年。

评九种之人之书也。杨犹爱之。甲子仲冬檀居士闻启祥题于龙泓草堂。①

明陈继儒的《晚香堂集》卷一中收录有其所作的《刘须溪评点九种书序》：

《刘须溪先生集》有百卷，其子尚友亦能文。予所见《记抄》七十篇，及批评杜诗、《世说新语》止矣。武林杨人驹复得老、庄、列，得李长吉，得苏子瞻，得王、孟，得《班马异同》，裒为九种。而辛稼轩词、陆放翁集则待访焉。闻子将精校之，学者始睹须溪先生之大全，真艺林第一快事也。……惜其父子失编《宋史》，并集百卷皆不传。独喜评点九种书，不为胡血腥风所吹尽，垂及吾明，出见于闻子将、杨人驹手中。其须溪之子云哉！须溪笔端有临济择法言，有阴长生返魂丹，又有麻姑搔背爪，艺林得此，重辟混沌乾坤。第想先生造次避乱时，何暇为后人留读书种？更何暇为后人留读书法？而解者咀其异味异趣，遂谓先生优游文史，微渺风流，虽生于宋季，而实类晋人。得无未考其世乎？故悲而叙之如此！②

此序中明言"闻子将"、"杨人驹"，当是为明天启四年的闻启祥序、杨人驹刻本《合刻宋刘须溪点校书九种》而作，然而现存的是本中却未收录此序，或是因为属陈继儒之作而受禁哉？另据《中国丛书广录》③著录，该书还藏于福建省图书馆，且"校"字似改"较"为宜：

封面镌"宋刘须溪先生较书九种　小筑藏版"。杨家骆《丛书大辞典》收录。福建省图书馆藏本或已佚去闻序和封面，故曾著录为"合刻宋刘须溪点校书九种　明天启刻本"，天启避朱由校之"校"为"较"，故其书名中用"校"非妥。

① 引自《合刻宋刘须溪点校书九种》，明天启刻本，国家图书馆藏本。

② 《四库禁毁书丛刊》集部第六十六册，北京：北京出版社，1997 年，第 551—552 页。

③ 阳海清编撰、陈彰璜参编：《中国丛书广录》，武汉：湖北人民出版社，1999 年。

《中国科学院图书馆藏中文古籍善本书目》[①]著录此书时也为“《宋刘须溪先生较书九种》一百一卷，附一种八卷”。笔者认为，我们今天著录是书，当不必沿用当初因避讳而采的“较”字，为了减少歧义，还当以“校”字为宜。《明代版刻综录》、《中国丛书目录及子目索引汇编》均是如此著录是集。此外，《现存宋人著述总录》也著录有该丛书中的六部著作，版本尽同，然其馆藏地都标为“上海”而非“北京”，但笔者在上海图书馆均未查到，疑著录有误。

刘辰翁当年从事评点的初衷在于抒发己怀、讲授后学，传于儿子门生[②]；然而一来其声名学养日渐受人尊崇，二来得力于书贾的大量印刷炒作，遂使得刘辰翁的评点著作在后世广为传播。其评点著作合刻本在后世的编选结集、刻印流通更多地承载着编印者的文学思想与时代信息，值得我们进一步关注发掘。

① 北京：科学出版社，1994 年。

② 张静：《论刘辰翁的评点目的》，《中州学刊》2006 年第 5 期。

由镜中之相到审音辨体

——顾璘《唐音评点》与明人对唐诗的接受方法

复旦大学　查屏球

杨士弘《唐音》初刊于元至正四年(1344),入明之后,高棅的《唐诗品汇》对《唐音》的选诗作了大规模的扩展与修正,进一步推演了杨士弘的选诗理念,不过,高棅一书部帙浩大,非初学者所需,故在嘉靖前约一个世纪内《唐音》一书仍是最为流行的唐诗读本[①]。习诗者多受其影响,出现了多种评点本。其中以顾璘(1476—1545)的《唐音评点》一书流行最广。顾璘是诗人,是前七子诗文复古运动的参与者,他的评点既带有自己切身的创作体验,又具有那一阶段复古诗论的时代色彩。在此前正式出版的唐诗选本中,最早的评点本可能是南宋后期时少章评点的《唐百家诗选》,但原书已不见,现只能见到吴师道的抄录。宋末,刘辰翁批点唐人五家诗,是别集而不是选本。又,谢枋得、胡次炎《唐人绝句》、圆至、裴庾注《唐三体诗》,都是以注文兼评论,而非直接以评点名书,故顾氏评点是较早产生影响的唐诗选评点本,顾氏评点使《唐音》一书成为明人诗学读物中的畅销书,由唐诗传播与接受史看,值得关注。以下通过考察顾氏评点与明人诗学的关系,对其诗学思想加以梳理与归纳,希望以此来具体考察明人接受与传承唐诗艺术的方法与路径,进而分析明人独尊盛唐说的理论构成。

---

① 杨士弘《唐音》初刊于元至正四年(1344),《唐诗品汇》初刊于洪武二十六年(1393),然高氏一书至嘉靖(1522—1566)后才形成影响,参见陈国球:《唐诗的传承——明代复古诗论研究》,台湾:学生书局,1990年版,第217—221页。

一、顾评与李东阳及前七子的诗论关系

顾璘《题批点唐音前》言：

余弘治间举进士，请告还江南，始学诗，一意唐风为教，得批点《唐音》，乃其用力功程也。惟本朝开初，遗老率能于诗，自祖宗以黜华返朴设教，至宣、正间质矣。成化以来，李文正翔于翰苑，律体特盛，其时罗、谢、潘、陆①从而和之，声比气协，传为联句，厥亦秀哉。弘治初，储文懿公巏为吏部侍郎②，以清才雅识，领袖缙绅，始取则杨士弘诗选，分别唐代始 、正、中、晚之格，指示后进，的有准绳，乃扬州赵鹤③与璘，宗之学唐。又有姑苏陈霁④为六朝诗，武昌刘绩⑤、关中李梦阳为杜诗，各竞起，争工联句，遂襄诸染翰，骏发虽多，其人或杂出不专。自是信阳何景明、姑苏徐祯卿、关西康海继兴，而词亦畅，厥后随颜木、亳薛蕙、杨蒋山卿⑥之流，纷然辉映，不可名列。而皇明风雅卓然，掩诸万古，不可尚

---

① 罗、谢、潘、陆四人，可能是指与罗伦、谢铎、潘明用、陆釴四人。

② 明项笃寿《今献备遗》卷二十八有储巏(1457—1513)小传，曰："储 巏，字静夫，泰州人，成化二十年进士。历南京考功主事，文选郎中，弘治七年调考功。十年，升太仆少卿，在考功三年，臧否不淆，交游稀寡。……(康陵)七年，改南京户部……卒谥文懿。"

③ 《明诗综》卷三十二："赵鹤，字叔鸣，江都人，弘治丙辰进士，历官山东提学副使，有《具区集》。顾华玉云：叔鸣诗耻凡语，于古爱谢灵运，于唐爱孟郊，于元爱刘因，尝曰：此道不宜浅，浅则庸冗下矣。其《登泰山》、《金焦》诸篇，言言自作，更不随人，真凌驾千古胆也。"

④ 陈霁(1465—1539)，字子雨，号苇川、南直隶吴县人。弘治九年(1496)进士，授编修。正德九年(1514)升南京翰林院侍讲学士，充经筵讲官，终国子监祭酒，年七十五，有《玉堂集》、《归田稿》等。

⑤ 《明诗综》卷二十二："刘绩，字孟熙，绍兴山阴人，隐居不仕，人称西江先生，有《嵩阳集》。……是时人争学温李，宜其以拔俗为嫌耳。"

⑥ 《大清一统志》卷二百六十七："颜木，字惟乔，应山人，正德进士，居都下，与黄冈、王廷栋称楚两杰，知许州，改知亳州，坐中阳免，性嗜书，善研究，文思精劲，归益淬，厉名节，居马坪二十余年，吟诵不辍，学者翕然宗之。"卷八十九："薛蕙，字君采，亳州人，正德进士，授刑部主事，谏武宗南巡，受廷杖，历考功郎中……以诗文名家，晚节解学，持己峻洁，学者称为西原先生。"卷三百六十四："蒋山卿，仪真人，正德中知南宁府，会征思田，山卿约束转输，军需克济，居民无扰。"(三人之事，得兴陆兄辨误，甚谢)

矣。大抵自前数公为之变始也。今四方学者，各从所授，而杜学居多，或涩历诡刻，不足以谐金石，夫岂诗之本然也乎。唯吾苏之诗，代袭人传，大小殊科，虽不以唐风为准，余每以为是也。或引余习焉积之，余弗之信。批点本往年携在开封，遭祸失却，今奉役承天，吾王生康，忽持见还，意喜之惜之。洛阳温生秀读之雅合，请梓于襄阳，遂题是语付之，俾之学者获得读径，或借为筌蹄云。于时嘉靖辛丑秋灵东桥居士姑苏顾璘书。①

这段话中这些信息值得关注：一、《唐音评点》一书成于弘治九年(1496)，刊印于嘉靖二十年(1541)。前后约经半个世纪，这段时间正是李东阳(1447—1516)及前七子尊盛唐派主导诗坛时期，《唐音》及顾氏评点的形成与流行都应是这一诗学背景下的产物。二、顾璘与当时读书人一样是在完成“举业”后才开始关注唐诗的，在此之前是不敢分心这类“游艺”之事的。他选择《唐音》这部书为教材，不是属于启蒙阶段的被动接受，而是一种主动选择。这与编纂童蒙读物与基础性诗学教材(如元人对《唐三体诗》的注)不同，所关注的重点不是基本技法与格律，而是在更高层面上对诗体源流与诗学思想的探索。这一现象不是孤立的，前七子多是在弘治正德年间中进士，他们于这一时期发起“独尊盛唐”之风同样也应是一种自觉的选择；三、顾氏是以盛唐诗为取法对象的，同时，对当时人独专杜诗学是有所不满的，尤其是不满于千家注杜的“涩历诡刻”之习，以为这种解诗方法有违于“谐金石”之诗性。这些都可表明顾氏评点此书时接受了李东阳及前七子文学复古思潮影响，我们必须将书置于这一思潮中加以考察。

与前七子一样，顾璘在李东阳及茶陵派盛行时进入诗坛，所以，他对李东阳诗论也是很推重的。如其《赠承德郎南京刑部浙江司主事野全谢先生同继室赠安人汤氏合葬墓志铭》言：

国朝诗至成化、弘治间再变，维时少师西涯李公主清婉，尚才情，吏

① 杨士弘编选，张震注，顾璘评点，陶文鹏、魏祖钦标点：《唐音》，河北教育出版社，2010年，本文所引杨士弘评语与顾璘评点均据此书，以下不再一一注明。

> 部郎中定山庄公主浑雄，征君白沙陈公①主沈雅，并尚理致名，各震海内。②

这是他在嘉靖年间对弘治诗坛的回顾，虽然事过多年了，他仍认为李东阳是弘治诗坛的盟主。这与《唐音批点序》表达的意思是一致的。其时李梦阳等人极力标样榜独创尊盛之说，力求与西涯划清界线，与此相比，顾氏之论更少门户偏见。

李梦阳（1473—1530）弘治六年中进士任职京城，今人多以此事作为七子文学复古第一个高潮的标志③。顾璘与前七子属同辈人，都是弘治年间的进士④，从弘治到嘉靖初的文学复古思潮主要就是由这一批“年少得志者”发起的，顾璘在其时也是参与其事的。如李梦阳《朝正倡和诗跋》云：

> 诗倡和莫盛于弘治，盖其时古学渐兴，士彬彬乎盛矣。此一运会也。余时承乏郎署，所与倡和，则扬州储静夫、赵叔鸣、无锡钱世恩、陈嘉言、秦国声、太原乔希大、宜兴杭氏兄弟、郴李贻教、何子元、慈溪杨名父、余姚王伯安、济南边庭实，其后又有丹阳殷文济、苏州都玄敬、徐昌谷、信阳何仲默，其在南都则顾华玉、朱升之其尤也。诸在翰林者以人众不叙。……自正德丁卯之变，缙绅罹惨毒之祸，于是士始皆以言为讳，重足累息，而前诸倡和者亦各飘然萍梗散矣。赖皇帝明圣，断殛元恶，伸拔英类。于是海内之士复矫矫吐气，此又一运会也。而顾君适以开封知府，岁觐都下，乃有朝正倡和之诗。盖余不聆此音者数年矣，今一旦见之，谁谓异于空谷跫然者哉。⑤

---

① 庄昶（1437—1499），字孔旸，号木斋，晚号活水翁，学者称定山先生，江浦孝义人。成化二年进士，历翰林检讨、南京吏部郎中，诗仿《击壤集》之体，撰有《庄定山集》十卷。陈献章（1428—1500）字公甫，广东省新会县人，成化十九年授翰林检讨，有《白沙子全集》。

② 《顾华玉集·息园存稿文》卷五

③ 见廖可斌：《明代文学复古运动研究》，上海古籍出版社，1994年，第67页。

④ 其余几位进士及第时间：王九思、边贡、弘治九年，何景明（1483—1521）、王廷相、康海弘治十五年，徐祯卿（1479—1511）弘治十八年）。

⑤ 《空同集》卷五十九。

这是记录前七子发起诗文复古运动之事的一段重要史料，在这里，李梦阳显然是将顾氏视为“同党”，认为他是从弘治到正德复古运动过程中的重要人物。由顾氏《华玉集》看，除了王九思外，他与其他六人都有诗文交往。顾璘《重刻刘芦泉集序》言：

余自弘治丙辰（九年）举进士，观政户部，获与二泉邵公国贤①、空同李君献吉、芦泉刘君用熙②友。未几余谢病归，用熙意古寡徒，遂绝问遗，然余甚爱其诗，藏其数篇，以为有杜法。时献吉名尚未盛……夫国朝之文，本取醇厚为体，其敝也朴，弘治间诸君饬以文藻，盛矣。③

由此看，他在李梦阳尚未成名时即与之交往，他对弘治年间兴起的文学复古运动是充分肯定的。如其《国宝新编》赞言：

（李梦阳）黄初导响，诗道中微，唐兴二杰，大发厥机，世岂不远，知继者希，桓桓李君，生也实后，上溯风雅，志则多有，一鸣惊人，千古为友。

（何景明）夫文章之道，初慎师承，乃能立体，驯臻妙境，始自成家，观其与李氏论文，宜取舍筏登岸为优，斯将尽弃法程，专崇质性，苟为已地，固非确论。赋咏著述，互见短长，自古恒然。辞尚体要，矩矱式陈，异禀拔萃，用贯天人，立训范世，俾也可循，穆穆何君，学缘宿解，源出自山，委折归海，既济视筏，弗舍胡待。

（徐祯卿）专门诗学，究订体裁，上之体骚雅，下括高岑，融会折衷，备兹文质，取充栋之草，删存百一，冀成一家之言，传诸来世，至今海内奉如珪璧，所谓虽多亦奚以为也。其所研索具在《谈艺录》中，可谓良工苦者与。④

---

① 邵二泉（1460—1527），姓邵名宝，字国贤，无锡人，成化二十年（1484）进士，官南京礼部尚书，著有《定性书说》、《漕政举要》、《慧山记》、《容春堂集》等书。

② 刘绩，字用熙，号芦泉，江夏人。弘治庚戌进士，官至镇江府知府，有《芦泉集》四卷。

③ 《顾华玉集·凭几集续编》卷二。

④ 《明文海》卷一百二十三。

顾氏对李、何等人诗学也是极推崇的。其中“视筏”之事，指的是李、何关于诗学的一场论辩，足见他对这场论辩是非常清楚的，并且是站在何景明的立场，同意登岸舍筏之说，反对寸寸节节模拟古人。又如其《与陈鹤论诗》言：

> 国朝自弘治间诗学始盛，其间名家可指而数，今亡去有集传世者三人：李献吉、何仲默、徐昌谷，三人各有所长，李气雄，何才逸，徐情深，皆准则古人，锻琢成体，纯驳优劣可略而言，大抵皆作家也。今虽后贤翘起，孰不同声归许哉。然三贤皆余友，尝共讲习而商订之者，知其渊源所自，未尝不择法于古人。李主杜，何主李，徐主盛唐王岑诸公，皆因质就长，各勤陶铸，是以立体成家，咸归伟丽，夫岂苟然而已哉。①

这是他在晚年对弘治诗学复古思潮的总结，顾氏名虽不列于七子之中，但顾氏与他们交往密切，共同讲习商订唐诗，有相通的尊唐诗学倾向。明前期诗文复古观念，多源发于文坛宗主李东阳，以七子为代表的“才士群体”，也多受其影响。顾氏也不例外。由《批点唐音序》看，顾氏开始关注诗学时，即接受东阳影响。因此，在分析顾璘《唐音评点》时，还需将茶陵诗学与梦阳等七子诗论结合起来考察。如此，不仅可看出顾璘评点的诗学意义，而且还有助于我们进一步认识东阳、梦阳等复古诗学的具体内含。

顾氏序言还提供了《唐音》在明代盛行的一个具体背景：储巏（1457—1513）在任吏部侍郎时推重本书，储氏与顾氏私交很好，顾氏《顾华玉集·息园存稿文》卷六中有《通议大夫南京吏部左侍郎储公行状》一文，储巏是成化年间的状元，在吏部任考功主事、文选郎中等职，其任南京吏部侍郎是在正德五年（1510）刘瑾垮台后，顾氏提及他于弘治初为吏部侍郎，可能是指他在吏部任考功主事，文选郎中之事，顾氏《储氏行状》言：“弘治甲寅太宰巨鹿耿公奏改吏部考功郎中。”弘治甲寅是弘治七年（1494），储氏在吏部向以选人得当知名。他的倡导当然会引起较大反响。顾氏关注《唐音》以及《唐音》在士林中广为传布也应在这一时期，这可能与储氏对科场的影响有关。储氏亦有倡导唐诗之论，其《晞发集引》言：“谢翱之乐府诸侣李贺、张籍，近体出

---

① 《顾华玉集·息园存稿文》卷九。

入郊岛间，古语调是直溯柳柳州之派，其志洁，其行廉，有沉湘蹈海之风，是宜传也。”①他以中唐诗人为范式作为评判谢翱诗文的标准，顾氏称赞他兼取初盛中唐之说，并以此影响举子，应是对他诗学思想的总结。储巏任考功主导科场正是李梦阳进入内阁并领导京城诗坛的时期，储氏这一导向，当然与李梦阳诗学倾向有一定的关系。《唐音》在元后期至明中叶的影响不断扩大，这应与《唐音》能进入考场关系甚大，顾氏评点活动，同样也是这一倾向的反映。

二、明人音声格调论与顾璘的评点

明复古派的格调论多直承严羽诗论而来，严羽认为诗歌最高的艺术境界是“汉魏古诗，气象浑沌，难以句摘”。“建安之作，全在气象，不可寻枝摘叶(《沧浪诗话 诗评》)”。同时，又认为这种自然浑成的传统与艺术精神在盛唐中得以保存与发展，“汉魏尚矣，不假悟矣。谢灵运至盛唐诸公，透彻之悟也。他虽有悟者，皆非第一义也(《沧浪诗话 诗辨》)”。他认为习诗的首要之道就是要具有判断这类艺术精神的识见，这种识见就是辨识古体艺术本质的能力与辨别各种体制与风格艺术源流的鉴赏力，尤其是能识得各类诗歌语言的“当行”与“本色”之处，如其所说“须辨家数如辨苍白，方可言诗”②。具体言之，就是识体辨调的能力。对此，严氏在《沧浪诗话》中还分别从诗体与语言等方面作过具体说明，对汉唐“气象”、“兴趣”也作了“空中之音，相中之色，水中之月，镜中之象”一类生动描述，提出掌握这种艺术风格的方法是“熟参”诸家之诗以获得“参透”之悟。但这是一种感悟式批评，虽把所握了一些诗的内在特质，但缺少学理的逻辑性与操作性，是对以熟读暗诵为基础传统诗学的重新表述。

杨士弘《唐音》是以选诗的方式深化了严氏之说，又由“体制”、“音响”两方面将严氏的气象论具体化了，从文本接受层面提出体悟气象的操作方法。杨士弘在《唐音》序中言：“余自幼喜读唐诗，每慨叹不得诸君子之全诗……

---

① 《四部存目丛刊》集部第42册《柴墟文集》，第511页。

② 郭绍虞：《沧浪诗话校释》，人民文学出版社，1961年，第129、145、10、1页。

后客章贡得刘爱山家诸刻初盛唐诗[1]，手自抄录，日夕涵泳，于是审其音律之正变，而择其精粹，分为始音、正音、遗响，总名曰《唐音》。”他认为在“涵泳”过程中，可体会到音声气调的意义，“审音”是杨氏选诗编诗的重要内容。如其《唐音凡例》称：

始音不分类编者，以其四家制作，初变六朝，虽有五七之殊，然其音声则一致故也。正音以五七言、古、律、绝各分类者，以见世次不同，音律高下虽各成家，然体制声响相类，欲以便于观者。遗响不分类者，以其诸家之诗篇章长短参差，音律不能谐合，故就其所长而采之。

杨士弘将唐诗分为始音、正音、遗响三部分，他认为始音部分虽有体裁之别，但音声基本一致，故不分类，遗响部分因诸家音律不尽谐合，所选不多。正声部分分成古、律、绝三类，目的在于引导读者体会其体制与声响之类相谐合的关系。由其所叙看，“音声”、“音律”、“体制声响”，是他特别在意的事，这就是后人所讲的审音辨调的方法。

随着《唐音》的流行，杨氏这一诗学理念也为明代诗评家运用，李东阳、李梦阳、何景明等人多将审音辨调作为一种重要的批评方法，形成了一种以分析声调体格关系为中心的格调说，从声韵律格与语言体调两方面，建立了一些相对完整的概念与理论，这与元人诗法、诗格之作专注于具体句法字法是不同的。如李东阳《怀麓堂诗话》言：

“鸡声茅店月，人迹板桥霜”，人但知其能道羁愁野况于言意之表，不知二句中不用一二闲字，止提掇出紧关物色字样，而音韵铿锵，意象具足，始为难得。若强排硬叠，不论其字面之清浊，音韵之谐舛，而云我能写景用事，岂可哉？今之歌诗者，其声调有轻重、清浊、长短、高下、缓

① 刘爱山，即刘云甫，元王义山《稼村类稿》卷六《章贡刘爱山诗集序》：“章贡刘君云甫以爱山名其诗……刘君不他物之爱而爱山焉，必有得于仁者之静矣。”《章贡刘爱山诗集后序》：“章贡刘君云甫以所作《爱山集》示余，余既以昌黎三品之说告之矣，别后三年，又观爱山近作，愈出愈奇……予因是知山之爱刘君甚于刘君之爱山也。刘君所爱之山非郁孤乎，欧阳公尝为刘凝之作庐山高，予将作郁孤高以况刘君之高。郁孤高哉，郁孤高哉。”知刘爱山者为赣州人也。

急之异，听之者不问而知其为吴为越也。汉以上古诗弗论，所谓律者，非独字数之同，而凡声之平仄亦无不同也。然其调之为唐为宋为元者亦较然明甚。此何故邪？大匠能与人以规矩，不能使人巧律者，规矩之谓。而其为调则有巧存焉。苟非心领神会自有所得，虽日提耳而教之，无益也。①

他对这一种辨音审体的方法，还有更明确的说明：

诗必有具眼，亦必有具耳。眼主格，耳主声，闻琴断，知为第几弦，此具耳也。月下隔窗辨五色线，此具眼也。费侍郎廷言尝问作诗，予曰：试取所未见诗，即能识其时代格调，十不失一，乃为有得。费殊不信，一日与乔编修维翰观《新颁中秋书》，予适至，费即掩卷问曰：请问此何代诗也。予取读一篇，辄曰：唐诗也。又问：何人？予曰：须看两首。看毕，曰：非白乐天乎？于是二人大笑，启卷视之，盖长庆集印本，不传久矣。

李东阳提出作诗首义在于能认识时诗的时代格调，其具体方式就是知音律、辨语调，虽显机械琐细，但确实从语言风格上领悟到唐诗的特点，开始将对唐诗的接受由印象式把握转向具体语言结构的分析。又如：

长篇中须有节奏，有操，有纵，有正，有变。若平铺稳布，虽多无益。唐诗类有委曲可喜之处，惟杜子美顿挫起伏，变化不测，可骇可愕，盖其音响与格律正相称。回视诸作，皆在下风。然学者不先得唐调，未可遽为杜学也。……五七言古诗仄韵者，上句末字类用平声。惟杜子美多用仄，如《玉华宫》、《哀江头》诸作，概亦可见。其音调起伏顿挫，独为趫健，似别出一格。回视纯用平字者，便觉萎弱无生气。自后则韩退之、苏子瞻有之，故亦健于诸作。此虽细故末节，盖举世历代而不之觉也。偶一启钥，为知音者道之。

---

① 丁福保编：《历代诗话续编》，中华书局，1983 年，第 1372 页、1379 页，下见第 1373 页，1386 页。又见《怀麓堂集》卷二十八。

他以音调的自然作为唐诗的最突出的特征，故以此为标准来区辨唐诗与后世诗风，显然，他所说的探求音律，不只是静态的对照韵表，而指在诵读过程中对诗歌声韵在整体上的一种艺术感受。李梦阳也认为把握住这些体格气调的传统，应是后人写诗的规矩与准则。其《驳何氏论文书》曰：

故辞断而意属者其体也，文之势也，联而比之者事也，柔淡者思，含蓄者意也，典厚者义也，高古者格，宛亮者调，沉着雄丽，清峻闲雅者，才之类也。而发于辞，辞之畅者，其气也，中和者气之最也。夫然又华之以色，永之以味，溢之以香，是以古之文者一挥而众善具也。然其翕辟顿挫，尺尺而寸寸之未始无法也，所谓圆规而方矩者也。①

他以高古宛亮概括格调，以此为盛唐诗特殊的声调之美，认为在一气呵成的创作思维中有自然形成的声调顿挫因素在起作用，他就是想由这些实实在在的气调声腔中把握体势事思等形而上的精神。这一理论至后七子谢榛(1499—1579)时阐述得更加明白了，其曰：

七言绝句，盛唐诸公用韵最严，作者当以盛唐为法，盛唐人突然而起以韵为主，意到辞工，不假雕饰，或命意得句，以韵发端，浑成无迹，此所以为盛唐也。(谢榛《四溟诗话》卷一)②

当七子结社之始，尚论有唐诸家，各有所重。榛曰："取李杜十四家最胜者，熟读之以会神气，歌咏之以求声调，玩味之以裒精华，得此三要，则浩乎浑沦，不必塑谪仙而画少陵也。"(王渔阳《四溟诗话序》)③

谢榛推重盛唐绝句用韵，以用韵自然为盛唐诗的主要特征，故以歌咏声调作为追踪唐风的主要方法之一。

作为弘治、正德间复古运动的主要参与者，顾璘论诗也与李梦阳、何景明等类似，尤其注重唐诗的格调问题，解释诗之体格，辨识诗之气调，说明特

① 《空同集》卷六十二，文渊阁四库全书本。
② 又见《弇州四部稿》卷一百四十四《艺苑卮言》一引。
③ 又见《明史》卷二百八十七《谢榛传》。

定的诗体范式与特定的气调声韵的关系，是其评点的重要内容，如其关于五律与七律都有一段较长的总评：

> 五言律诗贵乎沉实温丽、雅正清远，含蓄深厚，有言外之意，制作平易，无艰难之患，最不宜轻浮俗浊，则成小儿对属矣，似易而实难。又须风格峻整，音律雅浑，字字精密，乃为得体。唐初唯杜审言创造工敏，盛唐老杜神妙外，唯王维、孟浩然、岑参三家造极，王之温厚，孟之清新，岑之典丽，所谓圆加不规，方不加矩也。
>
> 七言律诗务在雄浑富丽之中有清沉微婉之态，故明白条畅而不疏浅，悠游含泳而不轻浮，最忌俗浊轻巧，则失古人风调矣。盛唐唯王、岑、高、李最得正体，足为规矩，后之学者不晓，学音调雄浑者必枯梗，学清沉者必软腐而归于软俗矣。
>
> 五言绝句以调古为上，以情真为得体。卷中惟王维名家可法，次则孟浩然也。

顾璘由声律与诗体的关系立论说明《唐音》编排意图与选诗理由。他独选五言律、七言律、五言绝加以评述，而对其他各体并无说明，或许是因为在他看来，唯有这三体最能代表盛唐之音的特色。他认为每一种诗体都应有一种最正宗的风格，也就是他所说的"正体"。在他看来，这种正体意识的形成，主要是出于总体性的审美感觉，即对诗歌"风调"的感受。同时，又包括对特定的词法、音律的认同与接受。在他看来，诗人所表达的情感与诗体特定的风格、范式相一致，才可称为"得体"。

顾璘在其他处也论述类似的观点，其曰：

> 《顾华玉集·山中集跋》：虽然文与世相升降，制格变而道存，律调殊而声一，后世言诗率以盛唐近之，以其浑含有三百篇遗意焉，他其无足兴乎。
>
> 《顾华玉集·凭几集》卷五《闻山诗集序》：公为诗有天趣，律调音节不厌绳削，期于必合，盖风雅之正音也。读者常识其致，固无容于多言。

律调也就是偏重于格调论中之"调"的方面，这是他论诗的中心话题。

他认为盛唐格调高就在于保留了古诗自然浑成的传统，体会诗歌的音调是掌握盛唐之音的重要手段。由顾璘评点看，独尊盛唐之说，不仅仅是囿于“盛世之音安以闲”的儒家诗教，而是对盛唐诗的一种阅读体验，在他看来，唯有对高昂流畅声韵之美有认识，才可感受到古典语言艺术活力所在。如其评王维、贾至、岑参三首“早朝大明宫”，就特别肯定三诗都有“音律雄浑”的特色（为便于理解，原诗与评点并引，评点在括号内，下文相同）：

王维《和贾舍人早朝大明宫》：绛帻鸡人送晓筹，尚衣方进翠云裘。九天阊阖开宫殿，万国衣冠拜冕旒。日色才临仙掌动，香烟欲傍衮龙浮。朝罢须裁五色诏，佩声归到凤池头。（右丞此篇直与老杜颃颉，后惟岑参及之，它皆不及，盖气象阔大，音律雄浑，句法典重，用字新清，无所不备故也。或犹未全美以用衣服字太多耳）

贾至《早朝大明宫》：银烛朝天紫陌长，禁城春色晓苍苍。千条弱柳垂青琐，百啭流莺绕建章。剑佩声随玉墀步，衣冠身惹御炉香，共沐恩波凤池里，朝朝染翰侍君王。（此篇只是好结，音律雄浑，中联参差，不及王、岑远甚）

岑参《和贾至早朝大明宫》：鸡鸣紫陌曙光寒，莺啭皇州春色阑。金阙晓钟开万户，玉阶仙仗拥千官。花迎剑佩星初落，柳拂旌旗露未干。独有凤凰池上客，阳春一曲和皆难。（岑参最善七言，兴意音律不减王维，乃盛唐宗匠，此篇颉颃王、杜，千古脍炙，贵乎皆见早朝二字，中间二联分大小景，结引故实，亲切条畅）

这几首诗都取宽韵，韵字也多用常见字，且多取自然语序，极少有为求平仄合律而硬凑的痕迹，以此为准，他于三人中最推重岑参之作。这与他其他评点是一致的，在盛唐诗人中，他对岑参、高适赞语颇多，其中多有“音律（调）雄浑”一语，如：

岑参《和祠部王员外雪后早朝即事》：长安雪后似春归，积素凝华连曙辉。色借玉珂迷晓骑，光添银烛晃朝衣。西山落月临天仗，北阙晴云捧禁闱。闻道仙郎歌白雪，由来此曲和人稀。（此篇题添雪后二字，句句见之，用字温丽清洒，音律雄浑，行乎其中，结语用故实，若出天造，精

金美玉，白无瑕疵）

《使君席夜送严河南赴长水》：娇歌急管杂青丝，银烛金杯映翠眉。使君地主能相送，河尹天明坐莫辞。春城月出人皆醉，野戍花深马去迟。寄声报尔山翁道，今日河南胜昔时。（岑诗好起句华艳，故初联放宽以为起伏，非奥竭也。乃于次联突出奇语，又为平实以结之，最是法音律妙处）

王昌龄《闺怨》：闺中少妇不知愁，春日凝妆上翠楼。忽见陌头春柳色，悔教夫婿觅封侯。（宫情闺怨多矣，未有如此篇，与《青楼曲》二首，雍容浑含，明白简易，真有雅音，绝句之中之极品也）

《青楼曲》：白马金鞍从武皇，旌旗十万宿长杨。楼头少妇鸣筝坐，遥见飞尘入建章。驰道杨花满御沟，红妆谩绾上青楼。金章紫绶千余骑，夫婿朝回初封侯。（此两篇音律雄浑，句法清新，或式闺怨）

由具体作品看，这种雄浑之调的表现就是音韵组合自然，发声浏亮朗畅。每一句诗，多保持了自然的词序，而又完全符合平仄相错的声律要求。

顾璘的这种评价与唐人自己认识也是相符的。殷璠当时言："自萧氏以还，尤增矫饰。武德初微波尚在，贞观末标格渐高，景云中颇通远调。开元十五年后，声律风骨始备矣。"此处所论主要应是指近体律诗的变化与演进，他由格、调、声律层面观察这一过程。初唐诗承六朝诗风而来，诗歌语言形式多在南朝诗语范式之内，保存了大量的汉魏六朝辞赋中的机械求对的模式，并依据声韵规则加以硬性调整。这种调整是对既有的词语组合的变通，较少自创新词。盛唐时代，声韵艺术已成为诗人自然化的思维语言，诗人多能自如地运用声韵来组词造句。其主要方法是采用汉魏六朝语汇与词素，并将之改变成成熟的律化语言，这种语言一方面显得较古雅，另一方面用词密度高，语意含量大。这种律诗语言基本上保持了常用词汇与基本语序，同时又与一般口语不同，少虚词与语助词，停顿有力，又不见律化痕迹，此则谓"雄"与"浑"。而到了后期，人们多不满足这种常用词的组合，开始寻求变化，这样则出现了所谓的"律化语式"，这些语言有二种倾向，一是存有古词，但有意改变词序，不合口语习惯，缺失自然声韵之美；一是完全流于常语口语，使声律消解于自然的句式之中，当时即被皎然等斥为流俗恶调。李东阳、李梦阳等人强调盛唐之音，主要是希望将诗歌语言由这二种倾向中拉出来，使之既能脱俗，又具有自然声韵之美。如顾璘评崔曙《九日登仙台呈刘明府》一诗：

> 汉文皇帝有高台，此日登临曙色开。三晋云山皆北向，二陵风雨自东来。关门令尹谁能识，河上仙翁去不回。且欲近寻彭泽宰，陶然共醉菊花杯。（此篇句律典重，通篇匀称，情景分明，又一意直下，固足为法，但看音律不雄浑，绝似中唐）

他认为本诗音律不雄浑，仅从语言与用词看，本诗出语自然，近似口语，用词造句多有歌行体的风格，如“汉文皇帝”、“皆北向”、“自东来”、“且欲”等词，语意密度较疏朗，少古雅之气，语意含量不大。语虽合声韵规则，然有新巧尖新之态，读起来少古苍雄浑之调。因为缺少古雅之词，读来只能如水流走下，一泻无余，对于八句的律诗来说，则少停顿的空间，简言之，在语言上，失去了必要的审美距离，司空图斥责元白诗为“豪沽”之语也是缘此。由此看来，顾氏对声调的分析，也多出于自己吟诗中的阅读体会。

吟诵，是中国古代一种主要的阅读方式，也是古人欣赏诗歌特定方法，一些诗学观念，如“格调”、“气调”、“音律雄浑”等都与这种吟诵体味相关。我们在考察这些概念时应将这一因素考虑进去。作为一种韵文，律诗、绝句，古诗在形式上自有其特殊性，相对于内容来说，它属于诗歌情感的表达形式，它是外在的感性部分，声音的整齐谐和是读者基于阅读习惯而形成的一种自然需求，这种整齐谐和的音律与节奏本身也可传达出一种情绪与心理，词语的发音以及诗句缓急高低的节奏与说话者的情绪是一种自然搭配关系，是古典诗文吟诵中不可缺失的美感。由律诗的发展过程看，字词的这种自然搭配关系到盛唐时代开始形成，具有初始化的完美效果，这就是殷璠所讲的“声律风骨齐备”。汉语是一种超稳定的语言，汉语发声的音乐性及韵文艺术的发达，既是这种稳定性的一个结果，也是促成这种稳定性一个有力的因素。唯因如此，由声调气韵上体会唐诗特点，确实捕捉到唐诗的艺术魅力。若作为创作论，明人审音辨体的格调论自然不可能成为直追唐人的一种秘诀，但作为一种诗歌阅读方法，对于考察唐诗的风格及时代特征仍是有意义的。

必须考虑到这样一个因素，《唐音》流行，“审音”诗学影响日增，还与中国近古文化中心北移这一因素相关。由宋入元之后，随着元、明两朝定都北京，文化中心也随之北移，以《中原音韵》为代表的北方语音也成为书面语之“正音”，可以想象，以此“正音”读唐诗，自然体会不出唐诗原有音韵之美。同样，在这种阅读背景下，对唐诗的接受也只能是纯文字化的，由此形成的唐诗观念与创作意识自然离原本的声韵音乐之美也就越来越远了，原先口头吟唱的唐诗也只能停留于案头了。杨士弘、李东阳、李梦阳、顾璘等人提倡审音辨调，推尊盛唐雄浑之音，正可从反面反映了其时诗坛这一现象。这实际上也体现了他们欲将诗歌再由案头拉回到口头的一种用心。

三、辨体论与《选》体、律调之辨

顾氏曾对诗歌发展史有过一段比较系统的论述，可与其《唐音评点》参照，其曰：

> 诗之为道贵于文质得中，过质则野，过文则靡，无气弗壮，无才弗华，无情弗蕴，杜宗雅颂而实其实，其蔽也朴，韩昌黎以及陈后山诸君是也。李尚国风而虚其虚，其蔽也浮，温庭筠以及马子才诸君是也。王、岑诸公依稀风雅而以魏晋为归，冲夷有余韵矣，其蔽也易而俚，王建、白乐天以及梅圣俞诸君是也。呜呼，诸君并名世之才，而学诗之蔽犹至于此，诗可易言乎哉。……汉承亡秦纵横之余，建武一变，文章尔雅，其季乃至委靡不振；唐变六朝，开元之音几复正声，宋变五代，元佑诸贤遂倡道学，及其季也各有纤陋繁芜之陋。①

在此他由文质关系的角度疏理出一条诗歌发展线索，他认为后世诗人多受雅颂、国风、风雅三种范式影响，所谓雅颂者，应是指大雅、颂诗中诗史类作品，这类诗本身即属效庙诗；此处国风，主要是指乐府类抒情诗，风雅则是指国风、小雅中的文人感怀之作，建安正始之作得其精神，诗语冲夷而有余韵。他认为杜甫、李白、王维、岑参各取一端，形成各有特色的正宗之音，中晚唐诗人韩愈、温庭筠、马戴、王建、白居易只是发展了盛唐大家的某一方

① 《顾华玉集·息园存稿》(文)卷九《与陈鹤论诗》。

面的特点。这观念不仅勾勒出由《诗经》到唐诗的源流关系，而且特别强调了与唐诗发展有着直接关系的魏晋诗风。同样，他在评点中注意到唐诗发展史中一个重要环节，即“选调”与“律调”的转换，强调《选》调与律音的联系与区别。

如其在储光羲名下点评：

光羲以后，五言别《选》入唐，自是成体矣。

所谓“入唐”与“成体”，主要是指以律诗语言为代表的盛唐近体；“别《选》”是指与“《选》体”有区别，《选》体，就是指《昭明文选》中所录入的魏晋以来的五言古诗。“《选》体”、“《选》调”，这一概念在宋时即已流行，《沧浪诗话·诗体》言：“又有所谓《选》体，《选》诗时代不同，体制随异，今人例谓五言古诗为《选》体，非也。”元时刘埙《隐居通议》卷十三也指出：“又如《文选》诸诗，乃昭明太子一时偶取入集，初非立体，而后世作诗者乃创立一名，曰此为《选》体，尤非确论。”[①]他们对通称《选》体之说有异疑，主要是强调魏晋古诗与齐梁诗风的差别。其实，由《文选》所选五言诗数量看，宋人所言《选》体，应主要是指建安、正始、太康诗歌以及部分晋宋诗歌，也即前人常称的曹刘、阮嵇、陆左、颜谢之作。在五言古诗发展阶段中，它们属“古典型”的代表，体现了五言古诗由民间乐府向文人诗转化过程中一些原始性的特征，与汉代古诗关系更近，仍保持着一种相通的艺术气质，因在抒情方式、语言结构上有“直抒胸臆”特色，因而在精神气象上与后来近体律诗有着明显的不同，诗人以抒情为中心展开全诗结构，不似后来以对仗与声韵为中心。一重直抒胸臆，一重渲染情境，对于惯于律诗模式的人来说，魏晋古诗体现的风格是一种古典精神。

顾氏在评点中，多从这一方面说明了唐诗与魏晋古诗的联系。如：

薛稷《秋日还京》：驱车越陕郊，北顾临大河。隔河望乡邑，秋风水增波。（气壮语健，近乎晋魏。）西登咸阳途，日暮忧思多。傅岩既纡郁，首山亦嵯峨。操筑无昔老，采薇有遗歌。客游节回换，人生知几何。

① 刘埙：《隐居通议》卷十三“文章(一)古今类编”，文渊阁四库全书本。

(的《选》体)

孟浩然《永嘉浦逢子容》:逆旅相逢处,江村日暮时。众山遥对酒,孤屿共题诗。廨宇邻鲛室,人烟接岛夷。乡园万余里,失路一相悲。(用字皆自《文选》中来,气势深稳,浅学皆不类)

王摩诘(王公得诗家之情。)《归嵩山作》:清川带长薄(《选》语),车马去闲闲。流水如有意,暮禽相与还。荒城临古渡,落日满秋山。迢递嵩高下,归来且闭关。

《赠祖三咏》(济州官舍作):萧蛸挂虚牖,蟋蟀鸣前除。岁晏凉风至,君子复何如(步骤《选》体)。高馆阒无人,离居不可道。闲门寂已闭,落日照秋草。虽有近音信,千里阻河关。中复客汝颍,去年归旧山。结交二十载,不得一日展。贫病子既深,契阔余不浅。仲秋虽未归,暮秋以为期。良会讵几日,终日长相思。

此处"《选》体"概念大致等同于魏晋五言古诗,这类五言诗与汉"苏李诗"与"古诗十九首"的质朴风格有所不同,注重偶对描写,也与齐梁繁缛诗风也不一样,以意为主,不甚繁缛,"气壮语健"、"气势深稳",这些评语从审美感觉上点明了它们与汉人五言诗的相承关系。顾璘对于这一风格的考察,在评点韦应物、柳宗元诗时,尤显其识力之精微。如:

韦应物(韦公古诗当独步唐室,以其得汉魏之质也,其下者亦在晋宋之间。)《拟古》:月满秋夜长,惊乌号北林。天河横未落,斗柄当西横。寒蛩悲洞房,好鸟无遗音。商飙一夕至,独宿怀重衾。旧交日千里,隔我浮与沈。人生岂草木,寒暑移此心。(此诗绝似《选》)

《送终》:奄忽逾时节,日月获其良。萧萧车马悲,祖载发中堂。生平同此居,一旦异存亡。斯须亦何益,终复委山冈。行出国南门,南望郁苍苍。日入乃云还,恸哭宿风霜。晨迁俯玄庐,临诀但遑遑。方当永潜翳,仰视白日光。俯仰遽终毕,封树已荒凉。独留不得还,欲去结中肠。童稚知所失,啼号捉我裳。即事犹仓卒,岁月始难忘。(苏州可谓刻意《选》体,大入堂奥者矣)

《宴别幼遐与君贶兄弟》:乖阕意方弭,安知忽来翔。累日重欢宴,一旦复离伤(如此诗亦晋宋)。置酒慰兹夕,秉烛坐华堂。契阔未及展,晨星出东方。征人惨已辞，车马俨成装。我怀自无欢，原野满春光。群水含时泽，野雉鸣朝阳。平生有壮志，不觉泪沾裳。况自守空宇，日夕但彷徨。

柳宗元《田家》：篱落隔烟火，农谈四邻夕（与《选》乖，柳多此累，远不及韦）。庭际秋虫鸣，疏麻方寂历。蚕丝尽输税，机杼空倚壁。里胥夜经过，鸡黍事筵席。各言官长峻，文字多督青。东乡后租期，车毂陷泥泽。公门少推恕，鞭朴恣狼籍。努力慎经营，肌肤真可惜。迎新在此岁，唯恐踵前迹。

《晨诣超师院读禅经》：汲井漱寒齿，清心拂尘服。闲持贝叶书（全失《选》诗蹊径），步出东斋读。真源了无取，妄迹世所逐。遗言冀可会，缮性何由熟。道人庭宇静，苔色连深竹。日出雾露余，青松如膏沐。淡然离言说，悟悦心自足。

苏轼《书黄子思诗集后》言："李、杜之后，诗人继作，虽间有远韵，而才不逮意。独韦应物、柳宗元，发纤秾于简古，寄至味于淡泊，非余子所及也。"[①]自苏轼将韦柳合赞后，韦柳合称，几成通论。但也有人指出两者区别，方回《瀛奎律髓》卷四："韦诗淡而缓，柳诗峭而劲。"这些评论多是从读者的角度说明了一种阅读印象。顾氏抓住他们与《选》体关系说明各诗特色，认为韦诗与晋宋关系更近，而柳诗句法已多有变化，带有明显律诗句法特色。虽然，其所作高下优劣评判，带有明显的复古偏向，但是，不可否认他确实捕捉到两人的艺术源流。又如在评初唐诗时，他也能从这一方面捕捉到唐诗由古向律转化的信息：

王勃《三月曲水宴得尊字》："风烟彭泽里，山水仲长园。由来弃铜墨，本自重琴尊。高情邈不嗣，雅道今复存。有美光时彦，养德坐山樊。门开芳杜径，室距桃花源。公子黄金勒，仙人紫气轩。长怀去城市，高咏狎兰荪。连沙飞白鹭，孤屿啸玄猿。日影岩前落，云花江上翻。兴阑车马散，林塘夕鸟喧。"（初变六朝，故《选》调与律调相杂）

① 孔凡礼点校：《苏轼文集》卷六十七，中华书局，1986年，第2125页。

本诗作为初唐五言诗与古体诗有所不同，不是松散的陈述铺排，语言比较精约紧凑，又与后期的排律不同，“由来”、“本自”一联又存有古诗味。特别是在声韵上，每句用字都是平仄错落，上下句也能平仄错开，但是，各联之间却不甚重视粘合关系。顾氏以为本诗显示唐诗发展中“初变六朝”的动向，其理由就是诗中句法有《选》调与律调相杂的情况。

对此，我们可选择《文选》中有关“三月三集会”题材的诗以及相关近体律诗加以比较，由此可看出顾璘所论的“《选》体”到“唐调”流变的具体过程。如颜延年《车驾幸京口三月三日侍遊曲阿后湖作一首》曰：

虞风载帝狩，夏谚颂王游。春方动辰驾，望幸倾五州。山只跸峤路，水若警沧流。神御出瑶轸，天仪降藻舟。万轴胤行卫，千翼泛飞浮。彤云丽璇盖，祥飙被彩斿。江南进荆艳，河激献赵讴。金练照海浦，笳鼓震溟洲。藐盼觏青崖，衍漾观绿畴。人灵骞都野，鳞翰耸渊丘。德礼既普洽，川岳遍怀柔。

方回《文选颜鲍谢诗评》卷一评此曰：

此诗十一韵，偶句栉比，全无顿挫。鲍明远以铺锦列绣目之，是也。本不书此诗，书之以见夫雕缋满眼之诗未可以望谢灵运也。山只之跸，水若之警，非不以字为眼，瑶轸、藻舟又非不丽，下句皆尔，如无意何。

方回以为本诗正是颜诗“列锦铺绣，雕缋满眼”的代表，具体表现在：一、机械搬用赋体手法，缺乏自然的变化。二、用字过于讲求字眼与藻丽，如跸峤路、警沧流、瑶轸、藻舟等，并没增强语意的作用，反而造成语句破碎，成为理解的障碍。又如沈约《三月三日率尔成篇一首》曰：

丽日属元巳，年芳具在斯。开花已匝树，流嘤复满枝。洛阳繁华子，长安轻薄儿。东出千金堰，西临雁鹜陂。游丝映空转，高杨拂地垂。绿帻文照曜，紫燕光陆离。清晨戏伊水，薄暮宿兰池。象筵鸣宝瑟，金瓶泛羽卮。宁忆春蚕起，日暮桑欲萎。长袂屡以拂，雕胡方自炊。爱而不可见，宿昔减容仪。且当忘情去，叹息独何为。

这是一首艳情诗，既有袭用汉乐府及南朝乐府的痕迹，又可见出文人雕琢字眼的用心。又如谢惠连《三月三日曲水集》：

四时着平分，三春禀融烁。迟迟和景婉，夭夭园桃灼。携朋适郊野，昧爽辞鄽郭。蜚云兴翠岭，芳飙起华薄。解辔偃崇丘，借草绕回壑。际渚罗时簌，托波泛轻爵。

这是比较典型的南朝诗体式。全篇以板滞偶句构成，其中“迟迟”、“夭夭”一联是唐调律诗中很少出现的，句句之间的语意关系，多是陈述性的自然关系，在保持自然语序同时加入典奥的书面语汇。近体律调与之明显的不同就是在于运用声律艺术后词法与词序有所变化了，不可以通常句法习惯来解读。如张九龄二首：

《三月三日申王园亭宴集》：稽亭追往事，睢苑胜前闻。飞阁凌芳树，华池落彩云。借草人留酌，衔花鸟赴群。向来同赏处，惟恨碧林曛。

《三月三日登龙山》：伊川与灞津，今日祓除人。岂似龙山上，还同湘水滨。衰颜忧更老，淑景望非春。禊饮非吾事，聊将偶俗尘。

前一首第三联中“借草”、“衔花”二词是被倒装置前的，整体结构上也具备了律诗起承转合的模式。又如王维几首关于“三月三”的诗：

《奉和圣制与太子诸王三月三日龙池春禊应制》：故事修春禊，新宫展豫游。明君移鳳辇，太子出龙楼。赋掩陈王作，杯如洛水流。金人来捧剑，画鹢去回舟。花树浮宫阙，天池照冕旒。宸章在云汉，垂象满皇州。

《三月三日勤政楼侍燕应制》：彩仗连宵合，琼楼拂曙通。年光三月里，宫殿百花中。不数秦王日，谁将洛水同。酒筵嫌落絮，舞袖怯春风。天保无为德，人欢不战功。仍临九衢宴，更达四门聪。

《三月三日曲江侍宴应制》：万乘亲斋祭，千官喜豫游。奉迎从上苑，祓禊向中流。草树连容卫，山河对冕旒。画旗摇浦溆，春服满汀洲。仙乐龙媒下，神皋凤跸留。从今亿万岁，天宝纪春秋。

上述之作都是其时流行的科场诗体，十二句五言排律，由于是应制诗，其中个性化成分不多，更多保留了六朝五言错彩缕金的语言风格，语调优悠不迫，华丽中又突出了盛世气象与心境。既不似六朝诗机械铺排，又不似中晚唐着意工巧。中唐之后，律调与初盛唐有又所不同。如皇甫冉《三月三日义兴李明府后亭泛舟》：

江南烟景复如何，闻道新亭更可过。处处艺兰春浦绿，萋萋借草远山多。壶觞须就陶彭泽，风俗犹传晋永和。更使轻桡徐转去，微风落日水增波。

韦应物《三月三日寄诸弟兼怀崔都水》：暮节看已谢，兹晨愈可惜。风淡意伤春，池寒花敛夕。对酒始依依，怀人还的的。谁当曲水行，相思寻旧迹。

这两首可作为中晚唐诗歌语言的代表，多关于当下景物的描写，前诗在景句中植入“新亭”、“彭泽”、“永和”等事典，点化出江左文化色彩。“处处艺兰春浦绿，萋萋借草远山多”似为“春浦处处绿艺兰，远山萋萋借草多”的倒装，整体上语势舒缓流畅，句意疏朗明晰。后一首，首尾二联以古诗句式作律诗，有淳朴之味，中间两联一出于巧工，一成于自然。整体上是古朴中见风雅之调。两诗都无古词奥意，语意显明。其用巧之处也外显针脚。顾璘对中唐之后的律诗评价多不高，也缘于那些诗脱离古法过远，如其在戴叔伦名下作了一句总评：“幼公以下说性情渐细，格律之累正坐此境。”他对那种以精细之笔造境的创作方法，不无偏见，但仅由以上的比较分析可看出，顾氏对唐诗语言的艺术感觉比较敏锐，对文学研究来说，这是一种本体化的文本研究，它往往更能体现出读者的艺术涵养与艺术悟性。

顾氏之后，关于古诗与律调的变化的讨论成为明代诗评家的一个重要话题，如李攀龙《唐诗选序》即称：“唐无五言古诗而有其古诗。”[①]此论自明到清一直为人关注。如王世贞《梅季豹居诸集序》言：“余少年时称诗盖以盛唐为鹄云已，而不能无疑于五言古，及李于鳞氏之论曰‘唐无古诗而有其古诗’，则洒然悟矣。进而求之三谢之整丽、渊明之闲雅，以为无加焉。及读何

① 李攀龙：《古今诗删》卷十《选唐诗序》，文渊阁四库全书本。

仲默氏之书，曰诗盛于陶谢而亦亡于陶谢，则窃怪其语之过，盖又进之而上为三曹，又进之而上为苏、李、枚、蔡，然后知何氏之语不为过也。”[①]樊鹏《编初唐诗叙》指出律诗出现对于古诗发展的影响：“诗自删后，汉魏古诗为近，汉魏后，六朝滋盛，然风斯靡矣。至初唐无古诗而律诗兴，律诗兴，古诗势不得不废。”“初唐诗如池塘春草，又如未放之花，含蓄浑厚，生意勃勃。大历以后，锄而治之矣。”[②]到了清代，王渔洋仍申论此事，如郎廷槐《师友诗传录》记王渔洋与弟子问答曰：“问：李沧溟先生尝称唐人无古诗，盖言唐人之五古与汉魏六朝自别也，唐人七言古诗诚掩前绝后，奇妙难踪，若五古似不能相颉颃。沧溟之言果为定论欤？王答：沧溟先生论五言，谓唐无五言古诗而有其古诗，此定论也。……要之，唐五言古固多妙绪，较诸十九首、陈思、陶、谢自然区别。”[③]冯班《钝吟杂录》卷三又曰：“齐梁声病之体，自昔已来不闻谓之古诗。诸书言齐梁体不止一处，唐自沈宋已前有齐梁诗，无古诗也，气格亦有差古者。然其文皆有声病，沈宋既裁新体，陈子昂崛起于数百年后，直追阮公，创辟古诗，唐诗遂有两体。开元已往好声律者则师景云龙纪，矜气格者则追建安黄初，而永明文格微矣。[④]”冯氏将这个问题研究更加推深了一步，以为自永明体讲声病之后古诗既已不存。与这些讨论相比较，顾氏所论颇有先导意义。这些都反映出明人追踪、探查唐诗艺术轨迹的用心。将这些理论综合起来考察，就可看出这种讨论与探索实际上是当时人接受唐诗并企图接近唐诗的一种具体方法。

从诗学史上看，《选》调与律调的分析，意义有二，一是说明汉诗语法变化的走向与特征。今人王力《汉语诗律学》第一章“近体诗语法”曰：

> 古诗的语法，本来和散文的语法大致相同；直至近体诗，才渐渐和散文歧异。其所以渐趋歧异的原因，大概有三种：第一，在区区五字或

---

① 王世贞：《弇州四部稿·续稿》卷五十五，文渊阁四库全书本。

② 《明文海》卷二百二十。

③ 郎庭槐编：《师友诗传录》一卷，文渊阁四库全书本。

④ 冯班：《钝吟杂录》卷三，文渊阁四库全书本。宋熊节编、熊刚大注《性理群书句解》收录了邵雍一诗，并注曰：“此篇借物形容圣人清温之德。”这使之成为宋诗名句。《颜氏家训》卷上记：“兰陵萧悫，梁室上黄侯之子，工于篇什，尝有《秋诗》云：‘芙蓉露下落，杨柳月中疏。’时人未之赏也，吾爱其萧散宛然在目。”全诗未见，而诸家多有赞评。

七字之中，要舒展相当丰富的想像，不能不力求简洁，凡可以省去而不至于影响语意的字，往往都从省略；第二，因为有韵脚的拘束，有时候不能不把词的位置移动；第三，因为有对仗的关系，词性互相衬托，极便于运用变性的词，所以有些诗人自借这种关系来制造“警句”。例如韩愈的“暖风抽宿麦，清雨卷归旗”，“抽”和“卷”都是所谓使动词（或称“致动”）。因为有了暖风，以使得宿麦都抽了芽；因为有了清雨，所以使得归旗都被卷起了。这种句法是散文里所罕用的。如果散文里用了诗的句法，我们可认为那是以诗的格调来行文。

我们由上述顾氏提出的“《选》体”与和律调的概念看，顾氏所论正是抓住了汉诗语法史中律化语言问题，这是古典诗歌发展中一个重要环节。顾氏提出这一问题既源于复古的观念，也是出自于自身的创作体验。律化语言起初为是了适应格律要求而形成的特殊用语，但是，随着声律艺术的普及与近体诗成为诗体主流，这种语言已成为古典诗歌特有的一种基本的语法形式与表达方式。这种超越正常句法与词序的语言构成古典诗歌特有的话语形式，具有常规语言没有的表达功能，是一种诗化的语言。因此，顾氏评点可提升解读唐诗的深度。

二是将“《选》体”作为唐诗中一个重要类别加以讨论，也挖掘出唐代文学史中一个重要现象。自唐以后，《文选》是学子课本，《文选》所录五言诗也成了人们学诗的基本范文①，唐代进士科试诗赋，很多考试题目就是取自《文选》。杜甫教子曰：“熟精文选理。”（《宗武生日》）“呼婢取酒壶，续儿诵文选（《水阁朝霁奉简严云安》）。”中唐李益夸人时仍言：“俗尚春秋学，词称文选楼（《送襄阳李尚书》）”。白居易言：“毛诗三百篇后得，文选六十卷中无（《重投裴少尹》）”。举子重《文选》事在宋代仍尚唐习，如《诗话总龟后集》卷八：“《雪浪斋日记》云：昔人有言：‘《文选》烂，秀才半。’正为《文选》中事多可作本领尔。余谓欲知文章之要，当熟看《文选》，盖《选》中自三代涉战国、秦

① 如李善《上文选注表》言：“后进英髦，咸资准的。”开元六年吕延祚上五臣注，玄宗曰：“朕近留心此书，比见注本，惟只引事，不说意义，略看数卷。卿此书甚好，赐绢及彩一百段，即宜领取。”君王如此留心重视，不难想象《文选》一书在唐代读书人中的地位。

汉、晋魏、六朝以来文字皆有，在古则浑厚，在近则华丽也。”这一现象到了北宋中期才有变化，陆游《老学庵笔记》卷八曰：

国初尚《文选》，当时文人专意此书，故草必称王孙，梅必称驿使，月必称望舒，山水必称清晖，至庆历后，恶其陈腐，诸作者始一洗之。方其盛时，士子至为之语曰：文选烂，秀才半。建炎以来尚苏氏文章，学者翕然从之，而蜀士尤盛，亦有语曰：苏文熟，吃羊肉。苏文生，吃菜羹。

陆游等人所记表明学诗与读《文选》最直接的关系：诗人好用《文选》中的词语与典故以增加诗的浑厚与华丽之气。这一现象在唐代尤盛，初盛唐诗人对《文选》诗歌语言感受更直切，基本沿用原有的语汇、句式与章法，其诗与《文选》诗关系也更密切。而中晚唐之后的诗虽也化用《文选》词语，但题材内容多已发生变化，且律化语言成分增多，故于《选》调仅具形似。顾氏对这些过程与特点在评点中都有所涉及，这于深入认识唐诗艺术特质与流变是很有意义的。

《沧浪诗话》论诗首提“识见”问题：“夫学诗者以识为主：入门须正，立志须高；以汉、魏、晋、盛唐为师，不作开元、天宝以下人物。”其识力多指识别诸体的能力，明人深受其论影响又有发展。他们多将这种“识见”落实到具体辨体活动中。李东阳等人就是通过对具体作品的分析，辨析各类诗体的特征。他们所辨之体，有时指体调，主要是指语言风格，有时又指形制，体式特征，更主要的是指由此构成的诗体风格。如李东阳《怀麓堂诗话》言：

古诗与律不同体，必各用其体乃为合格。然律犹可间出古意，古不可涉律。古涉律调，如谢灵运“池塘生春草，红药当阶翻”，虽一时传诵，固已移于流俗而不自觉。若孟浩然“一杯还一曲，不觉夕阳沉”，杜子美“独树花发自分明，春渚日落梦相牵”，李太白“鹦鹉西飞陇山去，芳洲之树何青青”，崔颢“黄鹤一去不复返，白云千载空悠悠”，乃律间出古，要自不厌也。……“月到梧桐上，风来杨柳边”，岂不佳？终不似唐人句法。“芙蓉露下落，杨柳月中疏”，有何深意？却自是诗家语。①

① 丁福保编：《历代诗话续编·麓堂诗话》，第1369页，1373页。

李东阳着重由创作论角度说明了古诗与律调的区别以及唐人句法的特点，邵雍一联一向为道学家所重，他却指出无唐人句法，这也就是少了唐诗中与《选体》相系的古意，萧悫一联其妙在于不同于自然语序而语意清晰可明，在他看来就是诗家语言。顾氏关于《选》体与律调的比较显然也受其影响，不过，他又从语言构造上将这种“识体”与鉴赏的方法推进了一步。

四、“四唐论”与独尊盛唐观

“四唐论”源起于严羽，《沧浪诗话·诗体》有言：“以时而论……有唐初体（唐初犹袭陈隋之体）、盛唐体（景云以后开元天宝诸公之诗）、大历体（大历十才子之诗）、元和体（元白诸公）、晚唐体。”严羽对各体略有说明，但标准并不统一，或依源流或依作家。杨士弘以选集形式将这一观念固化了，并作了更具体的说明，如《唐音·凡例》言：《始音》四家制作初变六朝，《正音》音律高下，虽各成家，然体制声响相类。《遗响》音律不能谐合。他以音声一致，体制声响，音律谐合来区分初、盛、晚三类诗，其标准基本统一，着重由诗歌声韵格律上来区分。在各体序中所论更明确，他指出五言古，初唐“自六朝来，正声流靡。四君子一变而开盛唐之端，卓然成家”，“然其律调初变，未能纯”，盛唐“音律参差，各成其家”，“中唐来作者多，独韦、柳迫陶、谢”，“盛唐七言古‘音律沉浑’；五言律盛唐‘音律纯厚自然可法’”；“中唐来作者渐盛，然音律亦渐微”，“晚唐来作者愈盛而音律愈降，独许浑、李商隐对偶精密”；五七绝，盛唐“音调高古”，“音律高古”，晚唐“音律愈下，杜牧、李商隐精思温丽”。入明之后，高棅再将之细化为初、盛、中、晚，明人关于唐诗史的讨论多是围绕此展开，如李东阳《怀麓堂诗话》言：

作诗不可以意徇辞，而须以辞达意。辞能达意，可歌可咏，则可以传。王摩诘“阳关无故人”之句，盛唐以前所未道。

诗用实字易，用虚字难。盛唐人善用虚，其开合呼唤，悠扬委曲，皆在于此。用之不善，则柔弱缓散，不复可振，亦当深戒，此予所独得者。

京师人造酒，类用灰，触鼻蜇舌，千方一味，南人嗤之。张汝弼谓之“燕京琥珀”。惟内法酒脱去此味，风致自别，人得其方者，亦不能似也。

> 予尝譬今之为诗者，一等俗句俗字，类有"燕京琥珀"之味，而不能自脱，安得盛唐内法手为之点化哉？①

李东阳评诗一以盛唐诗体为准，视盛唐诗为内法佳酿②，并多由诗体特征与语言范式两方面辨析盛唐诗特征，所辨颇为精细，在当时影响也较大。这一概念在顾璘点评中也反复出现，从句法与体式上辨析初、盛、中、晚各体的时代特征，是他评点的一项重要内容，并以此进一步允实了关于初、盛、中、晚诗风的判断，以下选列几则分别加按语分析，具体说明其"四唐说"的诗学意义。

第一，初唐、盛唐、中唐、晚唐，不仅仅是时间断限的概念，而是关于诗歌语言风格的界定，四唐实为四种风格类型。如，

> 杨炯《紫骝马》：侠客重周游，金鞭控紫骝。蛇弓白羽箭，鹤辔赤茸秋。（此六朝遗韵，辏彻少气格）发迹来南海，长鸣向北州。匈奴今未灭，画地取封侯。（迥异）

按：本诗中"蛇弓白羽箭，鹤辔赤茸秋"一句，与上句一样，是为对偶而拼出的一句，置于一、三联之间，显然摭断文气的舒畅与激昂的陈述，且拼凑痕迹更明显，故谓之"辏彻"、"少气格"。顾璘视此为六朝遗韵。由语感上说，两句皆名词排列，而全诗皆有动作指向，在此语境中，两句自然显得顿滞，减少了诗句在整体上的流动感。而这种生硬的骈偶正是六朝诗人常用的手法，它是直接取法于赋体语言的结果。

---

① 丁福保编：《历代诗话续编 麓堂诗话》，第1372页、1376页，1381页。

② 李东阳此论，是沿用了传说的陈师道《后山诗话》中内容，其曰："子瞻谓孟浩然之诗，韵高而才短，如造内法酒手而无材料尔。"此处所指"造内法酒手"在宋时就有一个人所共知的特点，他们造酒使用的原料多而奇特，非常人所有。如宋人朱翼中《酒经》曰："内法，酒库杏仁曲，止是用杏仁研取汁，即酒味醇甜，曲用香药，大抵辛香发散而已。"东阳在此仅取造酒高手作比喻。明人龙遵《食色绅言》言："近日士夫家酒非内法，果非远方珍异，食非多品，器皿非满案，不敢作会。尝数月营聚，然后发书，风俗颓弊如是。"此内法酒也是指宫内佳酿。所谓内法酒即指好酒陈酿。

王勃《三月曲水宴得烟字》：彭泽官初去，河阳赋始传。田园归旧国，诗酒间长筵。列室窥丹洞，分楼瞰紫烟。萦回亘津渡，出没控郊鄽。凤琴调上客，龙辔俨群仙。松石偏宜古，藤萝不记年。重檐交密树，复磴拥危泉。（四句有思）抗石晞南岭，乘沙眇北川。傅岩来筑处，磻溪入钓前。日斜真趣远，幽思梦凉蝉。（通篇雅重沉着，决非晚唐笔力所到）

按：顾氏以“有思”、“雅重沉着”评本诗，并以此作为与晚唐区别的标准。应主要是由风调着眼，本诗语言多是自然的陈叙语序，从容不迫，没有律诗固定的跳转程序，也没有因平仄的需要而变动词序。

王勃《八仙径》：柰园欣八正，松岩访九仙。援萝窥雾术，攀林俯云烟。代北鸾骖至，辽西鹤骑旋。终希脱尘网，连翼下芝田。（仍堕六朝）

按：这首咏仙诗，句句用典，每联皆是道家典故排列而成偶句，机械呆滞，似是摹拟郭景纯游仙诗，但是没有郭诗中的仙气感与兴奋感，实际上应是脱胎于晋宋间玄言诗，方法不出六朝诗之习。

王勃《别薛华》：送送多穷路，遑遑独问津。悲凉千里道，凄断百年身。心事同漂泊，生涯共苦辛。无论去与住，俱是梦中人。（通篇无月露之态，风格自完）

按：本诗虽然每联都是对偶句，结构上没有后期律诗的通行模式，中间不是写景联，句句写情，起首突兀，体现出了汉诗直抒情臆的力度。

王勃《杜少府之任蜀州》：城阙辅三秦，风烟望五津。与君离别意，同是宦游人。（多少叹息，不见愁语）海内存知己，天涯若比邻。无为在歧路，儿女共沾巾。（读《送卢主簿》并《白下驿》及此诗，乃知初唐所以盛晚唐所以衰）

《送卢主簿》：穷途非所恨，虚室自相依。城阙居邻满，琴尊俗事稀。开襟方未已，分袂忽多违。东岩富松竹，岁暮幸同归。（刊落华色，此等力量不易到）

《白下驿饯唐少府》:下驿穷交日,昌亭旅食年。相知何用早,怀抱即依然。(正是人情)浦楼低晚照,乡路隔风烟。去去如何道,长安在日边。

顾氏将王勃一组诗作为区别初唐与盛唐、晚唐风格的一个代表作。与盛唐比,这些近似汉魏五言古诗,有建安诗风,直抒胸臆,多直接地表达个人的心理感受,情调激越,节奏急迫,有力度,而又缺少盛唐时成熟律诗中那中优悠不迫、从容典雅、并含蓄蕴籍的风韵。与晚唐比,这几首诗不重起承转合的章法,或首叙情意,或写别离之景,语言上或全部是偶句,或直接化用散文句式(如"无为在歧路"即如此),质朴露出率真,不似晚唐精工细琢。又如其评王勃《春日还郊》"鱼床侵岸水,鸟路入山烟"一联时说:"此等处脱出六朝,又不落晚唐,最宜自得。"这一联正常语序可能是:"岸水侵鱼床,山烟入鸟路。"因平仄需要,诗人将正常辞序作了颠到。清人蒋清翊在注王勃诗中举出南朝两句类似的诗,一是徐陵《春日诗》"岸水带斜晖",一是谢朓《暂使下都夜发新林至京邑赠西府同僚诗》"风云有鸟路",王勃与之相同处在于保留原有词汇与取景视角,存有古意,中间写景联对仗工稳,语调用辞古雅,与晚唐以白话俗语入诗不同,但改变了原有的正常化的词序,不停留于景象排列,词序有倒,这些变化说明在律诗声韵运用流行之后,诗歌语言在语序上已开始有了自己的特点,与六朝诗歌有了明显的不同。他认为盛唐之音在于既源出于《选》调,又能走出《选》体模式,形成了唐人自己的风格,有古诗之劲切,又有近体之协畅。如:

李颀《缓歌行》:小来脱身攀贵游,倾财破产无所忧。暮拟经过石渠署,朝将出入铜龙楼。结交杜陵轻薄子,谓言可生复可死。一沈一浮会有时,弃我翻然如脱屣。男儿立身须自强,十年闭户颍水阳。业就功成见明主,击钟鼎食坐华堂。二八蛾眉梳堕马,美酒清歌曲房下。文昌宫中赐锦衣,长安陌上退朝归。五侯宾从莫敢视,三省官僚揖者稀。早知今日读书是,悔作从前狂侠儿。(直陈情事,不绮丽,直是唐风之盛)

王维《春日与裴迪过新昌里访吕逸人不遇》(此篇似不刻意,然结语实奇,不失盛唐):桃源面面少风尘,柳市南头访隐沦。到门不敢题凡鸟,看竹何须问主人。城外青山如屋里,东家流水入西邻。闭户著书多岁月，种松皆作老龙鳞。

王维《送前卫县李寀少府》(此篇托时起兴，接句便见春景，乃以别旧而悲，下面情联切实而清婉，事联切实而典丽，且悠游有余意，如此制作森整且可为法，学盛唐，此可为门径)：黄鸟翩翩杨柳垂，春风送客使人悲。怨别自惊千里外，论交却忆十年时。云开汶水孤帆远，路绕梁山匹马迟。此地从来可乘兴，留君不住益凄其。

岑参《暮春号州东亭送李司马归扶风别庐》：柳亸莺娇花复殷，红亭绿酒送君还。到来函谷愁中月，归去磻溪梦里山。(三昧语最要顿悟)帘前春色应须惜，世上浮名好是闲。西望乡园肠欲断，对君衫袖泪痕斑。(此篇起语艳丽而音切急，故下面宽缓而意真切，又深厚婉转，盛唐四虚之最高者，然亦略带景事，不作全虚，结意深长，音却略急以徼上文，制作之妙)

总结其评语，可见出他认为盛唐诗的风格包括以下内容：直陈情事，不绮丽、不刻意，切实、清婉典丽、悠游有余意，森整可法，亲切条畅、语艳丽而音切急、宽缓、意真切、深厚婉转、结意深长等等，简言之就是自然、充实、华美、流畅、雍容，这也就是他所肯定的盛唐诗风。如其评崔颢《黄鹤楼》一诗云："此篇太白所推服，想是一时登临高兴流出，未必常有此作，前四句叙楼名之由，后四句寓感慨之情，起句高迈，赋景且切实。"他特别肯定的就是本诗的"一气浑成"。关于中唐，他认为其主体风格是雅丽清细，声调舒缓，如：

皇甫孝常《早朝日寄所知》：长安雪后见归鸿，紫禁朝天拜舞同。曙色渐分双阙下，漏声遥在百花中。垆烟乍起开仙仗，玉佩成行引上公。共荷发生同雨露，不应黄叶久从风。(姹丽可人，中唐雅调也)

《秋夕寄怀契上人》：已见槿花朝委露，独悲孤鹤在人群。真僧出世心无事，静夜名香手自焚，窗临绝涧同流水，客至孤峰扫白云。更想清晨诵经处，独看松上雪纷纷。(情景清细，所以为中唐，作者要辨得此界方好下手)

刘长卿《谪官后卧病官舍简贺兰侍御》：青春衣绣共称宜，白首垂丝恨不违。江上几回今夜月，镜中无复少年时，(中唐点化处)生还北阙谁将引，老向南方众所悲。岁岁任他芳草绿，长沙未有定归期。

按:顾氏认为这几首中唐诗“姹丽”,是中唐雅调,由后二篇评点看,其言之丽就是语言的清细,也就是点化之工,就是句中的“更想”、“独看、“几回”、“无复”一类虚词运用。又,

岑参《赴嘉州过城固县寻永安超禅师房》(此篇音律柔缓,独似中唐):满寺枇杷冬着花,老僧相见具袈裟。汉王城北雪初霁,韩信坛西日欲斜。门外不须催五马,林中且听演三车。岂料巴川多胜事,为君书此报京华。

卢纶《长安春望》:东风吹雨过青山,却望千门草色间。(中唐中宽徐者)家在梦中何日到,春来江上几人还。川原缭绕浮云外,宫阙参差落照间。谁念为儒逢世难,独将衰鬓客秦关。

皇甫孝常(中唐音调柔弱,但不俗耳。就中惟刘文房、韦应物、王建、张籍可法)《同诸公有怀》:旧国迷江树,他乡近海门。移家南渡久,童稚解方言。(孝常五绝得此为胜)

按:对这几首中唐诗,顾璘的评点都指出有音律柔缓、优柔、宽徐的特点,这主要是指语气的悠长舒缓,如第一首后四句中的“不须”、“且听”、“岂料”、“为君”虚词显然加长诗句的语调,第二句首联“过”、“却”二词扬抑之间拉长音调节拍,其言中唐之音柔缓宽徐,主要是指这样的艺术效果。关于晚唐诗,他认为比中唐更少盛唐诗之自然与浑厚,人工技巧痕迹更明显。如:

杜牧之《登乐游原》:长空淡淡孤鸟没,万古销沉向此中。看取汉家何似业,五陵无树起秋风。(晚唐唯杜牧之绝句稍温丽,有可法者)

《汉江》:溶溶漾漾白鸥飞,渌净春深好染衣。南去北来人自老,夕阳长送钓船归。(晚唐用字虽浓丽不甚温厚,唯杜牧之似优柔,此作是之)

《赤壁》:折戟沉沙铁未销,自将磨洗认前朝。东风不与周郎便,铜雀春深锁二乔。(此篇结不典重,所以为晚唐也)

李贺(长吉诗虽有刻怪之状,然用意苦思,非开口狂诞之比,家数虽小,自成一家言。晚唐惟此一体耳,然后不可学,恐未得其工缀,先得其怪诞。若学力有余,已备诸体,时而出之,可也)《胡蝶舞》(此却是晚唐小巧,但末二句不拘):杨花扑帐春云热,龟甲屏风醉眼缬。东家胡蝶西

家飞，白骑少年今日归。

贾岛《三月晦日》：三月正当三十日，风光别我苦吟身。共君今夜不须睡，未到晓钟犹是春。（却是晚唐，岛亦知之吟苦，盖才涩故也）

温飞卿（温生作诗全无兴象，又乏清温，句法刻俗，无一可法，不知后人何故尊信，大抵清高难及，粗浊易流，盖便于流俗浅学尔，余恐郑声乱雅，有误后学，故特批点之，如首篇学乐府而失之者也）《经陈琳墓》：曾于青史见遗文，今日飘蓬过古坟。词客有灵应识我，霸才无主始怜君。石麟埋没惟春草，铜雀荒凉有暮云。莫怪临风倍惆怅，欲将书剑学从军。（此篇前四句浊俗，后语颇实，不脱晚唐）

他认为晚唐诗长在语言温丽可法，不足之处则于在不温厚、不典重、用意苦思、全无兴象、句法刻俗等，简言之，即指诗歌语言的轻浅直白、句法俗套。据此，他对晚唐诗多持否定态度。如其评第五首温庭筠诗浊俗，显然就是第四句人为协合平仄，将"霸主无才"改换成"霸才无主"，人工痕迹太明显。

由这几例具体分析看，自杨士弘、顾璘以来的诗评家关于"四唐"之说的观点多侧重于诗歌语风格的分析，而不只是从精神思想上判断各期诗风，从这一层面上说，"四唐说"也是一种风格论。

第二、"四唐"或"三唐"，不是平行的，含有价值判断在其中，以盛唐为正声，以初唐为雏型，以中唐为流传，以晚唐为低下，如此构成独尊盛唐的诗学体系，故"四唐说"也是一种批评论。严羽曰："汉魏晋与盛唐之诗则第一义也，大历以还之诗则小乘禅也，已落第二义矣，晚唐之诗则声闻辟支果也。学汉魏晋与盛唐诗者，临济下也，学大历以还之诗者，曹洞下也。""夫学诗者以识为主，入门须正，立志须高；以汉魏晋盛世唐为师，不作开元、天宝以下人物。"（《沧浪诗话·诗辨》）与多数明人相同，顾璘所论也是本于严羽之说。任何艺术形式的发展都会有一个渐、盛、熟、俗的过程，以声律艺术为基础的唐诗也随着律化语的渐变定型成熟流行而达到与自然语序的自如组合，创造性的空间愈来愈小，其变异也是自然之势，因此，这一观点不只是拘泥于儒家诗教治乐乱哀的传统理论，而是遵循了诗歌艺术自身发展演进的规律。顾璘不仅通过对诗句语汇与声韵的辨析，由语言艺术角度说明盛唐之所以为正音的原因，并以此为准，对其他诗作进行批评与分析。

如他评杜必简曰："未脱六朝，与晚唐气格又大殊，才情小近，最不宜学。"评丁仙之言："此人想是初唐，犹有《子夜》遗音。"他认为初唐诗的不足就是未脱六朝。又如：

王建《山中赠日南僧》：独向双峰老，松门闭两涯。翻经上蕉叶，挂衲落藤花。甃石新开井，穿林自种茶。时逢海南客，蛮语问谁家。（此首却似中唐）

刘文房《献南平王》：建牙吹角不闻喧，乱世登坛众所尊。家散万金酬士死，身持一剑答君恩。（中唐妙制）渔阳老将多回席，楚国诸生半在门。白马翩翩春草细，邵陵西去猎平原。

司空文明《酬张芬赦后见寄》：紫凤朝衔五色书，阳春忽布网罗除。已将心变寒灰后，岂料光生腐草余。建水风烟收客泪，杜陵花竹梦郊居。劳君故有诗相赠，欲报琼瑶愧不如。（正是中唐）

刘禹锡《松滋渡望峡中》：渡头轻雨洒寒梅，云际溶溶雪水来。梦渚草长迷楚望，夷陵土黑有秦灰。巴人泪应猿声落，蜀客船从鸟道回。十二碧峰何处所，永安宫外是荒台。（此篇尚存中唐气调）

刘商《元使君自楚移越》：露冕行春向若耶，野人怀惠欲移家。东风二月淮阴道，惟见棠梨一树花。（音律格调何忝中唐正音）

卢仝《有所思》：当时我醉美人家，美人颜色娇如花。今日美人弃我去，青楼朱箔天之涯。娟娟嫦娥月，三五二八盈又缺，翠眉蝉鬓生别离，一望不见心断绝。心断绝，几千里，梦中醉卧巫山云。觉来泪滴湘江水，湘江两岸花木深。美人不见愁人心，含愁更奏绿绮琴。调高弦绝无知音，美人兮美人，不知为暮雨兮为朝云，相思一夜梅花发，忽到窗前疑是君。（仝诗惟此一篇可入中唐之音）

按：这几首被顾璘直接冠为"中唐正音"，不仅是说它们具有以上所述的语调舒缓，用词典丽的特色，而且也给它们作出艺术价值的定位：在盛唐之下，晚唐之上。顾氏评点比较在意盛中唐之别，也多是强调这一点：

严正文《送薛居士和州读书》：孤云独鹤共悠悠，万卷经书一叶舟。（盛唐必不作此句）楚地巢城民舍少，烟村社树鹭湖秋。蒿莱织妾晨炊黍，隅地耕童夕放牛。年少不应辞苦节，诸生喜遇一封侯。

张籍《感春》：远客悠悠任病身，谁家池上又逢春。明年各自东西去，此地看花是别人。（盛唐恐更有语）

按：他将二诗与拟想中的盛唐风格进行比较，在他看来，上述严维一首第二句中“万卷”、“一叶”，“明年”、“此地”，过求对应之工，不似盛唐自然风格。后一首对“花同人异”之叹则无盛唐诗的畅达。又如：

张籍《宴客词》：上客不用顾金羁，主人有酒君莫违。请君看取园中花，地上渐多枝上稀。山头树影不见石，溪水无风应更碧。人人齐醉起舞时，谁觉翻衣与倒帻。明朝花尽人已去，此地独来空绕树。（磊落风流，非晚唐局束可类）

他认为晚唐诗之不足就是局束，少磊落自然之美。又如：

李商隐《隋宫》：紫泉宫殿锁烟霞，欲取芜城作帝家。玉玺不缘归日角，锦帆应是到天涯。于今腐草无萤火，终古垂杨有暮鸦。地下若逢陈后主，岂宜重问后庭花。（此篇句句用故实，风格何在，况文俗且用小说，非古作者法律，初联结语亦俗，后首亦然，大抵晚唐起结少有好语）

他以为晚唐诗之俗就表现在用典繁密，无古诗法、语俗文浅。他在评点时认为中唐不佳者则流入晚唐，而晚唐诗之佳者则进到中唐，其对晚唐诗多有批评。如：

白乐天《期不至》“红烛青樽久延伫，出门入门天欲曙。星稀月落君不来，烟柳笼笼鹊飞去。（此晚唐之渐）

温庭筠《牧童词》：朝牧牛，牧牛下江曲，夜牧牛，牧牛村口谷。荷蓑出林山雨细，芦管卧吹沙草绿。乱插蓬蒿箭满腰，不怕猛虎欺黄犊。（此篇虽晚唐语却有可观）

温庭筠《从秦城回再题武关》：远别秦城万里游，乱山高下入商州。关门不锁寒溪水，一夜潺湲送客愁。（晚唐人只能作此七言绝句一体）

杜牧之《九日齐山登高》：江涵秋影雁初飞，与客携壶上翠微。尘世难逢开口笑，菊花须插满头归。但将酩酊酬佳节，不用登临怨落晖。古往今来只如此，牛山何必泪沾衣。（此一意下来近似中唐，盖晚唐之可学者）

在他看来，中唐诗勉强算自成一种体格，晚唐诗则更低一格，中唐体之劣者堕落到晚唐，而晚唐之佳者则升入到中唐。他虽没说出具体原因，但由他点评的诗句仍可见出他是根据它们与盛唐诗的距离与相似程度来作出判断的。

第三，对诗人作品评价不仅依其所处时代来作单一归类，而是根据作品艺术特质来区分出不同的风格特色。如他于盛唐诗人中常发现中唐的特色：

崔曙《九日登仙台呈刘明府》（此篇句律典重，通篇匀称，情景分明，又一意直下，固足为法，但看音律不雄浑，绝似中唐）：汉文皇帝有高台，此日登临曙色开。三晋云山皆北向，二陵风雨自东来。关门令尹谁能识，河上仙翁去不回。且欲近寻彭泽宰，陶然共醉菊花杯。

崔颢《行经华阴》（此篇六句皆雅浑，独结语似中唐）：岧峣太华俯咸京，天外三峰削不成。武帝祠前云欲散，仙人掌上雨初晴。河山北枕秦关险，驿路西连汉畤平。借问路傍名利客，无如此处学长生。

按：他认为两诗音律不雅浑，第一首末联中“彭泽宰”、“菊花杯”两词对仗机械，后者“菊花杯”一词不常见，诗家改“令”为“宰”，在不需协韵处，增一韵字，使诗之首尾联皆协韵，有工巧之效，人为痕迹明显。末联的“借问”、“无如”设问，与前面的铺陈不协。又，

王昌龄《别李浦之京》（此盛唐之中似中唐者，亦自雄浑不同）：故园今在霸陵西，江畔逢君醉不迷。小弟邻庄尚渔猎，一行书寄数行啼。

高达夫《除夕》（此篇音律稍似中唐，但四句中意态固足自别）：旅馆寒灯独不眠，客心何事转凄然。故乡今夜思千里，秋鬓明朝又一年。（痛快）

高适《塞上听吹笛》：雪净边天牧马还，月明羌笛戍楼间。借问梅花何处落，风吹一夜满关山。（此篇却似中唐）

按：两首皆是盛唐诗人作品，然音律不尽雄浑，故以其为“似中唐”，应是指其中“一行”、“数行”之类语汇缺乏盛唐诗中出语自然的气势。同样，他认为中唐诗中也有盛唐诗风，如：

孟郊《与韩愈李翱张籍别》：朱弦奏离别，华灯少光辉。物色岂有异，人心顾将违。客情殊未已，岁华忽然微。秋桐故叶下，寒露新雁飞。远游起重恨，送人念先归。夜集类羁鸟，晨光失相依。马迹绕川水，雁书还闺闱。常恐亲朋阻，独行知虑非。（此篇高雅深淡，岂中唐所及，末句恐离索不能进德而虑非也）

其评孟郊诗云：“东野诗高处，只有雄言，低处方堕苦刻，后人不识雅淡，反厌观此，故表而出之，以为得风骚遗意。”他认为孟效诗高处在于雄言，低处在于“苦刻”。显然，他认为以上这首格高调雅，意深语淡，有盛唐之风，远超中唐。又如：

皇甫茂政《同温丹徒登高万岁楼》：高楼独上思依依，极浦遥山合翠微。江客不堪频北望，塞鸿何事复南飞。丹阳古渡寒烟积，瓜步空洲远树稀。闻道二师犹转战，谁能谈笑解重围。（绝类盛唐，优前首远甚）

李从一《与从弟兵曹宴集》（从一、文房，中唐七言绝高者）：竹窗幽户有佳期，美酒香茶慰所思。嗣辅外甥还解易，惠连群从总能诗。檐前花落春深后，谷口莺啼日暮时。去路归家仍待月，垂鞭不控马行迟。（音格并是盛唐）

卢纶《塞下曲》（所谓古乐府者，独此篇可参盛唐高作）：月黑雁飞高，单于夜遁逃。欲将轻骑逐，大雪满弓刀。

耿沣《秋日》（佳作）：返照入闾巷，忧来与谁语。古道少人行，秋风动禾黍。（还是盛唐人物）

韩君平《送长沙李少府入蜀》：行行独出故关迟，南望千山无尽期。

见舞巴童应暂笑，闻歌蜀道又堪悲。孤城晚闭清江上，匹马寒嘶白露时。（盛唐正派）别后此心君自见，山中何事不相思。（八句一意直下，又自宽迂，极高）

张籍《秋夜宴临津郑明府宅》：行止皆无地，招寻独有君。酒中堪累月，身外即浮云。（与盛唐立极）霜白宵钟彻，风清晓漏闻。坐携余兴往，还似未离群。（此篇结语最特出新意）

除张籍一篇外，这些多是大历诗人的作品，在时间上，他们还处于盛中唐转换时期，所以，顾氏以"类盛唐"、"盛唐雅调"、"还是盛人物"之语来评论他们，这些诗虽然表达的情感已带有沉重伤感之气，但是，在语言风格上，仍是比较直切、自然。又如：

窦遗直《春日早朝应制》：紫殿俯千官，春松应合欢。御炉香焰暖，驰道玉声寒。乳燕翻珠缀，祥乌集露盘。宫花一万树，不敢举头看。（盛唐雅调，足友王岑）

孙草《访羊尊师》：松下问童子，言师采药去。只在此山中，云深不知处。（独此一首似盛唐，音调可入正音）

窦向一诗与上述王维、岑参"早朝大明宫"相似，语言娴雅自然，无中唐晚尖细之笔，"松下问童子"一诗，语淡而有诗味，所以，顾氏以为它们都"似盛唐"。有时，也认为晚唐时期作品亦具中唐之风，如：

杜牧《寄扬州韩绰判官》：青山隐隐水迢迢，秋尽江南草木凋。二十四桥明月夜，玉人何处教吹箫。（优柔平实，有似中唐）

贾岛《题李嶷幽居》：闲居少邻并，草径入荒园，鸟宿池边树，僧敲月下门。过桥分野色，移石动云根，暂去还来此，幽期不负言。（独此篇典重，亦少悠游，可入中唐，韩公眼力不差，于此见古人之心不遗片言，又见其沉思若索，非徒诳俗而已）

杜牧首句中"隐隐"、"迢迢"，都使诗句语调悠扬从容，与初盛唐律诗中直切跳转的语言有所不同，但又具有自然语势，人为之工的痕迹不明显，所以他认为中唐音调柔弱但又不俗。他将贾岛一诗由晚唐提到中唐，理由就是本诗典重少悠游，虽有苦思之痕，但不流俗。又：

赵嘏《经汾阳旧宅》：门前不改旧山河，破虏曾轻马伏波。今日独经歌舞地，古槐疏冷夕阳多。（此近中唐）

雍陶《和孙明府怀旧山》：五柳先生本在山，偶然为客落人间。秋来见月多归思，自起开笼放白鹇。（此似中唐，陶诗数首，独此可观）

李涉《题鹤林寺僧室》：终日昏昏醉梦间，忽闻春尽强登山。因过竹院逢僧话，又得浮生半日闲。（此自近中唐，又非懵然无觉者）

按：这三首晚唐人的作品，因为有上述特点，所以，顾氏认为它们近中唐。又：

柳子厚《登柳州城楼寄漳汀封连远四州》：城上高楼接大荒，海天愁思正茫茫。惊风乱飐芙蓉水，密雨斜侵薜荔墙。（又下中唐一格）岭树重遮千里目，江流曲似九回肠。共来百越文身地，犹自音书滞一乡。

按：他认为次联对仗过于机械，词汇生硬，反不及中唐。

综上所述，顾氏的"四唐论"是一种关于唐诗语言艺术的风格论，又以此为基础形成了一种独尊盛唐的批评论，他以具体作品的品赏与比较说明盛唐诗之可尊，在于既有汉魏古诗的情思浓烈的传统与语言风貌，又能自然自如地安排律调，声韵与字词保持自然组合的关系，典雅不失之于古板，清秀而不失之于繁缛。这其中含有他的以古为上的恋古情结，又含有摆脱凡俗的创作导向。晚唐之后，近体诗语言走向两极，或意深句拗，或凡俗浅白，杜诗与白诗成了习诗者两难的选择。习杜者由西昆到江西诗派，皆承拗体一派，最终难以为继，沦为语奥意涩一路；习白诗者，由宋初到江湖诗派，自成一系，随着声韵艺术的普及，以格律化的口语入诗成为诗人最方便的创作方法。但是简单重复现象也跟着增多，诗味更少。顾氏批评晚唐诗主要就是着眼这一点的。将"四唐论"置于这样的诗学背景考察，就不会仅以"复古"一词来作简单否定。以顾氏为代表的明代诗学面临的现实是：相对于后起之词曲，古诗、律诗语式的格式化已稳定成型以至熟透，本身发展空间已经有限，如何在传承这一古典格式同时，使之更具生命力，如何汲取唐诗的艺术创造力，正是顾璘等明代诗评家一直思考的问题。《唐音评点》引用当时畅销书的著述方式，评点唐诗，也是以最流行的批评话语对当时诗学理论核心话题进行了总结与普及，反映了当时最流行的诗学意识与唐诗观念，从这个意义上看，其在明代诗学史上的价值值得关注。

明末戏曲评点的发展与演变①

复旦大学　吴冠文

引　论

二十世纪后半期以来，明清戏曲评点的发展日受关注，徐渭、李贽、王骥德、金圣叹等评点名家和《西厢记》、《琵琶记》等经典名剧的系列评点本，均产生了比较深入的研究论文和论著。相对而言，一些不成系列的评点本和名家稀见的时期，比较乏人问津。戏曲评点文献散乱无章的明末这段时期，更是较少有学者作出全面而细致的考察。当前虽已有一些论者注意到了明末戏曲评点，但论述重心多放在凌濛初、冯梦龙、孟称舜等几位批评名家和《墨憨斋定本传奇》等评改名剧上，对明末戏曲评点来龙去脉的整体考察，其发展与戏曲创作实践之间的互动关系，以及它在明清戏曲评点史上的地位和意义等问题，均尚存在一定的论述空间。

明代嘉靖、万历年间，早在南宋便已产生的评点这一批评形式，随着戏曲创作的繁荣而出现在戏曲作品上，戏曲评点在其发生的初始阶段主要呈现出如下特点：

（一）早期的戏曲评点，无论出自文人，还是书坊主，几乎均是以经典剧目作为评点对象，如《西厢记》、《琵琶记》、《幽闺记》等热门元剧。明初以来流传最广、影响最大的《西厢记》成为评点者最热衷的对象，出现了徐渭、李

① 本文曾发表于《薪火学刊》第一卷（复旦大学出版社，2014年），收入论文集时，文字略有调整。由于万历四十二年刊刻的王骥德《新校注古本西厢记》集中体现了其前戏曲评点的诸多特征，而就在王评《西厢记》之后直至明亡，戏曲评点的发展与之前相比有了很大的变化。为便于论述，本文所谓的“明末”主要指万历四十二年至明亡这段时期。

赘、王骥德以及多家书坊同评的现象，形成了风格迥异的系列评点本。

（二）因评点对象多是流传已久的经典，版本情况比较复杂，所以校勘、注音释义出典类文字成为早期评点很大的一个组成部分。

（三）戏曲的主体向被认为是源自诗词的曲，而非散体的宾白，被称作“词余”。对戏曲文体性质的这种认识，使得我国早期戏曲评点的具体批评模式先天性地具有一个特点：几乎只关注曲文在绘情、写景方面的表达形式和表现效果，戏曲叙事方面的特点还只是偶尔提及。

如果说我国古代戏曲评点在万历四十二年之前一段时期的关键词是“《西厢记》评点”的话，那么此后直至明亡，戏曲评点中《西厢记》、《琵琶记》等经典元剧的身影暂时黯淡了下来，戏曲评点的主角变成了《牡丹亭》等当代作品。《西厢记》等元剧虽仍为一些评点者垂青，但明末这些经典剧目的评点本却大多是拾前期评点的牙慧，没有值得一提的亮点，无法与前此的徐渭、李贽、王骥德等评本相提并论，随着汤显祖、吴炳、阮大铖等当代人的戏曲创作风行于世并产生较大影响后，针对当代作品的评点越来越多，甚至有许多作品在初版时便以评点本的面目现身，如吴炳、阮大铖诸剧。有许多评点者是作者比较亲密的朋友，甚至可能是以托名现身的作者本人，这种作者和评点者间知已知彼的关系，虽然或多或少损害了评点这一批评形式的客观性，却增加了评点的另一个功用，即使得许多评点文字渐渐成为戏曲文本创作思想和表现方法的直接补充说明。这对阅读者更好的理解文本内涵和作者的深衷均不无助益，也引逗了评点文字与原文相辅相成的清代《桃花扇》等作品。

明末戏曲评点对象向当代作品的转变也带来了评点型态等方面的变化。由于当代作品很少有因时代久远而带来的文字隔碍，评点便逐渐摆脱了早期注音释义出典等过多的注解性文字，批评的具体对象集中在曲文、宾白的鉴赏和关目结构的分析上，关于宾白、关目结构的评语日渐增多。当汤显祖“四梦”、特别是“几令《西厢》减价”①的《牡丹亭》在剧坛广泛流传后，汤作情节曲折离奇、抒情性强、辞采葱茜等鲜明的创作特点，在剧坛掀起了一股极力摹效的风尚。这其中影响较大的作品有吴炳《画中人》、《绿牡丹》等“粲花斋五种”、阮大铖《燕子笺》、《春灯谜》等作品、孟称舜《娇红记》、袁于令

① 沈德符：《万历野获编》卷二十五《填词圣手》，中华书局，1959年，第643页。

《西楼记》等。在这些受汤氏剧作影响的作品中,有的将传奇求奇的特色发挥到极致,有的主要演绎传奇抒情性的一面。由汤剧开启的这些当代创作上的新倾向,也引导了戏曲批评的发展,臧懋循等人将这些批评因素总结为"情词稳称"、"关目紧凑"、"音律谐叶"三个范畴。相应的,本期戏曲评点等批评形式越来越关注戏曲辞采在抒情、写景、叙事等表现上的效果、情节的奇巧与否、结构的合理与否,当然也有一些评点者尤为关注的音律问题。这些有时不免偏颇,但却论调鲜明的批评趋势,反过来又引导了当代和其后戏曲创作的发展。可以说,戏曲批评——尤其是评点这一当时士众都很热衷的批评形式,在这段时期逐渐发挥起了引导创作风气的功能。

毋庸置疑的是,虽然明末戏曲评点的主要对象和应之而起的评点型态和内涵均发生了很大的变化,但在具体而微的评点文字中,仍可以看到延续自戏曲评点发生期的线索和痕迹,如在戏曲抒情、写景、叙事等表现形式和表达效果的批评中,前期以《西厢记》为主要评点对象时形成的一些审美观点仍是关注之点,这从"《西厢》"一词成为许多评点者的评点用语也可窥一斑。

明末戏曲创作的繁盛使得评点对象的绝对数量剧增,而由于并无主体个性鲜明、批评思想系统集中如前一时期的徐渭和李贽,或后一时期的金圣叹等人,此期评点的考察便很难以评点者为单位组织起来。虽也还有数家评点同一当代作品,如《牡丹亭》的王思任、臧懋循、冯梦龙等多家评点本,但比起《西厢记》的系列评点本来,《牡丹亭》的评点本不仅数量较少,且也不能构成有序的系列。因此,以系列评点本为线索考察明末戏曲评点的发展也难实行。有鉴于此,本文拟在具体的戏曲评点文字的细读审察中,梳理出较为明显的一些戏曲批评范畴,分别勾勒它们在众多散乱无章的评点本中的发展演变,并在分析这些奠基于之前的戏曲评点和当代戏曲创作实践的批评范畴的发展和演变中,揭橥他们对戏曲创作和清代戏曲批评发展趋势的引导作用。概而言之,万历四十二年至明末的戏曲评点中,发展轮廓较为明显的戏曲批评范畴主要有如下八组:一、戏曲创作的主观思想寄托论;二、戏曲作品的功用论;三、戏曲语言描写的真色、奇艳论;四、剧体结构奇巧曲折的叙事论;五、辞足达情的案头完璧论。六、崇情的主题思想论;七、曲折离奇的情节发展论;八、鲜明的人物性格论。在这些批评范畴中,前五组多承续自前期的戏曲评点,后三组涉及的一些提法虽在之前的戏曲批评中零散出现，但与前五组相比，相对而言属于新兴的戏曲批评范畴。下文便对明末戏曲评点中这些主要的新旧戏曲批评范畴，逐一予以梳理和论述。

一　戏曲创作的主观思想寄托论

徐渭、李贽和王骥德均为万历四十二年之前中国戏曲评点史上的重要人物，其中李贽异于徐渭、王骥德等人，且为王骥德、诸葛元声所批判的一个重要方面，是他明确提出并强调戏曲是作者“发愤抒情”的产物①，连《西厢记》这一向被视为言情的作品，他都认为是作者“当其时必有大不得意于君臣朋友之间者，故借夫妇离合因缘以发其端。于是焉喜佳人之难得，羡张生之奇遇，比云雨之翻覆，叹今人之如土”②的产物。由于文学之林甚至戏曲之林中，除了发愤抒情的作品，还有纯属笔墨游戏或具实用目的的作品，因此李贽将发愤抒情说用于所有的文学，难免以偏概全之嫌。但历代论者多已认识到，元、明剧坛许多代表作家的创作中，均有不少寄托着作者主观思想的作品。这一情况在明末剧坛同样存在，也就是说，托寓创作者主观思想的曲论，在明末这段时期仍然得到了许多戏曲创作者和曲论者——包括评点者的回应和阐发。如署名陈洪绶评点的孟称舜《节义鸳鸯冢娇红记》评语开篇即道：“李卓老称作《西厢》者，必大有感于君臣父子兄弟朋友之间，此记其亦然耶？”③便是对李贽的戏曲创作有感而发说的继承。

一般说来，整个作品的创作主旨即为作者明确的主观思想寄托的情况并不多，尤其是在万历后期知识界的异端思想受到统治者高压——万历三十年李贽等人相继因异端思想而被迫害致死后，一些人在言行上日渐谨慎，不少作者开始主动或被迫检点自己作品的思想是否有违碍主流的倾向。如汤显祖《紫箫记》未完稿便遭到谣言揣测，以致于为了表明这部作品非关时

① 详见拙作：《徐渭的戏曲评点与明代文学思想的新变》，《学术月刊》2012年第10期。

② 李贽：《焚书》卷三《杂述·杂说》，中华书局，1975年，第97页。

③ 孟称舜：《节义鸳鸯冢娇红记》，明末刊本，《古本戏曲丛刊二集》。

事,他被迫将未完稿刊行公布①。在这样的思想气氛下,作者的伤时感愤再强烈,也不敢明显表现在作品中,大多是在作品中借虚构人物之口遮遮掩掩地暗寓一些伤时感愤之论。因此,考察整个戏曲评点史,尤其是明末这段时期,整部剧作均涉主观寄托的作品较少。许多戏曲作者常在剧本的某些段落无意间流露或者有意表现一些有所感发的思想,如汤显祖作品中不时穿插的伤时之论,这些通常会引起评点者注目。如冯梦龙《墨憨斋重定三会亲风流梦》卷上、下分别有评语云:

韩柳一时名士,借作话柄,自写感慨,或议韩子才为穿凿,腐矣!

亦是感时语,传奇妙处在有关系,非徒饰观。②

明末另一位戏曲批评者臧懋循也在他改编的汤显祖作品评点中,对汤作的伤时感愤之处不时予以揭示,如《邯郸梦记》卷中臧氏有评语道:

予谓临川好为伤时之论,于此益见。③

茅暎在他的评点本《牡丹亭》卷四也有评语云:

一切科诨极尽聪明巧妙,作者一肚皮不合时宜都发泄尽矣。④

汤显祖作品中总渗透着他对人生的思考和对社会现实的观照,"近水楼台先得月",这几乎是明末一些汤氏同时代的评家都认识到的事实。由于作

① 汤显祖:《紫钗记题词》云:"往余所游谢九紫、吴拾芝、曾粤祥诸君,度新词与戏,未成,而是非蜂起,讹言四方。诸君子有危心,略取所草具词梓之,明无所与于时也。《记》初名《紫箫》,实未成。"(徐朔方笺校:《汤显祖集·诗文集》卷三十三,上海古籍出版社,1982年,第1097页)汤显祖在《玉合记题词》中也提到《紫箫记》"曲中乃有讥托,为部长吏抑止不行"。

② 汤显祖撰、冯梦龙定:《墨憨斋重定三会亲风流梦》,墨憨斋刊本,《古本戏曲丛刊初集》。

③ 汤显祖:《邯郸梦记》,明朱墨刊本,《古本戏曲丛刊初集》。

④ 汤显祖:《牡丹亭》,明朱墨刊本,《古本戏曲丛刊初集》。

者在剧中不能现身说法，这些托寓着作者思想的曲词段落往往不易被异地异时的人清晰察觉，但却往往可以引起当代评点者共鸣，因此对这些现象有所揭示的评点，为后人了解作者创作时的思想和作品隐寓的意义开了方便之门。这种当时人昭揭当代作品所含深层意义的评语，非常有助于后人深入了解作品的内涵。与异代的《牡丹亭》评点，如清代的吴震生、程琼夫妇的《才子牡丹亭》、吴吴山三妇《合评牡丹亭》等主观色彩颇浓的评语比较起来，诸如上引的这些评语对了解作品和作者都具有不可替代的作用。

二　戏曲作品的功用论

戏曲批评中，随着高明《琵琶记》开篇“不关风化体，纵好也徒然”论调的风行，戏曲“教化”的社会功能得到了后来很多创作者和批评者的响应，如邱濬《伍伦全备忠孝记》的评点者，开篇即明确提出：“要识此本戏文皆是假借名目以寓劝化之意。”①无疑是对高明曲论的呼应。这样的教化曲论在明末的评点中也时见身影。如冯梦龙改定张凤翼《灌园记》为《新灌园》，其改编就是缘于对原作主旨只顾“道淫”而非关风化的不满意，冯氏在《总评》中提到：“旧《记》惟王蠋死节、田单不肯自立二事差强人意，余只道淫，未足垂世。新《记》法章念念不忘君国，而夜祭之孝，讨贼之忠，皆是本传绝大关目。君夫人不失节，尤得为贤者讳之义。”②又如陈洪绶评点的《节义鸳鸯冢娇红记》陈《序》谓：

> 申、娇两人能于儿女婉娈中，立节义之标范。……则子塞此辞，所以言乎其性情之至也，而亦犹之乎体明天子广厉教化之意而行之者也。

但从总体上考察明末戏曲评点，类似陈洪绶这种阐释《娇红记》申、娇之恋为“立节义之标范”的牵强附会之论并不多，“忠孝志节，种种具备，庶几有关风教而奇可传矣”③的冯氏论述也很少见。在文学思想发生新变的嘉靖、

---

① 邱濬：《伍伦全备忠孝记》，明世德堂刊本，《古本戏曲丛刊初集》。
② 董康：《曲海总目提要》卷九，人民文学出版社，1959 年，第 412 页。
③ 冯梦龙：《新灌园序》，董康：《曲海总目提要》卷九，第 412 页。

万历年间，戏曲创作出现了百花齐放的局面，剧坛已远非明初少量的爱情剧和肤浅的歌功颂德、神仙道化剧可比，戏曲教化论只是时现于明末一些比较保守的批评者笔下。

与创作上提倡发愤抒情相应，明末的曲论中比较流行“兴观群怨”的戏曲功用说，这在评点这一戏曲批评形式中也多有体现。以明末孟称舜两部剧作的评语为例。陈洪绶在孟称舜剧作《节义鸳鸯冢娇红记》卷首和卷尾分别评道：

> 昔人云：读《出师表》而不泣下者，必非忠；读《陈情表》而不泣下者，必非孝。吾谓读此记而不泣下者，必非节义人也。……此曲之妙彻首彻尾一缕空描，而幽酸绣艳，使读者无不移情，固当比肩实甫、弟视则诚。
>
> 泪山血海，到此滴滴归源，昔人谓诗人善怨，此书真古今一部怨谱也。

同是孟称舜的作品，《张玉娘闺房三清鹦鹉墓贞文记》卷首和末出分别有评语云：

> 实甫《西厢》、义仍《还魂》、子塞《娇红》，皆以幽情艳词委烨动人，此曲情出于正，而思致酸楚，才华艳发，模神写照，啼笑毕真，使见者魂摇色动，则异曲同工，合彼三书，共成四美。
>
> 《冥判》一折才情奔放，差足相拟，然于世教一无关涉，此则一篇警世文矣，而横溢过之。
>
> 《邯郸》、《南柯》皆如此结局，却俱无此老实指点，此书出，可废若士二梦。①

在陈洪绶等评点者眼中，孟称舜的作品具有“情出于正”、有关“世教”的优点，可以在不知不觉的移读者之情中，起到类似传统诗学最注重的“兴观群怨”和“醒世”的作用，由此他们认为孟称舜剧作应该受人重视，甚至汤显

① 孟称舜：《张玉娘闺房三清鹦鹉墓贞文记》，明末刊本，《古本戏曲丛刊二集》。

祖的作品都可以因孟剧而废弃。这种论调接续的是戏曲评点史前一期的重要人物李贽，李贽曾经提出元杂剧《拜月亭》能够使读者有“兄兄妹妹，义夫节妇之思”、认为《红拂记》中众人物形象皆“可师可法，可敬可羡”，进而推导出传奇可以使观赏者于“饮食宴乐之间，起义动慨多矣”，具有“兴观群怨”①的社会功用。明末许多戏曲批评者在曲论和具体的评点中对李贽的这种戏曲功用论多少都有所继承和发展。如臧懋循对汤显祖《牡丹亭》、《邯郸记》等作品进行具体评点时，经常按之诸如“临川又说时事矣”②、“此曲颇中时弊，亦佳”、“予谓临川好为伤时之论，于此益见”、“相公之尊如此，故不至死不去位，亦醒世之语”③等评语。

署名“江陵醉竹居士”评点的《鸳鸯绦传奇》开篇评语“冷眼视世，热肠渡人，是作传大来历”④，和《墨憨斋重定三会亲风流梦》卷下冯梦龙针对汤显祖剧作相关“感时语”发挥的一则评语“传奇妙处在有关系，非徒饰观”，可以作为明末戏曲评点中重视戏曲观照实际社会人生一脉的代表言论。江陵醉竹居士的“冷眼视世，热肠渡人”与冯梦龙所谓的“有关系”，均是指戏曲须对社会现实或人生现状有明确的反映，“非徒饰观”显然是对仅供“赏心快目，抵掌娱耳之资”⑤类纯粹笔墨游戏论的反拨。

如果说前此的戏曲评点者王骥德等人，曾将《西厢记》之类表现真性情的作品从假道学或真腐儒式的诠释中解放出来，具有力辟陈见的巨大作用。后来的批评则有将王氏这种曲论发展向另一个极端者，即只承认戏曲属于供人们娱乐消遣的游戏之作，渐渐将戏曲这一客观上可与传统诗文辞赋等并列的文体的许多功能和意义抹杀掉。这种观点使得戏曲不但在假道学、真腐儒等人眼里沦为不足挂齿的文体，在一般士众的眼里也被作为“小道”对待。相比较而言，戏曲托讽时事人生的社会功用论，可以将戏曲从为人轻视的“小道”中拔出来，从而提升戏曲的文体地位。客观地说，只有这一文体

① 李贽：《焚书》卷四《杂述》，第194页。

② 汤显祖：《牡丹亭》卷三臧懋循评语，明朱墨刊本，《古本戏曲丛刊初集》。

③ 汤显祖：《邯郸梦记》卷上、中、下臧懋循评语，明朱墨刊本，《古本戏曲丛刊初集》。

④ 海来道人：《鸳鸯绦传奇》，明末刊本，《古本戏曲丛刊二集》。

⑤ 王骥德：《新校注古本西厢记》卷六《评语》谓：“《西厢》，韵士而为淫词，第可供骚人侠客，赏心快目，抵掌娱耳之资耳。彼端人不道，腐儒不能道，假道学心赏慕之，而噤其口不敢道。”

的地位提高了，才能得到创作者和批评者的认真对待，也才能有助于这种文体的健康发展。

三　戏曲语言描写的真色、奇艳论

戏曲无论是要起到“兴观群怨”的社会功能，还是仅作为“赏心快目，抵掌娱耳之资”，都需要通过一定的语言形式将真的性情呈现在观听者眼前。前此徐渭曾经提出“摹情弥真，则动人弥易”的观点，李贽也曾经提出过类似于徐渭的看法，且在更详细的阐述中指出，戏曲要打动人心，就必须用语词表现出真的意味，光有工巧的语词不行，真实自然的人性是关键，如果用穷工极巧的语词只是表现出一些“似真非真”的情怀，是无法深入地打动人心的①。

徐渭和李贽这种尚真色的观点在明末的戏曲评点中有许多继承者。以署名汤显祖评点的《焚香记》的全剧《总评》、出末《总评》乃至具体文字的评语中相关的评语为例：

> 其填词皆尚真色，所以入人最深。遂令后世之听者泪、读者颦，无情者心动，有情者肠裂。何物情种，具此传神手！
>
> 填词直如说话，此文家最上乘也，亦词家最上乘也。妙绝！妙绝！
>
> 曲白色色欲真，妙手也。词坛有此，称化工矣！②

《焚香记》的评点者一再赞赏该剧因尚真色而动人的特点，在他看来，无

---

① 李贽：《焚书》卷三《杂述·杂说》(第96—97页)论道：“《拜月》、《西厢》，化工也；《琵琶》，画工也。《西厢》、《拜月》，何工之有！盖工莫工于《琵琶》矣。彼高生者，固已殚其力之所能工，而极吾才于既竭。惟作者穷巧极工，不遗余力，是故语尽而意亦尽，词竭而味索然亦随以竭。吾尝揽琵琶而弹之矣：一弹而叹，再弹而怨，三弹而向之怨叹无复存者。此其故何耶？岂其似真非真，所以入人之心者不深耶！盖虽工巧之极，其气力限量只可达于皮肤骨血之间，则其感人仅仅如是，何足怪哉！《西厢》、《拜月》，乃不如是。意者宇宙之内，本自有如此可喜之人，如化工之于物，其工巧自不可思议尔。”

② 分别见王玉峰：《玉茗堂批评焚香记》署名汤显祖撰全剧总评、第八出总评、第九出总评，明刊本，《古本戏曲丛刊初集》。

论曲词、宾白，只要能崇尚“真色”，不仅能感动有情之人，便连无情之人都会为之动容，可以说极其推崇其传神、化工的一面。但在《焚香记》一剧的评语中，对于怎样才能呈现出“如说话”般自然的面貌，评点者并没有文字予以揭示。这在本期署名谭元春评点的《批点想当然传奇・序》中，透漏了一些讯息：“揣摹之极，变为天然。”①原来，这种如说话般的天然，显然并非真的将现实生活中的口语不加任何修饰地照搬进作品，其“天然”是来自作者的精思揣摹，正如同诗歌创作中要求诗人通过精雕细琢地遣词炼句而达到出水芙蓉般天然的境界，明末对戏曲曲词普遍欣赏的是“曲笔艳彩，却又句出天然”②。这也就可以理解为什么明末戏曲批评者一方面要求戏曲“填词直如说话”，另一方面又普遍崇尚华词艳曲。

华词艳曲是明末戏曲批评者判断剧作是否优秀的三个关键条件之一。明末戏曲评点者渐渐形成判断戏曲作品优秀与否的三维坐标，即情节奇幻与否？词华奇艳与否？音韵协律与否？这一三维坐标可以说是在对《牡丹亭》的相关批评中逐渐形成的批评思路。

泰昌间茅暎评本《牡丹亭》所附茅暎《题牡丹亭记》曰：

> 第曰传奇者，事不奇幻不传，辞不奇艳不传。其间情之所在，自有而无，自无而有，不魂奇谔眙者亦不传。而斯记有焉。梦而死也，能雪有情之涕；死而生也，顿破沉痛之颜。雅丽幽艳，灿如霞之披而花之旖旎矣！③

与前期徐渭、王骥德等以“俊”、“趣”等评语来，茅暎的“奇艳”、“雅丽幽艳”已是很不一样的审美理念。由于《牡丹亭》及其评点者曲论的影响，明末剧坛的创作者和批评者几乎都以“奇艳”、“诡丽”之类的标准来衡量填词的成功与否。如署名江陵醉竹居士评点的《鸳鸯绦传奇》第一出末评语曰：“字香语艳，如水际荷花。”④诸如此类的评语在这段时期的戏曲评点中不胜

① 卢柟：《谭友夏批点想当然传奇》，明刊本，《古本戏曲丛刊初集》。

② 孟称舜：《张玉娘闺房三清鹦鹉墓贞文记》卷上评语，明末刊本，《古本戏曲丛刊二集》。

③ 汤显祖：《牡丹亭》，《古本戏曲丛刊初集》。

④ 海来道人：《鸳鸯绦传奇》，明末刊本，《古本戏曲丛刊二集》。

枚举。

但有一点值得注意的，紧密贴合文本进行批评的评点者已明确认识到，并非有了华词丽句，剧作就一定是优秀之作。如果在情节、结构上没能驾驭好，那么华词丽句适足成为整个作品的负担。这由明末评点者对汤显祖《紫钗记》的强烈批评可见一斑。“不过诗词富丽”的《紫钗记》被痛诋作“词非不工，却是死曲”、“有曲白而无关目，读之最为可厌”①。同为富丽的语词，如果被化工般地表现出来，就可以如天然的“水际荷花”；如果没能得到较好的表现，便会成为一堆没有灵气的死曲。类似于南朝诗坛上两个重要诗人谢灵运和颜延之，由于在用典等表现方式上存在化工和拙劣之分，同是精工之作，相比于谢灵运作品呈现出的如初日芙蓉、自然可爱的优点，颜延之的作品则呈现出如铺锦列绣、雕缋满眼的特点。

对戏曲语言形式除了准之以华词艳曲与天然的传统诗性批评要求，明末关于戏曲语言描写的批评中，在一直占主要地位的“诗性”批评之外，出现了一些异质的因素。如《古今名剧合选·酹江集》中孟称舜评其选录剧目《天赐老生儿》和《智勘磨合罗》时，有评语谓：

> 此剧之妙在婉畅入情，而宾白点化处更好，或云元曲填词皆出辞人手，而宾白则演剧时伶人自为之，故多鄙俚蹈袭之语。予谓元曲固不可及，其宾白妙处更不可及。如此剧与《赵氏孤儿》等白，直欲与太史公《史记》列传同工矣。盖曲体似诗似词，而白则可与小说演义同观，元之《水浒传》是《史记》后第一部小说，而白中佳处直相颉颃，故当让之独步耳。
>
> 一篇白文绝妙点醒，胜过《战国策》、《太史公》。②

这种比附戏曲白文于《史记》、《战国策》等传统叙事散文的现象在明末的戏曲评点中逐渐增多。孟称舜在承认“曲体似诗似词”的前提下，再提出

---

① 分别见汤显祖：《紫钗记》《总评》、第二出评语和第十三出《总评》，明柳浪馆刊本，《古本戏曲丛刊初集》。

② 武汉臣著、孟称舜评：《天赐老生儿》，《古今名剧合选》，明崇祯刊本，《古本戏曲丛刊四集》。

“白则可与小说演义同观”，一方面表现了他对戏曲宾白文字重要性的体认，另一方面也自然导引了戏曲与“小说演义”相类的叙事性质素的批评。其实他已有一些评点文字将戏曲的叙事性郑重提出，在《古今名剧合选·酹江集·智勘磨合罗》的评语中，孟氏提到：

> 曲之难者，一传情，一写景，一叙事，然传情、写景犹易为工。妙在叙事中绘出情景，则非高手未能矣。读此剧者当知此意。①

传情、写景属于传统曲论中“诗性”批评的一面，是在词为“诗余”，曲为“词余”的文学发展观下对戏曲进行批评的逻辑，相对而言，叙事则非传统诗词类批评的关注点。孟称舜以“传情、写景犹易为工。妙在叙事中绘出情景”这样递进的口吻提出“叙事”的重要性，是建立在对戏曲这一文体叙事性质的认识基础之上。这俨然成为下启清代李渔等人一些重要曲论的先声。如李渔《词采第二·戒浮泛》所论述的：“填词……总其大纲，则不出情景二字。景书多睹，情发欲言。情自中生，景由外得。二者难易之分，判如霄壤。以情乃一人之情，说张三要象张三，难通融于李四；景乃众人之景，写春夏尽是春夏，止分别于秋冬。善填词者，当为所难，勿趋其易。批点传奇者，每遇游山玩水、赏月观花等曲，见其止书所见，不及中情者，有十分佳处，只好算得五分，以风云月露之词，工者尽多，不从此剧始也。善咏物者，妙在即景生情。”②分明像是对孟称舜此段评语的敷演。

随着明末戏曲叙事性质越来越受重视，戏曲评点中对作品叙事因素的阐发也越日渐增多，而且已不仅仅是孟称舜所提的白文，是曲文宾白一起被进行叙事性的分析。如阮大铖剧作《咏怀堂新编勘蝴蝶双金榜记》评点者云：“司马子长善于写生，能使千古而下须眉性情毕现，吾于斯剧亦云然。”③这已是针对整本剧作的批评，戏曲已从整体上被作为叙事文体。这种批评

① 孟汉卿著、孟称舜评：《智勘磨合罗》，《古今名剧合选》，明崇祯刊本，《古本戏曲丛刊四集》。

② 李渔：《闲情偶寄》卷一《词曲部上·词采第二·戒浮泛》，浙江古籍出版社，1985年，第20页。

③ 阮大铖：《咏怀堂新编勘蝴蝶双金榜记》第十三出《托嗣》题下评语，明末刊本，《古本戏曲丛刊二集》。

倾向在清代金圣叹、毛纶父子等《西厢记》、《琵琶记》的评点中得到了充分发展。反过来也可以说，中国古代戏曲评点史巅峰阶段金圣叹等人的一些批评因素正奠基于明末评点的发展。

四　剧体结构奇巧曲折的叙事论

明代戏曲评点发展早期的徐渭、李贽和王骥德等重要人物，对戏曲作品的叙事结构已给予了一些关注，如李贽对《玉合记》、《拜月亭记》等剧就有关于结构曲折、松散与否的简单论述[①]。评点本中，包括万历七年、八年坊刻的《西厢记》评点本都开始出现揭示作品曲词前后呼应关系的评语，到了王骥德的《西厢记》评点中，对前后曲词之间互相照应关系的揭示就更频繁了，以其针对《西厢记》第二折第一套〔元和令〕、〔后庭花〕两支曲词的评语为例，这是莺莺在面临孙飞虎的要挟后，主动要求牺牲自己来顾全大局的相关唱词。先引两支曲词如下：

〔元和令〕第一来免摧残你个老太君，第二来免堂殿作灰烬，第三来诸僧无事得安存，第四来先君灵柩稳，第五来欢郎虽是未成人、须是崔家后代孙。

〔后庭花〕莺莺若惜己身，不行从乱军，伽蓝火内焚，诸僧污血痕，先灵为细尘，断绝爱弟亲，割开慈母恩。

关于〔元和令〕的评语都是关于文献考证的，且不论；王氏评〔后庭花〕云：

"伽蓝火内焚"四句，应上"免堂殿作灰烬"五句，"割开慈母恩"，应上"免摧残你个老太君"句。[②]

① 李贽：《焚书》卷四《杂述·玉合》云："此记亦有许多曲折，但当要紧处却缓慢，却泛散，是以未尽其美。"（第194页）同卷《拜月》又提到："首似散漫，终致奇绝。"（第194页）

② 王骥德：《新校注古本西厢记》，《续修四库全书》影印明万历四十一年香雪居刻本。

可以说,《新校注古本西厢记》对曲词照应关系的分析不可谓不细致,但颇显琐碎零散,往往仅针对部分段落或曲词进行小范围内的观照,还没有作品整体篇章结构的概念。这种情况到了明末有了变化。随着小说等叙事文在明末流行开来,戏曲的叙事性也得到了许多批评者的重视。戏曲评点中出现了许多针对剧本结构的评语,结构安排的巧妙与否成为评判作品是否优秀的新标准之一。如署名汤显祖评点的《焚香记·总评》道:

> 独金垒换书,及登程,及招婿,及传报王魁凶信,颇类常套,而星相占祷之事亦多,然此等波澜,又氍毹上不可少者。此独妙于串插结构,便不觉文法沓拖,真寻常院本中不可多得。

在《焚香记》的评点者看来,该剧中本会引起观赏者审美疲劳的"颇类常套"的情节,由于作者"妙于串插结构"而使其显得不同寻常。在该剧正文的具体评语中,评点者也始终关注着作品的结构串插与转折:第三十八出正文描写剧中男主角王魁与女主角桂英冥对后,王魁原想让王兴送信给桂英,并接他们到自己任所。但作者在生旦团聚前的剧情中安排了一次又一次的波折。评点者针对这些波澜,一再以"此转更妙"、"此转妙绝"、"此转更奇,文人之思愈出愈奇如此"之类评语表示叹赏,该出末和第四十出末的总评更给予"结构串插可称传奇家从来第一",和"一线索到底,宛转变化,妙不可言,传奇家有可称化工笔矣"[①]这样夸张的赞赏之语。

整体考察明末戏曲评点中对作品结构的关注,可以发现曲评者对结构的理论总结也有一个发展过程,即从一味追求布局的幻特向反思幻特、要求叙事结构曲折而连贯,能够在结构的组织中表现出生动的情态来。

明末曲论中崇情、尚奇、注重结构安排等倾向,多有汤显祖剧作的创作理念和相关评论的重大影响存在,在戏曲布局中求幻特的曲论倾向正始于茅元仪的《批点牡丹亭记·序》:

> 其(指《牡丹亭》——引者)播词也,铿锵足以应节,诡丽足以应情,

① 王玉峰著、汤显祖评:《玉茗堂批评焚香记》,《古本戏曲丛刊初集》。

幻特足以应态，自可以变词人抑扬俯仰之常局，而冥符于创源命脉之手。①

茅氏在总结《牡丹亭》音律铿锵、情节诡丽两个优点后，并列而三提出的便是该剧结构的“幻特”。

汤显祖另一剧作《紫钗记》的《总评》有语云：

元之大家，必胸中先具一大结构，玲玲珑珑，变变化化，然后下笔，方得一出变幻一出。令观者不可端倪，乃为作手。今《紫钗》亦有此乎？②

《紫钗记》为其评点者诟病的重要问题之一，便是无胸有成竹的“玲玲珑珑，变变化化”的布局，评语中“一出变幻一出”的“变幻”，显然不仅仅指奇诡的情节，还包括让观赏者“不可端倪”的幻奇的布局。

在汤显祖作品影响下，曾经有一股单纯追求情节或布局之奇幻的创作倾向和曲评。但这样的作品和曲论繁衍开来之后，一些批评者认识到了其中的问题，出现了反思这种倾向的曲论。如署名谭友夏批点、卢次楩撰著的《批点想当然传奇·成书杂记》批评时曲一味追求坳奇情节、复杂结构的创作取向，求情节之奇、关目之巧的作品虽然发展了戏曲作品的戏剧化效果，娱乐性增强，比较吸引观众的眼球，但过犹不及，作品很容易流于肤浅，丧失掉耐人寻味的含蕴。比较之下，《成书杂记》的作者称许《想当然传奇》：“取事未尝不奇，而回峰过峡，引水归源，恣意横皴，欢肠袍舌，更妙在嵌空着步，缠绵幽曲，必欲节节尽情。台上案头，共珍名作。”不但情节奇，而且结构安排巧妙，能够很好地为“绘情”服务。该剧卷上有评语道：

此出合笋投簧，猛然团就，情态声口，悉是个中丝丝织出，不紧不缓，细腻。③

① 汤显祖：《牡丹亭》，明朱墨刊本，《古本戏曲丛刊初集》。
② 汤显祖：《紫钗记》，明柳浪馆刊本，《古本戏曲丛刊初集》。
③ 卢柟：《谭友夏批点想当然传奇》，明刊本，《古本戏曲丛刊初集》。

巧于串插的结构中“丝丝织出”的是作品要表现的“情态声口”，不是为奇而奇，结构是围绕着“情态声口”服务的。在这种认识渐渐成为明末许多戏曲评点者的共识之后，一些批评者在评点其他剧作时再反观汤显祖作品，有了一些相形比较之论，如朱京藩作品《小青娘风流院传奇》卷上有评语道：

忽然插入波澜，不惟文致萧疏，而借此为遗诗张本，拾诗根脚。略无痕迹，其于《牡丹亭》崖崩画见、斧痕显然者不啻天壤。①

戏曲严密的叙事结构日渐成为批评者关注的重点之一。《玉茗堂批评异梦记·总评》论述道：

兹（指奇幻的情节——引者）经作者叙次点缀，实妙有化工，虽张曳白拾环冒亲，颇似《钗钏》，然境界又觉一新。曳白复向博平求配，似属重赘，而有吴学士复送云容于范夫人处，李中丞复向范夫人说琼琼亲事，遂觉关目交错，情致纡回，而妙在于千丝一缕，毫无零乱之病。至后又有入宫一折，如山尽处，转一坡峦，正与辇真选女照应。又见云容侠烈。虽愈出愈奇，不觉其多也。②

从这一段论述中明显可以看出，比起情节的奇幻来，《总评》的撰著者更看重的是剧作者布局之新和串插之连贯，构局之巧驾驭了本来可能会显得零乱、繁多的情节。“千丝一缕”等描述之语已将叙事文学“草蛇灰线”的组局模式渐渐概括出来。阮大铖诸剧评点本的序、跋和具体评语，论述的几乎都是贯穿作品始终的曲折而连贯的结构。崇祯十五年韦佩居士为阮大铖《燕子笺》所作的《序》详细论述道：

合词之全幅而观之，构局引丝有伏有应、有详有约、有案有断，即游戏三昧，实御以《左》、《国》、龙门家法。而慧心盘肠、蜿纡屈曲，全在筋转脉摇处，别有马迹蛛丝、草蛇灰线之妙。介处、白处，有字处、无字处，

① 朱京藩：《小青娘风流院传奇》，明德聚堂刊本，《古本戏曲丛刊二集》。

② 王元寿：《玉茗堂批评异梦记》，明刊本，《古本戏曲丛刊二集》。

> 皆有情有文、有声有态，以至眉轮眼角、衣痕袖折、茗碗香炉，无非神情，无非关锁，此亦未易与不细心人道也。

结合阮大铖诸剧正文具体评语，如“纲目分明”、“此出节节转折，句句关生，风韵无限”①、“接缝逗笋，节节相生，竟成件无缝天衣”、“该而约，当得左丘明笔法”、“到此穿珠百八，并无一珠遗落”、“约得妙，拙笔便满眼线索”②等关于剧本结构线索的评语来看，“草蛇灰线”等关于叙事的批评范畴、将戏曲作品比附于《左传》、《史记》等叙事文典范的风尚都已出现。

阮大铖等剧作的评点中关于作品的叙事因素的论述分量越来越重，固然可以说是戏曲评点早期一些批评范畴逐渐发展的结果，但它们能在明末得到较快的发展，离不开日渐兴盛的小说评点的影响。小说是纯叙事的文体，从其产生之初便受传统的史学批评影响，以批评作品的叙事性因素为主，与戏曲评点不同，后者主要源自诗词曲话，着重着眼于作品曲辞的鉴赏。阮大铖剧作之评语中出现攀附《左传》、《史记》等史书的评语，正是小说评点理念和范畴模式影响到戏曲评点的表现。这种小说评点对戏曲评点的影响在此后的评点史上有很大的发展，《西厢记》金圣叹评本、《桃花扇》的评点中均有突出的表现。几乎可以说，小说评点理念和范畴模式的侵入，很大程度上改变了此后戏曲评点的整体面貌。

五　辞足达情的案头完璧论

明末的戏曲评点中，虽然有沈璟、冯梦龙等人从演唱的音律、介白科范等具体角度力倡剧本的舞台演出性，批判纯粹的案头之作，“大刀阔斧”地将一些名剧改编为符合舞台演出规律的底本。如汤显祖《牡丹亭》一剧，便有臧懋循、冯梦龙两人的《改本还魂》和《墨憨斋重定三会亲风流梦》。尽管如此，明末戏曲批评中仍有创作者和批评者不顾这些非议案头之作的批评。关于汤显祖作品案头化倾向问题的讨论中，就有一股与臧懋循、冯梦龙等人针锋相对的批评。如茅暎评本《牡丹亭》的《凡例》便有批判臧懋循因声律等

① 阮大铖：《怀远堂批点燕子笺》，明末刊本，《古本戏曲丛刊二集》。

② 阮大铖：《咏怀堂新编勘蝴蝶双金榜记》，明末刊本，《古本戏曲丛刊二集》。

表演性问题删削原作的论述：

> 臧晋叔先生删削原本，以便登场，未免有截鹤续凫之叹。欲备案头完璧，用存玉茗全编。此亦临川本意，非仆臆见也。《临川尺牍》自可考。①

“欲备案头完璧”也就是坚持案头化倾向，这在当时并非个别之见，在戏曲创作和批评中声势不小。如孟称舜便颇能够欣赏案头之作，其撰于崇祯六年的《古今名剧合选·自序》谓：

> 予此《选》去取颇严，然以辞足达情为最，而协律者次之。可演之台上，亦可置之案头赏观者，其以此作《文选》诸书读可矣。

孟氏明确提出其《古今名剧合选》的入选原则首重“辞足达情”，其次才看声律，“作《文选》诸书读可矣”更是毫不以其案头性质为讳。孟称舜不仅在选录前人或旁人的作品时秉持着这样的原则，他还是案头之作身体力行的创作者。其作品《节义鸳鸯冢娇红记》由马权奇作的《题词》中提到，孟称舜请不懂填词的马氏看该剧文本时，说道：“子不解填词，姑以文字观之可也。”请不解填词的友人马权奇为自己的剧作写最重要的《题词》，且直言让他“姑以文字观之”，这充分说明了孟称舜最看重的是戏曲作品的案头阅读效果，而非舞台表演性。作为大型戏曲选本《古今名剧合选》的编者、主要评点者和《娇红记》、《二胥记》、《桃花人面》等十几种当时比较流行的杂剧、传奇的作者，孟称舜在当时戏曲界的影响较大，其评点之类曲论以及创作中体现出的不以案头化为讳的戏曲观念，在当时应该具有某种典型性。

六　崇情的主题思想论

在嘉靖、万历年间提倡“真性情”的思想空气下，汤显祖《牡丹亭》发出的“第云理之所必无，安知情之所必有”这一情不可破、连理也无法框架的言

① 汤显祖：《牡丹亭》，明朱墨刊本，《古本戏曲丛刊初集》。

论,随着该剧的流行而在士庶间成为"口号"性的标语,后来有些评点者甚至以"情则《牡丹》"①之类评语肯定剧作情感表现上的成功。戏曲创作和批评中均出现了崇情的趋势,而且这种情常常是使得生可以死、死可以生的非比寻常的至情。创作上,吴炳《画中人》诸剧、朱京藩《小青娘风流院传奇》,甚至崇尚节义的孟称舜的《节义鸳鸯冢娇红记》等,立意主旨都在传情。批评,尤其是戏曲评点这一批评形式中,曲词、宾白传情的效果如何成为评述的重点之一。在具体的创作和批评中,有的完全承续汤显祖所提倡的"理无情有"式的绝对的至情,这种"情"不排斥色情、欲望,个体色彩很强烈,以汤显祖为楷模的吴炳②所作诸剧便是如此;有的虽也尚情,但其所尚的情是在传统儒家温柔敦厚之教检验下合格的情,孟称舜诸剧和阮大铖的一些作品便都有这种明确的表态。针对这些作品的评点等戏曲批评,相应的也产生了差别较大的两种口吻。

茅暎评本《牡丹亭》所附茅暎《题牡丹亭记》,是对汤显祖作品崇情性的直接阐释:

> 传奇者……其间情之所在,自有而无,自无而有,不魂奇谔眙者亦不传。而斯记有焉。梦而死也,能雪有情之涕;死而生也,顿破沉痛之颜。

其间推崇的是可以穿越死生的至情和奇情,这种理无情有式的至情逐渐成为明末许多戏曲作品的共同追求。《谭友夏批点想当然传奇》署名卢次楩的《本叙》道:

> 大江以南有一君子,城愁以居,啖字为饱,淫淫于睡梦之乡,则常叹曰:人生几何!少冶难系,功名事业须有时。独此迟之不得,错之不可者,死心一佳丽耳!子牙垂老犹发磻溪之梦,未闻会稽太守绶累累后更遇佳人也。闲居抱此,似失一物,骨酸心痛,魂悸眼花,恍惚有人,歌笑迎我,胸

① 孟称舜:《张玉娘闺房三清鹦鹉墓贞文记》,明末刊本,《古本戏曲丛刊二集》。

② 吴炳剧中一再地向汤显祖致意,如其《疗妒羹》剧中便安排汤显祖为风流院主这一角色。

中枕上，结为佳景。欲合欲离，骄我失意。历数古人，尽谬师襄之所教。一日偶阅稗乘，见刘一春觅莲事，则抛书狂叫曰：是矣！是矣！人生有此一日，千劫后可无活也。烦卿作念，无用相酬，则酬之以歌。王龟龄、蔡伯喈荒谬无味事，犹烦传不朽。有情如此，与后世文人毫无干涉者乎？

能够及时与心中的佳丽相爱一场，哪怕只有短短的一日，"千劫后"的生命都可以在所不惜。这种尘土功名事业，专重男女之情的倾向显然源自汤显祖《牡丹亭》和相关评论高倡的至情论。而这种曲论上承《西厢记》评点中徐渭、王骥德一脉，下启毛奇龄的《西厢记》评点以及吴震生、程琼夫妇《才子牡丹亭》等评点本。

与上述这种个体色彩强烈的至情论相比，明末另一股在戏曲评点史上具有承上启下作用的曲论，是以孟称舜、阮大铖等剧作及其相关评论为主的符合温柔敦厚之教的曲论。

崇祯十一年孟称舜为其《节义鸳鸯冢娇红记》作的《题词》谓：

性情所钟，莫深于男女。而女子之情，则更无借诗书礼义之文以讽谕之，而不自知其所至，故所至者若此也。《传》中所载王娇、申生事，殆有类狂童淫女所为，而予题之"节义"，以两人皆从一而终，至于没身而不悔者也。两人始若不正，卒归于正。

王娇、申生之间生死不渝的爱情故事在孟称舜眼里竟"有类狂童淫女所为"，这可能不但是该剧源头元代小说《娇红记》的作者没有预料到的，也是孟称舜之前改编原小说为小说或戏曲的其他作者所不认同的。这恰好说明了思想风气到了孟称舜的时代有了变化。对于孟称舜来说，王娇、申生故事最值得歌颂的是"两人始若不正，卒归于正"，即成全了"义夫节妇"之名。用崇祯十二年为该剧作序的陈洪绶引述之语来说，孟称舜《古今名剧选》、《人面桃花》，以及此剧，均属于"以情而出于正者"①。

① 《节义鸳鸯冢娇红记·序》："昔时子塞有《古今名剧选》，及《桃花》诸曲行于世，一老先生见而呵之，以为不正之书，又一老先生以为诗、曲等也，'夫子删诗，不废《郑》、《卫》，况子塞所著、所选，又皆以情而出于正者乎？'此言是矣。"

与孟称舜及为其作品写序、跋、评语的陈洪绶等人的崇情观念相似，崇祯十五年韦佩居士为阮大铖《燕子笺》所作的《序》道：

孰如此因情作画、因画生情、非梦非真、有意无意，始以怀春，终焉正范。药(当为“乐”之误——引者)而不淫、哀而不伤、温柔敦厚，石巢先生始于性情矣。

情还是男女之间的奇情，但评论者倍加推许的是它能够“终焉正范”，是合乎传统道德规范的性情。作为朋友的韦佩居士《序》中所表达的也正是阮大铖所自诩的其作品的优点，崇祯六年他所撰的《春灯谜·自序》云：

识者曰：山樵之编此也，岂第娱？其于风雅，亦有决排疏瀹之思乎？则即谓为六义、四始之尾闾焉，可矣。①

佚名撰《燕子笺·原叙》谓：

施、高、汤、沈之余，讵无雅唱？关、郑、马、白之外，间有名篇。求其辞屏淫哇，义符比兴者，则惟《燕子笺》一书。以司马之奇才，谱遏云之逸响，洵足以缘情定性，考古证今也。……揽厥始终，综其本末，体制要由于乐府兴观，允助乎骚坛焉耳。

列数阮大铖之前的元明代表剧作家，包括汤显祖、沈璟等当代最著名的戏曲作者，竟然只有阮大铖的《燕子笺》一剧符合“比兴”的要求，这显然忽略了阮大铖同时代的孟称舜等人的剧作，但这种明显的过奖之语，却正说明了这股讲求温柔敦厚情感描写的倾向在明末还只是出现在孟称舜、阮大铖等少数剧作家身上。

韦佩居士、阮大铖这类要求戏曲虽然描写情，甚至奇情，但却必须归于正的戏曲观念，在之后的戏曲批评中也有接续者，如毛纶父子的《琵琶记》评点、《吴吴山三妇合评牡丹亭》等等。

---

① 阮大铖：《咏怀堂新编十错认春灯谜记》，明末刊本，《古本戏曲丛刊二集》。

七　曲折离奇的情节发展论

前文曾经提到明末戏曲评论者在批评传奇作品时，往往舞台、情节和词华三者并提，但仔细考察具体的评论也可以发现，对这三者，许多批评者无视音律等舞台表演的特性，而唯情节、词华或情节、结构是重，而其中情节的离奇曲折在明末的戏曲评点中总是最受论者注目。茅暎《题牡丹亭记》所谓的“传奇者，事不奇幻不传”等语，及该书《凡例》所称的“南曲向多宗匠，无论新声，第事涉玄幻，语臻葩雅，恐《牡丹亭》一记，不唯远轶时流，亦当并轡往哲”等言，均开宗明义地提到了传奇作品的情节须“奇幻”或“玄幻”。这显然是从汤显祖《牡丹亭》等剧作才开始被重点关注的一个戏曲批评范畴，因其前戏曲批评的两大经典——《西厢记》和《琵琶记》，均非以情节的奇幻擅长，《牡丹亭》的生可以死、死可以生的穿越生死梦觉的奇情，是导引出这种求情节之奇幻倾向的最初源头，从此，生死幻梦这些戏曲作者热衷的情节成为批评者普遍关注的焦点。传奇这一文体，被诠释成“传其奇者”，普通的“见面成思，闻声起慕”等恋情“皆出寻常情理之中”，没有奇处，也就不值一传①。作品奇在何处成为评点的热点。如吴炳《情邮记》署名无疾子所撰的《小引》便津津乐道于该剧的“五奇”之处。又如《玉茗堂批评焚香记》剑啸阁主人的《序》谓：

> 又有几段奇境不可不知。其始也落魄莱城，遇风鉴操斧，一奇也。及所联之配又属青楼，青楼而复出于闺帏，又一奇也。新婚设誓，奇矣！而金垒套书，致两人生而死、死而生，复有虚讣之传，愈出愈奇。悲欢沓见，离合环生。读至卷尽，如长江怒涛，上涌下溜，突兀起伏，不可测识。真文情之极，其纡曲者可概以院本目之乎？

《焚香记·总评》也有类似的评语道：

> 此传大略近于《荆钗》，而小景布置，间仿《琵琶》、《香囊》诸种。所

① 崇祯三年署名无疾子的《情邮记·小引》。

奇者，妓女有心；尤奇者，龟儿有眼。若谢妈妈者，盖世皆是，何况老鸨？此虽极其描画，不足奇也。作者精神命脉，全在桂英冥诉几折。摹写得九死一生光景，宛转激烈。

情节之奇成了作曲者“精神命脉”所在之处。“奇”往往与“新”、“异”一体，明末戏曲评点中这股求“奇”的风潮在许多评点者那里是以求“新奇”、“新异”的形式出现的。如《异梦记·总评》云：

从来剧园中说梦者，始于《西厢》草桥。草桥，梦之实者也。今世复有《牡丹亭》。《牡丹亭》，梦之幽者也。复有《南柯》黄粱。黄粱，梦之大者也。复有《西楼》错梦。错梦，梦之似幻实真，似奇实确者也。然而总未异也。既曰梦，则无不奇幻，何异之足云。乃若此传之环佩诗笺，醒时俱灿然在手，斯足异矣！事出《艳异编》。兹经作者叙次点缀，实妙有化工，虽张曳白拾环冒亲，颇似《钗钏》，然境界又觉一新。曳白复向博平求配，似属重赘，而有吴学士复送云容于范夫人处，李中丞复向范夫人说琼琼亲事，遂觉关目交错，情致纡回。

在《异梦记·总评》的作者看来，《牡丹亭》、《南柯记》等以写梦出彩的作品，虽然也奇幻，但却“总未异也”。只如其所评《异梦记》那样，梦中之物能够穿越梦、觉两界而灿然出现在醒时的空间，那才真正称得上“异矣”。求离奇情节的倾向慢慢演变成求新异的离奇情节的风尚。如下面两则评点文字谈到：

总新脱极矣。如此合欢，绝胜锦屏丝幕。一场俗闹，又是粤东风俗通，可以作赋，当无枳橘之诮。（《咏怀堂新编勘蝴蝶双金榜记》卷上总评）

看他竭力摆脱《西厢》、《还魂》处，才是独出手眼，不则与奇逢、寻梦等剧何异？①

---

① 沈孚中：《谭友夏钟伯敬批评绾春园传奇》第六出末评语，明末刊本，《古本戏曲丛刊二集》。

"新脱"、"独出手眼"之类评语的出现可谓之追求新奇、新异的具体解说词。

当几乎所有作品都以离奇的情节示人，而离奇的情节再新异，仍总不脱幻梦、生死，即文震亨为《牟尼合》作的《题词》所谓的"盖近来词家徒骋才情，未谙声律，说情说梦，传鬼传神。以为笔笔灵通，重重慧现"。离奇的情节便无法新脱到让读者或观众耳目为之一新的程度。因此，在普遍求奇的风尚下，也不乏一些反思的论调。其中比较典型的有上文引述过的《批点想当然传奇·成书杂记》的相关论述，该文批评明末大量出现的唯重故事情节离奇曲折和幻术的作品，只为了投合观众和读者的胃口，但并非所有的作者都有能力驾驭离奇曲折的情节，容易造成"舌乱齿忙，本味未出而心已为关目促去，作者以此投时，演者以为省事，不知终场急鼓繁声，仓皇跪拜"的尴尬局面。该文的作者虽然承认《批点想当然传奇》"取事"仍是奇，但在反思时曲由一味追求"取事坳奇"而带来的诸弊端后，他将叙述的重心从奇事悄悄转移到了有助于"尽情"的巧妙的叙事结构上(详上文"剧体结构奇巧曲折的叙事论")。

这应该并非《批点想当然传奇·成书杂记》作者的一家之言，明末阮大铖诸剧的评点便将关注的重心，逐渐由离奇曲折的情节转到叙事结构的安排穿插上，当属于共同的批评倾向(详上文"剧体结构奇巧曲折的叙事论")。阮大铖《春灯谜》中有十错认的情节，可谓之诡异离奇，但文震亨在《牟尼合题词》中提到时只字不提其情节之奇，以"识者推重，谓不特串插巧凑，离合分明，所谱调谐叶，实得词家嫡宗正派，非拾膏借馥于玉茗'四梦'者比也"①之语赞之，正是情节之奇已经渐渐被论者冷淡的实例之一。整体考察明清戏曲评点的发展实际，比较于叙事结构的日受论者重视，情节之奇慢慢淡出了批评者的关注中心。

八　鲜明的人物性格论

早期的戏曲评本主要关注点还只是曲词的"诗性"特点，以"俊"、"雅"之类词语来评述曲子甚至句字，但在一些文人的评点，如徐渭、李贽、王骥德的《西厢记》评点中，已经出现了对剧中人物形象描写的关注。徐渭针对《西厢

① 蔡毅:《中国古典戏曲序跋汇编》卷十一，齐鲁书社，1989年，第1403页。

记》卷三第一套〔上马娇〕和〔胜葫芦〕两则曲子的评语:"二曲妙在一气急急数去,正与快口婢子动气时传神。"[1]他以"快口婢子"形容红娘,说明红娘形象已慢慢被批评者注意。只不过在正视《西厢记》男女情欲描写的徐渭眼中,红娘的形象是俏皮的"快口婢子",而在希图美化莺莺娇矜形象的署名"李贽"的评点本中,红娘的形象成了有点反面的"马泊六精"、"撮合山"、"道学先生",是帮助张生攻下莺莺心防的"牵头"、"大座主"。可以看出,徐渭评语中对红娘"快口婢子"形象的揭示,和署名李贽的《西厢记》评点中红娘被作为突显莺莺娇矜身份的衬托,都对后来的戏曲创作具有很大启发,也引导了后来的戏曲批评。

汤显祖《牡丹亭》中塑造了一众形象鲜明的角色,如"妖绝"的杜丽娘、"骇绝"的柳梦梅、"方绝"的杜父、"迂绝"的陈最良,等等,都已比《西厢记》中红娘、莺莺的形象更加鲜明丰满,王思任、沈际飞等批评者对这些形象的强调,加之其时《水浒》等人物形象塑造比较成功的小说的流传,使得戏曲中人物形象的描绘也越来越成为创作者和批评者关注的重点之一。许多作品的评点之语开始对人物描写与人物形象的贴合程度多所关注,诸如"描写书生浪子形影口角俱绝"[2]、"把各人情性描写无余,是顾虎头画笔"[3],以及"各人还他口气,一字不滥用,近日作文正苦不知此法"[4]之类的评语,在明末的评点中越来越多。大体上说,这段时期关于作品人物的评点表现出如下两个特点。

一方面,许多批评者会在评点中关注大大小小的人物形象,并以简单的词语为之定性。如吴炳《情邮传奇》最后总评道:

> 王任庵古执到底,老夫人世事到底,萧长公侠烈到底,慧娘紫箫恋爱到底,何金吾奸猾到底,各人情性标榜模写,须眉毕肖。[5]

这种评语与《牡丹亭》王思任、沈际飞的评语非常类似,对作品典型性格

---

① 王骥德:《新校注古本西厢记》转引。
② 吴炳著、牡丹花史评:《绿牡丹传奇》,明末刊本,《古本戏曲丛刊三集》。
③ 吴炳著、西园公子评:《西园记》,明末刊本,《古本戏曲丛刊三集》。
④ 见《节义鸳鸯冢娇红记》陈洪绶评语。
⑤ 吴炳:《情邮传奇》,明末刊本,《古本戏曲丛刊三集》。

进行了提炼。

另一方面,剧本中主要人物的作用当然毋庸置疑,但众多“净丑外末”等次要人物在戏曲中的作用也引起了明末一些曲论者的认真思考。如《谭友夏批点想当然传奇》署名谭元春撰的《批点想当然序》论道:

> 有名人女子,终身情性所结,覆匿昏迷,婉转自度,不幸而遇俗子以刀马扁鼓传之,或遇不读书、不静悟之人以恶诗俚句演为小说、述为歌声,遂使起居服饰仍是前人,但易其姓氏,而谓之后人可乎?即后人之行径诚是,我不能出心想以迎之,则仍不如置之冥漠,听后世有耳目有情性者自为之,正不必汲汲欲传,令人痛惜裴徊,归咎于作者之不善也。且生旦两人合为一传,则两人有两人之想,净丑外末嬉笑怒骂,种种诅祝,怜惜之人则亦有净丑外末嬉笑怒骂之想。夫传两人则两人已耳。净丑外末,两人深不愿有此,然无之则不奇,不奇则不传。世无才人,并净丑外末须眉如土木矣,况言词转动之外有举目不见、倾耳不闻,千变而不离者。半面乍睹,如见故人,避就迁延,如长痴木当径者。为情所使,忽忽不知。自非此中人,孰能以一点艳根化为千百字句,不许一字不灵、一句不肖。令四时之气、草木之情、意外不相干涉之人尽为佐使乎?

在论者看来,戏曲本只是为了传生旦两人之事,似乎无需构拟出“净丑外末”等其他杂七杂八的人物参杂其间。但是,作为“传奇”的剧本,须有“奇”才可传,而没有“净丑外末”扰攘其间的剧本就不奇了,从而也就不会流传开去。而且即使是本就吸引观赏者的“净丑外末”,也须有才之人传之,才能活现。

明末的戏曲批评不仅认识到了剧中人物典型性格的归纳和角色在剧本中的作用,还对戏曲人物描写之间的关系作了初步的论述。或许受李贽对红娘帮衬角色评点之语的启发,在紧密贴合戏曲文本的评语中,已经有论者注意到作品众多人物的主辅关系,即一些次要人物的描写往往是为了映衬主要人物的形象。如《红梨记》第四出末尾的评语云:

> 以势焰滔天之王黼,而素娘抵死不从,独注念一不识半面之穷措大,岂惟见素娘冰玉比洁,而伯畴之风流俊雅越越显出。

该剧第六出评语又云：

素秋不如此便不堪与伯畴颉颃，固知人言匪谬。[①]

在评点者的眼中，《红梨记》的中心角色显然是男主角伯畴，本应该与男主角角色地位平等的女主角素秋的描写，有时候被诠释成凸显男主角的形象：素秋"冰玉比洁"的性情是为了烘托伯畴非比寻常的"风流俊雅"。似乎如果她的形象不够光辉，她所心仪的人的形象也会黯淡许多；反之，她的形象越好，她所心仪的男主角的形象越突出。《红梨记》中这种关于人物之间衬托关系的初步思考，引逗了后来金圣叹等人关于剧中人物"烘云托月"等作用的理论归纳和总结。

从总体上考察，明末戏曲评点在明清戏曲评点史上具有上述所列各种新旧戏曲批评范畴的发展演变之功，但值得注意的是，这段时期的戏曲评点也存在许多局限性。如在戏曲叙事性质的批评方面，明代后期的戏曲评点虽已逐渐关注戏曲这一文体叙事性质的一面，即具有叙事质素的戏曲的宾白、关目、结构等方面，如阮大铖诸剧的评点对于这些叙事因素多有观照。但总的来说，由于明末的评点者对戏曲的叙事性质尚无明确的自觉意识，批评的重心还是放在戏曲这一叙事文学中源自诗词的曲文上，因此诗话、词话批评模式的痕迹仍很重，受诗、词话这些中国传统批评形式所具有的感性、模糊、零散等特点的影响，戏曲评点者对戏曲叙事因素的论述品评，虽不乏个体批评者充满睿智的感悟，但却难免随兴、含糊其辞、断章鉴赏等缺点，诸如"置诗余中不复辨"、"画出"、"妙"、"俊语"等评点之语，读者虽可从中见出评点者是在赞赏所评对象，但至于具体好在哪里则付之阙如。这种由评点者自己阅读时随兴感悟而下的斩截的评语，即使在对原作已有感悟的敏锐的读者眼里，仍时有言不尽意感，因为从这些短小抽象的评语中，无从准确把握评点者要针对的究竟是作品哪些地方如"画"，或者说究竟哪些表现方式精彩"画"出了哪些内容意蕴。这种状况只有到了明末清初金圣叹的《西厢记》评点中，才有了很大的改观。

① 徐复祚：《红梨记》，明朱墨刊本，《古本戏曲丛刊初集》。

“真”与“恰”

——明清两代《西厢记》评点的不同审美准则

中南财经政法大学　韦　乐

一、明人的“真”

在数十家明代《西厢记》评本中，关于“真”的强调比比皆是，兹举数例以述之：

第一本：

此一套，枝枝似常话，却何等真率！（第二折〔粉蝶儿〕“不做周方，我枉埋冤杀你个法聪和尚……”之批点画意徐文长评本眉批）①

钟情处真的如此。（第三折〔金蕉叶〕“踮着脚尖儿仔细定睛，比我那初见时庞儿越整”之汤若士、沈伯英合评本旁批）②

逼真。（第四折〔锦上花〕“扭捏着身子百般做作，来往向人前卖弄俊俏”之三先生合评本眉批）③

第二本：

真情无嫌直突。（第一折〔天下乐〕“红娘呵，我……但出闺门，影儿

① 徐文长批订：《重刻订正元本批点画意北西厢》，北京：国家图书馆出版社，2011年影印明刻本。

② 汤若士批评，沈伯英批订：《西厢会真传》，明后期刻本。后文所引出处同此。

③ 汤若士、李卓吾、徐文长合评：《三先生合评元本北西厢》，北京：国家图书馆出版社，2011年影印明末刻本。后文所引出处同此。

般不离身"之起凤馆王李合评本王凤洲评语)①

真!(第一折〔滚绣球〕"您那里善文能武人千里,尽在这济困扶危书一缄"之容与堂李卓吾评本旁批)②

真趣一时都尽。(第三折〔折桂令〕"他那里眼倦开,软瘫做了一垛。我这里手难抬,称不起肩窝"之三先生合评本眉批)

真切有味。(第三折张生白"天哪!怎生借得一阵顺风,将小生这琴声吹入俺那小姐……耳朵"之汤若士、沈伯英合评本眉批)

第三本:

真郎中。(第一折〔油葫芦〕"两下都一样害相思"之孙鑛评本眉批)③

一一描写极真。(第三本第三折〔乔牌儿〕"自从那日初出时想月华,挨一刻似一夏,柳梢斜日迟迟下,好叫贤圣打"之陈眉公评本眉批)④

第四本:

真极。(第一折〔元和令〕"羞答答的不肯把头抬,只将鸳枕挨"之田水月山房徐文长评本旁批)⑤

句句真。(第三折〔小梁州〕"我见他阁泪汪汪不敢垂……长吁气,推整素罗衣"之少山堂本眉批)⑥

光影必真。(第四折末尾张生白"一天露气,满地霜华,晓星初上,残月犹明"之陈眉公评本眉批)

第五本:

---

① 王凤洲、李卓吾批评:《元本出相北西厢记》,北京:国家图书馆出版社,2011年影印万历庚戌起凤馆刻本。

② 李卓吾评:《李卓吾先生批评北西厢记》,万历庚戌容与堂刻本。后文所引出处同此。

③ 孙鑛批点:《朱订西厢记》,明后期刻本。后文所引出处同此。

④ 陈继儒评:《鼎镌陈眉公先生批评西厢记》,明万历师俭堂刻本。后文所引出处同此。

⑤ 徐文长批订:《田水月山房北西厢藏本》,北京:国家图书馆出版社,2011年影印明万历间刻本。后文所引出处同此。

⑥ 逸乐斋订正:《新刻考正古本大字出像释义北西厢》,明万历已卯少山堂刻本。

是极真率语。(第一折〔醋葫芦〕“休教包袱做枕头……我则怕干时节熨不开湿皱”之新订徐文长评本眉批)①

真处不可言喻。(第二折〔醉春风〕“你若是知我害相思,我甘心儿死、死”之天章阁李卓吾评本旁批)②

上述诸例只是若干涉“真”评语之冰山一隅。我们知道,明代的《西厢记》评本相互之间转袭誊刻的现象非常严重,所以,这些关于“真”的评述往往不是孤立,而是相当广泛地存在于众多评本中。也就是说,“真”以其极高的出镜率堪称明人评点《西厢记》的审美准则。

那么,什么样的美学状态能够被称为“真”呢?以上述 14 例为证,“真”用于景致评论 1 处,用于事件评论 1 处,而用于人物品评达 12 处,其中张生 5 处,莺莺 5 处,红娘和惠明各 1 处——在《西厢记》并不复杂的人物阵营中,也只有这四人被赞誉为“真”。是他们的什么行径让评点家们发出如此赞叹呢?细察之下,作为主角的张生和莺莺在被赞为“真”时都是因其诚挚地表达了心中对对方的爱情,而作为配角的红娘被赞“真”是因为她准确地洞察了张、崔二人的痴缠之情,惠明被赞“真”则是因其表达了一个仗义和尚的勇敢与率性。至于事件和景致的评论,第二本第三折的停婚事件被评“真趣都尽”,是因老夫人棒打鸳鸯,破坏了本该顺畅的情爱进程;而第四本第四折中被称赞的景致,则是因其淋漓渲染了主人公在情爱渺茫前景中的凄恻心境。一言以蔽之,“真”的本质在于人、事、景的叙写是否能高度突显人物内心实情之本然。然而戏剧之中的人物内心实情本系造无为有之物,属于“一千个读者就有一千个哈姆雷特”的范畴。明人既以上述人、事、景,尤其是人之行径为“真”,则必是极力主张《西厢记》“风流本子”的属性。事实上,这样的观点也的确多次见诸明人笔端。兹举一则登场率颇高的例证:

人谓一本《西厢》,予谓是一轴风流画。前半本合处装病,后半本离

① 徐文长批点:《新订徐文长先生批点音释北西厢》,北京:国家图书馆出版社,2011 年影印明末刻本。

② 李卓吾批点:《李卓吾先生批点西厢记真本》,北京:国家图书馆出版社,2011 年影印明崇祯天章阁刻本。

处装梦，相思腔调，全在此中，迫真。

这是一段在孙鑛评本、陈眉公评本等评本中都曾出现的剧作尾批。它以“图穷匕见”的方式点明了“真”与剧作“风流”基质的依存关系，从而直接道出了明人纷纷说“真”的认识前提。与此相应地，“假”作为“真”的反义词，便被明人用于讥刺那些有悖内心实情的行径。比如张生借厢本是为接近莺莺，但他却以听讲为由头向法本提出请求，对此，徐笔峒评本评道：“听讲？假事！”[1]又如莺莺明知家宴的主角是张生，却故作矜持地询问红娘客人的身份，对此，魏仲雪评本评道：“假情！不妙！”[2]类似的评语让我们不得不佩服明人眼光的犀利，也几乎要慨叹其脾性之刻薄。张、崔二人这些举动，放在生活逻辑中，实在是可以包容的，但明人偏偏就是“眼里揉不得沙子”，但凡人物的一言一行没有饱满彰显其“挚情”的特质，没有充分体现出风流的韵味，便要背负“假”的罪名，站在“真”的对立面遭到批判。和“假”相近似的，又有“酸”、“没趣”之类鄙称。比如张生长亭分别时说了句“金榜无名誓不归”，立刻遭到猛烈抨击，容与堂李卓吾评本、魏仲雪评本、徐笔峒评本等骂其“蠢虫，不知趣极了”[3]，陈眉公评本挖苦其“不离酸味”，三先生合评本嘲其“不识趣的蠢虫”。其实，正常人但凡以理智的思维稍加思考，便知此话旨在表明张生对阻碍情爱的功名的必克之志。但不可否认的是，它在表面上终究与“情”无涉，很不“配合”莺莺此时的无限留恋情怀，明人必定觉得大煞风景，所以才会有如此激烈的反应。由此，明人“真”的审美准则实是一个由“真”、“假”、“趣”、“酸”等若干彼此联系的范畴共同组构成的系统，而“情”则是这个系统的灵魂。

二、清人的“恰”

“恰”在《西厢记》评点领域的明确登场，已经是很晚的事了。光绪六年，

---

① 徐奋鹏评阅：《新刻徐笔峒先生批点西厢记》，北京：国家图书馆出版社，2011年影印明末笔峒山房刻本。后文所引出处同此。

② 魏浣初批评：《新刻魏仲雪先生批点西厢记》，北京：国家图书馆出版社，2011年影印明末刻本。后文所引出处同此。

③ 徐笔峒评本为：“蠢子，不知趣极了！”

身任教谕及学正之职的评者戴问善在其名为“西厢引墨”的评本中提出了这个术语。其原文曰：

圣叹批《西厢》数万言，才子文也。我批《西厢》止一字，曰“恰”。(第一折《惊艳》尾批)①

清代《西厢记》评点的传播情形有别于明代。从现存的文献情形及相关论述可知，明代许多评本大概流失于易代变乱，因此入清以后，人们见到明代评本的机会并不多。金圣叹的《第六才子书西厢记》独霸天下，成为彼时最为通行的评本。因此，戴问善在提出自己评书的审美准则时，特地以金评本对举，而这不过是标榜自身的一种套话而已，并不意味着就和金评立下楚河汉界②。事实上，“恰”根本就是对金圣叹以来清人解读《西厢记》思路的高度归纳和提炼。让我们先来看看戴问善是如何表述“恰”的：

乍见惊见，心头恰有此语。(第一折《惊艳》〔元和令〕“颠不刺的见了万千，这般可喜娘罕曾见”眉批)

此时满心里俱是莺莺，乍见其家侍婢，心中恰有如此打算。(第二折《借厢》〔后〕“我共你多情小姐同鸳帐，我不教你叠被铺床。将小姐央，夫人央，他不令许放，我自写与你从良”眉批)

事如山穷水尽处，恰有此颠倒妄想。(第二折《借厢》〔哨遍〕“听说罢，心怀悒怏，把一天愁，都撮在眉尖上。说夫人节操凛冰霜……若今生你不是并头莲，难道前世我烧了断头香”眉批)

好词无非集腋而成，此却不能，能在运用得恰好耳。(第五折《寺警》〔八声甘州〕“我只是风袅香烟不卷帘，雨打梨花深闭门。莫去倚阑干，极目行云”夹批)

红娘口中并无半点含糊，恰是替人高兴之人。(第六折《请宴》〔二煞〕“夫人只一家，先生无伴等。……立等你有恩有义心中客，回避他无

① 戴问善评：《西厢引墨》，清光绪六年稿本。后文所引出处同此。

② 在清代，后出于金圣叹《第六才子书西厢记》的评本往往都喜欢拿金本作参照对举物，比如毛甡评本、朱璐评本、周昂评本、邓汝宁评本等都是如此。

是无非廊下僧”眉批)

恰是小夫妇人前张致。(第七折《赖婚》〔庆宣和〕“谁想他识空便的灵心儿早瞧破,唬得我倒躲,倒躲”眉批)

看得淡极,恰是热心人语。(第十二折《后候》〔紫花儿序〕“从今后由他一任。甚么义海恩山,无非远水遥岑”眉批)

恰是等不来心中打算。(第十五折《酬简》〔油葫芦〕“人有过,必自责,勿惮改。我却待‘贤贤易色’将心戒,怎当他兜的上心来”眉批)

入梦、寻梦、续梦,亦恰是自然波折。(第十六折《惊梦》“(忽醒云)哎哟!这里却是哪里?(看科)呸!原来却是草桥店。(唤琴童,童睡熟不应科)(仍复睡科)(睡不着反覆科)(再看科)(想科)”眉批)

在整部评本中,戴问善统共使用了24次“恰”来评述剧作,这里姑且以9个案例来分析其“恰”的具体内涵和根本特质。9个案例中仅2个用于事件评述,另外7个都是用于人物品评,这说明“恰”与明人的“真”处于同样的评析境域。而与“真”有着显著不同的是,“恰”充分表现出人物心境的变动发展特征。以张生为例,在陡然遇到“罕曾见”的倾国佳人时,他难掩内心之激动,爱情在瞬间便如焰火般绽放,这与他实诚的个性相当吻合。而这种基于男性性别的求爱主动心理更因身份寒微而甚少门第顾忌,所以愈发表现得热烈大胆,以至于乍见莺莺侍婢红娘时爱屋及乌,竟说出要为人家脱籍的誓愿。戴问善以“恰”评之,正是赞扬剧作对这位青年士子初坠爱河时心理的确切描绘。然而在之后的情节进程中,戴问善并不认为张生一直在以被爱情主宰头脑的单纯形象示人,当他批出“事如山穷水尽处,恰有此颠倒妄想”和“恰是等不来心中打算”时,便表示他认为张生在遭遇门第阻碍和礼法牵绊时是有着复杂心境的,这种复杂,便是内心向“情”的原动力和现实境遇相冲突时产生的纠结。类似的见解,其实在清初的毛甡评本中已经被表述过。毛甡曾在上举第二折处评道:“因红语而反复惆怅。”①细细分析这个暧昧的“惆怅”,可不正是戴问善用“恰”揭示的复杂心境么?同样的纠结,也一再被认为是剧中另外两个重要人物——红娘和莺莺的共性。

---

① 毛甡论定并参释:《西厢记》,北京:国家图书馆出版社,2011年影印清康熙间学者堂刻本。

红娘在明人的评笔之下，一直是以热辣直率的姿态示人，仿佛她是一个通体冰雪的玻璃人儿。然而上述例子中两则关于她的评语，却能引导我们发掘红娘内心的起伏跌宕。《请宴》时的她尚不曾遭遇小姐的算计，所以一味发自天性地热切替人撮合；待莺莺两首情诗和花园赖简将她糊弄得云里雾里后，被现实搞得心灰意冷的她在《后候》中已不复昔时天真。戴问善在两个差别如此大的地方都批示以“恰”，正让我们看到了一个既定天性的人物在现实遭遇中心境的微妙变化。

至于莺莺，从金圣叹开始，清人就开始关注到这位“千金国艳”的纠结内心。试看金圣叹在《琴心》和《赖简》折批中的滔滔言辞，便可知在戴问善以前，清人对这位相府佳人在礼法与情爱间不断寻求平衡的艰难心境已有了相当深透的认识：

> 佳人之爱才子则爱，而佳人之畏礼则又畏者，是乃佳人之所以为佳人也。(《琴心》折批)①
>
> 双文，天下之至尊贵女子也；双文，天下之至有情女子也；双文，天下之至灵慧女子也；双文，天下之至矜尚女子也。(《赖简》折批)

将莺莺“有情”而“灵慧”的天性牢牢锁闭在“尊贵”和“矜尚”的现实境遇中，所以这位佳人从遭遇爱情的开初便处于错综复杂的心境之中。正是在这样的批评背景下，戴问善才能将被明代容与堂李卓吾评本看轻，而被批点画意徐文长评本和田水月山房徐文长评本不以为然的句子嚼出“恰”的滋味来②。

如此解读，则通部《西厢记》中，男女主角和那位重要的侍婢都在天性与现实间、“情”之本然与“理”之应当间持续纠结着。于是无怪乎张生在草桥店梦而醒、醒而梦、梦而又醒的事件会被冠之以“恰”，这真是对全书评点画龙点睛的定调。在评首折《惊艳》时，戴问善似乎曾试图阐释“恰”：

---

① 金圣叹评：《贯华堂第六才子书西厢记》。清顺治贯华堂刻本，后文所引出处同此。

② 容与堂李卓吾评本的评语是“娇甚”，而两部徐文长评本的评语都是“松江何孔目首可此套，恐未必然”。

> 盖人人心头口头所恰有，而未能道出者也。

按照今人下定义的规矩，此话难免“同义反复”之嫌，但不应苛求古人的我们应该明白，他无非是想表明自己的心理期待与剧作的书写现状高度吻合。然而他本人、金圣叹，以及处于他们之间的其他清代评者所具有的这种共性心理期待，显然也必须遵守“一千个读者就有一千个哈姆雷特”的原理，并不能上溯至那些明代先贤。王朝的兴废固然不足以成为文学思想划段的科学依据，但清人的“恰”在事实上的确与明人的“真”有着人生观和艺术观的根本差别。

三、“真”与“恰”的哲学渊源及戏剧理论价值

如上所述，“真”的本质在于人、事、景，尤其是人之行径是否能高度突显人物内心实情之本然。对此，人们多半会首当其冲地联想到李贽的“童心说”：

> 夫童心者，真心也。……绝假存真，最初一念之本心也。若失却童心，便失却真心；失却真心，便失却真人。人而非真，全不复有初矣。

这是一段引征率极高的文字，但笔者在此更要强调的是李贽此论的“声讨”对象，即《童心说》开篇提到的龙洞山农叙《西厢记》所云“知者勿谓我尚有童心可也”。这句话应出自万历十年龙洞山农刻本的序言，而此序在今存万历二十六年继志斋本的卷首仍可见到。据继志斋本序言，龙洞山农在发论时，所称道者仍是顾玄纬本、徐士范本和金在衡本，而未提到品目繁多、影响巨大的李卓吾评本和徐文长评本，表明《西厢记》评点的热潮尚未出现。李贽在万历十八年对“童心”的大声疾呼，正印证了今存各种冠名李卓吾的评本及冠名其他名家的评本对“真”的主张，甚或可作一设想，这些评本的制作者在很大程度上曾受教于李贽此说。众所周知，李贽此说只是对晚明心学左派思潮的一个折射，根本而言，“真”正是在戏曲评点领域对彼时最时尚思潮的一种响应。

从王阳明将天理交给人心开始，便开辟了不从外在纲常礼义的对照修

习上做功夫的道路。他将摸清“自家底准则”作为通向“良知”的不二法门，在很大程度上解放了正处于时刻以外在规约警醒自性的国人，“立身”开始具有了感性运作的可能性。至王畿、王艮、罗汝芳以及李贽本人等心学左派人物并起之时，“现成良知”和“良知致”便已取消了王阳明对“致”的强调，使人感性的自然发挥成为“立身”之关键。当摈除外在那作为群体意志高度提炼的既定礼法的束缚后，“童心”、“赤子之心”、“真性”便能自然浮现。如《易传·序卦传》所言，“有天地然后有万物，有万物然后有男女，有男女然后有夫妇，有夫妇然后有父子，有父子然后有君臣，有君臣然后有上下，有上下然后礼义有所错”，对于“修齐治平”的追求以及一个社会的维系，最终便返璞归真至于男女情爱。也就是说，“真”的哲学本位，是将关乎道德的理性修身彻底转化为关乎人情（尤其是男女之情）的感性张扬。

很明显，“恰”并不在这个思想体系之内。明确提出“恰”的戴问善以学官为职，据民国《南皮县志》记载，“其教士，先德行而后文艺，谆谆然忠孝是务。尝谓：‘士竭毕生精力，读书稽古，若仅以文字为弋取科名计，大背朝廷求贤本意矣。’士人化之，竞来执贽受业。弦诵之声，通宵达旦，官署如私塾焉。而其得意春秋闱者，亦先后踵相接旋。……人皆称为真教官”[①]。可知他不仅是一位虔心修持的儒者，而且修持之道并不在放任感性的途径上。这可以从他在评本跋语中的言论得到印证：

> 闲散心则秀才瞥见，做好事则暴客风闻，工诗词则酬韵听琴，善书算则传书递简。自借厢至坐衙，才五六日耳，而湖海飘零之游客，绣帏深锁之贵人，已杯酒言情，湖山密约。自佳期至长亭，止月余耳，而泪眼愁眉，全无回避；牵肠挂肚，不复羞惭。香美娘之处分，付之侍妾；国太君之处分，听之贱婢。为之上者，居何等乎！《易》曰：“履霜坚冰。”至禹曰：“必有以酒亡其国者。”“吾侪小人，皆有合庐”，其可畏孰甚于此！作者犹复以《寺警》许婚，曲为之地，以《惊梦》陶写，讳言其终，尤得诗人忠厚之遗。倘所谓“变而不失其正”者乎！

① （民国）《南皮县志》，《中国地方志集成·河北府县志辑》47，上海：上海书店出版社，2006年，第338页。

他对情事题材“非礼”的批判堪称严厉，就现存文献来看，这几乎是《西厢记》评点史上唯一一篇由评者所撰，却不“点赞”反而“拍砖”的序跋。但他又不是真正要否定剧作的价值，当他以《金瓶梅》作喻，从道德文统角度将剧作的基本性质定为“变”，并彻底砍掉第五本，止步于《惊梦》时，他的思想主张便得到了显著呈现。显然，人生于天地之间，必须重视自己的社会处境，正如莺莺该谨记“绣帏深锁贵人”之身份，夫人应深体“国太君”之仪范。而这种见解，正是金圣叹肇始其端，而潘廷章、周昂等继踵其后，复倡之旨：

夫老夫人，守礼谨严，一品国太君也。双文，千金国艳也。即阿红，亦一时上流姿首也。（金圣叹《第六才子书》卷四之《圣叹外书》）

“老夫人”三字，书法也，来得词严义正。夫人者何？上奉诰命于朝廷，下端母仪于家室，此何等风范！（潘廷章《西来意》之《把盏停婚》〔殿前欢〕节批）①

此却最上策，后此恋张而淫奔不终，何尝非辱没家门？（周昂《此宜阁增订金批西厢》之《寺警》〔柳叶儿〕“俺不如白练套头，寻个自尽”“夹批）②

然而处在这种本该严守礼法的社会境域中，却又因天性而自发地坠入爱情，正如潘廷章评述莺莺“平素原极自把持，不须提备得，但不知一见那人，陡觉关心。此又情之不能自已处，虽提备亦无益也”③。所以，戴问善以“引墨”为评本题名，本身就是个“恰”。“引”即援引，“墨”即绳墨，可引申为法度准则。两字合于一处，照应着评本序言所昭示的评书目的——“期与墨卷相发”，可知他真正把职业禀赋及其哲学信仰活用进评点了——八股文正是非常强调“代圣人立言”。这种儒生专属的应试文体，从来就不是作者感性的自由抒写，而必须思圣贤所应思，言圣贤所应言。这种严重限制性灵的

① 潘廷章评：《西来意》，北京：国家图书馆出版社，2011年影印清康熙间渚山堂刻本。后文所引出处同此。

② 周昂评：《此宜阁增订金批西厢》，清乾隆六十年刻本。

③ 参见《西来意》之《白马解围》〔天下乐〕节批。

特征让八股遭到强烈批判，然而不可否认，明清两代不是没有上等的、堪称文学的八股文，它们的共同特征，便是绝不泥塑木雕般模仿圣贤口吻发辞，而是能立足自性以圣贤思维行文，写出带有“人”味儿的道德文字。毫无疑问，这是对人伦理道德意识深刻与否的极大考量。再往深说去，八股这套思维，其实正是儒家奉为圭臬的“时中”思想的体现。《中庸》以“君子而时中”强调儒者在绝对信仰儒学理念的前提下，应使其理念奉行方式充分融合各种情境，因势而动。这成为儒生景仰的人生态度，并以“文如其人”的精神贯注其文章写作。

据此，对于“真”与“恰”孰美的问题，实难下一断语。但可以确定的是，这两种立足不同人生态度与价值观念的审美准则，在事实上已经反映出明清两代评家不同的戏剧观念。

这种不同首先是对戏剧本质的认识。直观上，或许明人的“真”会比清人的“恰”更美丽，然而一旦从形而上的追索回到尘俗，就会发现，由不同个体所组构的群体社会的现实生活总是和明人的期待有着不小的差距。而明人对此其实早有意识，陈眉公评本和孙鑛评本在剧作收尾时有评曰：

> 付物肖形，奇花万状；摹情布景，风流百端；空庭月下，叶落秋空。反复歌咏，不觉凡尘都死……

剧作对情的细腻表现让他们无比享受、无比沉醉，跟着剧作肆意挥洒感性的自由，这甚或能使他们步入那脱离尘俗滞重的清灵禅境，在一个虚拟飘渺的艺术世界中通过这“情词”中的“窈窕娇姿，风流狂兴”①尽情受用生之欢愉。所以，明人实是非常清醒地知道戏剧所演绎的世界，是远远高于和美于现实人生的，这也正是他们对戏剧的期待和对戏剧的认识。也就是说，戏剧在明代评点家的眼中，是要表现理想的人生。

清人的“恰”传达的戏剧观念显然不是这样。“恰”是那么符合这个群体社会的真实生活面目，当无数个体都有着自性的追求时，想要平和地维系一个社会，莫过于以“恰”的态度，在自我感性倾向与社会身份理性认知中不断寻求调和与平衡，在无数次矛盾与纠结中不断推进人生。回头看清代评点

---

① 参见魏仲雪评本第一本第一折尾批。

的发展历程，金圣叹评语中那声“先王制礼，万万世不可毁也”[①]真如警钟一般，响亮地提醒着那三百年间的读者和追随者们必须要立足现实的人生来对待这才子佳人的情缘。三百年间，评者们一面倾诉着对剧作的无比爱慕，一面却总也忘不了那“白璧微瑕”[②]。所以，戏剧在清人的眼中，是要展示现实的人生。

正是在第一要义的戏剧本质上，明清两代评家已各执一端，所以人物塑造、结构设计等戏剧第二层次的元素便各有千秋。在人物塑造上，明人基本主张依据剧本的立意进行大轮廓的单纯性性格塑造。比如这部风流本子的男主角便是“狂兴”，女主角便是“娇姿”，而穿针引线的侍婢则该是“二十分才，二十分识，二十分胆”[③]。而清人却主张用细腻立体的性格刻画来塑造人物，以呈现剧作之立意。所以，上述三位角色在清人的解读中分别成为“志诚”而不失彷徨的才子、“有情”却尊贵的佳人、热忱但难免“奸雄之尤”[④]的侍婢，让他们处于本性渴求与现实意识冲突中的心境，随着情节发展带来的境遇改变而获得动感彰显。

在结构设计上，明人主张情节应充分倡扬剧作立意，所以演绎大团圆的第五本得到他们的支持。他们依旧如评点前四本那样，但逢抒写男女主角彼此思慕对方的曲辞时，便以“真率”、“真处不可言喻”、“无限情味”、“的的真情”、“有趣”等术语大方称扬之，并在剧作结尾那句“愿普天下有情的都成了眷属”处大赞“公道”、“最愿得是”[⑤]。同样也是从自己对剧作立意的理解出发，清人却相当反感第五本。自金圣叹将它作为反面教材进行批评后，清代的评本有八成皆将第五本彻底删去。以那折惆怅的《草桥惊梦》结尾，正代表着他们在适度释放内心自性后对现实人生归宿的清醒认知。

---

① 参见《第六才子书》之《琴心》折批。

② 此为清初朱璐在《就欢》(即第四本第一折)中引萧统论陶渊明《闲情赋》语以指斥张、崔就欢情节之辞。见《朱景昭批评西厢记》，北京：学苑出版社，2004年影印清康熙间抄本。

③ 参见《李卓吾先生批评北西厢记》第四本第二折红娘白“非是红娘之罪，亦非张生、小姐之罪，乃夫人之过也”眉批。

④ 参见《西来意》之《堂前巧辩》折批。

⑤ 参见《李卓吾先生批评北西厢记》、《新刻徐文长公参订西厢记》。

总的说来,“真”和“恰”堪称环肥燕瘦,绝无高下之分。这两种审美准则承载了被“天崩地坼”的易代变乱衔接起的两个时代里国人对生命的基本探寻,是传统中国经典智慧历久弥新的展现。它们所传达的文学理念,对于今天重构本土古代戏剧理论将不无意义。

本研究得到中南财经政法大学中央高校基本科研业务费资助。

《才子牡丹亭》的性异常观

上海体育学院　路云亭

阿傍在《才子牡丹亭》所涉及的性学领域很广泛，其中提到男子爱女子才色以及女子也要爱女性才色的论题，并认为多女可以共事一夫，这便涉及到同性恋、一夫多妻制以及性行为中的娱乐内涵等问题。在阿傍看来，女子由于对另外的女子具有性爱惜的成分，转而忽略了对其他男子的爱恋，同性恋甚至可以压倒异性恋。此等观念出自阿傍之笔，具有新的含义。至少说明清代早期已有女性学者探讨过女性间的同性恋的话题，并认为同性恋可以得到间接和局部的认可。阿傍的性娱乐观念同样具有女士视野的阐释特色。

一、超越性别之爱的辩议

阿傍虽未提到同性恋的概念，但在她的批点文字中，多次阐发出针对女子间的相悦之情的赞扬，为此，阿傍并不反对同性间身体的相悦。阿傍在《惊梦》出曾说："吾故言，真好色者，即两妇亦可对食。其必求男事者，终是欲念甚于色情。中郎云：颠之爱石，非爱石也，公爱公也。我之爱美人才子，非爱美人才子也，自爱自也。"阿傍认为，女性同性之间可以相互爱慕，并非全是欲念的追求；女性互恋反映的是女子对于美好事物的向往以及对才色两美的爱好。阿傍首肯两女或多女共事一夫的情况，不排除帝制时期女性身处特定社会环境需求同性友人的因素。帝制时期的女子，长期生活在闺阁之内，所结交的人除丈夫外无非是闺中密友，在失去了其他社交机会的社会氛围里，女性寻求自身最大利益或实现自我价值的需求，则变成了对同性恋对象的追求。"我欲将女伴权当儿郎"，表面上包含有同性恋的含义，却并非肉体的同性恋，而先是精神的互相吸引和赏识，虽说无法完全避免其肉体亲昵的成分，却在更高层面上构成了一种文化同性恋。阿傍在《惊梦》出评云："花之爱妇，妇之爱花，固一而二，二而一也。独妇尽爱花，而鲜爱如花，为人间世一大恨事。"显然，阿傍受到了《牡丹亭》以牡丹为核心喻体或意象的启发，将花之色与人之色融为一体，对女性之色产生了理想化和抒情化的想法。

潘光旦曾说："同性恋的现象在动物生活史里就有它的地位。它和人类的历史是同样的悠久，大约是一个合理的推论，一般的历史如此，中国历史大概也不成例外。"①但是，同性恋现象因为涉及到性道德的问题，在世界范围内都经常受到歧视。1960 年代美国性解放运动以前，世界范围内的同性恋者大体处于地下状态。同性恋行为本身就充满了暧昧特性，并受到正统观念的贬斥，而大多数的同性恋者的心理多有罪感负担。蔼理士把同性恋称作"性的逆转"，他在《性心理学》中说："同性恋是一种很反常的歧变，但它所能给予一个人的满足，似乎比任何其他歧变为大。同性恋或性的逆转之所以重要，也许这是一个主要的原因了。这种重要性又可以从三方面看出来：(一) 它的散布极广，古今中外，不论在任何文明的阶段里，都有它的重要地位；(二) 在今日的文明社会里，它是一种屡见不鲜的现象；(三) 许多著名的人物都有过同性恋的表现。"②蔼理士引用德国希尔弗尔德的研究数据表明，在德国，"逆转的人或同性恋和异性恋两可的人，要占到全人口的 1% 到 5%"③。有过同性恋阅历的人约占人类人口总数的 1%到 5%，那就意味着百个人中就有 1 至 5 人具有同性恋的阅历。

古代同性恋名曰"断袖之癖"，典出汉哀帝与董贤事。班固《汉书·佞幸传第六十三》记载："哀帝立，贤(董贤)随太官为郎。二岁余，贤传漏在殿下，为人美丽自喜。哀帝望见，说其仪貌，识而问之，……贤宠爱日甚，为驸马都尉侍中，出则参乘，入御左右……常与上卧起。尝昼寝，偏借上袖，上欲起，贤未觉，不欲动贤，乃断袖而起，其恩爱至此。"④可见，《汉书》记载此事是当作趣事来记录的，而且视之为女性之间的恩爱之举。《汉书·外戚传》记载，

---

① 潘光旦：《中国文献中同性恋举例》，引自[英]蔼理士，潘光旦译注：《性心理学》，北京：商务印书馆，2006 年，第 716 页。

② [英]蔼理士，潘光旦译注：《性心理学》，第 296 页—第 297 页。

③ [英]蔼理士，潘光旦译注：《性心理学》，第 297 页。

④ 班固：《汉书》下，长沙：岳麓书社，1993 年，第 1618 页。

汉代宫女道房和宫女曹宫曾经有过“对食”的经历①。在清末以前北京有年幼男性伶人充当的“象姑”或“相公”，此当属一种职业性的同性恋者。

从人类进化与演变的角度来看，同性恋虽属于性行为中的特殊现象，但在特殊的时代，却可以成为一种风尚，并为一向以猎奇、好奇、尚奇为摄取题材方式的小说和戏曲所吸纳。清末小说《品花宝鉴》即专写同性恋故事。同性恋属于人类的天性还是变态行为，在清代即有过争议。纪昀认为同性恋行为是后天形成的，他在《阅微草堂笔记》中说：“凡女子淫佚，发乎情欲之自然；娈童则本无是心，皆幼而受结，或势劫利饵耳。”②袁枚则认为同性恋发于人的天性，既然是天性发作，就应该体察人性，宽容同性恋者。袁枚曾记郑板桥事：“余桃断袖中，自无不可为引知己。”③赵翼称其“乡觅温柔，不论是男是女。”④《随园诗话》中记录一个同性恋者春江公子的诗：“人各有性情，树各有枝叶。与为无盐夫，宁作子都妾。”⑤由此可见，清代的同性恋亦非新奇现象，它不仅成为小说题材，还为士人热议，而此潮流中，阿傍的观点带有女性学的视野和成色，则凸显其对抗礼教的价值。

二、“以身殉欲”的肉身享乐观念

汤显祖在《牡丹亭》中有一些关于男女性事的唱段。对此，明清两代的批评家多采取了回避的做法。早于汤显祖的元代剧作家王实甫所作《西厢记》同样有类似的性事描写，唯有金圣叹等少数评论家对之做出了合理的解释⑥。阿傍的《才子牡丹亭》却不视性事为避讳，转而大谈特谈男女两性的

① 班固：《汉书》下，第 1744 页。

② 纪昀：《阅微草堂笔记》卷二十，呼和浩特：远方出版社，2004 年，第 160 页。

③ 袁枚：《袁枚全集》第 8 集，南京：江苏古籍出版社，1993 年，第 518 页。

④ 参见傅毓衡：《袁枚年谱》，合肥：安徽教育出版社，1986 年，第 190 页。

⑤ 袁枚：《随园诗话》，长春：吉林人民出版社，1996 年，第 341 页。

⑥ 清初金圣叹评《西厢记》时曾说：“《西厢记》断断不是淫书，断断是妙文。”并进而认为：“人未有不好色者也，人好色未有不淫者也，人淫未有不以好色自解者也。”《第六才子书西厢记·酬简》有〔上马娇〕唱段：“我将你纽扣儿松，我将你罗带儿解；兰麝散幽斋，不良会把人禁害，你怎不回过脸儿来？”金圣叹评曰：“双文之面虽终不得而看，而双文之扣，双文之带，则趁势已解矣。夫双文之扣，双文之带，此真非轻易可得（续转下页）

性行为。《遇母》出开头杜丽娘曾提出了人体的"肉香"概念。她在〔十二时〕中唱道:"不住的相思鬼,把前身退悔,土臭全消,肉香新长。嫁寒儒客店里孤栖。"阿傍评曰:"肉香即不可言之幽香,丽娘之生'肉'胜,解得'肉'三昧,正以普'香'。世界万种'香'可一切'香'不如肉香之妙,而无色界,粗色细色,空色形色,总不如'肉色'之佳耳。况肉香并非虚语,但妇人不能多有,又非慧男子不辨耳。"这种肉香观念直接沟通了清代乃至整个帝制时期的人体学、生物学和医学思想。而在中国帝制时期女性受到全方位地位限定的前提下,杜丽娘的生理性怀春一旦经过文学艺术的普涨渲染,便具有广泛的社会心理内涵,更易于编织出一道唯独关心肉体感受的图景。

《牡丹亭》的身体乃至肉身关怀,直接和汤显祖的身体情况或身体体验有关。据徐朔方先生考证,汤显祖死于梅毒,并认为,汤显祖的梅毒对研究他的作品和生平思想有关系。理由有三,其一,万历十一年,汤显祖三十三岁中进士,当年,夫人吴氏在家乡病故,而他续娶的夫人傅氏则是妓女出身。其二,汤显祖在《紫箫记》第七出《游仙》〔前腔〕写道:"还笑,洞房中空秘戏,正落得素女图描。"[①]其三,汤显祖在《紫钗记》第二十五出《折柳阳关》写到霍小玉和丈夫李十郎告别时,想到今后独寝之景时唱〔解三酲〕:"俺待把钗敲侧唤莺歌语,被叠慵窥素女图。"[②]美国印地安那大学"金赛性与生育研究所"藏有明版邺华生《素娥篇》。《素娥篇》和《紫箫记》、《紫钗记》提到的《素女图》应是同样的读本。它着重描写行房的四十三种姿势,并有插图与诗词对照,由此可推断汤显祖对《素女图》之类应不陌生。

(续上页注)而解也。进用明修栈道,暗度陈仓之法,轻轻遂已解得,世间真乃无第二手也!"在本折的总批中,金圣叹评云:"有人谓《西厢》此篇最鄙秽者,此三家村中冬烘先生之言也。夫论此事,则自从盘古至于今日,谁人家中无此事乎!……谁人家中无此事。而何鄙秽之与有?……曰:一句一字都不鄙秽。……盖事则家家家中之事也,文乃一人手卜之文也。借家家家中之事,写吾一人手一下之文者,意在于文,意不在于事也。意不在于事,故不避鄙秽:意在于文,故吾真曾不见其鄙秽。"金圣叹肯定了《西厢记》中的性描写,并认为这是人的自然欲求,不可与色情小说混为一谈。可见阿傍之前已有评点者大胆地对戏曲中的性描写做出了肯定性评判。

① 汤显祖:《紫箫记》,徐朔方笺校:《汤显祖全集》第三册,北京:北京古籍出版社,1999年,第1742页。

② 汤显祖:《紫钗记》,徐朔方笺校:《汤显祖全集》第三册,第1949页。

徐朔方认为,恶性传染病梅毒始于美国新大陆,自哥伦布从新大陆回返后,欧洲文献中才有梅毒记载。哥伦布第一次远航是1492年,相当于明孝宗弘治五年。沈德符《万历野获编》卷二十三《王百谷诗》说:"时汪太函(道昆)介弟仲淹(道贯)偕兄至吴,亦效其体作赠百谷诗:'身上杨梅疮作果,眼中萝卜翳为花。'时王正患杨梅疮遍体,而其目微带障,故云。然语虽切中,微伤雅厚矣。"①黄霖先生曾考证,《金瓶梅》的作者为宁波文人屠隆,而屠隆则死于梅毒。屠隆的亲翁张应文在《鸿苞居士传》(见《鸿苞集》卷首)中说,屠隆弥留之际,"寝疾数日,不火食。命其子玉衡曰:吾将归矣。其薄敛,杀俗礼,勿溷我。援笔作《辞世词》……书毕倏然而逝。此其为鸿苞居士云。"②胡文学编《甬上耆旧诗诗》卷十九附小传云:"先是,吴人孙荣祖挟乱仙,称慧虚子,先生(屠隆)笃信之。及疾革,犹扶床凝望,几慧虚飒轮迎我。怅快而卒,得年六十三。"③张应文和胡文学无法判断屠隆的死因,只好视之为白日飞升的成仙成道景象。汤显祖因为同病相怜,便题诗纪念。他在《长卿苦情寄之疡,筋骨段坏,号痛不可忍。教令阖舍念观世音,稍定,戏寄十绝》诗中记载了这种病症:"雌风病骨因何起,忏悔心随云雨飞","非关铅粉药是病,自爱燕支冤作亲。"④由此可见,汤显祖熟悉梅毒,并认可屠隆的死因为梅毒。

其三,汤显祖在《诀世语七首》小序中曾对自己的不慎性行为感到忏悔:"仆老矣。幸毕二尊人大事。苫块中发疾弥留,已不可起。慎终之容,仍用麻衣冠草屦以袭。厝二尊人之侧,庶便晨昏恒见。达人返虚,俗礼繁窒。怪之,恨之。恐遂溘焉,先兹乞免。"⑤张师绎《月鹿堂文集》卷八《祭故祠部郎临川汤若士先生文》引用汤显祖弟子朱尔玉的话说:"其病为疡于头。"⑥乃

① 沈德符:《万历野获编》下,北京:文化艺术出版社,1998年,第624页。

② 屠隆:《鸿苞》四十八卷,第一卷,济南:齐鲁书社,1995年,第1页。

③ 参见清胡文学编:《甬上耆旧诗》三十卷,第十九卷,台北:商务印书馆,1983年。

④ 汤显祖:《玉茗堂诗之十》,徐朔方笺校:《汤显祖全集·诗文卷》,第一册,第645页。

⑤ 汤显祖:《玉茗堂诗之十一》,徐朔方笺校:《汤显祖全集·诗文卷》,第一册,第715页。

⑥ 四库未收书辑刊编纂委员会:《四库未收书辑刊》陆辑·叁拾册,北京:北京出版社,第135页。

为梅毒患者后期常见的症状。汤显祖有一首诗《七年病答缪仲淳》说:“不成何病瘦腾腾,月费巾箱药几楞。会是一时无上手,古方新病不相能。”徐朔方认为:此段话同屠隆弥留时吩咐他儿子玉衡的话十分相似:“吾将归矣。其薄敛,杀俗礼,勿涵我。”[①]如果说屠隆当时以求仙问道为主,汤显祖则在心底保留了更深的儒家操守[②]。据《万历野获编》卷二十二《督抚·许中丞》记载,缪仲淳是苏州的山人,即游手好闲在官府做幕客的文人。“古方新病不相能”[③],说明这是一种从未见过的新病症,很可能是外国传入的梅毒[④]。

徐朔方考证尚属推导,但已可看出,汤显祖本人不仅关注到了身体,还对与性相关的身体体验十分的敏感。从这一角度来理解汤显祖的《牡丹亭》以及阿傍的评点,则为学界完整理解汤显祖情学思想的一条新路。

于是,在这样的思想指导下的《牡丹亭》研究就具有了很强的针对性。其实,只要略加考查《牡丹亭》的宾白和唱词便可发现,除却《惊梦》出中几处直接描写性行为的词句外,还有多处隐性涉及两性关系的描述。如在第九出《存真》中,春香曾说:“关了的雎鸠,尚然有洲渚之兴,可以人而不如鸟乎?”其中“可以人而不如鸟乎”则来自明代艳情小说《如意君传》,可见汤显祖熟悉艳情小说。《如意君传》对《牡丹亭》当有影响。《如意君传》一名《阃娱情》,署“吴门徐昌龄著”,完成于嘉靖后期或万历前期,说的是武则天私房性学故事,阐释性学甚为透彻,以至达到一切皆以性为中心之地步,尤为可贵的的是,《如意君传》申明性欲不可抑制的理念。书中说道:“元统元年初夏,霖雨方霁,后携曹手游于后花苑。绿柳丛中,幽禽相偶呼名。后淫情顿发,叹曰:‘幽兽尚知相偶之乐,何以人不如鸟乎?’促命诸嫔女铺蜀锦墩于幽密之处,笑谓敖曹曰:‘朕与君近日当效禽鸟之乐。’”[⑤]应当讲,以人的性爱不自由比照鸟类的自由,《如意君传》起到了从《关雎》到《牡丹亭》的过度作用。《闺塾》中,陈最良在解释《诗经》时说“兴者起也”,阿傍评曰“兴者起也,

① 徐朔方:《晚明曲家年谱》第2卷,杭州:浙江古籍出版社,1993年,第392页。

② 汤显祖:《玉茗堂诗之十四》,徐朔方笺校:《汤显祖全集·诗文卷》,第二册,第858页。

③ 沈德符:《万历野获编》,北京:中华书局,1959年,第560页。

④ 参见徐朔方:《汤显祖和梅毒》,《文学遗产》2000年第1期。

⑤ 徐昌龄:《如意君传》(《阃娱情》),张廷兴:《中国古代艳情小说史》,北京:中央编译出版社,2008年,第241页。

谑词更明”,将修辞学中的“兴”与男女间性事的初起阶段相联系。阿傍将儒家诗教经典的《诗经》颠覆成性学启蒙之书,可谓独出心裁。

《牡丹亭》中描写两性行为的唱段写得极为动人、传神,《惊梦》中的〔山桃红〕和〔鲍老催〕则堪称此类描写的经典。《惊梦》一出集合了性学演示和情学搬演双重的艺术效果,清代钱德苍编《缀白裘》将《惊梦》分成《游园》和《惊梦》两出折子戏,以后的演出中还在两折中间插入《堆花》,旨在冲淡其中的性学内涵,增加美感和可视性。尽管如此,出于对《牡丹亭》原作曲词境界之敬仰,仍旧保留了〔山桃红〕和〔鲍老催〕,《堆花》则成为强化喜庆气氛的插曲。《缀白裘》将汤显祖的原句存而不论,对后来的舞台表演提出了很高的要求,就《牡丹亭》和《游园》、《惊梦》的舞台演出情况看,性爱的词曲主要还是以性暗示的方式呈现出来,舞台上不显示性爱动作。

汤显祖受到色情文学影响还有其他证据,如他在《南柯记》第四十四出《情尽》中,写淳于棼忍受焚手之痛,许下宏愿,竟目睹大槐安国军民蛾蚁五万户口同时升天,包括他的亡父亡妻和亲戚故旧在内。这一情节来自《金瓶梅》最后一回普静禅师荐拔出魂,这也是汤显祖是《金瓶梅》的最早读者之一的证明。《才子牡丹亭》大量以花喻性器官的评述,不仅延续了古老的生殖崇拜思想,还注入了人性解放甚至生理性医学发现的内涵。阿傍在《写真》出还对女根的外形和美观效果做出了详尽的评述:“‘趁此时画’,喻女根老瘦则难看也。‘一旦无常谁知如此’为普天下老瘦女根太息,亦为万古以来老瘦女根吐气。‘三分’喻女根,‘二段’喻男根,‘一段伤心画出难’言二根已合,则其状不可得画也。‘自手生描’喻以指摸,看此批本《牡丹亭》,岂不胜看仇唐名手所画春图耶?女根老瘦,却谓因由男根‘无福’,亦极有理。‘风’喻其动,‘光’喻挺末,‘抹’者‘丢’去,男根则须‘抹’净。”《闺塾》出陈最良在〔掉角儿〕曲中说:“《诗》三百,一言以蔽之,没多些,只‘无邪’两字,付与儿家。”阿傍则针锋相对,恰巧沿着汤显祖的性学暗线一路走下来,说明了儒家经典的“有邪”性。这说明阿傍已从自觉的性意识角度阐释《牡丹亭》,其原因在于延续了性学优先的思想,以对抗贤文礼法。阿傍在《写真》出评语中曾说:“批出此书为千古丽情第一书。”阿傍只在借助这些文字,阐释其情学与性学的主张。

三、房中文化的评点学炫示

以性学引领文学批评是《才子牡丹亭》的特点，而以女性介入其中，且为主导者，则可谓前无古人，尚且未见来者。这其中可留意者乃在于阿傍对房中术的浓厚兴趣。

房中术是关于男女性生活技巧及其附属的一整套房中文化的合成体。男女两性的行为自古已有，与之相关的知识已构成性学知识学体系。人类先民体验或目睹男女生殖器接触过程而激发出快感，又见证女性分娩过程而体验出人类诞生的神秘之象，先民无以解释这种快感的缘由和生命诞生的原理，更多的是顺从此类行为的精神震惊力量，并在反复的心灵悸动过程中不断地进入茫然和清醒的两难境地，体验或目睹这般景象的激情状态和回复常态后的非激情状态产生了较大的情感和情绪差异，先民无以解释这种差别，于是产生了生殖崇拜观念。男女两性的接触在中国早期的神话传说中即已出现，如《帝王世纪》记载的女娲和她的哥哥伏羲的结婚缔造人类，已传达出乱伦的主题，而《山海经》所记黄帝的侍女素女曾和黄帝讨论过性爱之事，这种对话可看成是房中术的原始形态。原始的性行为创造了人类繁衍学说的同时，也一并催生出了性禁忌，到战国时期，中国的性文化体系基本发育成熟，中国的性观念也得以完备。具体而言，中国的性学领域曾经出现过三种性观念，即老庄学派的无欲论、儒家学派的节欲论和道家杨朱学派的纵欲论。就对后世的影响而言，杨朱派和儒家派的对立达成了相对的均势，交互影响后世的性文化。就整体的性文化发育峰值而论，史前时期、魏晋时期以及汤显祖所处的明朝中后期以及延续其惯性的清朝初期，构成了道家杨朱学派的活跃期和繁盛期，而其余的时段则以儒家和杨朱学派的均衡期或儒学思想占据主导地位的时期。因此，性的文化在中国的文学艺术中不仅从未消失，还时常以各种面貌呈现出来。如柳永《尉迟杯》即写过性行为：“绸缪凤枕鸳被。深深处、琼枝玉树相倚。困极欢徐，芙蓉帐暖，别是恼人情味。风流事、难逢双美。况已断、香云为盟誓，且相将、共乐平生，未肯轻分连理。”①柳永写到了男女间闺房之乐，却已看不到所谓直率、赤裸

① 柳永撰、高建中校点：《乐章集》，上海：上海古籍出版社，1989 年，第 25 页。

的性爱行为，而是将性的过程作出暗示化、优美化、装饰化处置。再以明清为例，这一时段的小说戏曲中经常有性行为的描写，如冯梦龙《警世通言》第二十九卷《宿香亭张浩遇莺莺》载西洛才子行浩与莺莺的幽会，莺莺“粉面新妆，半出短墙至上，浩举目仰视，乃莺莺也。急升梯扶臂而下，携手偕行，至宿香亭上。明烛并坐，细视莺莺，欣喜转盛。……莺笑倚浩怀，娇羞不语。浩遂与解带脱衣，入鸳闱共寝。但见，宝烛摇红，麝裀吐翠。金缕绣屏深掩，绀纱斗帐低垂。并连鸳枕，如双双比目同波；共展香衾，似对对春蚕作茧。向人犹殢春情争，一搦纤腰怯未禁！须臾，香汗流酥，相偎微喘。”[①]同样将性行为作出含蓄化处理。《西厢记》中描写男女私会的场景同样写得含蓄蕴藉。如《西厢记》第四本第一折即有四段关于性行为的描写。〔元和令〕唱段：“绣鞋儿刚半拆，柳腰儿恰一搦，羞答答不肯把头抬，只将鸳枕挨。”[②]〔胜葫芦〕唱段：“我这里软玉温香抱满怀。呀，刘阮肇到天台，春至人间花弄色。将柳腰款摆，花心轻拆，露滴牡丹开。”[③]〔幺篇〕“但蘸着些儿麻上来，鱼水得和谐。嫩蕊娇香蝶姿采，半推半就，又惊又爱。檀口揾香腮。”[④]〔青歌儿〕：“成就了今宵欢爱，魂飞在九霄云外。投至得见你多情小奶奶，憔悴形骸，瘦似麻秸。今夜和谐，犹自疑猜。露滴香埃，风静闲阶，月射书斋，云锁阳台；审问明白，只疑是昨夜梦中来，愁无奈。”[⑤]

《牡丹亭》中《惊梦》出描写性事情境很有特色，如先有杜丽娘唱〔山桃红〕：“则为你如花美眷，似水流年，是答儿闲寻遍。在幽闺自怜。”紧接着则有柳梦梅要求和杜丽娘“转过这芍药栏前，紧靠着湖山石边。”杜丽娘的问话也带有挑逗性：“秀才，去怎的？”柳梦梅终于说出实情：“和你把领口扣松，衣带宽。袖梢儿温着牙儿苫也，则待你忍耐温存一晌眠。见了你紧相偎，慢厮连，恨不得肉儿般团成片也，逗的个日下胭脂雨上鲜。”汤显祖使用了极为形象的辞藻来装饰性事，这些词汇表面上很优美，而内容则紧扣性行为的细节，尤其突出对女性行器官的欣赏态度。再看《欢挠》出〔白练序〕：“（旦）金

① 冯梦龙：《警世通言》第二十九卷《宿香亭张浩遇莺莺》，《喻世明言·警世通言·醒世恒言》，长沙，岳麓书社，1989年，第261页。

② 王实甫撰，王季思校注：《西厢记》，上海：上海古籍出版社，1978年，第137页。

③ 王实甫撰，王季思校注：《西厢记》，第137页。

④ 王实甫撰，王季思校注：《西厢记》，第137—138页。

⑤ 王实甫撰，王季思校注：《西厢记》，第138页。

荷、斟香糯。(生)你酝酿春心玉液波。拼微酡,东风外翠香红醱。(旦)也摘不下奇花果,这一点蕉花和梅豆呵,君知么,爱的人全风韵,花有根科。”阿傍评曰:

> 齐己云“春兴酒香熏肺腑”,言春兴扰如酒香也,亦惟酒香更添春兴。“芳心向谁许,醉态不能支。探怀授所欢,愿醉不顾身。”春心愈酿愈出,但需嫁后乃知。今后酒香二字,便可用作咏美人典故,观”拼微酩”三字,雍陶正不得云”常倚玉人心自醉”也。

阿傍将“醉酒”说成是闺房性事,纯为附会之说。又如《闹殇》出〔鹊桥仙〕春香的唱段:“拜月堂空,行云径拥。骨冷怕成秋梦。世间何事似情浓?整一片断魂心痛。”〔前腔〕春香的唱段:“甚春归无端厮和哄,雾和烟两不玲珑.算来人命关天重,会消详、直怎匆匆!为著谁侬,俏样子等闲抛送?月轮空,敢蘸破你一床幽梦。”阿傍认为,“断”喻女根,“断”分则瓜分,故曰“痛”,“玲珑”喻女根中含有男根,“月轮空”喻男根已出,“不分明”喻男根不健。显然,阿傍心目中呈现有两幅画面,其一是男女性事,其二则是汤显祖《牡丹亭》中所描写的各式场景,不管这种场景之间有无逻辑关系,在阿傍的心目中始终是合一的。诸如此类的例子在阿傍的评点还很多。如《谒遇》出,阿傍评曰:“‘微醺走出’喻男根初出女根时,可谓酷肖矣。”“‘有路荣华’亦确切之极,男根既入女内,则色倍鲜矣。”《秘议》出阿傍评曰:“‘麻姑一去’喻‘肉麻欲死也’。”《淮警》出批曰:“‘哈哄哄’喻‘交欢时口中音。’”《如杭》出:“‘出土成人’喻‘男根出方能看见。’”《御淮》批曰:“‘把定’喻‘男根未进时,女把之也。’”《劝农》批语云:“‘江广’嘲‘女道不浅’”。《谒遇》中还有“庄严成世界,光彩遍娑娑”一语,本是平常话,阿傍则认为“作女根颂”。《折寇》出批云:“‘关河困’喻‘男根在内’。”再如《怅眺》出,韩子才自报家门:“题一诗在蓝关草骚之上。”阿傍则批曰“喻女根毫极丽”,《闹殇》中,还将一般名词进行比喻:“‘娘’喻女根,‘儿’喻男根,‘成人’喻孕。”

阿傍的种种言论都和当时流行于世的房中术的广泛影响分不开。从阿傍的批语中也可以看出,阿傍不仅熟知房中术,还对其充满了好感。房中术本来属于介于医术和身体娱乐方式的专术,其着重点在对男女性事的描述,如汉代《素女经》、《养生方》、唐代的《天地阴阳交欢大乐赋》、明代的《即济真经》、《修真演义》、《素女妙论》等皆如此。阿傍在评点时也常常不遗余力地阐释此道，表现出对“性”的特别爱好，阿傍对性行为的细节展开了较为全面的探索。如《冥誓》批语：“‘把持’喻‘以手捻住使得动也’。”再如《寻梦》出批语。

“那些儿”指男根，“花妖”喻女根，“木客”喻男根，“荒园”喻已破之瓜，“小庭”喻未破之瓜。“砌”喻两辅，“笼”喻女囊，“鸟”喻男根边阑不丽，其“笼”便可“赚”矣。“杨线”喻豪，“榆荚”喻女根幼小时，“线儿”即出甑馒头切一刀之说。“金钱”以代筋全，“话长”指男根言，“近远”以喻抽送，“沁”喻水出，“眼口”俱喻女根，“半面”喻女根已分开，“恰恰生生”喻初破瓜时也。“抱咱”犹言咱抱，“眠”指男根，“石”喻交骨，“婵娟”喻女根长，“玉山”喻身，“目”喻女根，“秋千”喻两足树起，“裙花”喻女两扉，又欲展其裙，则不得不先树其足意。“挨过雕栏”喻两手持胫，身挨膀开，擘分子户也。“香肩”喻女根球檐两畔，“鸣”喻深埋不动，另是法中一法。“形现”喻男根起时，“软绵”喻其歇后事毕之后。“叶”将花掩，“红叶”喻女两扉，“半天”喻分两开，“眯奚色眼”女根妙号，同一物也。分开便见两边“亭台”，粘合便似“没”了，但成眯奚一眼。“寻之不见”多半耳，“活现”喻男根复振，“方旋”于内打车也。“黄金”之金代筋，喻男根，“钏”喻女根，“形圆”男根甚巨，则女根变圆成匾矣，出奇之笔。“人儿”仍喻男根，“照人儿”喻挺末之光，喻得艳巧之极。“眼下”喻溺孔下。“阳台一座登时变”喻行事与毕罢时，女根相状各别。“梅子”喻男茎端，观“伞儿般”三字，益信“红绽雨肥”喻女根也。“叶儿”喻豪，男进则女“苦”，而彼不顾也，只将“仁儿”在“里撒圆”耳。垂星在表似“伞”半开，在半表半里似“伞”半收，直“迸”入里则似“伞撒圆”也。“书阴”书视女阴也，“草”仍喻豪，“打并一片”喻女根复合，更须稍用手法。“梅天”喻精留处，“香”喻男根，“翠”仍喻豪，“远”喻其深，女根“眼望”不料被男根“伤”却花“心”，故自“怜”。“泪”喻余液，“甚意儿”问看官解我所喻否。“春归人面整”作一句读，喻了事时女根仍合也。“无言”易明矣，“待折”喻扳倒也，“猜头”喻看官不解其意，女根未破时，可喻以“短眠”，既破则“长眠”矣。“留连”字妙，“软咍咍”喻男根已痿，“楼上”喻女根深处，“游人思易忘”所以不解其喻，“从此”言自此以后无人不知玩其如此相状，而从前未知，为"一生遗恨"也。

上述批语文字完全在讲房中术。阿傍不厌其烦地推广其泛性行为的观念，其动机尚难以确考，大体则有五方面缘由。其一，《才子牡丹亭》出现了泛滥性地描述性行为的倾向，阿傍看似有沉醉于性幻想状态中不可自拔的迹象，写作是出于对性想象的满足和性欲望的宣泄。其二，阿傍出于商业目的而为，迎合某类读者群体的低级趣味。其三，受到明清大肆泛滥的色情小说和戏曲及相关性文化的影响，阿傍不自觉地步入色情的思维状态中，批点《牡丹亭》则是一种有感而发的行为，内中包含了阿傍在此方面的见解。其四，阿傍信仰情教思想，并以女性的身份主动选择以身体抗拒名教的立场，且以故作夸张的性学附会观念来展示其内在的叛逆主流思想的心理。其五，从批点中可以看到，阿傍屡次采用佛理中关注身体的内容，可见阿傍曾受到佛教思想的影响，其身体关怀的批语带有医学探索的性质。

阿傍在《批才子牡丹亭序》中曾说："使犹稍存本心，毕竟说《牡丹亭》原做得好，是我批的并谬，必又有好事者欲存此批，使后人无复如是之外谬，则批虽并谬可无废矣。"就总体情况看，阿傍思想的原点则是延续了汤显祖《牡丹亭》孕育已久的情学思想，阿傍以评点为手段，扩张其情学主张，而这种情学主张则落实到了晚明以降《牡丹亭》评点的风潮中，并在此领域中呈现出自己独特的才华和胆识。正如《西青散记》所言："叹世人批书，非喷吃，则隔搔。"①阿傍看到前人批评大多未曾涉及此主题的核心领域，无法畅尽心思，才以此补足。

然而，《才子牡丹亭》从未做出过符合贤文规则的道德追求，换言之，阿傍在道德律的轨道上仅以叛逆者的面目出现。阿傍笃信原始爱欲的真实性和可行性，为此并不排斥同性之间的肉体欢愉。阿傍更喜爱在肉身享乐的世界里寻找自己的心理归程，她所竭力迎合和展示的房中文化的内涵，则构成了其性学变异体系的别样层面。

① 史震林：《西青散记》卷四，海阳汪氏三徐堂刊本。

《李卓吾先生批评西游记》文艺评点论

高雄师范大学　林雅玲

明代泰昌(1620—1621)、天启(1621—1627)年间坊间梓行"李卓吾先生批评西游记"①;比起清代刊行之《西游证道书》等《西游》版本,它与金陵世德堂本二者皆保留较多的韻语与方言②。是版本学者研究《西游记》"祖本"问题,在世本与清代诸评本间做比对的珍贵材料③。除了版本学上的意义之外,因为世德堂刊本《西游记》只有正文无评点,然而《李卓吾先生批评西游记》则有行间夹评及回末总评,是今所知《西游记》评本之祖。这本含评语之《李卓吾先生批评西游记》,价值在于完整地反映出明人小说批评之样貌。以其刊刻正是通俗小说评点发展由萌芽过渡至繁盛期之时④,故此书在章回小说评本上有其前导性价值。

笔者之前专书讨论清初三家《西游记》评点时,已知《李卓吾先生批评西游记》与清道家评者只着重于《西游记》丹道寓意的阐释,大异其趣。该书全面针对取经故事,包括寓旨、角色人物、故事情节及小说文艺美学等进行评点。昔日读之,常倾心于评者对小说创作美学独特的批评,然对其评论架构之源,始终不解。而后在辨析叶昼(?—1625?)托名李卓吾(1527—1602)撰

---

① 吴承恩撰、李贽评:《李卓吾先生批评西游记》,《续修四库全书》编纂委员会编:《续修四库全书》1792,集部小说类,上海:上海古籍出版社,2002年。

② 邓平、式宁,"失而复得倍觉亲—李卓吾评本《西游记》简介",《江海学刊》,1983第1期,引自刘荫柏编,《西游记研究资料》,页664,上海:上海古籍出版社,1990。

③ 吴圣昔曾以此为本校勘比对,怀疑《西游证道书》及《新说西游记》二书乃据李评本而非世本。吴圣昔:《李评本二探》,《明清小说研究》,1995第2期。

④ 谭帆《小说评点编年叙录》中,将嘉靖元年至万历四十八年称为"萌兴期",而泰昌元年至康熙六十一年则为"繁盛期"。谭帆:《中国小说评点研究》,上海:华东师范大学出版社,2001年,第169、187页。

评《西游记》此一问题时①，先后阅读《李卓吾先生批评忠义水浒传》与《李卓吾先生批评三国志》。《水浒传》、《三国志》、《西游记》三评本中，时见其小说理论，则叶昼被誉为“中国古典小说美学的先驱”②，其来有自。既然如此，叶昼小说美学观之继承与创发值得探讨。而三评本中，比起万历三十八年(1610)间所梓行的《李卓吾先生批评忠义水浒传》③、《李卓吾先生批评三国志》④，《李卓吾先生批评西游记》较晚出版，文艺评论可能比前二者更成熟，可为全面观察其评点、源流之重要文本。而近年来，虽有《李卓吾先生批评西游记》之学位论文，探讨叶昼评点思想、艺术性⑤。但作为小说美学先驱者，其评点观之溯源亦或新创，此一问题仍未在前人著作中得到答案。是故本文拟先对书中如“趣”、“妙”、“奇”、“幻”、“逼真”等文艺美学概念的提出进行爬梳。其次，欲对叶昼小说文艺观之承袭与开创进行探讨。而本文第二节引《世说新语》评点为参照，主要乃因嘉靖年间小说评点初兴时，各评本多释音义、训诂，且由一人诠评者居多。若要了解小说评点文艺由萌兴至繁盛期间，不同的美学观渐次的提出及概念的深化，需有多位明人诠评之文本作为比较基础。而《世说新语》在宋、明之间有诸家评本，不似其他章回小说乃一人评之；检阅《世说新语》评点，即可观察小说文艺观历时及共时的变化概况。据此考《李卓吾先生批评西游记》文艺观之源及创见，以明其在早期中

① 清初黄周星、汪象旭评《西游证道书》时，第22、95回总评均提及前辈评家“叶仲子”之回评，此乃《李卓吾先生批评西游记》出自叶仲子(叶昼)之证。相关讨论参见张天星及拙作《叶昼小说评点析论：以〈李卓吾先生批评忠义水浒传〉、〈李卓吾先生批评三国志〉、〈李卓吾先生批评西游记〉为研究中心》，《传播交流与融合：明代文学、思想与宗教国际学术研讨会论文集》，台北：新文丰出版公司，2005年，第101—122页。张天星：《论〈李卓吾先生批评西游记〉的评语与李贽思想的矛盾——兼论该评本的评者归属问题》，《江淮论坛》2007年第1期。

② 叶朗，《中国小说美学》，台北：里仁书局，1987年，第33—48页、370—376页。

③ 佚名：《李卓吾先生批评忠义水浒传》，《明清善本小说丛刊初编》，台北：天一书局，1985年。

④ 《李卓吾先生批评三国志》文末题为“庚戌(万历三十八年)仲夏”。佚名：《李卓吾先生批评三国志》，《明清善本小说丛刊初编》。

⑤ 张配君：《李卓吾先生批评西游记》，嘉义：南华大学文学系硕士论文，2009年、黄玲贵：《〈李卓吾先生批评西游记〉评点研究》，台北：“国立”台湾师范大学国文学系教学硕士班硕士论文，2010年。

国小说评点理论之成就。

一、《李卓吾先生批评西游记》文艺评点内涵

《李卓吾先生批评西游记》有回末总批及行间夹批，评点中多次提及《西游记》作者之笔为“文人之笔”。为何云此种评点为“文人之笔”？林岗指出明清小说评点学之兴起，它本身就是当时文人文化的组成部分[①]。文人评本的内涵与具商业导向的书坊评本不同[②]。而究竟“文人之笔”具体指涉为何？笔者从叶昼之《西游》评本归纳得知其所谓“文人之笔”，主要是指小说叙事书写具有若干特点，如“趣”、“妙”、“奇”、“幻”、“真”、“着眼”、“转”、“变”。下文就其评点，分项说明之。

（一）妙与趣

《李卓吾先生批评西游记》最常以“妙”、“趣”来诠评小说情节[③]。第二回须菩提祖师要悟空防备风、水、火“三灾利害”，悟空请须菩提祖师传与躲避三灾之法时，祖师说悟空虽像人，但比人少腮，与他人不同，故传不得。此处须菩提祖师因悟空凹脸尖嘴的猴模样，有分别心，故不传法。但悟空的反应是：“师父没成算！我虽少腮，却比人多这个素袋，亦可准折过也。”悟空一听之下，以自己多了个暂存食物的素袋，来折抵没有腮一事。此处旁批：“趣。”“趣”字，点出悟空为要回避风、水、火三灾，以与天寿，对自己少腮全不在意，以素袋来替代的立即反应的趣味性。又如三十九回青毛狮王变作假三藏，悟空不明究理，差点棒打真三藏。夹评：“妙甚；妙甚！文人至此，灵异极矣。”有假三藏，才会有悟空的误解，作者的想象、安排极力表示赞扬。四十二回中，悟空大战红孩儿，败阵就走，红孩儿问悟空，之前有二三十合的本事，何以如今战败即走。悟空其实手中已有南海菩萨用甘露提在左手的“迷”字诀，不过，此时他却对红孩儿笑称：“老子怕你放火。”对悟空的讹诈，

---

① 林岗：《明清之际小说评点学之研究》，北京：北京大学出版社，1999年，第15页。

② 谭帆将小说评点类型分为：文人、书商及综合三种。谭帆：《中国小说评点研究》，第86页。

③ 以“趣”评点情节，见于第三十一、三十七、四十五、六十八、七十、七十一、七十二、七十六、七十七、九十八等回。“妙”见于第四、七十四、八十四等回。

夹评:“趣甚！妙甚！小说家决不可无此。”对作者谐谑的编织情节,表示肯定。四十五回在三清观中,悟空骗虎力、鹿力及羊力三道士,要给他们一些圣水,文中:“那行者立将起来,揪着虎皮裙,撒了一花瓶臊溺。”读者读至此忍俊不住发笑,夹评亦云:“趣甚!”三道士错把尿液当圣水的画面,真是妙趣横生。故四十六回夹评云:“趣至此,妙至此,亦奇矣!”、“文人之笔,奇幻至此。”接连肯定作者奇幻之笔。六十一回玉帝降旨托塔李天王及哪吒太子至火焰山助悟空一臂之力,哪吒太子正与牛魔王战,悟空到时,哪吒太子厉声高叫:“大圣,衣甲在身,不能为礼。”此处评:“有此闲笔。妙甚,妙甚!”战斗中两方势必都要聚精会神,哪吒与牛魔王大战,描写两方交战场面,犹恐不及,作者竟有闲笔顾及礼数,难怪评者赞叹其妙。

(二)奇与幻

《李卓吾先生批评西游记》评文中出现许多“奇”、“幻”的评点。三十回宝象国黄袍老怪变化成驸马,金殿前欺骗国王,谎称只当公主是民家女,故而配合成亲等等一番说辞,夹评:“笔幻如此,奇矣!”总批亦云:“唐僧化虎,白马变龙。都是文心极灵极妙、文笔极奇极幻处。”对其把三藏变成虎,奇幻的想象力多所肯定。五十三回五圣喝了西梁女国子母河水,照胎泉照得双影就要生孩儿一事,总评:“这回想头,奇甚,幻甚。真是文人之笔,九天九地,无所不至。”文人驰骋想象力,上天下地,无边无际,编出喝水照泉受孕的情节。五十八回真、假二行者互斗,夹评:“两行者相杀,极幻。”而当他们拉拉扯扯,斗到西天灵鹫山雷音寺外时,如来正在说法,说到:“不有中有,不无中无;不色中色,不空中空。”外有真真假假、假假真真的二行者斗法,内有如来即色即空,即空即色的说法,内、外对照,真是讽刺,故夹评云:“奇笔幻思,一至于此!”六十回土地公说明火焰山乃是悟空蹬倒八卦丹炉,炉内落出砖来,内中余火所化。夹评:“如此照应,奇甚!”作者在此处安排火焰山一节,将它与之前悟空斗天宫之事扣合在一起,前后呼应,奇幻。七十一回悟空自称是朱紫国拜请来的外公,来接娘娘回国。赛太岁记得《百家姓》中无姓“外”的,因问娘娘是否有哪本书上有此姓? 娘娘:“止《千字文》上有句‘外受傅训’,想必就是此矣?”此处“外公”原为悟空自誇之词,然而赛太岁却以假为真,与娘娘讨论起姓氏,这段夹评:“以幻为真,奇绝,奇绝!”

(三)逼真

“逼真”一词,常见于《李卓吾先生批评西游记》中。第十八回总批有云:“行者妆女儿处,尚少描画;若能设身做出夫妻模样,更当令人绝倒。”此处评者认为高老庄这一节故事,悟空乔装高翠兰,但究竟不是女儿身,尚无法唯妙唯肖。若悟空能体会人间夫妻相处景况,文中的描绘会更逼真如画。又如三十八回在乌鸡国王被全真道士所害,葬在御花园八角琉璃井。悟空诓说妖精有万夫不当之勇的宝贝,要八戒和他一起去偷。二人到御花园,八戒筑倒芭蕉树,拱出井上石板,沿着金箍棒,下到井内水晶宫中驼出国王尸首,此回总批:“描画行者要处,八戒笨处,咄咄欲真,传神手也。”诚然,作者真实地写出悟空骗八戒,以及八戒上当的细节。又如六十回玉面公主被悟空所追,跑到牛魔王书房,对玉面公主倒在怀中抓耳挠腮哭诉的模样,夹评连连评为:“画”、“描写得逼真”、“传神”。八十四回五圣一行人到灭法国,灭法国王要杀一万个和尚,三藏师徒所躲藏的柜子又为强盗所劫,悟空只好变戏法,剃削皇宫内院众人之发。待一早宫娥彩女梳洗时,发现全没了头发。总批云:“处处逼真,令人绝倒,到得满城披剃又是匪夷所思,何物文人,奇幻尔尔!”九十四回蟾宫素娥仙子打玉兔,思凡投胎为天竺国公主,但玉兔随之也下界复仇,变形成天竺公主,欲招唐僧,采元阳真气。天竺国王在华夷阁中宴请唐僧一行人,壁上金屏,有四季咏题诗,国王请三藏依韻和诗。因此事本为作者所虚构,三藏的和诗,本可简略交代,但作者仍撰“日暖冰消大地钧,御园花卉又更新。和风膏雨民沾泽,海晏河清绝俗尘”等四首和诗。故此处夹评:“说假事,宛如真事。”总批:“《西游》妙处,只是说假如真,令人解颐。”这些小地方本无关情节发展重要,但以假为真,细细描摩,就使人、事、物更立体,有历历可见的作用。

此外四十五回评,虽评为“妙”,然所云仍指作者形容“逼真”而言,车迟国的祈雨坛,夹评:“把祈雨坛场,一一画出。妙手!妙手!”三丈高的祈雨坛,有二十八宿旗、桌上有香炉、烛台、镌上雷神名号的金牌与写着春霆都司符字的铁牌,左右大桩上写着五方蛮雷使名录,桩旁有道士执钟打桩、写作文书等等。此处所评之“妙手”,指的是描摩的具体细腻而言。因而总评亦评道:“描画祈雨坛场处,是大手笔。其余虽妙,却还是剩技。”

（四）着眼

对取经路上的关键情节，《李卓吾先生批评西游记》常以“着眼”来诠评①。如第二回，悟空在菩提祖师处学了七十二变，因而在众人面前卖弄手段，祖师发现后，怒斥之，要赶走他。悟空问道：“师父教我往那里去？”祖师回答：“从那里来，便从那里去。”夹评：“着眼。”四十三回一行人行至黑水河，三藏听得水声，悟空以为三藏用心不专，忘了《心经》“无眼耳鼻舌身意”一语。三藏自白是因一别龙颜，奔波殷勤，不知何日才能功成完满。悟空听毕，忍不住笑道：“这师父原来只是思乡难息。”此时八戒插嘴，谓路上魔障凶高，千年也难成功，但沙僧反云：“只挨肩磨担，终须有日成功。”“无眼耳鼻舌身意”、“思乡难息”及“只挨肩磨担，终须有日成功”这三处，行间夹评“着眼”，“眼”字点出六根清净、割舍思乡之情、坚定心意，有志竟成，乃三藏取经途上的要件。又如第八十回对三藏出比丘国，冬残春尽，又起思乡之情。沙僧云：“只把工夫挨他，终须有个到之之日。”总评谓此语：“是极到家语。着眼！着眼！”这四个“着眼”，都点出专心一致，不随外境起心动念，一心向西天的重要性。九十回天竺国玉华州三王子拜三藏等人为师习武，然而其兵器却被豹头山狮子精及九头狮窃走。后经该伙群狮之主人公——太乙救苦天尊之助，才除此劫，顺利西行。回末作者写道：“这一去顿脱群思，潜心正果，才是：‘无虑无忧来佛界，诚心诚意上雷音。’”夹评“着眼”。总批：“‘顿脱群思’，乃此回之本意也。急着眼！急着眼！”此一劫难乃起因为悟空、悟能、悟净三人好为人师，卖弄武艺，才引来一伙狮精为怪，这都是心思不专一于取经之故。师、狮、思，乃同一件事，重点在于坚定心思无杂念，故云“顿脱群思”是“眼”。九十八回唐僧从雷音寺取得的经卷，原来是无字的白本，对此事，佛祖的解释是：经不可以轻传，亦不可空取。因三藏师徒空手来取，所以传白本。“白本者，乃无字真经，倒也是好的。”夹评：“着眼。”文字也是魔障之一，没了文字，才能且指其心，故此回总批：“可惜！可痛！虽然一藏无字经，完完全全都在此处，只要人合着眼去看耳。”

为何以“着眼”来诠评？〈《李卓吾先生批评西游记》凡例〉中指出：

① 以“着眼”评点情节，见于第二、四十三、八十、八十一、八十五、九十、九十一、九十三、九十八、一百等回。

批着眼处,非性命微旨,即身心要语。至若常言,如"天下无难事,只怕有心人",十字亦必拈出。盖开卷有益,不必作者定有此意与否。吾心有契,即可悟入。

由于取经故事寓要旨于神魔故事中,端视读者心领神会,各有不同见解,故评者以"眼"来指涉其旨。然恐凡人多不具慧根、慧眼,故在关键处评"着眼",提醒读者切莫草草读过。

(五)转与变

《李卓吾先生批评西游记》对小说情节的转变,也有所注意。如五十一回金兜洞兕大王的金刚琢捞走众人武器,悟空去请火德星君助阵时,火德星谓:"昨日可韩司查点小宫,更无一人思凡。"之后再请水德星君时,水德星表示:"昨日可韩司查勘小宫,恐有本部之神思凡作怪,正在此点查江海河渎之神,尚未完也。"夹评:"又一小变插足,若与火处一例,便可厌矣。"同样面对悟空上门,水德与火德星君回应不同,情节安排上有小变化。

九十九回东土,观音菩萨阅过难簿,计八十难,还少一难。夹评:"这转妙。"三藏等人于通天河西岸,被白鼋淬下水,湿了经包,在石上晒经,沾住《佛本行经》,故不全。三藏懊恼怠慢故此,行者认为非也,乃"天地不全。这经原是全全的,今沾破了,乃是应不全之奥妙。"总批:"此一回转折,更出人意表。天地不全,经卷亦破,乃大彻大悟之语。何物猴狲,容易说出。可惜!可惜!如此说破,复有贪图完满,算计十全者,真可笑也。"虽然评者认为此处不该由悟空说出天地不全一事,但乃注意到作者在此加通天河入水、晒经一转折,才正好可以圆满九九归真之数。

综言之,《李卓吾先生批评西游记》提出"妙"、"趣"、"奇"、"幻"、"逼真"、"着眼"、"转"、"变"等小说鉴赏概念,其中所谓"妙"、"趣"大体不外指《西游记》中诙谐的情节,足以使人发笑;亦或出人意表,令人想象不到的情节安排。而"奇"、"幻",主要是针对《西游记》中想象奇佳,无论是金角、银角紫金红葫芦,子母河水的照胎泉,或真假二行者,评者所评的重点仍在作者透过非凡的奇思异想,编织出炫人耳目的故事情节。至于"逼真",指的就是作者具有细节描摹的叙事能力,能使故事情景、人物写实具体,如在目前。而"着眼"乃是评者以之来评点影响五圣取经成败的关键。"转"、"变"者,主要指故事情节变化、转折所在。

爬梳《李卓吾先生批评西游记》文艺内涵后，本文欲进一步探求其评点观如“妙”、“趣”、“奇”、“幻”、“逼真”、“转”、“变”等概念之溯源与演变。其文艺评点美学源自何处，而哪些又是评者所新创。

二、从《世说新语》评点考《李卓吾先生批评西游记》文艺观之源

《世说新语》诸家评注，应是中国文学中与小说相关且具评点雏型的作品。《世说新语》从刘孝标作注以来，在泰昌、天启之前，尚有刘知幾、刘应登、刘辰翁、杨慎、何良俊、王世贞、李贽、王世懋、黄辉、袁中道、王思任、钟惺、凌濛初、张懋辰等人分别对《世说新语》进行注解、评论。其中刘孝标、刘知幾功不在评点。而宋人刘应登之评多回应故事情节，罕见其文艺创作论。只有极少数，如卷上“德行”一第三十六条，就其语文而评。此条中，谢太傅以“我常自教儿”，回答夫人有关何以初不教儿之问。刘孝标注出“我常自教儿”一语乃用刘子真有子不才之典。刘子真对人质疑其不训导其子的回答：“吾之行事，是其耳目所闻见，而不放效，岂严训所变邪?”刘应登评：“谢公之言，即子真之意。但安石雅善清言，故其词微旨远，子真不过直致。《世说》取此弃彼，亦言语文字之法也。”①同为教子一事，刘应登比较谢、刘二人语言，指出《世说新语》用谢太傅之清言，其旨远，其辞微，乃《世说》文字之法。类似此种针对语言文字评论者，在刘应登的评点中较少，乃特例，书中罕见其以奇、妙等词评点，难以窥出其文艺诠评观。

故本节将考刘辰翁以下之《世说》评家，其评点中与小说文艺理论相关之概念，以明《李卓吾先生批评西游记》文艺观与诸家评点之关联。

（一）宋刘辰翁《世说新语》“妙”、“奇”观的提出

被誉为“中国小说评点第一人”②的刘辰翁，其《世说新语》评点有别于刘应登。虽然刘辰翁之评被评为“淆乱卷帙，妄为批点”③，但从卷下“容止”

① 刘义庆撰，刘孝标注，刘强会评辑校：《世说新语会评》，南京：凤凰出版社，2007年，第26页。

② 孙琴安：《中国评点文学史》，上海：上海社会科学院出版社，1999年，第67页。

③ 钱曾著，管庭芬、章钰校证，佘彦焱标点：《读书敏求记》卷三《杂家》，上海：上海古籍出版社，2007年。

十四第一条写魏武王捉刀之事，及“简傲”二十四第十一条王子猷与桓冲两人一来一往的问答，此二条刘辰翁分别评为“谓追杀此使，乃小说常情”、“亦似（一作是）小说书袋子”[①]，可知刘辰翁将《世说新语》视为小说，且以“妙”、“奇”、“真”等概念诠评之。卷上“文学”第四，桓南郡与殷荆州相攻难，日后攻难次数少，桓叹曰“才思转退”，殷则谓：“此乃是君转解。”刘辰翁评：“两语得反覆之妙！”[②]一个自叹“才思转退”，另一则“以退为解”、“以退为进”，一退一进，刘辰翁点出反覆咀嚼后，其中况味之妙。同卷，东阿王的七步诗，刘辰翁评曰：“‘萁在釜下燃，豆在釜中泣’，十字自然，不待下句。妙，妙！”[③]指出曹植七步诗前十字自然委曲之妙。卷中“夙惠”第十二，何晏画地令方，处其中，自谓“何氏之庐”。此条刘辰翁评为：“字形、语势皆称，奇事，奇事！”从何晏画地自处时之姿态，口语、身体语言入手评点，凸显何晏幼年自信、早惠气质[④]。又如卷上“德行”四十五条，记吴郡陈遗至孝，为母贮焦饭；后征战中，以身上有数斗焦饭得活。刘辰翁曰：“如此细事，写得宛至，更有不厌。”[⑤]又“方正”五第二十五条，写诸葛恢对子女之婚配及其哲思，刘辰翁评：“委曲细碎，可观。”[⑥]陈遗与诸葛恢二条，刘辰翁都指出《世说新语》文字具委婉详尽之特色。“言语”二第三十三条，顾和未成名前诣丞相，丞相疲睡，顾和以警语点醒。刘辰翁评为：“《世说》长处在写一时小小节次，如见、可想。”[⑦]所谓“如见”、“可想”，即指描写逼真，历历在目的叙事手法。以上例举数条，虽不能以偏代全，但相对于刘应登，刘辰翁之评多了些文艺美学诠评[⑧]。

（二）明嘉靖年间——王世贞《世说》文艺评论

明嘉靖期间杨慎、何良俊及王世贞评纂辑评点过《世说新语》。杨慎

---

① 《世说新语会评》，第 352、439 页。

② 《世说新语会评》，第 145 页。

③ 《世说新语会评》，第 146 页。

④ 《世说新语会评》，第 344 页。

⑤ 《世说新语会评》，第 31 页。

⑥ 《世说新语会评》，第 186 页。

⑦ 《世说新语会评》，第 55 页。

⑧ 刘辰翁其他《世说新语》小说美学评点，尚有“文学”四第九十二条“谈文有法，补句自佳”，卷中“赏誉”八第十二条“绝妙举词”及六十九条“好语，有味”。

(1488—1559)在其《升庵集》[①]中辑刘孝标之注十余条及按语，检阅书中的文艺诠评，如《世说新语》卷上“文学”四第十八条，阮修、王夷甫有关老庄与圣教同异之论，下有杨慎按语：

> 余按《世说》褚裒见庾亮，问孟嘉何在？亮令裒自觅，裒指嘉曰：“将无是？”晋人语言务简，且为两可之辞。将无，疑词，言毕竟同也。悟此言筌，千载如面也。[②]

杨慎按语主要在说明晋人用语精简，且释明“将无”一词意义，诂训而已。

杨慎之后，何良俊(1506—1573)《何氏语林》采集正史、笔记及《世说新语》等轶闻琐事，分类删汰成书，嘉靖三十五年(1556)经王世贞(1526—1590)删定而成《世说新语补》[③]。该书对被誉为“玄远冷俊”的语言文字有较多的评点。如“文学”四第七十二条，“孙子荆除妇服，作诗以示王武子。王曰：‘未知文生于情，情生于文？览之凄然，增伉俪之重。’”王世贞评：“此语极有致。‘文生于情’，世所恒晓；‘情生于文’，则未易论。盖有出之者偶然，而览之者实际也。吾平生时遇此境，亦见同调中有此。”[④]王世贞用“极有致”三字评点出“文生于情，情生于文”一词的语言况味。又如同卷第七十五条：“庾子嵩作《意赋》成，从子文康见，问曰：‘若有意邪，非赋之所尽；若无意邪，复何所赋？’答曰：‘正在有意无意之间。’”王世贞评：“此是遁辞，料子嵩文，必不能佳。然有意无意之间，却是文章妙用。”[⑤]第八十四条：“潘文烂若披锦，无处不善；陆文若排沙简金，往往见宝。”王世贞评曰：“然则陆之文病在多而芜也。余不以为然，陆病不在多，而在摹拟，寡自然之致。”又评：“陆翩翩藻秀，颇见才致，无奈俳弱何？潘气力胜之，旨趣不足。”[⑥]此二评语

① 杨慎：《升庵集》，任继愈、傅璇琮主编：《文津阁四库全书》第424册，集部别集类，北京：商务印书馆，2005年。

② 《世说新语会评》，第120页。

③ 何良俊著，王世贞删定：《世说新语补》，《四库全书存目丛书》子部242，小说家类，台南：庄严文化，1997年。

④ 《世说新语会评》，第150页。

⑤ 《世说新语会评》，第152页。

⑥ 《世说新语会评》，第156页。

王世贞分别对陆机、潘岳之文品评，谓陆机虽辞藻翩翩，但少自然；潘岳文章气胜，然又乏深趣，二人各有短长。

上述诸例可一窥王世贞评《世说新语》对语文优劣、气势高下之见，王世贞以后七子之首之姿，其评点中掺杂复古文论，然除此之外，则少见小说文艺美学诠评。

（三）明万历年间《世说新语》评点

万历年间多种《世说新语》评本，先后刊刻。其中王世懋、李贽、袁中道、钟惺、凌濛初等人的评点，对小说文艺创作美学各自提出见解。

1. 王世懋——以画入评

万历九年（1581）王世懋（1536—1588）《世说新语》评本问世，三百余条的评点中，除了注解、考正、校雠之外，出现较多的小说文艺评点。如卷上"言语"二第十七条有关邓艾口吃，"晋文王戏之曰：'卿云艾艾，定是几艾?'对曰：'凤兮凤兮，故是一凤。'"评为："仓卒对，乃妙绝。"①又如卷中"品藻"九第三十四条，评殷侯"妙于自夸"②、卷下"伤逝"十七第四条，评王戎丧子语"圣人忘情，最下不及情，情之所钟，正在我辈"为"妙语实境"③、"简傲"二十四第二条，评阮籍"胜公荣者，不可不与饮酒；不如公荣者，不可不与饮酒；唯公荣，可不与饮酒"曰："即以公荣语翻出，更妙。滑稽之雄。"④以上四例，或针对说话者的机智、情感、言语，点评其中之妙。

此外王世懋"《世说新语》评中最值得注意的是：运用名家及绘画概念来评点。评语用书画家顾恺之、王献之名，如"便是虎头画思"⑤、"误语乃得佳，遂为口实，此王子敬画蝇"⑥。评点导入绘画概念，如卷中"方正"五第三十二条，王敦欲废明帝，言其不孝，并谓语出温峤，实则温峤正言辨明明帝曰："以礼侍亲，可称为孝。"此条王世懋评为："叙事如画。"⑦又如"规箴"十第十四条，郗太尉好谈且衿，晚年见王丞相，欲相规诫，然丞相却意满厉色，

① 《世说新语会评》，第46页。

② 《世说新语会评》，第309页。

③ 《世说新语会评》，第369页。

④ 《世说新语会评》，第435页。

⑤ 《世说新语会评》，第83页。

⑥ 《世说新语会评》，第444页。

⑦ 《世说新语会评》，第190页。

两度严拒其劝辞，郗太尉终遂大嗔冰矜而出，不得一言。此事王世懋评："叙得情状如画。"①古时无相机，画具有如实保留眼前景象的功能。这两条王世懋以"如画"来评，主要在肯定《世说新语》叙事写实逼真，令人读之有如临现场之场。

2. 李贽——短语漫评

万历十四年(1586)《李卓吾批点世说新语补》问世，和前人相似，《李卓吾批点世说新语补》中也出现"奇"、"妙"等语之诠评。如卷上"言语"二第九条，有关庞士元、司马德操颍川之言，德操采桑，被士元讥为"执丝妇之事"。然德操却以士元"知邪径之速，不虑失道之迷"讽其短视，世人多如此，"此乃许、父所以慷慨，夷、齐所以长叹"。此条李贽以"妙、妙"②二字，评德操安贫守道与士元能叩钟闻义。同卷十六条嵇康谓赵至"瞳子白黑分明，有白起之风，恨量小狭"，但赵云"何必在大？但问识如何耳"。嵇中散、赵景真的对话，知师友相求之难，李贽评为："奇甚！"③

此外，《初潭集》也保留不少李贽的《世说新语》评语。以《李卓吾批点世说新语补》与《初潭集》中之评语，与其他《世说新语》评点相较，李贽惯用一、二字或短句来评。其常用之语词，除了前有之"妙"与"奇"之外，如卷下"任诞"二十三第七条评阮籍"礼岂为我辈设也?"一语为"漫"④、评第八条阮籍眠于邻家妇侧之事为"淡"⑤；"黜免"二十八第五条，评殷中军"上人着百尺楼上，儋梯将去"语为"真"⑥凡此种种，李贽如漫画般，随笔印象，用"漫"、"淡"、"真"等字，简洁勾勒出人物神情精髓。

3. 袁中道——反语之妙、神韵之评

公安派大家袁小修(1570—1626)于万历四十三年(1615)年批点其友曹臣之《舌华录》，文中有不少《世说新语》角色人物的语言点评，如卷上"言语"二第八十三条，评袁彦伯别都下诸人时之语"江山辽落，居然有万里之势"为

① 《世说新语会评》，第335页。
② 《世说新语会评》，第40页。
③ 《世说新语会评》，第45页。
④ 《世说新语会评》，第414页。
⑤ 李贽：《初潭集》，台北：汉京，1982年，第36页。
⑥ 李贽：《初潭集》，第427页。

"语俊"①。同卷六十八条,以一"冷"字评王仲祖不解蛮语,茫然曰:"若使介葛卢来朝,故当不昧此语。"②卷中"赏誉"八第六十五条,桓彝赏识徐宁,谓其人"人所应有,其不必有;人所应无,己不必无,真海岱清士。"处世能臻"人有不必有,人无不必无"之境,实乃不易,因其褒中亦可能有讽,故小修评曰"含蓄"③。卷下"排调"二十五第六十四条祖广常缩头而行,某次诣桓南君,始下车,桓曰:"天甚晴朗,祖参军如从屋漏中来。"桓用屋漏喻祖广之缩得不见天日,生动幽默,袁小修评为"善譬"④。

袁小修又惯用"妙"、"妙极"、"妙甚"评点人物语言⑤,以"妙"评点语言之奇前已有之,然小修更注意到"反讽"在小说话语中的绝妙效果。如卷下"排调"二十五第四,嵇、阮、山、刘等四人竹林中酣饮,王戎后来,阮步兵认为王是"俗物",会败人意。然王戎不畏众人之讥,笑曰:"卿辈意,亦复可败邪?"袁小修用"妙甚"⑥评王戎不顾他人冷语,一味地自在兴头上! 与"反语"相关之评尚有二,卷上"文学"四第二十六条,刘真长、殷渊源谈,刘理不如殷,殷曰:"恶卿不欲作将善云梯仰攻?"此处殷渊源引墨子退公输般云梯之典,戏弄刘真长的理屈。袁小修赞赏殷渊源"反语法,妙"⑦。卷下"任诞"二十三第二十七条,庾公以"太真终日无鄙言"一语,嘲讽温公的慢语鄙秽,袁小修评:"反语妙甚,又爱之至。"⑧一正一反,两相对照,高下立判。卷下"贤媛"十九第五条的评点,尤有趣味。赵母嫁女,敕曰:"慎勿为好!"女问:"可为恶?"母答曰:"好尚不可为,其况恶乎!"赵母之言自有不合逻辑处,然袁小修对其言仍评曰:"不必解,妙!"小说语言果有不可解,也不必解,吊诡的妙趣。袁小修注意反讽修辞法的运用,正是明清之际评家所指出三种重

---

① 《世说新语会评》,第 80 页。

② 《世说新语会评》,第 72 页。

③ 《世说新语会评》,第 267 页。

④ 《世说新语会评》,第 466 页。

⑤ 计有:卷中"品藻"九第六十八条,评为"妙绝";卷下"任诞"二十三第四十一条评"妙极";"汰侈"三十第六条评"妙"。而评为"妙甚"者有:卷上"文学"四第七十二条、卷中"方正"五第二十九及三十六条、卷下"简傲"二十四第二条、"排调"二十五第二十九条。

⑥ 《世说新语会评》,第 444 页。

⑦ 《世说新语会评》,第 126 页。

⑧ 《世说新语会评》,第 423 页。

要技巧之一[①]。

此外，公安文学领袖的袁小修，其《世说》评点较前人更重视人物、文章之“神韻”。如卷下“容止”十四第二十四条，写庾亮诸人秋夜登楼吟咏，而突然有屐声响彻函道，诸贤因起而欲避，唯庾亮不顾，依然据胡床与众人詠谑任乐，此条评曰：“事更韻。”[②]袁小修反拟古、抒性灵，故欣赏庾亮之湛然风雅，评为韻事。“任诞”二十三第二十四条，孔群好酒，出于世俗，无视酒家覆瓿布日月糜烂，袁小修评为“韻极”[③]。卷上“言语”二第六十三条，支道林养马，人谓“道人畜马不韻”，但道林却云：“贫道重其神骏。”袁小修评：“韻正在此。”[④]正点出支道林高尘外之韻。

4. 钟惺——含蓄之妙

钟惺(1574—1624)于万历年间批《三注钞》，中有《世说新语》评。其文艺评点观，主要仍为“妙”字。如卷上“文学”四第十七条记载《庄子》有向秀、郭象二注之始末，文末“后秀义别本出，故今有向、郭二《庄》，其义一也”，钟惺评：“此语却具妙义。”[⑤]然其语义妙在何处？原来话中隐藏评者对郭象窃向秀为己注之讥。六十九条“刘伶著《酒德颂》，意气所寄。”钟惺评：“妙在竟不说破。”[⑥]此条与前条均点出了不说破，含蓄之妙。

5. 凌濛初——人物形象之评

万历年间出版的《世说新语鼓吹》在校雠、考证之外，亦有评点。二百余条评语，除回应故事情节外，有少数几条可看出评者凌濛初(1580—1644)之小说美学观。如卷上“文学”四第五十六条，写殷中军、孙安国论《易》象，孙意气干云，诸贤不安，但辞不能屈。后迎刘惔来，孙意已不如，粗说便觉不及向，孙理遂屈。此条凌濛初评曰：“写得安国小巫形态逼真。”[⑦]用小巫一词形容孙安国之气象，点出孙窘迫的逼真模样，凌濛初注意到人物的神情。又如卷下“容止”十四第三十一条：“王长史尝病，亲疏不通。林公来，守门人遽

① 林岗：《明清之际小说评点学之研究》，第 178 页。

② 《世说新语会评》，第 359 页。

③ 《世说新语会评》，第 422 页。

④ 《世说新语会评》，第 70 页。

⑤ 《世说新语会评》，第 119 页。

⑥ 《世说新语会评》，第 149 页。

⑦ 《世说新语会评》，第 141 页。

启之曰:'一异人在门,不敢不启。'王笑曰:'此必林公。'"此处凌濛初针对守门人的反应评曰:"阍者识异,大奇大奇。"①评者注意到角色人物的身份与话语的不相称,故评为"奇"。

6. 张懋辰

张懋辰除刻《世说》之外,倾心于会评,功在保留诸家评语及校雠。其评深于语文之品鉴,如:"言语"二第八十八条,顾长康有关山川"千岩竞秀,万壑争流,草木蒙笼其上,若云兴霞蔚"之语,张懋辰评曰:"顾语高华,袁语风致,并妙。"又如"赏誉"八第十七条,有关王济感叹三十年不知家有名士之事,此条《世说新语》以二、三事将王湛、王济叔侄二人,从不相问候,至倾倒赞叹的过程摹出,张懋辰评曰:"写事疏婉近情,几三百字,妙无逾此。"此二条虽均评之以"妙"字,但重点在语文背后蕴藏之情韻。

综观宋至明,《世说新语》评家所提出之文艺观,如刘辰翁率先以"奇"、"妙"评点人物,并注意到《世说新语》语言之详尽委婉;王世贞用复古理论,评古人之辞藻、文气长短;王世懋以"如画"一词,凸出小说叙事的写实性;李贽一字评,"漫"、"淡"、"真"勾勒人物精神;袁中道对反语之妙、小说人物自然神韻之见;钟惺评语言不说破含蓄之妙;凌濛初评小说人物形象及张懋辰语文情韻之评。各家虽先后提出其小说美学观,各有建树,然由于文艺理论尚在发展中,除诸家都评论到的"妙"字以外,余如"奇"字、"漫"字,奇在何处,漫在何处?背后指涉的意涵为何,实如羚羊挂角,无迹可寻。此种评点方式其精神源自钟嵘、司空图《诗品》、《二十四诗品》中所谓"清奇"、"高古"、"劲健"、"旷达"等评语。乃评者随意、印象式,鉴赏、品评各种诗境味道,其精髓所在,常只能意会,难以言传。不过,若将此印象式评点,与稍后的《李卓吾先生批评西游记》参看,即知叶昼评点是有取法于前人之处;然其评点后出转精,与宋、明人评《世说新语》着实有别。

三、《李卓吾先生批评西游记》文艺观之创发

《李卓吾先生批评西游记》评点文艺观与宋、明《世说新语》评点之差异主要有三:

① 《世说新语会评》,第361页。

(一)“妙”之外,着重“趣”

语言文字之“妙”外,叶昼更看重故事之趣味性。虽然刘辰翁、李贽及袁小修等评家,均以“妙”字来诠评。然在《李卓吾先生批评西游记》中,“妙”与“趣”二者常并列。《李卓吾先生批评西游记》卷前“凡例”虽未特别提及“妙”、“趣”,然却别立“谑语”一条:

> 碎评处,谑语什九,正言什一。然谑处亦非平地风波,无端生造。从其正文中言内、言外、言前、言后而得之也。既可令人捧腹,又能令人沁心。即谓之大藏真言,亦无不可。然则谑语何一而非正言也哉?以为谑语,以为正言,亦随读者之见而已矣,评者亦如之何哉?

从中可知,评者以为其琐琐碎碎的评点,既有足以令人捧腹发噱的趣味,又有发人深省的要眇之旨,实为妙、趣并陈。诚如二十四回八戒、悟空偷吃人参果之事,夹评云:“一伙顽皮,趣甚! 妙甚!”总批:“一班趣人作伴,老和尚也不寂寞。何物? 文人幻笔。趣尔。”取经路遥远而艰辛,三藏、悟空、八戒、悟净及白龙马五角色个性大不相同,评点者叶昼将故事之妙处与八戒谐谑性格的趣味性紧紧扣合。读者阅其评,对其“妙”、“趣”了然于胸,不再难以捉摸,因有“趣”而显得“妙”意盎然,这是叶昼有别于前人之处。

(二)“奇”之所在乃因“幻”

以“幻”凸出作者编织故事“奇特”的想象力,而不只是随笔批点曰“奇”而已。《世说新语》评点中,刘辰翁曰“奇事”、李贽曰“奇、奇”,凌濛初曰“大奇”,然奇之为奇,何也? 未若《李卓吾先生批评西游记》将“奇”与“幻”扣合,能令读者更一目了然。试观三十三回悟空骗平顶山莲花洞金角、银角大王伶俐虫小妖,说自己的葫芦可装天,骗得小妖团团转,把个紫金红葫芦换给了悟空。关于悟空这把戏,此处有夹评:“如此想头,从何而来? 可笑! 可笑!”本回总批:“说到装天处,令人绝倒。何物文人,奇幻至此!”又批:“大抵文人之笔,无所不至;然到装天葫芦,亦观止矣!”“想头”者,想象力也。上天下地,无所不至地“幻”想出各种情节,这方是“奇”之所由来,也正是文人之笔可贵处。

(三)“真”之最高创作境界在于“以假作真”、“冷处着真”

关于“逼真”一词，刘辰翁曰“可观”、“如见”、“可想”；王世懋曰“叙事如画”；李贽曰“真”；凌濛初曰“形态逼真”，然叶昼不只限于叙事之详尽、写实，更进一步提出所谓“以假作真”、“冷处着真”文艺创作观。除了前述“以假作真”概念外，再看其“冷处著真”。九十七回三藏在铜台府地灵县因灾入狱，悟空变做蜢虫儿飞到寇员外家附近豆腐店，是日清和夜静，星光月皎，只见一个老头儿烧火，妈妈儿挤浆。此处夹批：“图。《西游》妙处，专在冷处着精神。如此等处，妙不可言。”总批：

> 强盗处两转，可谓绝处逢生。且致之死地而生，置之亡地而存，真文人之雄也！其更妙处，豆腐老儿夫妻私语，咄咄如画；且从此透出张氏穿针儿来，行者方可使用神通也。世上安得如此文人哉！世上安得如此文人哉！

所谓“冷处着精神”，指的就是作者专在看似不重要之处，刻意用心着墨描写。“图”字等同于前辈评家所谓的“如画”，在真实、具体的绘出之外，文人更要在假处、冷处下工夫，诚如《红楼梦》所云：“假作真时真亦假，无为有处有还无。”真假相伴、冷热相掺、有无相生，这才是真正的写手。值得注意的是，随着“逼真”出现的评语，是“画”、“传神”，叶昼虽未对“传神”有更具体的诠释，然而金圣叹评点中就更进一步发展出“传神写照”之说，逼真、白描手法之实质，即在以“神理”带动写人状物的形貌①。

《李卓吾先生批评西游记》评者叶昼所呈现之小说文艺观，虽不及后来金圣叹、张竹坡、毛宗岗父子等人体大思精。然而万历至明末，中国小说评点理论尚在摸索中，无论与明之《世说》评本，或同时期建阳书商余象斗集补遗、考证、音释于一，着重史观及道德批判的评林本相较，《李卓吾先生批评西游记》中之评点，深化了“妙”、“趣”、“奇”、“幻”、“真”等小说文艺美学观，提出“着眼”概念。而这些评点概念同样也出现在《李卓吾先生批评忠义水

① 林岗：《明清之际小说评点学之研究》，第178页。

浒传》及《李卓吾先生批评三国志》中①，除了展现评者小说阅读审美趣味外，更为后来小说评点理论先行铺路，建树不容小觑，实无愧于“中国古典小说美学先驱”之誉。

① 如《李卓吾先生批评忠义水浒传》第十回回评：“《水浒传》文字原是假的，只为他描写得真情出，所以便可以与天地相终始。即此回中李小二夫妻两人情事，咄咄如画，若到后来混天阵处都假了，费尽苦心亦不好看。”又如五十三回回评：“天下文章当以趣为第一。既然趣了，何必实有其事，并实有其人？若一一推究如何如何，岂不令人笑杀？”

借画使话

——《李卓吾先生批评忠义水浒传》批语“画”字之意象分析

高雄师范大学　黄碧玉

一、前　言

《李卓吾先生批评忠义水浒传》完成后并未马上问世，直到万历四十年左右才刊行，但对后世小说评点产生极大的影响。之后李卓吾的评点本大量出现，这些评点本是否皆是李卓吾的作品抑或仅是其他评点者的托名，一直以来已有许多研究者考证，如王利器、叶朗等人。叶朗的《中国小说美学》中已提出几项证据证明容与堂版本的《水浒传》其评点者为叶昼，非李卓吾①，但也有学者认为评点者为李卓吾，而非叶昼；不论评点者是谁，皆不影响其价值。关于《李卓吾先生批评忠义水浒传》的价值，诚如在谭帆的《中国小说评点研究》中提到容本与袁本在评点史上的地位，分别为：

> “容本”、“袁本”以李氏评点为基础，作模仿、生发和延伸，从而以一种崭新的面貌出现在小说评点史上。……其次“容本”和“袁本”是小说评点型态的实际奠定者。小说评点作为一种独特的批评形式，有其自身的形态特征，这一形态特征又是在其自身的发展过程中逐步形成的。

---

① 黄霖、万君宝：《古代小说评点漫话》，沈阳：辽宁教育出版社，1993年，第15页。其中写到：“叶昼正是将李贽的哲学思想和小说观具体运用到小说评点中。叶昼的小说评点就是在李贽奠定的基础上建造起来的结构。”也就是说容本《水浒传》的评点者为李贽与叶昼二人；然而，不论评点者为谁，是一人所评或是两人先后的评点，皆不影响评点内容所呈现的价值。书中也提到叶昼评点于“艺术真实论、传神论、人物塑造”方面有耀眼的光彩，肯定了叶昼的评点。

> “容本”、“袁本”所奠定的小说评点的基本形态为：开首有序、序后有总纲文字数篇，如“容本”有署“小沙弥怀林”文章四篇，“袁本”有阳定见《引》和袁无涯《发凡》，正文部分有眉批、夹批和总批三部分组成，这一形态遂成后世小说评点之定制。第三、“容本”和“袁本”完成了古代小说评点在批评内涵上的转型。……“容本”的理论批评价值要高于“袁本”，往往能高屋建瓴地提出一些有价值的理论见解。

以上说明“容本”与“袁本”在小说评点上的价值与影响，其中最重要的是奠定了小说评点的型态与其理论批评。而容与堂本的小说评点型态包含了眉批、夹批、圈点、卷首的批评、回末总评以及诗词句末批等，评点类型颇多。诚如谭帆《中国小说评点研究》所说的这些类型多成为后世小说评点的定制，加上容本《水浒传》在刻画逼真、传神以及反映真实等方面亦有极高的成就。因此，其评点的内容、形式、用语与思想内涵等都是值得研究的。

综观《李卓吾先生批评忠义水浒传》的研究，除了评点者的考订外，大都是研究其评点形式、艺术价值或批评理论等，然而，容本《水浒传》夹批数量颇多，评点者又多用一个字来评，如妙、真、画、好、佛、是、癡、腐或孝等字，明白表现出评点者对小说内容的价值判断与喜爱厌恶之情。其中作为夹批或眉批的“画”字，以单字“画”、“如画”或“好描画”等批语，在一百回中就出现了两百七十多次，甚至也会在角色对话的段落中连用好几个“画”字，说明批语“画”字于容本《水浒传》的重要性，因而引起笔者的研究动机。到底评点者所用的“画”字是针对人物抑或情节，而这种赞赏字语又有何涵义，因此，笔者收集容本《水浒传》单个“画”字与包含“画”字的批语，以分析其用处、用途，进而探究评点者的批评意涵及艺术审美观。

二、《李卓吾先生批评忠义水浒传》批语的“画”中之“话”

容本《水浒传》的评点有卷首的批评文字、回末总评、圈点、夹批与眉批等，另有一些诗词句末批等皆是研究范围。此部分单就与“画”字相关的批语来论述，分为评点者的用字习惯、批语“画”字的用处与用法两大部分。借由与“画”字相关的批语来看评点者评点时的特性，并探究其小说美学。

(一) 评点者的用字习惯

容本《水浒传》的评点文字较为单纯，其中颇多以单一个字作为批语。评点者使用过的单字，赞赏的用字有："画"、"妙"、"奇"、"智"、"趣"、"孝"等字；贬义的用字有："删"、"腐"、"癡"、"恶"、"俗"等字。其大多为夹批，相对而言单字的批语较少是眉批。

评点者在评点小说内容时，有一些经常出现的情况，例如：同样以"画"字作为批语，却有不同的写法，位置亦非固定，多数以夹批的形式出现，并参杂一些眉批；多处仅以单一个字作为批语，而无其他说明或解释；或者，有时会在某一个段落连用同一个批语或连用两三个单一个字的批语等，以下将一一分析，并举例说明。

1. 批语"画"字的写法与相关语词。

容本《水浒传》批语中的"画"字皆不尽相同，其中有许多写法，如"畫"、"畵"、"画"、"画"等字，其中"畵"字使用最频繁，且多用在夹批，而"畫"则多用在眉批。

除了只用一个字作为批语，评点者亦用"如画"、"刻画逼真"或者是直接指出小说"画"得很好的部分，如："画出痴人模样"与"畫出一个直性和尚"等词语，表示小说描绘人物形象部分是贴切且逼真的。

另一种比较特别的形式，是批语之外另加注说明。如第三十二回中描绘，其中写道："那只黄狗绕着溪岸叫。武行者一刀砍将去，却砍个空。使得力猛，头重脚轻，翻筋斗倒撞下溪里去，却起不来。"①此处评点者以"畵"字为眉批外，另加注"醉景太好"，让我们清楚了解此处的"畵"是指小说作者将武松喝醉后在走回酒店的途中，以醉态与黄狗周旋的形象，刻画得如图画般真实，传神表现出武松喝醉的样子。

2. 仅以"画"字为批语。

容本《水浒传》中许多地方的评点仅以单一个"画"字作为批语，这也所有与画字相关评点中最常使用的形式。此种用法看似简洁明白，但却造成解读上的模糊与多重性。以下以第八回林冲被押送沧州段落的评点来举例说明。

---

① 施耐庵集撰、罗贯中纂修：《李卓吾先生批评忠义水浒传》，收入《古本小说集成》，上海：上海古籍出版社，第1009页。

在第八回中因林冲身上有伤加上天气炎热，故前进速度稍慢，使得董超、薛霸等押司心中不快。于是薛霸设计欺负林冲，将林冲的脚按入滚烫的水中，之后并说到："只见罪人伏侍公人，那曾有公人伏侍罪人。好意叫他洗脚，颠倒嫌冷嫌热！却不是好心不得好报！"[①]薛霸说的这段话旁边有一个"画"字作为夹批，其位置在"却不是好心不得好报"的"得好"二字中间。这就让人难以明白评点者指的是，小说作者借由薛霸欺负林冲的"动作"来刻画薛霸恶人形象有如图画，或者是薛霸"说话的内容"才凸显他恶人的形象，而这形象有如图画般，又或者是单单"却不是好心不得好报"这句话就能显现薛霸恶人的形象，使得如画般真实刻画出薛霸的形象。再看"董超去腰里解下一双新草鞋，耳朵并索儿却是麻编的，叫林冲穿。林冲看时，脚上满面都是潦浆泡"[②]。此处仅一批语"恶"字，若与小说内容对照，便可知评点者所评的恶是指董超拿麻编的鞋给林冲，使他脚上的伤更加严重的动作与心态。因为此处并无对话，因此不必思索是角色台词亦或是角色的动作才凸显人物刻画如画。

另一种批语的用意更为明显，如第八回中董超薛霸抬头看天色已晚，又必须找客店休息，此时小说作者写了一段诗词，描述当时的景象：

> 红轮低坠，玉镜将明。遥观樵子归来，近睹柴门半掩。僧投古寺，疏林穰穰鸦飞。客奔孤村，断岸嗷嗷犬吠。佳人秉烛归房，渔父收纶罢钓。唧唧乱蛩鸣腐草，纷纷宿鹭下莎汀。[③]

此处诗词上头的眉批，虽然仅有一个"删"字，但却容易明白评点认为这首诗词是多余的，是可删除的。相对而言，这里单就观看批语与小说内容，便可知评点者的想法。

3. 连用单一个字作为批语。

容本《水浒传》中有些段落，评点者会连用几个"画"字的夹批，如第二十四回武松提醒武大郎应少卖炊饼，每日早些回家，回家后便把门关上，以避

---

① 《李卓吾先生批评忠义水浒传》，第264—265页。

② 《李卓吾先生批评忠义水浒传》，第265页。

③ 《李卓吾先生批评忠义水浒传》，第263页。

免是非口舌。之后也对潘金莲说一些话，使得潘金莲恼羞成怒，回应以下的话语：

> 有甚么言语在外人处，说来欺负老娘！我是一个不带头巾男子汉，叮叮当当响的婆娘，拳头上立得人，肐膊上走的马，人面上行的人！不是那等搠不出的鳖老婆。自从嫁了武大，真个蝼蚁也不敢入屋里来。有甚么篱笆不牢，犬儿钻得入来！你胡言乱语，一句句都要下落，丢下砖头瓦儿，一个也要着地。①

以上皆是潘金莲回应武松的话，可以想见潘金莲心中的怒气，而针对这段回应，评点者连用七个“𧱁”字作为夹批，足以证明此段对话是精采的，而这些话语也刻划出潘金莲鲜明的形象。另外，也有使用不同字的批语，如第四十五回和尚与妇人调情：

> 那妇人看了，先自五分欢喜，便道：“你端的好个卧房，干干净净。”和尚笑道：“只是少一个娘子。”那妇人也笑道：“你便讨一个不得！”和尚道：“那里得这般施主。”②

这里评点者在“你便讨一个不得”用一个夹批“𧱁”字，并在““那里得这般施主”用一个“妙”字作为夹批。由此来看，似乎“𧱁”字与“妙”字并无多大的差别，同样都是以赞赏的态度来评点。因此，可进一步思考评点者使用的“𧱁”字，与“好”、“妙”等批语，其意义有何不同。此处可搭配第四十五回回末总评：“描画淫妇人处，非道欲已也，亦可为大丈夫背后之眼，郑卫之诗俱然。”以及眉批“把淫妇情状刻画逼真”③，借此可知小说这个段落成功表现出一个淫妇的样子，可知小说的描写是好的是妙的，更重要的是让她的形象如画般呈现出来，也就是说这部分的优点在于“逼真”。

---

① 《李卓吾先生批评忠义水浒传》，第748页。

② 《李卓吾先生批评忠义水浒传》，第1490页。

③ 《李卓吾先生批评忠义水浒传》，第1490—1491页。

(二) 批语“画”字的用处与用法

容本《水浒传》一百回中与画字相关的批语约出现两百八十次，其数量非常可观。每个批语出现的形式与所评点的内容大约有几种类型，借此可看出评点者对小说的鉴赏美学，以下分别举例说明之。

1. 与角色相关的批语。

这里可分为点评角色的心理状态与角色的形象两个部分。

《水浒传》中描述角色心理状态的方式，大致可分为以台词来凸显或是直接写出角色的心情、感受。在第十回中描述被林冲吓到的三个差拨，小说直接写出这三个人“吓的慌了手脚，走不动”[①]；或又如第二十一回“宋江见这话，心里越慌”[②]，直接写出宋江心里发慌。另一种描述角色状态的方式，即写出角色心中的话语而非与他人对话，来显示角色的心理状态，如第二十一回“婆惜一头听了，一面肚里寻思：‘我只心在张三身上，兀谁奈烦相伴这厮！若不把他灌得醉了，他必来缠我’”[③]；另外，第三十一回“两个人进楼中，见三个尸首横在血泊里，惊得面面厮觑，做声不得”[④]，以其面面相觑的动作表达他们的惊吓；第八十七回“那孙立的金枪，神出鬼没，寇先锋见了，先自八分胆丧”，则用孙立耍金枪突显寇先锋的害怕。也有评点角色外貌的批语，如第四回“鹭鹚腿紧系脚绑，蜘蛛肚牢拴衣钵。嘴缝边攒千条断头铁线，胸脯上露一带盖胆寒毛”[⑤]，以此形容鲁智深鲁莽的形象。以上评点者皆会加一个“𤱶”或“画”字的夹批，表明小说作者将这些人物形象表现逼真的有如画一般。

除了单一个字的批语，有几处批语写得较为清楚，直接说明小说传神的刻画人物形象，如第五十八回：

> 鲁智深道：“正是如此。我只见今日也有人说宋三郎好，明日也有人说宋三郎好。可惜洒家不曾相会。众人说他的名字，聒的洒家耳朵

---

① 《李卓吾先生批评忠义水浒传》，第 322 页。
② 《李卓吾先生批评忠义水浒传》，第 653 页。
③ 《李卓吾先生批评忠义水浒传》，第 637 页。
④ 《李卓吾先生批评忠义水浒传》，第 973 页。
⑤ 《李卓吾先生批评忠义水浒传》，第 157 页。

也聋了。想必其人是个真男子,以致天下闻名。"①

眉批写著"畫出一个直性和尚";第六十一回的形式也是一样,其中小说描述吴用与卢俊义的对话:

> 吴用道:"员外这命,目下不出百日之内,必有血光之灾。家私不能保守,死于刀剑之下。"卢俊义笑道:"先生差矣!卢某生于北京,长在豪富之家。祖宗无犯法之男,亲族无再婚之女。更兼俊义作事谨慎,非理不为,非财不取。又无寸男为盗,亦无只女为非。如何能有血光之灾?"②

眉批写"画出痴人模样",说明卢俊义无法理解吴用的"预言",反而无知的说出一些"痴人"的话语,呈现出"痴人"的形象。

2. 针对对话的批语。

《水浒传》的对话非常多,这部分的艺术成就也是有目共睹的,评点者也多次在对话旁加注批语,其数量比对角色以及人物动作的批语还要多,足见容本《水浒传》中的对话是评点者非常赞赏的部分。

第三回郑屠对鲁达骂道:

> 看着这郑屠道:"洒家始投老种经略相公,做到关西五路廉访使,也不枉了叫做镇关西。你是个卖肉的操刀屠户,狗一般的人,也叫做镇关西!你如何强骗了金翠莲!"扑的只一拳,正打在鼻子上。③

这一对话评点者连用两个"㕘"字为夹批。两人打斗一阵子之后,鲁达对郑屠骂道:"直娘贼,还敢应口。"此处评点者则是用"妙"字为夹批,一样都是属于褒义的评点,却用两个不同的字来表示,在其他段落也有相似的情况,由此来看以"㕘"字或"妙"字为夹批,并无分别。

---

① 《李卓吾先生批评忠义水浒传》,第 1896 页。

② 《李卓吾先生批评忠义水浒传》,第 2000 页。

③ 《李卓吾先生批评忠义水浒传》,第 100 页。

在第二十四回潘金莲指着武大脸上骂道："混沌浊物！我倒不曾见日头在半天里，便把着丧门关了，也须吃别人道我家怎地禁鬼。听你那兄弟鸟嘴，也不怕别人笑耻！"第二十五回郓哥看着武大道："这几时不见你，怎么吃得肥了？"

又第二十五回郓哥骂王婆："便骂你这马泊六，做牵头的老狗，直甚么屁！"第四十五回"和尚跪下道：'只是娘子可怜见小僧则个！'那妇人张着手说道：'和尚家倒会缠人。我老大耳刮子打你。'"[①]这些对话的内容符合角色的身份与当时的场景，也借由话中的口气表现出他们生气或不满的情绪，第四十五回的眉批更写到"刻画逼真"，表示这些对话真实呈现出小说人物的形象。而容本《水浒传》卷首《水浒传一百回文字优劣》中写到：

> 世上先有《水浒传》一部，然后施耐庵、罗贯中借笔墨拈出。若夫姓某名某不过劈空捏造，以实其事耳。如世上先有淫妇人，然后以杨雄之妻、武松之嫂实之；世上先有马伯六，然后以王婆实之；世上先有家奴与主母通奸，然后以卢俊义之贾氏、李固实之；若管营，若差拨，若董超，若薛霸，若富安，若陆谦，情状逼真，笑语欲活，非世上先有是事，即令文人面壁九年、呕血十石，亦何能至此哉！此《水浒传》之所以与天地相终始也与！[②]

讲述《水浒传》描写各个角色"情状逼真"，似乎存在世上的真实人物皆出现于小说中，表达小说传神的描写出人物角色。

3. 评点动作的批语。

《水浒传》描述人物的动作、动态，栩栩如生，有如跃然纸上。评点者的批语大多针对两个部分的动作，一为武打的场面，二为角色个人的动作。在第二回王进打斗的描写：

> 那后生看了一看，拿条棒滚将入来，迳奔王进。王进托地拖了棒便走。那后生抡着棒滚又赶入来。王进回身，把棒望空地里劈将下来。

① 《李卓吾先生批评忠义水浒传》，第1491页。

② 《李卓吾先生批评忠义水浒传》，第1—3页。

那后生见棒劈来，用棒来隔。王进却不打下来，将棒一掣，却望后生怀里直搠将来。只一缴，那后生的棒丢在一边，扑地望后倒了。[①]

评点者加注眉批“如画”。第六回描写鲁智深与崔道的部分则以单一个“画”字为眉批。

智深正斗间，只听的背后脚步响，却又不敢回头看他。不时见一个人影来，喝道：“有暗算的人。”叫一声：“着！”那崔道成心慌，只道着他禅杖，托地跳出圈子外去。[②]

可见“画”与“如画”的用意都是一样的，皆是表达小说作者将打斗场面描绘得有如图画一般真实。而描写个人动作的有第十回“次后，那两个低个头也去了”、第二十一回“把嘴望下一努。唐牛儿是个乖的人，便瞧科”。或是第四十五回“那妇人拿起一盏茶来，把帕子去茶钟口边抹一抹，双手递与和尚。那和尚一头接茶，两只眼涎瞪瞪的只顾看那妇人身上。这妇人也嘻嘻的笑着看这和尚”。以和尚与妇人各自的小动作表达两人暧昧的情感。以上都以“𤱪”字为夹批。

4. 点评场景的批语。

在容本《水浒传》中与场景有关的批语可说是最少，大致有第十回“破壁缝里透出火光来”与第三十一回“次到厨房里，灶下杀死两个丫嬛。后门边遗下行凶缺刀一把。楼上杀死张都监一员，并亲随二人，外有请到客官张团练与蒋门神二人”。虽然这是到官府禀覆的话语，但内容属于描写当时的场景，故归类于此。以上分别以夹批“𤱪”字以及眉批“如𤱪”词语来评点。

综观以上与角色相关、针对对话、评点动作与点评场景等不同用处的批语，其共同特征为用字精简，，大多仅有一个“画”字，少有其他相关解释或说明；除了几处评点写出“刻画逼真”、“畫出一个直性和尚”、“画出痴人模样”、“活活画出一个淫妇人来”、“如𤱪”以及“好描𤱪”等用字较多，其余皆以一个“画”字作为眉批或夹批。借由以上评点者的评点方式，能了解评语“画”字

① 《李卓吾先生批评忠义水浒传》，第50页。

② 《李卓吾先生批评忠义水浒传》，第196页。

的运用是多方面的；此外，若再与回末总评一起参照，就更容易明白批语“画”字的意义，以及评点者的审美概念。以下举几例说明之。

(三) 批语“画”字的意涵

容本《水浒传》评点者认为小说美学的价值奠定在描写逼真与传神之上，而在回末总评中亦多次提到相关概念，如评点者在第三回的回末总评中说到：

> 描画鲁智深千古若活，真是传神写照。《水浒传》文字妙绝千古，全在同而不同处有辨。如鲁智深、李逵、武松、阮小七、石秀、呼延灼、刘唐等众人，都是急性的。渠形容刻画来各有派头，各有光景，各有家数，各有身分，一毫不差，半些不混，读去自有分辨。不必见其姓名，一睹事实，就知某人、某人也。①

说明《水浒传》于描写人物方面的成就，是各有派头、各有光景、各有家数、各有身分，让每个角色特色分明，读者阅读《水浒传》时，不用见其角色姓名，只依作者的文字“刻画”，必能分辨其中差异而能得知“某人”。在第十回回末总评中亦说到：

> 《水浒传》文字原是假的，只为他描写得真情出，所以便可与天地相终始。即此回中李小二夫妻两人情事，咄咄如画。若到后来混天阵处，都假了，费尽苦心意不好看。②

说明小说故事原本是虚构的，但只要书中写得出真情便是好的，便可与天地相终始，以李小二夫妻二人为例，其“咄咄如画”才是好看。正如“叶昼提出‘逼真’、‘肖物’、‘传神’等范畴，作为评价小说的最基本的美学标准”③。

而如何表达逼真、肖物、传神，对此相关的写作技法，林岗《明清小说评点》有清楚的叙述，他写到：

① 《李卓吾先生批评忠义水浒传》，第107页。

② 《李卓吾先生批评忠义水浒传》，第327页。

③ 叶朗：《中国小说美学》，台北：里仁书局，1987年，第35页。

> 叙事文学中的形神与绘画中的形神相比，因借以表达的媒介不同，文字表达不如绘画直观，但两者又有相互贯通的共同神理。叙事文的写人状物一样显示出弃粗取精、以神鉴形的一贯精神，叙事的妙品一样不喜大小无遗的描写与叙述，总是善于抓住关键传神的的细节，寥寥几笔，传示出所写状的人或物的神韻。所谓白描即贵在简洁传神。①

文学的形神与绘画的形神，因为表达的媒介不同，故小说无法像图画般直接表现出来，但两者共同的“技法”在于抓住关键“传神”的细节，也就是弃粗取精，寥寥几笔描绘出神韻，切忌以繁笔描绘。因此，白描手法的运用尤其关键②。而文字刻画传神的技巧，在第二十一回回末总中有详细描述：

> 卓吾曰此回文字逼真，化工肖物。摩写宋江、阎婆惜并阎婆惜处，不惟能画言前，且画心上；不惟能画心上，且并画意外。顾虎头、吴道子安得到此。至其中转换关目，恐施罗二公亦不自料到此。余谓断有鬼神助之也。③

可知文字欲达“传神”、“化工”之境需有两个条件，一是人物需形神兼备，二是结构自然④。也就是说评点者认为描写人物除了“眼前”、“心上”之外，亦要写出“意外”，如此才算是“化工肖物”的境界。关于“意外”，陈洪在《中国小说理论史》中解释其为：

> 作品中人物自身之意。意外，人物的潜意识，人物心里深处的底蕴。由于这样的底蕴所支配，人物的言语、行动往往是不够自觉、不能自持的。写出这种状态，就是“并画意外”，人物也就摆脱了作者的“匠心”，“自己”动起来。……无非是写出人物复杂的心理状态。李卓吾指

① 林岗：《明清小说评点》，北京：北京大学出版社，第174页。

② 林岗《明清小说评点》，第155页。写到评点家极为赞赏诸如白描手法等写人状物技巧在奇书叙事中的运用，他们指出这些手法的实质是以“神理”带动写人状物的“形貌”。

③ 《李卓吾先生批评忠义水浒传》，第662页。

④ 陈洪：《中国小说理论史》，天津：天津教育出版社，2005年，第85页。

出，作品一旦臻于此境，纸上的人物便活了，使读者“光景在眼，声音在耳”，“不知有所谓语言文字也”。①

从以上可知，描写人物除了动作、语言之精准外，若能描绘出人物复杂的心理状态，则为“意外”，也是文字创作的最高境界。也看到角色人物审美的三个层次，分别是：让读者眼前可见、跃入心上、意外的神韵等。而第八回林冲发配牢里时与差拨互动的情节，“那差拨不见他把钱出来，变了面皮，指着林冲骂道：‘你这个贼配军，见我如何不下拜？’……林冲笑道：‘皆赖差拨照顾。’”②眉批连用两次“传神”，而文中夹批则连用十一个“画”字，足见评点者认为此段描写之精彩，其精彩之处在于“传神”；因此，批语画字的意涵亦有传神之意。另外，容本《水浒传》的插图为于每回前有两幅全图，其图皆依据回目来呈现，第八回回目为“林教头刺配沧州道　花和尚大闹野猪林”，其中一插图为“林教头刺配沧州道”（如图一），又如第二十一回回目为“虔婆醉打唐牛儿　宋江怒杀阎婆惜”，其中一插图为“虔婆罪打唐牛儿”（如图二）

图一：林教头刺配沧州道

图二：虔婆醉打唐牛儿

① 陈洪：《中国小说理论史》，第86页。
② 《李卓吾先生批评忠义水浒传》，第296—297页。

等，每一回皆是如此；而评点者以画字评点精彩之处时，多处皆连用不少的画字，如第七回连用十一个“画”字，第二十一回于“虔婆醉打唐牛儿”其夹批亦连用十几个“画”字。对此可看到评点者大量使用“画”字为批语之处，或与每回之前的插图有关，可能评点者阅读故事内容时，受到看过插图的影响。加上作者的描绘栩栩如生，角色人物神韵逼真传神，如第二十一回回末总评形容文中刻画阎婆惜等人“文字逼真，化工肖物”。因此，可知批语画字的出现除了代表文字刻画传神逼真，亦能看到故事内容、批语以及插图三者的关系，并进而影响评点者的点评。

因此，透过其评点者批语的运用以及对文本内容的评判，容本《水浒传》评语“画”字，至少应有两种意涵：一为说明文字描写如图画般，栩栩如生；二为过度细描雕琢，如画工工笔，虽然画面细腻，却缺乏神采、精神。

另外不可忽略当时《水浒传》的戏剧改编。明代中叶以后，商品经济与手工业发展兴荣，成为戏曲创作、发展的优越条件。据记载“苏州一地在嘉靖末、万历初，以俳优为职业者不下数千人”①。正因为有足够观众才能有这些俳优，从这里可知戏曲搬演在当时的盛况。而《水浒传》一直是戏曲常见的题材，且《水浒传》成书之前，就有许多关于水浒故事的戏曲在舞台上搬演，《水浒传》成书之后，据小说改编的水浒戏更是层出不穷②。根据记载以水浒故事为底本的杂剧有《黑旋风仗义疏财》、《豹子和尚自还俗》、《宋公明闹元宵》、《打虎报冤》等，传奇则有李开先的《宝剑记》、沈璟《义侠记》、陈与郊《灵宝刀》、许自昌《水浒传》、张子贤《聚星记》、铁桥生《花石纲》、《青楼记》、《高唐记》等剧目③，数量之多，可见水浒故事受欢迎的程度。借此，或可猜想评点者也看过水浒故事改编的戏曲，让他阅读《水浒传》文本时，脑海中会浮现相关画面；若小说与戏曲情节相似，表现氛围亦相似，更能引发联想，因此，可能使得评点者以批语“画”字呈现。是故，在《水浒传》许多精采情节，评点者也连续运用多个“画”字为批语。如第二十八回“武松威镇安平寨”或第八十七回“宋公明大战幽州　呼延灼擒番将”等精彩的武打场面皆

① 张瀚：《松窗梦语》卷七，《续修四库全书》，上海：上海古籍出版社，1955 年。

② 杨小娜：《明清时期〈水浒传〉传播研究》，扬州大学中国古代文学硕士论文，2010 年，第 29 页。

③ 朱一玄、刘毓忱：《水浒传资料汇编》，天津：南开大学出版社，2012 年，第 528—534 页。

有，更加可印证小说与戏曲之关系，进而影响评点者的批语。

四、结　论

容本《水浒传》的回末总评、眉批或夹批等评点形式以及其评点的思想，对后世评本有极大的影响。而容本《水浒传》的评点者对小说作者刻画传神、逼真等美学概念，为其理论基础，研究者亦多以此角度来论述，使得小说刻画的技巧及理论有显著的成就。而在容本《水浒传》的众多批语中，“画”字出现的次数非常多，因此笔者尝试分析与“画”字相关的批语，并与其他眉批或回末总评相互对照，以此角度再次论证容本《水浒传》评点者的逼真、传神的小说美学。也看到“画”字的批语与其他“好”、“妙”、“奇”等批语有其意义上的差异。加上以“画”字为批语，其与“好”、“妙”或“删”等有明确好恶的批语不同。因此，笔者尝试将批语“画”字与文本中的插图，及以水浒故事改编的戏曲结合，期望能从不同的方面来解读其意涵，进而凸显与其他批语相异之处，并呈现“画”字在批语中的重要性。

试论冯梦龙小说评语中的小说观念

——以戏曲小说文类分合为中心

［韩］全南大学　李腾渊

一、引　言

中国古典小说，从初期的残丛小语发展到长篇巨帙的过程中，大致区分为魏晋南北朝志怪及志人、唐人传奇、宋元话本、明清章回等阶段。在此创作演进过程中，亦出现了许多有关"小说"概念及其文体特征之种种议论①。若从现今的理论观点加以整理，可归纳为：第一，小说概念、起源、范畴、效用性等关于本体论性质的内容；第二，在小说创作过程中面临的种种问题，如社会生活和文学的反映过程，作品构思、人物形象、情节结构、语言活用等等；第三，作品鉴赏和评价问题。其中，小说这一文类的本体特征论，又可分为两种方式：一是通过分析特定小说作品（或者作品群）本身来加以归纳并扩大成普遍理论，二是和诗、文、戏曲等其他文类做比较，通过分析各文体的异同来把握其本质的特征。前者，综观历代小说论，关于"小说"含意的观点大致可分为三类：第一，是班固《汉书·艺文志》以来传统史学家、目录学者所提示的"稗官野史"。其代表性的表现，如四库馆臣纪昀所说："迹其流别，凡有三派：其一叙述杂事，其一记录异闻，其一缀辑琐语也。唐宋而后，作者弥繁，中间诬谩失真，妖妄荧听者固为不少。然寓劝戒，广见闻，资考证者亦错出其中。班固称小说家流盖出于稗官，如淳注谓王者欲知闾巷风俗，故立

① 以下本文部分内容多引用笔者先行研究论文《试论对于小说与戏曲两种文体概念的认识过程——以晚清小说批评中的视角为基点》（［韩国］中国语文论译学会：《中国语文论译丛刊》特辑号，2005年，第233—255页）一文，不一一明示，特此说明。

稗官，使称说之。然则博采旁搜，是亦古制，固不必以冗杂废矣。今甄录其近雅驯者以广见闻，惟猥鄙荒诞，徒乱耳目者则黜不载焉。”（纪昀《四库全书总目·小说家类序》）这一观点依据故事内容记实与否来区别“小说”，那些包含虚构的传奇等文言小说与白话通俗小说则一概排斥在外。第二，是专指宋代“说话”中的“小说”以及由此发展而来的白话小说，例如：“小说起宋仁宗时。盖时太平盛久，国家闲暇，日欲进一奇怪之事以娱之，故小说得胜头回之后，即云‘话说赵宋某年’。……若夫近时苏刻几十家小说者，乃文章家之一体，诗话传记之流也，又非如此之小说。”（郎瑛《七修类稿》卷二十二《辨证类·小说》）在此所谓的“小说”完全与上举目录学的概念不同，最初可能出于“说话”门类中的“小说”一派，但渐渐扩展到统称用白话敷衍的口头小说和书面小说上来。第三，综合以上两者，同时包括文言笔记、传奇和白话通俗小说，例如：“史统散而小说兴，始乎周季，盛于唐，而寖淫于宋。韩非列御寇诸人，小说之祖也。《吴越春秋》等书，虽出炎汉，然秦火之后，著述犹希。迨开元以降，而文人之笔横矣。……按南宋供奉局，有说话人，如今说书之流。其文必通俗，其作者莫可考。泥马倦勤，以太上享天下之养。仁寿清暇。喜阅话本，命内珰日进一帙，当意则以金钱厚酬。于是，内珰辈广求先代奇迹及闾里新闻，倩人敷演进御，以怡天颜。然一览辄置，卒多浮沈内庭，其传布民间者，什不一二耳。然如玩江楼双鱼坠记等类，又皆鄙俚浅薄，齿牙弗馨焉。暨施罗两公鼓吹胡元而《三国志》、《水浒》、《平妖诸》传，遂成巨观。要以韫玉违时，锁熔岁月，非龙见之日所暇也。”（绿天馆主人《古今小说序》）

如此，传统目录学始终坚持“记实”原则之保守观点，而违背此原则的作品自然遭排斥，属于上述第二种观点的作品不必再说，与第三种的包容观点亦互为对立，无法共存。传统目录学的观点忽略了小说创作发展的现况，与之相反，第三种的包容观点客观了许多。

历代有关小说论著里，为了强调小说的功用，通常将其与经史进行比较。可是到了晚清时期，论者已不再关心比较小说和经史等其他文类，而注重所谓“新小说”和旧小说的比较，翻译出来的外国小说和本国小说的比较，特别是大部分论者将戏曲包括在小说范围里①，这一点很值得注意。因为

---

① 笔者在先行论文已具体提到十多种例文，在此不嫌赘繁再列出其中几个代表性的文章如下：1. 几道、别士：《本馆附印说部缘起》：“据此观之，其具五不易传（续转下页）

这种现象是晚清以前以及以后的小说批评中几乎所未曾出现的，可谓是晚清时期的独特现象。

对此，有些研究者已“提出”过一些意见①，但大部分人都只是说明这是当时的“通病”而已，并没有加以专谈。比较具体地探讨这一问题的少数论著中，方正耀《中国小说批评史略》第四编“小说批评的繁荣时期（晚清）”部

(续上页注)之故者，国史是矣，今所称之二十四史俱是也。其具有五易传之故者，稗史小说是矣，所谓《三国演义》、《水浒传》、《长生殿》、《西厢》、“四梦”之类是也。……夫说部之兴，其入人之深，行世之远，几几出于经史上。而天下之人心风俗，遂不免为说部之所持。《三国演义》者，志兵谋也，而世之言兵者有取焉。《水浒传》者，志盗也，而旧蒲狐父之豪，往往标之以为宗旨。《西厢记》、“临川四梦”，言情也，则更为专一之士、怀春之女之所涵泳寻绎。夫古人之为小说，或有精微之旨寄于言外，而深隐难求，浅学之人，论胥若此，盖天下不胜其说部之毒，而其益难言矣。”2. 丘炜萲：《金圣叹批小说说》：“人观圣叹所批过小说，莫不服其畸才，托为灵魂转世。其实圣叹所批过之小说，恰是有限，今最遗传者，一部施耐庵七十回《水浒传》，一部王实甫、关汉卿正续《西厢记》，此外无有也。”3. 饮冰等：《小说丛话》中“定一”话：“故中国小说界，仅有《水浒》、《西厢》、《红楼》、《桃花扇》等一二书执牛耳，实小说界之大不幸也。”4. 饮冰等：《小说丛话》中“欲血生”话：“窃尝谓小说之功亦伟矣。……而小说者，皆具此能力者也。故用小说以规人过，是上上乘者也。”(按：昔已有用之者，如《琵琶记》是也)5. 楚卿：《论文学上小说之位置》：“吾昔见东西各国之论文学家者，必以小说家居第一，吾骇焉。吾昔见日人有著《世界百杰传》者，以施耐庵与释迦、孔子、华盛顿、拿破仑并列，吾骇焉。吾昔见日本诸学校之文学科，有所谓《水浒传》讲义，《西厢记》讲义者，吾益骇焉。继而思之，何骇之与有？小说者，实文学之最上乘也。世界而无文学则已耳，国民而无文学思想则已耳，苟其有之，则小说家之位置，顾可等闲视哉！”6. 松岑：《论写情小说于新社会之关系》：“故吾所崇拜夫文明之小说者，正乐取夫《西厢》、《红楼》、《淞隐漫录》妖艳之文章，摧陷廓清，以新吾国民之脑界，而岂复可变本而加之厉也？”

① 例如：黄霖：《近代文学批评史》：“由于当时所谓‘小说’往往包含着戏曲，所以‘小说界革命’实际上包括了小说戏曲的革新。”（上海：上海古籍出版社，1996 年，第 379—380 页）。黄霖、韩同文选注：《中国历代小说论著选》(修订本)：“(天僇生《中国历代小说史论》)文章追述的关于中国小说的源流的一些说法，未必可靠，而对于我国古代小说的体裁的划分，也并不科学，如将戏剧与弹词均纳入小说范围之内，就说明了作者小说概念的不明确。”（南昌：江西人民出版社，2000 年，第 319 页）。（以上两书在别处也有一些类似的话。）陈平原：《20 世纪中国小说史：第一卷(1897—1916)》第 3 页附注③：“梁启超等人所理解的小说概念实际上包括戏剧，故‘小说界革命’也包括‘戏剧界革命’。”(北京：北京大学出版社，1989 年，第 3 页)

分在评价晚清小说批评时，指出晚清时期小说批评的某些不完整性，其中具有代表性的当属小说与戏剧之间界限不清的问题，他说："当然，梁启超揭示的小说特性只是某些方面，徐念慈、黄人以美学理论揭示的同样缺乏完整性。这是晚清小说批评之所以没有成熟的一个重要方面。正因为对于小说特性缺乏完整的揭示，所以批评家对小说概念的认识并不十分清楚。尽管小说的文学特征已被认识，小说的叙事文学特征也被揭示，但小说与戏剧的界限却未分清，不少批评著述中的'小说'概念，往往包含了戏剧，换言之，即小说与戏剧被统称为小说。"①"当然，无庸讳言，直至辛亥革命，中国的小说批评理论仍有不成熟的表现。如对'小说'这一概念的阐释，一直比较模糊，一部分批评家仍未摆脱小说、戏曲同属说部的传统观念，另一部分批评家虽知两者不同，却也未在理论上加以澄清和界分。"②如此，他指出晚清时期的论者往往将小说与戏剧统称为小说的主要原因是：当时一些论者仍然未摆脱"小说、戏曲同属说部的传统观念"。对此，我们可以设想两个问题：第一，"说部"这一词是否统称小说、戏曲的概念？换句话说，说部是否就是指包括小说、戏曲在内的"广义的小说"？第二，晚清小说批评之前，小说论者是否普遍认为"小说、戏曲同属说部"？关于前者，通过前人有关"说部"一词的用例③，可以说"说部"一词一般指"小说、笔记、杂著"一类，不常并论戏曲。关于后者，晚清以前，小说论者是否普遍认为"小说、戏曲同属一类"，是很值得

① 方正耀：《中国小说批评史略》，北京：中国社会科学出版社，1990年，第241页。

② 同上书，第306页。按：本处着重符由笔者所加，以下皆同。

③ 例如："说部丛书，昉于汉魏，盛于唐宋以来。夫识大识小，皆载文武之道，虽圣人犹学之，士君子著书立说，苟然哉！大抵人品高，师法古，兴会佳，兼是三者，其立言必雅驯，足以信今而传后。他若稗史野乘，摭拾浮诞不经之言，用以夸示三家村农及五都市儿已耳，大雅捧腹，吾无取焉。"（宋荦《香祖笔记序》）；"夫考古证今，莫如说部；然稗官家不可胜举，往往野语琐录，谬舛尤甚。至流滥于《斋谐》、《虞初》、《搜神》志怪，君子不由也。王仲任有言：造论著说，发胸中之思，剖世俗之事，斯为善耳。所撰《论衡》，识者且鄙劣之。迨宋，元来，淹通古隽，唯《容斋随笔》、《梦溪笔谈》、《研北杂志》数书称焉。"（张遂辰《跋书影后》）；"说部之书，以话说字起者，至今渐益多。有凭虚结构者，亦有依傍古事而装点者。大概皆为说书人所撰，多成于粗鄙之人，或闲放之士，儒者不屑道，姑其签帙不登于架。然此亦别是一家笔墨，其流总出于稗官野史也。"（李元复《常谈丛录》）；"说部优势可传可宝者，《三国》、《水浒》演义、《聊斋志异》、《红楼梦》四种而已。识者无不以《水浒》胜于《三国》，愚谓《水浒》非《三国》匹也。"（谢鸿申《答周同甫书》）

讨论的问题。

针对此现象，除了此书之外，还有一些议论者亦主张，晚清时期发生的此一现象仅是明清以来的传统延续，即有传统理论家因小说与戏曲的文体类似，而将二者缠杂论述的传统。例如，沈新林《同源而异派：中国古代小说戏曲比较研究》一书的绪论中说："还有一个不容回避的事实，就是古代小说和戏曲在概念上一直存在缠杂不清的现象。这个问题从唐代到清末，历时一千多年，都没有得到解决，给学术研究带来了极大的困惑和不便，极易引起人们的思维混乱。"①在此一前提下，他举出了数十个唐宋至近代（晚清）小说与戏曲概念缠杂不清现象的实例后，归纳成下列三点：

> 其一，唐宋金元时期，小说与杂剧统称为杂戏、百戏，小说只是杂戏的一种演出形式，是其中的一个门类。它们演出的底本，都称为话本，诸宫调也可以称为话本。
>
> 其二，明清时期，文人淡化了小说与戏曲的区别，往往有意无意地将戏曲隶属于小说，或是戏曲为小说的附庸。
>
> 其三，近代是古代小说批评繁荣时期，有的批评家已注意小说与戏曲的"渊源甚异"，而不少评论家仍把传奇、弹词列为小说的门类。②

关于第一点，他举出了段成式《酉阳杂俎续集》之四"贬误"等四种例文作为实证。但依笔者看，在他举出的例文中，"小说"还是专指"说话"等说唱艺术之一而已，并不是广义上，将其隶属于杂戏、百戏之一，是极为自然的说法。沈新林却误将杂戏、百戏视为与戏曲相同的概念，来证明小说与戏曲概念缠杂不清的现象，这是一种概念上的混乱。

关于第二点，诸如蒋一葵《尧山堂外纪》中将弹词视为小说，凌濛初拟话本小说集《二刻拍案惊奇》中收录了戏曲《宋公明闹元宵》，金圣叹将《西厢记》与《水浒传》同作为"优秀小说的统称"的"才子书"加以点评等例子，仍有许多值得质疑之处。第一个例子与上述第一论点的情况类似；第二个例子

① 沈新林：《同源而异派：中国古代小说戏曲比较研究》，南京：凤凰出版社，2007年，第5页。

② 同上书，第18页。

中凌濛初之所以在《二刻拍案惊奇》中收有戏曲，不一定是他将小说与戏曲视为同一文类，而是在编辑四十篇作品时，在不容易找到适合的小说作品的情况下，有不得不收录了一篇同为叙事型态的戏曲作品的可能性。第三个例子，与其认为金圣叹将《西厢记》与《水浒传》一同视为小说来进行评点，还不如认为他是将以表演艺术为前提的戏曲作品视为案头读本来得更为贴切。况且，金圣叹策划评点的六种“才子书”中，又包括《庄子》和《史记》等书，将“才子书”视为“优秀小说之统称”的说法，是不可接受的。

还有不少论者亦提出类似的主张，例如：

> 古人把小说戏曲视为一类，所谓“小说戏曲一也”，差别只不过是“小说者，虚拟者也；戏曲者，实行者也”(《小说丛话》于定一语)。小说为听(读)故事，戏曲为演故事，两者都被人以故事看待。乃至金圣叹把小说戏曲作为一类加以评点，如把《西厢记》作为第六才子书就是明证。①
>
> 戏曲和小说的名称也长期处于混同的状态。唐传奇是唐代文人所作文言小说，在宋代，“传奇”指诸宫调，而说书中小说一家的一个小类也为“传奇”，宋元南戏称“传奇”，元代前期“传奇”用以指称杂剧，明代南戏称“明传奇”。②
>
> 中国古代小说与戏曲间的关系较之西方更为密切。二者同属叙事体裁，共具案头文学性质，都有惩恶扬善的社会功能，难怪人们往往将它们归为一类。明可一居士所说的“六经国史而外，所著述皆小说也”(《醒世恒言序》)，未免失之宽泛，《萤窗异草序》将小说分为说部、院本、杂记诸类，则代表了当时较为流行的看法，直至近代，许多人仍把小说、戏剧混在一起来谈。③

① 许并生：《中国古代小说戏曲关系论》，北京：文化艺术出版社，2002 年，第 151 页—152 页。

② 涂秀虹：《元明小说戏曲关系研究》，上海：上海三联书店，2004 年，第 2 页。

③ 刘书成：《一个难以解开的“死结”：中国古代小说、戏曲关系论略》，《甘肃广播电视大学学报》1999 年第 2 期。

这些例子亦是或曲解相关资料，或将"一语多用"现象扩大解释为"一语混用"的现象，并未细致加以探索，没有足够的证据，故缺乏说服力。

要言之，上述几个论者举出各种实例，作为唐宋至明清历代评论家一直将小说与戏曲概念缠杂不清现象的证据，事实上这些资料是片面性的，是属于对资料内容的误读，对于该问题并未作彻底而全面的了解。所以我们并不能将这些例子作为判断唐宋以来论者皆是将小说与戏曲进行统称的依据。

针对晚清以前，尤其是明清小说评论家是否未将小说与戏曲作出区分、"混为一谈"，笔者在先行论文中已提出过，晚清以前的大部分论者皆将小说与戏曲做出区分，其代表性例文如下[①]：

> 文至院本、说书，其变极矣。然非绝世逸才，自不妄作。如宗秀罗贯中、国初葛可久，皆有志图王者，乃遇真主，而葛寄神医工，罗传神稗史。今读罗《水浒传》，从空中放出许多罡煞，又从梦里收拾一场怪诞，其与王实甫《西厢记》始以蒲东遘会，终以草桥扬灵，是二梦语，殆同机局。总之，惟虚故活耳。（王圻：《稗史汇编》）
>
> 今世传街谈巷语，有所谓演义者，盖尤在传奇杂剧下。然元人武林施某所编《水浒传》特为盛行，世率以其凿空无据，要不尽尔也。（胡应麟：《少室山房笔丛·卷四十一庄岳委谈·下》
>
> 凡为小说及杂剧戏文，须是虚实相半，方为游戏三昧之笔。亦要情景造极而止，不必问其有无也。古今小说家，如《西京杂记》、《飞燕外传》、《天宝遗事》诸书，《虬髯》、《红线》、《隐娘》、《白猿》诸传，杂剧家如《琵琶》、《西厢》、《荆钗》、《蒙正》等词，岂必真有事哉？近来作小说，稍涉怪诞，人便笑其不经，而新出杂剧，若《浣纱》、《青衫》、《义乳》、《孤儿》等作，必事事考之正史，年月不合，姓字不同，不敢作也。如此，则看史传足矣，何名为戏？（谢肇淛：《五杂俎》）

---

① 古典小说批评比较杂乱，因本文要综观大体情况，所以以下选文主要以黄霖、韩同文选注：《中国历代小说论著选》（南昌：江西人民出版社，2000年），孙逊、孙菊园编：《中国古典小说美学资料汇粹》（上海：上海古籍出版社，1991年）两书所选的代表性资料为主。为行文简省，以下引用时一概不标页数。

小说如《三国志》、《水浒传》称巨观矣。其有一人一事，可资谈笑者，犹杂剧之于传奇，不可偏废也。（天许斋：《古今小说序》）

小说家以真为正，以幻为奇。然语有之："画鬼易，画人难。"《西游》幻极矣，所以不逮《水浒》者，人鬼之分也。鬼而不人，第可资齿牙，不可动肝肺。《三国志》人矣，描写亦工，所不足者幻耳；然势不得幻，非才不能幻，其季孟之间乎？尝譬诸传奇：《水浒》，《西厢》也，《三国志》，《琵琶记》也；《西游》，则近日《牡丹亭》之类矣。（张无咎：《批评北宋三遂新平妖传》）

吾观元人杂剧，每一篇为四折，每折止用一人独唱，而同场诸人，仅以科白从傍挑动承接之。此无他，盖昔者之人，其胸中自有一篇绝妙文字，篇各成文，文各有意，有起有结，有开有阖，有呼有应，有顿有跌，特无所附丽则不能以空中抒写，故不得已傍托古人生死离合之事，借题作文，彼其意期于后世之人，见吾之文而止，初不取古人之事，得吾之文而见也。自杂剧之法坏，而一篇之事乃有四十余折，一折之辞乃用数人同唱。于是事繁折促，比于蛙鼓，句断字歇，有如病夫，又一似古人之事，全赖后人传之，而文章在所不问也者，而冬烘学究，乳臭小儿，咸摇笔洒墨来作传奇矣。稗官亦然。稗史固效古史氏法也，虽一部，前后必有数篇，一篇之中，凡有数事，然但有一人，必为一人立传，若有十人，必为十人立传。夫人必立传者，史氏一定之例也。（金圣叹：《第五才子书施耐庵水浒传》第三十三回回评）

予曰：能于浅处见才，方是文章高手。施耐庵之《水浒》、王实甫之《西厢》，世人尽作戏文、小说看。金圣叹特标其名曰"五才子书"、"六才子书"者，其意何居？盖愤天下之小视其道，不知为古今来绝大文章，故作此等惊人语以标其目。噫，知言哉！（李渔《闲情偶记·词曲部》）

近来词客稗官家，每见前人有书盛行于世，即袭其名，著为后书副之，取其易行，竟成习套。有后以续前者，有后以证前者，甚有后与前绝不相类者，亦有狗尾续貂者。"四大奇书"如《三国演义》名《三国志》，窃取陈寿史书之名……而传奇各种，《西厢》有《后西厢》……凡此不胜枚举，姑以人所习见习闻者，笔而志之。（刘廷玑：《在园杂志》）

从上述例文中，可以知道：传统时期（明清）小说批评家在论述小说和戏曲的文体同质性时，从多种角度，例如虚构性（王圻、胡应麟、谢肇淛、张无咎）、篇幅结构（天许斋、金圣叹）、文学成就（李渔）、续书（刘廷玑）等等来讨论两个文类的异同，但值得注意的是他们基本上不把小说和戏曲两种文类混合起来，两者之间的界限比较清楚①。

为了再次重新确认此一事实，本稿将把明末著名的小说编纂者兼理论家冯梦龙的情况作为此一问题的探讨对象。冯梦龙编纂了"三言"等白话小说及《情史》、《太平广记钞》等文言小说集，并致力于修订《墨憨斋定本传奇》等戏曲。他是如何认识"小说"区分为文言小说与白话小说的，又是如何区分小说和戏曲两种文类的？本文试着通过他撰写的小说序文与评语进一步加以辨析。

二、冯梦龙的小说概念

冯梦龙（1574—1646），明代文学家、戏曲家。字犹龙，又字公鱼、子犹、耳犹，号龙子犹、墨憨斋主人、吴下词奴、姑苏词奴、前周柱史、顾曲散人、绿天馆主人等。南直隶苏州府长洲县（今江苏省苏州市）人，同其兄画家冯梦桂、其弟诗人冯梦熊并称"吴下三冯"。冯梦龙少时有才情，博学多闻，广为同辈所钦服。为人旷达，不拘一格。屡考科举不中，落魄奔走，以坐馆教书为生。天启六年（1626），魏忠贤党逮捕周顺昌，冯梦龙也在被迫害之列。冯梦龙发愤著书，完成《喻世明言》、《警世通言》、《醒世恒言》的编纂工作，后人合称"三言"，三言与凌濛初的《初刻拍案惊奇》、《二刻拍案惊奇》合称"三言二拍"，是中国白话短篇小说的经典代表。晚年冯梦龙仍孜孜不倦，继续从事小说创作和戏曲整理研究工作。又曾从事《新列国志》、《增补三遂平妖传》、《古今烈女演义》、《广笑府》、《古今谭概》、《太平广记钞》、《智囊》（重刊

---

① 当然或有例外，在下面文章中"传奇"一词则包括小说和戏曲作品，但这种用法是少见的："客有问于余曰："《第九才子书》何为而作也？"予曰："仿传奇而作也。"客曰："传奇云者，传其有乎？抑传其无乎？"余曰："有可传，传其有可也；无可传，传其无亦可也。今夫传奇之传，其无者宁《第九才子》而已哉！世安有所为孙悟空者？然则《西游记》何所传而作也。……其他《西厢记》之'惊梦草桥'，《牡丹亭》之'还魂配合'，《琵琶记》之'乞丐寻父'，《水浒传》之'反邪归正'，不皆传其无之类乎？"（黄越：《第九才子书平鬼传序》）

时改名《智囊补》)、《情史》、《太霞新奏》、《墨憨斋定本传奇》等的评纂工作。如此,冯梦龙在话本、笔记、文言等各种小说门类以及民歌、戏曲等方面都有撰作,可说是通俗文学的全才。

冯梦龙编纂了文言笔记、传奇和白话话本、章回小说等各种类型的小说,并对有些作品撰写序文与评点,因此,可预期其小说观与其他目录学家、史学家、纯粹从事小说创作或批评的文人之间的观点将是极为不同的。探索冯梦龙的小说观时,他所撰写的小说序文、评语中,较重要的资料就是“三言”序文和《情史》评语①。所以笔者通过这些序文和评语中所提到的小说作品或“小说”用语②,来分析它们所指的概念涵义。先从文言小说集《情史》的本文和评语来探讨他的小说概念和界定范畴。

首先,直接使用“小说”名称的情况,内容如下:

> 小说有《错占凤凰俦》。颜生名俊,钱生名青,高翁名赞,媒为尤辰。县令判牒云:(中略)。沈伯明为作传奇。(《情史》卷二情缘类“吴江钱生”)

按:评语中“小说”应指《醒世恒言》卷七《钱秀才错占凤凰俦》,“传奇”乃指明末清初戏曲家沈自晋(1583—1665)的《望湖亭》传奇。

> 小说载此事,病者为刘璞,其妹已许字裴九之子裴政矣。(后略)(《情史》卷二情缘类“昆山民”)

按:评语中“小说”应指《醒世恒言》卷八《乔太守乱点鸳鸯谱》。

> 小说有卖油郎,慕一名妓,乃日积数文。(后略)(《情史》卷五情豪类“史凤”)

---

① 冯梦龙曾对《古今谭概》、《太平广记钞》、《智囊》、《情史》等各类小说作品集中的部分作品加以评语,这些评语除了《情史》以外大部分是有关作品的解释评价,与小说概念几乎未有直接关系,因此本文不将它们纳入讨论范围内。

② 以下评语皆依据冯梦龙编《冯梦龙全集·情史》(上海:上海古籍出版社,1993年)选用,为行文简省,引用时一概不标页数。

按:评语中“小说”应指《醒世恒言》卷三《卖油郎独占花魁》。

事见“小说”。(《情史》卷七情痴类“乐和”)

按:文中“小说”似指《警世通言》卷二十三《乐小舍拼死觅偶》。

以上四例中,“小说”是指由冯梦龙编纂的“三言”中所收录的白话体拟话本小说。

出《穷怪录》。唐人小说载:王轩游西小江,泊舟苎萝川,感国色埋尘,怆然题诗于西施石曰:(后略)又《艳异编》载莲塘美姬事,玩其歌词,亦似西子。此则邪鬼假托,未必真也。(《情史》卷二十情鬼类“西施”)

按:评语中“唐人小说”应指唐范摅《云溪友议》卷上《苎萝遇》。“又《艳异编》载”乃指明王世贞《艳异编》卷三十九“蓬塘二姬”。

上述的例子中,“小说”指唐代范摅《云溪友议》,此为笔记小说。

第二,以“稗官”一语指笔记小说。

又稗史载:乡人程景阳夜卧,灯未灭,见二美女,绾乌云髻,薄妆朱粉,坐于傍,戏调备至,加以狎媟。(后略)(《情史》卷九情幻类“薛雍妻”)

按:评语中“稗史载”似指宋洪迈笔记小说集《夷坚志》支庚卷第九“程老枕屏”。

第三,有明示“戏曲”的情况。

元人传奇有《留鞋记》,与此事大似。男为郭华,女为王月英,买粉作买胭脂。月英约华元夜相会于殿堂。其夜女至,华醉卧。呼之不起,女留绣鞋一只而去。华既醒,得鞋,知女至,悔恨之极,咽鞋而死。独此段稍异。(《情史》卷十情灵类“买粉儿”)

按:评语中《留鞋记》,乃指元代文人曾瑞(?—1330前)的杂剧《王月英元夜留鞋记》。曾瑞,字瑞卿,自号褐夫,大兴(今属于北京)人。散曲集有《诗酒余音》,今已逸失。

第四,无特别做标示直接提出小说或戏曲作品的情况。

> 好事者撰为《金钏记》。生为王瑚,妓为陈林春,商为周镗,奸夫莫有良。其转折稍异。(《情史》卷二情缘类"玉堂春")

按:《金钏记》,明代佚名作者所撰之戏曲(传奇)。冯梦龙以此"玉堂春"故事为底本,改编为《警世通言》卷二十四《玉堂春落难逢夫》。

> 《剪灯新话》有《联芳楼记》。《西厢记》郑郎忒薄福,《联芳楼记》郑郎忒造化。(《情史》卷三情私类"薛氏二芳")

按:此评语将元代王实甫的戏曲《西厢记》与明代瞿佑的传奇小说《联芳楼记》相比较。

> 楚人江进之有《沈小霞妾传》。(《情史》卷四情侠类"沈小霞")

按:文中"江进之",明末文人江盈科,字进之,长洲县令,所著《皇明十六种小传》卷三中有《沈小霞传》。冯梦龙以此"沈小霞"故事为底本,改编为《古今小说》卷四十《沈小霞相会出师表》。

> 唐人作《离魂记》(《情史》卷九情幻类"张倩娘")

按:此指唐代陈玄佑的传奇小说《离魂记》,收录于《太平广记》卷三五八中。

> 绝好一本《玉环记》见成情节。(《情史》卷十情灵类"韦皋")

按:《玉环记》,是明代杨柔胜所作戏曲(《六十种曲》),全名《唐韦皋玉环记》,又名为《韦风翔古玉环记》、《韦古玉萧两世因缘玉环记》(《金瓶梅词话》第六十三回)。评语中以“一本”来间接表示其为戏曲作品。

> 右《会真记》出于元微之手。(以下中略)微之与李十郎一也,特崔不能为小玉耳。(《情史》卷十四情仇类“莺莺”)

按:此评语将唐代元稹的传奇小说《会真记》(《莺莺传》)与蒋防的传奇小说《霍小玉传》相比较。

> 事载瞿宗吉《剪灯新话》。后尚有翠翠家旧仆,以商贩过道场山,遇翠翠夫妇,寄书于父母。父买舟来访,徒见二坟,夜复梦翠翠云云。似涉小说家套数,今删之。(《情史》卷十四情仇类“刘翠翠”)

按:冯梦龙删去《剪灯新话》原作的结尾部分,说其理由为“似涉小说家套数”,值得我们注意。按照他的小说观点,文言小说有某种特定规范,他认为此结尾属于不必要的蛇足,就是“小说家套数”部分,乃删之。

> 唐人白行简作《李娃传》。(《情史》卷十六情报类“荥阳郑生”)

按:白行简的传奇小说《李娃传》,今收录于《太平广记》卷四八四中。

通过上述例子中,我们可以将《情史》评语中出现的冯梦龙小说观整理成下列几点:

(1) 文言小说集《情史》中“小说”这一词语多指白话小说。但“小说”并不仅指白话小说,有时亦指历代笔记小说,可知小说一词皆涵盖文言小说与白话小说。

(2) 戏曲作品基本上以“传奇”等作标示,与小说作区别。

(3) 包括无作特别文体的区分仅提出作品名称的情况在内,他提到了包括文言笔记、传奇小说、白话小说等的广义概念,并不是与传统目录学家的小说范畴或作为说话一家的狭义概念,换言之,提出包括文言小说与白话小说在内的第三种观点。

这种特征可从前面所引用的署名绿天馆主人的《古今小说序》中获得确认。此一序文在开头部分将小说的由来及演变大致区分成四个阶段。一是“始于周季”以后，二是“盛于唐”，三是“浸淫于宋”，四是“皇明文治既郁，靡流不波，即演义一斑，往往有远过宋人者”的时代。这种划分具有一定的科学性，因为它基本上是从小说发展的实际出发的①。

三、小　结

历代批评家到底是否一般都认为“小说、戏曲同属一类”，把两者“混为一谈”？古典批评中所指的小说文类的词语用法不少，例如：小说（班固《汉书・艺文志・诸子略》、罗烨《醉翁谈录・舌耕叙引》）、偏记小说（刘知幾《史通・杂述》）、稗史/稗官野史（熊大木《新刊大宋演义中兴英烈传序）、稗官小说（陈振孙《直斋书录解题》）、野言稗史（吴承恩《禹鼎志序）、传奇（赵令畤《元微之崔莺莺商调蝶恋花词》）、演义（陈继儒《唐书演义序》）、稗官野乘（雁宕山樵《水浒后传序》）等等。若单从所指的概念范围而言，大体可归纳为三大类：一是传统史学家、目录学者所提示的“稗官野史”。这一观点依据故事内容记实与否来区别“小说”，一般不包括虚构的传奇等文言小说与白话通俗小说在内。二是专指宋代“说话”中的“小说”以及由此发展而来的白话小说，最初可能出于“说话”门类中的“小说”一派，但渐渐扩展为统称用白话敷衍的口头小说和书面小说的更大概念。三是综合以上两者，同时包括文言笔记、传奇和白话通俗小说，可算是反映小说创作实际现况的客观视角。综观历代小说批评，传统目录学始终坚持第一观点，第二观点出现于宋元时代，到了明清时代通俗小说普遍盛行之后，渐渐归入到第三观点。因此，在明清时代，一直存在着第一观点与第三观点两者对立共存的状况。但是，到了晚清时期，因西欧小说进入中原，坚持传统目录学小说观点的批评不多见，小说范畴一般以白话通俗小说和一部分文言小说为主，可以说是第三包容观点的普遍化了。但是此时期又有通常把戏曲文类归于小说范畴的现象，与以前大大不同，是一个非常独特的现象，值得注意。

---

①　黄霖、韩同文选注：《中国历代小说论著选》（修订本）上册，南昌：江西人民出版社，2000年，第228页。

针对此问题，有些论者主张，此一现象仅是明清以来传统的延续，并举出各种实例来企图证明唐宋至明清历代评论家存在一直将小说与戏曲概念缠杂不清的现象。但依笔者看，这些资料是相当片面性的，或是属于资料内容的误读，对于该问题的实况并未作彻底而全面的了解。所以笔者不同意他们的观点，还是认为晚清以前的大部分论者一般皆将小说与戏曲作区分。本文为了证明此观点，一方面举出明清时期小说批评中的有关资料加以证明，一方面又特别以明末著名的小说编纂者兼理论家冯梦龙为例，分析他在文言小说集《情史》的本文和评语，以及《古今小说序》中所提到的小说概念的特征。通过分析，可以看出在冯梦龙笔下的"小说"一词，可以涵盖文言小说和白话小说，而戏曲基本上以"传奇"等词作为标志，以示与"小说"相区分。可知冯梦龙的"小说"观念是一个广义的概念，与传统目录学家等狭义的概念不同。

所以，明清通俗文学家，包括冯梦龙在内，一般都坚持包括文言笔记、传奇小说、白话小说等在内的广义的小说概念，并且将小说与戏曲明确加以区别讨论，并不存在把两者混为一谈的现象。

邓汉仪心路历程与《诗观》评点的诗学价值

陆　林

在清初诗歌编选中，邓汉仪以“季札观乐”的历史胸襟和诗学视域，阐释其将所编当代诗歌总集命名为《天下名家诗观》之诗学史内涵，欲以诗歌的选评为核心和媒介，为“适当极乱极治之会”①的一代文人保存其精神影像和心灵印记。历乎兴革理乱、安危顺逆之交，又值诗歌史明清之变，不仅士林群体面临着哲学道德层面或惨烈或微妙的分裂重组，明代三百年复古与反复古、宗唐与宗宋的诗学主张及实践，亦在清初诗坛投下了层叠迷乱的烙痕，从而对评选者之“知人”与“辨体”②的能力提出了新的要求。故“观”之为义，一为观世，一为观诗；凡世变之风息、人心之依违、诗道之精微均系于“一人”之诗，而发明于“一人”之观。昔人云“太史公胸中固有一天下大势，非后代书生之所能几也”③，邓汉仪以清初人选清初诗，耗时二十年编成《诗观》三集共四十一卷，胸中亦有一明末清初诗坛之“天下大势”。借助广阔的交游与个人声望的良性互动，他以“在历史中”的亲切和敏锐，记录、呈现了入选者的生平经历、性情气度、家族关系、诗坛地位、家数源流等，达到了对一个时代生命诗学和文化诗学的鲜活把握与深度建构，即所谓“纪时变之极，而臻一代之伟观”（《诗观序》），形成了《诗观》文献和诗学兼具的特色及价值。

---

① 邓汉仪：《诗观序》，《诗观》初集卷首，康熙十一年刻本。

② 参见左东岭：《明代诗歌研究的几个问题》，《文学遗产》2011 年第 3 期。

③ 顾炎武：《日知录》卷二六“《史记》、《通鉴》兵事”条，乾隆刻本。

一

邓汉仪(1617—1689),字孝威,号旧山,别署旧山农、旧山梅农,晚号钵叟,郡望南阳。祖籍苏州,生于泰州并寓居于此。崇祯八年(1635)诸生,入清以编选《诗观》而闻名于世。其人生大致可以分为三个阶段:一是顺治三年30岁前(1617—1646),即青少年的读书求学阶段;一是31岁至康熙八年(1647—1669)53岁时,即中年的入幕谋生阶段;一是康熙九年至逝世(1670—1689),即中老年的编选诗歌阶段。以下主要介绍其第二、第三阶段的人生经历。

清初的邓汉仪,虽不事科举,却非隐居。顺治二年(1645),济南长山县刘孔中任泰州知州,创建吴陵诗社,入社者皆当地青年才俊,"同社数子,报其词藻,鲜不为刮目,而倍才孝威,时招之读书芙蓉署"①。此年,汉仪所撰诗,有《乙酉闻丁汉公登贤书将从白门入燕赋此寄赠》、《刘峄岷师招同丁汉公夜集衙斋送之北上》等。刘孔中字药生,号峄岷,明崇祯三年副榜,顺治初避兵江南,豫王闻其贤,奏授内院中书,知泰州②,汉仪顺治四年诗作结集《官梅集》,便是"济南刘峄岷老师鉴定"。丁汉公,名日干,字谦龙,泰州人,顺治二年举人。邓汉仪于该年寒梅绽放的冬季,撰诗送其赴京参加新朝礼部春闱,不仅没有丝毫劝阻之意,相反表示出一丝对"去路指天中……吹子上幽燕"的歆羡。"使君与诸生,并送孝廉船。……共此师弟好,语默无间然",反映出邓汉仪自幼在泰州入学,与明末清初的当地知州皆有师生关系的实际情形(故前称陈素为师,此称刘孔中为师);"感师款款语,谓我当着鞭。同生且同学,草处非英贤",或许也流露出紧步友人后尘,"努力爱岁华"的不甘草处、奋力加鞭的希冀。这在扬州十日的秋坟鬼唱尚不绝于耳,兵燹灰烬且残热未熄之际,至少不能说具有明显的遗民之思。

顺治四年夏,合肥龚鼎孳游泰州,邓汉仪与之交。这是一件决定后者一生走向的大事情。龚鼎孳(1615—1673),字孝升,号芝麓,清初著名诗人,与吴伟业、钱谦益并称为"江左三大家"。崇祯七年(1634)进士,先降李自成,后降清,顺治三年以太常寺少卿丁父忧,至顺治七年(1650)始回京(两年后

---

① 方苞:《官梅集序》,清抄本。

② [道光]《济南府志》卷五五,道光二十年刻本。

官原职)[①]。在顺治四年至六年,龚鼎孳漫游江南,在泰州与小于自己两岁的邓汉仪一见如故,多次宴饮观剧,分韵赋诗。在邓汉仪顺治四年写作的《官梅集》中,就有八首与龚鼎孳的唱和诗。深秋分手时,邓撰长诗《送龚孝升奉常游江南》相赠,其中有两点值得关注,一是“羡君年正少,那复远慕严陵钓;羡君名甚高,那复长栖仲蔚蒿”,这是劝慰因服丧期间“歌饮流连,依然如故”[②]而遭弹劾的龚鼎孳不要沮丧,不会永远像严子陵、张仲蔚那样落魄隐居;一是结尾表示“我恨未从君,踏破万山之青苍,徒守淮南桂树终相望”,化用《招隐士》“桂树丛生兮山之幽……山中兮不可久留”[③],表达了自己希望追随龚鼎孳出游四方而不愿幽栖隐居的心曲。此后的两年间,龚鼎孳主要寓居扬州、南京,邓汉仪多次于其寓所饮酒赋诗。龚鼎孳顺治七年夏季服阙赴京[④],次年邓汉仪入京师,至顺治十年春离开京城,顺治十一年再次入京,至十三年春离京,先后两个一年多的时间皆寓居龚府,“余浪游燕都,客龚芝麓先生家”[⑤]。期间龚鼎孳亦由太常寺少卿升任刑部右侍郎(顺治十年四月)、户部左侍郎(十一年二月)、左都御史(五月)。顺治十二年十月、十一月,龚鼎孳因执法宽待汉人等事,先后降十一级。十三年四月贬至上林苑,任蕃育署署丞,以部院大臣下放至京郊为皇宫饲养鸡鸭鹅,其心情可想。是年秋季出使广东,道经江南时,邓汉仪随行赴岭南,次年三月始同归[⑥]。其《诗观》评龚鼎孳诗云:“昔客京师,及过庾岭,以至萸湾、桃渡之间,仆莫不奉鞭弭以从。”说的就是自己跟随龚氏在京师府邸,以及过大庾岭往返粤东、返江南后在扬州茱萸湾、南京桃叶渡的诗酒幕宾生涯,可谓践行了“从君踏破万山之青苍”的夙愿。友人陆舜在《邓孝威过岭诗序》中,曾说到邓、龚友谊

---

① 据友生裴喆博士告知:《同人集》卷四载龚鼎孳此年致冒襄书札云“弟崎岖行路,仗庇布帆无恙,于中秋后一日抵都门矣”。回京之后因陈名夏的阻挠,直到顺治九年四月才补原官。

② 蔡冠洛:《清代七百名人传》,上海:世界书局,民国二十六年,第1724页。

③ 王夫之《楚辞通释》卷十二解题云:“此篇义尽于招隐,为淮南召致山谷潜伏之士。”

④ 宗元鼎:《芙蓉集》卷七《庚寅夏日送奉常龚孝升先生还朝》,康熙刻本。

⑤ 邓汉仪:《定园诗集序》,戴明说《定园诗集》卷首,康熙刻本。

⑥ 龚、邓顺治年间的交往,参见邓晓东:《清初清诗选本研究》卷下《清初清诗选家年表》,2009年南京师范大学博士论文。

并赞及邓的人品："邓子之与先生，可谓道合忘年、倾倒不近者邪？既先生累官京师，则招邓子于别署。委蛇退食之暇，即与邓子吮毫濡墨之会也；忧谗畏讥之日，即与邓子痛哭流涕之时也。先生未几而跻崇秩，复未几而累左迁。一时僚友朝士、门生故吏，趋避聚散之缘，殊有难可道者。邓子萧然一慷慨布衣耳，论交十年，升沉一致，大雅相成，名益海内，可以远追王、孟，近方陈、董。邓子有不为先生重而益以重先生者哉！"[①]后一句对邓汉仪人品和地位的推赞，是颇有分量的。

此后，龚鼎孳返京，次年迁国子监助教，直至康熙二年始重官左都御史，从此仕途坦顺，连任刑、兵、礼部尚书，晚年两主会试，门生满天下；"屡招"汉仪，却被其"以亲老为辞"[②]，不再赴京，然彼此友谊至老不衰。《定山堂诗集》约有近60题诗涉及邓孝威。虽然有许多是写于顺治年间，但是彼此交往从未间断。如邓汉仪评龚诗云："畴昔之岁，予曾作招隐之书致之合肥，蒙其赋诗寄答，不以仆为狂诞，固知归田之志有素也。"《慎墨堂名家诗品》因序梁清标《使粤诗》而深情回忆"丙申冬日，仪曾陪合肥先生之岭南，而合肥则从兵革豹虎中，与仪刻烛联吟，夜分不寐，各著有《过岭集》。今合肥已逝……则平津秋闭，红粉楼闲，览斯集者应同泫然矣。"龚鼎孳以明进士遇李(自成)降李、遇清降清，加之狂放不羁、沉溺声色而为人诟病。然其为官"唯尽心于所事，庶援手乎斯民"[③]；平居惜才爱士，广交下层宾朋，"穷交则倾囊橐以恤之，知己则出气力以授之"[④]，为清初文学的复兴保存了一批人才，对下层文士与新朝的相容做出了积极努力。

在第二阶段期间，身为布衣的邓汉仪虽主要从龚鼎孳游，亦有入他人幕府的行迹。如吴绮曾于顺治六年撰《客秣陵送邓孝威之寿春》五古诗，有句云："寿春争战场，今古具楼橹。君去得所依，长吟入军府。"[⑤]顺治十年(1653)春，邓汉仪随戴明说赴汝南道任。戴氏字道默，号岩荦，沧州人，与龚鼎孳为进士同年，入清官户部侍郎，顺治十年缘事谪河南布政司参政，分守

① 陆舜：《陆吴州集》，清刻本。

② 邓励相：《征辟始末》，清抄本。

③ 吴伟业：《吴梅村全集》卷三七《题龚芝麓寿序》，李学颖集评标校，上海古籍出版社，1990年，第804页。

④ 钱林：《文献征存录》卷十《龚鼎孳》，咸丰八年刻本。

⑤ 吴绮：《林蕙堂全集》卷十三《亭皋诗集》，康熙三十九年家刻本。

汝南道。汉仪自述云："忆壬辰岁，余浪游燕都，客龚芝麓先生家，与岩荦先生邸相对，时时过从。……继先生以少司农出参宛藩，招余同往"[①]；此即《笔记》所谓"戴岩荦自少司农左迁南阳参政，余在幕中。每于夕置酒谈燕，夜分不辍"。《诗观》评戴明说《宛南秋日慰留邓孝威》曰："癸巳同公之宛南，结又茅庐以居。秋深忽忽欲别，相视和歌。"评海宁朱尔迈（字人远）云："癸巳冬，校文吕佥事署中，极赏人远作。"即此年冬，在浙江杭严道吕翕如官署中任文秘。顺治十一二年间入山西巡抚陈应泰幕。康熙四年（1665）邓汉仪入河南汝宁知府金镇幕，并与其次子敬敷交（金敬敷诗评）。康熙六年至七年（1668），客扬州友人吴绮湖州知府幕，曾与之共事《唐诗永》之选[②]。"十年弹铗向天涯"，是以战国齐人冯谖寄食孟尝君弹铗而歌，得孟尝君厚遇的典故，说明自己中年以来浪迹于当朝名公府邸的幕僚生涯。

二

将康熙九年（1670）庚戌开始，列为邓汉仪人生的第三阶段，从经历上来说，是因为母逾七十[③]，汉仪不再远游[④]（被迫赴试宏博除外），"惟百里负米"（《诗观》二集序），以养慈亲。来往最多的是扬州，足迹亦时涉南京、如皋（雍正三年前属泰州），偶及无锡；从事业上来说，是因为奠定其一生诗学地位的《诗观》此年便进入了正式编选的进程。"仆历年来浪游四方，同人以诗惠教者甚众，藏之笥箧，不敢有遗。庚戌家居寡营，乃发旧簏，取之同人之诗，略为评次，盖阅两寒暑而始竣厥事"（初集凡例）。在《诗观》中有明确写于该年十二月的评宗元鼎诗语："庚戌嘉平，从雉皋雪中归，因呵冻书此数句。不知

① 邓汉仪：《定园诗集序》，戴明说《定园诗集》卷首，康熙刻本

② 邓汉仪：《诗观》初集卷七宗元鼎诗评。汪超宏先生《吴绮年谱》误作吴绮"与宗元鼎同选《唐诗永》"。

③ 康熙十七年（1678）孟夏，邓汉仪"时予以家慈八十称觞事"（《慎墨堂名家诗品》施闰章《愚山诗抄》序），则其母约生于万历二十六年（1598）。

④ 邓汉仪评李攀鳞诗云："尊君郯园先生节制两越，舟泊维扬时，招予入幕，情礼隆重。予以母老，未之许也。"李之芳，字郯园，康熙十三年任浙江总督，隆重礼聘汉仪入幕，虽未允，亦可见其为当时著名文学幕宾。

考功、仪曹论诗京邸，以仆言为何如?”(考功指王士禄，仪曹指王士禛)，而序成于“壬子季秋望日”即康熙十一年(1672)九月十五日。

从《诗观》的编刊凡例，可见诗选是得到当地政府官员的支持的：如初集的资助者为“淮扬当事，主持斯事者，则转运何公云壑林、李公星河景麟，明府孙公树百蕙，功为甚钜”。何林，宛平籍山阴人，诸生，康熙十年任两淮都转盐运副使；李景麟，陕西韩城人，贡生，康熙七年任两淮盐运司海州分司运判(年收入：养廉银2700两、心红银20两、薪银60两[①])；孙蕙，济南淄川人，顺治十八年进士，康熙八年任扬州宝应知县，十一年充江南乡试同考官(所著《笠山诗选》卷二有《简邓孝威》七绝)。二集历时五年而基本成书，“则以刻资维艰之故，观察金公长真首任其事，而转运薛公淄林、何公云壑、别驾卞公谦之、俞公汇嘉、大令许公石园及太史徐公健庵，皆捐资相助，故克有成”。金公长真指江宁分巡道金镇，薛公淄林指盐运同知薛所习，卞公谦之指扬州府管粮通判卞永吉，俞公汇嘉指管河通判俞森，许公石园指仪征知县许维祚，徐公健庵指翰林编修徐乾学(时丁忧在籍)。此外，友人的襄助亦是编刊经费来源的重要方面：“捐资最多者，则黄子天涛九河、顾子临邗九锡、范子献重廷瓒”(初集凡例)。黄九河，泰州姜堰人；顾九锡，江都人；范廷瓒，如皋人，即都是扬州府人士。不仅《诗观》初集皆选三人诗，黄、顾之诗仍见二集，可推测他们持续支持着邓汉仪的选诗事业。事实上，在初集凡例里，邓汉仪便已启事天下“是编行后，即谋二集。鸿章赐教，祈寄泰州寒舍；或寄至扬州新城夹剪桥程子穆倩、大东门外弥陀寺巷华子龙眉宅上；其京师则付汪子蛟门，白门则付周子雪客”。程穆倩是寓居江都的歙县程邃，华龙眉是江都华衮，汪蛟门是江都汪懋麟(时在京官内阁中书)，周雪客是南京周在浚(亮工子)。康熙十三年，即初集问世后两年，汉仪复选《诗观》二集，“是编始自甲寅，成于戊午，阅五岁而竣事”(二集凡例)；“初、二两集，广搜博采，极廿余年之精神命脉，成此大部，心力可谓竭矣!”(三集序)然在友人的鼓励下，康熙二十四年寓广陵董子祠，开始三集的编选，又历时五年而三集成，期间忍受着“垂老失偶，孤帐冷衾”的丧妻之痛[②]。三集序撰于康熙二十八年(1689)三月，逝世于该年秋季，享年73岁。

---

① 《重修两淮盐法志》卷一三〇《职官门·官制下》，光绪三十一年刻本。

② 孔尚任：《湖海集》卷十一《答邓孝威》，康熙刻本。

从54岁开始的第三阶段，邓汉仪在前期积累的基础上，耗时二十年编成钜著《诗观》初、二、三集；思想感情上亦彻底接受了身处其中的新的时代。尤其是进入康熙朝之后，他对新朝的认识早已摆脱了第二阶段的不即不离，而是以平民布衣的身份，努力融入这一伟大的朝代。其编选清诗总集的历程，与康熙朝前期的重大事件，亦存在着千丝万缕的联系。以下依次介绍。

康熙八年玄烨亲政，次年《诗观》初集开始动工，康熙十一年深秋书成，自序中体现了普通士子经历了巨大史实变局后产生的宏阔的历史视野：

> 《十五国名家诗观》之选成，予反复读之，作而叹曰：嗟乎！此真一代之书也已。当夫前朝末叶，铜马纵横，中原尽为荆榛，黎庶悉遭虏戮。于是乎神京不守，而庙社遂移，有志之士为之哀板荡、痛仳离焉，此其时之一变。继而狂寇鼠窜于秦中，列镇鸱张于淮甸，驯至瓯闽黔蜀之间，兵戈周靖而烽燧时闻，此其时为再变。若乃乾坤肇造，版宇咸归，使仕者得委蛇结绶于清时，而农人亦秉耒耕田，相与歌太平而咏勤苦，此其时又为一变。……予才万不逮吴公子，而幸值鼎新之运，俾草茅跧伏之士优游铅椠，以勿负岁时，亦一乐也。而今天子且博学好古，进诸文学侍从之臣，临轩赋诗，以继夫柏梁、昆明之盛事。

“柏梁、昆明之盛事”，分别指始于汉武帝的君臣宴歌联句赋诗的柏梁体和唐中宗驾临昆明池赋诗、群臣应制倡和。序者从明末清初的种种战乱，到康熙元年南明永历帝的失败，看到在新朝的统治下，逐渐兵戈靖而烽燧熄，百姓安居乐业，国家统一安定的人心向背大趋势，庆幸自己能够赶上“鼎新之运，俾草茅跧伏之士优游铅椠”的好时光，以此为乐。

康熙十二年十一月，吴三桂举兵云南，肇始三藩之乱；次年二月取常德、澧州、长沙、岳州。“滇闽叛乱，东南震惊，扬人多惑易扰，讹言道听，家室朋奔，城门夜开，填衢泣路”①，此即其友人汪懋麟丁忧在籍时眼中的扬州城内的动乱景象，亦就是邓汉仪二集序言所谓“于时藩兵弗戢，烽达沅湘，山薮群

① 汪懋麟：《百尺梧桐阁文集》卷二《赠扬州知府金公序》，康熙刻本。

盗，罔知国纪，并事草窃。诸大吏严重封疆，羽檄四出。广陵士女，奔窜江上，爨烟为之不举”。在城内百姓皆惶惶不可终日之际，他以“乱固暂耳，徐当自定；铅椠吾业，敢自废乎”的淡定和自勉，表达了对新王朝的信心。在这四方震动、人心浮摇之秋，邓汉仪之所以不同于普通扬州人士的“多惑易扰”而心静如水，“坐昭明文选楼，日披四方所邮诗稿，虽困馁不倦”，是根源于对天下大势的看法：“七国虽强，岂能越殽渑尺寸？唐时河北诸将虽跋扈，敢终失臣节乎？此予所以当人情骚动时，而选事未尝或辍也。”康熙十七年(1678)正月，康熙下诏，开博学宏词科，敕内外大臣“各举宏词博学之士，齐集阙下，以待策问”，要求明年三月来京应试；八月十八日，“大周昭武皇帝”吴三桂病逝于衡州皇宫；九月下旬，邓汉仪撰成二集序。此时，湖南、广西、贵州、四川、云南等地尚在叛军治下，可是序中却充溢着对平定叛乱的信心，编选者以是书之成，积极呼应着国家兴盛之机：“迨戊午，是选告竣[①]。值天子下明诏，命公卿诸大臣各举宏词博学之士，齐集阙下，以待策问。若是书之成，敷扬德化，以助流政教，有适合者。”在某种程度上，是将此书作为诏试博学宏词的献礼之作。

康熙二十二年(1683)八月，清朝收复台湾；同年汉仪自觉“遭遇盛时”，复起三集之选，历五年而成书。康熙二十八年春，康熙帝南巡，主旨是验收前此“曾允淮扬士民所请，疏浚下河”的工程，正月二十七日驾临扬州，“维扬民间结彩欢迎，盈衢溢巷”；二月十一日在杭州晓谕扈从诸大臣：江南、浙江为人文萃集之地，入学额数应酌量加增；南巡所经之地，犯错官员及在监犯人俱准宽释，“以示朕赦罪宥过之意”[②]。同年三月，邓汉仪自序三集云：“余也虽未获登天禄石渠，从诸臣后珥笔承明，著为诗歌，以扬扢熙朝，尚得遂厥初愿，于萱庭承颜之暇，而选一代诗词。”如果说康熙大帝以博学宏词科来选取天下英才，草根士子邓汉仪则是自觉地以《诗观》“俾天下魁奇俊伟之士、鸿才博学之儒，咸登是选，以见圣天子右文好士、敦尚风雅。有此人才辈出之盛，即继汉魏四唐而起，亦庶乎可也”。这种感受到康熙盛

① 据此该书在撰序之时已经编成，然卷二崔华诗总评曰：“己未出都，抵里门，值水旱频仍，支吾万状。会有文章太守如公者来莅邗江，亦未遑修谒。壬戌春，始得觐慈颜；而公欢然倒屣，有如旧识。”可见康熙二十一年春尚未刊行。

② 王先谦：《东华录》“康熙四十三”，光绪十年刻本。

世的到来，“试图为自己和同时代的人寻求一种积极合理的代际身份认同”①，借一己之诗选来展示一个时代的诗歌和文化之盛的动机，在其晚年尤为明确和强烈。

邓汉仪在为《诗观》二集撰序时，已知自己被荐举与试②，此年 62 岁。他一方面因母老而无意赴试，一方面因多方荐举而难却盛情；一方面以热情的眼光看待天子下明诏的这一重大举措，一方面以“打酱油”的态度对待自己的赴京之行。故结语云：“顾予实衰庸浅陋，伏在草莽，惟百里负米，以养八十之慈亲。而群下过举，郡县敦迫，敢不奔趋，以赴盛会？赖国恩浩荡，终放之江湖，以裒集一代之风雅，兼得勉将菽水，以遂乌鸟之私情，予也不重有庆幸哉？”他所期待的是：皇帝能最终放之还山，满足其编纂一代风雅的宏愿和照顾老母的眷眷之情。次年三月在太和殿体仁阁笔试《璇玑玉衡赋》及《省耕诗》，邓汉仪有意不用四六文写赋，看来是预先计划好的。后来皇帝特授内阁中书舍人衔，复褒奖其“才学素著，因其年迈，优加职衔，以示恩荣”③，令其终身感念。当其十年后编就《诗观》三集时，自序落款钤印为“臣汉仪”（见右图），应该可以说明印主对康熙十八年宏博之试的基本态度。

三

邓汉仪一生以诗名，“博洽通敏，尤工于诗，与太仓吴梅村主盟风雅者数十年”④，与当代名家钱谦益、余怀、冒襄、周亮工、施闰章、宋琬、曹溶、陈维

---

① ［美］梅尔清：《清初扬州文化》，朱修春译，上海：复旦大学出版社，2005 年，第 114 页。

② 荐举者谭弘宪，字慎伯，顺天文安人，顺治九年进士，时任户部郎中，后官衡州知府、山东驿盐道运同，《诗观》初、二集皆选其诗。

③ 邓励相：《征辟始末》。按：邓汉仪跋语云：“征辟之役，三男同予抵京，故见闻独详，叙置最确要，是他日年谱中第一段要紧文字。予还山日久，旧事都忘。甲子长至后一日，得见此册，岂不同于《东京梦华录》、《清明上新河纪》耶？旧山叟，时年六十有八。”

④ 阮元：《淮海英灵集》丁集卷一，嘉庆三年刻本。

崧、尤侗、王士禛、吴绮、孔尚任等，皆有唱酬往来。生平诗歌创作甚富，“游淮有《淮阴集》，居扬有《官梅集》，游粤有《过岭集》，游颍有《濠梁集》，游燕有《燕台集》，游越有《甬东集》，膺荐有《被征集》。皆逐年编纪，手自删定”①。今存有《官梅集》和《慎墨堂诗拾》两种。《官梅集》一卷，《中国古籍善本书目》集部别集类著录。是书为清顺治四年前后于泰州所作诗歌集。原刻本已佚，现存有南京图书馆藏清无近名斋抄本等。正文前题“丁亥诗编”，“济南刘峄巃老师鉴定，吴州邓汉仪孝威父著，同社陆舜玄升父阅”，共收诗118首，有龚鼎孳、刘孔中、叶襄、方苞序以及陆舜弁歌。其时清朝立国不久，邓汉仪在诗中表达了依违新旧的复杂情感。《慎墨堂诗拾》九卷，《江苏艺文志·扬州卷》著录。由道光泰州夏荃辑录而成，从无刊刻，现存清末、民国抄本等。该书共辑古近体诗439首，分别辑自《同人集》、《感旧集》、《诗持》、《昭代诗存》、《诗永》、《皇清诗选》、《扬州府志》、《江都志》、《泰州志》、《春雨草堂别集》、《吴陵国风》等总集、别集、方志、笔记中。著名的《题息夫人庙》“千古艰难惟一死，伤心岂独息夫人”一绝，便是从《昭代诗存》辑出。卷首并辑得王士禛《邓孝威被征诗序》、陈维崧《邓孝威诗集序》、李邺嗣《甬上游草序》、陆舜《过岭诗序》等。

邓汉仪的诗坛地位，主要不是因其诗歌创作，而是得自他对当代诗歌的编选评价。研究清诗总集较有成就的日本现代学者神田喜一郎，甚至认为《诗观》“可能是清初最重要的一部诗文选集”②。早在该集问世之初，李邺嗣康熙十六年即赞扬编选者“自有网罗收一代，肯将坛坫让千春”③；董元恺《绮罗香》推崇邓汉仪“跋扈文坛，独擅长城台辅”④；曹贞吉《贺新凉》词寄邓孝威“屈指骚坛谁执耳，羡葵丘、玉帛长干侧。千古事，名山得”⑤，以主持坛

① 沈龙翔：《邓征君传》，夏荃辑《海陵文征》卷十九，道光二十三年刻本。按：沈龙翔，字暗公，苏州府常熟县人，顺治十七年举人。

② [美]梅尔清：《清初扬州文化》，朱修春译，第130页。按：将《诗观》视为“诗文”选集，恐非出自日本学者。

③ 李邺嗣：《杲堂诗抄》卷六《丁巳除夕从友人借得诗观夜读即赋二首寄孝威》，康熙刻本。

④ 董元恺：《苍梧词》卷十《绮罗香·文选楼坐雨酬邓孝威见赠却和原韵》，康熙刻本。

⑤ 曹贞吉：《珂雪词》卷下《贺新凉·寄邓孝威》，《四库全书》本。

埤、跋扈文坛、骚坛执耳等词，肯定其在当代诗坛上的领袖地位。所选《诗观》初、二、三集，“搜罗富而抉择精，同时司选事者无虑十数，皆海内闻人，咸敛手拱服于先生”（《邓征君传》）。所辑评的当代诗歌，除了《诗观》三集，还有《慎墨堂名家诗品》，《中国古籍善本书目》集部总集类著录。该书的成书方式具有开放性和间断性的特点，类似今之系列丛书，开始于康熙十四年，“乙卯以来，余有《名家诗品》之选，四方同人以集惠教者颇众”[①]；至康熙十七年七夕时，“《名家诗品》已刻十余家，皆极精严，无敢滥入”（《诗观》二集凡例）。子目今存三种：彭桂《初蓉阁集》二卷、施闰章《愚山诗抄》二卷、梁清标《使粤诗》二卷。明确刊行过的，还有王士禛《蜀道集》二卷[②]及王熙、王曰高、李元鼎、孙在丰、李振裕、苏良嗣、程瑞禴、丘元武、谢开宠等人的诗选。其中，康熙十四年冬，选评彭桂诗，刊刻于次年夏，施闰章诗选刻于康熙十七年，梁清标诗刻于《诗观》二集刊行之后。苏良嗣诗刻于康熙二十一年或稍后，孙在丰、丘元武诗约刻于康熙二十五年。可见编选者是在《慎墨堂名家诗品》这个总书名下，以单个作者的诗歌作品为出版单元，选评一种刊行一种，即其《致瞿山》尺牍所谓“《诗品》之选，每位一册”[③]，并非全部选定后的统一出书，与徐增编辑选评的《九诰堂元气集》相似。在此后的流传中，能将彭桂《初蓉阁集》、施闰章《愚山诗抄》、梁清标《使粤诗》三本单人诗选汇集在一起，实非易事，亦纯属巧合，与其说是清初诗歌总集，不如视为由邓汉仪选评的清人别集更为恰当。

从早年以诗歌创作而闻名，到后期转向以诗歌选评为职业，与邓汉仪中期以来的人生经历密切相关。具体表现在两个方面，一是中期从龚鼎孳等幕主游，一是后期寓居扬州城。

在《诗观》三集自序中，邓汉仪引述友人对初、二集的评价：“广搜博采，

---

① 邓汉仪：《慎墨堂名家诗品》施闰章《愚山诗抄》序，康熙十七年刻本。

② 孙殿起：《贩书偶记续编》卷二十著录《慎墨堂诗品》二卷，为王士禛撰、邓汉仪编次，上海古籍出版社，1980 年，第 318 页。此书当即《诗观》三集卷八方象瑛诗后邓汉仪附记所谓“壬子，王公阮亭使蜀，着有《蜀道集》……余久评次，成《诗品》行世”。壬子指康熙十一年，看来《蜀道集》是《诗品》中较早刊行的一种。《贩续》与《山东文献书目》均将之列为“诗文评类”，应该是不确的。

③ 陈烈编：《小莽苍苍斋藏清代学者书札》，北京：人民文学出版社，2013 年，第 8 页。

极廿余年之精神命脉，成此大部，心力可谓竭矣。”二集成书于康熙十七年(1678)，二十余年前则为顺治十年前后，此时正是他至京从龚鼎孳游的起始之际。初集自序中，还曾这样回忆自己走上选诗、评诗之路的缘由：“予生也晚，然适当极乱极治之会，目击夫时之屡变，而又舟车万里，北抵燕并，南游楚粤，中客齐鲁宋赵宛洛之墟，其与时之贤人君子论说诗学最详，而猥蒙不弃，其以专稿赐教者日盈箱笥。”所谓舟车万里之行，就是王士禛序其诗言及的“邓先生昔尝北游蔡州，南游岭表矣，远或万里，近或一二千里，皆历岁月之久而始归”的入幕从游经历①。这种天涯入幕的过程，不仅是通过行万里路而识山川风物之美，更重要的是他以文学幕宾的身份，结识了各地许多“时之贤人君子”，相与“论说诗学最详”。如评龚鼎孳《岁暮喜孝威至都门同赋》曰：“仆壬辰客燕，诸大老多折节敦布衣之好者，今闻亦销歇矣。”评纪映钟《赠阎古古送还沛上次韵》：“与古古别久矣，读此犹想燕京击筑时。”评邓廷罗《燕京送家孝威南还》曰：“长安赠别，诗可盈箧。”评王鑨《和长兄觉斯华山诗》曰：“昔客燕京，大愚曾出此诗相示，叹为警绝。”评孙宗彝《双龙洞步屠赤水韵》：“昔与虞桥握手京华，但以经济相许，不知其有仙佛大本领在。”评阎尔梅《赠彭中郎，时归自滇黔》：“昔在燕京，与古古别，今二十年矣。”评郝浴诗：“顷与环极魏先生论诗京邸，先生以‘老’之一字为诗家极境。”吴沛诗总评曰：“默岩太史与仆订交京师二十余年，情至渥也，甲寅遇于邗上，出西墅遗诗见示。会拙选将竣，特为录梓，以识高山。”正因为顺治十一年在京师与北闱举人吴国对(十五年进士)的交往，才有机缘于康熙十三年看到其父的《西墅草堂集》。与新贵大老交布衣之好，与入幕遗民慷慨击筑论诗，中年的这种游幕经历，使之“有机会结识同时代的名流，开阔自己的眼界，并有可能建立起自己的关系网”②。只是这种关系网并非仅仅用于谋取个人的升斗菽水之需，在后来的诗歌编选事业中更要发挥巨大作用。

扬州府附郭县为江都，作为直隶州的泰州与之毗邻，“州在府城东一百二十里……西界江都”③。长江与运河在此交汇，使之成为南北漕运的枢

① 王士禛：《带经堂集》卷四一《邓孝威被征八诗序》。

② 尚小明：《学人游幕与清代学术》，北京：社会科学文献出版社，1999年，第45页。

③ [道光]《泰州志》卷二《疆域》，道光七年刻本。

纽。虽经十日屠城之惨，商业尤其是盐商贸易的需要，仍使这座城市在清初迅速复苏。早在康熙初年，在时人眼中已经是“今日广陵繁侈极矣”（评曹尔堪《广陵怀古》）、“今日则繁盛极矣”（评陈瑚《扬州感兴》）。“此间既汇集有大江上下各类名士雅人，又有足够供他们展开沙龙式文学活动的歌楼舞榭”，加之顺治和康熙前期任职扬州的官员“大抵既稳健干练而又风雅卓绝”[①]，如顺治三年任兵备道的周亮工热心资助贫士出版、顺治十七年任推官的王士禛红桥修禊、康熙十二年任知府的金镇重修平山堂、康熙二十五年孔尚任驻扬州参修淮扬水利，皆为主持风雅的著名文官。身为扬州府所辖州人，泰州邓汉仪本来就与府城有着天然的文化和亲缘联系[②]，加之相距仅百里之遥的地缘优势，使之经常往返两地，中老年的“惟百里负米”（二集序），指的就是寓居扬州的选诗生涯。《诗观》序跋凡例中，多处涉及扬州（维扬、广陵、邗江、邗）与该书的关系：除了上面已经提及的当道资助和友人代收邮寄诗稿，邓汉仪在初集凡例中介绍自己选诗过程时，指出康熙十年“辛亥，久驻维扬，诸公过存，辱以专稿见饷，兼以南北邮筒绎络相望，遂成钜观”；“仆至邗，同人即贻以公书，戒以‘宁严毋滥’[③]。仆始终守此盟，一人不敢妄入”。为了编选《诗观》初集，此年邓氏在扬州待了很长时间，并将自己的编诗计划告诉当地友人，不仅得到众人的纷纷荐稿，在编选原则上亦与在邗的友人约定“宁严毋滥”，视为盟约。在二集自序中云康熙十三年“甲寅春，予复至广陵……时坐昭明文选楼，日披四方所邮诗稿”；康熙二十五年，孔尚任因参修淮扬水利，至“江都董子祠访邓孝威，时选《诗观》三集”[④]。扬州这一积聚着众多热心文化的官员和追求风雅的富贾的商业都市，亦吸引了各地的落魄文士来此寻找入幕、坐馆或资助的机会。初集凡例介绍的“其客邗面订是选者，则杜子于皇浚、张子穉恭恂、计子甫草东、赵子山子沄、宋子既庭实颖、彭子中郎始奋、魏子冰叔禧、朱子锡鬯彝尊、诸子骏男九鼎”，这些客居扬州、参与选订的人士中，杜、计、朱等，皆是清初诗歌创作的一时之

① 严迪昌：《清诗史》，北京：人民文学出版社，2011年，第64页。

② 江都姚思孝字永言，为南明大理寺少卿，其孙姚諲昉（？—1711）为邓汉仪女婿、江都郑元勋外甥，参《诗观》三集卷七姚諲昉诗总评。

③ 《诗观》初集卷三桑豸总评曰：“近仆谬司选事，楚执极意周旋，而惓惓致书，以滥收为戒，则固同人所共佩也。”

④ 孔尚任：《湖海集》卷一，康熙介安堂刻本。

选。扬州在当时拥有的区域文化和经济中心的重要地位，为邓汉仪持续二十年编选卷帙浩繁的《诗观》三集，提供了广泛的人脉、便利的地缘和可靠的财源等有利因素。

四

乾隆初期，宜兴瞿源洙在为清初乡贤任源祥诗文集作序时指出："古未有以穷而在下者操文柄也……独至昭代，而文章之命主之布衣。……闾巷之士，不附青云而自著，此亦一时之风声好尚使然乎。"[1]可以说瞿源洙敏锐地观察到自清初以来的文坛变化。晚明以来的诗社、文社的繁盛，一些下层文士积极参与选政，得以在一定程度上左右文学风尚。尤其在清初，天翻地覆的时局变化，打乱了众多文人的政治生活轨迹。由于种种原因，使得其中一些人弃科举而以诗歌编选为业。"近来诗人云起，作者如林，选本亦富，见诸坊刻者，亡虑二十余部。他如一郡专选，亦不下十余种。或专稿，或数子合稿，或一时倡和成编者，又数十百家"[2]。数量更为众多的诗歌作家，则希望自己的作品能够入选其中，为将来的科考、升迁、入幕或坐馆，带来积极的社会影响，从而形成了一种各有所需的互动关系。对于选诗者的这种文柄在握的文化身份与地位，邓汉仪有着清醒的认识和认同，其评席居中《文选楼》"六朝事业悲流水，千古文章忆旧台"一联云："亦见得文士有权。"歆羡萧统主编《昭明文选》而成千古事业。二集收录莆田刘芳荫十题诗，此人著有《孝友堂集》，"躬行醇笃，未肯以诗名，没而令嗣始梓之"。友人杜浚认为"非登选本，未可以传远而垂后也"，于是向邓汉仪推荐："因属予论次，得如干首，以报茶村。"经过选评者如此记载，选本之于诗歌传播的重要作用，已与《诗观》在当代诗坛上的执牛耳地位相提并论了。这种文士有权、文柄在握的感觉，至晚年而越发明显，其评孔尚任《文选楼》诗云："予选《诗观》，借榻

① 钱仲联主编：《历代别集序跋综录》清代卷，南京：江苏教育出版社，2005年，第1323页。

② 钱价人：《今诗粹》凡例，《今诗粹》卷首，顺治刻本。

楼上①，宾客多至者，谁谓笔墨无权也？”②将此语与初集批语对读，已经颇有以当代萧统自居的意味。这大概就是海外学者所谓“通过所编选的文选，邓汉仪建构了一种类似那些置身于晚明科举考试之外的城市文人学士的非官方的公共身份认同”③。

以“骚雅领袖”④身份主持当代诗选数十年的邓汉仪，通过编选《诗观》行使笔墨之权，主要表现在以下几个方面：

在诗学思想上，邓汉仪倡导汉魏盛唐的雄浑阔大的诗风，反对自明末以来的“细弱”、“幽细”、“浮滥”的创作风气。他不仅对晚明竟陵派和华亭陈子龙诗歌创作的消极影响明确表示不满，而且对清初占有主流地位的宗宋诗风直接予以批评。他曾在私家笔记中，明确指出：“今诗专尚宋派，自钱虞山倡之，王贻上和之，从而泛滥其教者有孙豹人枝蔚、汪季角懋麟、曹颂嘉禾、汪苕文琬、吴孟举之振。”⑤《诗观》初集凡例首条便云：“诗道至今日，亦极变矣。……或又矫之以长庆、以剑南、以眉山，甚者起而嘘竟陵已熸之焰，矫枉失正，无乃偏乎？夫《三百》为诗之祖，而汉魏、四唐人之诗昭昭具在，取裁于古而纬以己之性情，何患其不卓越而沾沾是趋逐为？故仆于是选，首戒幽细，而并斥浮滥之习，所以云救。”汉仪与钱谦益、王士禛、汪懋麟诸人，皆为友人，但是并不妨碍直言批评，此即孔尚任所服膺的邓汉仪的品格：“每于稠人中，服君笑容寡。有时发大言，是非不稍假。”⑥同样，即便是在凡例中的概而言之，被言者亦是心知肚明的。如汪懋麟康熙十六年撰《孝威、鹤问以诗见简平山堂依韵奉答六首》之二，就声明自己的诗学主张：“自

---

① 据孔尚任自注，该楼在江都旌忠寺。方孝标《钝斋诗选》卷十五《广陵怀古诗》亦有《文选楼》诗，自注云：“在太平桥北大街东旌忠寺内，《广舆图考》云在府治东南文楼巷地。”

② 孔尚任：《湖海集》卷七《己巳存稿》，康熙介安堂刻本。按：此卷所收均为康熙二十八年之作，《文选楼》诗位于《哭邓孝威中翰》之后第九题，所附邓汉仪语，或为生前所云而由参与此卷选评的友人黄云、吴绮、宗元鼎所补入。

③ [美]梅尔清：《清初扬州文化》，朱修春译，第122页。按：不知是作者还是译者的原因，《诗观》这部诗选皆译为“文选”。

④ [雍正]《扬州府志》卷三十一《人物·文苑》邓汉仪传“尤工诗学，为骚雅领袖”。

⑤ 邓汉仪：《慎墨堂笔记》，民国抄本。

⑥ 孔尚任：《湖海集》卷七《哭邓孝威中翰》，康熙刻本。

顾嵚寄可笑人,高吟最喜剑南新。王杨卢骆终何物,甘于东坡作后尘。"[①]视唐诗为无物,而要师法苏轼、陆游,明确与友人邓汉仪、宗观唱反调。在次年春天撰写的个人诗集的编选凡例中,更是明言"庚戌官京师,旅居多暇,渐就颓唐,涉笔于昌黎、香山、东坡、放翁之间,原非邀誉,聊以自娱,讵意重忤时好,群肆讥评",也是委婉地表达了对《诗观》编选宗旨的抵触。诗学观念的尖锐抵牾,并不妨碍邓汉仪委托其在京代收众人诗作,亦不影响汪懋麟对《诗观》编选的深度参与[②],这或许就是康熙前期诗坛人际关系的原生态。

在诗歌编选上,邓汉仪注重"忧生悯俗、感遇颂德之篇"这些传统社会的主旋律题材,反对时人诗选专注于"花草风月、匣祝饮燕、闺帏台阁之辞",提倡"铺陈家国、流连君父之指……追《国》、《雅》而绍诗史"(初集自序)的宏大叙事和家国情怀。其为友人张琴诗集撰序时指出:"近之为诗者,多为细琐柔曼之音,甚而香奁昵亵、曲蘖荒淫,靡不播之篇章,矜为丽制。诗道之卑,于是乎不可问矣",赞许张诗"大抵忧时悯俗、怀古景贤、敦本念先、越国过都之作。诸凡淫哇之词,皆所不涉"[③];其赞颜光敏诗"每于国计民生、安危利弊之大,沉痛指切,是以屈子之《离骚》,贾生之奏疏,并合而为诗者"[④],都是与关注政治时事、家国人生是同一旨意的。"诗史",这一唐人因总结杜甫诗作的创作特点而提出的重大诗学批评概念[⑤],内涵着对反映社会现实、同情民生疾苦的重视。在《诗观》中,约有45处(初集11处,二集21处,三集13处),以"诗史"评价有关作品。如评佘畲《蜀都行》"成都被献寇杀刈生灵几尽,此篇逼真诗史";林云凤《金陵杂兴》"纪南渡之事,足称诗史";彭而述《邯郸行》"犹记北兵破城日,旌阳观里尸如麻"、顾岱《出滇杂咏》"协饷至今需百万,西南曾否贡金钱"为"诗史";秦松龄《荆南春日写怀》"真是诗史"。

---

① 汪懋麟:《百尺梧桐阁诗集》卷十五,康熙十七年刻本。

② 《诗观》二集所收梁清标、冯溥、魏裔介、王士禛、饶眉、徐倬、乔出尘等人诗作,皆由汪懋麟向邓汉仪提供或推荐。

③ 邓汉仪:《耐轩集序》,夏荃辑《海陵文征》卷十五,道光二十三年刻本。

④ 邓汉仪:《乐圃集序》,颜光敏《乐圃集》卷首,康熙刻《十子诗略》本。

⑤ 孟棨《本事诗》"高逸第三":"杜逢禄山之难,流离陇蜀,毕陈于诗,推见至隐,殆无遗事,故当时号为'诗史'。"

有关评价涉及晚明、鼎革以及三藩之乱等明末清初重大历史事件①。此外对杜诗的诸多好评中，往往亦包含着对"诗史"创作传统的强调。在诗歌形式方面，邓汉仪较为看重以歌行体为主的古体诗："诗必以古体为主，今人不会做古诗，只算半个诗人也。"②较之近体诗，此类作品具有长于叙事的特点。强调"古体"的内在原因，就是这种体裁更加适合表达诗史的内容。友人赞扬其"高卧昭明阁，重编南国诗。齐梁靡曲尽，汉魏古风遗"③。戒幽细而斥浮滥，汰靡曲而存古风，与对杜甫所开创的"诗史"传统的提倡，是互为桴鼓的。

在诗歌编排上，邓汉仪有其一套标准。从其初集、二集的凡例中可以看出，就政治身份而言，"同人不分仕隐，诗到者即为登选"，"诗篇随到随刻，并不因爵位之崇卑、人物之新旧"，即无论是投身新朝的新人、权贵，还是隐居不仕的旧人、遗民，其诗歌创作都在《诗观》的编选视野之内，与清初遗民吴宗汉、陈济生、朱鹤龄、徐崧、陈瑚、屈大均、钱澄之、梵林、黄容、韩纯玉等"以遗民为主题的诗选"④，划出了鲜明的界限，亦与《诗观》"选一代诗词。俾天下魁奇俊伟之士，鸿才博学之儒，咸登是选"（三集序）的编选宗旨更加吻合。从而将诗选的目标"指向重建以文化成就为根基的群体，因此也就抹去了服务于新王朝和不服务于新王朝的人的差异性"⑤。此外，针对当代诗坛"挽近文运衰，选事亦滋弊。利齿巧啖名，所录皆并世。高官枉凌压，盛名见牵缀。汗青须有资，取舍丛谤议。事类捡伍符，情同操贽币。普天竟同流，识者一叹忾"⑥的选政弊端，《诗观》凡例主要交代了自己在入选与否、地位贵贱、位置先后、收诗多寡等方面的编选原则，如关于入选与否，他强调对质量的坚守，就是与同人"戒以'宁严毋滥'，仆始终守此盟，一人不敢妄入"。康

① 参见王卓华：《邓汉仪诗史观及其诗学意义》，《南京师大学报》（社会科学版）2006 年第 4 期。

② 邓汉仪：《慎墨堂笔记》，民国抄本。

③ 李邺嗣《杲堂诗抄》卷五《丁巳长夏得邓孝威寄诗即韵奉答》之三，康熙刻本。

④ 邓晓东：《清初清诗选本研究》，2009 年南京师范大学博士论文，第 53 页。

⑤ [美]梅尔清：《清初扬州文化》，朱修春译，第 125 页。

⑥ 潘耒：《读邓孝威〈诗观〉选本，喜而有赠》，《诗观》三集卷三。按：潘耒《遂初堂集》诗集卷二《少游草》收录此诗，名为《赠邓孝威》，正文亦有较大异同。

熙十七年戚玾以"江左骚坛谁树帜,精严旗鼓独推君"相许①;潘问奇康熙二十五六年间撰《怀邓孝威》,在回顾了晚明以来"众喙徒交讧"的诗坛纷争之后,以"挽流奋一洗,屏翳为之空。选语必矜贵,涣然若发蒙。深心慎甲乙,六义乃昭融。以兹惠后学,孰曰非元功。海内亦风靡,百川知所宗"②的描述,来赞扬邓汉仪的诗坛地位。潘耒(稼山)《读邓孝威诗观选本,喜而有赠》,亦对《诗观》选评成就有高度评价:

> 邓公文章老,才力本雄邃。激昂讨风骚,会心存筐笥。钟铎赏奇音,淄渑别真味。清严大冢宰,刻核老狱吏。独柄无旁挠,摆落名与位。高眠文选楼,乐饥以卒岁。抗手对萧君,雅道庶无愧。呜呼三十年,词客如羹沸。赖君刈萧蒿,杜蘅吐香气。

邓汉仪于"清严大冢宰"数句,有侧批"仆岂敢当,然自矢如是",诗末总评曰:"选家林立,仆从未敢轻置一喙,然中有独是,则非稼山不能畅发此旨也。"由于《诗观》从初集到三集的编选,有个漫长的时间跨度,编者本人的学术地位和《诗观》本书的社会影响先后早已不可比拟,势必要影响到选诗标准的一贯性。尤其是到选评三集时,"若迫于所不得已,邮筒竿牍日陈于前,欲婉则违于己,直则忤于人。与其忤于人也,宁违于己。则是人自为政,有非邓子之所得而操焉者矣" ③,后世所生"未脱酬应"④的臧否,当即缘此。但是,从邓汉仪对潘耒赠诗的知音之慨中,说明其即便在选评第三集时,至少在主观上仍努力文柄独握,坚持着"清严、刻核"、"宁少毋多,宁严毋滥"⑤的编选原则。

邓汉仪晚年曾借选评张潮(字山来)诗而发感慨:"同一诗集,经选者心眼一为洗发,顿使作者之精神另开生面,此不可学而能者也。"将评选诗歌的手眼高低,同样视为需要天生灵性、"不可学而能者",并将对诗歌的评选上

① 戚玾:《笑门诗集》卷十七《赠邓孝威(时客广陵文选楼)》,康熙刻本。
② 潘问奇:《拜鹃堂诗集》卷三,康熙刻本。
③ 张潮:《诗观》三集序,康熙二十九年序刻本。
④ 沈德潜:《国朝诗别裁集》卷十二,乾隆二十五年刻本。
⑤ 张潮:《诗观》三集序,康熙二十九年序刻本。

升到赋予原作新的生命的艺术高度，体现了他对选诗、评诗之于当代创作促进作用的理论自觉。他之所以说“惟山来自知个中，傍人那得领会”，是因为张潮本人亦是清初著名的诗文选家。已故严迪昌先生在论述“诗史与诗话史、诗的观念变迁史”之间的关系时，指出“诗的流变过程，原是创作实践和理论观念的共振运载历程，诗人与诗论家原属一体”①。有关论断，在邓汉仪评点《诗观》这一典型事例上，得到了充分验证。

五

邓汉仪对当代诗歌的评点，在《诗观》中主要有三种形式：诗句之评、一诗之评和一人之评，即以人系诗，以诗系评，诗有夹批、总批，人有附记、总评。三集共选 1800 余人近 15000 首诗，大多数皆有评价。评语长短不拘，内容丰富。由于选评者所具备的诗学眼光、所身处的历史阶段、所具备的特殊条件、所涉及的作家人数等因素，均赋予《诗观》评点对于研究明末清初尤其是清初近五十年诗歌创作、诗坛风气、诗人事迹的独特性，成为记录明清之际社会变迁和士人心态的重要文献。该书以评点资料为中心的诗学文献价值，主要体现在以下几个方面。

（一）提供了清初诗人的小传资料

《诗观》的作者小传，文字虽极简略，仅涉及字号、里居、诗集等，然多可以弥补现有文献之缺失。《清人室名别称字号索引》等为我们提供了大量的清人字号及籍贯等资料，但因未参考《诗观》，故造成许多疏漏。如：明末清初张缙彦（河南新乡人，崇祯四年进士，入清官至布政使）。《诗观》收其诗七题，并记其字坦公，号大隐，有《归云轩稿》，“大隐”、“归云轩”可补有关工具书记载之不足；再如清初义士侯性，与钱谦益、归庄、曹溶、叶奕苞、徐崧、王邦畿、胡介等皆有交往，钱谦益与之唱和诗，在《诗观》中名为《赠侯月鹭》，在《有学集》中为《赠侯商丘若孩》，知此人为商丘人，字号月鹭、若孩。《清人室名别称字号索引》不载其人，本名缺失。钱邦芑《送侯若孩从军》有云：“渔阳烽火昨来惊，倚剑遥看太白明。大帅龙堆朝卷幔，书生虎帐夜谈兵。墨磨铁

① 严迪昌：《清诗史》，第 10 页。

盾飞新檄，箭射蛮书下故城。会见降旗迎马首，铙歌高唱阵云平。”①可见其人曾参与抗清活动。《诗观》小传为“侯性，月鹭、若孩，河南商丘人”。据此查方志，始得其传记：“侯性，字若孩，邑人侯执介之养子。执介妻，田通政珍女。田无子，少育性为子。及长，状貌魁梧，脑后有异骨，人目之为封侯相。为人豪放博达，补博士弟子，铮铮诸生间。尤善骑射，自负有文武才。明末从军于南，累功拜爵。后弃官养母，隐于吴之洞庭山。母终，遂葬焉。性在吴，与故明之逋臣遗老如钱尚书谦益、杜将军弘玮、姜给事采辈共相引重，称遗民寓公。殁于吴，其子北还，徙鄢陵，今亦泯然矣。”②再如二集先后收入“彭桂，爰琴，江南溧阳人。《初蓉阁诗》”和“彭椅，原名桂，爰琴，江南溧阳人。《谷音集》”，可以大致推断彭桂改名椅的时间。再如“叶舒胤，学山，江南吴江人”，足见后人将《叶学山诗稿》的作者署作“叶舒颖”，是因避“胤禛”讳。三集著录杜浚号“茶星”，亦不见他书记载。

（二）记载了清初诗人的生平事迹

有关评语关涉其生活、交往情况，有助于考生齿、辨亲缘（如某为某之令嗣、令兄弟、大小阮之类），关系到家学师承、经历交游等史实。如程先达总评：“东庐先生幼时浮家景陵，遂登楚之贤书。继遭寇乱，家业尽落，不得已，司铎随州，萧然难给。幸直指聂公有特达之知，荐拔国博，历转部曹，竟荣登晋阳五马。性不好荣，飘然归里。今年已八十有五，著述不倦，所吟咏最多。程君禹门索其稿见寄，值余三集之选将竣，敬采数章，载诸卷帙，并示孚夏，用共欣赏。”小传载其字质夫，号东庐，湖广景陵籍，江南休宁人，著有《天香阁新旧诗集》。《诗观》三集将竣的时间在康熙二十八年（1689），先达时年八十五岁，可推知生年约为明万历三十三年（1605）。此人为崇祯十二年举人，康熙四年至六年为山西平阳知府③。李渔此际道经该地，媒婆向其推荐十三岁的“乔姓女子”，李因“旅囊羞涩”而推辞，正是这位“太守程公质夫”为其出金纳之④。评语中所涉“禹门”为程化龙，为康熙九年进士，官内阁中书，《诗观》载其字禹门、念蒿，江南休宁人，青浦籍，有《开卷楼近什》（《清人室名

① 卓尔堪：《遗民诗》卷九，康熙刻本。

② ［康熙］《商丘县志》卷十《隐逸》，民国二十一年石印本。

③ ［雍正］《平阳府志》卷十九《职官·知府》，乾隆元年刻本。

④ 李渔：《乔复生王再来二姬合传》，《笠翁文集》卷二，康熙刻本。

别称字号索引》于其名下仅有籍贯松江、室名开卷楼的记载)。“孚夏”指程瑞禴,为休宁率口人,程化龙为塘尾人①,两人似为堂兄弟。瑞禴父端德(午公、鼎庵),长子瑞礽(旦伯、讷庵、松轩),次子瑞禴(孚夏、云峰),三子瑞社(次郊,淡园),四子瑞祊(宗衍、碧川)。他们的诗作,分别收入《诗观》二集卷二、三集卷五、卷十、卷十三。汉仪指出:“畴昔结社山茨,得鼎庵先生为领袖。……回忆先生执耳,已如隔世。不图今日复见长君旦伯此编”;“程君孚夏者,乃鼎庵令似,作诗有家法,声满吴越间者也”;“自鼎庵先生得诗之嫡传,而孚夏绍其家学,一洗铅华,独标正始。令弟次郊、宗衍拈笔吟咏,秀骨妍思,一时骈集。”正是在这样的评语中,交织起休宁程氏父子、昆仲的亲缘关系和诗学家风,鲜明地体现出邓汉仪“有一些不同寻常的社会网络,这个网络的大体脉络都保存在他对《诗观》诗词的评论之中”的评点特点②。有的评语,涉及清初著名文士的晚年际遇,如高咏“授徒京师,行将得县令,忽擢词林,修《明史》,称荣显矣。以资斧不继,抱病南还,遂尔穷死”;乔莱“性不喜饮酒,每夕阳骑款段归邸舍,则开阁翻书,漏数下不辍”;王昊“戊午弓旌之役,维夏仅授中翰,非其志也。乃铨部疏未上而维夏死,部遂除其名”;沙钟珍“万里从军,论兵悉中窾要,仅得佐郡,复而遭谗,今已昭雪,则奇才终大显也”;李中黄“力学砥行,诗歌古文辞皆卓荦不群。癸卯闱中拟元,因索后场弗得,竟致放废。子石孤愤,遂焚弃生平著作,片字不存”,均可为有关传记补充诸多细节。

(三)描述了清初诗人的人生志趣、挫折遭际、品格风范

《诗观》评点的特色之一,就是既评诗亦评人,既评诗艺又评人事。在评人评事的诸多言论中,揭示了清初诸多诗家的内心世界和人生遭际。如评龚鼎孳《题孙沚亭太宰山雨楼,和陶公韵》:“畴昔之岁,予曾作招隐之书致之合肥,蒙其赋诗寄答,不以仆为狂诞,固知归田之志有素也。观此赠太宰数章,情绪萧恻,意岂须臾忘江东莼鲙者乎?”评万寿祺《赠胡彦远》“荷锄归去田庐闭,莫向人间学问津”为“良友之言”,并指出胡介“历年游京洛,交贵游,尚未能体贴年少此语”,对了解分别以贰臣、遗民著称的龚、胡二人不无裨益。评张盖“自甲申后,久脱诸生籍,以母夫人饘粥不继,间授徒自给;或为

① 程化龙、程瑞禴所居村名,参见[道光]《休宁县志》卷九、卷十一,道光三年刻本。

② [美]梅尔清:《清初扬州文化》,朱修春译,第123—124页。

故人招致幕中，旋皆弃去。近闻筑土室于村外，绝不与世人往还，虽妻子亦不见，其殆古袁闳之流与?”许维祚“高才雅量，迥绝时流。其莅真州也，一往淡静，公府萧然如无人，而庶务毕举。以其余闲，读书赋诗，大有元次山、韦苏州之风烈”；韩魏“尊人文适先生，合家死扬州之难，而醉白以复壁仅存，乃能锐意古业。诗歌秀宕之中，复兼英迈，为一时同人所共推。天之所以报有道仁人者，固不爽。而醉白之克绍家风，不尤称卓绝哉!”乔出尘“侠肠豪气，使黄金如粪土。今一旦囊空，顾视世人较量金钱，不差毫发，始而愤，终而平”；李永茂“起家浚令，为名给谏。当召对时，上亲移玉烛审视，风采大著。潼关之役，孙督师治兵关中，方欲养锐，以图大举。秦士大夫之在京者，促战甚力。先生方掌谏垣，屡驳之，遂拂执政意，奉差出。迨郏县师创，大厦难支。先生跋涉蛮荒，婴疾而卒”；方淳“爱古嗜洁，所居斗室，自书册彝鼎、茗香琴砚之外，未尝移怀。每至佳辰令节，素友相过，觞酌数行，继以刻烛，盖一代之韵人、吾党之高士也”；张韵“卜筑邗城之外，杂莳花树，惟事读书。家虽屡空，而未尝以干时。然喜结贤豪，每见义形于色”；田秉枢“时而论兵，时而学佛，时而酒社诗坛，盖异人也。年已迟暮，事业无成，类避地之田畴，托登楼之王粲。相逢江上，感慨为多，出其吟篇，光焰夺目。昌黎所云“诗穷后工”，殆君之谓耶?”无论是名臣要员、下僚佐吏，还是畸人寒士、逸民隐者，其生平事迹、出处心曲，在邓汉仪的笔下皆有生动描述。至于《初集》闺秀卷中对当时女性作家的介绍，多数堪称声情并茂、传神写照的传纪，可与钱谦益《列朝诗集》小传媲美。

（四）品题了清初诗人的创作特色和文坛影响

由于邓汉仪与《诗观》入选者大多存在着密切关系，对他们的诗歌创作特点的揭示亦往往一语中的。如总结龚鼎孳诗歌创作“三异”：“每与同人酒阑刻烛，一夕可得二十余首，篇皆精警，语无咄易，此一异也；当华筵杂沓之会，丝竹满堂，或金鼓震地，而公构思苦吟，寂若面壁，俄顷诗就，美妙绝伦，此二异也；他人次韵，每苦棘手，而公运置天然，即逢险韵，愈以偏师胜人，此三异也。昔客京师，及过庾岭，以至萸湾、桃渡之间，仆莫不奉鞭弭以从，故为识其略如此。”评黄云“二十年前屏迹村舍，于汉魏四唐之诗，靡不穷讨源流，综其至变。已而从孟贞、与治、伯紫诸君子论诗，益复臻于醇备”；彭尔述“晚年诗虽极秀润，终带英气”；徐芳“诗以空微巉峭为尚”；陈玉璂“诗清劲老靠，独立时靡中”；吴绮“最爱刘沧诗，此作固堪仿佛”；徐籀诗“皆岸然绝俗，不屑一字近唐，律体尤为峭刻”；金敞“诗坚苍深峭，一字不近时人，而复轨于古法，是特立于群流者”；徐乾学“诗以汉魏四唐为主，不杂宋人一笔，是能主持风气、不为他说所移者”；朱彝尊“诗气格本于少陵，而兼以太白之风韵，故独为秀出”；冯云骧“边塞诗奇情旷致，有沙砾飞扬之势；而入蜀诸吟则又险奥苍古，与雪岭栈阁争胜”；曹溶诗“以深老生硬为主，不屑入时趋一字”；田雯“学唐而不袭乎唐，学宋而不囿于宋，古雅奇郁，正变皆踞上流”；缪肇甲“精于风雅，迩来每进，益工古体，一洗尘氛，独臻渊雅；而近体则风神秀脱，辞旨妍和，几于钱、刘、许、杜之间遇之；绝句殊得风人讽叹之遗”；叶燮诗“以险怪为工”。有关评点，往往别具只眼，与时论唱反调，如认为宋之绳诗“平淡中饶有静气，正得之韦、陶，浅人以为皮、陆耳”；程邃诗“苍老者往往入少陵之室。时人但以险涩目之，非通论也”。亦有对当时诗坛创作风气的明确针砭，如认为当时的五言诗创作“学六朝者失之缛丽，效韩愈者流于径莽”（评赵进美）；借评景陵谭篆诗指出“历下、公安，其敝已极，故钟、谭出而以清空矫之。然其流也展转规摹，愈乖正始。不有大雅，谁能救乎？……世奈何复举寒河之帜，而思易天下之风尚也！”亦不乏对有关诗家的委婉批评，如指出方文“诗专学长庆，仆昔与之论诗萧寺，颇有箴规，尔止弗善也。要汰其俚率，存其苍老，斯尔止为足传矣”；赵而忭“诗意主新艳而未能稳妥”；李文纯“喜作五言近体，每苦尖刻”；吴度“沉酣康乐，下笔便自神采过人。其于诸家，虽有企拟，而神韵较谢为多”；侯方域“其诗世罕推之，要其阔思壮采，皆规模杜家而出者，但未免阴袭华亭之声貌”；陈维崧“近诗脱去成语熟句，纯以老致清气相引，是其杆头进步处”。诸多点评，对研究相关诗人的创作特色，均极具启发性。

（五）保存了清初诗人的诗学评论

《诗观》的评点虽以邓汉仪自己的话语为主，同时亦大量引用时人的诗学意见。所引诸家诗论，多不见本集。如引杜浚论诗“诸妙皆生于活，诸响皆出于老。至极之地曰玄曰穆，而根抵在于闻道。不然，见识一卑，即潘江陆海圈牢中物耳”；杜浚评李赞元曰：“今之为诗者，力饰其外则内乏神情，刳心于内则外无气象，所以两失。而素园先生独内外兼胜，所以卓然推为诗伯。”评龚鼎孳《送歌者南还，用钱牧翁韵》引钱谦益语云：“往岁吴门歌者入燕，过余言别，有龟年湖湘之叹，为书断句以赠。龚孝升在长安倚而和焉，传写至济上卢尔德水酒间，曼声讽咏，泣下沾襟。坐客皆凄然掩泪。”钱谦益评张若麒"初与伯兄宿松同时以进士宰燕赵,宿松治河间以宽,天石以果,并茂循绩。别几二十年,各备历艰虞。余归田匿影,公跻华膴,为纳言名卿,令子俱以文噪世,次公登馆局,取士最得人,直声震天下。公年未艾,忽请告归,有牢溟渤之奇,徜徉笑傲,宜爽籁发而雅风存,洋洋乎东海雄矣!"冒襄评苏良嗣云:"楚黄始于黄国邾城,襟带江淮,为功烈重镇。自苏公赋赤壁、记雪堂,咏'长江绕郭'、'好竹连山'之句,地以人著,垂六七百年矣。余幼侍先祖令虔蜀,继先君三秉宪湖南北,监三十万樊城军,捍防百万郧襄彍贼,余奔走行间,往来于极天烽火。之黄,无复游览吟咏之事。今又阅四十余年,老卧蜗牛庐中。老友邓孝威幞被携诗卷,过访敝幽,首出黄守苏公小眉诗集,评阅丹黄,击扬赞叹。姓既相同,地与字合,岂夙世前身,再来旧地耶?次儿丹书,昔荷深交,每向余称公之胸怀识量、经济文章,为当今第一。惜予老而未得褰裳往就也。附识以志景仰。"王士禛评彭而述之女诗作云:"宋叶石林先生每晨起,集诸女子妇为说《春秋》。近武林黄夫人顾氏若璞,好讲河渠、屯田、边防诸大政。予读其书,未尝不自惭须眉也。青立见示蝶龛近诗,如种桑、问织诸篇,仿佛《豳风》遗意;而哭母、忆妹、课儿之作,尤有《河广》、《载驰》风人之志焉。因叹禹峰先生之教,其被于闺阁者如此,殆不减石林;而夫人之才,亦讵出黄夫人下耶?"(闺秀)以上所引,均不见杜浚《变雅堂文集》、冒襄《巢民文集》及今人整理之钱谦益全集、王士禛全集。

(六)总结了清初诗人对古代诗歌的广泛接受

邓汉仪诗学主张宗法汉魏四唐,主张"汉魏四唐人之诗昭昭具在,取裁于古而纬以己之性情,何患其不卓越"(初集凡例)。在具体评点中时时指出古代诗歌对时人创作的影响或时人诗歌与古人的异同,是邓汉仪诗评的重要方式。仅以《诗观》初集第一卷为例:在古代作家中,其最喜杜甫。该卷共14处提到杜甫,如评王铎《秦州》"补少陵《秦州》诸咏所未及",《安邑有怀》"于少陵,学其深厚,不学其粗疏,故墨光浮动纸上";评孙廷铨《挽船行》"哀楚痛切,以拟少陵《无家别》诸篇,可谓神似";评周亮工《百丈岩瀑布同公蕃赋》"气完力厚,此从沉酣少陵得来。以为摹拟王、李,未免管见";评杜浚《送王孙茂之广陵,于一子也》"朴处、拙处,神似少陵";评季振宜《寄严颢亭一百韵》"此诗通篇既有次第,逐段自成波澜。锁细处皆真,铺叙处俱老,自堪与少陵《北征》并传",《病马行》"此等诗,极有关风教,不仅规摹少陵,称为奇伟";李天馥《杨鄂州招游祖家园》"拗体全学工部"。有关评语,既指出少陵风调的影响，又指出清人对少陵的超越。此外便是王维，如评王铎《送客入延绥》"在摩诘、嘉州之间"（嘉州指岑参）；评孙枝蔚《插秧》"古雅详晰，与储、王《田家》诸咏正堪颉颃"（储指储光羲），《京口酒家送张牧公归临洮》"情文宛转，在摩诘、龙标之间"（龙标指王昌龄）；评黄九河《张家湾晓发》"摩诘七律一味和润，却不流入轻滑"。作为一位选家，邓汉仪对各种流派的诗歌创作，持有较为宽容的态度，对其中的优秀之作，能做到兼收并蓄。如卷中评钱谦益《读梅村宫詹艳诗有感书后》"如此跋艳诗，便有绝大关系。不得轻议温、李一辈"，《霞城累夕置酒，彩生先别，口占记事》"韩致光香奁诗，每托于臣不忘君之义"，对创作过艳情诗的温庭筠、李商隐、韩偓不无好评。再如评季振宜《舟中》"前段写舟景，空微淡渺，后以情事找足。细玩康乐诸篇，方知结撰之妙"；评王铎《三乡过连昌宫址》"公极叹折空同，此诗可谓神似"，则分别涉及南朝谢灵运和明朝李梦阳。"作为扬州选家群的领军人物，邓汉仪不仅年齿最长，经历最富，而且几乎与该地区所有选家均有联系，并与南北诗人亦有交往，因此他的诗学观颇能体现集成色彩"①。这种集成色彩，在其评价时人对前此创作的接受中亦有充分体现。

作品被选入《诗观》二集的姜宸英，曾用"知交日亲，名日闻，而诗亦渐积"的描述，揭示了文人交游与文化资本的生成关系及后者对个体文学声名的反哺效应，指出"文章之道，古人虽谓有得于山川之助者，而朋友往来，意气之所感激，其入人也更深"，"本之于意气之盛，而发之为和平之音，殆近于孔子之所谓可以群者也"②，并由此号召："吾辈人人有集，宜互相附见姓名于其集中，他日一友堪传，而众友幸传矣"③。姜氏"多情笃旧"的言论背后，隐现着明清之际文人对精英文化及其独立性、权威性的充分自信。《诗观》以聚焦式的姓名"互见"方式，挟裹着丰富的文化信息和巨大的文化资本，为个人在历史长空中留下身影作出了保证，呼应着文人个性觉醒后强烈的不朽诉求，正是上述舆论语境下的产物。自古以来"一人知己"的个体价值实现模式，与明末清初盛行的诗文选评方式的结合，不仅为富有个人魅力和赏

① 邓晓东：《清初清诗选本研究》，2009年南京师范大学博士论文，第77页。

② 姜宸英：《湛园未定稿》卷二《陈君诗序》，康熙刻本。

③ 邱炜萲：《菽园赘谈》卷之七"'金圣叹批小说'说"引姜氏语，光绪二十七年(1901)排印本。

鉴眼光的杰出批评家提供了掌控文坛的生成土壤，并吊诡性地为清初消弭民族鸿沟的国家意识形态需要提供了舆论先声。邓汉仪与贰臣龚鼎孳"论文十年、升沉一致"的交谊，以及其借助广泛的文学交游充分凝聚一切可能的文化资源、成就"一代之书"的评选行为，均以超越一朝一姓之家国存亡与庙堂臧否的别样"忠贞"和"选政"学术为支点及依归，亦可以视为姜氏所云"诗可以群"在特定历史时期所达到的"极致"境界。百年之后，这部因自身"可以群"而具有了弱化民族隔阂和道德界分作用的大型选集，在进入统治稳定期时，却因其含混的情感倾向性隐含了解构性危险而遭禁。成与败、流播与禁毁的命运转变，凸显了其作为"一代之书"和时代精神印记的典型价值。

附　录

上文据笔者所撰《慎墨堂诗话》前言改写，该书由笔者与友生王卓华博士据《诗观》三集辑校而成，约 100 万字，将由中华书局出版，以下是凡例与样条。

附录一　《慎墨堂诗话》辑录叙例

《慎墨堂诗话》主要据邓汉仪选评之总集、别集等诗评类著作辑录而成，兼及其评词文字，不收其有关文的评论。其中卷一至卷十二辑自《诗观》初集，卷十三至卷二十七辑自《诗观》二集，卷二十八至卷四十一辑自《诗观》三集，以人名为条目，据原书卷次顺序编次。《诗观》以康熙慎墨堂刻本为底本，以乾隆仲之琮深柳读书堂重修本（下称乾隆重修本）和书林道盛堂本为参校本。卷四十二分别辑自康熙刻本《慎墨堂名家诗品》、李赞元《出门吟》、《悔斋集》、《又新集》、孔尚任《湖海集》、宗元鼎《芙蓉集》和江闿《江辰六文集》。卷四十三辑自民国钞本《慎墨堂笔记》。卷四十四辑自《十六家词》以及对李元鼎、孙枝蔚、董元恺、宗元鼎、陈维崧、江闿词作的评点。

鉴于《诗观》以人系诗，以诗系评，诗有夹批、总批，人有附记、总评的体例，此书拟本着既忠实原著、又简省篇幅之原则，在辑录其中的诗学文献时，不添加任何过渡性或衔接性文字，必要时以一定之符号来区分。具体做法如下：

一、对于一诗之诗句夹批，在诗题及相关诗句之后以冒号引出。如：

《自润州九华山越岭至莲花洞》“来人若对值，单径岂互容”：六朝音调，出之深细。

二、对于一诗之总批，在诗题后以冒号引出。如：

《拟陈子良七夕看新妇隔巷停车》：子良原篇颇觉寂寥，此篇可谓美好具备。

如诗末总批是针对具体诗句而发，则先根据评点者所加圈点，酌录相关诗句，再出总批。如：

《秦淮竹枝词》其二“水榭近来张酒席，桥头门上戏平分（南俗以弋阳子弟寓水西门，呼为‘门上’；苏伶寓淮清桥，呼为‘桥头’）”：非熟于金陵者，不知此故事。

全诗无圈点或皆加圈点者，一般只辑录诗题与评语，不抄录全诗；全诗有圈点而无评点者，不抄录诗题。

三、对于一诗，如既有夹批又有总批，先出夹批，后出总批；夹批与总批之间，以“⊙”号表示其后文字为一首诗之总批。如：

《听杨怀玉弹琴歌》“四坐慷慨不能平，杨君弹罢泪纵横。杨君早年西蜀豪，素精马槊与弓刀”：已断复连，章法最妙。“千金囊橐散无余，惟有内府琴犹在”：老绝。⊙王于一有《听杨太常弹琴》诗，读之令人徘徊凄惋。艾山此歌，正复如是。

四、对于一人之附记、总评，与诗评文字不接排，另起一行，以“◎”号表示，如：

◎戊申秋杪客茗上，与菌次有《唐诗永》之选。……

五、“〇”则为《诗观》等原有的另行分段符号，现予接排。如：

《拟丘巨源咏七宝画图扇》：梅岑拟古诸诗，皆无毫发遗憾，不似江文通时有利钝也。〇此诗妙在简而隽。

六、对于一题多首者，诗题后标明“其一”、“其二”等。如：

《后饮酒》其一“储以嫁娇女，卖羊会邻保”：闲话偏妙。⊙归兴如此，又何恋长安软尘十丈耶。其二“虽无满坐客，亦能致好友”：今缙绅宴客不尔尔。⊙此口但宜饮酒。

若同时有句评、诗评、一题之总评和一组之总评者者：其中一诗之评前仍用⊙，一题各首或一组诗总评前用加粗之“⊙”。

七、凡原文模糊漫漶处，以□表示；原文为■或空白处，除可考者外，亦以□表示，并出注说明。异体字、俗体字，一般径改为通行字。

八、汇钞有关邓汉仪传记资料，作为附录一。

九、辑录邓汉仪所撰论诗序跋尺牍资料，作为附录二。

十、选录有关邓汉仪诗学评论资料，作为附录三。

十一、编纂人名字号索引，作为附录四。

附录二　《慎墨堂诗话》样条

王贵一　象山、槐翁，江南兴化人。《檀园诗》。

《三啸》“大舸若飘瓦，渔艇如飞蛾。日落水摇动，枕席亲蚌螺”：笔墨恣肆。⊙“府檄愁催科”：感时悯俗，词旨忧危，而奇崛之气则逼似昌黎。

《曝背》“千载笙箫化为土，寒烟蔓草空北邙”：谁人省此。⊙“生在华屋处，零落归山丘”，昔人所感。此诗慨叹，正自令人骨悚。

《广陵》“江声过润州”：妙。⊙一“过”字抵一则《水经注》。

《柳堤与浮弋同赋》“落日到河圆”：妙。心眼极旷极静。

《怀山光寺》“记得山光寺，人生好墓田。风流传胜迹，楼阁失诸天”：纯是太白佳处。⊙总是想像之词，笔墨疏而见老。

《春阴》“湿云迷鹳井，野水涨鱼矶”：炼甚。⊙“游情那可惬，尽日掩荆扉”：最为安惬。

《寄十力禅师住灵峰》“古木向人圆”：比“向人秋”各有味。“晋朝留虎迹，应护草堂前”：结亦健拔。⊙十公能捐赀刻《李艾山集》，此岂常流？一诗正自精健。

《和儿辈同戴无奇登拱极台》“台荒仍草树，川暝自鱼龙”：朴而润。⊙“为怜戴安道，明日试扶筇”：诗有元气。

《登楼》“剡溪人去夜推篷”：韵极。⊙清思逸韻，令人思王、戴当年。

《访吴柴庵南郭》“为怜兄弟经年隔，南郭乘舟春水高”：音节亦高。⊙“满眼风花迷白发，一樽烟雨对绨袍”：一气呼吸，而情绪亹亹，最饶感人。

《别真州戴二弟无奇》“他乡表弟真难遇，春雨孤篷不忍分”：用杜语都妙。⊙不独体裁正，而情味亦佳。

《酒间示李君受》“少时歌舞真如梦，老去交游见几人”：无穷感叹。

《和李平庵涟东闻子规之作》“汉家事业成墟墓，莫向韩王庙里飞”：风流千载。⊙“天边杜宇啼偏苦，客舍羁人远未归”：诗品在赵倚楼、杜书记之间。

《三月三十日》“开樽聊细酌，今日对春风”：其不说尽处，最为深于唐人。

《白龙湖》“玉箫吹彻老龙眠”：雄甚。

《送吴甥翔凤》“扬鞭若到天山去，望帝经春满路啼”：情深语激，一读伤怀。

◎槐翁赋性高严，交游不苟，日以诗卷自娱，然亦不轻以示人，所谓“家有赐书，门无杂宾”，庶几近之矣。令嗣景州、歙州，负高才，声名籍甚，尚困诸生间。而槐翁勉之云：“长安马上，不如驴背之稳。”此其定识，岂世俗所可同日语哉？

李渔诗文评点研究(提纲)

中国人民大学　朱万曙

近因《全清戏曲》整理之需要,重新阅读李渔之传奇十种。因此阅读,需要核对《李渔全集》(浙江古籍出版社)所收版本及其校勘,进而延伸到对李渔诗文阅读,发现《李渔全集》卷一、卷二所收李渔诗文多有时人评点。遂拟此题,愿有闲暇略予探究。先拟提纲如下:

一、李渔诗文之刊刻及评点概貌

《李渔全集》卷一之"点校说明"称:"诸家评语,凡据翼圣堂本增补者出校,底本有而翼圣堂本无者,亦出校。"于此可见李渔诗文因刊刻时间不同,其批语亦有差异,需要对各版本进行比对,然后才可见出其评点面貌。

二、李渔诗文之评点者考辨

《李渔全集》眉批所署名批点者甚夥,如钱谦益、吴梅村等清初名流,亦有诸多知名或不知名的文人,如黄无傲、李研斋、倪暗公、吴念庵、毛稚黄、蔡龙文、王左车、包冶山、顾梁汾、孙宇台、王宓章、梁承笃、佟碧枚、陈天游等人(上述人名多为字号),对这些评点者的身份进行考辨,不仅可以更深入地理解他们批语,而且能够进一步了解李渔的交游情况,乃至认识明末清初的文学生态。

三、李渔诗文批语的价值

笔者曾经撰《文情士心:明清文学评点的两个维度》一文,认为明清文学的评点者,一是借批点对象,表达作为“士人”对社会的关注,二是对批点对象的审美认知和评论。在李渔诗文评点中,同样显示出这样两个维度。如卷二《东安赛神记》记述新城县有土谷祠,所祭祀之神为“刘十三相公”,该地人祭祀“非止穷山极海,亦且变错幻珍,人工镂雕之巧,无复剩技”,该文的结尾,李渔感叹道:“嗟乎,细民拮据终岁,被食而外,能余几钱?今赛神一昼夜,自设祭、演剧以至种种火焰之费,亦甚不赀,吾又不知刘十三相公者当如何土谷斯民,而始不芒背也。”此文有钱谦益眉批:“世俗奢靡相高,事神则有余,济人则不足;供耳目玩好则有余,输国家匮乏则不足。有心当世者,莫不忧之。笠翁借题示儆,大有远见,不独以文词见好。”又如《登燕子矶观旧刻诗词记》一文,吴念庵评曰:“波澜愈转愈阔,得此一结,更觉无尽。”黄无傲评曰:“小中见大,是大家结构。”钱评着眼于社会流俗,吴、黄之评着眼于审美。

论纪昀对江西诗派与晚唐体之争的调和

江苏大学　徐美秋

自梅尧臣、欧阳修、王安石、苏轼、黄庭坚等人因唐诗而变化出新，确立宋诗之体格以来，对唐音、宋调这两种风格的比较与论争竟贯穿了此后千年的诗史，尤以有清一代的争辩最为激烈。清代诗坛的大家、名家纷纷论辩，或主唐音，或倡宋格，甚且以此开宗立派①。

在清代复杂热烈的分唐界宋的辩论中，纪昀的声音显得平静从容。纪昀生于雍正二年(1724)，卒于嘉庆十年(1805)，主要活动于乾隆时期。当时论诗巨擘乃沈德潜、袁枚与翁方纲三家，归愚重格调，力主唐音；覃溪拈肌理，渐开宋调；随园标性灵，颇随意出入唐、宋。晓岚于此三家没有随声附和，也没有标新立异，而是潜心考辨、点评唐宋诗代表作家作品与选本，然后对唐宋诗之争作出了自己的论断。

综观纪昀十多种诗歌评点之著作，可以说大部分是因为清代唐宋诗之争而编纂、评写的。唐宋诗之争尤其集中于江西诗派与晚唐体之间，纪昀《玉溪生诗说》、《点论李义山诗集》、《删正二冯评阅才调集》、《删正方虚谷瀛奎律髓》、《瀛奎律髓刊误》等五书，以及没有评点的《后山集钞》一书，可以说正是因此而作。《纪评苏文忠公诗集》于唐音、宋调多有辨析，纪评《唐诗鼓吹》常论及明人学唐及清初"神韵说"之弊，这些内容都是唐宋诗之争的重要论题。又据清人记载，纪氏还评点了杜甫与黄庭坚诗集②，可以想见，其评论应有大量内容与唐宋诗之争密切相关。

---

① 请参见齐治平:《唐宋诗之争概述》，长沙：岳麓书社，1984 年；廖淑慧:《清初"唐宋诗之争"初探》，《文藻学报》，2001 年第 15 期。

② 据李宗昉《纪文达公传略》，纪昀还点论了《黄山谷诗集》、《王子安集》，辑《唐人诗略》八卷(李宗昉《闻妙香室文集》卷十四，清山阳李氏藏板刻本，复旦大学图书馆藏)；又据赵古农《纪批苏诗择粹序》，纪昀也曾评点过杜甫的诗集(芸香堂藏板，(续转下页)

由此可见，纪昀于清代唐宋诗之争的重要性，实不亚于同时代的沈德潜、袁枚和翁方纲三家，然齐治平《唐宋诗之争概述》未予只言片语，亦是一大疏漏。笔者不揣浅陋，于此申论一二，以就教于诸位大方之家。

一

历史悠久的唐宋诗之争中，对江西诗派与晚唐体的论争尤其激烈，其中还掺杂了不少意气之争和门户之见。有鉴于此，纪昀即从聚讼不休的江西诗派和晚唐体入手，首先是对相关的代表作家作品及选本进行别裁伪体，在此基础上对两种体格及论争双方加以辨析、点评。

纪昀对晚唐体与江西诗派的重要作家作品及选本的考辨、评点始于乾隆十五年，然后主要集中在二十六年至二十九年。概况如下：十五年，纪昀将李商隐诗集“严为澄汰”，编纂成《玉溪生诗说》二卷；二十六年，开始评阅方回《瀛奎律髓》，先成《删正方虚谷瀛奎律髓》四卷，总共历十年，阅六七次，成《瀛奎律髓刊误》四十九卷；二十七年六月，借得《后山集》，杂取各书，钩稽考证，粗正十之六七，对陈师道的诗集、文集“严为删削”，历两年成《后山集钞》；同年著有《删正二冯评阅才调集》二卷和《点论李义山诗集》三卷，并点论了黄庭坚诗集。三十一年，开始批点苏轼诗集，历五年、阅五次而成《纪评苏文忠公诗集》五十卷。三十六年，点勘了《唐诗鼓吹笺注》，整理并完成《纪评苏文忠公诗集》和《瀛奎律髓刊误》。通过这些评点，纪昀对唐宋诗歌的“体格之变迁”、“宗派之异同”与“作者之得失”这三个方面有了深透的了解。因此他能对江西诗派与晚唐体之争作出较为客观公正的判断。

纪昀对江西诗派与晚唐体之争的看法在《玉溪生诗说》（以下简称《诗说》）中已基本成熟，且有较为全面的论述。《诗说》上卷为诗钞，是纪昀精

（续上页注）嘉庆二十二年刻本，上海图书馆藏）；朱庭珍《筱园诗话》卷一载“纪文达公最精于论诗，所批评如杜氏、苏诗、李义山、陈后山、黄山谷五家诗集及《才调集》、《瀛奎律髓》诸选本，剖析毫芒，洞鉴古人得失”，也说纪昀曾评点过杜甫与黄庭坚的诗集（郭绍虞编选，富寿荪校点：《清诗话续编》，上海：上海古籍出版社，1983 年，第 2347 页）。此三人与纪昀时代相近，其说必有所据，应当是可信的。

选出来的可以与“曲江老人相视而笑”的佳作一百六十一首，于诗后择录诸家之评，而附以己意；下卷为“或问”，以问答的形式说明“所以去取之义”，所论基本上是未入选诗，也有几处是对上卷所选诗歌的补充说明。其序曰：

> 世之习义山诗者，类取其一二尖新涂泽之作转相仿效，而毁义山者因之指摘掊击，以西昆为厉禁，反复聚讼，非一日矣。皆缘不知义山之为义山，而随声附和，哄然佐斗，赞与毁皆无当也。

联系清初的唐宋诗之争，所谓“世之习义山诗者”云云应该是针对《二冯评点才调集》而言，纪氏后来在《删正二冯评阅才调集》说《才调集》于义山诗歌“尤选其不佳者”，可与此相印证。纪昀认为晚唐昆体与江西诗派论争的双方对李商隐诗歌都没有深入了解，因此双方的争论是没有根据也没有意义的。同样的情况也存在于对江西诗派的批判中，《后山集钞序》云：

> 考江西诗派以山谷、后山、简斋配享工部，谓之“一祖三宗”。而左袒西昆者则掊击抉摘，身无完肤，至今呶呶相诟。……又念其诗珠砾混杂，徒为论者所借口。因严为删削，录成一编，非曰管窥之见可以进退古人，亦欲论后山者，核其是非长短之实，勿徒以门户诟争，哄然佐斗。是则区区之志焉耳。（文集卷九）

“左袒西昆者”主要亦指二冯。纪昀最痛恨二冯等人先存门户之见，不论作品之高低，一味“哄然佐斗”，故再三斥责。此意在《诗说》卷下就《镜槛》诗的冯班评语而作的长评里又有进一步的阐发。

冯氏评《镜槛》曰：“诗多未解，然如见西施，不必能名然后知其美。”①纪昀借此深入论析晚唐昆体与江西诗派之争的实质：

> 此钝吟偏驳之论。二冯评《才调集》，意在辟江西而崇昆体，于义山

① 《二冯评点才调集》卷六，冯舒以此意总评李商隐曰：“此公诗多不可解，所谓见其诗如见西施，不必知名而后美也。”

尤力为表扬。然所取多屑屑雕镂之作，而欲持之以攻江西，恐与江西之生硬，正亦如齐楚之得失也。夫义山、鲁直本源俱出少陵，才分所至面貌各别，而俱足千古。学者不求其精神意旨所在，而规规于字句之间，分门别户，此诋“粗莽”，彼诋“涂泽”，不问曲直，哄然佐斗。不知“粗莽”者，江西之流派，江西本不以“粗莽”为长；“涂泽”者，西昆之流派，西昆亦不以“涂泽”为长也。因论钝吟此语而并及之。

这段话包含了四个方面的内容。其一，细酌其词气，纪氏对二冯推扬昆体与李商隐诗歌以排击江西诗派的策略大致上是认同的，这个倾向在《删正二冯评阅才调集》里有更明显的表现（详下文）。其二，他所不满意的是冯氏未能甄选出义山佳作，而以一些词藻秾丽的作品与江西诗派打了个平手。其三，昆体与江西诗派的师法对象李商隐与黄庭坚诗歌乃同源异流，都源出杜甫，因不同的性情才力而风格迥异，而都能自成一家；与此同时，昆体与江西诗派都有流弊。其四，论争双方有门户之见，将对方的流弊当作常态与特色来批判；且论诗只着眼于字句形貌，未能深探义山与山谷诗的根本所在。

从三、四两点来看，纪昀于江西诗派与晚唐昆体之争作持平、调和之论；而从一、二两点来看，在李商隐与江西诗派之间，纪氏心中的天平又稍稍倾斜于义山。这种稍带倾斜的调和之意同样表现在《删正二冯评阅才调集》里，而该书对二冯论诗的批评及对西昆、江西两种体格的辨析则大体不出以上四个方面，只是表述更具体、明确。

二

《才调集》是五代后蜀韦縠编选的唐诗选集，分十卷，每卷一百首，共一千首；所选诗歌以晚唐为主，中唐次之，初、盛唐很少。纪昀认为《才调集》中的诗歌多是“晚唐下下之格”，故大加删削，《删正二冯评阅才调集》只保留了一百九十四首。《二冯评点才调集》前有冯武《二冯先生评阅才调集凡例》，述二冯诗论颇详备，而重在西昆体与江西诗派的比较。纪昀于此细加分析、辨正，以明江西、西昆之源流、体制、利弊及二冯论诗之得与失。

纪昀指出冯班的诗学门径“但由温、李以溯齐梁”，不到《凡例》所说的“骚、选、汉魏六朝”，而“谨饬雅驯”四字乃“从江西诗派对面生出，其实二冯所尚只纤秾一派”,由此说明二冯的诗学思想不甚高明。纪昀对二冯论诗识见颇为讥刺。如方回评韦应物《寄李儋元锡》曰:“朱文公盛称此诗五、六好,以唐人仕宦多夸美州宅风土,此独谓‘身多疾病’、‘邑有流亡’,贤矣。”冯班却说:“论诗不在此。”纪昀肯定方评而讥冯氏:“诗不必故作迂语,然亦忌识趣卑猥。此评极有见地,而冯氏不许之,盖冯氏以《才调集》为主而上溯鼻祖于齐梁,故所见止于如是。”①诗歌能够表现诗人的心胸性情,齐梁诗歌于此大不足,故素为诗家所诟病;冯班的诗学溯源齐梁,论诗亦不免浅薄。又如冯舒认为陈与义《后湖晚出》诗“第六句费解,亦接不下”,纪昀剖析诗意后说:“语似不接,意实相贯,不得以《才调集》板法绳之。”②冯舒论诗法拘泥于起承转合③,不知灵活变化之意,故纪氏称之为“板法”。纪昀一再指出二冯诗学见识不高,言下之意大概以此为二冯门户之见的根源。

《凡例》用大半的篇幅对江西、西昆两派之源流、体格、利弊等进行比较,然似皆辨而未明。如言江西“上溯韩文公为鼻祖,一以生硬放轶为新奇”,纪昀更正曰:“江西诗乃从杜变出,渐成别派,无鼻祖昌黎之说”,其流弊当曰:“刻意新奇,而流为生硬放轶。”不过,这或许是冯氏为“辟江西”而采取的叙述策略,刻意忽略江西诗派与杜甫的关系,而以开启宋诗“以文为诗”、讲求押韵风气的韩愈为之鼻祖,正是对方回“一祖”说的反击;又将江西诗派之流弊说成有意之宗尚,以降低其风格品位。若作此解,则冯氏亦难免纪氏“门户之见”之责。

《凡例》又谓宋初杨亿、钱惟演、晏殊、刘筠诸人为西昆体,推尚晚唐温庭筠、李商隐、段成式“为西昆三十六”。冯氏捏合宋初“西昆体”与晚唐段、温、李骈文之“三十六体”,自撰“西昆三十六”一语,或许未必如纪昀所说“此语未考”,而是故意为之,因为如此方能以评点《才调集》来贯彻其“右西昆”之意。《凡例》又赞昆体“以细润为主,取材骚雅,玉质金相,丰中秀外”,故二冯欲以昆体之能“文”矫正江西“求异”之弊,以免后学堕入“魔道”。进而论学

① 此诗五六云:“身多疾病思田里,邑有流亡愧俸钱。”纪昀:《删正方虚谷瀛奎律髓》卷一。

② 《删正方虚谷瀛奎律髓》卷一。纪氏《瀛奎律髓刊误》则曰:“不可以昆体细碎求之。”(卷十五)

③ 《二冯评点才调集》冯武《凡例》引其语云:“起联必用破,颔联则承,腹联则转,落句或紧结或远结。”

习晚唐昆体与江西诗派的利弊难易曰：

两先生教后学皆喜用此书……盖从此而入则蹈矩循规、择言择行，纵有纨绔气习，然不过失之乎文。若径从江西派入，则不免草野倨侮，失之乎野，往往生硬拙俗、诘屈槎牙，遗笑天下，后世而不可救。今学者多谓印板唐诗不可学，喜从宋、元入手。盖江西诗可以枵腹而为之，西昆则必要多读经、史、骚、选，此非可以日月计也。(《凡例》)

二冯上述观点在冯班对温、李的评论中亦有集中体现：

温、李诗句句有出而文气清丽，多看六朝书方能作之，杨、刘已后绝响矣，元人效之终不近。(卷二，评温庭筠)

义山自谓杜诗、韩文。王荆公言"学杜当自义山入"，余初得荆公此论，心谓不然；后读《山谷集》，粗硬槎牙，殊不耐看，始知荆公此言正以救江西派之病也。若从义山入，便都无此病。(卷六，评李商隐)

对于二冯之"右西昆而辟江西"，纪昀一一为之辨析。他论昆体源流说："李本旁分杜派，温亦自有本原，但缛丽处多耳。杨、刘规摹形似，遂成剪彩之花，江西诸公正矫其弊而起，优人挦撦之讥，其未之闻耶?"此语内容在纪氏之评温、李诗又有具体阐发：

温、李遭逢坎坷，故词虽华艳而寄托常深，玉溪尤比兴缠绵，性情沉挚。杨、刘优游馆阁，寄兴唱酬，徒猎温、李之字句，故菁华易竭，数见不鲜，渐为后人之所厌，欧、苏起而变之，西昆遂绝，非由于人不能作也。(驳冯班评温庭筠)

苍苍莽莽，高调入云。温、李有此笔力，故能熔铸一切浓艳之词，无堆排之迹。学温、李者盍以根本求之。(评温庭筠《送人东游》)

义山诗不善学之亦有浮艳之病，有晦曲之病，有刻薄纤佻之病(驳冯班评李商隐)

纪昀长期研习李商隐诗歌，撰有《玉溪生诗说》与《点论李义山诗集》，对义山诗之得失及其影响之利弊皆了然于心，故持论精准。他指出晚唐温、李诗佳在比兴深微、笔力高绝，但昆体大多只学得字句秾丽、好用典故，虽美而不真，有如纸花。由此知冯氏所谓“玉质金相，丰中秀外”，实为极度之过誉，亦是门户之见。

纪昀进一步分析西昆与江西的异同：“江西之弊在粗俚，西昆之弊在纤俗，不善学之，同一魔道，不必论甘而忌辛。西昆须胸中卷轴，江西亦须胎息古人，皆不可以枵腹为也。如以粗野为江西，以剽窃为西昆，则皆可以枵腹为之。”江西派和西昆体一样，需要深厚的学问才能写出佳作；而不善学之，一样有弊病，只是病症表现不同而已。此种辨析足见纪昀持平、调和之意。

纪昀批评冯氏“不过失之乎文”之说，认为“浮艳之弊亦不胜言，此语偏袒太甚”，责其门户之见；同意冯氏论江西“生硬拙俗、诘屈槎牙”之评，称之为“公论”，并加以佐证：“如《瀛奎律髓》所收，实多笑柄。”另一处纪评亦云：“《律髓》中极有好诗，但芜杂太甚，如披沙拣金；议论亦多僻陋，诗眼之说尤误人，初学最忌看之。”由此可见纪氏对方回及江西派的不满更甚于二冯及晚唐体。

由于纪昀同样认为江西诗派弊病太甚，故颇能理解二冯“辟江西”之苦心，他就冯班对当时诗人“专以里言俗语为能事”的批评说：“观此知二冯之尚昆体亦有激而然，而主持太过，遂使浮靡之弊视俚俗者为加厉，则门户之习夺其是非之心也。”肯定二冯推扬昆体的现实针对性，同时也清醒地看到冯氏持论过于偏激，反而带来更严重的“浮靡”之弊。《书八唐人集后》亦云：“二冯《才调集》海内风行，虽自偏锋，要亦精诣，其苦心不可没也。第主张太过，欲举一切而废之，是其病耳。”（文集卷十一）对二冯评点《才调集》用意的多次认同，尤其后一处语气较缓，可知纪昀在调和江西诗派与晚唐昆体之争的同时又稍稍倾斜于后者。

上述纪昀对江西、西昆两派之源起与弊病、对二冯门户之见的论析可谓下语精确，持论通达，客观公正。后来《四库全书总目》卷一九一对《二冯评点才调集》的提要即综合纪昀之论而成：“二冯乃以国初风气矫太仓、历城之习，竟尚宋诗，遂借以排斥江西，尊崇昆体，黄、陈、温、李，龂龂为门户之争。不知学江西者其弊易流于粗犷，学昆体者其弊亦易流于纤秾，除一弊而生一弊，楚固失之，齐亦未为得也。”《提要》的表达与辞气更为不偏不倚，消除了纪昀个人微弱的倾斜性，代表了官方对江西诗派与晚唐昆体之争的持平与调和。

三

《删正二冯评阅才调集》与《删正方虚谷瀛奎律髓》同为丛书《镜烟堂十种》之一，于乾隆二十九年刊刻面世。仅从此二书的书名及同时印行之举，亦可昭示纪昀调和江西诗派与晚唐体之争的用心。

《瀛奎律髓》(以下简称《律髓》)是方回编撰的大型诗歌总集，专选唐、宋两代五、七言律诗，并加以评注，共四十九卷；入选诗人三百八十多人，共收诗三千余首(重出二十多首)，其中宋人二百二十人左右，宋诗一千七百多首，无论是作者还是作品，宋诗的分量都超过了唐诗。《删正方虚谷瀛奎律髓》只收诗五百五十八首，还不到原书的五分之一，其中唐诗二百五十八首，差不过是方回原选唐诗的五分之一；宋诗三百首，差不多是原选宋诗的六分之一。所入选诗人一百八十一人，其中唐诗人八十五人，超过方回原选唐诗人的二分之一；宋诗人七十六人，是原来的三分之一左右。从入选作者来看，唐人多于宋人；从入选作品来看，总量上是宋诗多于唐诗，但在入选比例上唐诗略高于宋诗。总的来说，方回和纪昀都能欣赏唐、宋诗不同的风格，而方回更倾向于宋诗，纪昀则略倾向于唐诗。

如上文所述，纪昀鄙薄《律髓》所选"实多笑柄"、方回"议论亦多僻陋"，然清初诗坛因明人专学盛唐之弊，倡言宋诗，《律髓》成了当时颇为流行的教材。因此纪氏又用数年时间撰成《瀛奎律髓刊误》。在《瀛奎律髓刊误序》里，纪昀将《律髓》的"笑柄"和"僻陋"更精炼、明确地概括为"选诗三大弊"与"论诗三大弊"。《律髓》有此六弊，主要因方回全力维护江西诗派之故。如论诗"党援"之弊指方回"坚持'一祖三宗'之说，一字一句，莫敢异议。虽茶山之粗野，居仁之浅滑，诚斋之颓唐，宗派苟同，无不袒庇；而晚唐昆体，江湖四灵之属，则吹索不遗余力。是门户之见，非是非之公也"。方回袒庇江西的同时，还竭力攻讦与晚唐相关的各种体派，门户偏见很严重。而江西、晚唐之争的激烈程度，由此可见一斑。

江西、晚唐之争始于南宋中后期，当时江西诗派末流有生涩僻奥、粗硬枯槁之弊，永嘉四灵、江湖诗派欲以晚唐诗的精密细润补救之，却无奈胸次、才力都不够，只能模山范水，琐碎地点缀景物，气局狭小。于是情景关系便成为江西诗派与晚唐体之争的重要论题。

方回不满晚唐诗中四句单调地装点景物，故倡为一情一景或一景一情，时时强调①：

1. 中四句似皆言景，然后联寓感慨，不但张大形势，举里、台二名，而错以“新”、“旧”二字，无刻削痕。末句又伤时俗不古，无习池、山公之事，尤有味也。晚唐家多不肯如此作，必搜索细碎以求新。（卷一，评杜审言《登襄阳城》）

2. 中两联，前言景，后言情，乃诗之一体也。（卷一，评杜甫《登岳阳楼》）

3. 此诗中两联似皆言景，然后联感慨，言秦、鲁俱亡，以“古意”二字结之，即东坡用《兰亭》意也。（卷一，评杜甫《登兖州城楼》）

4. 王右丞诗云：“江流天地外，山色有无中。”此诗三、四以写秋晓，亦足以敌右丞之壮。然其佳处，乃在五、六有感慨。两句言景，两句言情。诗必如此，则净洁而顿挫也。（卷十四，评杜甫《客亭》）

5. 大概文潜诗中四句多一串用景，似此一联景、一联情，尤净洁可观。（卷十六，评张耒《冬至后》）

二冯因清初竞尚宋诗，而倡言晚唐昆体，以反对江西诗派，故他们评《律髓》常与方回针锋相对：

1. 言景言情，前人不如此，只是大历以后体，江西遂刊定诗法矣。（冯舒）

审言不必如此论，此盖后世诗法耳。（冯班）

2. 小儿家见解。（冯班）

3. 三、四“吴楚”、“乾坤”，则目之所见心之所思已不在岳阳矣，故直接“亲朋”、“老病”云云。（冯舒）

4. 看杜诗何拘情景？（冯舒）

① 本小节引文未作说明的都出自李庆甲：《瀛奎律髓汇评》，上海：上海古籍出版社，2005年。

相对于方、冯各执一端，纪昀持论较为通达，他说："晚唐诗多以中四句言景，而首尾言情，虚谷欲力破此习，故屡提唱此说。冯氏讥之，未尝不是，但未悉其矫枉之苦心，而徒与庄论耳。"（评《登兖州城楼》）纪昀认为方回通过情景的组合来改变晚唐中两联单一写景模式的用意值得肯定；对方氏以此为定法说诗，则一一加以辨析、驳正。如例2之方评单纯就字面而论言景、言情，没有注意到景与情之间的触发作用；纪昀批评说："天水渺茫，孤身徙倚，百端交集，触目伤怀，'亲朋'二句即从上二句生出，非截然言景言情，如晚唐定法也。此说未是，冯氏说乃得之。"（卷一，评《登岳阳楼》）较之冯评，纪评的情境想象更传神，"触目伤怀"四字正是此诗情景相交的关键。又如4、5两例，方评强调地用了"必"字、"尤"字，已将律诗中两联"两句言景，两句言情"视为定法；纪昀以"变化"破其滞碍，曰："'必'字有病。此亦非说定之法，细观古人所作，有多少变化不测处？"又说："两景两情，诗之一体，善作者规矩在手，造化生心，有何情景之可分？况限以两句如此，两句如彼哉？以此标为定法，所见甚陋，冯氏讥之当矣。"（卷二，评《客亭》）将此二语与纪氏对方评苏轼《海南人不作寒食……》（卷十六）与陈子昂《晚次乐乡县》（卷二十九）二诗的批驳合看，可明"变化"之意。

方回尊崇江西诗派之瘦健老硬，盛称摆脱风景，专尚言情的风格，其语亦多针对晚唐体装点景物而言：

1. 此诗中四句不言景，皆止言乎情。后山得其法，故多瘦健者此也。（卷十，评杜甫《曲江陪郑八丈南史饮》）

2. 此诗全在虚字上着力，除"田园"、"沙草"、"山路"六字外，不曾黏带景物。（卷二十五，评陈师道《别负山居士》）

3. 后山学老杜，此其逼真者，枯淡瘦劲，情味深幽。晚唐人非风、花、雪、月、禽、鸟、虫、鱼、竹、树，则一字不能作。九僧者流，为人所禁，诗不能成，曷不观此作乎？（卷四十二，评陈师道《寄外舅郭大夫》）

4. 看前辈诗，不专于景上观，当于无景言情处观。（卷四十七，评杜甫《因许八奉寄江宁旻上人》）

纪昀对晚唐诗中四句皆景与方回盛赞的无景而言情都不赞成：

1. 晚唐诗但知点缀景物，故宋人矫之，以本色为工。然此非有真气力，则才薄者浅弱，才大者粗野，初学易成油滑，老手亦致颓唐，不可不慎也。

2. 晚唐诗敷衍景物，固是陋格。如以不粘景物为高，亦是僻见。

3. 虚谷此评，对晚唐装点言之，不为无见。然诗家之妙，情景交融。必欲无景言情，又是一重滞相。

4. 晚唐人点缀景物，诚为琐屑陈因。然前代诗人亦未尝不寓情于景，此语虽切中晚唐之病，然必欲一举而空之，则主持太过。

晚唐诗流连景物，琐屑无味；而专尚言情，亦殊乏姿韵。诗主比兴，当拟容取心，“寓情于景”，所以纪昀明确提出“诗家之妙，情景交融”。情景交融，则能营造出有意味的意境，给人以丰富的联想，这正是诗歌艺术魅力的所在。纪昀对诗歌审美韵味的追求，客观上调和了江西诗派与晚唐体在情景关系上的纷争，为后学指明追求诗美的正道。

纪昀又更进一步剖析江西诗派的弊病及其根源。方回不满晚唐诗景物纤巧，激赏江西诗派的“老硬”之风，纪昀却指出“江西诗派病处为着此二字于胸中，生出流弊”，“生硬晦涩，是江西派过求瘦硬之病”[①]。可见，追求瘦劲枯淡是江西诗派特色所在，也是其流弊丛生的根源。而方回在这方面的评论足以贻误后人。他评韩愈《广宣上人频见过》：“昌黎大手笔也，此诗中四句却只如此枯槁平易，不用事，不状景，不泥物，是可以非诗訾之乎？”（卷四十七）纪昀分析其谬误云：

> 昌黎不尽如是，大手笔亦不尽如是也。此种议论，似高而谬。循此以往，上者以枯淡文空疏，下者方言俚语、插科打诨，无不入诗；才高者轶为野调，才弱者流为空腔。万弊丛生，皆江西派为之作俑，学者不可不辨之。

纪昀指出过分推扬江西诗派老硬瘦劲的诗风，会带来非常恶劣的影响。这大概也是为什么纪氏对《律髓》“删正”之后又加“刊误”，并将方评与二冯宗

① 《瀛奎律髓汇评》卷二十二陈师道《十五夜月》、卷一《登鹊山》纪评。

尚晚唐昆体的诗论加以比较、辨析的原因。

纪昀对江西诗派与晚唐体之争的持平、调和之意，比较明晰地体现在《瀛奎律髓刊误序》的最后一段。他说：

> 虚谷左袒江西，二冯又左袒晚唐，冰炭相激，负气诟争，遂并其精确之论无不深文以诋之，矫枉过直，亦未免转惑后人。因于暇日，细为点勘，别白是非，各于句下笺之，命曰《瀛奎律髓刊误》。虽一知半解，未必遽窥作者之本源，且卷帙浩繁，抵牾亦难自保。而平心以论，无所爱憎于其间，方氏之僻、冯氏之激，庶乎其免耳。

“细为点勘，别白是非”，这是实事求是的精神；“平心以论，无所爱憎于其间”，这是客观公正的态度。验之上文所述，纪昀对唐宋诗之争的调和，并非投机取巧，而是基于对作家作品广泛深入又细致的考察、辨析之后得出的势之必然的结果。后来，潘德舆《养一斋诗话》于唐宋诗之争也力主持平，纪昀为其先声矣。

本文为江苏大学高级人才专项资助项目《纪昀评点诗歌研究》(10JDG008)的阶段成果。

叶昌炽《辛臼簃诗谶》流传、批注和索隐

复旦大学　周兴陆

叶昌炽(1849—1917),字兰裳,又字鞠裳、鞠常,晚号缘督庐主人。原籍浙江绍兴,后入籍江苏长洲(今苏州市),是晚清著名的金石学家、文献学家、收藏家,有《语石》、《藏书纪事诗》、《奇觚庼诗文集》等传世。徐世昌《晚晴簃诗话》论叶昌炽,说他"夙不以诗名,卒后门人为刊《辛臼簃诗谶》二卷,皆七言长律,感怀时事,语多深切,宜其自秘不出也"①。叶昌炽虽然不以诗名,但是他的《辛臼簃诗谶》(下文简称《诗谶》)则是感慨晚清光绪朝政坛动荡、时局危殆的一部"诗史",美刺对象多有实指,而又诡谲其词,隐藏主旨。在民国年间,激发了一批怀有故国之思的遗老们索隐探底的兴趣,先后有十余人对《诗谶》做过批注。这些批注对于后人阅读《诗谶》,深入领会其意旨,是不可或缺的;本身也是民国旧体诗史上的一桩公案。

一　从《诗史》到《诗谶》

关于《诗谶》一书的来龙去脉,需要联系叶昌炽的《缘督庐日记》来探其究竟。丙午年(1906)九月廿三日日记载:"……《辛臼簃诗史》于是乎卒业。溯自庚子迄今年已七载,作辍无恒,过于研《京》炼《都》矣。奉使前所作在京师箧衍,金和归而后可謄录。"原来《诗谶》初名为《辛臼簃诗史》,主要收录的是"奉使前所作",自庚子(1900)至丙午七年中断断续续补作了一些,他期望书童金和归来后可合录在一起。奉使前,叶昌炽主要在北京清廷任职。他于光绪十五年(1889)考中进士,步入仕途,授翰林院庶吉士、国史馆总纂官等职;光绪二十一年(1895),入会典馆,二十四年(1898)加侍讲衔;二十八年

---

① 《晚晴簃诗汇》卷一百七十六,《续修四库全书》影印1929年退耕堂刻本。

(1902),擢甘肃学政。从日记来看,叶昌炽在京城任史官时每天阅读邸报,不仅及时得知谕旨,了解清廷的最新政策,而且耳闻目睹地见证了光绪朝政局动荡和内外交困的危机。如光绪二十年(1894)的中日甲午战争,二十四年(1898)的戊戌变法,二十六年(1900)的义和团运动和随着而来的八国联军入侵等重大历史事件,不仅详细地记录在《缘督庐日记》中,而且也是《辛臼簃诗史》深邃隐晦的指涉对象。

叶昌炽在丙午年(1906)十一月十八日日记载:"灯下取《辛臼簃诗史》新旧稿,与星台排比而整理之,汰除复重,共得二百四十余首,以'史'字太抗,改题曰'诗谶'。"星台,是汪寿金的号,系叶昌炽友人汪眉伯之子,与叶过往甚密。这则日记记载了他觉得"史"字太抗,太直接了,于是改题为"诗谶"。因为叶昌炽所吟咏的是身预其中的时代变局,诗歌讥刺的对象往往是朝廷命官,位高权重,牵涉到诸多的人事纠葛,所以他不能用"诗史"直笔,而是谶讳诡谲地进行暗讽。至壬子(1912)年六月,汪星台将《诗谶》清稿录完,本想以写官附名简末。但十五日潘祖年(字仲午)来,谓:"'谶'之为言隐也,作者尚讳莫如深,岂有写者转留姓氏之理!不觉失笑!"①显然,作者叶昌炽对于每首诗的确切意旨也是"讳莫如深"的。《辛臼簃诗谶》作者署名"今日烂柯叟当年鬻髭生",即叶昌炽的隐名,其意思大约是当年的穷书生,至今已饱经世事变幻。叶昌炽在《六十初度感赋》里有"一局残时说烂柯"句,也是道出这种经历风云变幻的感慨。丙午年九月廿三日日记,作七律二首,"代自叙,嫁名于葛稚川",即《诗谶》卷下之末的《书葛稚川自叙篇后》二首,这两首诗"代自叙",对"诗谶"的性质作了说明。第一首的颈联曰:

> 秽史莫疑惊蛱蝶,廋词聊比厄龙蛇。

意思是,不要说我恃才轻薄,歪曲了历史,我是用廋词谶语来吟咏时代的厄运。第二首曰:

> 草堂每饭不忘君,剪烛吟诗辄夜分。老去词章惭庾信,《虞初》小说

① 《缘督庐日记抄》卷十四,《续修四库全书》影印上海蟫隐庐1933年石印本,下引叶氏日记,均据此本。

续般芸。西台集里遗民泪，东郭墦间故鬼群。琴到无弦难索解，刺讥但可出微文。

把自己与“每饭不忘君”的杜甫相比，是大清的“遗民”“故鬼”；并说这些诗篇都是微文讥刺，意思深隐，难以索解。

此诗集的题名为什么叫作“辛臼簃”呢？叶昌炽有诗句曰“齑臼颜簃印借辛”，王季烈注释曰：“君自署作诗之所，曰辛臼簃。”(《缘督庐日记》卷十五)辛臼簃是叶氏的室号。但是他为什么要以“辛臼”作室号？其中是否有深意呢？丙午年(1906)十一月廿一日作七律一首再题《诗谶》之后，道出了其中的原委。《诗谶》最后一篇为《再题一首》，诗曰：

一枕游仙梦岂真，可怜无益费精神。莫嫌断烂凭朝报，好捉迷藏作海巡。(自注：京师崇文门官役，俗谓之海巡。)平水韵成离合体，孟坚表列古今人。小儿若见盱江碣，齑臼分明是受辛。

首联是感慨京城史馆生活真如人生一梦，创作这些诗史类的作品，其实也是于事无补。次联谓这些诗歌都是根据当时的断烂朝报而写出来的，像捉迷一样隐含深意。颈联说这些诗歌有的采用“离合体”，有的借古典以讽今人。尾联是取自《世说新语·捷悟》“虀臼受辛也，于字为辞”，意思也是说这些诗歌用离合隐晦的手法蕴含着深意。簃曰“辛臼”，就是对《世说新语》这个典故的化用。

叶昌炽对于这部《诗谶》是非常珍视的，1906年从甘肃回家乡苏州寓居木渎镇时，带上了这部诗稿。他的《香溪好》诗曰：“卜宅香溪好，归装剩谲觚。”谲觚，自注“谓《辛臼簃诗谶》”。作于这一年的《九月十五日初度感赋》曰：“梦中往事堪歌哭，身后遗编当子孙。堂构岂惟惭负荷，投簪未报是君恩。”他中年丧子，只能以《诗谶》这一遗编当作子孙流传后代了。但是由于诗歌题旨敏感，他一直没有将诗集公诸于世，只是在友朋间小范围流传。己酉年(1909)六月廿六日日记记载，秦绶章(字佩鹤)来函说孙雄征刻《道咸同光四朝诗》，秦绶章以庚子稿十余首写付之，但叶昌炽很不愿意，结果就没有收录。潘祖年曾要出资襄助他刊刻诗文集，也被他坚拒，保存至今的稿本封面题识有“此则但写样，暂时决不刻”。一直到1923年才由苏州王季烈付梓刊刻，时去叶昌炽离世已六年之久①。从《缘督庐日记》可以看出，叶昌炽对于《诗谶》在不断地修改，拿他自己的话来说，用的心力"过于研《京》炼《都》矣"（丙午年九月廿三日日记），比张衡撰《二京赋》、左思撰《三都赋》还费心费力。

叶昌炽的《辛臼簃诗谶》三卷稿本，保存在上海图书馆，毛装，写于红格纸上，半页6行，行20字，四周双框，板心单红鱼尾，文字多有改动。联系他的日记，将稿本与刻本相对照，我们可以了解叶昌炽修改的一些痕迹：

1. 日记：戊戌年（1898）十一月初十日："至佩鹤斋久谈。车中作七律二首；归后篝灯作一首，共成《甲午杂感》二十四首。不敢谓少陵诗史，亦杜牧之《罪言》也。"刻本中无题作"甲午杂感"者，查稿本，原来刻本卷上的《觏瘖篇甲》在稿本题为"甲午杂诗"，又改为今题。

2. 日记：丙午年（1906）九月十三日："作七律四首，共成《庚子纪事诗》四十四首，尚是兰州时创稿，行万里，阅半年矣。"刻本中也无题"庚子纪事诗"者，原来《觏瘖篇乙》四十四首，在稿本中题作"庚子杂诗"。

3. 日记：丙午年（1906）十一月廿二日：《诗谶·观物篇》补，旧有廿二首，今日复补作七律一首，共成廿三首。但是刻本中的诗歌没有题作"观物篇"的。查稿本，原来卷上开篇的《志在扬之水卒章述我闻篇二十四首》，在稿本中原题"春明观物篇"，又自改为"宋夷门隐叟有〈谈苑〉一卷，窃取其义述为短章"，至刊刻时才改为今题。如果没有稿本的话，或许会认为《诗谶》有残缺，亡佚了《观物篇》。

4. 日记：丙午年（1906）十一月廿八日作七律一首，"追诔刘葆真太史，即附入《诗谶》下"。戊申年（1908）十月初七日，"重改定《诗谶》，题如《甲午三忠》、《吊刘葆真》之类，显然揭破，与'谶'字宗旨背驰者，尽易之"。刻本中的《碧血吟三首》，稿本原题作"甲午三忠诗"，又改今题。刻本中的《汨罗咏》，稿本题作"吊刘葆真太史"。如果不依靠这个稿本，后人无法知道刻本中的《碧血吟三首》、《汨罗咏》就是日记所说到的"甲午三忠"、"吊刘葆真"，也就无法把捉它们的主旨。

5. 日记：戊申年（1908）九月廿八日："昨仲午函，言拙诗皆曼倩之设谶，

① 刘效礼点校：《叶昌炽诗集》（上海：华东师范大学出版社，2012年）据此刻本收入《辛臼簃诗谶》。

题目如《圆明园》之类，尚嫌其说破。知言哉，助我启予，不当如是邪！作二诗谢之。”刻本中的《昆明池》诗，在稿本中原作“圆明园”，又改为现题。

6. 日记：戊申年(1908)十月初七日，“重改定《诗谵》，删去《慎刑司》、《银台》二首”。现在刻本中已经没有这两首诗。今贤刘效礼先生点校《叶昌炽诗集》也未补录进去。查稿本，目录卷中《刑余》后有“慎刑司”题，但正文裁去小半页，即删了这首诗。王立民先生曾据《缘督庐日记》稿本首次辑录出来[①]。在稿本中，卷中《融堂二首》之后有《银台》一诗，眉批：“删。”因为刻本和今人整理本都未收录，故而现补录于此，算是对于叶昌炽诗歌的补遗：

> 长安门外向西头，往事何堪溯爽鸠。不尽山邱零落感，谁为户牖补苴谋。高轩客散谁乘鹤，跳孛人来好弄猴。故籍摧烧闻夜哭，难从刀笔绍箕裘。

诸如此类，都是作者叶昌炽自行改动的例子，因为诗集题目从“诗史”改为“诗谵”了，故而他努力地“虚化”诗题，隐藏作诗的主旨。虽然这样的改动并不是很多，但是为后人正确理解《诗谵》中这些诗篇提供了重要的信息。

二　三种十家的《辛臼簃诗谵》批注

叶昌炽晚年将一切手稿托付给上文提到的潘祖年和汪寿金。去世后六年即1923年，潘祖年刊刻了《文集》、《寒山志》和《诗谵》[②]。《辛臼簃诗谵》三卷，已收入《清代诗文集汇编》，今天较为常见。卷首有王季烈的序。序中除论及晚清政局外，还说：

> 年丈识变几先，伤时太息，寄韩非之《孤愤》于蒙叟之“喻言”，以家父之“十章”作孟坚之“九等”，言婉而讽，旨显而微，所谓言者无罪，闻者

① 王立民：《〈缘督庐日记〉稿本述略》，载《古籍整理研究学刊》2006年第3期。诗曰：“莫言内侍各分寮，扑杀何庸爱此獠。两字主名离间狱，五刑附丽斩流条。纵非汉祸遭人彘，已见齐师漏竖貂。此辈家奴犹草芥，不须闭目手频摇。”

② 参章钰：《奇觚庼诗集序》，见《叶昌炽诗集》卷首，上海：华东师范大学出版社，2012年。

足戒，风人之旨，将在于斯。……后之览者，求其事于诗中，以识有北谮人之畀；味其意于言外，知抱所南《心史》之悲，庶几得年丈当日写定此诗之微旨也夫！

王季烈与叶昌炽是同乡，也是苏州人，自称年家子。他的父亲王颂蔚（号蒿隐）是叶昌炽的挚友，王季烈虽是晚辈，但与叶昌炽也有密切交往。上引序文一方面指出这部诗集的诗歌“言婉而讽，旨显而微”，即具有“谶”的特征；另一方面道出了叶昌炽对当权者的规箴讽刺，对国势危乱衰亡的悲愤，把《诗谶》比作《诗经·小雅·巷伯》和郑思肖的《心史》，是“哀以思”的亡国之音。这种认识是贴切《诗谶》内容和风格特征的。后来王欣夫也说：“先生久官京朝，蒿目时艰。长言永叹，有《小弁》诗人之旨。”①

叶昌炽的《辛臼簃诗谶》可说是吟咏晚清光绪朝政坛的一组组诗谜。刊刻后，激发了怀有故国之思的一些遗老们如朱祖谋、叶景揆等人极大的兴趣，他们通过批注来索隐诗歌所吟讽的对象，寄托对昔日帝国的垂念。而苏州的一些藏书家为汇集、保存这些批注文字，倾注了极大的心力。

（一）单镇汇批本

民国年间，苏州人单镇（1876—1965，字束笙）曾花费心力汇辑相关人士的批注。上海图书馆藏有《辛臼簃诗谶》1923 年刻本的单镇汇批本。卷首页《辛臼簃诗谶序》下钤“吴县单氏桂阴居藏书印”阳文朱印，全书卷末钤“单镇之印”阴文朱印。卷首有己卯（1939）仲秋单镇的题识，清楚交代了他如何汇辑各家批注。我们逐层来看：

予于甲戌（1934）仲春，偶在景德路大华书肆检阅丛残，得菊裳侍讲丈《辛白簃诗谶》一册，系顾子聪孙藏，有朱古微侍郎暨聪孙眉批若干条。卷首有聪孙书“甲子中元，韦斋手赠”数字，屈指适届十年。

单镇于 1934 年（甲戌）仲春在苏州景德路的大华书肆得到了一册《诗谶》，是顾聪孙的旧藏，上面有朱祖谋和顾聪孙眉批若干条。叶昌炽晚年回苏州以后，与朱祖谋有过一些交往，从日记看，辛亥年（1911）以后交游甚为密切。

① 王欣夫：《蛾术轩箧存善本书录》，上海：上海古籍出版社，2002 年，第 1071 页。

朱祖谋批注不是太多,凡38则,后述各家过录本都采录了朱祖谋的批注,但其原本今已不可见。其次是顾彦聪的批注,凡25则。顾彦聪又名聪生,是苏州木犊镇绅士,其父顾肇熙任台湾道台。他曾做过苏州市木犊镇初等小学堂堂长。据后面述及的费树蔚长跋"古翁盖从聪孙假读"一语看,应该是朱祖谋从顾彦聪处借此诗卷,略作批注后归还顾彦聪。顾氏是从哪里得到这册《诗谳》呢?据顾聪孙首书"甲子中元,韦斋手赠"数字,可知是1924年(甲子)费树蔚(1883—1935,字仲深,号韦斋,江苏吴江同里人)所赠。查叶昌炽日记,丙午年(1906)七月以后,叶昌炽与费树蔚始有交往,但可能是年龄悬殊,过从并不太多。单镇的题识又曰:

爰携是册往访费子韦斋,请其复加订补。是年除夕,韦斋以原书送还,补批十之五六,附以长跋,并由张子仲炤签注数则。……旋将此册送请王君九同年暨夏闰枝太史签注数则,均于书中分别注明。

单镇于1934年得到顾聪孙旧藏本后,又携此书拜访费树蔚,请他加以订补。费氏不仅"补批十之五六",并附以长跋,还让张志潜(1879—1942,字仲炤,直隶丰润县人)签注了数则。没多久费树蔚就病逝了。随后单镇又持此书请曾经为它作序的王季烈(1873—1952,字晋余,号君九,江苏苏州人)和夏孙桐签注数则。夏孙桐(1857—1941,字闰枝,江苏江阴人)与叶昌炽的交往可追溯到光绪二十二年(1896),关系颇为密切,夏孙桐的批语是最多的,凡173条。这样,此书的批注者就有朱祖谋、顾彦聪、费树蔚、张志潜、王季烈和夏孙桐,达六人之多。

单镇在上面的题识中还说到"韦斋……附以长跋"。费树蔚长跋也见于此册空白页,其中论及叶昌炽此册《诗谳》的背景和主旨,费氏跋云:

菊裳侍讲丈所为《辛臼簃诗谳》,于逊清光绪一朝甲午、戊戌、庚子数大政,摭拾闻见,出以廋词,而台省胜谈、中外琐事,亦附及焉。……侍讲诗似多为事后追记,且有归田后删改增补,观《缘裻庐日记》可知。然指陈时局,臧否人物,未脱当时风气。玉堂清切,罕窥机秘,俗语不实,流为丹青。知人论世,难乎其难。然而芳芳悱恻,忠爱流溢,绝非中唐诗人咏事之佻纤，亦非《周秦行记》、《碧云騢》之妄忮[1]，则天下后世所共信。卷尾四诗，不啻自跋，以俳优诗体、断烂朝报自嘲，其未欲居“诗史”也明甚。

首句谓《诗谶》以廋词吟咏光绪朝大政，也附及当时的丛谈琐事。后几句谓这些诗歌多为追记，也有后来的增补；朝廷的机密之事，叶昌炽很难一窥究竟，有的只是不实的俗语传言，便流诸笔墨。叶昌炽自己也嘲为俳优诗体、断烂朝报，并没有以“诗史”自居，意思是叶昌炽的吟咏评泊既不能说真切，也更不能说是定论；不过他笔端流露出的悱恻忠爱之情，是天下人共见的。费氏跋又述及几家的批注云：

此帙行世后，予尝与庞子芝符略有考订。又十年，而单子束笙从书肆得此册，以首叶有顾子聪孙题字，谓予手赠，乃更授予，属为加墨。予斋中旧批本已失，唯就所忆，杂书于眉。销精善忘，侍讲作意当否，不可知。……张子仲照过予，见之，亦签出数处，仲照固熟于京华旧事者。……王子君九方居忧在里，其夙昔亲炙侍讲之日多，且尝为《诗谶》序，必多识微旨。束笙可更与商略，按索而尽得之，则善矣。

费树蔚“唯就所忆，杂书于眉”，作了批注，经统计凡 78 条。他还叙述了过去与庞树典(1868—1932，字芝符，江苏常熟人)略有考订。据叶昌炽日记，辛亥年三月初一日，“得仲午书，由费仲深介绍庞芝符助巢隐刻资二十元，可感也”，但二人似乎没有多少交游。可惜庞氏的考订文字，今已难觅。此外费树蔚提到了张志潜(仲昭)。张志潜虽然与叶昌炽没有交往，但他是张佩纶之子，曾任内阁中书，对于朝廷中事有所了解，因此“签出数处”。费氏还向单镇推荐了为《诗谶》作序的王季烈(君九)。但王季烈的批注仅仅 2 则[2]。

① 按，《周秦行记》相传作者是唐朝李德裕的门人韦瓘，内容涉及宫廷斗争等事。《碧云騢》是宋代魏泰所作，托名于梅尧臣，多讥评朝廷贵臣的阙失。

② 王季烈批注之略，或许出于为尊者讳的原因。1943 年底王季烈本来要把叶昌炽的《日记》稿本捐给合众图书馆，但由于“对熟人有指摘处，因不能示人，渠将重阅一过，再定能否赠馆”。见《顾廷龙年谱》，第 310 页。可以想见，王季烈也不愿意让世人知道叶昌炽诗歌对熟人的指摘。

费氏作长跋作于1935年，故国之思和亡国之痛一气袭上心头，他发出了深沉的慨叹：

> 予于侍讲不数见，而侍讲颇许予出处大节，见之日记中。虽未能尽得予心，而与古翁见爱正同，展卷怅然，念两翁遭际既甚可悲，聪孙吾党之秀，亦墓有宿草矣。予与束笙俯仰人间，颇有南城十九不如之叹。贞元朝士，零落殆尽，而大定、明昌之故事，微遗山谁与传之者？此又予两人所当共勉者也。……时在共和纪元之二十四年一月，内忧外患，国且不国，使侍讲见之，不知悲愤奚似！予亦何心为故国哀耶？

费氏念叨着叶昌炽曾经的赏爱，更悲叹叶昌炽、朱祖谋在晚清国变中的遭际，朋友辈若顾彦聪死已多年，唯独与单镇浮沉人间，他发出了“人生不如意事十之八九”慨叹(按，此语最早出自西晋的羊祜，羊祜曾封南城侯)。费氏把清朝比作金代。金亡以后，其仁人志士的故事由元好问编《中州集》而得到弘扬和流传；同样将晚清的历史真相传之后人，也就是这些遗老们的责任了。在内忧外患交侵的1935年，费树蔚读此诗集，满心忧患，所悲愤的不再是大清逊国，而是外族列强的侵掠，这与他在抗战时期的爱国情怀是一致的[①]。

(二) 顾廷龙过录本

单镇的汇批本1940年借给了时任合众图书馆总干事的顾廷龙，顾廷龙过录一本。据沈津《顾廷龙年谱》记载，1940年1月25日，“束老(周按，指单镇)并携来《辛臼簃诗谵》，朱古微、顾聪生、夏闰枝、费仲深、张仲炤、翁铜士、王君九、刘翰怡诸家批注。即乞见假传录一本”；1月26日，“校《辛臼簃诗谵》”。4月22日，“访单镇，还《辛臼簃诗谵》”[②]。校，也就是过录的意思。此本一直收藏于上海图书馆。与上述单镇汇批本之六家批注相比，顾廷龙所借单镇本为八家，多了翁廉(字铜士)和刘承干(字翰怡)二家，想必二家批注是以签批的形式夹于单镇原书册中，由顾廷龙一道过录于这一本上。翁

① 按，1932年“一·二八”淞沪抗战爆发时，费树蔚曾与人组成治安会，慰问前方将士，支援抗战，表现出爱国主义情怀。

② 沈津：《顾廷龙年谱》，上海：上海古籍出版社，2004年，第107、115页。

廉批注的来历已难以确考，而刘承干批注的来源，在顾廷龙过录的刘承干跋语中交代得很清楚。刘氏跋云：

> 菊裳侍讲丈晚年曾馆余斋，几及两年，晨夕晤谈，不知所谓《辛臼簃诗谶》者。洎丈谢世后，君九学部以刻本见赠，因得披读。今年秋，于冒鹤亭京卿案上获见此本，乃朱文直公及夏闰枝太守、顾聪生农部、费仲深太守、张仲炤学部、翁铜士刺史诸公诠注者。京卿谓余是单束笙部郎所藏，子盍补其所不及乎？携归寻绎，自愧学识浅陋，早衰善忘，于诸公无能为役。弟诠注中稍有与事迹出入者，聊纠正一二，恃诸公皆旧识，或存或亡，气谊无间，部郎亦尝奉手，必能谅余之陋，而京卿更当有以裁之。尘露山海，所匆恤矣。己卯冬至日，承干。

1916 年 5 月起，叶昌炽从苏州到上海，馆于刘承干家，为嘉业堂校刻宋版“四史”，鉴别古籍①。所以叶、刘二人是熟悉的，但是刘承干并不知道叶有《辛臼簃诗谶》这样一部诗集。己卯（1939 年）秋，刘承干在上海冒广生（字鹤亭）的案头见到了单镇的汇批本，上面已经有包括翁廉在内的七家批注，应该是此前单镇或冒广生又邀请了翁廉作了签批。因为叶昌炽晚年与刘承干有这一层关系，冒广生邀请刘承干“补其所不及”，对这些“诗谶”进行索隐，探其意旨。刘觉得“诠注中稍有与事迹出入者”，于是“纠正一二”。刘承干的批注凡 12 则，有若干则是纠正费树蔚的，与他跋语一致。所谓“尘露山海”，意思是补益无多，实为自谦之辞。

顾廷龙的这个过录本，是多色笔手抄的。朱祖谋的批注以朱笔，批语后标以“古”字；顾彦聪的批注以紫笔，标以“聪”字；张志潜的批注以黄笔，标以“照”字。翁廉的批注以墨笔，标以“铜”字。刘承干的批语也是朱笔，标以“翰”字。此外还黏贴了叶景葵的若干则签批（详下）。值得注意的是夏孙桐批注，分别以墨笔、蓝笔书写，批语后标以“枝”字。墨笔批语文字内容完全相同于上述单镇的汇批本，而蓝笔批语文字不见于单镇汇批本。那么又是从何而来呢？

查《顾廷龙年谱》，1940 年 3 月 25 日，“录潘景郑新得《辛臼簃诗谶》（夏

① 参郑伟章：《叶昌炽年谱简编》，《津图学刊》1994 年第 1 期。

孙桐注),此册为张仲老手录者";1941年2月19日,"理案头积件,得潘景郑藏、张仲仁过录、夏孙桐笺注、叶昌炽缘督《诗谶》。先生先从单镇借得夏重注本,无此详,补录一通于眉"①。一切都非常清楚了:原来在这一年里,顾廷龙得到了潘承弼(号景郑)收藏的夏孙桐笺注本《辛臼簃诗谶》,因为夏孙桐前后注过两次,内容有些差异,于是顾廷龙把潘景郑收藏本的夏孙桐注语又移录到他先前过录单镇汇评的本子上。

潘景郑新得的夏孙桐注《辛臼簃诗谶》,在1941年的时候就已是顾廷龙"案头积件",于是顺理成章地庋藏于当时的合众图书馆(后来的上海图书馆),一直保存到今天。这本的夏孙桐批注,是由张一麟过录的。张一麟(1867—1943),字仲仁,别号民佣,民国时期苏州名士。封底有张一麟的简短题识云:

> 潘博山以此卷嘱寄夏闰枝姊丈,且谓此事唯闰公能为之。得其复书,已注上方。原书送博山,余自录一过如右。廿五年十月民佣记。

可见批注文字是夏闰枝的,由张一麟过录。而夏闰枝的批注,乃是潘博山通过张一麟转请夏作的。潘博山,即潘承厚。此书扉页空白处有潘承厚之弟潘承弼于1940年的题识,详道其中原委云:

> 此张丈仲仁手录夏闰枝先生批本《辛白簃诗谶》一册。夏公于当日朝章国故,备悉端末,故诠释殆遍,得之昭若发蒙矣。丙子(1936)秋,伯兄乞仲丈介夏公录成斯册,珍诸箧笥。越岁,胡骑蹂躏,箧衍狼藉,斯书遂不可踪迹矣。此盖仲丈录副之本,不幸流散市廛,辗转入沪肆。余无意中观诸听涛山房,不啻获一珍珠船矣,亟收得之。他日夷氛销沉,重睹天日,得与仲丈相见话旧,当持兹册,乞题数语,书此以为左券。庚辰(1940)二月十日,吴县潘承弼识于海上润康村寓庐。(钤"景郑题记"阴文朱印)

---

① 沈津《顾廷龙年谱》,第109、165页。按,引文的"先生"是指顾廷龙,系《年谱》整理者沈津的口气。

原来是1936年秋,潘承厚通过张一麟请熟悉晚清政事的夏孙桐为叶昌炽此诗集作诠注。第二年日本大举入侵,潘承厚一家在逃难中将夏氏批注的原书丢失了。张一麟是有心人,曾录一副本;此副本流散到上海书肆,恰巧被潘承厚之弟承弼看到并购回,才免得湮没,算是万幸。

顾廷龙过录本还黏贴了叶景葵的5条签批。卷末空白处有叶景葵的亲笔题识,云:

> 己卯腊尽展诵一过,愧无贡献,束笙同年与起潜兄对门而居,且于合众图书馆之初创颇承赞同掖助,以后奉教之日正长,赏奇析疑,与年俱进,可预券焉。景葵敬识。("叶景葵印"阴文朱印)

顾廷龙、单镇、叶景葵等人是合众图书馆的创始者。从叶氏题识看,是顾廷龙(字起潜)和单镇嘱咐叶景葵批注,叶氏"愧无贡献",只是慎重地做了若干签批。顾廷龙、单镇等作为苏州文人,对于地方先贤的这部《诗谶》的本旨怀有很大的兴趣,希望能邀约与叶昌炽同时代的人一探究竟。张元济1940年11月14日致顾廷龙信说:"又《辛臼簃诗谶》,指陈当日时事,所可揣者,均已分见眉耑批注,此外竟无可裨益,一并奉还,即乞检收。"[①]可见顾廷龙曾将他过录众家批注的《诗谶》借给张元济,希望张元济根据自己的见闻也作些批注,但是张元济觉得"无可裨益",就还给顾廷龙了。

(三) 王欣夫移录十家笺注本

搜集、汇录批注的工作还在继续。苏州人王欣夫汇集移录了十家的笺注。此本藏于复古大学图书馆古籍部。十家分别为朱祖谋、夏孙桐、叶景葵、王季烈、刘承干、费树蔚、翁廉、张志潜、顾彦聪、沈祖绵。他在《蛾术轩箧存善本书录》中说:"一九四三年春,余从单束笙先生镇借本传录。"[②]还录了费树蔚和刘承干的题识。这十家批注,其他九家在上面所述单镇汇评和顾廷龙过录本中都可找到源头,唯沈祖绵(1878—1968,号瓞民,杭州人)批注的来源无从查考——虽然其批语仅4则15字。

复旦大学图书馆藏王欣夫移录十家笺注本钤"王大隆"、"欣夫"、"王氏

① 《张元济书札》,北京:商务印书馆,1981年,第170页。

② 王欣夫:《蛾术轩箧存善本书录》,第1072页。

二十八宿砚斋藏书之印”等私印，卷末分别署“癸未二月廿五日传录”、“三月五日坐雨抱蜀庐录毕”、“五月灯下续过诸家签注毕”。抱蜀庐是王欣夫的书斋名。1943年（癸未）上半年，他用三四月的时间移录完成。王欣夫《蛾术轩箧存善本书录》的《辛臼簃诗谶》提要对叶氏原诗和众家批注作了精到的评述，节录于此：

> 先生久官京朝，蒿目时艰。长言永叹，有《小弁》诗人之旨。至其运典之工，隶事之切，犹其余事。惜时移事往，加以词旨隐晦，读者多已不了其本事。于是朱古微诸老各据所知，加以笺释。诸老或身遇之，或目击之，相隔只三四十年，已多不可知。或所见各异，遑言久远。先生书曰《诗谶》，自题又有“射覆”、“迷藏”之喻，固不求人知。然元遗山论李义山云：“诗家总爱西昆好，独恨无人作郑笺。”于是后之笺注义山诗者，于当时朝局变迁，牛、李恩怨，各加猜测附会，安能得义山之心哉？固不如同时之阐发，其确切可信，十犹八九，便于后学，则此笺识又曷可少哉！①

王欣夫移录十家笺注本，很快又被藏书家蒋国榜（1893—1970，字苏庵，江苏南京人）再次过录，现藏于上海图书馆，外封署“苏曼那室藏”，内封书名下钤“苏盦鉴藏金石碑版书画之章”阳文朱印。题识和批注完全同于王欣夫本。卷末空白行有蒋国榜（号苏盦）的题识，曰：“癸未荷月，抱蜀庐惠假，趣印霜移录。十一日起，至十四日讫。时骄阳渐微，蝉声在树，清课顿忘何世。苏盦。”王欣夫五月录毕，蒋国榜于六月（荷月）就请其妻印霜又移录了一通，可见他们对于各家批注是多么珍视。幸运的是，这些批注今天都完好无损地保存在图书馆，对于后人阅读叶昌炽的《辛臼簃诗谶》无疑是莫大的帮助。

三、叶昌炽诗旨索隐

对于叶昌炽《诗谶》的索隐解读，除了上述的十家批注外，郭则沄的《十朝诗乘》解说了其中20余首诗，夏敬观《学山诗话》也有3则是对叶昌炽诗

---

① 王欣夫：《蛾术轩箧存善本书录》，第1071—1072页。

歌的解释。联系诸家的索解，我们大致可窥探《辛臼簃诗谶》各诗之本事和主旨。《诗谶》中的诗篇虽有的为后来追述，但所咏之事基本上是从“甲午战争”至“庚子事变”一段时间内发生的重大的历史事件，时叶昌炽在会典馆，或阅读邸报，或耳闻目睹，所咏者多涉及朝廷机要，非泛泛之咏。诗歌本事主要关涉了以下三个重大的历史事件。

（一）中日甲午战争

120年前的中日甲午战争，泱泱大国败给撮尔小邦，举国震惊，也让世人更为深刻地认清了清政府的腐败无能。叶昌炽《诗谶》里许多诗篇指向了这场屈辱、令人悲愤的战争，或讽刺将领仓皇逃跑，或揭露军备废弛，或感慨国土分裂，或讴歌不屈的志士。《觏瘖篇甲》原题“甲午杂诗”，是咏甲午中日战争事。其中第三首云：

> 利器何妨授太阿，伐柯未易自成柯。剂分药量泥为质，锈涩苔文铁未磨。芒刃解牛期山縏，庳轮引马笑登陁。千金一掷归虚牝，犀兕同时弃则那！

末句用春秋时宋国华元骖乘语，实际上是讽刺花费巨资建立的北洋水师丢盔卸甲，一败涂地。费树蔚批曰：“海军尽灭。”夏孙桐批曰：“军械窳败。”叶昌炽《缘督庐日记》：“甲午七月初八日，得佩鹤、粲林各函，知牙山全师尽没，吾军继进者万余人，屯平壤，观望不前。海军提督丁汝昌率六艘巡海，踪迹杳然。合肥毫无布置，时局如此，可为痛哭！”六艘巡海，踪迹杳然，正是“千金一掷归虚牝”。

战争一爆发，镶黄旗汉军都统、盛京将军依克唐阿，请愿率军赴汉城迎击日军，至奉天而平壤已失，后与日军有过几次正面交锋，都败退逃遁。还有一位定安将军，满洲镶蓝旗人，曾被任命为正白旗汉军都统，然练兵不精，临阵败北。光绪二十年（1894）十月，刑部奏谕议处分，“正白旗汉军都统定安、黑龙江将军依克唐阿，均着照部议革职。定安着暂留奉天，办理东三省练兵事宜。依克唐阿着统率所部，戴罪立功，以观后效”①。让这样的八旗

① 朱寿朋：《东华续录（光绪朝）》卷一百二十二，《续修四库全书》影印上海集成图书公司1909年铅印本。

子弟率军打仗，结果早在预料之中。《志在〈扬之水〉卒章述我闻篇》其十云：

沈阳子弟起从龙，天作高山间气钟。都尉摸金能敌忾，乡兵制梃半驱农。胡笳马背愁风劲，密箐羊肠待雪封。未觉边衣寒似铁，狐裘毡帐拥蒙茸。

费树蔚、夏孙桐均批曰："定安、依克唐阿。"都尉摸金，即陈琳《为袁绍檄豫州》"摸金校尉"，指掠夺百姓财物的军官。乡兵制梃，指散兵游勇，武器装备只能驱赶农民，不足以制敌。最后一句化用《左传·僖公五年》晋士蒍诗"狐裘蒙茸，一国三公，吾谁适从"意，比喻朝政之混乱。甲午战争爆发后，吴大澂率领湘军出关。叶昌炽于乙未年(1895)正月廿二日日记记载，"闻愙斋以电致政府，克期战胜，惊蛰前可以肃清海。盖怖其言河汉而无极"；但当时湘军、楚军、淮军和东北军队相互掣肘，无统一指挥。吴大澂被调遣时，"迟不赴命"，终因兵败革职。《志在〈扬之水〉卒章述我闻篇》其十一：

冰霜绝徼走明驼，铜柱威名继伏波。且泼云蓝临画稿，速磨盾墨写铙歌。隍中蕉鹿寻何在，塞上虫沙化已多。记否前言留息壤，封章昨过大凌河。

前扬后抑，首联谓巡抚大人的威名可继东汉伏波将军马援，次联称他文武双全，擅书画，沙场上磨墨草檄。尾联"记否前言留息壤"，正可与日记里作者"怖其言河汉而无极"相参，吴大澂口出狂言，然敌军已过辽宁大凌河。在清军节节败退时，董福祥率领甘军，入卫京师，是清廷的"心腹劲旅"。《志在〈扬之水〉卒章述我闻篇》其十四咏赞董福祥，诗曰：

羌笛声中杨柳攀，移师直下贺兰山。西州袍泽偕行日，南苑旌旃坐镇闲。千里明驼群度陇，九阍巨豹猛当关。屹然可作长城恃，稍纾群公旰食艰。

费树蔚批曰："董福祥，奉召入都。"夏孙桐批曰："董福祥，当日士大夫犹倚为长城。"清廷把一切的指望都寄托在董福祥身上，倚若长城。末句是对危难时刻束手无策的肉食者的讽刺。

清军战败后，1894 年 12 月 22 日，邵友濂与张荫桓同为钦差大臣，出使日本乞和。次年 2 月 1 日，日本内阁总理大臣伊藤博文以中国议和代表全权不足，拒绝开议，以羞辱清廷。消息传回，国人愤懑。《志在〈扬之水〉卒章述我闻篇》其七云：

度辽翻筑受降城，东指扶桑割地盟。汉纳金缯非议款，齐输玉甗遽行成。绝秦吕相先麾客，诳楚商于始罢兵。已到神山风引去，但从海客一谈瀛。

“绝秦吕相先麾客”是《左传·成公十三年》晋侯使吕相绝秦事；“诳楚商于始罢兵”用《战国策·秦策》张仪欺楚事。费树蔚批此诗曰：“邵、张奉使日本行成，日以非全权拒之。”“已到神山风引去”即谓日本蛮横拒绝张、邵的议和。第二年(1985)三月，李鸿章前往日本马关议和，途中被一日本人开枪击中脸颊，昏死过去。叶昌炽知道这一消息，乙未年三月日记曰：“初二日，得幼申柬，知合肥在长门为倭民枪伤颊际，晕绝复苏。”《觏瘖篇甲》其六咏此事：

络绎宫中遣御医，夔怜蚿亦蚿怜夔。长崎驿畔行人节，博浪沙中力士椎。徐福有方先蓄艾，鲍庄无智不如葵。一人瞑眩三军喜，百万金缯捄国危。

费树蔚批：“李相为日人狙击伤颊。”夏孙桐批：“合肥议和被狙击。”次句用《庄子·秋水》的典故，本谓夔蚿相互羡慕，这里却充满讽刺：堂堂的直隶总督兼北洋大臣竟然遭到倭人的博浪锤。这是何等令人愤慨的事！然而“三军喜”，不用打仗了，百万金银或许可挽救国家的危亡。

根据《马关条约》，中国割让辽东半岛和台湾全岛给日本，在俄罗斯、德国与法国的干涉下，日本把辽东还给中国，但台湾沦陷了，俄国占领旅顺、大连，德国强占胶州湾，中国的主权遭到严重的损害。《觏瘖篇甲》其十云：

莫言人作太常斋，既食还教鼿鼿哇。未必楚弓真楚得，须知狐搰即狐埋。鹬忘伺后犹争蚌，虎拒当前又进豺。郓欢龟阴虽可返，南疆已自弃珠厓。

张志潜批："三国还辽事。"夏孙桐批："还辽东，弃台湾。"首句化用《后汉书·儒林列传》周泽的典故，意谓西方列强没有一个是清心寡欲的；次句用《孟子·滕文公》故事，谓俄、德、法三国迫使日本退还辽东半岛；但是，"未必楚弓真楚得"，三国如豺虎窥伺，各有盘算，南疆的宝岛台湾已放弃了。叶昌炽对于日本占据台湾非常愤慨。据己亥(1899)八月十六日日记，礼部新修《学政全书》，问台湾是否该纂入版图，叶昌炽严正地告诉他们"不徒史例未删，即会典馆各省舆图，台湾亦未在阙如之列"。

割让台湾的协议令国人非常愤怒，台湾人不愿意做亡国奴，一度宣布独立，共推巡抚唐景崧为台湾国的总统。叶昌炽1895年三月廿五日日记记曰："闻割台之议，唐薇卿中丞累电力争，有死不奉诏之语。"《志在〈扬之水〉卒章述我闻篇》其二十便是咏此事。诗曰：

珠厓有诏弃岩疆，慷慨城亡与共亡。黔首共和当璧兆，苍头突起义旗张。田横岛上成孤注，韩信军前请假王。千里封畿蓂一叶，闰朝小劫换沧桑。

费树蔚批曰："唐景崧为台抚，抗不割台，自称伯里玺天德(按president音译)。"夏孙桐批曰："唐景崧。"时黑旗军领袖刘永福奋勇抗敌，终不能胜，台湾全境沦陷，《志在〈扬之水〉卒章述我闻篇》其二十一咏刘永福黑旗军的溃奔，末句沉痛感慨曰："藕孔修罗无遁处，黑云都亦散如鸦。"

(二)维新变法运动与帝、后宫廷斗争

甲午战争，清军惨败，惊醒了恹恹萎靡的国人，一些有识之士如康有为等提倡变法维新，重振国威。年轻的光绪皇帝采纳维新派的主张，准备施行，但变法终遭慈禧太后的强烈反对而夭折。叶昌炽的老师、乡前辈翁同龢，虽非维新派，但起初同情并支持康有为的变法主张，叶昌炽也非维新派人士，但对维新变法运动的态度与翁同龢大致相似，抱有同情；叶昌炽供职会典馆，又加侍讲衔，对于宫廷斗争内幕有直切的了解，后也形诸诗篇。《志在〈扬之水〉卒章述我闻篇》其二十四：

> 椒山遗宅傍城坳，谏草凄凉哭二崤。太学举旛齐伏阙，大官越俎顿忘庖。甘陵南北人分部，环海东西国有交。咫尺东林殷鉴在，祸延瓜蔓几同抄。

费树蔚批曰："举人康有为公车上书。"夏孙桐批曰："此似指松筠庵诸翰林上书；松筠庵翰詹屡集议，联名上疏主战。"叶昌炽可能还没有真正认识到维新变法的意义，只是用晚明东林的殷鉴来谆谆告诫，并感慨变法失败后的灾祸。

随着戊戌变法的开展，慈禧太后与光绪皇帝的斗争呈白热化，叶昌炽与翁同龢一样，站在光绪帝一边，在诗歌中对横遭慈禧太后迫害的官员寄予了同情。光绪皇帝宠幸珍妃，珍妃明慧，参预一些朝事，招致慈禧太后的猜忌，将她降为贵人。叶昌炽《钿盒》诗咏此事：

> 钿盒缠绵忆定情，蛾眉谣诼未分明。长门欲乞文园赋，织室横蒙祸水名。结绮才人袁大舍，披香博士淖方成。潇湘二女同厘降，不及从姑侄娣行。

首联叙光绪帝与二妃感情甚笃，遭人谣诼；颔联用陈皇后幽居长门宫等典故写二妃被斥；颈联以陈代宫人有文学者袁大舍和汉成帝时在宫中讲学的淖方成二故实称赞二妃之有才学。末联感慨二妃被降。费树蔚批："珍妃撄慈禧怒，被谴谪。"夏孙桐批："瑾、珍二妃。"郭则沄《十朝诗乘》卷二十二曰："述珍妃之贬。"珍妃堂兄志锐（字伯愚）遭到牵连，出为边帅。叶昌炽于甲午十月廿九日日记记曰："阅邸钞，珍妃、瑾妃以习尚浮华，屡有乞请，奉懿旨降为贵人，伯愚其将返驾矣！"《轮台》诗就是写伯愚被贬出京，诗云：

> 韶书火速下轮台，惆怅君门首屡回。许史金张原甲第，严徐东马亦清才。椒涂转为承恩误，松漠翻同谪戍哀。欲出国门还惜别，宫中密敕几传催。

费树蔚批："志锐为珍、瑾两妃兄，简乌里雅苏台都统。"夏孙桐批："侍郎志锐谪乌里雅苏台。"郭则沄《十朝诗乘》卷二十二亦解此诗为"纪伯愚远谪也"，夏敬观《学山诗话》亦谓此诗"纪伯愚远谪也"。各家解释均相同。耳闻目睹这场宫廷内斗,叶昌炽在甲午十一月初五日日记中记述了当时惊惧的心情:"闻伯愚奉旨撤还,又闻宫庭种种龃龉。季孙之忧,不在颛臾,而在萧墙。可怕,可怕!"因为这场宫廷斗争中,叶昌炽并不是局外人,如果帝师翁同龢牵连进去的话,叶昌炽也难逃干系。据郭则沄《十朝诗乘》卷二十二,珍妃被贬之次年,又恢复了位号。光绪皇帝高兴,与慈禧缓和了关系。慈禧说:"其从前疏阂,必有人间之,盍言其人!"意指翁同龢离间母子关系,"德宗不忍举常熟,又无以塞慈意,适前日召见侍郎长麟、汪鸣銮,因以二人对。长、汪遂以离间两宫斥谴"(郭则沄《十朝诗乘》卷二十二)。长麟、汪鸣銮二人成了替罪羊。叶昌炽《风雷》诗对二人无罪被谴表达了深切的同情,诗曰:

> 天遣风雷下取将,去天尺五更旁皇。鼓钟宫内声闻外,贺者门前吊在堂。思过自应常闭户,蒙恩犹许放还乡。上东门畔停车处,萧寺骊歌怅夕阳。

夏孙桐批曰:"汪柳门获遣。"朱祖谋批曰:"长麟、汪鸣銮两侍郎同获严谴。"叶昌炽撰汪鸣銮墓志铭云:"公虽守温树之戒,小心翼翼,深自敛抑,而同列之忌滋益深,媒孽之益亟,而公亦不得不奉身以退矣。"[①]悲愤之情可以与《风雷》相参。接着,珍、瑾二妃的蒙师文廷式,被李鸿章姻亲御史杨崇伊参劾,革职出京。文廷式举进士,被翁同龢置为一甲第二,也属于帝党。他被劾离京,叶昌炽深感不平,作《门馆》二诗记其事。其一有"艳说宫庭充学士,敢将门馆辱先生。授经自昔延张禹,卖赋何缘荐长卿"等句,叙文廷式初为长善(字乐初)将军幕宾,课二女公子读书。其二曰:

> 果然空穴自来风,昨夜封章达帝聪。名士下场成画饼,腐儒束阁辄书空。词华无过祖君彦,道广偏师陈仲弓。不意萧君遂至此,退朝马上愧相逢。

---

① 叶昌炽:《前吏部右侍郎总理各国事务大臣郎亭汪公墓志铭》,《奇觚庼文集》卷下,《续修四库全书》影印1921年刻本。

首句说被劾去官的消息不是空穴来风，末句以明代江西人萧璁为官廉慎自守称誉文廷式。费树蔚批："御史杨崇伊劾文学士去官。"夏孙桐批："杨崇伊劾文。"至光绪二十四年(1898)，连翁同龢也被慈禧遣返原籍。叶昌炽《醴酒》诗感叹其事：

> 东海传诗溭仲翁，樽中醴酒叹俄空。太清书画宣和谱，江左文房建业宫。茧纸昭陵侔快雪，珠林秘殿畅宗风。几余玩赏诒谋在，何必危微溯执中。

朱祖谋批曰："常熟相国被遣回籍。"此诗首句溭仲翁，为汉宣帝师，这里代指翁同龢。后几句劝慰翁师，座上客恒满，樽中酒不空，有书画清玩，足可安度晚年，何必在危险的官场倾轧中战战兢兢允厥执中呢！其实是表达了叶昌炽本人对晚晴官场、政治的失望。叶昌炽戊戌(1898)十月二十二日日记记载阅翁同龢革职的《邸钞》后的感叹："臣苏人也，读竟不能不为短气。窸斋咎由自取，严谴已迟至；瓶师醴酒之嫌，不意决裂至此，不如寿州之生，亦不若高阳之死也。连日读《海虞妖乱志》，适闻此变，奇哉奇哉！"瓶师指翁同龢(号瓶笙)。醴酒之嫌，从"醴酒不设"来，犹云细微的不悦。此段文字正可与《醴酒》诗相参看。

(三) 庚子事变

1900年6月，八国联军入侵大沽、天津和北京，激起义和团的奋力反抗，局势不可收拾，慈禧逃至西安，联军在北京城，烧杀抢掠，无恶不作。叶昌炽《辛臼簃诗谶》近三分之一的诗歌，叙写这场内忧外患交侵的事变。郭则沄《十朝诗乘》卷二十三曰："叶鞠裳学使《觏瘖篇》甲乙两集，述庚子拳祸，备详颠末，兹撮录之。"其实《觏瘖篇甲》在稿本原题作"甲午杂诗"，是关于甲午战争的；《觏瘖篇乙》题作在稿本原题作"庚子杂诗"，才是吟咏庚子事变的；《续童谣》的本事也为庚子事变。《觏瘖篇乙》其一："欲将左道作干城，国步蜩螗与沸羹。蚁溃宣房惟一孔，狐鸣篝火正三更。军中蹋鞠兼抛堉，陇上耰锄尽辍耕。尝胆卧薪非一日，从今制梃挞坚兵。"夏孙桐批："此纪庚子事。"一本批作："义和团起事。"郭则沄《十朝诗乘》卷二十三解此诗与后"银刀小队赤云都"、"扫地为坛启道场"、"烛天光焰忽熊熊"三首曰："言拳匪骤起，及焚毁西仕库教堂也。"

“庚子事变”发生时,义和团和清军进攻外国使馆,德国公使克林德被清军击毙。《觏瘖篇乙》其十“戈或揰喉长狄毙,弓谁揎臂越人弯”就是咏此事。顾彦聪批曰:“德国公使克林德被戕于东单牌楼。”夏孙桐批曰:“德使被戕。”其十一是咏“日本使馆书记官小杉彬被戕于东堂子胡同”(顾彦聪批语)。其中有“但闻丹旐归神户,未掷金钱卜客窗”。当时京官纷纷逃散,其十六曰:“筮从卿士庶人从,星纪将穷易涉冬。假作痴聋皆仗马,自求辛螫叹甹蜂。迎神安有焄蒿气,救火难为揖让容。琐尾流离诸伯叔,狐裘相与咏蒙茸。”夏孙桐批曰:“京僚不敢昌言拳匪之非,携家远避者甚多。”

随着形势的危急,慈禧和光绪皇帝两宫也间道从山西入西安,路上遇河北怀来县令吴永迎驾。其二十咏此事,末二句曰:“故人信有绨袍谊,驻跸归来第一勋。”夏孙桐批曰:“怀来县吴永供应有功,擢官。”时“西狩”的慈禧任命李鸿章为全权议和大臣与联军谈判。其三十五曰:“峤南万里玺书征,奉命登坛若饮冰。退敌老臣无上策,偾军诸将再中兴。河山已碎难收拾,朝野交讧尚沸腾。免胄望公如望岁,愿闻割地献金缯。”讽刺李鸿章割地赔款才达成和议。夏孙桐批曰:“李合肥诏议和。”但顾彦聪则不认同叶昌炽的讥刺态度,批曰:“李文忠公支持危局,仅延残祚。人亡国灭,非其效欤?此作末句涉讥,未具特识。此通儒之所以难得也。”意即李鸿章的措施,在危难时刻是不得已而为之,应恕其非。

在这场战乱之中,也有一些清廷的官僚为国捐躯,可歌可颂,叶昌炽诗歌咏了几位:义和团入京时,编修刘可毅死于道。叶昌炽作《吊刘葆真太史》(刻本改题《汨罗咏》),末二句曰:“月黑关山灵鬼哭,果然魑魅喜人过。”末句用杜甫《天末怀李白》诗句,以悼念这位翰林院编修刘可毅。蒙古状元崇绮,为同治皇后之父,“京师陷,西行至保阳,自经于莲池书院。子葆初,袭承恩公,留京师,阖门殉难”(郭则沄《十朝诗乘》卷二十三)。叶昌炽《童谣附录》其二:“自古求仁竟得仁,登台何异聚燔薪。微臣下报先皇帝,元舅尊为国懿亲。宫掖一门通属籍,河山两界掷陶轮。莲池殉后无遗类,百口《焚椒录》里人。”就是咏赞崇绮一门为国捐躯。朱祖谋、夏孙桐都批注曰:“崇公文山。”(崇绮,字文山)郭则沄也注曰:“咏文山父子也。”

叶昌炽这部影射当时政坛的《辛臼簃诗谶》,是晚晴光绪朝的一部“诗史”。由于作者的特殊身份,他对时事的观察尤为真切,然而诗歌大量用典,运故实讽时政,简直就是一首首诗谜谶语。虽然距今仅一百来年,如果没有前人的批注，今人如读天书，无从窥探诗人的本旨，幸而有王季烈、夏孙桐、顾彦聪、费树蔚、叶景葵等人索隐探底，作出批注；又有张一麟、单镇、潘承弼、顾廷龙、王欣夫、蒋国榜等人倾注心力，汇集批注语，保存批注本，我们今天才可能揭开一个个谜底。“身后遗编当子孙”（《九月十五日初度感赋》），叶昌炽《诗谫》的批注本有幸得以流传至今，是民国文坛的一段佳话。

小说评点传统与《金鳌新话》序跋批评本

韩国高丽大学　崔溶澈

中国小说评点的传统，早已影响到朝鲜时期的韩国以及江户时期的日本。日本明治年间出现的所谓大塚本《金鳌新话》(1884)，就是一部典型的小说评点本，有序文和跋文，还有不少眉批及注释，受到明清小说评点本的主要特征，只是没有插图(绣像)而已。《金鳌新话》是朝鲜早期金时习所作的汉文小说，堪称韩国第一部汉文小说，因此一直在韩国学界受重视。此书在金时习死后才由尹春年搜集文稿、加以整理，再由校书馆木版印刷出来(约1560前)。这个朝鲜刻本非常珍贵，而在壬辰战争期间流落到日本，在养安院里长期收藏，到明治年间被流散，后入大谷光瑞之手，带到大连，至今藏于大连图书馆。此书在日本期间，曾作为日本道春(林罗山)训点本的底本，陆续出版三次，如承应本(1653)、万治本(1660)、宽文本(1673)等。大约二百余年之后，就出现新的《金鳌新话》序跋批评本，就是这个明治本。《金鳌新话》流传日本之后，还对日本文学(如《伽俾子》)有所影响，日本文人可能已经关注到，但到明治年间此书不再市面上流传。在这个时候，著名的几位文人知道了大塚彦家藏的《金鳌新话》，就决定把它公开出版。目前我们不太清楚当时原本是朝鲜尹春年刻本，还是日本道春训点本。此书的评点者，扉页上透露日本文人六位，朝鲜人士两位。日本评点者中几位是当年比较重要的学者兼文人，如三岛中洲(1831—1919)是曾任东京帝国大学教授的著名汉学家，在此书上加以评论之前，1881年曾与来自朝鲜的使节(如崔成大)详谈两国文化生活与政治道德。依田百川(1834—1909)也是著名汉学家，同时也是文艺评论家。蒲生重章(1833—1901)是明治时期著名的汉学家，曾任昌平学校三等教授，后来创办私塾。小野湖山(1814—1910)，是幕府末期到明治时期活动的著名汉诗人。长梅外(1810—1885)是经学和诗文的教授，曾组织斯文会。以上五位都是当年在日本著名的学者、文人，他们都积极参与《金鳌新话》评点工作，其意义非同寻常。最后一位，谷彦的生平尚未查清，书中也没出现他的批语。或许他可能是一位赞助者，只要帮助出版。朝鲜文士李树廷(1842—1886)，也是历史上的有名人物。据说1882年壬午军乱时，保护闵妃(后称明成皇后)避难到忠州，由于这个贡献，他被派遣到日本东京考察。他在东京学习农学，也在东京外大教学朝鲜语，和美国传教士接触，成为基督教徒，翻译过圣经。另一位朝鲜人李景弼，生平未详，大约也是当时在东京的文士。

此书的卷首收录依田百川的序文，首先提到朝鲜初申叔舟的《海东诸国记》，这是描写日本的较早期的纪录，因此日本学者很早就有所认识。李退溪则朝鲜儒学的代表人物，从江户初期开始，藤原惺窝、林罗山等积极学习朝鲜儒学，到了明治年间，日本文人可能比较熟悉。他在写序之前，较详细地阅读《金鳌新话》的五篇作品，在序中进行评价每篇作品的特色，评价很高。

卷首还有一篇《梅月堂小传》，没有表明作者。主要介绍金时习的生平，如童年时候的天才性，世祖篡位之后，做为方外文人的生活等。关于金时习的传记，目前我们知道的大约有三种，如尹春年的《梅月堂先生传》、李栗谷的《金时习传》以及李耔的《梅月堂集序》等。但明治本的这篇《小传》的来历不明，它反映了朝鲜文献里的一些传说，但有些许错误，如金时习，上注曰，时一作始。此书的正文开头，表记“韩人金始习原著”。字烈卿，也是悦卿的错字，还说他是光山人，有何根据，仍然不知道。为何出现这样的错误，待考。此外，有关大塚家收藏的底本年代，当时参与评点的文士之间，似乎还没有达成一致。依田百川在《序文》中说“盖二百余年”，李树廷在《跋文》中提到“已二百二十余年”，而浦生重章在《跋文》中也说“四百余年矣”，看来这里李树廷所说的收藏时间比较具体一些，但是他们之间，相差太大。

此书卷末，有两篇跋文，还有两篇评论。其中第一篇跋文是李树廷写的。他提到朝鲜小说的代表作品，既是《金鳌新话》和《九云梦》。在此，除了《金鳌新话》的介绍之外，他所强调的“《九云梦》向为清人某所评点成十卷，印行于世”一段，也是在探讨《九云记》或《九云楼》的成书过程的时候，极为重要的证据。李树廷说的“瞿佑，在先生后的百余年”之句，显然是错误的。金时习看到《剪灯新话》之后，还写过诗。

蒲生重章在他的《跋文》中，五篇作品中，只有《醉游浮碧亭记》一篇最好，这是他在正统儒家的文学馆来评价的。他认为另外四篇作品，缺少“圣贤正大的笔气”。梅外仙史在卷末评论中，认为《聊斋志异》是稗史中最妙者，这和李圭景的看法几乎相似，可注意。

此书正文上端画有栏线，可称“眉批”，又在其上还有小方栏，这里暂称“上注”。眉批主要由日本文人所评论，全书共有304条，上注主要解释朝鲜地名等，全书共有48条，其中包括李树廷和李景弼的批语。卷下的眉批中还包括李景弼的批语2条。批语最多的是三岛中洲，共有107条。至于批语的具体内容分析，待考。

《金鳌新话》序跋批评本，就是日本近代出现的一部评点本，当时日本著名汉学家和朝鲜文人共同参与评论，对象是朝鲜的汉文小说。这确是在中国小说评点传统之下，产生的近代评点本。这部作品的成书、流传、评点出版等的过程，都牵涉到东亚三国。如今在文学评点传统的角度上，还需要关注此书。

《金鳌新话》序跋批评本　体例

封面：金鳌新话卷之上

扉页：(上端)序跋批评，(中央双行)朝鲜金时习著/(中央篆书)金鳌新话

(右侧)日本：三岛中洲，依田百川，蒲生重章，小野湖山，长梅外，谷彦

朝鲜：李树廷，李景弼

(左侧)大日本明治十年有七甲申初秋

东京　梅月堂　藏梓

序

余尝读朝鲜人申叔舟《海东诸国记》、李退溪《经义》诸书，叹服其学问渊博、才识超凡，殆与唐宋诸贤对立无愧色，从未知有丽情逸思，能洞悉人情如金时习《金鳌新话》者也。此篇盖拟明人瞿宗吉《剪灯新话》，而其才情飘逸，文气富赡，绮句瑰辞，璀璨如锦，有过而无不及焉。然其《樗蒲记》、《窥墙传》

二篇，辞则美矣，未能脱淫靡之习。《浮碧亭记》则乐而不淫、哀而不伤，得风人之旨。《浮洲志》则借阎王说性命之理，理论卓越，非才识具备者，决不能辨也。《赴宴录》则文章雄峻，诗赋雅丽，可以见其该博之学与俊拔之才矣。叔舟、退溪著作久传，吾邦学者知其为名士，而金子此著，世绝无知者。大塚君彦家藏此书，盖二百余年，不知何人著。顷问彼人士在我者，始知出金子手，遂付之梓，以永其传。朝鲜与我同好久矣，近日交最密、情最亲，其有才贤犹在我也，表其隐而揭之，亦善邻之一端也。乃喜而为之序。

明治十九年九月，学海居士依田百川识。

梅月堂小传

金时习[时一作始]，字烈卿，号梅月堂，光山人。天性颖悟，卓荦不凡，幼有神童之誉。五岁文宗闻其名召见，令承旨成三问试其才，三问承命谓时习曰："童子之才，如白鹤游青云之上。"时习应声曰："圣主之德，若黄龙蟠碧海之中。"文宗见时习进退趋拜有成人之仪，已甚嘉之，及闻其应对敏捷，大悦，命世子与时习相见。世子端宗也。文宗谓世子曰："时习当为汝硕辅，宜结为布衣交。"复命时习曰："尔亦宜尽忠事世子。"时习稽首曰："敢不竭犬马之力。"乃赐秘阁书籍，令勉学成材器。复赏绢数百端，欲试其急智，命曰："君父之赐，不可使人担挑，尔宜自携而归，量力而取，务须一运而尽。"时习再拜受命，尽展束绢结其端，背负一端曳之而出曰："御赐之绢，敢截断者死。"廷僚莫不惊叹。时习得御赐书，读于三角山白云寺中。至年十三，闻端宗逊位于世祖，大哭，佯狂尽焚其书，中夜被发而逃。及成三问、朴彭年等六人谋复端宗位，事泄尽诛，降封端宗为鲁山君，逊于宁越县。时习遂削发为浮屠，往来行在，以访同志。尝过郡县，见试士以"孟子何必曰利"之题。时习潜入场屋，投一卷曰："孟子可杀何以故以其不当见梁惠王也。"考官见其卷大惊，批曰：烈卿近在何寺。盖知时习之所为也。一宰相拥驺唱道，而行在僧褴褛立于路左前辟退。僧不之避，仰谓宰相曰："真无耻者。"从者欲执之。宰相疑其为时习，止之熟视，果然。乃下车握手问其劳苦。时习不与语，拂袖而去。未几，端宗遇害，户长严兴道收葬于其家园。时习奔哭甚恸，后失其踪。迨端宗王妃陵，被掘将沉玄宫于水，一夕风雨大晦，见一僧窃负而逃，盖时习也，葬于山中。及公论回复之日，时习已亡，而妃之陵始现于世,以礼改葬焉。世以端宗朝忠臣,为生六臣、死六臣。生六臣即金时习、严兴道等,死六臣乃成三问、朴彭年等也。时习晚年隐于名山,不知所终。有《梅月堂集》若干卷,为后人所编纂。又有《金鳌新话》。诗文清丽,书法最奇逸,其墨迹多在古寺墙壁间,好事者重价购之,珍如拱璧焉。

〈正文〉

金鳌新话卷之上韩人　金始习　原著

○万福寺樗蒲记

[眉批]小野湖山曰:题曰樗蒲记,余视以为寻常戏虐文,读至数叶,情味一段深于一段,词思一章巧于一章,实是天下奇文,三百年湮没,而复显于世,固不足怪。欧阳公所谓精气光怪,已能自发见者,盖此类也。

[上注]南原,在全罗道。万福寺,三韩古刹。

[眉批]三岛中洲曰:一句胚胎,一篇好文字。

[眉批]中洲曰:无常花,遂化有情花。

[眉批]湖山曰:二绝,此记发端。青年二句,使天下古今书生辈频发,一慨,又发一笑。

(卷之上,[眉批]共 135 条,[上注]共 31 条)

○李生窥墙传

○醉游浮碧亭记

〈正文〉

金鳌新话卷之下韩人　金始习　原著

○南炎浮州志

[眉批]湖山曰:骄侠目可爱,又曰骄侠淳懿,相反处,尤见其超凡。

[上注]成化,明宪宗年号,我后土御门帝,文正年间。庆州,庆尚道今庆州府,古新罗之都,号鸡林。

[眉批]中洲曰:一理论,胚胎此一语。

[眉批]中洲曰:议论正大,不愧儒者之言,但不免宋儒范围,是可惜。

(卷之下,[眉批]共 69 条,[上注]共 17 条)

（全书，[眉批]共 304 条，[上注]共 48 条）

跋

朝鲜固多小说，然皆有根据。盖野史之类，具传奇之作甚稀，仅有梅月堂《金鳌新话》、金春泽《九云梦》数种而已。《九云梦》向为清人某所评点，成十卷，印行于世，惟《金鳌新话》只有誊本，以梅月堂有重名于世，世以其书全仿《剪灯新话》，其中《龙宫赴宴录》尤肖《水宫庆会录》也。然不可谓非先生之作。考以年代，瞿佑，明季之人，在先生之后百余年。故后人疑其雷同，而且书中诗词不甚工，遂有鱼目之辨。其实，取固有者载之，非梅月堂之杜撰。故尔余以为本邦士子畏清议，不敢著稗官怪谲之事。明朝亦然，瞿佑终以著《剪灯》之罪见谪落，后人之拟，作者岂敢效尤而欲袭其祸哉。惟梅月堂与春泽皆磊落方外之士，故能纵笔于闺阁香艳、仙鬼奇幻之事，以寓其怀。殆《楚词》之比欤。此书为日本大塚氏所藏，已二百二十余年，书之古可知矣。今上于梓以寿其传，乃知大塚氏重其人也，读此者宜致思焉。

大朝鲜开国四百九十三年甲申之秋，汉阳李树廷识。

梅月堂金鳌新话跋

大塚彦将镌朝鲜人金时习所著《金鳌新话》，携来示余。余阅之，叹曰：盖作者成化初抱才学，与世不遇，故发愤慨于此焉耳，如《万福寺樗蒲记》、《李生窥墙传》、《南炎浮州志》、《龙宫赴宴录》诸篇，或情致缠绵，或感慨郁勃，或悲壮淋漓，或议论明快，或豪怀肮脏，一读使人击节不已。但诸篇多《虞初》体，特乏圣贤正大之笔气矣，而独如《醉游浮碧亭记》一篇，其文则欧苏，而诗则老杜之忠愤，而许浑、刘禹锡之笔墨也，实是为压卷。呜呼，如此，其书埋没不显者四百余年矣，今因大塚生而显于世，可谓奇遇。东坡尝自题其试笔曰，后五百年当成百金直物，固有遇有不遇也。余于此书亦云。

明治十七年甲申秋，撰于青天白日楼中。白贲道人蒲生重章

菱潭卷真书

(卷末总评)

通篇文章华丽,诗赋清腴,纪事传奇之佳者也。余曾读清人蒲留仙《聊斋志异》,亦稗史中之最妙者也。今读此篇,其事奇而其诗则正,决非狂怪之辞也。意者彼其巧全在文章,故篇篇用意时,插四六之辞。此篇不然,其巧全在诗赋,如后卷虽有《炎浮》之文,至《龙宫赴宴》则频插骚体之赋,其意之所在,亦可知而已,而其所论,非寻常传奇之类也。他日必当上木欲重观之。

梅外仙史批评冈蓁窗书

(卷末总评)

余近衰耄,披寻常书,多不能终卷。而此卷披读,殆不能释手,生觉愉快,可谓奇书矣。甲申初秋购于研楼北窗下,湖山七十一叟,小野愿志。

(版权页)

明治十七年九月五日板权免许 金六十五钱

仝　　年十一月　出　　版

板权所有　　　　　枥木县士族

大塚彦太郎(东京日本桥区元大工町二番地)

发售　东　吴服街　坂上半七

西河岸街　须原铁二

通二街目　稻田佐兵卫

书肆　京　仝四街目　稻田源吉

南传马町　吉川半七

三岛町　　山中市兵卫

[参考]

崔溶澈《金鳌新话的版本》,国学资料院,2003年。

会议综述

2014年9月22—24日，“复旦大学第三届文学评点国际学术研讨会”在上海举行，美国斯坦福大学王靖宇教授、韩国高丽大学崔溶澈教授和全南大学李腾渊教授、中国台湾高雄师范大学林雅玲教授等研究文学评点的著名学者与大陆20余位中青年学者参加会议，提交了论文。会议议题大致包括这样几个方面：

一、深化对评点的理论研究

评点是一种具有中国特色的阅读评论形式，自宋代以来，日益繁盛。然而，对它一直存在两种声音：褒之者称赞评点可以“通作者之意，开览者之心”；贬之者斥之为八股文话头，特别是至20世纪初，人们往往按照西方现代逻辑谨严的学术标准贬斥传统的评点是零星、随意的感性印象，不具有理论价值。

评点是不是没有理论价值呢？美国斯坦福大学王靖宇先生在会上以金圣叹评点《水浒传》为例分析说，评点这种紧紧伴随文本所写下的阅读感受，正是后来读者反应批评学派所鼓吹的阅读方法，二者可谓不谋而合。复旦大学中国古代文学研究中心主任黄霖教授曾经将包括评点在内的中国古代的文学批评的特点概括成“即目散评”四个字，在这次讨论会上他提出：“评点的长处，就在于凭着切身的感受、真实的体味，用自己的心贴近著作者的心去作出鉴赏批评，而不是悬空的理论，或者是搬用别人的所谓理论来硬套。现在西方的有些理论，越来越离开文本，弄得玄乎，甚至为了理论而理论。而戴着某种理论的眼镜，将文本作为没有生命的标本放在手术台上，去作冷漠的解剖，这样的批评往往就会给人以一种‘隔’的感觉。可惜的是，我们现在的文学批评大都是这样的批评。而评点批评就与此相反，能呈现出一种‘不隔’的特点。这种‘不隔’的特点，往往能在读者与评者、再与作者的两个层次上达到心灵融合的境地：第一个层次是评者与作者的心灵融合，第二个层次是读者与批者、作者的心灵融合。评点就是沟通读者与作者之间的一座桥梁，就是一种鲜活的而不是僵硬的、冷漠的文学批评，是我们的祖宗留给我们的一份宝贵的遗产。我们应该珍视它价值，研究它的特点，总结它的经验。”

评点记录了阅读者当下的阅读感受，既包括阅读者对阅读对象的意义的阐发、艺术的品赏，也流露出阅读者个人的理论观念和当下心境。山东大学樊庆彦多年从事苏轼诗文的汇评，他提交《苏轼诗文美学风格的评点阐释》联系后代名家的评点文献，阐释苏轼诗文的美学风格。复旦大学吴冠文的论文《明代戏曲评点的发展与衍变》具体考察了明代戏曲评点的新旧范畴对于戏曲创作动机、主题、功用、情节、人物、语言、结构的理论见解，并作出具体的评价。韩国全南大学李腾渊以戏曲、小说文类分合为中心，论述冯梦龙小说评语中的小说观念。台湾高雄师范大学林雅玲和黄碧玉分别对《李卓吾先生批评西游记》和《李卓吾先生批评忠义水浒传》中的具体评点范畴进行细致的剖析。早在20世纪30年代，朱自清先生就指出中国古代文学理论批评的概念内涵比较模糊，需要进行细致的研究和界定。他花费大量的心力考察“诗言志”等范畴和命题的意义，在文学批评史研究上产生极大的影响。今天我们对于文学评点的一些范畴和命题的内涵，也需要给予细致的界定和解释。安徽大学张洪海在进行《诗经》汇评的工作，他的《从〈诗经〉评点看评点与注解之区别》，比较评点和注解的异同。大连大学的姜云鹏对《古文关键》、《文章正宗》等早期文章评点的评点符号作考察和辨析，试图总结评点符号的早期发展历程。“评”与“点”结合，文字评点和评点符号并用，是评点的基本特征。对于评点符号的研究，过去少有问津。本文的探讨，具有一定的开创性。

二、发掘稀见的文学评点本

由于很长时间里评点没有得到学界的真正重视，除了少量的小说戏曲评点本得到整理和研究以外，大量的文学评点本还是被视为善本、珍本，尘封在图书馆。教育部人文社会科学重点研究基地复旦大学中国古代文学研究中心组织力量，学术攻关，多年来从原始文献的汇集整理入手，从事汇评工作，即将推出大型的《中国古代文学经典汇评丛刊》。这次与会学者有的就是参与该项目研究的中青年学者，他们从文献调查入手，长期从事评点文献的整理工作，在此基础上作适当的理论阐发。复旦大学罗剑波一直从事《楚辞》评点文献的整理和理论研究，他的论文《冯绍祖校刊〈楚辞章句〉考论》，阐述该本融王逸、洪兴祖、朱熹三家注于一本之中，汲取前世诸家评语，采用多样的评点形式，对后世产生了广泛而深远的影响。郑州大学赵俊玲专门从事《文选》评点研究。在会上，她评述了明代万历年间刊刻的张凤翼的《文选纂注》的系列评点本，比较版本异同，评论其高下得失。湖南师范大学曾绍皇多年来一直进行杜诗的汇评，在占有大量杜诗手批本、过录本的基础上，考述了清代杜诗未刊评点的高度繁盛，展示杜诗学演进过程中被遮蔽、被忽视的潜在的演进路径。齐鲁师范学院杨峰提要地介绍了山东省图书馆藏的韩愈诗文四种未刊评点本，江苏大学杨贵环介绍了清人的四种柳宗元诗歌手批本，上海大学杨绪容论述了游敬泉刊《李卓吾批评合像北西厢记》的底本问题，上海体育学院路云亭细致剖析冰丝馆本《还魂记》评点的理论观念。中国人民大学朱万曙在综合考辨李渔诗文的众多评点本的基础上，阐述批语的价值。南京师范大学陆林阐述清初邓汉仪的人生情怀、心路立程，并考察《诗观》对明清之际诗坛风气、诗人事迹的品评记录中所反映的多样复杂的社会变迁和士人心态。中南财经政法大学韦乐考述了晚清戴问善评《西厢引墨》的文献状态、批者生平、主题解读和艺术评析。

三、评点家研究

自宋元以降，出现了大批评点群书的评点家，这些评点家的评点对象往往是广泛涉及经史子集，其知识结构远非学科分化后的文、史、哲所可涵盖，今人对评点重视不够，对这些评点家的研究更是不充分。这次会议上，专门研究评点家的论文有三篇。宋末元初的刘辰翁是评点第一人，南开大学张静考察了刘辰翁评点在明清时期的合刻本形态。清代的何焯是一位学者型评点大家，校、注、评融为一体，山东财经大学宋红霞专门考辨了何焯批校本《李义山诗集》，介绍其版本、批校情况、递藏源流和文献价值。江苏大学徐美秋一直专题研究纪昀的文学评点，她提交的论文通过细致分析纪昀《玉溪生诗说》、《删正二冯评阅才调集》、《删正方虚谷瀛奎律髓》等，阐述纪昀调和江西诗派与晚唐体之争的诗学观念。其实明清时期还有大量的擅长批点的名家，没有得到研究者的关注。关注评点家，可能是将来评点研究一个值得开掘的方向。当然，因为古代的评点家的评点对象无所不包，范围甚广，今天我们若要切实研究这些评点家的评点活动，在知识储备上应该打破学科疆界，兼通文史哲，这样才有可能更为真切地走进这些评点家的阅读世界。

四、评点本的传播

评点给予文本解读以重要的帮助，一些文本因为有了评点而传播得更为广远。如《世说新语》的李卓吾评点本在日本就产生重大的影响，唐宋诗歌的评点也会被不断翻刻或手抄流传，小说戏曲的评点本尤其受到雅俗众士的喜爱，因此传播是评点研究的重要议题。复旦大学周兴陆勾稽了近世朱祖谋等十家批注晚清叶昌炽《辛臼簃诗谳》的批点本流传情况以及这些批注对于解读《诗谳》的意义。中国小说评点的传统早已影响到朝鲜时期的韩国以及江户时期的日本。韩国高丽大学崔溶澈图文并茂地介绍了《金鳌新话》序跋批评本，这是由日本著名汉学家和朝鲜文人共同参与评论的朝鲜汉文小说，可见评点这种阅读形式对古代朝鲜、日本都产生过影响。

会上，复旦大学中文系主任陈引驰教授介绍了中文学科古代文学的概况。上海大学董乃斌教授、上海师范大学孙逊教授、复旦大学陈广宏教授、吴兆路教授、郑利华教授、查屏球教授、陈维昭教授、周兴陆教授分别对与会学者的学术报告作了中肯细致的点评。与此前的两次会议相比，本届会议上专门研究评点的人多了，年轻的研究者多了，受关注的评点家与评点著作多了。这说明评点这种传统文学批评样式虽然曾一度寂寞，而今则越来越受到学界的重视。